PRZEZNACZENIE

Robin Hobb

PRZEZNACZENIE BŁAZNA

CZĘŚĆ 1

Złotoskóry – tom 3

Tłumaczenie Agnieszka Sylwanowicz

Wydawnictwo MAG
Warszawa 2005

Tytuł oryginału:
Fool's Fate

Redakcja:
Urszula Okrzeja

Korekta:
Magdalena Górnicka

Ilustracja na okładce:
Stephen Youll

Opracowanie graficzne serii:
Piotr Chyliński

Projekt typograficzny, skład i łamanie:
Tomek Laisar Fruń

ISBN 83-89004-87-9

Wydanie I

Wydawca:
Wydawnictwo MAG
ul. Krypska 21 m. 63, 04-082 Warszawa
tel./fax (0-22) 813 47 43
e-mail: kurz@mag.com.pl
http://www.mag.com.pl

KRÓLESTWO SZEŚCIU KSIĘSTW
Równiny Lodowcowe
MORZE BIAŁE
WYSPA BIAŁA
WYSPY
WYSPA GAWRONOWA
WYSPA HAKA
WYSPA SROMOTY
WYSPA ROGOWA
WYSPA PAZURZA
WYSPA WARTOWNICZA
WYSPA LĘGOWA
Przeprawa
KSIĘSTWO NIEDŹWIEDZIE
Rz. Niedźwiedzia
Wysokie Doły
KSIĘSTWO KOZIE
Kuźnia
KSIĘSTWO ROLNE
Jez. Smolne
Rz. Kozia
KRÓLESTWO GÓRSKIE
Rz. Winna
KSIĘSTWO TRZODY
Kozia Twierdza
Strome
Rz. Chłód
Jez. Błękitne
KSIĘSTWO CYPLA
Piaszczyste Kresy
Deszczowe Ostępy
Rz. Cenna
KRAINA MIEDZI
KSIĘSTWO DĘBÓW
Rz. Deszczowa
Miasto Wolnego Handlu
miasta
wieże strażnicze
granica królestwa
granice lodu

PROLOG

WALKA Z PRZEZNACZENIEM

Założenie białego proroka wydaje się proste. Chciał on wytrącić świat z kolein, po których się toczył przez tyle cykli czasowych, i pchnąć go na inną drogę. Według proroka czas stale się powtarza i za każdym powtórzeniem ludzie popełniają większość tych samych głupich błędów, które zawsze popełniali. Żyją z dnia na dzień, ulegając żądzom i pragnieniom, przekonani, że ich czyny w ostatecznym rozrachunku nie mają znaczenia.

Według białego proroka całkowicie odbiega to od prawdy. Każdy drobny, bezinteresowny czyn popycha świat ku lepszej drodze. Nagromadzenie drobnych uczynków może odmienić świat. Przeznaczenie świata może zależeć od śmierci jednego człowieka. Lub odmienić się dlatego, że człowiek ów przeżyje. A kim byłem dla białego proroka? Jego katalizatorem. Odmieńcem. Byłem kamieniem, który chciał ustawić tak, by wytrącić koła czasu z jego koleiny. Powiedział mi, że drobny kamyk może skierować koło w inną stronę, lecz ostrzegł mnie zarazem, że dla kamyka rzadko jest to przyjemne doświadczenie.

Biały prorok twierdził, że widzi nie tylko przyszłość, ale wiele możliwych przyszłości, i że większość z nich jest posępna i podobna do siebie. W bardzo jednak nielicznych wypadkach pojawiała się jakaś odmiana, prowadząca do jaśniejących obszarów nowych możliwości.

Pierwszą odmianę stanowiło istnienie dziedzica Przezornych, dziedzica, który zachował życie. To byłem ja. Zmuszanie mnie do przeżycia, wyrywanie z paszczy śmierci, która wciąż usiłowała mnie wyeliminować, by koła czasu mogły z powrotem wskoczyć w wygodne koleiny, stało się dziełem życia białego proroka. Śmierć pochłaniała mnie lub usiłowała pochłonąć wiele razy, a on zawsze odciągał mnie znad jej krawędzi, poobijanego i zmaltretowanego, bym znów podążał za nim. Wykorzystywał mnie bezlitośnie, lecz nie bez żalu.

I udało mu się zawrócić przeznaczenie z wyznaczonych mu kolein na koleiny lepsze dla świata. Tak mówił. Istniały jednak osoby, które nie podzielały jego zdania, osoby wyobrażające sobie przyszłość bez dziedzica Przezornych i bez smoków. Jedna z nich postanowiła zapewnić taką przyszłość, pozbywając się błazna, który stał na jej drodze.

ROZDZIAŁ 1

JASZCZURKI

To, że tak zamierzchłe wydarzenia potrafią przebić się przez lata i zatopić szpony w czyimś życiu, wypaczając wszystko, co dzieje się później, czasami wydaje się niesprawiedliwe. Może jednak stanowi to wyraz ostatecznej sprawiedliwości: jesteśmy sumą wszystkiego, co uczyniliśmy, dodaną do sumy wszystkiego, co uczyniono nam. Nikt z nas nie może od tego uciec.

Zatem wszystko, co kiedykolwiek powiedział mi Błazen i wszystko, co pozostawił niedopowiedziane, dodało się do siebie. A sumą tego działania było to, że go zdradziłem. Wierzyłem jednak, że postąpiłem w imię jego najlepszych interesów – a także moich. Przepowiedział, że jeśli udamy się na wyspę Aslevjal, on umrze, a Śmierć znów może spróbować chwycić mnie w swą paszczę. Obiecał, że uczyni wszystko, co w jego mocy, bym przeżył, wymagał tego bowiem jego wielki plan zmienienia przyszłości. Mając jednak świeżo w pamięci swoje ostatnie otarcie się o śmierć, uznałem jego obietnice za bardziej groźne niż uspokajające. Błazen poinformował mnie także niefrasobliwie, że kiedy znajdziemy się już na wyspie, będę musiał wybierać między naszą przyjaźnią a moją lojalnością wobec księcia Sumiennego.

Może mógłbym stawić czoło jednej z tych rzeczy i nie ugiąć się, lecz bardzo w to wątpię. Każda z osobna wystarczyłaby, żeby mnie obezwładnić, a stawienie czoła ich sumie było po prostu ponad moje siły.

Poszedłem zatem do Ciernia. Powiedziałem mu to, co usłyszałem od Błazna. A mój dawny mentor postarał się, by, kiedy wyruszymy na Wyspy Zewnętrzne, Błazen nie popłynął z nami.

Do Koziej Twierdzy zawitała wiosna. Ponura budowla z czarnego kamienia wciąż się czaiła podejrzliwie na stromych skałach nad miastem, lecz na falujących za nią wzgórzach między brązową szczeciną zeszłorocznej trawy przepychały się optymistycznie młode, zielone źdźbła. Nagie drzewa w lasach okryły się mgiełką zielonych listeczków, rozwijających się na każdej gałęzi. Fale odpływu zabrały ze sobą zimowe sterty martwych krasnorostów, zaścielające czarne plaże u podnóża urwiska. Wróciły ptaki wędrowne, a ich śpiew rozlegał się pełnym wyzwania echem wśród zalesionych wzgórz i wzdłuż plaż, gdzie ptaki morskie walczyły o najlepsze do gniazdowania zakątki skał. Wiosna wtargnęła nawet do ciemnych sal i wysoko sklepionych komnat zamku, bo wszystkie nisze i wejścia były ozdobione kwitnącymi gałązkami i wczesnymi kwiatami.

Cieplejsze wiatry najwyraźniej przegnały mój ponury nastrój. Nie zniknął żaden z moich problemów ani trosk, lecz wiosna potrafi umniejszyć wiele zmartwień. Poprawił się mój stan fizyczny; czułem się młodziej, niż kiedy miałem dwadzieścia lat. Nie tylko znów nabierałem ciała i mięśni, lecz nagle okazało się, że mam kondycję, jaką powinien mieć sprawny mężczyzna w moim wieku. Gwałtowny proces uzdrawiania, zaaplikowany mi przez mój niedoświadczony krąg Mocy, naprawił też przy okazji dawne uszkodzenia. Zniknęły ślady znęcania się nade mną, pozostawione mi przez Konsyliarza, kiedy uczył mnie posługiwania się Mocą, obrażenia, które odniosłem jako wojownik, i głębokie blizny, pozostałe po torturach doznanych w lochach Władczego. Prawie ustały bóle głowy, nie mącił mi się już wzrok ze zmęczenia, a chłód wczesnego poranka nie dawał we znaki bólem. Żyłem w ciele silnego, zdrowego zwierzęcia. Niewiele jest rzeczy tak radosnych, jak doskonałe zdrowie w jasny, wiosenny ranek.

Stałem na szczycie wieży i spoglądałem na marszczące się morze. Za mną w donicach ze świeżo nawiezioną ziemią kwitły w białych i bladoróżowych grupach małe drzewka owocowe. Mniejsze donice zajmowały pnącza z nabrzmiałymi pączkami. Długie, zielone liście roślin cebulkowych strzelały w górę jak zwiadowcy wysłani do zbadania powietrza. W niektórych donicach tkwiły tylko nagie, brązowe łodygi, lecz otaczała je atmosfera wyczekiwania i obietnicy powrotu cieplejszych dni. Wśród roślin umiejętnie rozmieszczono rzeźby ogrodowe i przytulne ławeczki. Osłonięte świece czekały na łagodne letnie wieczory, by móc wysłać w ciemność swój blask. Królowa Ketriken przywróciła Ogród Królowej do jego poprzedniej chwały. To wysoko położone zacisze było jej prywatnym terenem. Obecna prostota ogrodu odzwierciedlała górskie korzenie królowej, lecz jego istnienie stanowiło znacznie starszą tradycję Koziej Twierdzy.

Ze zniecierpliwieniem obszedłem ogród ścieżką, biegnącą po jego obwodzie, a potem zmusiłem się do zatrzymania. Chłopiec się nie spóźniał. To ja przyszedłem za wcześnie. Nie on był winien temu, że minuty się wlokły. Miałem po raz pierwszy spotkać się na osobności z Szybkim, synem Brusa, i niecierpliwość walczyła we mnie z niechęcią. Moja królowa powierzyła mi odpowiedzialność za kształcenie chłopca i w pisaniu, i w walce. Przerażało mnie to zadanie. Chłopiec nie tylko miał Rozumienie, ale był też niewątpliwie uparty. W połączeniu z jego inteligencją mogło to sprowadzić na niego kłopoty. Królowa nakazała traktować Rozumiejących z szacunkiem, lecz wielu wciąż wierzyło, że najlepszym lekiem na zwierzęcą magię jest pętla, nóż i ogień.

Rozumiałem, dlaczego królowa chce mi powierzyć Szybkiego. Brus, jego ojciec, wyrzucił go z domu, gdy chłopiec nie chciał się wyrzec Rozumienia. Zarazem ten sam Brus poświęcił wiele lat, by mnie wychować, kiedy mój królewski ojciec porzucił mnie w dzieciństwie jako bękarta, którego nie śmiał uznać za swego potomka. Godziło się, bym zrobił teraz to samo dla syna Brusa, nawet jeśli nie mógłbym mu wyjawić, że niegdyś byłem Bastardem Rycerskim i podopiecznym jego ojca. Czekałem więc na Szybkiego, chudego dziesięciolatka, z równym zdenerwowaniem, jakbym miał stanąć przed jego ojcem. Głęboko zaczerpnąłem chłodnego, porannego powietrza, przesyconego wonią kwitnących drzewek owocowych. Powiedziałem sobie w duchu, że mojemu zadaniu nie poświęcę zbyt dużo czasu. Wkrótce wybiorę się z księciem na wyprawę na Wyspy Zewnętrzne. Do tej pory z pewnością wytrzymam jako nauczyciel chłopca.

Magia Rozumienia wyczula na inne istoty żywe, więc odwróciłem się, zanim jeszcze Szybki pchnął ciężkie drzwi. Zamknął je cicho za sobą. Mimo długiej wspinaczki po stromych kamiennych schodach nie był zadyszany. Nie wychodziłem z mojego ukrycia za drzewkami i przyglądałem się chłopcu. Miał na sobie błękit Koziej Twierdzy, prosty strój odpowiedni dla pazia. Cierń miał rację. Wyrośnie z niego znakomity topornik. Chłopiec był szczupły, jak zwykle są szczupli aktywni chłopcy w jego wieku, lecz zgrubienia na ramionach, widoczne pod kamizelą, zapowiadały krzepę jego ojca. Wątpiłem, by osiągnął wysoki wzrost, lecz będzie dość rozrośnięty wszerz, by to nadrobić. Szybki miał czarne oczy ojca i czarne kręcone włosy, lecz w linii jego szczęki i rozstawie oczu kryło się coś z Sikorki. Sikorki – mojej utraconej miłości i żony Brusa. Zaczerpnąłem głęboko tchu. To może się okazać trudniejsze, niż sobie wyobrażałem.

Zauważyłem, że wyczuł moją obecność. Stałem nieruchomo, czekając, aż mnie zauważy. Przez chwilę obaj milczeliśmy, aż wreszcie chłopiec podszedł do mnie wijącymi się ścieżkami. Ukłon wyćwiczył zbyt starannie, by wykonać go z wdziękiem.

– Jestem Szybki Rozumiejący, wielmożny panie. Kazano mi się do ciebie zgłosić.

Widziałem, że postarał się wyuczyć dworskiej etykiety. Mimo to tak dobitne włączenie zwierzęcej magii do jego imienia zdawało się stanowić niemal niegrzeczne wyzwanie, jakby badał, czy królewska ochrona Rozumiejących obejmie go i tutaj, sam na sam ze mną. Wytrzymał moje spojrzenie w bezpośredni sposób, jaki większość szlachty uznałaby za arogancki. Napomniałem jednak samego siebie, że nie jestem szlachcicem. Powiedziałem mu to.

– Dla nikogo nie jestem „wielmożnym panem", chłopcze. Jestem Tomem Borsuczowłosym, gwardzistą królowej. Możesz do mnie mówić „panie Borsuczowłosy", a ja będę cię nazywał Szybkim. Zgoda?

Dwa razy zamrugał i skinął głową. Nagle przypomniał sobie, że jest to niewłaściwe zachowanie.

– Tak, panie Borsuczowłosy.

– Doskonale. Wiesz, dlaczego przysłano cię do mnie, Szybki?

Przygryzł górną wargę, zaczerpnął tchu i powiedział, spuściwszy wzrok:

– Chyba komuś się naraziłem. – Szybko spojrzał na mnie. – Ale nie wiem, co takiego zrobiłem, albo komu. – Po chwili dodał niemal zadziornie: – Nic nie poradzę na to, kim jestem. Jeśli powodem jest moje Rozumienie, to w takim razie nie jest to sprawiedliwe. Nasza królowa powiedziała, że moja magia nie powinna mieć wpływu na to, jak jestem traktowany.

Zabrakło mi tchu. Z tych ciemnych oczu wyzierał jego ojciec. To był cały Brus: bezwarunkowa uczciwość i determinacja, by mówić prawdę. A jednak w tym nieopanowanym pośpiechu chłopca usłyszałem też porywczość Sikorki. Na chwilę odjęło mi mowę.

Chłopiec uznał moje milczenie za oznakę niezadowolenia i spuścił wzrok. Ramiona jednak wciąż trzymał prosto; nie znajdował w sobie żadnej winy i dopóki jej sobie nie uświadomi, nie okaże skruchy.

– Nikomu się nie naraziłeś, Szybki. I przekonasz się, że niektóre osoby w Koziej Twierdzy nie przywiązują żadnego znaczenia do twojej magii. To nie dlatego odseparowaliśmy cię od innych dzieci. Zrobiliśmy to dla twego dobra. Znajomością czytania i pisania przewyższasz swoich rówieśników. Nie chcieliśmy umieszczać cię w grupie młodzieńców o wiele starszych od ciebie. Uznaliśmy także, że może ci się przydać nauka walki toporem bojowym. Sądzę, że dlatego ja zostałem wybrany na twojego mentora.

Poderwał głowę i spojrzał na mnie z zaskoczeniem i niepokojem.

– Toporem bojowym?

Kiwnąłem głową, do niego i do siebie zarazem. Cierń znów wyczyniał te swoje stare sztuczki. Najwyraźniej nikt chłopca nie zapytał, czy ma ochotę nauczyć się posługiwać taką bronią. Przywołałem uśmiech na twarz.

– Jak najbardziej. Żołnierze Koziej Twierdzy pamiętają, że twój ojciec doskonale walczył toporem. Jako że odziedziczyłeś po nim nie tylko wygląd, ale i sylwetkę, wydaje się naturalne, że broń, którą sobie wybrał, powinna stać się i twoją bronią.

– W niczym nie przypominam ojca. Panie.

O mało co nie roześmiałem się w głos, nie z radości, ale dlatego że chłopiec wyglądał w tej chwili dokładnie jak Brus. Dziwnie było patrzeć z góry na kogoś, kto obrzucał mnie jego gniewnym spojrzeniem. Taka postawa nie licowała jednak z wiekiem chłopca, rzekłem więc zimno:

– Według królowej i doradcy Ciernia przypominasz go w wystarczającym stopniu. Kwestionujesz decyzję, jaką podjęli wobec ciebie?

Wszystko zawisło na włosku. Uchwyciłem moment, w którym się zdecydował, i niemal odczytałem jego myśli. Mógł odmówić. Wtedy mógłby zostać uznany za niewdzięcznego i odesłany do ojca. Lepiej przyjąć z pokorą nieprzyjemne zadanie i zostać, odrzekł więc ściszonym głosem:

– Nie, panie. Przyjmuję ich decyzję.

– To dobrze – skwitowałem z fałszywą serdecznością.

– Ale ja już umiem posługiwać się bronią – poinformował mnie, zanim zdołałem powiedzieć coś więcej. – Łukiem, panie. Nie mówiłem o tym wcześniej, bo nie sądziłem, że może to kogokolwiek zainteresować. Jeśli jednak mam się szkolić nie tylko na pazia, ale i na wojownika, to już sobie wybrałem broń.

Interesujące. Przez chwilę przyglądałem mu się w milczeniu. Ujrzałem w nim dość z Brusa, by uznać, że nie będzie się na próżno przechwalał umiejętnościami, których by nie posiadał.

– Doskonale. Możesz mi pokazać, co potrafisz. Na razie jednak zajmiemy się czymś innym. Dostaliśmy w tym celu pozwolenie na korzystanie ze zwojów z biblioteki Koziej Twierdzy. To dla nas obu spory zaszczyt.

Czekałem na jego reakcję.

Kiwnął głową, ale zaraz przypomniał sobie zasady dobrego wychowania.

– Tak, panie – rzekł.

– Dobrze. A zatem spotkamy się tu jutro. Przez godzinę będziemy się zajmować zwojami i pisaniem, a potem zejdziemy na dziedziniec ćwiczebny.

Znów zaczekałem na jego odpowiedź.

– Tak, panie. Panie?

– Co takiego?

– Jestem dobrym jeźdźcem, panie. Teraz trochę wyszedłem z wprawy. Przez ostatni rok ojciec nie dopuszczał mnie do swoich koni, ale znam się na nich.

– Dobrze wiedzieć, Szybki. – Wiedziałem, na co miał nadzieję. Obserwowałem jego twarz i spostrzegłem, jak po moich obojętnych słowach pomroczniała. Zareagowałem niemal odruchowo. Chłopiec w jego wieku nie powinien myśleć o zadzierzgnięciu więzi ze zwierzęciem. Kiedy jednak opuścił rozczarowany głowę, dobiegło mnie z odległości wielu lat echo mojej dawnej samotności. Brus też uczynił wszystko, co w jego mocy, by uchronić mnie przed związaniem się ze zwierzęciem. Świadomość, że była to mądra decyzja, nie uciszyła wspomnień mojej dojmującej izolacji. Odchrząknąłem. – Doskonale, Szybki. – Starałem się mówić pewnym głosem. – Przyjdź tu do mnie jutro. I włóż swoje stare ubranie. Ubrudzimy się i spocimy.

Miał wstrząśniętą minę.

– No? O co chodzi, chłopcze?

– Nie... nie mogę, panie. To znaczy nie mam już mojego starego ubrania. Tylko te dwie zmiany, które dała mi królowa.

– Co się z nim stało?

– Spaliłem je, panie.

W głosie Szybkiego zabrzmiało nagle wyzwanie. Spojrzał mi w oczy, wysuwając szczękę.

Chciałem go zapytać, dlaczego. Nie musiałem. Mówiła o tym jego postawa. Ostentacyjnie zniszczył wszystkie rzeczy, które wiązały go z przeszłością. Zastanawiałem się przez chwilę, czy powinienem zmusić go, by przyznał się do tego głośno, ale uznałem, że to nic nie da. Takie marnotrawstwo przydatnych ubrań na pewno powinno go zawstydzić. Ciekawe, jak bardzo poróżnił się z ojcem. Nagle niebo wydało mi się mniej błękitne. Wzruszyłem ramionami.

– Włóż zatem to, co masz – poleciłem mu i miałem nadzieję, że nie zabrzmiało to zbyt ostro.

Stał, patrząc na mnie, a ja uświadomiłem sobie, że go nie odprawiłem.

– Możesz odejść, Szybki. Zobaczymy się jutro.

– Tak, panie. Dziękuję, panie Borsuczowłosy. – Skłonił się ze sztywną poprawnością i znów się zawahał. – Panie? Mogę ci zadać jeszcze jedno pytanie?

– Oczywiście.

Rozejrzał się niemal podejrzliwie.

– Dlaczego spotykamy się tu na górze?

– Tu jest spokojnie. Przyjemnie. Kiedy byłem w twoim wieku, nie znosiłem zamykania w czterech ścianach w wiosenny dzień.

To przywołało na jego twarz niepewny uśmiech.

– Ja tego też nie znoszę, panie. Nie lubię też takiego odseparowania od zwierząt. To chyba wołanie mojej magii.

Wolałbym, żeby zostawił tę kwestię w spokoju.

– Być może. I być może powinieneś się dobrze zastanowić, zanim na nie odpowiesz.

Tym razem chciałem, by usłyszał w moim głosie naganę. Wzdrygnął się, a potem zrobił oburzoną minę.

– Królowa powiedziała, że moja magia nie powinna mieć wpływu na to, jak będę traktowany.

– To prawda. Ale to nie znaczy, że będziesz z jej powodu traktowany dobrze. Radzę ci, by twoja magia pozostała twoją osobistą sprawą, Szybki. Nie obnoś się z nią przy ludziach, dopóki ich nie poznasz. Jeśli chcesz się dowiedzieć, jak najlepiej radzić sobie z Rozumieniem, proponuję, byś spędzał nieco czasu z Rozumiejącym Sieciarzem, kiedy wieczorami snuje swoje opowieści przy kominku.

Nachmurzył się, zanim skończyłem. Odprawiłem go krótko i chłopiec wyszedł. Sądziłem, że dobrze go oceniłem. Jego Rozumienie stanowiło kość niezgody między nim i ojcem. Szybkiemu udało się przeciwstawić Brusowi i uciec do Koziej Twierdzy, by ujawnić się jako Rozumiejący i znaleźć sobie miejsce na tolerancyjnym dworze królowej Ketriken. Jeśli jednak chłopiec uważa, że wystarczy mu do tego tylko jego magia, to wkrótce otworzę mu oczy. Nie będę starał się go jej pozbawić. Martwiło mnie jednak, że tak się afiszuje ze swoim Rozumieniem tak, jak człowiek machający szmatą na teriera, by zobaczyć, jaką to wywoła reakcję. Prędzej czy później spotka jakiegoś młodego szlachcica, który z przyjemnością stawi mu czoło w kwestii pogardzanej zwierzęcej magii. Tolerancja została narzucona i wiele osób wciąż żywiących dawny niesmak wobec naszego daru okazywało ją z niechęcią. Postawa Szybkiego utwierdziła mnie w postanowieniu, by nie dać mu okazji do odkrycia, że mam Rozumienie. Wystarczy już, że zuchwale obnosi się ze swoją magią; nie chciałem, by zdradził posiadanie jej przeze mnie.

Raz jeszcze powędrowałem wzrokiem po rozległej panoramie morza i nieba. Upajałem się widokiem; zapierał dech w piersiach, a jednocześnie był uspokajająco znajomy. A potem zmusiłem się, by spojrzeć w dół, ponad niskim murkiem, który stał między mną i pewną śmiercią na skałach. Zmusiłem się do patrzenia. Kiedyś, zmaltretowany fizycznie i umysłowo przez mistrza Mocy

Konsyliarza, usiłowałem rzucić się w dół z tego właśnie murku. Powstrzymała mnie ręka Brusa. Zniósł mnie do swojej izdebki, opatrzył rany, a potem pomścił je na mistrzu Mocy. Wciąż nie spłaciłem mu tego długu. Może uczenie jego syna i zapewnienie mu bezpieczeństwa na dworze będzie jedyną odpłatą, jaką będę mógł kiedykolwiek zaproponować Brusowi. Zasadziłem tę myśl w sercu, by podtrzymać mój malejący entuzjazm i zszedłem z wieży. Czekało mnie jeszcze jedno spotkanie, a położenie słońca mówiło mi, że już się niemal na nie spóźniłem.

Cierń podał do wiadomości, że teraz on szkoli młodego księcia w jego dziedzicznej magii. Taki obrót wydarzeń napawał mnie ulgą i zarazem rozgoryczeniem. Oświadczenie to oznaczało, że książę Sumienny i Cierń nie musieli już się spotykać w tym celu potajemnie. To, że książę zabierał ze sobą na lekcje swego gamoniowatego służącego, zostało uznane za objaw niejakiego dziwactwa. Nikt na dworze nie domyśliłby się, że Młotek też jest uczniem, i to o wiele silniejszym w królewskiej magii Przezornych od któregokolwiek z żyjących przedstawicieli rodu. Rozgoryczenie brało się z faktu, że jedyną osobą, która wciąż musiała ukrywać swoją obecność na tych spotkaniach, byłem ja, prawdziwy nauczyciel posługiwania się Mocą. Byłem teraz Tomem Borsuczowłosym i jako skromny strażnik nie powinienem wiedzieć niczego o magii Przezornych.

Tak więc zszedłem po schodach z Ogrodu Królowej i podążałem korytarzami zamku. W części dla służby znajdowało się sześć możliwych wejść do ukrytego szpiegowskiego labiryntu, wijącego się w trzewiach Koziej Twierdzy. Codziennie używałem innego. Dzisiaj wybrałem to najbliższe spiżarni. Zaczekałem, aż w korytarzu nie będzie nikogo, i wszedłem do magazynku. Przecisnąłem się przez trzy rzędy zwisających kiełbas, odsunąłem płytę i wstąpiłem w znajomą ciemność.

Nie traciłem czasu na przyzwyczajenie oczu. W tej części labiryntu nie było żadnego oświetlenia. Podczas pierwszych wypadów miałem ze sobą świecę. Dzisiaj uznałem, że znam drogę na tyle dobrze, by iść po ciemku. Licząc kroki, dotarłem do wąskich schodów. Na ich szczycie ostro skręciłem w prawo i ujrzałem cienkie pasemka wiosennego słońca, wpadające do zakurzonego korytarza. Pochyliłem się i szybko znalazłem w bardziej znajomej części labiryntu. Po chwili wyszedłem obok kominka w wieży Szczerego. Wsunąłem płytę na miejsce i zamarłem na dźwięk naciskanej klamki. Ledwie zdążyłem się ukryć za długimi zasłonami wiszącymi przy oknach wieży.

Wstrzymałem oddech, ale okazało się, że to tylko Cierń, Sumienny i Młotek przyszli na lekcje. Wyszedłem z mojej lichej kryjówki dopiero wtedy, gdy drzwi zostały starannie zamknięte. Zaskoczyłem Młotka, lecz Cierń tylko zauważył:

– Wiesz, że na lewym policzku masz pajęczynę?

Zdjąłem czepliwe włókienka.

– Dziwię się, że tylko na lewym. Wiosna obudziła mnóstwo pająków.

Cierń skinął poważnie głową.

– Kiedyś nosiłem ze sobą miotełkę z piór i machałem nią przed sobą. Pomagało. Trochę. Oczywiście w tamtych czasach mój wygląd po wyjściu z labiryntu miał niewielkie znaczenie. Tyle że nie lubiłem łaskotania drobnych nóżek na karku.

Książę Sumienny uśmiechnął się na myśl o nienagannie odzianym i uczesanym doradcy królowej, przemykającym korytarzami. Kiedyś wielmożny pan Cierń był tajnym mieszkańcem Koziej Twierdzy, królewskim skrytobójcą, człowiekiem ukrywającym dziobatą twarz i wykonującym w mroku królewskie wyroki. Teraz to się zmieniło. Teraz przemierzał majestatycznym krokiem korytarze, otwarcie wychwalany jako dyplomata i zaufany doradca królowej. Status Ciernia odzwierciedlał elegancki strój w odcieniach błękitu i zieleni, podobnie jak klejnoty zdobiące jego szyję i uszy. Śnieżnobiałe włosy i przeszywające spojrzenie zielonych oczu sprawiały wrażenie starannie dobranych dodatków do stroju. Blizny, którymi tak się martwił, zanikły z biegiem lat. Nie zazdrościłem ani nie żałowałem mu bogatego odzienia. Niech starzec ma wynagrodzenie za niedostatki młodości. Nikomu to nie szkodziło, a ci, których ten przepych oszałamiał, często nie dostrzegali ostrego niczym miecz umysłu, będącego prawdziwą bronią Ciernia.

W przeciwieństwie do niego, książę był ubrany niemal tak prosto, jak ja. Przypisywałem to surowym górskim tradycjom, którym hołdowała królowa, oraz jej wrodzonej oszczędności. Sumienny miał piętnaście lat i szybko rósł. Jaki miało zatem sens szycie pięknych ubrań na co dzień, skoro albo z nich wyrastał, albo rozrywał szwy na ramionach podczas ćwiczeń z bronią? Przyjrzałem się młodzieńcowi, stojącemu przede mną z uśmiechem na twarzy. Miał ciemne oczy i czarne kręcone włosy jak jego ojciec, lecz ze wzrostu i twardniejącej szczęki bardziej przypominał mi portret mego ojca, Rycerskiego.

Krępy towarzysz księcia stanowił jego całkowite przeciwieństwo. Oceniałem Młotka na dwadzieścia kilka lat. Miał drobne, przylegające do czaszki uszy i wystający język głupka. Sumienny ubrał go w błękitną tunikę i obcisłe spodnie podobne do swoich, dając mu nawet umieszczony na piersi herb z kozłem, lecz tunika opinała się na wystającym brzuchu małego człowieczka, a spodnie marszczyły się komicznie na kolanach i kostkach. Na tych, którzy nie potrafili tak jak ja wyczuć magii Mocy, płonącej w nim jak ogień w palenisku kuźni, sprawiał dziwne wrażenie, zabawne zarazem i lekko odrażające. Uczył się panować nad muzyką Mocy, która była dla niego tym, czym dla zwykłego człowieka są myśli. Była mniej wszechobecna, a zatem i mniej denerwująca niż niegdyś, lecz siła jego magii sprawiała, że cały czas dzielił się nią z nami. Mogłem się od niej odgrodzić, lecz oznaczało to także znieczulenie się w dużym stopniu na Moc, łącznie ze słabszymi przekazami Ciernia i Sumiennego. Nie mogłem się od niego odgrodzić i jednocześnie ich uczyć, na razie więc znosiłem muzykę Młotka.

Dziś składały się na nią szczęk nożyc i trzask krosna, przeplatane wysokim, kobiecym chichotem.

– Ach. Miałeś dziś rano kolejną przymiarkę, tak? – zagadnąłem księcia.

Nie olśniłem go. Wiedział, jak się tego domyśliłem. Skinął głową, znużony.

– Razem z Młotkiem. To był długi poranek.

Młotek kiwnął energicznie głową.

– Stań na stołku. Nie drap się. Nie ruszaj się. A one kłują Młotka szpilkami.

Ostatnie zdanie dodał surowym tonem i spojrzał z naganą na księcia.

Sumienny westchnął.

– To był przypadek, Młotku. Powiedziała ci, żebyś się nie ruszał.

– Jest wstrętna – mruknął Młotek, a ja podejrzewałem, że ma sporo racji.

Wielu szlachciców z trudem akceptowało przyjaźń swego księcia z Młotkiem. Z jakichś powodów jeszcze bardziej raziła ona niektórych służących. Podejrzewałem, że znajdowali sposoby, aby okazać to niezadowolenie.

– Już po wszystkim, Młotku – pocieszył go Sumienny.

Zajęliśmy swoje stałe miejsca wokół ogromnego stołu. Kiedy Cierń oznajmił, że zaczyna z księciem lekcje posługiwania się Mocą, ta komnata na wieży Szczerego została dobrze wyposażona. Przy wysokich oknach wisiały długie zasłony. Okiennice były otwarte, by wpuścić do środka przyjemne podmuchy wiatru. Kamienne ściany i podłoga zostały dokładnie wyszorowane, a stół i krzesła natarte olejem i wypolerowane. Były też odpowiednie stojaki na zwoje z niewielkiej biblioteki Ciernia oraz starannie zamknięta szafka na dokumenty, które uważał za niezwykle cenne lub niebezpieczne. Na dużym biurku stały kałamarze i świeżo poprzycinane pióra oraz spory zapas papieru i welinu. Mieliśmy też kredens z butelkami wina, kielichami i innymi rzeczami niezbędnymi do zapewnienia wygód księciu. Komnata stała się przytulna, nawet zbytkowna, i odzwierciedlała bardziej smak Ciernia niż Sumiennego.

Podobały mi się te zmiany.

Przyjrzałem się otaczającym mnie twarzom. Sumienny patrzył na mnie czujnie. Młotek szukał czegoś w lewym nozdrzu. Cierń siedział sztywno wyprostowany, niemal wibrując od nagromadzonej energii. Cokolwiek zażył, by przywrócić sobie bystrość umysłu, nie zlikwidowało to czerwonych żyłek w oczach. Kontrast, jaki stanowiły z jego zielonym spojrzeniem, sprawiał niepokojące wrażenie.

– Dzisiaj chciałbym... Młotku. Przestań, proszę.

Spojrzał na mnie tępo z palcem utkwionym w nosie.

– Nie mogę. Uwiera mnie.

Cierń potarł skroń, odwracając wzrok.

– Dajcie mu chusteczkę – zaproponował, patrząc przed siebie.

Najbliżej siedział książę Sumienny.

– Proszę, wydmuchaj nos. Może wyjdzie.

Podał Młotkowi kawałek haftowanego lnu. Młotek przyglądał mu się przez kilka sekund z powątpiewaniem, ale go wziął.

– Zeszłej nocy każdy z nas miał spróbować posłużyć się Mocą w trakcie snu – odezwałem się przy akompaniamencie ogłuszających prób oczyszczenia nosa przez Młotka. Zaproponowanie tego ćwiczenia napawało mnie niepokojem, ale czułem, że i Sumienny, i Cierń są gotowi do podjęcia próby. Młotek zwykle zapominał, co ma do zrobienia wieczorem, więc nim się nie przejmowałem. Posługując się Mocą we śnie, można było opuścić własne ciało i przez krótki czas doświadczać życia za pośrednictwem kogoś innego. Udało mi się to kilka razy, najczęściej przez przypadek. Zwoje traktujące o Mocy podawały, że jest to nie tylko dobry sposób na zbieranie informacji, ale i na znalezienie osób na tyle otwartych, by można je było wykorzystać jako ludzi króla, źródło siły dla posługującego się Mocą. Niektórzy z nich niekiedy sami posiadali Moc. Cierń był poprzedniego dnia rozentuzjazmowany, lecz rzuciwszy na niego okiem teraz nie dostrzegłem ani cienia tryumfu, który by okazywał, gdyby mu się powiodło. Sumienny też miał ponurą minę. – A więc bez powodzenia?

– Udało mi się! – oznajmił radośnie Młotek.

– Używałeś Mocy we śnie? – spytałem ze zdumieniem.

– Nieee. Wyciągnąłem go. Widzicie?

Pokazał zielonkawe trofeum uwięzione pośrodku książęcej chusteczki do nosa. Cierń odwrócił się z okrzykiem obrzydzenia.

Sumienny, piętnastoletni chłopak, roześmiał się.

– Robi wrażenie, Młotku. Ale duży. Wygląda jak zielona salamandra.

– No – zgodził się Młotek z zadowoleniem. Rozciągnął usta w szerokim uśmiechu. – Zeszłej nocy śniła mi się duża niebieska jaszczurka. Większa niż to!

Zawtórował księciu śmiechem, podobnym do szczekania zadyszanego psa.

– Mój książę i przyszły monarcho – napomniałem surowo Sumiennego – czeka nas praca.

W rzeczywistości usiłowałem zachować powagę. Dobrze było widzieć księcia rozluźnionego i śmiejącego się, nawet z czegoś infantylnego. Od kiedy znałem tego chłopca, zawsze wydawał się obciążony swoją pozycją i wiecznymi obowiązkami. Teraz po raz pierwszy widziałem, by zachowywał się jak młodzieniec, któremu wiosna uderzyła do głowy; pożałowałem swojego napomnienia, gdy uśmiech szybko zniknął z jego twarzy. Z powagą o wiele większą od mojej zwrócił się do Młotka, chwycił chusteczkę i zwinął ją w kłębek.

– Nie, Młotku. Przestań. Posłuchaj mnie. Śniła ci się duża niebieska jaszczurka? Jak duża?

Napięcie słyszalne w pytaniu Sumiennego zwróciło uwagę Ciernia. Młotek jednak się zmieszał i obraził na tak szybką zmianę tonu i postawy księcia wobec niego. Zmarszczył brwi i, nachmurzony, wysunął dolną wargę i język.

– To było nieładne.

Rozpoznałem to wyrażenie. Pracowaliśmy nad zachowaniem Młotka przy stole. Jeśli miał nam towarzyszyć w wyprawie na Aslevjal, musiał się nauczyć chociaż podstawowych zasad dobrego wychowania. Niestety, pamiętał o nich tylko wtedy, kiedy mógł je przypomnieć komuś innemu.

– Przepraszam, Młotku. Masz rację. Wyrywanie komuś rzeczy z rąk jest nieładne. A teraz opowiedz mi o tej dużej jaszczurce, która ci się przyśniła.

Książę uśmiechał się do Młotka, lecz zmiana tematu okazała się dla niedużego człowieczka zbyt gwałtowna. Pokręcił ciężką głową i odwrócił się, krzyżując krótkie ręce na piersi.

– Nie – oznajmił szorstko.

– Proszę cię, Młotku – zaczął Sumienny, lecz przerwał mu Cierń.

– Czy to nie może zaczekać? Do wypłynięcia pozostało już niewiele dni, a jeśli mamy funkcjonować jako krąg Mocy, to czeka nas jeszcze wiele pracy.

Wiedziałem, co gnębi starca, i podzielałem jego niepokój. Moc mogła się okazać zasadniczym czynnikiem sukcesu księcia. Żaden z nas tak naprawdę nie wierzył, że książę zabije jakiegoś smoka uwięzionego w lodzie. Prawdziwą wartość posługiwania się Mocą miało stanowić zbieranie przeze mnie i Ciernia informacji i przekazywanie ich Sumiennemu, co ułatwi mu negocjacje związane z małżeństwem.

– Nie, to jest ważne, Cierniu. Tak sądzę. A przynajmniej może być ważne. Bo zeszłej nocy mnie też się śniła duża niebieska jaszczurka. Właściwie przyśnił mi się smok.

Zastanawialiśmy się nad tym w milczeniu. Po chwili Cierń odezwał się z wahaniem:

– No cóż, nie powinno nas dziwić, że macie z Młotkiem takie same sny. Tak często łączycie się Mocą w ciągu dnia, że może się to przenosić na noc.

– Nie sądzę, że spałem, kiedy to się stało. Usiłowałem użyć Mocy. Bas... Tom mówi, że łatwiej mu to robić, kiedy zapada w lekki sen. Leżałem więc w łóżku, usiłując zasnąć, ale nie za mocno, i sięgałem Mocą. I wtedy to poczułem.

– Co? – zapytał Cierń.

– Poczułem, jak mnie szuka. Wielkimi, wirującymi, srebrzystymi oczyma – odpowiedział Młotek.

– Tak – potwierdził z wolna książę.

Serce mi zamarło.

– Nie rozumiem – rzekł z irytacją w głosie Cierń. – Zacznij od początku i raportuj jak należy.

Skierował te słowa do Sumiennego. Rozumiałem podwójne ukłucie gniewu starca. Po raz kolejny wszyscy trzej usiłowali wykonać ćwiczenie i zarówno Młotek, jak i Sumienny odnieśli niejaki sukces, podczas gdy Cierniowi się nie powiodło. A tu na dodatek obaj wspominali o smoku. Ostatnio zbyt wiele mówiło się o smokach: o tym zamarzniętym, którego Sumienny miał odsłonić i zabić, delegacja z Miasta Wolnego Handlu chełpiła się jakimś smokiem (który podobno był na zawołanie tamtejszych kupców), a teraz kolejny smok włączał się do naszych ćwiczeń. O każdym z nich wiedzieliśmy o wiele za mało. Nie śmieliśmy zlekceważyć ich jako legendy i kłamstwa; zbyt dobrze pamiętaliśmy kamienne smoki, które przed szesnastu laty przybyły na pomoc Królestwu Sześciu Księstw, ale wiedzieliśmy o nich niewiele.

– Właściwie nie ma czego raportować – odparł Sumienny. Zaczerpnął tchu i wbrew własnym słowom zaczął mówić w uporządkowany sposób, jak nauczył nas obu Cierń. – Poszedłem do swoich komnat i położyłem się do łóżka. Na kominku dogasał ogień; obserwowałem go, rozluźniając umysł w nadziei, że kiedy przyjdzie sen, ja sam pozostanę na tyle czujny, by sięgnąć Mocą. Dwa razy zapadłem w drzemkę. Za każdym razem rozbudzałem się i starałem jeszcze raz wykonać ćwiczenie. Za trzecim spróbowałem odwrócić proces.

Sięgnąłem Mocą, przygotowałem się i usiłowałem zapaść w sen. – Odchrząknął i powiódł po nas wzrokiem. – Wtedy wyczułem coś dużego. Naprawdę dużego. – Spojrzał na mnie. – Jak wtedy na plaży.

Młotek słuchał z otwartymi ustami i powiekami zaciśniętymi z wysiłku spowodowanego myśleniem.

– Duża tłusta niebieska jaszczurka – zaryzykował.

– Nie, Młotku. – Sumienny cierpliwie nie podnosił głosu. – Nie od razu. Na początku była tylko ta ogromna... obecność. Pragnąłem podążyć ku niej, a jednak bałem się to zrobić. Nie z powodu jakiegoś wyczuwalnego zagrożenia. Przeciwnie, wydawała się... nieskończenie łagodna. Kojąca i bezpieczna. Bałem się jej dotknąć ze strachu, że... stracę chęć powrotu. Wydawało się to końcem czegoś. Krawędzią albo miejscem, gdzie zaczyna się coś innego. Nie. Jak coś, co żyje w miejscu, gdzie zaczyna się coś innego.

Głos księcia umilkł.

– Nie rozumiem. Mów z sensem – zażądał Cierń.

– To ma tyle sensu, ile możesz go dostrzec – wsparłem cicho Sumiennego. – Ja znam tę istotę, uczucie czy też miejsce, o którym mówi książę. Zetknąłem się już z czymś takim kilkakrotnie. Raz otrzymaliśmy pomoc. Miałem jednak wrażenie, że to był wyjątek. Może inna istota mogłaby nas wchłonąć i nawet by tego nie zauważyła. To niewiarygodnie pociągająca siła, Cierniu. Ciepła i wybaczająca, delikatna jak miłość matki.

Książę zmarszczył się lekko i pokręcił głową.

– Ta była silna. Opiekuńcza i mądra. Jak ojciec – rzekł Sumienny.

Milczałem. Dawno temu uznałem, że te siły ukazują nam to, czego pragniemy najbardziej. Moja matka oddała mnie, kiedy byłem bardzo mały. Sumienny nie znał swego ojca. Coś takiego zostawia w psychice człowieka wielkie wyrwy.

– Dlaczego nie mówiłeś o tym wcześniej? – zapytał cierpko Cierń.

Właśnie, dlaczego? Ponieważ to spotkanie wydawało się zbyt osobiste, by się nim dzielić.

– Ponieważ powiedziałbyś mi tylko to, co właśnie powiedziałeś – usprawiedliwiłem się. – Żebym mówił z sensem. Nie potrafię wyjaśnić tego zjawiska. Może nawet to, co powiedziałem, to tylko moja racjonalizacja tego, co doświadczyłem. To jest jak opowiadanie snu. Próba ułożenia historii z szeregu wydarzeń przeczących logice.

Cierń zamilkł, ale nie wyglądał na zadowolonego. Zrezygnowany, przygotowałem się na późniejsze wypytywanie o dalsze fakty, myśli i wrażenia.

– Ja chcę opowiedzieć o tej dużej jaszczurce – zauważył ponuro Młotek. Osiągnął stan, w którym czasami lubił być w centrum uwagi. Najwyraźniej czuł, że opowieść księcia zepchnęła go ze sceny.

– Mów, Młotku. Powiedz nam, o czym śniłeś, a potem ja opowiem o swoim śnie.

Książę odstąpił mu uwagę słuchaczy.

Cierń odchylił się z głośnym westchnieniem na oparcie krzesła. Ja popatrzyłem na Młotka i zobaczyłem, jak rozjaśnia mu się twarz. Poruszył się jak pogłaskany szczeniak, zmarszczył z namysłem brwi, a potem zaczął mówić, drobiazgowo naśladując często słyszane raporty, jakie zdawaliśmy z Sumiennym Cierniowi.

– Zeszłej nocy położyłem się do łóżka. Miałem czerwony koc. Potem Młotek prawie zasnął, wchodząc w muzykę. Potem poczułem, że jest tam Sumienny. Czasami Młotek podąża za nim w sny. On ma dużo dobrych snów, snów o dziewczętach...

Na chwilę Młotek zamilkł, oddychając przez otwarte usta i zastanawiając się. Książę wyglądał na ogromnie skrępowanego, ale i Cierniowi, i mnie udało się utrzymać obojętne miny.

Młotek nagle podjął opowieść.

– A potem pomyślałem: gdzie on jest? Może to jakaś gra. Chowa się przed Młotkiem. Więc mówię: „Książę", a on mówi: „Cicho bądź". Więc milknę i Młotek jest malutki, a muzyka rozlega się wokół mnie. Jakbym się chował w zasłonach. A potem zerkam, tylko zerkam. I widzę dużą tłustą jaszczurkę, niebieską jak moja koszula, ale błyszczącą, kiedy się porusza, jak noże w kuchni. I wtedy ona mówi: „Wyjdź, no wyjdź. Możemy się pobawić". Ale książę mówi: „Cicho, nie wychodź", więc nie wychodzę i wtedy ona się wścieka i rośnie. Jej oczy robią się błyszczące i wirują jak ten półmisek, co go upuściłem. A potem Młotek myśli: „Ale ona jest po stronie snu. Przejdę na drugą stronę". Więc robię, żeby muzyka była głośniejsza i budzę się. I nie było już żadnej jaszczurki, tylko mój czerwony koc na podłodze.

Skończył opowieść i powiódł po nas wzrokiem. Dotknąłem Ciernia Mocą najdelikatniej, jak umiałem. Zerknął na mnie, ale udało mu się sprawić, że wyglądało to na przypadkowe spojrzenie. Poczułem wielką dumę, kiedy starzec się odezwał:

– Doskonały raport, Młotku. Dałeś mi wiele do myślenia. Wysłuchajmy teraz księcia, a potem może będę miał do ciebie jakieś pytania.

Młotek wyprostował się na krześle i tak się naprężył, że napięła mu się koszula na okrągłym brzuchu. Język wciąż mu wystawał z ust rozciągniętych w szerokim, żabim uśmiechu, lecz wzrokiem wędrował od Sumiennego do mnie, sprawdzając, czy zauważyliśmy jego tryumf. Zaciekawiło mnie, od kiedy to wywołanie wrażenia na Cierniu stało się dla niego tak ważne, i uświadomiłem sobie, że w tym też naśladuje swego księcia.

Sumienny mądrze pozwolił Młotkowi pławić się przez kilka chwil w naszym zainteresowaniu.

– Młotek opowiedział większość tej historii, ale chciałbym do niej coś dodać. Powiedziałem wam o jakiejś wielkiej obecności. Obserwowałem ją, a raczej jej doświadczałem, cały czas będąc powoli przez nią przyciąganym. To nie było przerażające. Wiedziałem, że jest niebezpieczne, ale raczej nie obchodziło mnie, że mogę zostać wchłonięty i zniknąć na zawsze. To po prostu zdawało się nie mieć znaczenia. I wtedy ta obecność zaczęła się wycofywać. Chciałem ją ścigać, lecz w tej samej chwili zdałem sobie sprawę, że obserwuje mnie coś innego. I nie sprawiało ono już tak łagodnego wrażenia. Miałem poczucie, że owa druga istota podkradła się do mnie, kiedy podziwiałem tę obecność.

Rozejrzałem się i zobaczyłem, że znajduję się na brzegu mętnej rzeki, na maleńkiej, gliniastej plaży. Za plecami miałem wielki las ogromnych drzew. Były wyższe od wież i zabierały światło dnia. Początkowo nie widziałem nic innego. A potem zauważyłem jakieś stworzonko, jakby jaszczurkę, tylko bardziej pulchne. Siedziało na szerokim liściu drzewa i przyglądało mi się. Kiedy jednak je zauważyłem, zaczęło rosnąć. A może to ja się kurczyłem. Nie wiem. Las też stawał się większy, aż kiedy to zwierzę zstąpiło na glinę, było już smoczycą. Niebiesko-srebrzystą, olbrzymią i piękną. I odezwała się do mnie: „A więc już mnie widziałeś. Dla mnie to nie ma znaczenia, ale dla ciebie będzie miało. Należysz do niego. Powiedz mi. Co wiesz o czarnym smoku?". A potem, i to było bardzo dziwne, nie mogłem się odnaleźć. Zupełnie jakbym przyglądał się jej zbyt uważnie i zapomniał pamiętać, że sam istnieję. A potem zdecydowałem, że będę za drzewem, i tam się znalazłem.

– To mi nie wygląda na działanie Mocy – przerwał ze zniecierpliwieniem Cierń. – To mi wygląda na sen.

– Właśnie. Dlatego zlekceważyłem go po przebudzeniu. Wiedziałem, że przez krótki czas posługiwałem się Mocą, ale pomyślałem, że po prostu naszedł mnie ten sen i że wszystko potem mi się przyśniło. No więc w tym śnie, w ten dziwny sposób właściwy snom, nagle zjawił się obok mnie Młotek. Nie wiedziałem, czy widział smoczycę, więc sięgnąłem ku niemu i powiedziałem, żeby był cicho i schował się przed nią. Schowaliśmy się więc, a ona bardzo się rozzłościła, chyba dlatego że wiedziała, że wciąż tam jesteśmy, ale w ukryciu. I nagle Młotek zniknął. Zaskoczyło mnie to tak bardzo, że otworzyłem oczy. – Książę wzruszył ramionami. – Znajdowałem się w mojej sypialni. Pomyślałem, że to tylko bardzo realistyczny sen.

– Mogło tak być, jeśli chodzi o sen, który dzieliłeś z Młotkiem – odparł Cierń. – Chyba możemy to teraz zostawić i zająć się naszym prawdziwym zadaniem.

– Chyba nie – odezwałem się. Jakaś nuta w zbyt swobodnym tonie Ciernia ostrzegła mnie, że starzec nie chce o tym rozmawiać, ale uznałem, że mogę poświęcić część mojej tajemnicy, by poznać jego sekret. – Myślę, że smoczyca jest prawdziwa. Co więcej, myślę, że już o niej słyszeliśmy. To Tintaglia, smoczyca z Miasta Wolnego Handlu. Ta, o której mówił zamaskowany chłopiec.

– Selden Vestrit – podpowiedział cicho Sumienny. – Tak więc, czy smoki potrafią posługiwać się Mocą? Dlaczego miałaby pytać, co wiemy o czarnym smoku? Czy chodzi jej o Lodognia?

– Prawie na pewno tak. Lecz jest to jedyne z twoich pytań, na które potrafię odpowiedzieć. – Odwróciłem się niechętnie ku zmarszczonemu Cierniowi. – Ona już przedtem dotykała moich snów i żądała tego samego. Żebym powiedział jej, co wiem o czarnym smoku i wyspie. Wie o naszej wyprawie, najprawdopodobniej od delegacji Miasta Wolnego Handlu, która przybyła z tak serdecznym zaproszeniem do przystąpienia do ich wojny z Krainą Miedzi. Sądzę jednak, że ona wie tylko tyle, co oni. Że istnieje jakiś smok uwięziony w lodzie i że Sumienny wybiera się go zabić.

Cierń wydał dźwięk bardzo podobny do warknięcia.

– A zatem dowie się też nazwy tej wyspy. Aslevjal. Oraz gdzie ona leży. To tylko kwestia czasu. Kupcy z Miasta Wolnego Handlu słyną właśnie z tego – z handlu. Jeśli zechcą zdobyć mapę z wykreśloną drogą na Aslevjal, to ją zdobędą.

Rozłożyłem ręce, okazując spokój, którego nie czułem.

– Nic na to nie poradzimy, Cierniu. Będziemy musieli stawić czoło rozwojowi wydarzeń.

Odepchnął krzesło.

– Cóż, mógłbym stawić mu czoło lepiej, gdybym wiedział wystarczająco dużo, by się go spodziewać. – Wstał, podnosząc głos, podszedł do okna i wyjrzał na morze. Po chwili odwrócił głowę i zgromił mnie wzrokiem. – Czego jeszcze mi nie powiedziałeś?

Gdybyśmy byli wtedy sami, mógłbym mu powiedzieć o tym, jak smoczyca groziła Pokrzywie i jak moja córka się jej pozbyła. Nie chciałem jednak o niej mówić w obecności Sumiennego, więc tylko pokręciłem głową. Cierń z powrotem odwrócił się ku morzu.

– A zatem oprócz zimna i lodu na wyspie być może napotkamy jeszcze jednego wroga. No tak. Przynajmniej powiedz mi, jak duże jest to stworzenie? Jak silne?

– Nie wiem. Widziałem ją tylko w snach, a w moich snach zmieniała wielkość. Nie wiem, czy możemy być pewni czegokolwiek, co pokazała nam w snach.

– Och, to bardzo nam pomoże – odparł Cierń ze zniechęceniem w głosie. Wrócił do stołu i opadł na krzesło. – Wyczułeś tę smoczycę zeszłej nocy? – zapytał mnie nagle.

– Nie.

– Ale używałeś Mocy.

– Krótko.

Odwiedziłem Pokrzywę. Nie zamierzałem tego tu omawiać. Cierń chyba nie zauważył mojej powściągliwości.

– A mnie się nie udało ani jedno, ani drugie. Wbrew wytężonym wysiłkom.

Mówił zbolałym głosem zranionego dziecka. Napotkałem jego wzrok i dostrzegłem w nim nie tylko irytację, ale i ból. Patrzył na mnie, jakbym go odizolował od jakiejś cennej tajemnicy albo wspaniałej przygody.

– Cierniu. To przyjdzie z czasem. Nieraz myślę, że próbujesz zbyt usilnie.

Wypowiedziałem te słowa, ale nie byłem ich pewien. Nie potrafiłem jednak zmusić się do powiedzenia tego, co skrycie podejrzewałem: że Cierń zaczął naukę zbyt późno i że nigdy nie opanuje magii, której tak długo mu odmawiano.

– Wciąż to powtarzasz – rzekł głucho.

Nie miałem na to żadnej odpowiedzi. Przez resztę lekcji zrobiliśmy kilka ćwiczeń z jednego ze zwojów, lecz z ograniczonym powodzeniem. Wydawało się, że zniechęcenie Ciernia stłumiło tego dnia jego wszelkie umiejętności. Trzymając mnie za ręce, potrafił odbierać obrazy i słowa, które mu przesyłałem, lecz kiedy rozdzieliliśmy się i stanęliśmy w różnych miejscach komnaty, nie potrafiłem do niego sięgnąć, a on nie mógł dotknąć umysłów Sumiennego ani Młotka. Rosnąca irytacja Ciernia przeszkadzała nam wszystkim. Kiedy Sumienny i Młotek wyszli do swoich codziennych zajęć, nie tylko nie posunęliśmy się do przodu, ale nie udało nam się dorównać osiągnięciom w używaniu Mocy z poprzedniego dnia.

– Mija kolejny dzień, a my nie zbliżyliśmy się ani o krok do stworzenia kręgu Mocy – zauważył z goryczą Cierń, kiedy znaleźliśmy się w komnacie sam na sam. Podszedł do kredensu i nalał sobie okowity. Zrobił pytający gest w moim kierunku, ale pokręciłem głową.

– Nie, dziękuję. Nie jadłem jeszcze nawet śniadania.

– Ani ja.

– Cierniu, wyglądasz na wyczerpanego. Moim zdaniem bardziej niż okowita przydałoby ci się kilka godzin odpoczynku i solidny posiłek.

– Znajdź mi w rozkładzie dnia dwie wolne godziny, a z przyjemnością się położę – odparł bez urazy. Z kubkiem w ręce podszedł do okna i spojrzał na wodę. – Wszystko skrupia się na mnie, Bastardzie. Musimy zawrzeć ten sojusz z Wyspami Zewnętrznymi. Z powodu wojny między Krainą Miedzi i Miastem Wolnego Handlu nasz handel z południem zmniejszył się do cienkiego strumyczka. Jeśli Kraina Miedzi zwycięży, co łacno może się zdarzyć, zwróci swoje miecze przeciwko nam. Musimy sprzymierzyć się z wyspami Zewnętrznymi, zanim zrobi to Kraina Miedzi.

Nie chodzi jednak tylko o przygotowania do podróży, ale o wszystkie zabezpieczenia, o które muszę zadbać, żeby Kozia Twierdza gładko funkcjonowała podczas mojej nieobecności. – Upił nieco okowity i dodał: – Wypływamy na Aslevjal za dwanaście dni. Dwanaście dni, kiedy na załatwienie wszystkiego trzeba co najmniej sześciu tygodni.

Wiedziałem, że nie mówi o zaopatrzeniu zamku w prowiant, o podatkach ani o szkoleniu straży. Wszystkim tym zarządzali ludzie podlegający bezpośrednio królowej. Cierń martwił się o swoją siatkę szpiegów i informatorów. Nikt nie wiedział, ile czasu zajmie nasza misja dyplomatyczna na Wyspy Zewnętrzne, nie mówiąc już o wyprawie księcia na Aslevjal. Wciąż żywiłem gasnącą nadzieję, że to jego „zabicie smoka" okaże się jakimś dziwnym zawyspiarskim rytuałem, lecz Cierń był przekonany, że gdzieś w lodzie tkwi prawdziwe smocze truchło i że Sumienny będzie musiał odsłonić je na tyle, by odrąbać od niego głowę i publicznie przekazać ją narczesce.

– Pod twoją nieobecność na pewno może się zająć tymi sprawami twój uczeń.

Mówiłem obojętnym tonem. Nigdy nie zarzuciłem Cierniowi wyboru ucznia. Wciąż nie byłem gotów wierzyć pani Różyczce jako dwórce królowej, a co dopiero jako uczennicy skrytobójcy. Jako dziecko była narzędziem Władczego i samozwaniec bezlitośnie wykorzystywał ją przeciwko nam. Nie była to jednak odpowiednia pora na wyjawienie Cierniowi, że odkryłem tożsamość jego nowego ucznia. Miał już wystarczająco zły nastrój.

Pokręcił głową, zirytowany.

– Niektórzy z moich informatorów ufają tylko mnie. Nie zechcą kontaktować się z nikim innym. A prawda jest taka, że połowę sukcesów zawdzięczam temu, że wiem, kiedy zadawać kolejne pytania i które plotki należy sprawdzać. Nie, Bastardzie, muszę pogodzić się z tym, że chociaż mój uczeń będzie się starał pilnować moich spraw, to kiedy wrócę, w zebranych informacjach pojawią się luki.

– Już kiedyś opuściłeś Kozią Twierdzę, w czasie wojny ze szkarłatnymi okrętami. Jak wtedy sobie poradziłeś?

– O, wtedy sytuacja była zupełnie inna. Wtedy śledziłem zagrożenie, idąc za intrygami prosto do ich źródeł. Szczerze mówiąc, tym razem będę obecny przy bardzo ważnych negocjacjach. Lecz tu, w Koziej Twierdzy, wciąż dzieje się wiele rzeczy, które trzeba mieć na oku.

– Srokaci – podpowiedziałem.

– Właśnie. Między innymi. Ale nadal boję się najbardziej właśnie ich, chociaż ostatnio przycichli.

Wiedziałem, co ma na myśli. Brak aktywności Srokatych nie uspokajał. Zabiłem przywódcę ich organizacji, lecz obawiałem się, że pojawi się ktoś inny, kto zajmie miejsce Chwalebnego. Posunęliśmy się bardzo daleko w zdobyciu szacunku i współpracy społeczności Rozumiejących. Może to złagodzenie stosunków przyczyni się do stłumienia gniewu i nienawiści, tak bardzo służących skrajnym zwolennikom Srokatych. Nasza strategia polegała na udzieleniu amnestii obdarzonym Rozumieniem, co mogłoby osłabić siłę napędową Srokatych. Gdyby królowa z rodu Przezornych zaprosiła Rozumiejących do życia w zwykłym społeczeństwie, gdyby zaprosiła ich, a nawet zachęciła do ujawnienia ich magii, to byliby mniej zainteresowani obaleniem tronu Przezornych. Taką mieliśmy nadzieję i wydawało się, że sytuacja rozwija się w tym kierunku. Gdyby jednak tak się nie stało, Srokaci wciąż mogli powstać przeciwko księciu i spróbować zdyskredytować go w oczach jego własnej szlachty przez ujawnienie, że jest Rozumiejący. Królewskie oświadczenie, że magia Rozumienia ma nie być uważana za skazę, nie zmazałoby całych pokoleń nieufności i uprzedzeń. Mieliśmy nadzieję, że dokona tego dobroczynna obecność na własnym dworze królowej ludzi obdarzonych Rozumieniem. Nie tylko chłopców, takich jak Szybki, lecz mężczyzn, takich jak Rozumiejący Sieciarz.

Cierń wciąż patrzył na wodę z niepokojem w oczach.

– Czy mogę jakoś pomóc?

Skrzywiłem się, wypowiadając te słowa, ale nie mogłem ich powstrzymać.

Zwrócił spojrzenie na mnie.

– Proponujesz to szczerze?

Jego ton ostrzegł mnie.

– Chyba tak. Dlaczego pytasz? O co chciałbyś mnie poprosić?

– Pozwól mi posłać po Pokrzywę. Nie musisz uznać jej za swoją córkę. Pozwól mi tylko jeszcze raz zwrócić się do Brusa w kwestii sprowadzenia jej na dwór i uczenia posługiwania się Mocą. Myślę, że w sercu pozostało mu jeszcze dość dawnej lojalności wobec Przezornych i że gdybym mu powiedział, że jego córka jest potrzebna księciu, to pozwoliłby jej przybyć na dwór. Ponadto Szybki z pewnością czułby się lepiej, mając przy sobie siostrę.

– Och, Cierniu. – Pokręciłem głową. – Poproś mnie o cokolwiek innego. Tylko zostaw moje dziecko w spokoju.

Cierń również pokręcił w milczeniu głową. Jeszcze przez jakiś czas stałem obok niego, lecz w końcu przyjąłem to milczenie za odprawę. Zostawiłem go patrzącego na wodę, ku wschodowi i północy, ku Wyspom Zewnętrznym.

ROZDZIAŁ 2

SYNOWIE

Zdobywca był pierwszym człowiekiem, który nazwał się królem Koziej Twierdzy. Przybył na te brzegi z Wysp Zewnętrznych jako najeźdźca i łupieżca, jak wielu przed nim. W drewnianym forcie stojącym na klifie nad rzeką ujrzał idealne miejsce na założenie stałej bazy w tym kraju. Tak mówią niektórzy. Inni powiadają, że był zmarzniętym, mokrym i dręczonym nudnościami żeglarzem, który pragnął jak najprędzej znów znaleźć się na brzegu, z dala od rozkołysanego brzucha oceanu. Bez względu na to, jaka była jego pierwotna motywacja, zaatakował i zajął drewniany zamek wzniesiony na starożytnych kamiennych fundamentach, zostając pierwszym w Koziej Twierdzy królem z rodu Przezornych. Zdobył ją ogniem; odtąd wszystkie umocnienia zamku budował z tak tu obficie występującego czarnego kamienia. Tak więc od najdawniejszych czasów rodzina panująca w Królestwie Sześciu Księstw miała korzenie sięgające do Wysp Zewnętrznych. Nie jest oczywiście w tym osamotniona. Mieszkańcy Królestwa Sześciu Księstw i Zawyspiarze mieszali wzajemnie swoją krew równie często, jak ją przelewali.

Śmiałka „Historie"

Od dnia wypłynięcia dzieliło nas tylko pięć dni i podróż zaczęła mi się wydawać realna. Aż do tej chwili potrafiłem wypychać ją z myśli i uważać za coś abstrakcyjnego. Przygotowałem się do niej, ale tylko tak na wszelki wypadek. Uczyłem się znaków zawyspiarskiego pisma i spędziłem wiele wieczorów w tawernie chętnie odwiedzanej przez kupców i żeglarzy z Wysp Zewnętrznych. Pracowałem tam nad nauką ich języka. Najlepiej szło mi przez słuchanie. Wiele słów w obu językach miało takie same rdzenie i po kilku wieczorach zawyspiarski nie brzmiał już tak dziwnie w moich uszach. Nie mówiłem nim dobrze, ale zrozumiale i, co ważniejsze, rozumiałem większość z tego, co słyszałem. Miałem nadzieję, że to wystarczy.

Lekcje z Szybkim szły mi dobrze. Wiedziałem, że kiedy wypłyniemy, będzie mi go z pewnych względów brakowało. Pod innymi będę się cieszył, że się od niego uwolnię. Nie kłamał – był znakomitym łucznikiem jak na dziesięcioletniego chłopca. Kiedy zwróciłem na to uwagę Rzeżusze, zbrojmistrz z zadowoleniem się nim zajął.

– Ma wyczucie. Nie lubi stać i długo, starannie celować. Ten chłopiec wypuszcza strzałę w równej mierze z łuku, co z oka. Marnowałby się z toporem. Niech nabierze siły, a w miarę, jak będzie rósł, damy mu dłuższy i potężniejszy łuk.

Tak ocenił go Rzeżucha, a kiedy przekazałem jego słowa Cierniowi, stary skrytobójca częściowo się z nimi zgodził.

– Walki toporem też zaczniemy go uczyć – zdecydował Cierń. – Nie zaszkodzi mu to.

Spędzanie z chłopcem mniejszej ilości czasu sprawiało mi większą ulgę, niż chciałem przyznać. Był młodzieńcem bystrym i przyjemnym w obyciu z wyjątkiem dwóch spraw: zbytnio mi przypominał o Sikorce i o Brusie, a ponadto wciąż wracał do kwestii swojej magii. Bez względu na to, od jakiej lekcji zaczynałem, zawsze znajdował jakiś sposób, by przekształcić ją w rozmowę o Rozumieniu. Ogrom jego niewiedzy przerażał mnie, a mimo to nie czułem się swobodnie, korygując jego błędne wyobrażenia. Postanowiłem poradzić się w jego sprawie Sieciarza.

Przede wszystkim trudno było znaleźć się z nim sam na sam. Od czasu, kiedy przybył do Koziej Twierdzy jako mówca i orędownik swoich pobratymców oraz ich szkalowanej magii, zyskał szacunek wielu osób, które niegdyś pogardzały Rozumieniem i ludźmi je praktykującymi. Teraz często nazywano go mistrzem Rozumienia. Tytuł ten, świadczący niegdyś o szyderczym stosunku używających go dworaków do uznania przez królową zakazanej magii, szybko stawał się powszechnie stosowanym tytułem honorowym. Wiele osób szukało teraz u Sieciarza porady, i to nie tylko w sprawach związanych z jego magią czy z ludźmi pradawnej krwi. Sieciarz był życzliwy, interesował się wszystkimi i potrafił rozmawiać z ożywieniem na niemal każdy temat; do tego nie był gadatliwy, lecz uważnie słuchał. Ludzie dobrze reagują na kogoś, kto chłonie każde ich słowo. Sądzę, że stałby się ulubieńcem dworu, nawet gdyby nie był nieoficjalnym ambasadorem mieszkańców królestwa obdarzonych Rozumieniem. Stawiało go to jednak jeszcze bardziej w centrum uwagi, jeśli bowiem ktoś pragnął okazać królowej, że popiera jej postępowanie wobec Rozumiejących, to czyż mógł to zrobić lepiej, niż zapraszając Sieciarza na kolację lub zapewniając mu jakąś inną rozrywkę? Wielu szlachciców starało się przypochlebić w ten sposób królowej. Jestem pewien, że żadne poprzednie doświadczenia Sieciarza nie przygotowały go na rolę takiej towarzyskiej nowości, lecz on podchodził do tego spokojnie, jak zresztą do wszystkich innych spraw. Nie widziałem też, by go to zmieniło. Wciąż tak samo zachwycał się paplaniną służącej, jak wyrafinowanymi dysputami szacownego wielmoży. Rzadko widywałem go samego.

Istnieją jednak jeszcze miejsca, gdzie dobrze wychowani ludzie dają człowiekowi spokój. Czekałem na Sieciarza, kiedy wyszedł z wygódki. Pozdrowiłem go i dodałem:

– Chciałbym zasięgnąć twojej rady. Miałbyś czas na słowo i spokojną przechadzkę po Kobiecym Ogrodzie?

Uniósł z zaciekawieniem siwiejącą brew i skinął głową. Poszedł za mną bez słowa, z łatwością dopasowując swój rozkołysany żeglarski krok do tempa mojego marszu. Zawsze lubiłem Kobiecy Ogród, jeszcze od czasów, kiedy byłem chłopcem. Latem dostarcza wielu ziół i świeżych warzyw dla zamkowej kuchni, lecz jest tak rozplanowany, by także przyjemnie było w nim spacerować. Jest nazywany Kobiecym Ogrodem tylko dlatego, że uprawiają go głównie kobiety; nikt nie patrzyłby krzywo na naszą w nim obecność. Po drodze urwałem kilka bujnych młodych liści kopru włoskiego i podałem jeden z nich Sieciarzowi. Nad nami rozpuszczała swoje liście brzoza. Ławkę, którą sobie wybraliśmy, otaczały grządki rabarbaru. Ziemię przebijały jego grube, czerwone guzy, a na kilku roślinach otwierały się do światła pomarszczone liście. Jeśli łodygi miały osiągnąć odpowiednią długość, niedługo trzeba będzie je rozsadzić. Wspomniałem o tym Sieciarzowi.

Podrapał się z namysłem po starannie przystrzyżonej siwej brodzie. W jego bladych oczach pojawiły się iskierki rozbawienia.

– I to o rabarbarze chciałeś ze mną porozmawiać? – zapytał.

Włożył między zęby łodygę kopru i zaczął ją skubać, czekając na moją odpowiedź.

– Nie, oczywiście, że nie. I wiem, że masz wiele zajęć, nie zatrzymam cię więc dłużej, niż muszę. Martwię się o chłopca, który został powierzony mej opiece. Uczę go pisać i władać bronią. Ma na imię Szybki i jest synem człowieka, który niegdyś był w Koziej Twierdzy koniuszym, Brusa. Rozstał się jednak z ojcem z powodu sporu o posługiwanie się Rozumieniem i nazwał się Szybkim Rozumiejącym.

– O! – rzekł Sieciarz i energicznie skinął głową. – Tak, znam tego chłopca. Często pojawia się wieczorami na skraju kręgu, by posłuchać moich opowieści, lecz nie przypominam sobie, by kiedykolwiek się do mnie odezwał.

– Rozumiem. Cóż, zachęcałem go, by nie tylko cię słuchał, ale i z tobą rozmawiał. Martwi mnie to, jak postrzega swoją magię. I to, jak o niej mówi. Nie został wyszkolony, jako że jego ojciec całkowicie potępia Rozumienie. Niewiedza Szybkiego nie skłania go jednak do ostrożności, lecz do lekkomyślności. Ujawnia swoje Rozumienie każdemu, kogo spotyka, podtykając mu je pod nos i domagając się, by je uznał. Ostrzegłem go, że bez względu na dekret królowej Rozumienie wciąż budzi odrazę u wielu osób w Koziej Twierdzy. Chłopiec chyba nie pojmuje, że zmiana w prawie nie może wymusić zmiany w ludzkich sercach. Afiszuje się ze swoim Rozumieniem w sposób, który może się okazać dla niego niebezpieczny. A niedługo, kiedy wyjadę z księciem, będę musiał go zostawić samemu sobie. Zostało mi pięć dni na wpojenie mu choć odrobiny ostrożności.

Zabrakło mi tchu.

– Rozumiem, że to cię bardzo niepokoi – odezwał się współczująco Sieciarz.

Nie była to uwaga, jakiej mógłbym się spodziewać, i na chwilę straciłem wątek.

– Nie chodzi tylko o to, że moim zdaniem, ujawniając swoją magię, naraża się na niebezpieczeństwo – usprawiedliwiłem się. –

Chodzi o coś jeszcze. On otwarcie mówi o wyborze zwierzęcia, z którym mógłby się związać, i to szybko. Poprosił mnie o pomoc w tej sprawie – zapytał, czy nie oprowadziłbym go po stajniach. Powiedziałem, że to nie jest właściwy tok postępowania, że w takim związku musi być coś więcej, ale on mnie nie słucha. Twierdzi, że gdybym sam miał magię Rozumienia, to lepiej rozumiałbym jego potrzebę zakończenia tej izolacji.

Dodając to ostatnie, starałem się, by w moim głosie nie zabrzmiało rozdrażnienie.

Sieciarz chrząknął i uśmiechnął się krzywo.

– A ja rozumiem, dlaczego to tak bardzo cię irytuje.

Na te słowa przebiegł mnie dreszcz. Były ciężkie od niewypowiedzianej wiedzy. Usiłowałem nie zwracać na to uwagi.

– I dlatego przyszedłem do ciebie, Sieciarzu. Porozmawiasz z nim? Chyba ty najlepiej umiałbyś go nauczyć, jak ma przyjąć swoją magię, by go nie przytłoczyła. Mógłbyś mu wytłumaczyć, dlaczego powinien poczekać ze związkiem i dlaczego powinien ostrożniej dzielić się informacją, że ma Rozumienie. Krótko mówiąc, mógłbyś nauczyć go, jak ma dźwigać swoją magię po męsku, z godnością i w ukryciu.

Sieciarz odchylił się, żując w zamyśleniu liście kopru.

– Wszystkich tych rzeczy mógłbyś go nauczyć równie dobrze jak ja, Bastardzie Rycerski, gdybyś tylko zechciał.

Przyglądał mi się bacznie i tego jasnego wiosennego dnia zdawało się, że jego oczy są bardziej niebieskie niż szare. Nie patrzyły na mnie zimno, ale poczułem się jak przeszyty soplem lodu. Zaczerpnąłem powoli tchu, by się uspokoić. Nie ruszałem się, mając nadzieję, że się nie zdradzę, i zastanawiałem się, skąd Sieciarz może wiedzieć. Kto mu powiedział? Cierń? Ketriken? Sumienny?

– Oczywiście twoje słowa miałyby dla niego jakąkolwiek wagę tylko wtedy, gdybyś mu powiedział, że też masz Rozumienie – odezwał się po chwili z bezlitosną logiką. – A najlepszy skutek odniosłyby, gdybyś mu także powiedział, jak się naprawdę nazywasz i co cię łączy z jego ojcem. Co prawda, może jest za młody, by poznać ten sekret w całości.

Przyglądał mi się jeszcze przez czas potrzebny na zrobienie dwóch oddechów, a potem odwrócił wzrok. Sądziłem, że to z litości nade mną, ale zaraz dodał:

– Z twoich oczu wciąż wyziera twój wilk. Myślisz, że jeśli będziesz tkwił bez ruchu, nikt cię nie zauważy. To na mnie nie działa, młody człowieku.

Wstałem. Pragnąłem wyprzeć się mojego imienia, lecz Sieciarz był tak pewien swego, że gdybym to zrobił, wyszedłbym w jego oczach na głupca. A nie chciałem, by pan Sieciarz uważał mnie za kogoś pozbawionego rozumu.

– Raczej nie uważam się za młodzieńca – rzekłem z przyganą. – Może jednak masz rację. Sam porozmawiam z Szybkim.

– Jesteś młodszy ode mnie – rzucił do moich oddalających się pleców. – I nie chodzi tylko o wiek, panie Borsuczowłosy. – Zatrzymałem się i obejrzałem na niego. – Nie tylko Szybki wymaga szkolenia w swojej magii – stwierdził ściszonym głosem, przeznaczonym wyłącznie dla mnie. – Nie będę jednak uczył nikogo, kto sam do mnie nie przyjdzie i o to nie poprosi. Powiedz to też chłopcu. Że musi przyjść do mnie i poprosić. Nie chcę mu niczego narzucać.

Zrozumiałem, że zostałem odprawiony, więc odszedłem. Wtedy znów usłyszałem jego podniesiony głos, jakby rzucał luźną uwagę.

– Taki dzień podobałby się Jeżynie. Czyste niebo i lekki wiatr. Jak jej sokół by się wznosił!

Oto odpowiedź na moje nie zadane pytanie; domyśliłem się, że to jest prawdziwy dowód litości. Nie chciał, bym się zastanawiał, kto w Koziej Twierdzy zdradził moją tajemnicę, lecz wyraźnie mi powiedział, że dowiedział się mojego prawdziwego imienia z innego źródła. Od Jeżyny, wdowie po Czarniaku, który tak dawno temu starał się nauczyć mnie Rozumienia. Szedłem dalej, jakby słowa Sieciarza stanowiły zdawkową uprzejmość, lecz teraz musiałem się zastanawiać nad bardziej niepokojącą kwestią. Czy Jeżyna zapoznała go ze swoją wiedzą bezpośrednio, czy też została mu ona przekazana przez kolejnych pośredników? Ilu jeszcze Rozumiejących wie, kim naprawdę jestem? Jak ważna jest taka informacja? Jak można ją wykorzystać przeciwko tronowi Przezornych?

Tego dnia wykonywałem swoje obowiązki z roztargnieniem. Mój oddział straży miał ćwiczenia z bronią i dzięki zamyśleniu skończyłem je z większą liczbą sińców niż zazwyczaj. Była także ostatnia przymiarka nowych mundurów, które wszyscy mieliśmy nosić. Niedawno zostałem członkiem nowo utworzonej gwardii księcia. Cierń ułożył wszystko tak, że nie tylko zostałem przyjęty do tego elitarnego oddziału, ale i wylosowany na towarzysza księcia w wyprawie na Wyspy Zewnętrzne. Mundur gwardii książęcej był niebieski, z herbem kozła Przezornych na piersi. Miałem nadzieję, że mój strój będzie gotowy na tyle szybko, bym zdołał prywatnie dodać do niego potrzebne mi dodatkowe kieszonki. Oznajmiłem, że nie jestem już skrytobójcą w służbie Przezornych. Nie oznaczało to, że porzuciłem narzędzia związane z tym rzemiosłem.

Na szczęście nie miałem po południu żadnego spotkania z Cierniem czy Sumiennym, bo każdy z nich natychmiast wyczułby, że coś jest nie w porządku. Wiedziałem, że Cierniowi bym o tym powiedział; była to informacja, którą z całą pewnością musiał mieć. Nie chciałem jednak mu jej wyjawiać już teraz. Najpierw chciałem spróbować sam ją przemyśleć i zobaczyć, do czego to doprowadzi.

Wiedziałem, że najlepszym na to sposobem jest zajęcie myśli innymi sprawami. Kiedy tego wieczoru zszedłem do miasta, postanowiłem dać sobie nieco wytchnienia od zawyspiarskiej tawerny i spędzić trochę czasu z Trafem. Musiałem powiedzieć mojemu adoptowanemu synowi, że zostałem „wybrany" na towarzysza księcia, i na wszelki wypadek już się z nim pożegnać, bo potem mógłbym nie mieć na to czasu. Dawno się nie widziałem z chłopakiem, a do wypłynięcia zostało tak niewiele dni, że uznałem, iż z czystym sumieniem mogę wyprosić u Dębka zwolnienie Trafa na cały wieczór. Od kiedy zamieszkał on z innymi uczniami i poważnie poświęcił się nauce, byłem bardzo zadowolony z jego postępów. Dębek był jednym z najlepszych stolarzy w mieście. Wciąż uważałem za duży sukces, że, przy delikatnym poparciu Ciernia, zgodził się przyjąć Trafa do terminu. Jeśli chłopiec dobrze się spisze, będzie czekała go jasna przyszłość w każdej części Królestwa Sześciu Księstw, w której zechce się osiedlić.

Przyszedłem w chwili, kiedy uczniowie przygotowywali się do wieczornego posiłku. Dębka nie było, ale Trafa zwolnił jeden ze starszych czeladników. Zdziwiłem się, że spełnił moją prośbę z wyraźną niechęcią, ale położyłem to na karb jakichś jego problemów. Traf nie wyglądał jednak na zachwyconego moim widokiem. Bardzo się ociągał z pójściem po płaszcz, a kiedy znaleźliśmy się na ulicy, szedł obok mnie w milczeniu.

– Trafie, czy wszystko w porządku? – zapytałem go wreszcie.

– Chyba tak – odparł cicho. – Ty jednak niewątpliwie się z tym nie zgodzisz. Dałem Dębkowi słowo, że będę się w tej sprawie pilnował. Czuję się urażony, że mimo wszystko posłał po ciebie, żebyś i ty mnie zganił.

– Nie mam pojęcia, o czym mówisz – zapewniłem go, usiłując mówić spokojnym tonem, choć serce podeszło mi do gardła. Nie potrafiłem myśleć o niczym innym, jak tylko o tym, że za kilka dni muszę wyruszyć w drogę. Czy zdołam naprawić sytuację w tak krótkim czasie? Zaniepokojony, wyrzuciłem z siebie moją wiadomość:

– Zostałem wybrany spośród innych gwardzistów. Niedługo wybieram się na wyprawę z księciem na Wyspy Zewnętrzne. Przyszedłem ci o tym powiedzieć i spędzić z tobą wieczór przed wyjazdem.

Prychnął z niesmakiem, ale sądzę, że wywołał go u siebie sam. Zdradził mi się ze swoim problemem, a gdyby był nieco bardziej powściągliwy, mógłby go zachować w tajemnicy. Myślę, że zaważyło to na jego reakcji na moją nowinę. Szedłem obok Trafa, czekając, by się odezwał. Tego wieczoru na ulicach miasta było dość spokojnie. Ostatnio zaczęło się ściemniać później, ale i ludzie wstawali wcześniej i pracowali dłużej, dlatego chętniej kładli się spać, gdy niebo wciąż jaśniało wiosennym blaskiem.

– Niedaleko jest tawerna „Pod Psem i Piszczałką" – odezwałem się w końcu, kiedy Traf nie przerywał milczenia. – Przyjemne miejsce, gdzie można coś zjeść i napić się dobrego piwa. Pójdziemy tam?

– Jeśli nie sprawi ci to różnicy, wolałbym pójść „Pod Uwięzłą Świnię" – odparł, nie patrząc mi w oczy.

– Sprawi – stwierdziłem celowo przyjemnym tonem. – Jest za blisko domu Dziewanny, a wiesz, że ona czasami tam zagląda. Wiesz także, że się rozstaliśmy. Jeśli mogę tego uniknąć, wolałbym się dziś na nią nie natknąć.

Tawerna ta, jak poniewczasie odkryłem, była także uważana za miejsce spotkań ludzi obdarzonych Rozumieniem, choć nikt nie rzucił tego oskarżenia otwarcie. Przyczyniało się to w pewnym stopniu do nie najlepszej reputacji tawerny, biorącej się jednak po prawdzie głównie z panującego tam brudu i niechlujstwa obsługi.

– Czy twoje zastrzeżenia nie mają raczej związku z tym, że blisko tawerny mieszka Świegotka? – zapytał Traf znacząco.

Stłumiłem westchnienie i skierowałem kroki ku „Uwięzłej Świni".

– Sądziłem, że rzuciła cię dla tego żeglarza i jego ładnych podarków.

Wzdrygnął się, ale odpowiedział spokojnie:

– Mnie też się tak wydawało. Ale kiedy Ref wrócił na morze, wreszcie mogła mnie odszukać i powiedzieć prawdę. Ten związek zaaranżowali jej rodzice i bardzo go popierają. Dlatego tak mnie nie lubią.

– A zatem myśleli, że wiesz o tej umowie i mimo to nadal się spotykasz z ich córką?

– Chyba tak – odparł tym samym obojętnym tonem.

– Szkoda, że nie przyszło jej do głowy powiedzieć rodzicom, że cię oszukuje. Albo tobie o tym Refie.

– To nie było tak, Tomie. – Do jego głosu wkradła się nuta gniewu. – Nie chciała nikogo oszukiwać. Na początku myślała, że będziemy tylko przyjaciółmi, więc nie było powodu mówić mi, że jest już komuś obiecana. Kiedy zaczęliśmy coś do siebie czuć, bała się powiedzieć ze strachu, że mogę ją uznać za niewierną wobec niego. Ale w rzeczywistości nie oddała mu serca; jedyne, co kiedykolwiek otrzymał, to słowo jej rodziców.

– A kiedy wrócił?

Zaczerpnął głęboko tchu i nie stracił panowania nad sobą.

– To skomplikowana sprawa, Tomie. Jej matka podupada na zdrowiu, a tego związku pragnie z całego serca. Ref jest synem jej przyjaciółki z dzieciństwa. A ojciec Świegotki nie chce cofnąć raz danego słowa. To dumny człowiek. Kiedy więc Ref wrócił do miasta, Świegotka uznała, że przez ten krótki czas najlepiej będzie udawać, że wszystko jest w porządku.

– A kiedy wypłynął w rejs, wróciła do ciebie.

– Tak – uciął, jakby nie było już nic do powiedzenia.

Położyłem mu rękę na ramieniu. Mięśnie miał napięte, twarde jak kamień. Zapytałem o to, o co musiałem zapytać.

– A co się stanie, jak znów zawinie do portu, z prezentami i miłym przeświadczeniem, że Świegotka jest jego ukochaną?

– Wtedy powie mu, że kocha mnie i jest moja – odparł cicho. – Albo ja to zrobię. – Przez chwilę szliśmy w milczeniu. Nie odprężył się pod dotykiem mojej dłoni, ale przynajmniej jej nie strącił. – Myślisz, że głupio robię – powiedział w końcu, kiedy skręciliśmy w ulicę, przy której stała tawerna „Pod Uwiężłą Świnią". – Myślisz, że ona się mną bawi i że kiedy Ref wróci do domu, znów mnie rzuci.

Starałem się wypowiedzieć twarde słowa miękkim tonem:

– Wydaje mi się to możliwe.

Westchnął, a jego ramię rozluźniło się pod moją dłonią.

– Mnie też. Ale co ja mam robić, Tomie? Ja ją kocham. Świegotkę i żadną inną. Ona jest moją drugą połową, a kiedy jesteśmy razem, tworzymy całość, której jestem pewien. Kiedy tak idę obok ciebie i o tym opowiadam, sprawiam wrażenie naiwnego, nawet na sobie samym. Wypowiadam więc wątpliwości, podobne do twoich. Kiedy jednak jestem z nią, a ona patrzy mi w oczy, to wiem, że mówi prawdę.

Szliśmy jeszcze kawałek w milczeniu. Wokół nas miasto zmieniało rytm, kończąc całodzienną pracę i przygotowując się do wspólnych posiłków w rodzinnej atmosferze. Handlarze zamykali okiennice na noc. Z domów dobiegały zapachy gotowania. Tawerny wabiły klientów takich, jak ja i Traf. Żałowałem, że nie idziemy po prostu razem zjeść solidnego posiłku. Sądziłem, że Traf żegluje po bezpiecznych wodach i pocieszałem się tym, ilekroć myślałem o wyjeździe z Koziej Twierdzy. Zadałem pytanie równie nieuniknione, jak głupie:

– Czy jest jakaś szansa, żebyś na pewien czas przestał się z nią widywać?

– Nie – odparł, nie zaczerpnąwszy nawet tchu, i dodał, patrząc przed siebie: – Nie mogę, Tomie. Nie mogę jej porzucić tak samo, jak nie mogę obyć się bez powietrza, wody czy jedzenia.

Wtedy uczciwie powiedziałem mu o swoich obawach.

– Martwię się, że kiedy wyjadę, wpadniesz przez to w kłopoty, Trafie. I nie chodzi mi o jakąś bójkę z Refem o tę dziewczynę, chociaż i to byłoby fatalne. Pan Jeleni Róg nie lubi żadnego z nas. Jeśli uzna, że skompromitowałeś jego córkę, to może zechcieć się na tobie zemścić.

– Dam sobie radę z jej ojcem – odparł szorstko, a ja poczułem, że sztywnieją mu ramiona.

– W jaki sposób? Dasz mu się pobić? Czy może sam stłuczesz go do nieprzytomności? Pamiętaj, ja z nim walczyłem. On ani nie prosi o łaskę, ani jej nie udziela. Gdyby nie wtrąciła się straż miejska, nasza bójka trwałaby do czasu, aż któryś z nas straciłby przytomność albo życie. A nawet jeśli nie dojdzie do tego, Jeleni Róg mógłby zrobić coś innego. Mógłby pójść do Dębka i poskarżyć się, że jego uczeń niemoralnie się prowadzi. Dębek potraktowałby coś takiego poważnie, prawda? Z tego, co mówisz, twój mistrz nie jest w tej chwili zbytnio z ciebie zadowolony. Mógłby cię wyrzucić. Albo Jeleni Róg mógłby po prostu wyrzucić własną córkę na ulicę. I co wtedy?

– Wtedy wezmę ją do siebie – odparł ponuro Traf – i zajmę się nią.

– Jak?

– Jakoś. Nie wiem jak, po prostu wiem, że tak zrobię!

Gniewu, który brzmiał w jego odpowiedzi, Traf nie skierował do mnie, lecz do siebie samego, nie umiał bowiem odpowiedzieć na to pytanie. Uznałem, że to dobra pora na zachowanie milczenia. Mój chłopiec nie da się sprowadzić z raz obranej ścieżki. Gdybym chciał tego dokonać, tylko by się ode mnie odwrócił, by podążyć za Świegotką.

Szliśmy dalej, a kiedy zbliżyliśmy się do „Uwięzłej Świni", musiałem zapytać:

– Chyba nie spotykasz się z nią otwarcie?

– Nie – odrzekł niechętnie. – Przechodzę obok jej domu. Wygląda mnie, ale udajemy, że się nie zauważamy. Kiedy jednak mnie widzi, wynajduje sobie jakiś pretekst i wymyka się wieczorem na spotkanie ze mną.

– „Pod Uwięzłą Świnią"?

– Nie, oczywiście, że nie. Odkryliśmy jedno takie miejsce, gdzie możemy być sami.

Kiedy więc mijałem z Trafem dom Świegotki, poczułem, że uczestniczę w ich oszustwie. Do tej pory nie wiedziałem, gdzie dziewczyna mieszka; siedziała na progu z małym chłopcem. Nie myślałem, że ma rodzeństwo. Natychmiast wstała i weszła z dzieckiem do środka, jakby chciała nam zrobić afront. Poszliśmy do tawerny.

Nie chciałem tam wchodzić, ale Traf mnie wyprzedził, więc podążyłem za nim. Gospodarz skinął nam szorstko głową. Zdziwiłem się, że nie kazał mi wyjść. Kiedy byłem tu ostatnio, wdałem się w bójkę z Jelenim Rogiem i ludzie wezwali straż miejską. Być może takie wydarzenie nie było tu niczym szczególnym. Posługacz przywitał Trafa tak, jak się wita stałego klienta; mój chłopak zajął stół w rogu, jakby to było jego zwykłe miejsce. Położyłem na blacie monetę i wkrótce stanęły przed nami dwa kufle piwa i dwa talerze ze średnio apetyczną potrawką z ryby. Przyniesiony do niej chleb okazał się twardy. Traf jakby tego nie zauważał. Jedząc, rozmawialiśmy niewiele, a ja wyczułem, że odmierza czas, jaki powinno zająć Świegotce wymknięcie się do miejsca ich spotkań.

– Miałem zamiar dać Dębkowi trochę pieniędzy dla ciebie, żebyś miał coś na własne potrzeby pod moją nieobecność.

Traf pokręcił głową; miał pełne usta.

– To by nic nie dało – powiedział cicho po chwili. – Bo gdyby z jakiegoś powodu był ze mnie niezadowolony, nic by mi nie wypłacił.

– A spodziewasz się, że mistrz będzie z ciebie niezadowolony?

Nie odpowiadał przez chwilę.

– Uważa, że powinien mnie kontrolować, jakbym miał dziesięć lat. Moje wieczory powinny należeć do mnie. Zapłaciłeś za mój termin, a ja wykonuję swoją pracę w ciągu dnia. Nie powinno go obchodzić nic więcej. Ale nie, Dębek chciałby, żebym siedział z innymi uczniami i cerował skarpetki, aż jego żona krzyknie, byśmy przestali marnować świece i poszli spać. Nie trzeba tak mnie pilnować i nie będę tego tolerował.

– Rozumiem.

Jedliśmy w milczeniu mdłą potrawkę. Borykałem się z pewną decyzją. Duma nie pozwalała Trafowi poprosić, bym pieniądze dla niego dał mu bezpośrednio. Mógłbym mu odmówić, wyrażając w ten sposób dezaprobatę dla jego postępowania. To oczywiste, że mi się ono nie podobało. Przewidywałem, że sprowadzi na niego kłopoty... a jeśli stanie się to podczas mojej nieobecności, być może będzie potrzebował pieniędzy, by się z tych kłopotów wydobyć. Zdecydowanie dość się napatrzyłem na miejskie więzienie, by nie chcieć, żeby mój chłopak spędził tam jakiś czas, nie mogąc zapłacić grzywny. Ale jeśli zostawię mu pieniądze, to czy przypadkiem nie dam mu dość sznura, by się powiesił? Czy nie wydałby ich na podarki dla ukochanej, posiłki i napitki w tawernach? To było możliwe.

Wszystko sprowadzało się do tego, czy ufam chłopcu, którego wychowywałem przez ostatnie siedem lat. Już zlekceważył wiele z tego, czego go nauczyłem. Lecz to samo powiedziałby o mnie w tym wieku Brus, gdyby wiedział, jak często posługiwałem się Rozumieniem. To samo powiedziałby Cierń, gdyby wiedział o moich potajemnych wyprawach do miasta. A mimo to siedziałem tu jako człowiek, którego ze mnie uczynili. Do tego stopnia, że nie chciałem pokazywać sakiewki z pieniędzmi w tawernie cieszącej się tak złą sławą.

– A zatem po prostu dam te pieniądze tobie i zaufam ci, że postąpisz z nimi mądrze – rzekłem cicho.

Twarz Trafa rozjaśniła się; wiedziałem, że sprawiło to moje zaufanie, a nie pieniądze.

– Dziękuję, Tomie. Będę ostrożny.

Potem jedliśmy w przyjemniejszej atmosferze. Rozmawialiśmy o mojej zbliżającej się podróży. Traf zapytał, jak długo mnie nie będzie. Odpowiedziałem, że nie wiem. Spytał, czy podróż będzie niebezpieczna. Wszyscy słyszeli, że książę zamierza zabić smoka na cześć narczeski. Wyśmiałem pomysł, że znajdziemy jakiegokolwiek smoka w lodach Wysp Zewnętrznych. Powiedziałem, zgodnie z prawdą, że podczas tej wyprawy spodziewam się nudy i niewygód, lecz nie ryzyka. Byłem przecież tylko szeregowym gwardzistą, zaszczyconym wyborem na towarzysza księcia. Niewątpliwie większość czasu spędzę, czekając na czyjeś rozkazy. Roześmialiśmy się obaj, a ja miałem nadzieję, że Traf zrozumiał moją myśl: że słuchanie zwierzchnika nie stanowi dziecinnego ograniczenia, lecz obowiązek, którego podjęcia może się spodziewać w życiu każdy człowiek. Jeśli jednak chłopak zobaczył to w takim świetle, to o tym nie wspomniał.

Nie przedłużaliśmy posiłku. Jedzenie do tego nie zachęcało, a ja wyczułem, że Traf czeka na spotkanie ze Świegotką. Ilekroć o tym myślałem, zamierało mi serce, ale wiedziałem, że Traf nie da się od tego odwieść. Kiedy więc skończyliśmy jeść, odsunęliśmy tłuste talerze i wyszliśmy z „Uwięzłej Świni". Przez jakiś czas szliśmy razem, obserwując, jak na miasto spływa wieczór. Kiedy byłem chłopcem, o tej porze ulice były niemal puste. Miasto jednak się rozrosło i co mroczniejsze usługi rozkwitły. Przy uczęszczanym skrzyżowaniu ulic krążyły powoli kobiety. Obrzucały spojrzeniem mijanych mężczyzn i rozmawiały ze sobą zdawkowo, czekając, by któryś do nich podszedł. Traf zatrzymał się tam.

– Muszę już iść – powiedział cicho.

Kiwnąłem głową, powstrzymując się od komentarza. Wyjąłem zza pazuchy sakiewkę i wsunąłem mu w dłoń.

– Nie noś przy sobie wszystkiego, tylko tyle, ile będziesz potrzebował danego dnia. Masz jakieś bezpieczne miejsce, gdzie mógłbyś umieścić resztę?

– Dziękuję, Tomie. – Wziął z poważną miną sakiewkę i włożył za koszulę. – Mam. A w każdym razie ma takie miejsce Świegotka. Poproszę ją, by to dla mnie przechowała.

Musiałem przywołać całe opanowanie i umiejętność udawania, jakich kiedykolwiek się nauczyłem, by nie zdradzić się ze złymi przeczuciami. Kiwnąłem głową, jakbym nie miał żadnych wątpliwości, że wszystko będzie w porządku. Potem objąłem Trafa, który powiedział, bym na siebie uważał w podróży, i rozstaliśmy się.

Stwierdziłem, że nie chce mi się jeszcze wracać do Koziej Twierdzy. Słowa Sieciarza i wieści Trafa sprawiły, że był to niepokojący dzień. Ponadto posiłek zjedzony „Pod Uwięzłą Świnią" bardziej rozstroił niż zadowolił mój żołądek. Obawiałem się, że długo w nim nie pozostanie. Ruszyłem więc inną drogą, by Traf nie pomyślał, że go śledzę, i przez jakiś czas błąkałem się po ulicach miasta. Niepokój walczył o lepsze z samotnością. Minąłem pracownię krawiecką, niegdyś sklep ze świecami, w którym pracowała Sikorka. Pokiwałem głową nad sobą i z rozmysłem ruszyłem do portu. Trochę powałęsałem się na nabrzeżu, licząc statki z Wysp Zewnętrznych, z Miasta Wolnego Handlu, Jamaillii i dalszych portów, oraz nasze własne. Port był dłuższy i bardziej zatłoczony, niż pamiętałem z lat chłopięcych, a obce statki dorównywały liczbą naszym. Mijając jeden z nich, usłyszałem, jak któryś z Zawyspiarzy rzuca szorstki żart, a jego towarzysze odpowiadają mu wrzaskliwie. Ucieszyłem się, że rozumiem, co mówią.

Statki, które miały zawieźć nas na Wyspy Zewnętrzne, były zacumowane przy głównym nabrzeżu. Zwolniłem, by popatrzeć na ich nagie maszty. Załadunek ustał wieczorem, lecz na pokładach czuwały przy blasku lamp straże. Statki wydawały się teraz ogromne; wiedziałem, jak małe się staną po kilku dniach na morzu. Obok statku dla księcia i jego świty cumowały trzy inne, mające wziąć na pokład pomniejszą szlachtę, jej bagaże oraz ładunek podarunków i towarów handlowych. Statek, którym miał płynąć książę Sumienny, nazywał się „Panieńska Szansa". Była to starsza jednostka, szybka i dzielna. Po wyszorowaniu, odmalowaniu i wymianie żagli wyglądała jak nowa. Jak to bywa ze statkiem handlowym, zbudowanym do przewozu towarów, zrezygnowano z szybkości na rzecz ładowności i stabilności: jego zaokrąglony kadłub przypominał brzuch prośnej maciory. Forkasztel został powiększony, by szlachetni pasażerowie mieli gdzie mieszkać. Statek wydał mi się w związku z tym źle wyważony i ciekawiło mnie, czy kapitanowi podobają się zmiany wprowadzone dla wygody Sumiennego. Miałem płynąć razem z nim, wraz z pozostałymi gwardzistami. Zastanawiałem się, czy Cierń wywalczy dla mnie jakąś kajutę, czy też będę musiał się zadowolić miejscem przeznaczonym dla wszystkich gwardzistów. Powiedziałem sobie, że to bezowocne rozmyślania. Będzie, co będzie, a ja poradzę sobie jakoś. W ogóle nie chciałem płynąć w ten rejs.

Pamiętałem czasy, kiedy z przejęciem czekałem na jakąkolwiek podróż. W dniu wyjazdu budziłem się o świcie, pełen entuzjazmu dla nadchodzącej przygody. Byłem gotowy do drogi, kiedy pozostali jeszcze wygrzebywali się spod koców.

Nie wiem, kiedy straciłem tę radość podróżowania, bo teraz całkowicie zniknęła. Nie czułem podniecenia, lecz rosnące przerażenie. Już sama myśl o zbliżającym się rejsie na północny wschód, o dniach spędzonych w ciasnych pomieszczeniach wystarczyła, bym zapragnął się wycofać z tego przedsięwzięcia. Nawet nie pozwalałem myślom wybiegać poza samą podróż, ku wątpliwemu powitaniu Zawyspiarzy i naszemu pobytowi na ich zimnej i skalistej ziemi. Znalezienie smoka uwięzionego w lodzie i odrąbanie mu głowy przerastało moją wyobraźnię. Niemal co noc zastanawiałem się gniewnie nad dziwnym zadaniem, które narczeska wybrała dla księcia jako próbę jego wartości. Wciąż usiłowałem znaleźć jakieś uzasadnienie tego wyboru. Nic nie przychodziło mi do głowy.

Teraz, chodząc wietrznymi ulicami miasta, znów zacząłem się zastanawiać nad tym, co najbardziej mnie przerażało. Najbardziej bałem się chwili, w której Błazen odkryje, że wyjawiłem jego plan Cierniowi. Chociaż dołożyłem wszelkich starań, by się pogodzić z Błaznem, po naszej kłótni spędzałem z nim niewiele czasu.

Częściowo unikałem go, by z jakiegoś mojego spojrzenia czy gestu nie poznał, że go zdradziłem, lecz w większości wina leżała po stronie Błazna.

Pan Złocisty, jak się teraz nazywał, niedawno całkowicie zmienił zachowanie. Przedtem dzięki swemu bogactwu mógł sobie pozwalać na kosztowne stroje i przepiękne przedmioty. Teraz obnosił się z nim w bardziej prostacki sposób. Pozbywał się pieniędzy jak służący strzepujący ściereczkę do kurzu. Oprócz komnat w zamku wynajął teraz całe górne piętro miejskiej gospody „Pod Srebrnym Kluczem", uczęszczanej przez zamożnych klientów. Ten modny przybytek przywarł jak rzep do stromego zbocza, które w czasach mojego dzieciństwa byłoby uważane za nie najlepsze miejsce na budowę. Z tego wyniosłego punktu rozciągał się jednak rozległy widok i na miasto, i na leżące za nim morze.

Pan Złocisty utrzymywał w tej gospodzie własnego kucharza i służbę. Pogłoski o podawanych przezeń rzadkich winach i egzotycznych potrawach wyraźnie stawiały jego kuchnię nad kuchnię samej królowej. Podczas kolacji spożywanych z wybranymi przyjaciółmi o uwagę pana Złocistego zabiegali najlepsi minstrele Królestwa Sześciu Księstw oraz inni artyści. Często słyszało się, że zaprosił minstrela, akrobatę i żonglera na równoczesne występy w oddzielnych narożnikach jadalni. Takie posiłki niezmiennie rozpoczynały się i kończyły grami hazardowymi, w których stawki były ustalane na tyle wysoko, że dotrzymać gospodarzowi kroku mogli jedynie najzamożniejsi i najbardziej rozrzutni młodzi wielmoże. Rozpoczynał dzień późno, a jego wieczory kończyły się o świtaniu.

Krążyły także plotki, że smak nie jest jedynym zmysłem, który zaspokaja Złocisty. Ilekroć do portu zawijał statek, który po drodze zatrzymał się w Mieście Wolnego Handlu, Jamailli czy na Wyspach Pirackich, zawsze przywoził mu jakiegoś gościa. Do drzwi pana Złocistego stukały wytatuowane kurtyzany, byli jamaillańscy niewolnicy, szczupli chłopcy z wymalowanymi oczyma, kobiety w żołnierskich strojach i żeglarze o twardych oczach; zostawali u niego na kilka nocy, po czym odpływali na swoich statkach. Jedni powiadali, że przywozili mu najlepszy sut oraz cindin, jamailliański narkotyk, który niedawno pojawił się w Koziej Twierdzy. Inni mówili, że goście ci zaspokajali inne „jamailliańskie gusta" Złocistego. Ci, którzy ośmielali się o nich pytać, spotykali się jedynie z wyniosłym spojrzeniem lub wstydliwą odmową odpowiedzi.

Co dziwne, ekscesy mojego przyjaciela zdawały się jedynie przysparzać mu popularności w pewnych kręgach arystokracji. Niejeden szlachetnie urodzony młodzieniec otrzymał surowe wezwanie do powrotu z Koziej Twierdzy do domu lub został odwiedzony przez rodzica nagle zaniepokojonego ilością pieniędzy potrzebnych do utrzymania potomka na dworze. Wśród co bardziej konserwatywnych wielmożów rozlegały się narzekania, że cudzoziemiec sprowadza młodzież na manowce. Ja jednak wyczuwałem w tym wszystkim raczej nie potępienie, lecz nieobyczajną fascynację wybrykami i niemoralnością pana Złocistego. Wędrując z ust do ust, opowieści o nim zyskiwały coraz to nowe szczegóły. Mimo to u podłoża każdej plotki tkwiło jądro prawdy, której nie dało się zaprzeczyć.. Złocisty wkroczył do królestwa ekscesów, którym nie dorównał nikt od czasów księcia Władczego.

Nie potrafiłem tego pojąć i wielce mnie to niepokoiło. W mojej pośledniej roli Toma Borsuczowłosego nie mogłem otwarcie odwiedzić tak wysoko postawionej osoby, jak pan Złocisty, a on nie szukał mego towarzystwa. Nawet kiedy spędzał noc w swoich komnatach na zamku, wypełniał je po szarość świtu gośćmi i wynajętymi artystami. Niektórzy powiadali, że wyniósł się do miasta, by mieć bliżej do miejsc, w których uprawia się gry hazardowe i niemoralne rozrywki, ale ja podejrzewałem, że przeniósł swoje leże z dala od czujnego oka Ciernia i że jego zagraniczni nocni goście nie służą jego rozrywkom cielesnym, lecz są raczej szpiegami i posłańcami od jego przyjaciół z południa. Zastanawiałem się, jakie mu przynoszą wieści i dlaczego Złocisty postanowił zniszczyć swoją reputację i wydać cały majątek? Jakie wiadomości przekazywał do Miasta Wolnego Handlu i Jamaillii?

Pytania te jednak przypominały moje rozmyślania o motywach narczeski, które skłoniły ją do wyznaczenia księciu zadania zabicia smoka Lodognia. Nie miałem wyraźnych odpowiedzi, a wszystko to jedynie wywoływało wirowanie znużonych myśli w czasie, który mógłbym lepiej wykorzystać na sen. Spojrzałem w górę na okratowane okna gospody „Pod Srebrnym Kluczem". Stopy same mnie tu przywiodły. Tego wieczoru górne pokoje były jasno oświetlone;

widziałem gości poruszających się w wystawnie urządzonych komnatach. Na balkonie jakaś kobieta prowadziła ożywioną rozmowę z młodym człowiekiem. Słyszałem w ich głosach wypite wino. Początkowo mówili cicho, lecz później ich ton wzniósł się w sprzeczce. Przyklęknąłem, udając, że uwiera mnie but, i zacząłem słuchać.

– Mam cudowną sposobność opróżnić sakiewkę pana Szmaragdowego, ale tylko wtedy, gdy będę miała pieniądze do wyłożenia na stół.

– Oddaj to, co mi jesteś winna, no już! – zażądał młodzieniec.

– Nie mogę. – Kobieta mówiła ostrożnym tonem osoby, która nie chce uchodzić za pijaną. – Nie mam tych pieniędzy, chłopcze, ale niedługo je dostanę. Dam ci twoje pieniądze, kiedy pan Złocisty zapłaci to, co jest mi winien po wczorajszej grze. Gdybym wiedziała, że będziesz się zachowywał jak lichwiarz, nigdy bym nic od ciebie nie pożyczyła.

Młodzieniec wydał cichy okrzyk ni to niepokoju, ni to oburzenia.

– Kiedy pan Złocisty wypłaci ci twoją stawkę? Równie dobrze można powiedzieć, że nigdy. Wszyscy wiedzą, że on nie spłaca długów. Gdybym wiedział, że pożyczasz ode mnie pieniądze, by je postawić przeciwko niemu, nigdy bym ci ich nie dał.

– Obnosisz się ze swoją niewiedzą – skarciła go z oburzeniem po chwili milczenia. – Wszyscy wiedzą, że jego bogactwo nie zna granic. Kiedy zawinie następny statek z Jamaillii, pan Złocisty będzie miał dość pieniędzy, by zapłacić nam wszystkim.

Patrzyłem i słuchałem uważnie, ukryty w cieniu za rogiem gospody.

– Jeśli zawinie następny statek z Jamaillii... w co wątpię, sądząc z przebiegu wojny... to musiałby być wielkości góry, by przywieźć dość pieniędzy na spłatę wszystkich długów! Nie słyszałaś, że on zalega nawet z czynszem i że gospodarz pozwala mu zostać tylko dlatego, że zwabia mu gości?

Na te słowa kobieta odwróciła się z gniewem, lecz młodzieniec chwycił ją za nadgarstek.

– Słuchaj, głupia dziewko! Ostrzegam, że nie będę czekał długo na spłatę. Lepiej znajdź na to jakiś sposób, i to jeszcze dziś. – Obrzucił spojrzeniem jej sylwetkę i dodał chrapliwie: – Nie wszystko musi być w brzęczącej monecie.

– O, pani Rezeda. Tu jesteś. Szukałem cię, mała kokietko! Unikasz mnie?

Dobiegł mnie leniwy głos pana Złocistego, który pojawił się na balkonie. Padające od tyłu światło odbijało się od jego lśniących włosów i obwodziło szczupłą sylwetkę. Podszedł do krawędzi balkonu, wychylił się lekko za barierkę i spojrzał na rozpostarte poniżej miasto. Młodzieniec natychmiast puścił rękę kobiety, która odrzuciła głowę w tył i podeszła do pana Złocistego. Przekrzywiła głowę i poskarżyła się dziecinnym tonem:

– Drogi panie Złocisty, pan Sprawny właśnie mi powiedział, że niewielkie mam szanse na odzyskanie mojego długu. Powiedz mu, proszę, jak bardzo się myli!

Pan Złocisty uniósł eleganckim ruchem ramię.

– Jakże roznoszą się plotki, jeśli człowiek spóźnia się o parę dni z oddaniem długu przyjaciółce. Przecież nie powinno się stawiać więcej, niż można sobie pozwolić przegrać... albo na obycie się bez tych pieniędzy do czasu ich zwrotu. Chyba się z tym zgodzisz, panie Sprawny?

– Och, może z tym, że nie powinno się stawiać więcej, niż można natychmiast zapłacić – złośliwie zasugerował zapytany.

– Ojej. Czyż nie ograniczyłoby to naszej gry do tego, co można włożyć do kieszeni? To drobne stawki. W każdym razie, miła pani, jak sądzisz, dlaczego cię szukałem, jeśli nie po to, by wywiązać się z mojego długu? Sądzę, że znajdziesz tu dużą część tego, co ci jestem winien. Żywię nadzieję, iż nie przeszkadza ci, że są to perły, a nie monety.

Odrzuciła głowę, patrząc lekceważąco na gburowatego pana Sprawnego.

– Ani trochę. A jeśli są tacy, cóż, powinni zatem po prostu zaczekać na prostackie pieniądze. W grze nie powinno chodzić o pieniądze, drogi panie Złocisty.

– Oczywiście, że nie. Cały smak w ryzyku, jak mawiam, a przyjemnością jest wygrana. Zgadzasz się, Sprawny?

– A jeśli nie, to czy wyszłoby mi to na dobre? – zapytał kwaśno młodzieniec.

Obaj zauważyliśmy, że kobieta wcale się nie kwapi z oddaniem mu swego długu.

Chłodne powietrze wiosennego wieczoru przeciął melodyjny śmiech pana Złocistego.

– Oczywiście, że nie, mój drogi. Oczywiście, że nie! No dobrze, mam nadzieję, że oboje wejdziecie do środka i spróbujecie ze mną nowego wina. Stojąc tu na tym chłodnym wietrze, można umrzeć z zimna. Przyjaciele mogą chyba znaleźć sobie jakieś cieplejsze miejsce na prywatną rozmowę?

Mężczyzna i kobieta już się odwrócili, by wejść do jasno oświetlonej komnaty. Mimo to pan Złocisty stał jeszcze przez chwilę na balkonie i patrzył w zadumie na miejsce, gdzie, jak sądziłem, byłem tak dobrze ukryty. Następnie skinął mi lekko głową, odwrócił się i zniknął.

Czekałem jeszcze kilka chwil, a potem wyszedłem z cienia. Byłem zły na niego, ponieważ zauważył mnie bez najmniejszego problemu, a jego propozycja spotkania ze mną w jakimś innym miejscu była zbyt niejasna, bym zdołał ją zrozumieć. Jednakże, choć bardzo chciałem usiąść i z nim porozmawiać, bardziej się teraz bałem, że odkryje moją zdradę. Uznałem, że lepiej unikać przyjaciela niż zobaczyć to w jego oczach. Ruszyłem w ponurym nastroju przez ulice. Nocny wiatr, który czułem na karku, przejmował mnie zimnem i pchał z powrotem do Koziej Twierdzy.

ROZDZIAŁ 3

NIEPOKÓJ

Wtedy to Chopak rozgniewał się na tych, którym nie podobał się sposób, w jaki traktował Dzikooką, i postanowił dać popis swej władzy nad nią.

– Może i jest dzieckiem – oznajmił – lecz brzemię jest jej i ona musi je dźwigać. I nie wolno jej kwestionować swej roli ani myśleć o własnym ocaleniu kosztem potępienia świata.

A potem zażądał, by poszła do swoich rodziców i wyparła się ich, mówiąc: „Nie mam matki, nie mam ojca. Jestem jedynie katalizatorem białego proroka Chopaka". I dalej miała im rzec: „Zwracam wam imię, które mi nadaliście. Nie jestem już Czerwoną, lecz Dzikooką, taką, jaką stworzył mnie Chopak". A nazwał ją tak, bo jedno jej oko zawsze uciekało w bok.

Nie chciała tego czynić, płakała, kiedy tam szła, płakała, kiedy wymawiała te słowa i płakała, wracając. Przez dwa dni i dwie noce jej łzy płynęły nieprzerwanie, a Chopak zezwolił jej na tę żałobę. Potem zaś rzekł do niej: „Dzikooka, zaprzestań łez".

I tak też uczyniła. Bowiem musiała.

Kucharzyn, skryba białego proroka Chopaka

Kiedy do podróży pozostaje dwanaście dni, wydaje się, że czasu jest aż nadto, by wszystko przygotować. Nawet gdy zostaje ich siedem, wciąż ma się wrażenie, że przygotowania zostaną ukończone w porę. Ale gdy czas kurczy się do pięciu, czterech i wreszcie trzech dni, upływające godziny pękają jak bańki, a zadania, które wydawały się proste, nagle się komplikują. Musiałem spakować wszystko, czego będę potrzebował w roli skrytobójcy, szpiega, mistrza Mocy, sprawiając jednocześnie wrażenie, że mam ze sobą tylko zwykły ekwipunek gwardzisty. Czekały mnie pożegnania, jedne proste, inne trudne.

Jedyną częścią podróży, której wypatrywałem z radością, był nasz powrót do Koziej Twierdzy. Strach może zmęczyć człowieka bardziej niż uczciwa praca, a mój narastał z każdym mijającym dniem. Trzy dni przed odpłynięciem czułem się wyczerpany i na wpół chory z tego powodu. To napięcie obudziło mnie na długo przed świtem i nie pozwoliło już zasnąć. Usiadłem. Węgle w palenisku oświetlały niewiele więcej ponad szufelkę i pogrzebacz oparty o bok kominka. Po chwili moje oczy przyzwyczaiły się do mroku pozbawionej okna komnaty. Znałem to miejsce od czasu, kiedy byłem uczniem skrytobójcy. Nie myślałem, że kiedyś będzie moje. Podniosłem się ze starego łóżka Ciernia, zostawiając za sobą zmięte po koszmarach sennych koce i ciepło snu.

Podszedłem do kominka i dołożyłem niewielkie polano. Zawiesiłem na haku kociołek z wodą i umieściłem go nad niskimi płomieniami. Pomyślałem, czy nie zrobić sobie herbaty, ale nie miałem jeszcze na to siły. Byłem zbyt zmartwiony, by spać i zbyt zmęczony, by przyznać, że już się rozbudziłem na dobre. Było to nędzne miejsce, które stało się boleśnie znajome w miarę, jak zbliżał się dzień naszego wyjazdu. Zapaliłem stoczek od roztańczonych ogni kominka, a od niego świece tkwiące w rozgałęzieniach świecznika na porysowanym roboczym stole. Z jękiem zasiadłem na zimnym krześle.

Siedziałem w koszuli nocnej przy stole i wpatrywałem się w kolekcję map, którą przygotowałem zeszłego wieczoru. Wszystkie pochodziły z Wysp Zewnętrznych, lecz tak różniły się rozmiarami i treścią, że nie sposób było ich ze sobą powiązać. Przedziwny zawyspiarski zwyczaj nakazywał, by mapy morza sporządzać tylko na skórach morskich ssaków lub ryb. Podejrzewałem, że konserwowano je w urynie, bo wydzielały osobliwą i niesłabnącą woń. Zwyczaj Wysp Zewnętrznych stanowił też, że każda z wysp ma być zapisana na swej mapie jako runa bogów. Oznaczało to, że mogły się tam znajdować dziwaczne ozdobniki i zawijasy, które nie miały nic wspólnego z geograficznym ukształtowaniem wyspy. Dla Zawyspiarza dodatki te miały ogromne znaczenie, wskazywały kotwicowiska bądź prądy morskie, informowały czy „aura" wyspy jest dobra, zła lub neutralna. Dla mnie te zdobienia były wyłącznie mylące. Każdy z czterech zwojów, które zdobyłem, wykonały inne ręce. Wszystkie różniły się skalą. Rozłożyłem je na stole, na oko dopasowując do siebie, a jednak wciąż dawały mi jedynie mgliste pojęcie o odległościach, jakie będziemy musieli przebyć. Prześledziłem naszą trasę z mapy na mapę, a ślady po przypaleniach i kubkach na blacie starego stołu między nimi obrazowały nieznane niebezpieczeństwa i morza.

Najpierw mieliśmy pożeglować z Koziej Twierdzy na Wyspę Nieba. Nie była to największa z wysp, lecz chełpiła się najlepszym portem i najżyźniejszą ziemią spośród nich, dlatego też miała największą liczbę mieszkańców. Wuj narczeski, Peottre, wyrażał się o Zyligu z pogardą. Wyjaśnił Cierniowi i Ketriken, że ten tętniący najbujniejszym życiem zawyspiarski port stał się przystanią wszelkiego rodzaju ludzi. Przybywali tam w odwiedziny i na handel obcokrajowcy, i, zdaniem Peottrego, zbyt wielu z nich osiadało na stałe, mieszając swe prostackie obyczaje z lokalnymi. Był to również port zaopatrzeniowy dla płynących na północ statków wielorybników i łowców fok. Ich nieokrzesane załogi sprowadziły na złą drogę wielu zawyspiarskich młodzieńców i wiele dziewcząt. Wedle słów Peottrego Zylig był obskurnym i niebezpiecznym portem, którego znaczną cześć mieszkańców stanowiły ludzkie szumowiny.

Tam mieliśmy przybić w pierwszej kolejności. Dom matek Arkona Krwaworękiego znajdował się po drugiej stronie Wyspy Nieba, ale w Zyligu miał kasztel, w którym zatrzymywali się członkowie klanu. Tam mieliśmy się spotkać z hetgurdem, luźnym związkiem zawyspiarskich przywódców, by omówić naszą wyprawę. I Cierń, i ja odnosiliśmy się do tego nieufnie. Cierń spodziewał się sprzeciwu wobec przymierza przez małżeństwo i prawdopodobnie w kwestii naszej misji. Dla niektórych Zawyspiarzy Lodogień był opiekuńczym duchem wysp. Nasza wyprawa, mająca na celu odrąbanie mu głowy, mogła zostać nie najlepiej przyjęta.

Po zakończeniu spotkania w Zyligu mieliśmy się przesiąść z naszego statku na jednostkę zawyspiarską, lepiej przystosowaną do płytkich wód, po których przyjdzie nam potem żeglować. Mieliśmy też dostać kapitana i załogę, obeznanych z kanałami. Zabiorą nas do Wilżenia na wyspie Majowej, ojczystej wyspie klanu Narwala. Sumienny miał zostać przedstawiony rodzinie narczeski i powitany w domu jej matek. Tam odbędzie się uroczystość zaręczyn, a książę uzyska rady co do czekającego go zadania. Po wizycie w rodowej wiosce Ellianii i Peottrego powrócimy do Zyligu i tam przesiądziemy się na statek, który zawiezie nas na Aslevjal i spoczywającego w lodzie smoka.

Impulsywnie odepchnąłem mapy na bok. Złożyłem ręce, oparłem czoło na skrzyżowanych nadgarstkach i zapatrzyłem się w uwięzioną tam ciemność. Wnętrzności skręcały mi się z przerażenia. I nie chodziło tylko o czekającą mnie podróż. Istniały inne zagrożenia, z którymi trzeba się będzie uporać, zanim nawet postawimy stopę na pokładzie. Członkowie kręgu Mocy wciąż jeszcze nie opanowali swojej magii. Podejrzewałem, że wbrew moim ostrzeżeniom Sumienny wraz ze swym przyjacielem panem Uprzejmym używają Rozumienia. Bałem się, że książę zostanie na tym przyłapany. Zbyt często dobierał sobie ostatnio na towarzyszy ludzi otwarcie przyznających się do posiadania Rozumienia. Nawet jeśli królowa ogłosiła, że ten talent nie przynosi hańby, prosty lud i szlachta wciąż pogardzali ludźmi, którzy praktykowali zwierzęcą magię. Książę ryzykował siebie i być może negocjacje mające doprowadzić do zaręczyn. Nie miałem pojęcia, jak Zawyspiarze traktują Rozumienie.

I tak moje myśli ścigały się w kółko bez nadziei na wytchnienie od trosk. Traf wciąż włóczył się za Świegotką i bałem się zostawić go samemu sobie. Kilkakrotnie, kiedy moje sny musnęły sny Pokrzywy, moja córka wydawała się jednocześnie tajemnicza i niespokojna. Szybki z każdym dniem wydawał się coraz bardziej krnąbrny. Z ulgą pozbyłbym się odpowiedzialność za niego, lecz jednocześnie martwiłem się, co z nim będzie podczas mojej nieobecności. Wciąż nie powiedziałem Cierniowi, że Sieciarz wie, kim jestem, ani też nie omówiłem tej informacji z samym Sieciarzem. Rozpaczliwa potrzeba posiadania kogoś, komu mógłbym się zwierzyć, jeszcze bardziej uświadamiała mi moją izolację. Tęskniłem za moim wilkiem Ślepunem tak, jakbym tęsknił za biciem własnego serca.

Ocknąłem się raptownie, kiedy uderzyłem czołem o stół. Sen, który nie chciał przyjść w łóżku, dopadł mnie przy stole roboczym.

Wyprostowałem się z westchnieniem, rozruszałem ramiona i z rezygnacją przyjąłem nadejście dnia. Miałem zadania do wykonania i bardzo mało czasu. Kiedy znajdziemy się już na pokładzie statku, będę miał mnóstwo czasu na sen i jeszcze więcej na bezproduktywne zamartwianie się. Mało rzeczy nudziło mnie tak bardzo, jak długa podróż morska.

Wstałem i przeciągnąłem się. Wkrótce będzie świtać. Czas się ubrać i iść do Ogrodu Królowej na poranną lekcję z Szybkim. Woda w kociołku niemal się wygotowała, gdy drzemałem. Dolałem ją do zimnej wody w miednicy, umyłem się i ubrałem. Na koszulę i spodnie w niebieskim kolorze twierdzy włożyłem prostą, skórzaną tunikę. Wciągnąłem miękkie buty i związałem przycięte włosy w krótki żołnierski kucyk.

Po zajęciach z Szybkim miałem się spotkać z kręgiem Mocy na kolejnej, wspólnej lekcji. Nie oczekiwałem tego z przyjemnością. Z każdym dniem robiliśmy postępy, ale niewystarczające, by zadowolić Ciernia. Powolny rozwój swoich umiejętności traktował jak porażkę. Ilekroć gromadziliśmy się razem, jego frustracja stawała się odczuwalną i powodującą rozdźwięk siłą. Wczoraj zauważyłem, że Młotek boi się spojrzeć starcowi w oczy, a miły wyraz twarzy Sumiennego zaczyna być podszyty cieniem desperacji. Porozmawiałem z Cierniem na osobności, prosząc o większą wyrozumiałość wobec siebie i większą tolerancję względem słabych punktów kręgu. Potraktował moją prośbę jak napomnienie i z jeszcze większą zaciętością zamknął się w swojej furii. Ani trochę nie zmniejszyło to napięcia.

– Bastardzie – powiedział ktoś cicho. Odwróciłem się, zaskoczony.

W drzwiach, które zazwyczaj zasłaniał stojak na wino, stał Błazen. Potrafił poruszać się najciszej ze wszystkich osób, które znałem. W dodatku nie wyczuwałem go zmysłem Rozumienia i chociaż byłem uwrażliwiony na obecność innych żywych istot, tylko on potrafił mnie tak całkowicie zaskoczyć. Wiedział o tym i chyba go to bawiło. Uśmiechnął się przepraszająco, wkraczając do komnaty. Jego złociste włosy były ściągnięte do tyłu, a twarz pozbawiona makijażu pana Złocistego. Odsłonięte oblicze Błazna okazało się bardziej śniade, niż kiedykolwiek przedtem. Miał na sobie fircykowaty szlafrok Złocistego, lecz teraz, gdy zarzucił wyszukaną wielkopańską manierę, szata wyglądała jak dziwaczny kostium.

Nigdy dotąd nie widziałem, by wchodził do tej komnaty bez zaproszenia.

– Co tu robisz?! – wybuchnąłem, a potem dorzuciłem grzeczniej: – Chociaż cieszę się, że cię widzę.

– Ach. Zastanawiałem się, czy tak będzie. Kiedy zobaczyłem, jak czaisz się pod moim oknem, pomyślałem, że chcesz się spotkać. Następnego dnia wysłałem Cierniowi zawoalowaną wiadomość dla ciebie, ale nie dostałem żadnej odpowiedzi. Postanowiłem więc ułatwić ci sprawę.

– Tak. No, cóż. Wejdź, proszę. – Jego nagłe pojawienie się w połączeniu z odkryciem, że Cierń nie przekazał mi wiadomości, rozzłościło mnie. – To nie jest najlepsza pora; mam się wkrótce spotkać z Szybkim w Ogrodzie Królowej. Mam jednak parę chwil. Może wstawić wodę na herbatę?

– Tak, proszę. Jeśli masz czas. Nie chcę się narzucać. Wiem, że wszyscy mamy wiele do zrobienia przez te ostatnie dni. – Urwał nagle i zapatrzył się na mnie, a jego uśmiech zgasł. – Tylko posłuchaj, jak dziwacznie się zachowujemy. Staliśmy się tacy uprzejmi i ostrożni, żeby się wzajemnie nie urazić. – Wziął głęboki wdech i zaczął mówić z nietypową dla niego otwartością. – Kiedy po wysłaniu wiadomości nie doczekałem się odpowiedzi, ta cisza zaczęła mnie niepokoić. Wiem, że się ostatnio poróżniliśmy. Sądziłem, że to sobie wyjaśniliśmy, lecz zacząłem mieć wątpliwości. Tego ranka zdecydowałem, że stawię im czoła. Dlatego tu jestem. Chciałeś się ze mną zobaczyć, Bastardzie? Dlaczego nie odpowiedziałeś na moją wiadomość?

Ta nagła zmiana tonu jeszcze bardziej zbiła mnie z tropu.

– Nie otrzymałem twojej wiadomości. Może Cierń czegoś nie zrozumiał. A może zapomniał ją przekazać, ostatnio ma mnóstwo trosk na głowie.

– A tamtej nocy, kiedy byłeś pod moim oknem?

Podszedł do kominka, nalał do kociołka świeżej wody z wiadra i z powrotem powiesił go nad paleniskiem. Kiedy przyklęknął, żeby poruszyć palące się polana i dodać trochę drew do ognia, poczułem ulgę, że nie muszę patrzeć mu w oczy.

– Przechadzałem się po mieście, dumając nad własnymi problemami. Tak naprawdę nie zamierzałem się z tobą spotykać. Po prostu nogi same mnie tam zaniosły.

Zabrzmiało to niezręcznie i głupio, ale on pokiwał w milczeniu głową. Świadomość wzajemnego skrępowania tkwiła między nami niczym mur. Zrobiłem, co tylko mogłem, by załagodzić naszą kłótnię, ale wspomnienie tego rozdźwięku było jeszcze dla nas obu zbyt świeże. Czy pomyśli, że unikam patrzenia mu w oczy, bo ukrywam jakiś zatajony żal? Czy też domyśli się, że stoi za tym poczucie winy?

– Nad własnymi problemami? – zapytał cicho, wstając i otrzepując ręce. Z radością wykorzystałem zmianę tematu. Opowiedzenie mu o moich troskach związanych z Trafem wydawało się najbezpieczniejszym z tematów.

I tak zwierzyłem mu się z moich kłopotów z synem, i w trakcie opowieści udało się nam odzyskać poczucie zażyłości. Znalazłem zioła na herbatę i zalałem je wrzątkiem. Podpiekłem też trochę chleba, który został po moim nocnym posiłku. Słuchając uważnie, zepchnął moje mapy i notatki na które pracowaliśmy razem. A jednak to przygnębiło mnie jeszcze bardziej, kiedy pomyślałem sobie, jak go oszukuję. Chciałem utrzymać go z dala od Aslevjalu, bo wierzył, że tam zginie, a Cierń mi pomagał, bo nie chciał, by Błazen wtrącał się do misji księcia. Rezultat jednak był ten sam. Kiedy nadejdzie dzień wypłynięcia z portu, Błazen dowie się niespodziewanie, że nie należy do załogi. I to dzięki mnie.

Takie właśnie spowijały mnie myśli, kiedy w ciszy siadaliśmy do stołu. Błazen uniósł swój kubek i pociągnął łyk, a potem rzekł:

– To nie twoja wina, Bastardzie. On podjął decyzję i żadne twoje słowa ani czyny teraz tego nie zmienią.

Przez jedną krótką chwilę wydawało mi się, że odpowiada na moje myśli. Skóra na karku zaczęła mnie mrowić, ponieważ tak dobrze mnie znał.

– Czasami ojciec może jedynie stać z boku i obserwować katastrofę, a potem zebrać ocalałe kawałki – dodał po chwili.

Odzyskałem mowę.

– Moje zmartwienie, Błaźnie, polega na tym, że mnie tu nie będzie, żeby ją obserwować, ani żeby pozbierać kawałki. A co, jeśli on wpakuje się w prawdziwe tarapaty i nie będzie nikogo, kto przyjdzie mu z pomocą?

Ujął kubek w obie dłonie i spojrzał na mnie ponad nim.

– Czy nie zostaje tu nikt, kogo mógłbyś prosić o czuwanie nad nim?

Stłumiłem impulsywną chęć, by odpowiedzieć: „A ty?". Pokręciłem głową.

– Nikt, kogo bym znał wystarczająco dobrze. Oczywiście będzie tu Ketriken, ale nie za bardzo uchodzi prosić królową o opiekę nad synem gwardzisty. Nawet, gdybym wciąż jeszcze był w dobrych stosunkach z Dziewanną, nie ufam już jej osądom. – Po chwili dodałem, skonsternowany: – Czasami, gdy uświadomię sobie, jak mało jest osób, którym naprawdę ufam, trochę się zniechęcam. Albo chociaż osób, które dobrze znam, to znaczy jako Tom Borsuczowłosy. – Zamilkłem na moment, zastanawiając się nad tym. Tom Borsuczowłosy był przebraniem, codziennie noszoną maską, a jednak nigdy nie czułem się w tej roli naprawdę swobodnie. Niezręcznie było mi zwodzić zacnych ludzi jak Wir albo Leszczyna. Było to przeszkodą w nawiązaniu jakiejkolwiek prawdziwej przyjaźni. – Jak ty to robisz? – zapytałem nagle Błazna. – Zmieniasz swoją tożsamość z roku na rok i z miejsca na miejsce. Nigdy nie żałujesz, że nikt nie zna cię takim, jakim się urodziłeś?

Powoli pokręcił głową.

– Nie jestem taki, jaki się urodziłem. Tak samo ty. Nie znam nikogo, kto pozostałby tą samą osobą od urodzenia. Tak naprawdę, Bastardzie, wszyscy znamy jedynie różne strony naszych osobowości. Może wydaje się nam, że się dobrze znamy, kiedy poznajemy kilka twarzy jakiejś osoby. Ojciec, syn, brat, przyjaciel, kochanek, mąż... mężczyzna może być tym wszystkim naraz, a jednak nikt nie zna go we wszystkich tych rolach. Obserwuję cię jako ojca Trafa, a jednak nie znam cię tak, jak znałem własnego ojca. Jego zaś nie znałem takim, jakim znał go mój stryj. No tak. Kiedy ukazuję się w innym świetle, nie stwarzam żadnych pozorów. Ukazuję raczej światu coś innego z siebie, niż ukazywałem do tej pory. Naprawdę jest w moim sercu takie miejsce, w którym na zawsze pozostanę Błaznem i towarzyszem twoich zabaw. Tkwi też we mnie prawdziwy pan Złocisty, lubujący się w dobrych napitkach i jadle, w eleganckich szatach i dowcipnej mowie. Tak więc, kiedy pokazuję się jako on, nikogo nie zwodzę, tylko dzielę się inną stroną mojej natury.

– A Amber? – zapytałem cicho. A potem zdumiałem się, że ośmieliłem się zadać mu to pytanie.

Spokojnie wytrzymał moje spojrzenie.

– To jedna ze stron mojej natury. Nie więcej. I nie mniej.

Żałowałem, że poruszyłem ten temat. Skierowałem rozmowę na poprzednią ścieżkę.

– No cóż. To nie rozwiązuje mojego problemu ze znalezieniem kogoś, kto by czuwał nad Trafem pod moją nieobecność.

Kiwnął głową i znów zapanowała chwila niezręcznej ciszy. Bardzo mi się nie podobało, że staliśmy się tak skrępowani względem siebie, ale nie miałem pojęcia, jak to zmienić. Błazen nadal był moim przyjacielem z czasów dzieciństwa. A zarazem nim nie był. Świadomość, że ma inne „strony", przewartościowała moje wyobrażenia na jego temat. Czułem się schwytany w pułapkę, chciałem zostać i nadać naszej przyjaźni jej dawny kształt, a jednocześnie miałem ochotę uciec. Wyczuł to i zaczął zbierać się do wyjścia.

– No cóż, żałuję, że przyszedłem nie w porę. Wiem, że musisz wkrótce spotkać się z Szybkim. Może nadarzy się nam jeszcze okazja do rozmowy przed odpłynięciem.

– Może na mnie zaczekać – usłyszałem nagle własny głos. – Nic mu się nie stanie.

– Dziękuję – powiedział.

I po raz kolejny nasza rozmowa utknęła w martwym punkcie. Ocalił ją, podnosząc jedną ze zwiniętych map.

– Czy to Aslevjal? – zapytał, rozprostowując ją na stole.

– Nie, to Wyspa Nieba. Najpierw zawiniemy do Zyligu.

– A cóż to? – Wskazał zawijas na brzegu wyspy.

– Zawyspiarski ornament. Tak sądzę. Może to też być oznaczenie wiru wodnego, zmiennych prądów albo skupiska wodorostów. Nie mam pojęcia. Oni chyba postrzegają rzeczywistość inaczej niż my.

– Niewątpliwie. Masz mapę Aslevjalu?

– To ta mniejsza, z brązową plamą na dole.

Rozwinął ją, położył obok pierwszej i porównał obie wzrokiem.

– Już wiem, co masz na myśli – mruknął, wiodąc palcem po niewiarygodnie postrzępionej linii brzegowej. – Jak myślisz, co to jest?

–Topniejący lodowiec. Przynajmniej tak uważa Cierń.

– Ciekawe, dlaczego nie przekazał ci mojej wiadomości.

Udałem, że nie wiem.

– Jak już mówiłem, pewnie zapomniał. Zapytam go, gdy się z nim dziś zobaczę.

– Właściwie ja też chciałbym z nim porozmawiać. Na osobności. Może mógłbym dzisiaj przyjść z tobą na waszą lekcję Mocy?

Poczułem się bardzo niezręcznie, ale nie przychodził mi do głowy żaden pomysł, jak się od tego wykręcić.

– Spotykamy się dopiero po południu, po lekcjach z Szybkim i ćwiczeniach z bronią.

Pokiwał głową, niewzruszony.

– Doskonale. Muszę uporządkować parę rzeczy w mojej komnacie na dole. – Jakby prowokując mnie do zapytania, dlaczego, dodał: – Prawie już wyprowadziłem się z tej kwatery. Zostanie w niej tak mało rzeczy, że nikomu nie sprawią kłopotu.

– Planujesz więc przenieść się do gospody „Pod Srebrnym Kluczem" na stałe? – zapytałem.

Na moment twarz mu zastygła. Zaskoczyłem go. Potem powoli pokręcił głową, uśmiechając się łagodnie.

– Nigdy nie wierzysz ani jednemu mojemu słowu, prawda, Bastardzie? Ach, mniejsza z tym, zapewne osłoniło to nas obu przed wieloma burzami. Nie, mój przyjacielu. Kiedy wyjadę, zostawię moje komnaty w Koziej Twierdzy puste. A większość wspaniałych przedmiotów i mebli w gospodzie „Pod Srebrnym Kluczem" i tak już należy do innych jako zastaw za moje długi. Których oczywiście nie zamierzam spłacać. Kiedy już opuszczę miasto, moi wierzyciele zlecą się jak sępy i opustoszą te pokoje do cna. I to będzie koniec pana Złocistego. Nie zamierzam wracać do Koziej Twierdzy. Nigdzie nie zamierzam wracać.

Jego głos nie osłabł ani nie zadrżał. Błazen mówił spokojnie, patrząc mi w oczy. A jednak po jego słowach poczułem się, jakby kopnął mnie koń. Mówił jak człowiek, który wie, że umrze, jak człowiek, który związuje wszystkie luźne nici swego życia. Doznałem zmiany w postrzeganiu. Moje skrępowanie względem niego wynikało z naszej niedawnej kłótni i ze świadomości, że go oszukiwałem. Nie bałem się jego śmierci, bo wiedziałem, że już jej zapobiegłem. Jego skrępowanie natomiast miało inne korzenie. Rozmawiał ze mną jak ktoś, kto wie, że stoi w obliczu śmierci i mówi o tym przyjacielowi, a ten wydaje się całkowicie obojętny na ten fakt. Jakże bezduszny musiałem się mu wydawać, unikając go przez te wszystkie dni. Być może sądził, że ostrożnie przecinam łączącą nas więź, by jego śmierć nie zrobiła tego nagle i boleśnie. Słowa wydarły się ze mnie, jedyne całkowicie szczere spośród wszystkich dzisiejszego ranka:

– Nie bądź głupi! Nie pozwolę ci zginąć, Błaźnie!

Gardło ścisnęło mi się raptownie. Podniosłem kubek ze stygnącą herbatą i napiłem się pośpiesznie.

Wstrzymał oddech, a potem wybuchnął śmiechem, który zabrzmiał jak pękające szkło. Łzy napłynęły mu do oczu.

– Ty w to wierzysz całym sobą, prawda? Ach, Ukochany. Ze wszystkich spraw, z którymi muszę się pożegnać, ciebie przyjdzie mi utracić z największym trudem. Wybacz, że cię unikałem. Chyba będzie lepiej, jeśli sami wytworzymy między sobą dystans, zanim zmusi nas do tego los.

Trzasnąłem kubkiem o stół. Herbata spryskała blat.

– Przestań tak mówić! Na Edę i Ela razem wziętych, Błaźnie! To dlatego roztrwaniałeś swój majątek i żyłeś jak jakiś zdegenerowany Jamaillianin? Błagam, powiedz mi, że nie straciłeś wszystkiego, że zostało ci cokolwiek... do czego mógłbyś wrócić – urwałem, bliski wygadania się.

Uśmiechnął się dziwnie.

– Wszystko przepadło, Bastardzie. Wszystko przepadło albo zostało przygotowane do rozdania. A pozbycie się takich bogactw było nie tylko wyzwaniem, ale i przyjemnością znacznie większą niż ich posiadanie. Zostawiłem dokumenty, wedle których Słodka ma być przekazana Brusowi. Wyobrażasz sobie jego minę, gdy zostaną mu wręczone wodze? Wiem, że będzie ją cenił i dbał o nią. Jeśli chodzi o księżną Cierpliwą, och, szkoda, że nie obejrzałeś rzeczy, które jej wysłałem! Wóz wyładowany zwojami i książkami na każdy temat. Nigdy się nie domyśli, skąd się wzięły. No i zapewniłem byt Malwie, mojej ogrodniczce. Kupiłem jej domek i działkę na własność, zostawiłem jej też pieniądze, żeby mogła się utrzymać. Wywoła to niewielki skandal; ludzie będą się zastanawiać, dlaczego pan Złocisty tak szczodrze wynagrodził ogrodniczkę. Niech się zastanawiają. Ona zrozumie, a opinie innych nie będą jej obchodzić. A Jofron, moja przyjaciółka ze Stromego? Wysłałem jej zapas przezacnego drewna różnych gatunków i wszystkie moje narzędzia rzeźbiarskie. Doceni to i będzie mnie ciepło wspominać, nie bacząc na to, jak raptownie ją opuściłem. Zasłynęła jako wytwórczyni zabawek. Wiedziałeś o tym?

Wyjawiając mi tak swe szczodre psoty, zaczął się uśmiechać, a z jego oczu niemal zniknął cień rychłej śmierci.

– Proszę cię, przestań tak mówić. Przyrzekam, że nie pozwolę ci umrzeć.

– Nie składaj przyrzeczeń, które mogą złamać nas obu, Bastardzie. – Wziął głębszy wdech. – Poza tym, nawet jeśli zdołasz utrzymać mnie przy życiu wbrew wszelkim zapowiedzianym zrządzeniom losu, cóż, pan Złocisty i tak musi zniknąć. Przestał już być użyteczny. Gdy stąd odpłynę, nigdy więcej już nim nie będę.

Kiedy opowiadał o tym, jak roztrwonił swój majątek i jak jego imię popadnie w zapomnienie, robiło mi się niedobrze. Był zdecydowany i skrupulatny. Kiedy pozostawimy go w porcie, znajdzie się w trudnej sytuacji. Nie miałem wątpliwości, że Ketriken go wspomoże, niezależnie od tego, w jaki sposób stracił majątek. Postanowiłem, że porozmawiam z nią na osobności przed wyjazdem i przygotuję ją do ewentualnego udzielenia pomocy Błaznowi. Następnie wróciłem myślami do rozmowy, jako że mój przyjaciel przyglądał mi się dziwnie.

Odchrząknąłem i spróbowałem znaleźć jakieś rozsądne słowa.

– Uważam, że jesteś zbyt pesymistyczny. Jeśli zostały ci jeszcze jakieś pieniądze, to powinieneś wydawać je oszczędnie. Tak na wypadek, gdybym miał rację i zdołał utrzymać cię przy życiu. A teraz muszę już iść, bo Szybki będzie na mnie czekał zbyt długo.

Skinął głową, wstając wraz ze mną.

– Zejdziesz na dół do moich starych komnat, kiedy nadejdzie czas spotkania z Cierniem na lekcji Mocy?

– Myślę, że tak – odparłem, starając się, by w moim głosie nie było niechęci.

Uśmiechnął się lekko.

– Powodzenia z chłopakiem Brusa – powiedział i wyszedł.

Kubki i mapy zostały na stole. Nagle poczułem się zbyt zmęczony, by je sprzątnąć, nie mówiąc już o pośpieszeniu na lekcję z Szybkim. Zrobiłem to jednak i kiedy przybyłem do ogrodu na wieży, czekał już tam na mnie w plamie słonecznej obramowanej blankami, oparty plecami o zimną kamienną ścianę, i grał od niechcenia na piszczałce. U jego stóp kłębiło się kilka gołębi i na moment zamarło mi serce. Kiedy podszedłem, poderwały się do lotu, a garść ziaren, która je zwabiła, rozsypała się w podmuchu ich skrzydeł. Szybki dostrzegł ulgę, jaka się odmalowała na mojej twarzy. Odjął piszczałkę od ust i podniósł na mnie wzrok.

– Myślałeś, że użyłem Rozumienia, by je przywołać, i to cię przeraziło – zauważył.

Powstrzymałem się od natychmiastowej odpowiedzi.

– Przez chwilę się bałem – przyznałem. – Ale nie tego, że mogłeś używać Rozumienia. Obawiałem się raczej, że próbujesz nawiązać więź z jednym z nich.

Powoli pokręcił głową.

– Nie. Nie z ptakiem. Kiedy dotykam umysłem ptaków, moje myśli odbijają się od nich, jak kamień od powierzchni płynącej wody. – Uśmiechnął się protekcjonalnie i dorzucił: – Raczej się nie spodziewam, że zrozumiesz, co mam na myśli.

Zmusiłem się do milczenia.

– Skończyłeś już czytać zwój o królu Zabójcy i przyłączeniu Księstwa Niedźwiedziego? – zapytałem go w końcu.

Kiwnął głową; rozpoczęliśmy lekcje, lecz sposób bycia Szybkiego wciąż mnie irytował. Dałem temu upust na dziedzińcu ćwiczebnym, nalegając, by przed pójściem na lekcję łucznictwa wziął topór i spróbował sił w starciu ze mną. Topory były cięższe niż pamiętałem, i nawet z ostrzami dobrze poowijanymi w skórzane pasy zostawiały po sesji potężne siniaki. Kiedy chłopiec nie miał już siły utrzymać broni w górze, pozwoliłem mu iść do Rzeżuchy na naukę strzelania z łuku. Potem ukarałem się za wyładowanie złości na Szybkim, znajdując sobie nowego partnera, zaprawionego w toporze. Gdy już dokładnie i dogłębnie przekonałem się, jak bardzo zapomniałem swoich umiejętności, opuściłem dziedziniec i udałem się na krótko do łaźni.

Oczyszczony z potu i irytacji, zjadłem w izbie żołnierskiej szybki posiłek, składający się z chleba i zupy. Dookoła rozbrzmiewały głośne rozmowy, głównie o wyprawie, zawyspiarskich kobietach i napojach. I jedne, i drugie zostały uznane za mocne i smaczne. Próbowałem się śmiać z żartów, ale trzymanie się przez młodszych gwardzistów jednego tematu sprawiło, że poczułem się staro. Z radością się stamtąd wymknąłem i pośpieszyłem z powrotem do mojej pracowni.

Przeszedłem sekretnym korytarzem do pokoiku, który niegdyś zajmowałem jako sługa pana Złocistego. Nasłuchiwałem uważnie przez chwilę, zanim uruchomiłem mechanizm otwierający ukryte drzwi. Po drugiej stronie panowała cisza i miałem nadzieję, że nie zastanę tam Błazna. Ledwie jednak zamknąłem za sobą sekretne przejście, on otworzył zewnętrzne drzwi służbówki. Zamrugałem na jego widok. Miał na sobie prostą tunikę, wąskie spodnie i pantofle, wszystko czarne. Światło padające z okna nadawało jego włosom złoty blask. Sięgało za jego postać do pokoiku i ukazywało moje stare łóżko, na którym piętrzyły się rzeczy porzucone przeze mnie z chwilą opuszczenia służby u Złocistego. Na stercie uszytych specjalnie dla mnie kolorowych i ekstrawaganckich ubrań spoczywał przepiękny miecz, który mi podarował. Obrzuciłem Błazna zdumionym spojrzeniem.

– Są twoje – rzekł cicho. – Powinieneś je zabrać.

– Wątpię, bym jeszcze kiedykolwiek miał okazję do ubierania się w takim stylu – odparłem, a potem zorientowałem się, że brzmi to jak twarda odmowa.

– Nigdy nic nie wiadomo – powiedział cicho, odwracając wzrok. – Być może pewnego dnia pan Bastard Rycerski znów będzie się przechadzał korytarzami Koziej Twierdzy. A jeśli tak, w tych kolorach i tym kroju będzie mu bardzo do twarzy.

– Wątpię, by kiedykolwiek miało się tak stać. – Te słowa też zabrzmiały zbyt chłodno, więc złagodziłem je, dodając: – Tak czy owak, dziękuję ci. Wezmę je na wszelki wypadek.

Cała niezręczność sytuacji znów spadła na mnie jak ciężka zasłona.

– I miecz – przypomniał mi. – Nie zapomnij o mieczu. Wiem, że jest trochę za pretensjonalny jak na twój gust, ale...

– Ale i tak jest to jedna z najlepszych kling, jakich miałem okazję dobywać. Jest dla mnie bardzo cenna.

Próbowałem jakoś załagodzić afront wyrządzony mu pierwszą odmową. Teraz już zdawałem sobie sprawę, że zostawiając przy przeprowadzce miecz w moim pokoiku, zraniłem uczucia Błazna.

– Och. Jeszcze to. Też powinno do ciebie wrócić.

Sięgnął do ucha, by odpiąć rzeźbiony, drewniany kolczyk, który zawsze nosił. Wiedziałem, co skrywa w środku – to był kolczyk wolności, który Brus dostał od swojej babki i potem podarował memu ojcu, a potem przeszedł na mnie.

– Nie! – Chwyciłem go za nadgarstek. – Skończ z tym obrzędem pogrzebowym! Powiedziałem ci już, że nie dam ci umrzeć.

Zamarł.

– Obrzęd pogrzebowy – szepnął. A potem się roześmiał. Wyczułem w jego oddechu brzoskwiniówkę.

– Weź się w garść, Błaźnie. To tak do ciebie niepodobne, że nie wiem już, jak mam z tobą rozmawiać – wykrzyknąłem w gniewie, czując złość wywołaną niepokojem. – Nie możemy się odprężyć i być sobą przez te dni, które nam pozostały?

– Dni, które nam pozostały – powtórzył.

Skrętem nadgarstka bez trudu uwolnił się z mojego uchwytu. Poszedłem za nim do jego większej i przestronnej komnaty. Ogołocona ze sprzętów wydawała się jeszcze większa. Błazen podszedł do karafki z brzoskwiniówką i dolał jej sobie, a potem napełnił niewielki kieliszek dla mnie.

– Dni, które nam pozostały do wypłynięcia z portu – wyjaśniłem, odbierając kieliszek.

Rozejrzałem się po komnacie. Zostały tylko najpotrzebniejsze rzeczy: stół, krzesła, biurko. Wszystko inne zniknęło albo było w trakcie wynoszenia. Pozwijane gobeliny i dywany przypominały grube kiełbasy oparte o ściany. Jego opustoszała, zimna pracownia stała otworem, pozbawiona wszystkich sekretów Błazna. Wszedłem do niej z brzoskwiniówką w ręku.

– Wymazałeś wszelkie ślady po sobie – zauważyłem, a mój głos rozbrzmiał z dziwnym echem.

Wszedł za mną; staliśmy obok siebie, wyglądając przez okno.

– Lubię zostawiać po sobie porządek. Tyle rzeczy w życiu trzeba pozostawić nieukończonych, że kończenie tego, co mogę, sprawia mi przyjemność.

– Nigdy wcześniej nie widziałem, żebyś się tak pławił w emocjach. Można by wręcz sądzić, że się świetnie bawisz.

Starałem się nie mówić takim tonem, jakbym był zdegustowany jego postawą.

Dziwny uśmiech wykrzywił mu twarz. A potem Błazen wziął głęboki oddech, jakby się od czegoś uwolnił.

– Ach, Bastardzie, na całym świecie tylko ty jeden potrafisz mi powiedzieć coś takiego. I zapewne masz rację. W spotkaniu z nieuchronnym końcem jest dramat; takie doznania przedtem były mi obce... a jednak sądzę, że w podobnej sytuacji ty także pozostałbyś niewzruszony. Kiedyś próbowałeś mi wyjaśnić, że wilk żyje teraźniejszością i że nauczył cię czerpać jak największe zadowolenie z czasu, którym dysponujesz. Dobrze się tego nauczyłeś. Podczas gdy ja, który zawsze próbowałem określić przyszłość z wyprzedzeniem, nagle dostrzegam miejsce, za którym wszystko niknie w czerni. Czerń. O tym właśnie śnię nocami. A kiedy celowo siadam i próbuję sięgnąć w przyszłość, by zobaczyć, dokąd wiedzie moja droga, tylko to widzę. Czerń.

Nie wiedziałem, co mu na to odpowiedzieć. Widziałem, jak próbuje otrząsnąć się z desperacji, tak jak pies usiłuje strząsnąć z gardła chwyt wilka. Łyknąłem brzoskwiniówki. Zalał mnie deszcz owoców i uderzające do głowy ciepło letniego dnia. Znajomy smak na języku przywołał wspomnienie naszego pobytu w moim domku i przyjemności tamtych łatwiejszych czasów.

– Jest bardzo dobra – powiedziałem bezmyślnie.

Spojrzał na mnie z zaskoczeniem. Potem gwałtownie zamrugał, by zdusić łzy i obdarzył mnie szczerym uśmiechem.

– Tak – powiedział cicho. – Masz rację. To bardzo dobra brzoskwiniówka i nie zmienią tego żadne przyszłe wydarzenia. Przyszłość nie może zabrać dni, które nam pozostały... chyba że jej na to pozwolimy.

Przekroczył jakiś wewnętrzny próg i stał się spokojniejszy. Pociągnąłem kolejny łyk, spoglądając na wzgórza za Kozią Twierdzą. Kiedy zerknąłem na Błazna, patrzył na mnie z czułością, której nie mogłem znieść. Nie patrzyłby tak na mnie, gdyby wiedział, jak go oszukałem. A jednak jego przerażenie na myśl o nadchodzących dniach tylko utwierdziło mnie w przekonaniu, że podjąłem najlepszą decyzję.

– Z niechęcią to przerywam, ale Cierń i pozostali będą na nas czekać.

Z powagą skinął głową, wzniósł kieliszek w toaście i skończył brzoskwiniówkę jednym łykiem. Poszedłem za jego przykładem i musiałem przez chwilę stać nieruchomo, póki alkohol rozlewał się ciepłem w moim ciele. Wziąłem głęboki oddech, czując zapach i smak brzoskwiń.

– Jest bardzo dobra – powtórzyłem.

Uśmiechnął się leciutko.

– Zostawię ci resztę butelek – powiedział bardzo cicho i roześmiał się, kiedy łypnąłem na niego groźnie. Mimo wszystko zdawał się poruszać z większą lekkością, idąc za mną poprzez labirynt korytarzy i schodów, rozpięty między murami twierdzy. Kiedy tak przemierzałem mrok, zastanawiałem się, co naprawdę bym czuł, gdybym znał dzień i godzinę własnej śmierci. W przeciwieństwie do Złocistego miałem bardzo niewiele rzeczy do rozdysponowania. Policzyłem w myślach moje skarby i uznałem, że nie mam nic, co by miało wartość dla kogoś innego poza mną, a potem nagle zorientowałem się, że to nieprawda. Z ukłuciem samolubnego żalu postanowiłem to naprawić. Dotarliśmy do ukrytego wejścia do wieży Szczerego. Odsunąłem płytę i wyłoniliśmy się z kominka.

Wszyscy już się zebrali, nie miałem więc okazji do zamienienia na osobności paru słów z Cierniem, by go przygotować. Gdy tylko się pojawiliśmy, książę wykrzyknął radośnie i podszedł, by powitać pana Złocistego. Młotek był ostrożniejszy i podejrzliwie marszczył czoło. Cierń posłał mi jedno spojrzenie pełne nagany, a potem wygładził twarz i wymienił grzeczności z Błaznem. Kiedy jednak minęły pierwsze chwile powitania, pojawiło się skrępowanie. Młotek, zaniepokojony obecnością obcego pośród nas, bez celu krążył po komnacie, zamiast zasiąść na swoim miejscu przy stole. Niemal widziałem, jak książę Sumienny usiłuje wpasować pana Złocistego, nawet tak skromnie odzianego, w rolę trefnisia króla Roztropnego, którą poznał z opowieści królowej. W końcu Cierń odezwał się otwarcie:

– A więc, mój drogi, co cię do nas sprowadza? Oczywiście, wspaniale jest cię widzieć, ale mamy dużo nauki i mało na nią czasu.

– Rozumiem – odparł Błazen. – Ale ja też mam mało czasu na podzielenie się z tobą tym, co wiem. Przybyłem więc w nadziei, że poświęcisz mi po lekcji odrobinę własnego czasu na osobności.

– To cudownie, że przyszedłeś – wtrącił się książę bez cienia fałszu w głosie. – Moim zdaniem powinieneś tu bywać od początku.

To dzięki tobie połączyliśmy siły i wyleczyliśmy Toma. Masz takie samo prawo być członkiem tego kręgu, jak każdy z nas.

Błazen przez chwilę wyglądał na wzruszonego uwagą Sumiennego. Spojrzał na swoje dłonie, ukryte w czarnych rękawiczkach, i jakby mimowolnie potarł o siebie czubkami palców.

– Nie mam w sobie prawdziwej Mocy – przyznał po chwili. – Korzystałem tylko z tego, co zostało mi po dotknięciu Szczerego. I z mojej własnej wiedzy o... Tomie.

Na wspomnienie ojca książę ożywił się jak ogar, który odnalazł trop lisa. Przysunął się do Błazna, jakby wiedza o królu Szczerym była czymś, co można wchłonąć.

– Mimo to – zapewnił pana Złocistego – nie mogę się doczekać podróży u twego boku. Myślę, że możesz być niezwykle cennym członkiem tego kręgu, niezależnie od poziomu twojej Mocy. Może włączysz się do dzisiejszej lekcji i pozwolisz nam zbadać zasięg swoich zdolności?

Zobaczyłem, że Cierń jest rozdarty. Błazen oferował sposobność powiększenia kręgu Mocy, czego starzec gorąco pragnął; obawiał się jednak sprzeciwu Błazna wobec naszej misji odrąbania smokowi głowy. Zastanawiałem się, czy w tym, jak jego spojrzenie śmigało od Błazna do mnie, tkwi element zazdrości. Błazen i ja zawsze byliśmy sobie bliscy, a Cierń z kolei wiedział, że on sam ma na mnie wpływ jako przyjaciel. Teraz jednak, bardziej niż kiedykolwiek przedtem, pragnął mieć nade mną władzę.

Wygrała jego chciwość Mocy. Dołączył się do propozycji Sumiennego.

– Proszę, panie Złocisty, usiądź z nami. Choćby dla czystej rozrywki obserwowania naszych wysiłków.

– Dobrze więc, zostanę – oznajmił Błazen niemal z radością. Odsunął krzesło i zasiadł w pozie wyczekiwania. Zastanawiałem się, czy ktokolwiek z pozostałych zauważył mroczniejsze fale, pulsujące pod spokojną życzliwością, którą im okazywał. Cierń i ja usiedliśmy z obu jego stron, a Sumienny namawiał Młotka, by zajął miejsce z nami przy stole. Kiedy już się usadowił, nasza czwórka zrobiła jednocześnie głęboki oddech i sięgnęła ku owemu stanowi otwarcia, w którym wszyscy mogliśmy czerpać z Mocy. W chwili, gdy to zrobiliśmy, doznałem wizji, jednocześnie potwierdzającej i niepokojącej.

Błazen był tu nieproszonym gościem. W tym krótkim czasie zmagań o utworzenie kręgu osiągnęliśmy jedność. Nie dostrzegałem tego, dopóki Błazen jej nie naruszył. Kiedy połączyłem świadomość z Sumiennym i Młotkiem, czułem, jak na krańcu naszego połączenia Cierń trzepocze się niczym oszalały motyl. Młotek wyciągnął pokrzepiającą dłoń, by nawiązać bliższy kontakt z nami. Cierń był jednym z nas, a Błazen nie.

Stanowił nie tyle obecność, co nieobecność. Już wiele lat temu zauważyłem, że dla mojego zmysłu Rozumienia Błazen jest niewidzialny. Teraz, gdy świadomie sięgałem ku niemu Mocą, przypominało to próbę zdjęcia odblasku słońca z nieruchomej powierzchni stawu.

– Panie Złocisty, czy ty nas unikasz? – zapytał Cierń bardzo cicho.

– Jestem tu – odparł. Wydawało się, że jego słowa rozchodzą się miękko po komnacie, jakbym je nie tylko słyszał, ale i odczuwał.

– Podaj mi rękę – zaproponował Cierń.

Wyciągnął własną na stole ku mojemu przyjacielowi, dłonią do góry. Wyglądało to zarówno na zaproszenie, jak i wyzwanie.

Odczułem maleńkie drgnienie strachu. Pojawiło się w więzi Mocy, którą dzieliłem z Błaznem, co świadczyło, że ta więź wciąż istnieje. Uniósł osłoniętą rękawiczką rękę i położył ją na dłoni Ciernia.

Wtedy go poczułem, choć niełatwo będzie mi to opisać. Gdyby nasza połączona Moc była cichą sadzawką, to Błazen byłby unoszącym się na niej liściem.

– Sięgnijmy ku niemu – zaproponował Cierń i tak też zrobiliśmy.

Moja świadomość niepokoju Błazna nasiliła się dzięki naszej więzi, ale inni chyba tego nie wyczuwali. Niemal go dotykali, ale on otwierał się przed nimi, a potem za nimi zamykał, zupełnie jakby przeciągali palce po wodzie. Naruszało to jego obecność i jednocześnie broniło do niej przystępu. Strach Błazna wzrósł. Sięgnąłem dyskretnie poprzez naszą więź, usiłując wybadać, co go tak przerażało.

Bycie posiadanym. Nie życzył sobie być dotykany w sposób, który pozwoliłby komuś go posiąść. Poniewczasie przypomniałem sobie, co kiedyś zrobił mu Władczy i jego krąg Mocy. Znaleźli go poprzez więź, którą z nim dzieliłem, zabrali mu fragment świadomości i użyli go przeciw mnie, by zdobyć informacje o miejscu pobytu Sikorki. Ta zdrada wciąż go zawstydzała i bolała. Cały czas niósł ciężar winy za coś, co wydarzyło się tak dawno temu. Było to tym bardziej bolesne, że wkrótce dowie się, że i ja go zdradziłem.

„To nie była twoja wina" – spróbowałem go pocieszyć poprzez naszą więź. Nie przyjął tego. Potem, jakby z dużej odległości, a mimo to wyraźnie, dobiegły mnie jego myśli.

„Wiedziałem, że tak będzie. Sam to przepowiedziałem, kiedy byłem dzieckiem. Że zdradzi cię ten, kto jest ci najbliższy. Nie wierzyłem jednak, że to ja będę tym zdrajcą. I tak wypełniłem własną przepowiednię".

„Wszyscy przetrwaliśmy".

„Z ledwością".

„Czy wy porozumiewacie się Mocą?" – zapytał Cierń cierpko. Jego słowa jednocześnie usłyszałem i wyczułem.

Wziąłem głębszy wdech i zanurzyłem się głębiej w Moc.

– Tak – tchnąłem. – Mogę go dosięgnąć. Ale z trudem. I tylko dlatego, że wcześniej łączyła nas więź Mocy.

– Chciałbyś osiągnąć coś więcej?

Głos Błazna nie był nawet szeptem. Wychwyciłem w jego słowach wyzwanie, lecz nie potrafiłem go zrozumieć.

– Tak. Proszę, spróbuj – powiedziałem.

Byłem świadomy, że obok mnie, przy stole, Błazen robi jakiś niewielki ruch, ale mój wzrok nie był skoncentrowany na komnacie, dlatego nie dostałem żadnego ostrzeżenia o jego zamiarach, dopóki jego dłoń nie osiadła na moim nadgarstku. Palce Błazna bezbłędnie odnalazły swoje własne poszarzałe ślady, które pozostawił mi przed wielu laty. Jego dotyk był delikatny, lecz odczułem je tak, jakby serce przeszyła mi strzała. Szarpnął mną skurcz; rzuciłem się jak ryba przebita ościeniem, a potem zamarłem. Błazen popłynął mi w żyłach, gorący jak alkohol, zimny jak lód. Przez mgnienie oka dzieliliśmy świadomość fizyczną. Intensywność tego przeżycia zaćmiła wszelkie inne doznania połączenia, jakie kiedykolwiek były moim udziałem. Było to bardziej intymne niż pocałunek i głębsze niż pchnięcie nożem, wykraczało poza połączenie Mocą i poza akt miłosny, a nawet moją więź Rozumienia ze Ślepunem. To nie było dzielenie, a stawanie się. Nie mogły tego ogarnąć ani ból, ani przyjemność. Co gorsza, poczułem, jak się ku temu zwracam i otwieram, jakby na moich ustach spoczęły wargi kochanki, ale nie wiedziałem, czy to ja będę pochłaniać, czy też zostanę pochłonięty. W następnej chwili mieliśmy się stać sobą nawzajem, poznać się dogłębniej, niż powinno się to przydarzyć odrębnym istotom.

Pozna moją tajemnicę.

– Nie! – krzyknąłem, zanim zdążył odkryć mój spisek przeciw niemu. Wyrwałem mu się, oswabadzając umysł i ciało. Przez długi czas spadałem, aż wreszcie uderzyłem o zimną kamienną podłogę. Wturlałem się pod stół, uciekając przed tym dotykiem, i z trudem łapałem powietrze. Wydawało mi się, że trwam w ciemności wiele godzin, lecz do czasu, kiedy Cierń wyciągnął moje skulone ciało spod stołu, minęła tylko jedna chwila. Ukląkł i oparł mnie o swoją pierś. Zdałem sobie niejasno sprawę, że coś mówi.

– Co się stało? Jesteś ranny? Coś ty mu zrobił, Błaźnie? – dopytywał się.

Usłyszałem, jak Młotkowi wyrywa się pojedynczy szloch. Być może tylko on wyczuł, co się stało. Przebiegły mnie ciarki. Nic nie widziałem. A potem zorientowałem się, że mocno zaciskam powieki, a moje ciało jest zwinięte w kłębek. Mimo tej wiedzy i tak trwało jakiś czas, zanim przekonałem siebie samego, że mogę zmienić ten stan rzeczy. I właśnie w chwili, kiedy otwierałem oczy, w moim umyśle pojawiła się myśl Błazna niczym liść rozwijający się w blasku słońca.

„Nie nakładam na moją miłość żadnych ograniczeń".

– To zbyt wiele – powiedziałem łamiącym się głosem. – Nikt nie może tyle dać. Nikt.

– Tu jest okowita – odezwał się gdzieś blisko Sumienny. Cierń podciągnął mnie do pozycji siedzącej i przyłożył mi kubek do ust. Zacząłem pić chciwie, jakby to była woda, a potem oczywiście się zakrztusiłem. Kiedy zdołałem odwrócić głowę, na swoim miejscu przy stole siedział tylko Błazen. Już włożył rękawiczki, a spojrzenie, którym mnie obrzucił, niczego nie wyrażało. Młotek kulił się w kącie komnaty, obejmując się rękami i drżąc. Muzyka jego Mocy była pieśnią matki, rozpaczliwą próbą znalezienia pociechy.

– Co się stało? – zapytał Cierń przenikliwym głosem.

Wciąż opierałem się o jego pierś i czułem niczym falę żaru bijący od niego gniew. Wiedziałem, że patrzy oskarżycielsko na Błazna, ale i tak mu odpowiedziałem:

– To było zbyt intensywne. Utworzyliśmy więź Mocy tak całkowitą, że nie potrafiłem się odnaleźć. Jakbyśmy stali się jedną istotą. – Nazwałem to Mocą, ale nie byłem pewien, czy to było właściwe określenie. Równie dobrze iskrę można nazwać słońcem. Odetchnąłem głębiej. – Przeraziłem się. I dlatego się z niej wyrwałem. Nie spodziewałem się czegoś takiego.

Słowa te skierowałem tak samo do Błazna, jak i do pozostałych. Widziałem, że je usłyszał, ale chyba odczytał z nich inną wiadomość niż ta, którą chciałem mu przekazać.

– A ciebie to w ogóle nie poruszyło? – zapytał go surowo Cierń.

Sumienny pomógł mi wstać. Potrzebowałem jego pomocy. Niemal natychmiast osunąłem się na krzesło. Nie czułem jednak zmęczenia, lecz uwolnioną energię. Gdybym tylko zdołał sobie przypomnieć, jak zgina się kolana, mógłbym się wspiąć na najwyższą wieżę w Koziej Twierdzy.

– Poruszyło mnie – odrzekł Błazen cicho – lecz w inny sposób. – Spojrzał mi w oczy i powiedział: – Mnie to nie przeraziło.

– Spróbujemy jeszcze raz? – zaproponował niewinnie Sumienny.

– Nie! – odparłem jednocześnie z Cierniem i Błaznem, choć każdy z nas nadał temu słowu inną siłę.

– Nie – powtórzył Błazen nieco spokojniej w ciszy, która na moment zapadła. – Jeśli o mnie chodzi, mam już na dzisiaj dość nauki.

– Być może wszyscy mamy jej dość – zgodził się szorstko Cierń. Odchrząknął i mówił dalej: – I tak pora nam zająć się własnymi zadaniami.

– Mamy jeszcze sporo czasu – zaprotestował Sumienny.

– W normalnej sytuacji, tak, mielibyśmy go dużo – zgodził się Cierń. – Ale dni nam umykają. Czeka cię wiele przygotowań do podróży, Sumienny. Przećwicz jeszcze raz swoją mowę, w której podziękujesz Zawyspiarzom za miłe powitanie. Pamiętaj, że „ch" wymawiają z głębi gardła.

– Czytałem ją już setki razy – jęknął Sumienny.

– Kiedy nadejdzie czas, słowa muszą sprawiać wrażenie, że pochodzą z serca, a nie ze zwoju.

Sumienny niechętnie skinął głową. Rzucił jedno tęskne spojrzenie na jasny i wietrzny dzień za oknem.

– No już, uciekajcie stąd, obaj – powiedział Cierń i nagle stało się jasne, że odprawia zarówno Młotka, jak i Sumiennego.

Na twarzy księcia odmalowało się rozczarowanie. Zwrócił się do pana Złocistego.

– Kiedy już znajdziemy się na morzu i będziemy mieli więcej czasu i mniej zadań, chciałbym posłuchać twoich opowieści o moim ojcu. Jeśli nie masz nic przeciwko temu. Wiem, że się nim zajmowałeś, kiedy... u kresu jego drogi.

– Owszem – odrzekł Błazen łagodnie. – I z radością podzielę się z tobą wspomnieniami z tamtych dni.

– Dziękuję – odpowiedział Sumienny.

Podszedł do kąta i łagodnie ponaglił Młotka, pytając, co też go, u licha, wystraszyło, skoro nikomu nic się nie stało. Byłem Młotkowi wdzięczny, że nie potrafił sklecić zrozumiałej odpowiedzi.

Byli już niemal u drzwi, kiedy przypomniałem sobie moje wcześniejsze postanowienie.

– Książę Sumienny, zechciałbyś przyjść do mojej pracowni dziś wieczorem? Mam coś dla ciebie.

Uniósł brew, ale gdy nie powiedziałem nic więcej, odparł:

– Znajdę czas. Zatem do zobaczenia.

I wyszedł z Młotkiem depczącym mu po piętach. W drzwiach mały człowieczek odwrócił się i zmierzył Błazna dziwnie taksującym spojrzeniem, a potem przerzucił wzrok na mnie. Z niepokojem zadałem sobie pytanie, ile wyczuł z tego, co rozegrało się między nami. Chwilę później już go nie było, tyle że drzwi zamknął za sobą ze zbyt głośnym trzaśnięciem.

Przez moment obawiałem się, że Cierń zażąda dalszych wyjaśnień. Zanim jednak zdążył się odezwać, przemówił Błazen:

– Księciu nie wolno uśmiercać Lodognia. To najważniejsza rzecz, o której muszę ci powiedzieć, Cierniu. Za wszelką cenę trzeba zachować smoka przy życiu.

Cierń podszedł do rzędu butelek z alkoholem. Wybrał jedną, nalał z niej sobie w milczeniu, a potem odwrócił się do nas.

– Skoro ten stwór jest zamrożony w lodowcu, nie uważasz, że może być już nieco za późno na takie zmartwienia? – Pociągnął łyk z kieliszka. – A może naprawdę sądzisz, że jakiekolwiek zwierzę mogło wytrwać tak długo bez ciepła, wody i pokarmu?

Błazen wzruszył ramionami i pokręcił głową.

– A cóż my wiemy o smokach? Jak długo kamienne smoki były pogrążone we śnie, zanim Bastard je zbudził? Jeżeli mają cokolwiek wspólnego z prawdziwymi smokami, to może w Lodogniu wciąż jeszcze się tli jakaś iskra życia.

– A co wiesz o Lodogniu? – zapytał Cierń podejrzliwie.

Wrócił do stołu i usiadł. Ja stałem dalej, obserwując ich obu.

– Wiem o nim więcej, niż ty, Cierniu.

– Dlaczego więc zabraniasz nam odjąć mu głowę, skoro wiesz, że narczeska zażądała jej jako warunku zawarcia małżeństwa? A może uważasz, że jeśli oba nasze królestwa będą skakać sobie do gardeł przez kolejne kilka wieków, to świat wskoczy w lepsze koleiny?

Skrzywiłem się, słysząc ten sarkazm. Ja nigdy nie kpiłbym z misji naprawiania świata, którą wyznaczył sobie Błazen. Byłem wstrząśnięty, że Cierń mógł się tak odezwać, i zrozumiałem jednocześnie głębię jego niechęci.

– Nie kocham wojny, Cierniu Spadająca Gwiazdo – odrzekł Błazen cicho. – Ale nawet wojna pomiędzy ludźmi nie jest najgorszą rzeczą, jaka może się wydarzyć. Lepsza już wojna niż uczynienie głębszej, poważniejszej szkody samemu światu. Zwłaszcza gdy nadarza się ulotna szansa naprawy niemal nieodwracalnego zła.

– Czyli?

– Jeśli Lodogień żyje...a zgadzam się, że byłoby to nadzwyczaj zdumiewające... ale jeśli tli się w nim choćby iskierka życia, to musimy porzucić wszelkie inne sprawy i uwolnić go z lodu oraz przywrócić do pełni sił.

– Dlaczego?

– Nie powiedziałeś mu? – Zwrócił na mnie oskarżycielskie spojrzenie. Odwróciłem wzrok, a on nie czekał, aż odpowiem. – Tintaglia, smoczyca z Miasta Wolnego Handlu, jest ostatnią dorosłą samicą na świecie. Z każdym mijającym rokiem staje się coraz pewniejsze, że młode, które się wylęgły z kokonów, pozostaną skarlałe i słabe, niezdolne do polowania ani wzbicia się w powietrze. Smoki parzą się w locie. Jeśli młode nie będą latać, nigdy nie połączą się w pary. I smoki wyginą. Tym razem na zawsze. Chyba że pozostanie jeden w pełni uformowany samiec. Taki, który będzie mógł się wznieść w powietrze, by odbyć lot godowy z Tintaglią i powołać do życia nowe pokolenia smoków.

Cierń wiedział już o tym wszystkim ode mnie. Czy zadał to pytanie, by sprawdzić szczerość Błazna?

– Chcesz mi powiedzieć – rzekł Cierń powoli – że musimy zaryzykować pokój między Wyspami Zewnętrznymi i Królestwem Sześciu Księstw dla odratowania gatunku smoków? A jakie będziemy z tego mieć korzyści?

– Żadnych – przyznał Błazen. – Wręcz przeciwnie. Sprawi to ludziom kłopoty, będą się musieli do wielu rzeczy przystosować. Smoki są gatunkiem aroganckim i agresywnym. Nie uznają granic i nie znają pojęcia własności. Jeśli głodny smok zobaczy w zagrodzie krowę, to ją zje. Dla nich to proste. Świat daje pożywienie i można je sobie brać stosownie do potrzeb.

Cierń uśmiechnął się figlarnie.

– Więc może i ja powinienem zrobić to samo w imieniu ludzkości. Świat dał nam czas wolny od smoków. Chyba go wykorzystam.

Obserwowałem Błazna. Słowa Ciernia go nie rozgniewały. Przez czas potrzebny do zrobienia dwóch oddechów zachowywał spokój, a potem się odezwał:

– Zrobisz, jak zechcesz, panie. Ale kiedy nadejdzie czas, decyzja może nie będzie należeć do ciebie. Możliwe, że będzie należeć do mnie. Albo do Bastarda. I nie tylko świat, ale sama ludzkość potrzebuje smoków – dorzucił, gdy oczy Ciernia zapłonęły gniewem.

– A to dlaczego? – zapytał Cierń pogardliwym tonem.

– Dla zachowania równowagi – odparł Błazen. Zerknął na mnie, a potem obok mnie, w okno. Błądził myślami gdzieś daleko od nas. – Ludzkość nie obawia się żadnych rywali. Zapomnieliście, jak to było dzielić świat z istotami równie arogancko wywyższającymi się, jak wy. Chcecie urządzić świat wedle własnego widzimisię. Kreślicie więc mapy i rysujecie na nich linie, roszcząc sobie prawo do własności ziemi, bo potraficie ją narysować. Rośliny, które na niej rosną i zwierzęta, które ją przemierzają, oznaczacie jako swoje, zagarniając dla siebie nie tylko to, co żyje dziś, ale i to, co może wyrosnąć jutro. A potem, zarozumiali i owładnięci agresją, rozpętujecie wojny i zabijacie się nawzajem z powodu linii, które wyobraziliście sobie na powierzchni świata.

– Jak rozumiem, smoki są od nas lepsze, ponieważ tego nie robią, tylko po prostu biorą wszystko, cokolwiek zobaczą. Wolne duchy, stworzenia natury, posiadające całą moralną wzniosłość, która pochodzi z braku zdolności do myślenia.

Błazen pokręcił głową z uśmiechem.

– Nie. Smoki wcale nie są lepsze od ludzi. W ogóle niewiele się od nich różnią. Są zwierciadłem ludzkiego samolubstwa. Przypomną wam, że cała ta wasza mowa o własności tego i posiadaniu tamtego to nic więcej, jak warczenie psa na łańcuchu albo wyzywające ćwierkanie wróbla. Realność tych roszczeń kończy się wraz z dźwiękiem. Nazywajcie to jak chcecie, bierzcie w posiadanie, co chcecie, ale świat nie należy do ludzi. To ludzie należą do świata. Nie posiądziecie ziemi, którą kiedyś stanie się twoje ciało ani to ciało nie przypomni sobie imienia, którym je wołano.

Cierń nie odpowiedział od razu. Myślałem, że jest pod wrażeniem słów Błazna i pod ich wpływem zmienił pogląd na rzeczywistość. Lecz on prychnął z pogardą.

– Brednie. To, co w tej chwili mówisz, tylko mnie upewnia, że z ożywienia tego smoka dla nikogo nie wyniknie nic dobrego. – Potarł oczy. – Och, po co my prowadzimy tę głupią rozmowę? Nikt z nas nie wie, co zastaniemy na miejscu. To wszystko to teraz jedynie filozoficzne dywagacje i bajki nianiek. Kiedy dotrę do celu podróży, wtedy pomyślę, jakie rozwiązanie będzie najlepsze. Proszę. Czy to cię zadowala?

– Trudno mi wierzyć, że przywiązujesz wagę do mojego zadowolenia. – Wypowiadając te dziwne słowa, Błazen posłał mi spojrzenie z ukosa. Nie chodziło mu jednak o to, by złowić mój wzrok, lecz raczej by wskazać mnie Cierniowi.

– Masz rację – zgodził się starzec gładko. – Dla mnie liczy się najbardziej nie twoje zadowolenie, a zgoda Bastarda. Wiem jednak, że jeśli podjęcie tej decyzji przypadnie w udziale tylko jemu, twoje zadowolenie będzie miało dla niego wielkie znaczenie, może nawet za cenę ryzyka losów Przezornych. – Mój stary mistrz obrzucił mnie szacującym spojrzeniem, jakbym był ochwaconym koniem, który albo przetrwa kolejną bitwę, albo nie. Uśmiech, jakim mnie obdarzył, był niemal zdesperowany. – Mam jednak nadzieję, że wysłucha i moich trosk. – Spojrzał mi w oczy. – Kiedy stawimy czoło sytuacji, wtedy zdecydujemy wspólnie. Do tego czasu wybór pozostaje sprawą otwartą. Czy jest to do przyjęcia?

– Prawie – odpowiedział Błazen. Zimnym głosem zaproponował: – Obiecaj nam jako Przezorny, że kiedy nadejdzie czas, Bastard będzie mógł postąpić zgodnie z własnym osądem.

– Obiecać jako Przezorny! – zawołał Cierń z oburzeniem.

– Właśnie tak – odrzekł Błazen spokojnie. – Chyba że rzucałeś tylko słowa na wiatr, by utrzymać Bastarda na drodze do spełnienia twojej woli.

Całkowicie spokojny, odchylił się na oparcie krzesła z rękoma luźno spoczywającymi na jego poręczach. Przez chwilę rozpoznałem tego szczupłego człowieka w czerni z lśniącymi włosami związanymi w kucyk. Oto chłopiec, którym niegdyś był Błazen, zmieniony w mężczyznę. A potem odwrócił głowę, by spojrzeć prosto na Ciernia, i poczucie swojskości zniknęło. Jego twarz zastygła w wyrazie determinacji. Nigdy nie widziałem, by ktokolwiek rzucał Cierniowi wyzwanie z taką pewnością siebie.

Słowa, które wypowiedział wtedy Cierń, wstrząsnęły mną. Z bardzo dziwnym uśmiechem powiódł wzrokiem ode mnie do Błazna i z powrotem.

– Daję słowo Przezornego – rzekł, patrząc mi w oczy. – Nie każę mu zrobić nic wbrew jego woli. Proszę bardzo. Jesteś zadowolony, człowieku?

Błazen powoli skinął głową.

– O, tak. Jestem zadowolony. Bo decyzja będzie należeć do niego, a to widzę najwyraźniej ze wszystkiego, co mogę jeszcze wypatrzyć. – Kiwnął głową, potakując własnym myślom. – Jest jeszcze dużo spraw, które musimy omówić, ty i ja, ale będzie na to czas, kiedy wreszcie znajdziemy się na pokładzie statku. Dzień jednak ucieka bez nas, a mnie czeka jeszcze wiele przygotowań do wyjazdu. Dobrego dnia, panie Spadająca Gwiazdo.

Wokół jego ust czaił się leciuteńki uśmiech. Powiódł wzrokiem ode mnie do Ciernia, a potem uczynił przedziwny gest. Szeroko rozkładając ręce, skłonił się z wdziękiem Cierniowi, jakby wyświadczyli sobie wzajemnie wielką grzeczność. Kiedy się wyprostował, odezwał się do mnie cieplejszym głosem:

– Miło było spędzić dziś z tobą parę chwil, Bastardzie. Tęskniłem za tobą.

Westchnął nagle, jakby przypomniał sobie o jakimś niemiłym obowiązku. Podejrzewam, że poczesne miejsce wśród myśli Błazna właśnie zajęła jego przepowiedziana śmierć. Jego uśmiech zgasł.

– Za pozwoleniem, panowie – mruknął. I wyszedł przez ciasne przejście ukryte z boku kominka z gracją wielkiego pana opuszczającego bankiet.

Siedziałem, patrząc za nim. Nasze niedawne spotkanie w Mocy wciąż krążyło mi niespokojnie po głowie dziwnymi słowami i jeszcze dziwniejszymi gestami. Starł się o coś z Cierniem i wygrał. Mimo to wcale nie byłem pewien, co zostało między nimi ustalone. Jeśli w ogóle coś ustalili.

Mój dawny mentor odezwał się, jakby słysząc moje myśli:

– Rzuca mi wyzwanie, kwestionując twoją lojalność względem mnie! Jak on śmie? Mnie, człowieka, który właściwie cię wychował! Jak on może sądzić, że istnieje jakakolwiek szansa na poróżnienie nas, skoro obaj wiemy, jak wiele zależy od powodzenia tej misji? Słowo Przezornego, doprawdy! Ciekawe, za kogo on cię w ostatecznym rozrachunku uważa?

Odwrócił się i zadał mi to pytanie, jakby oczekiwał bezmyślnego potaknięcia.

– Może – zacząłem cicho – wierzy, że jest białym prorokiem, a ja jego katalizatorem? – Następnie zaczerpnąłem tchu i zadałem własne pytanie: – Jak możecie kłócić się o moją lojalność, jakbym sam nie potrafił myśleć i podejmować decyzji? – Prychnąłem z pogardą. – Ja nawet konia ani psa nie uważałbym za tak bezmózgiego pionka w grze, za jakiego obaj zdajecie się mnie mieć.

Kiedy się odezwał, patrzył obok mnie w okno, i chyba tak naprawdę nie zastanowił się nad znaczeniem własnych słów.

– Ani koń, ani pies, Bastardzie. Nie. Nigdy bym tak o tobie nie pomyślał. Nie. Ty jesteś mieczem. Takim zostałeś ukształtowany, przeze mnie, jako broń, którą się włada. A on uważa, że to do jego ręki pasujesz najlepiej. – Starzec prychnął pogardliwie. – Ten człowiek wciąż jest błaznem. – Spojrzał na mnie i kiwnął głową. –

Mądrze postąpiłeś, mówiąc mi o jego planach. Dobrze, że go tu zostawimy.

Wydawało się, że nie ma już nic do dodania. Opuściłem wieżę Szczerego, ponownie przechodząc mrocznym labiryntem, ukrytym wśród ścian Koziej Twierdzy. Tego dnia ujrzałem zarówno mojego przyjaciela, jak i mentora w wyraźniejszym świetle, niż mi się to podobało. Zastanawiałem się, czy przez dotknięcie mojego nadgarstka Błazen chciał zademonstrować Cierniowi i mnie, jak wielki ma na mnie wpływ. Ja jednak tak tego nie odebrałem. Czyż nie zapytał mnie najpierw, czy tego chcę? Mimo wszystko czułem, że chciał mi coś pokazać. A jednak czy to tylko okoliczności zmusiły go do wyjawienia tego również Cierniowi? Czy może zamierzał sprawić, bym wyraźnie zobaczył, jak postrzega mnie Cierń, jak zakłada, że zawsze będę wypełniał jego wolę? Pokręciłem głową. Czyż Błazen mógł sobie wyobrażać, że o tym nie wiem? Zacisnąłem zęby. Nadejdzie chwila, kiedy zorientuje się, że razem z Cierniem spiskowałem przeciw niemu, chwila, w której dowie się, jak bardzo trzymałem tego dnia język za zębami.

Wróciłem do mojej pracowni, ale nie podobały mi się myśli, które tam ze sobą zabrałem.

Kiedy pchnąłem drzwi, natychmiast poznałem, że był tu przede mną Błazen. Zostawił swój prezent na stole przy moim krześle. Podszedłem do niego i powiodłem palcem po grzbiecie Ślepuna. Wyrzeźbiony wilk był w kwiecie wieku. Między jego łapami leżał martw królik. Ślepun miał uniesioną głowę, a jego ciemne oczy spoglądały na mnie rozumnie, z cierpliwością.

Wziąłem go do ręki. Kiedy Błazen siadywał przy stole w mojej chacie, widziałem, że zaczyna coś rzeźbić. Nie domyślałem się jednak, co to będzie i niemal zapomniałem o jego obietnicy, że pokaże mi swe dzieło, kiedy skończy. Dotknąłem czubków postawionych uszu Ślepuna. A potem usiadłem na krześle i zapatrzyłem się w płomienie, tuląc w dłoniach mojego wilka.

ROZDZIAŁ 4

WYMIANA BRONI

Zbrojmistrzyni Czernidło otrzymała tę pozycję po długiej służbie jako uczennica zbrojmistrza Krępego. Dobrze wykorzystała lata spędzone na tym stanowisku, zaznajomiła się bowiem nie tylko z wykorzystaniem wszystkich rodzajów broni, ale i z wytwarzaniem dobrych kling. W istocie niektórzy wciąż powiadają, że jej głównym talentem było wytwarzanie doskonałej broni, i że Kozia Twierdza bardziej by skorzystała na zatrzymaniu Czernidła w kuźni, a powierzeniu pozycji Zbrojmistrza komuś innemu. Król Roztropny widział to jednak inaczej. Po śmierci Krępego Czernidło natychmiast została awansowana na jego stanowisko i nadzorowała szkolenie wszystkich zbrojnych w Koziej Twierdzy. Dobrze służyła panowaniu Przezornych, oddając w końcu życie na polu bitwy za ówczesnego następcę tronu Szczerego.

Strzyżyka „Kroniki"

Starannie zaplanowane przez Błazna pozbycie się całego dobytku obudziło we mnie nagłe pragnienie uporządkowania moich własnych rzeczy. Tego wieczoru zamiast się pakować, siedziałem na krawędzi starego łóżka Ciernia, otoczony wszystkim, co miałem. Gdybym wykazywał skłonności do fatalistycznej melancholii Błazna, być może przyprawiłoby mnie to o smutek, a tak moje ubóstwo tylko kazało mi się uśmiechnąć. Moje skarby nie zrobiły nawet wrażenia na myszkującej wśród nich fretce Szperaczu.

Stanowiły je głównie ubrania z komnaty Błazna i cudowny miecz z nazbyt ozdobną rękojeścią. Ubrania z czasów mieszkania w chacie rzuciłem w większości na stertę szmat przy stole roboczym. Jako gwardzista księcia miałem dwa nowe mundury. Jeden z nich został już starannie zapakowany wraz z innymi zmianami ubrania do żeglarskiego kufra, stojącego u stóp łóżka. Pod ubraniami spoczywały ukryte paczuszki z przygotowanymi przeze mnie i Ciernia truciznami, środkami uspokajającymi i wzmacniającymi. Na łóżku obok mnie leżał zwinięty futeralik z rozmaitymi małymi narzędziami, wytrychami i innymi przydatnymi drobiazgami, który z łatwością mogłem ukryć pod koszulą. Włożyłem go do kufra. Czekając na Sumiennego, przeglądałem resztę moich dziwacznych zbiorów.

Figurka Ślepuna stała na gzymsie kominka. Nie chciałem ryzykować zabierania jej na wyprawę. Był tam też amulet, który zrobiła dla mnie wróżka Dziewanna, kiedy byliśmy w lepszych stosunkach. Postanowiłem nigdy więcej już go nie nosić, lecz myśl o wyrzuceniu go napawała mnie dziwną niechęcią. Położyłem go na ubraniach, które narzucił mi pan Złocisty. Szpilka z lisem od Ketriken znajdowała się tam, gdzie zawsze, wpięta w koszulę po lewej stronie, nad moim sercem. Nie miałem zamiaru jej się pozbywać. Z jednej strony ułożyłem parę rzeczy dla Trafa. Większość z nich to były drobiazgi, które zrobiłem albo zdobyłem, kiedy był mały: bąk, pajac na sznurku i tak dalej. Włożyłem je ostrożnie do pudełka z żołędziem wyrzeźbionym na pokrywce. Chciałem mu je dać przy pożegnaniu.

Na środku łóżka leżało zawiniątko z rzeźbionymi piórami, które zebrałem na plaży Innych. Kiedyś spróbowałem je dać Błaznowi, by przymierzył je do swojej drewnianej korony. Byłem pewien, że będą pasować. On jednak tylko na nie zerknął i odrzucił je. Rozwinąłem miękką skórę, w której je przechowywałem, przyjrzałem się krótko każdemu z nich i ponownie je zawinąłem. Przez jakiś czas zastanawiałem się, co z nimi zrobić. A potem wetknąłem je w róg kufra. Dołączyłem do nich igły i nici różnej długości. Dodatkowe buty i drobne elementy stroju. Brzytwę. Kubek, miskę i łyżkę na statek.

I to wszystko. Nie miałem nic więcej do spakowania i bardzo niewiele innego dobytku. Miałem konia, Mojąkarą, lecz ona nie interesowała się mną poza tym, co musiała dla mnie robić. Wolała towarzystwo innych koni i wcale nie będzie za mną tęskniła.

Chłopiec stajenny będzie dostarczał jej ruchu, a dopóki stajniami Koziej Twierdzy zawiadywał Pomocnik, nie bałem się, że klacz będzie zaniedbana czy stanie się jej jakaś krzywda.

Ze sterty ubrań wychynął Szperacz i rzucił się ku mnie w podskokach przez łóżko.

– Mała szansa, że będziesz za mną tęsknił – powiedziałem do niego, gdy udał, że atakuje moją dłoń. W zamkowych ścianach gnieździło się dość myszy i szczurów, by z łatwością się wyżywił. Zapewne spodoba mu się, że będzie miał całe łóżko dla siebie. Już uznał, że poduszka należy do niego. Omiotłem komnatę spojrzeniem. Cierń wziął sobie wszystkie zwoje, które przywiozłem z mojej chaty. Uporządkował je, nieszkodliwe umieszczając w bibliotece Koziej Twierdzy, a wszystkie inne, które zbyt otwarcie wyjawiały zbyt wiele prawd, zamknął w swoich szafkach. Nie miałem poczucia straty.

Naręcze ubrań zaniosłem do jednej ze starych szaf Ciernia, zamierzając je w niej upchnąć. Ugryzło mnie jednak sumienie; starannie strzepnąłem i złożyłem każdą sztukę. Uświadomiłem sobie przy okazji, że oddzielnie wiele z tych ubrań nie było tak pretensjonalnych, jak sądziłem. Płaszcz z ciepłą podszewką włożyłem do kufra. Kiedy wszystko było już schowane lub spakowane, na wierzchu skrzyni położyłem miecz wysadzany klejnotami. Chciałem zabrać go ze sobą. Mimo ozdobnej rękojeści został dobrze wykonany i doskonale wyważony. Podobnie do człowieka, który mi go dał, jego wabiący wzrok wygląd skrywał prawdziwe przeznaczenie.

Rozległo się delikatne pukanie i stojak na wino odsunął się na bok. Kiedy do komnaty wszedł zmęczony Sumienny, Szperacz zeskoczył z łóżka i rzucił się do niego, grożąc mu białymi zębami i usiłując uszczypnąć go w stopy.

– Tak, ja też się cieszę, że cię widzę – przywitał się z nim książę i porwał zwierzątko z podłogi jedną ręką. Delikatnie podrapał fretkę pod brodą i postawił ją z powrotem na ziemi. Szperacz natychmiast zaatakował książęce stopy. Uważając, by go nie nadepnąć, Sumienny podszedł do łóżka i z głębokim westchnieniem usiadł ciężko obok mnie. – Chciałeś mi dać coś specjalnego? – zapytał. – Jestem tak zmęczony pakowaniem – wyznał. – Mam nadzieję, że to coś małego.

– Leży na stole – odparłem. – I nie jest małe.

Kiedy podchodził do stołu roboczego, poczułem ostre ukłucie żalu i gdybym mógł, wycofałbym się z postanowienia. Jak ten prezent mógł znaczyć dla chłopca tyle, co znaczył dla mnie? Spojrzał nań, a potem podniósł wzrok na mnie, wstrząśnięty.

– Nie rozumiem. Dajesz mi miecz?

Wstałem.

– To miecz twego ojca. Szczery dał mi go, kiedy się rozstawaliśmy. Teraz należy do ciebie – powiedziałem cicho.

Na widok wyrazu, jaki w tej chwili zagościł na twarzy Sumiennego, pozbyłem się wszelkiego żalu. Chłopiec wyciągnął rękę, cofnął ją, a potem spojrzał na mnie. Twarz mu jaśniała pełnym niedowierzania zdumieniem. Uśmiechnąłem się.

– Powiedziałem, że należy do ciebie. Weź go do ręki i poczuj, jak w niej leży. Właśnie go wyczyściłem i naostrzyłem, więc uważaj.

Opuścił dłoń i położył ją na rękojeści. Czekałem, by podniósł broń i odkrył jej wspaniałe wyważenie. Książę cofnął jednak rękę.

– Nie. – To słowo mną wstrząsnęło. – Zaczekaj tu. Proszę cię. Zaczekaj chwilę – dodał.

A potem odwrócił się i wybiegł z komnaty. Tupot jego oddalających się kroków cichł w ukrytym korytarzu.

Reakcja Sumiennego zdumiała mnie. Z początku wydawał się tak uradowany. Podszedłem do stołu i jeszcze raz spojrzałem na klingę. Lśniła, świeżo naoliwiona i wytarta. Była piękna i elegancka zarazem, lecz w jej kształcie nie było nic, co kłóciłoby się z jej zamierzoną funkcją. Było to narzędzie do zabijania ludzi. Zrobiła je dla Szczerego Czernidło, ta sama zbrojmistrzyni, która nauczyła mnie władać i mieczem, i piką. Kiedy Szczery udał się na swoją wyprawę, pojechała z nim i zginęła w jego służbie. Był to miecz wart króla. Dlaczego Sumienny go odrzucił?

Kiedy wrócił, siedziałem przed kominkiem z filiżanką gorącej herbaty w dłoniach. Miał ze sobą długi pakunek. Wchodząc do komnaty, jednocześnie mówił i rozwiązywał rzemienie oplatające przedmiot.

– Nie wiem, dlaczego nie pomyślałem o nim już wtedy, kiedy matka powiedziała mi, kim jesteś. Chyba dlatego, że dostałem go tak dawno temu, a potem matka go dla mnie schowała. Proszę!

Materiał opadł na ziemię i Sumienny uniósł odsłonięty przedmiot zamaszystym gestem. Szczerząc zęby w szerokim uśmiechu, odwrócił nagle chwyt i podał mi broń, oparłszy rękojeść na lewym przedramieniu. Śmiał się do mnie, a oczy płonęły mu zachwytem i wyczekiwaniem.

– Weź go, Bastardzie Rycerski Przezorny. Miecz twego ojca.

Przebiegł mnie dreszcz, na moim ciele stanęły wszystkie włoski. Odstawiłem filiżankę i powoli wstałem.

– Miecz Rycerskiego?

– Tak.

Nie sądziłem, że jego uśmiech może się jeszcze poszerzyć, ale byłem w błędzie.

Zapatrzyłem się na miecz. Tak. Wiedziałbym o tym nawet, gdyby Sumienny nic nie powiedział. Brzeszczot był starszym bratem tego, który nosił Szczery. Przypominał tamten miecz, lecz był nieco bardziej ozdobny i dłuższy, przeznaczony dla mężczyzny wyższego od Szczerego. Na jelcu widniał stylizowany kozioł. Nagle zrozumiałem, że to miecz wykonany dla księcia, który miał zostać królem. Wiedziałem, że nigdy nie będę mógł go nosić. Mimo to bardzo go pragnąłem.

– Skąd się u ciebie wziął? – zapytałem bez tchu.

– Miała go oczywiście księżna Cierpliwa. Kiedy przybyła do Koziej Twierdzy, zostawiła go w Białym Gaju. Natknęła się na niego, gdy po zakończeniu wojny ze szkarłatnymi okrętami przeprowadzała się do Kupieckiego Brodu i „porządkowała rupiecie", jak to ujęła. Był w szafie. „Całe szczęście, że nie zabrałam go do Koziej Twierdzy" – powiedziała, kiedy mi go dawała. „Władczy zabrałby mi go i sprzedał. Albo zatrzymał dla siebie".

To było tak podobne do księżnej Cierpliwej, że musiałem się uśmiechnąć. Królewski miecz wśród jej „rupieci".

– Weź go! – rozkazał mi żarliwie Sumienny. Musiałem go posłuchać. Musiałem choć raz poczuć, jak leżałaby moja dłoń w miejscu, w którym spoczywała dłoń mego ojca. Miecz wydawał się nic nie ważyć. Tkwił w mojej dłoni niczym ptak. W chwili, gdy wziąłem go od Sumiennego, książę podszedł do stołu i ujął miecz Szczerego. Usłyszałem jego okrzyk zadowolenia; widząc, jak chwyta go obiema dłońmi i tnie powietrze, uśmiechnąłem się. Te klingi to prawdziwe miecze, nadające się tak do przecinania ciała, jak do trafiania we wrażliwy punkt. Przez jakiś czas zachowywaliśmy się jak chłopcy, poruszając mieczami na różne sposoby, od drobnych ruchów dłoni i nadgarstka, mogących zablokować lub odbić pchnięcie przeciwnika, do niebezpiecznego cięcia Sumiennego znad głowy, które zatrzymało się tuż nad zwojami leżącymi na stole.

Klinga Rycerskiego pasowała mi. Cieszyło mnie to, choć jednocześnie zdawałem sobie sprawę, jak żałośnie niegodne takiej broni są moje umiejętności. Mieczem posługiwałem się poprawnie. Zastanawiałem się, co czułby król, wiedząc, że jego jedyny syn zręczniej walczy toporem niż mieczem i woli używać trucizny niż któregokolwiek z nich. Był to zniechęcający tok myślenia, lecz zanim zdołałem mu się poddać, obok mnie stanął Sumienny, by porównać swój miecz z moim.

– Rycerskiego jest dłuższy!

– Był wyższy od Szczerego. Myślę jednak, że jest lżejszy. Szczery miał siłę do zadania mocnego ciosu i sądzę, że Czernidło wzięła to pod uwagę. Kiedy dorośniesz, ciekawie będzie zobaczyć, który z nich pasuje ci lepiej.

Natychmiast mnie zrozumiał.

– Bastardzie. Dałem ci ten miecz na zawsze. Mówię poważnie.

Kiwnąłem głową.

– A ja ci dziękuję za tę myśl. Będę jednak musiał się zadowolić zamiarem w miejsce rzeczywistości. To królewski miecz, Sumienny. Nie nadaje się dla gwardzisty, nie mówiąc już o skrytobójcy czy bękarcie. Widzisz, popatrz tu, na rękojeść. Kozioł Przezornych, duży i wyraźny. Jest też na mieczu Szczerego, ale mniejszy. I tak owinąłem rękojeść skórą, by ukryć go po zakończeniu wojny ze szkarłatnymi okrętami. Każdy, kto by go zobaczył, wiedziałby, że żadną miarą nie może należeć do mnie. Ten rzucałby się w oczy jeszcze bardziej.

Z żalem i szacunkiem odłożyłem broń na stół roboczy.

Sumienny ostrożnie położył miecz Szczerego obok niej. Na jego twarzy zagościł wyraz uporu.

– Jak mogę wziąć od ciebie miecz mojego ojca, jeśli ty nie chcesz wziąć ode mnie miecza Rycerskiego? Mój ojciec dał ci ten miecz. Chciał, byś go nosił.

– Jestem pewien, że w tamtej chwili tak było. I przez wiele lat dobrze mi służył. Jego widok w twoich rękach posłuży mi jeszcze lepiej. Wiem, że Szczery by się ze mną zgodził. Na razie miecz Rycerskiego obaj powinniśmy odłożyć. Kiedy zostaniesz koronowany, twoi wielmoże będą się spodziewać u twego boku królewskiego miecza.

Sumienny zmarszczył brwi w zamyśleniu.

– Czy król Roztropny nie miał miecza? Co się z nim stało?

– Na pewno miał. A co się z nim stało, nie mam pojęcia. Może miała do niego prawo księżna Cierpliwa; może sprzedał go Władczy albo zabrał ze sobą, a po jego śmierci ukradli go złodzieje. W każdym razie zniknął. Kiedy przyjdzie czas, byś wstąpił na tron, myślę, że powinieneś mieć przy sobie miecz króla. A na Aslevjal powinieneś wziąć miecz swojego ojca.

– Tak zrobię. Ale ludzie nie będą się dziwić, skąd go mam?

– Wątpię. Powiemy Cierniowi, by rozgłosił, że trzymał go dla ciebie. Ludzie uwielbiają takie opowieści. Przyjmą ją z przyjemnością.

Skinął z namysłem głową i powiedział powoli:

– To, że nie możesz nosić miecza Rycerskiego tak otwarcie, jak ja będę nosił ten, odbiera mi sporo przyjemności.

– Mnie też – odparłem z bolesną szczerością. – Bardzo bym tego chciał, Sumienny. Ale po prostu tak już jest. Mam miecz od pana Złocistego, także za dobry na moje umiejętności. Wezmę go ze sobą. Jeśli kiedykolwiek będę musiał unieść jakieś ostrze w twojej obronie, to lepiej, żeby to był topór.

Spuścił wzrok, zastanawiając się nad czymś, a potem położył dłoń na rękojeści miecza Rycerskiego.

– Pragnę, by został u ciebie do chwili, kiedy mi go oddasz w dniu mojej koronacji. – Nabrał tchu. – A kiedy wezmę od ciebie miecz twojego ojca, zwrócę ci miecz mojego ojca.

Tego gestu nie mogłem odrzucić.

Wkrótce wyszedł tą samą drogą, którą przyszedł, zabierając ze sobą miecz Szczerego. Zrobiłem sobie świeżą filiżankę herbaty i usiadłem wpatrzony w miecz ojca. Usiłowałem wymyślić, co dla mnie znaczy, lecz napotykałem wewnątrz siebie jedynie dziwną pustkę. Nawet moje niedawne odkrycie, że nie ignorował mnie, lecz obserwował oczyma brata przy użyciu Mocy, nie zrekompensowało mi jego fizycznej nieobecności w moim życiu. Może i kochał mnie z daleka, ale to Brus uczył mnie dyscypliny, a Cierń kształcił. Patrzyłem na klingę i starałem się znaleźć poczucie związku, jakiekolwiek uczucie, ale na próżno. Kiedy skończyłem herbatę, wciąż nie miałem żadnej odpowiedzi ani nawet pewności, jak brzmiało pytanie. Postanowiłem jednak, że zanim wyruszę w rejs, znajdę czas na spotkanie z Trafem.

Położyłem się do łóżka, odebrawszy poduszkę Szperaczowi. Mimo to spałem źle i nawet ten marny odpoczynek został przerwany. Do moich snów wkradła się Pokrzywa, jak dziecko niechętnie szukające pociechy. Był to dziwny kontrast. We śnie przecinałem strome zbocze pokryte rumowiskiem skalnym, zapamiętane z pobytu w górach. Wtedy trawersowałem ten grożący zejściem lawiny stok, niosąc bezwładne ciało Błazna. W moim śnie nie byłem niczym obciążony, ale zbocze wydawało się bardziej strome, a upadek mógłby trwać wieczność. Pod moimi stopami obsuwały się zdradliwie luźne kamyki. W każdej chwili mogłem zsunąć się z powierzchni góry, jak te kamyki, spadające z grzechotem obok mnie. Czułem ból mięśni, po plecach spływał mi pot. Wtedy kątem oka zauważyłem, że coś się obok mnie poruszyło. Powoli odwróciłem głowę, bo nie śmiałem ryzykować jakiegoś gwałtownego ruchu. Odkryłem Pokrzywę, która siedziała spokojnie powyżej mnie i obserwowała moje pełne udręki przemieszczanie się do przodu.

Siedziała na trawie wśród polnych kwiatów. Miała zieloną sukienkę; jej włosy zdobiły maleńkie stokrotki. Nawet w moich ojcowskich oczach wyglądała bardziej na kobietę niż dziecko, ale siedziała jak mała dziewczynka, obejmując ramionami kolana podciągnięte pod brodę. Była boso i miała niepokój w oczach.

Taką przedstawialiśmy dychotomię. Ja wciąż walczyłem o utrzymanie równowagi na niepewnym stoku. Ona w swoim śnie, przyległym do mojego, siedziała na górskiej łące. Jej obecność zmusiła mnie do przyznania, że śnię, a jednak nie mogłem przerwać wyczerpującego marszu z mojego koszmaru. Nie wiedziałem, czy boję się, że upadnę i zginę, czy że się zbudzę. Zawołałem więc do niej: „O co chodzi?" i dalej posuwałem się krok za krokiem po górskim zboczu. Nie miało znaczenia, ile ich robię: twarda ziemia wciąż pozostawała równie odległa, a Pokrzywa utrzymywała swoją pozycję nade mną.

– O moją tajemnicę – odparła cicho. – Gryzę się nią. Przyszłam więc do ciebie po radę.

Przerwała, lecz ja nie odpowiedziałem. Nie chciałem poznać jej tajemnicy ani dawać jej rad. Nie mogłem zobowiązać się, że jej pomogę. Mimo że to był sen, wiedziałem, że wkrótce opuszczę Kozią Twierdzę. Nawet gdybym został, nie mógłbym wkroczyć w życie Pokrzywy, nie ryzykując, że je zniszczę. Lepiej pozostać niejasną postacią ze snów na skraju jej rzeczywistości. Chociaż milczałem, odezwała się do mnie.

– Jeśli ktoś dał słowo, że nie będzie o czymś mówił, nie zdając sobie sprawy, ile sprawi to bólu, nie tylko jemu, ale i innym, to czy powinien dotrzymać słowa?

Pytanie było zbyt poważne, by je zignorować.

– Znasz odpowiedź – wydyszałem. – Słowo kobiety to jej słowo. Albo go dotrzymuje, albo nie jest nic warte.

– Ale kiedy je dawałam, nie wiedziałam, jakie spowoduje kłopoty. Zwinny wygląda jak połowa siebie. Nie wiedziałam, że mama będzie winić tatę ani że tata zacznie z tego powodu pić, winiąc się jeszcze bardziej.

Zatrzymałem się. To było niebezpieczne, ale odwróciłem się do Pokrzywy. Jej słowa cisnęły mną w otchłań niebezpieczeństwa głębszą, niż ta zionąca pode mną.

– A ty sądzisz, że udało ci się znaleźć sposób na obejście danej obietnicy – powiedziałem ostrożnie. – Chcesz powiedzieć mnie to, czego obiecałaś nie mówić im.

Opuściła głowę na kolana.

– Powiedziałeś, że dawno temu znałeś tatę – rzekła stłumionym głosem. – Nie wiem, kim naprawdę jesteś; ale może wciąż go znasz. Mógłbyś do niego przemówić. Ostatnim razem, kiedy uciekł Szybki, powiedziałeś mi, kiedy razem z tatą wracał bezpiecznie do domu. Och, proszę cię, Widmowy Wilku! Nie wiem, co cię łączy z naszą rodziną, ale wiem, że tak jest. Starając się pomóc Szybkiemu, niemal ją rozbiłam. Nie mam nikogo innego, do kogo mogłabym się zwrócić. I nigdy nie obiecywałam Szybkiemu, że nie powiem tobie.

Spojrzałem na moje stopy. Zmieniła mnie w swoje wyobrażenie o mnie. Jej sen pożerał mój. Teraz byłem człeko-wilkiem. Moje czarne pazury wbijały się w luźne rumowisko. Zacząłem wdrapywać się po zboczu ku Pokrzywie, posuwając się na czworakach, z obniżonym środkiem ciężkości. Kiedy zbliżyłem się na tyle, by dostrzec wyschnięte, słone ślady łez na jej policzkach, warknąłem:

– Że czego mi nie powiesz?

To jej wystarczyło.

– Myślą, że Szybki uciekł na morze, bo tak z nim udawaliśmy. Och, nie patrz tak na mnie! Nie wiesz, jaka była atmosfera w domu! Tata wciąż przypominał chmurę burzową, a Szybki niemal mu dorównywał. Biedny Zwinny przemykał się chyłkiem jak zbity pies. Wstydził się zasłużyć na jakąkolwiek pochwałę taty, bo jego bliźniak nie mógł jej z nim dzielić. A mama, mama niemal postradała zmysły; co wieczór żądała wyjaśnień, co ich gnębi, a oni nie chcieli jej odpowiadać. W naszym domu nie było już ani krzty spokoju. Kiedy więc Szybki przyszedł do mnie i poprosił o pomoc w wymknięciu się, wydało mi się to mądrym posunięciem.

– I jaką pomoc mu dałaś?

– Dałam mu pieniądze, własne pieniądze, które mogłam wykorzystać, na co chciałam, pieniądze, które sama zarobiłam, pomagając zeszłej wiosny Głosowi przy koceniu się owiec. Mama często posyłała Szybkiego do miasta z miodem czy świecami. Wymyśliłam dla niego plan, według którego zaczął wypytywać sąsiadów i ludzi w mieście o łodzie, łowienie ryb i morze. W końcu napisałam list i podpisałam go imieniem taty, co robiłam już od dawna. Jego oczy... Tata wciąż może pisać, ale ręka mu błądzi, bo nie widzi liter, które stawia. Więc ostatnio piszę za niego różne rzeczy, dokumenty przy sprzedaży konia i tak dalej. Wszyscy mówią, że mam taki sam charakter pisma jak on; pewnie dlatego że to on nauczył mnie pisać. Więc...

– Więc napisałaś list dla Szybkiego, mówiący, że ojciec zrzeka się opieki nad nim i że Szybki może robić ze swoim życiem, co chce.

Mówiłem powoli. Każde jej słowo przygniatało mnie coraz większym ciężarem. Brus i Sikorka kłócili się, a on znów zaczął pić, ponieważ uważał, że to przez niego syn uciekł z domu. Zawodził go wzrok. Wszystko to rozdzierało mi serce, bo wiedziałem, że niczego nie potrafię naprawić.

– Chłopiec szukający zajęcia może mieć trudności ze znalezieniem pracy, jeśli ludzie myślą, że uciekł z terminu albo wciąż jest winien pracę swemu ojcu. – Rzekła Pokrzywa z wahaniem, starając się usprawiedliwić swoje fałszerstwo. Nie śmiałem na nią spojrzeć. – Mama spakowała sześć kompletów świec i wysłała Szybkiego do miasta, by je doręczył i przyniósł pieniądze. Kiedy się ze mną żegnał, wiedziałam, że zechce wykorzystać tę sposobność. Już nie wrócił.

Wokół niej rozkwitły kwiaty; maleńka pszczoła krążyła z brzęczeniem wśród nich, szukając nektaru.

Wchłaniałem jej słowa powoli.

– Ukradł pieniądze za świece, by ruszyć w drogę?

Moja ocena Szybkiego pogorszyła się.

– To nie była... to nie była prawdziwa kradzież. Zawsze pomagał przy pszczołach. On potrzebował tych pieniędzy!

Pokręciłem głową. Pokrzywa rozczarowała mnie. Co prawda nigdy nie miałem młodszego brata. Może wszystkie siostry takie są.

– Nie pomożesz mi? – zapytała żałośnie, gdy moje milczenie przedłużało się.

– Nie mogę – odparłem bezradnie. – Nie mogę.

– Dlaczego?

– A jak miałbym to zrobić?

Teraz znajdowałem się całkowicie w jej śnie. Pod nogami czułem ostrą trawę łąki. Otaczały mnie wzgórza skąpane w blasku wiosennego dnia. Pszczoła zabzyczała mi nad uchem, więc ją odgoniłem. Wiedziałem, że mój koszmar wciąż się czai za mną. Gdybym się cofnął o dwa kroki, znów znalazłbym się na tamtym zdradliwym stoku.

– Porozmawiaj z tatą. Powiedz mu, że Szybki odszedł nie z jego powodu.

– Nie mogę porozmawiać z twoim tatą. Jestem bardzo daleko. Takie odległości możemy pokonywać tylko we śnie.

– Nie możesz odwiedzać jego snów, tak jak odwiedzasz moje? Nie możesz z nim porozmawiać we śnie?

– Nie. Nie mogę.

Dawno temu mój ojciec odgrodził Brusa od wszystkich innych, którzy posługiwali się Mocą. Powiedział mi o tym sam Brus. Rycerski potrafił czerpać z niego siłę do używania Mocy, a więź istniejąca między nimi sprawiała, że Rycerski był poprzez Brusa bezbronny wobec innych ludzi obdarzonych Mocą. Zastanawiałem się, czy oznaczało to, że Brus miał swego czasu jakieś umiejętności posługiwania się Mocą? A może ci dwaj byli tak sobie bliscy, że Rycerski mógł brać od niego siłę?

– Dlaczego? Przychodzisz do moich snów. Dawno temu byliście przyjaciółmi; sam tak mówiłeś. Proszę cię. On tak dalej nie może żyć. To go zabija. I moją matkę. – Dodała cicho: – Myślę, że jesteś mu to winien.

Machnąłem na pszczołę, która przeleciała mi obok pyska. Postanowiłem szybko zakończyć to spotkanie. Pokrzywa dochodziła do zbyt wielu wniosków na temat swego ojca i mnie.

– Nie mogę przyjść do snów twego ojca, Pokrzywo. Być może mogę jednak coś zrobić. Możliwe, że będę mógł z kimś porozmawiać, z kimś, kto może odnaleźć Szybkiego i odesłać go do domu. – Mówiłem te słowa z zamierającym sercem. Chociaż chłopiec był irytujący, wiedziałem, co dla niego będzie oznaczało odesłanie do Brusa, ale umocniłem się w moim postanowieniu. To naprawdę nie był mój kłopot. Szybki był synem Brusa; sami będą musieli rozwiązać tę sytuację.

– A więc wiesz, gdzie jest Szybki? Widziałeś go? Dobrze się czuje, jest bezpieczny? Myślałam o nim tysiące razy, jest taki młody, sam na szerokim świecie. Nie powinnam była mu się dać na to namówić! Opowiedz mi o nim.

– Czuje się dobrze – rzekłem krótko.

Pszczoła znów przeleciała mi koło ucha. Poczułem, że usiadła mi na karku. Spróbowałem zgarnąć ją z siebie łapą, lecz w chwilę później przygniótł mnie ciężar jakiegoś sporego zwierzęcia. Zaskowyczałem i szarpnąłem się, ale zanim zdołałem zaczerpnąć tchu, już zwisałem ze szczęk smoczycy. Potrząsnęła mną, nie po to, by zabić, lecz przestrzec. Przestałem się szamotać. Jej zęby trzymały mnie za kark i choć nie przebijały ani skóry, ani ciała, paraliżowały mnie.

Kiedy Pokrzywa sięgając po mnie zerwała się z oburzeniem na nogi, smoczyca uniosła mnie wyżej. Wisiałem nad Pokrzywą, a potem znalazłem się nad przepaścią z mojego wcześniejszego koszmaru.

– Uważajcie – przestrzegła nas smoczyca. – Jeśli będziecie stawiać opór, upuszczę go. Wilki nie latają.

Słowa te nie wydobywały się z jej pyska ani gardła, lecz wnikały w moje myśli, dotykając bezpośrednio umysłu.

Pokrzywa zamarła.

– Czego chcesz? – warknęła.

Spojrzenie jej ciemnych oczu stwardniało.

– On wie – odparła Tintaglia, lekko mną potrząsając. Poczułem, jak grzechoczą mi wszystkie kości. – Chcę wiedzieć wszystko, co wiesz o czarnym smoku uwięzionym w lodzie. Chcę wiedzieć wszystko, co wiesz o wyspie, którą ludzie zwą Aslevjal.

– Nic nie wiem o tych rzeczach! – odparła ze złością Pokrzywa. Dłonie zacisnęła w pięści. – Puść go.

– Dobrze.

Smoczyca wypuściła mnie i przez straszliwą chwilę spadałem w dół. A potem wężowa szyja Tintaglii wystrzeliła do przodu i znów poczułem jej zęby. Tym razem jej szczęki zamknęły się na moich żebrach. Ścisnęła mnie, pokazując, z jaką łatwością mogłaby mnie zmiażdżyć, lecz zaraz rozluźniła chwyt i zapytała: – A co ty wiesz, mały wilczku?

– Nic! – wydyszałem, po czym wytchnąłem z płuc całe powietrze, ściśnięty potężnymi szczękami. To nie będzie długo trwało, powiedziałem sobie. Nie będę musiał długo podtrzymywać mojego kłamstwa. Smoczyca nie jest cierpliwym stworzeniem; zabije mnie szybko. Zerknąłem w bok, by po raz ostatni spojrzeć na córkę.

Pokrzywa wstała, nagle większa niż do tej pory. Rozrzuciła szeroko ręce; jej włosami szarpał wiatr, który czuła tylko ona, a potem utworzył z nich aureolę wokół głowy. Odrzuciła ją do tyłu.

– To jest sen! – zawołała. – I to jest mój sen! Wyrzucam cię z niego!

Te ostatnie słowa wypowiedziała oddzielnie, jakby była królową, wydającą rozkaz. Po raz pierwszy pojąłem potęgę Mocy mojej córki. Jej zdolność kształtowania snów i rządzenia wydarzeniami, które się w nich rozgrywały, była przejawem jej talentu w posługiwaniu się Mocą.

Tintaglia cisnęła mną nad nieskończoną pustką. Wirowałem; pod sobą widziałem nie skalistą przepaść z mojego snu, lecz bezkresną przestrzeń bez koloru ani końca. Przez chwilę uchwyciłem wzrokiem wijącą się smoczycę, którą Pokrzywa na powrót zmniejszała do wielkości pszczoły. Oszołomiony spadaniem, zacisnąłem powieki. W chwili, kiedy z trudem zaczerpnąłem tchu, by wrzasnąć, przy moim uchu cicho odezwała się Pokrzywa:

– To tylko sen, Widmowy Wilku. I należy on do mnie. W moich snach nigdy nic ci się nie stanie. Otwórz oczy. Obudź się we własnym świecie.

Na moment przed obudzeniem poczułem pod sobą uspokajający opór pościeli i kiedy otworzyłem oczy w ciemności mojej pracowni, panika już mnie opuściła. Pokrzywa sprawiła, że koszmar nie był już tak przerażający. Przez chwilę odczuwałem ulgę. Odetchnąłem głęboko i ponownie zanurzając się w sen, poczułem senne zdumienie dziwną potęgą Mocy mojej córki. Kiedy jednak naciągnąłem koc na ramię i odzyskałem połowę poduszki od fretki, wcześniejsza część mojego snu nie pozwoliła mi zasnąć. Szybki skłamał. Brus go nie odrzucił. Gorzej, ucieczka chłopca spowodowała zamęt w rodzinie.

Leżałem nieruchomo z zamkniętymi oczyma, na próżno usiłując zasnąć. Myślałem, co mam zrobić. Chłopiec musi zostać odesłany do domu, ale nie chciałem zrobić tego osobiście. Zażądałby wyjaśnień, skąd wiem, że skłamał. Tak. Powiem Cierniowi, że Brus nie wypuścił Szybkiego z domu. To będzie się wiązało z przyznaniem się Cierniowi, że kontaktowałem się dzięki Mocy z Pokrzywą. Cóż, nic się nie da na to poradzić, pomyślałem zrzędliwie. Wydawało się, że wszystkie moje tajemnice postanowiły wyjść na jaw.

Powziąłem więc postanowienie i usiłowałem przekonać siebie samego, że to najlepsze wyjście. Usiłowałem nie wyobrażać sobie Brusa, jak znów co wieczór pije, albo Sikorki doprowadzonej do szaleństwa nie tylko zbrataniem się męża z butelką, ale i zniknięciem syna. Usiłowałem nie zastanawiać się, jak bardzo pogorszył się wzrok Brusa. Na tyle, że albo nie starał się odnaleźć syna, albo mu się to nie powiodło.

Wstałem o świcie. Wziąłem z izby żołnierskiej chleb, mleko i bekon i poszedłem zjeść śniadanie do Kobiecego Ogrodu. Siedziałem, słuchając śpiewu ptaków i wciągając w nozdrza ciepło nowego dnia. Takie rzeczy zawsze przynosiły mi wielką ulgę. Tego ranka stanowiły potwierdzenie, że dobro ziemi zawsze trwa, i sprawiły, że zapragnąłem zostać, by patrzeć, jak rozwija się lato, a owoce nabrzmiewają na gałęziach drzew.

Najpierw ją wyczułem, a potem zobaczyłem. Wilga miała na sobie bladobłękitny szlafrok. Rozpuszczone włosy spadały jej na ramiona, a na pełne wdzięku, wąskie stopy włożyła proste sandały. W dłoniach trzymała parujący kubek. Obserwowałem ją i żałowałem, że nasze stosunki są tak zagmatwane. Kiedy zauważyła mnie siedzącego w milczeniu na ławce pod drzewem, wytrzeszczyła oczy w udawanym zdumieniu, a potem uśmiechnęła się i podeszła. Usiadła obok mnie, zrzuciła sandały i podciągnęła nogi na ławkę między nami.

– No cóż, dzień dobry – przywitała się. Patrzyła na mnie z lekkim zaskoczeniem. – Prawie cię nie poznałam, Bastardzie. Wyglądasz, jakby ci ubyło dziesięć lat.

– Tomie – napomniałem ją łagodnie, doskonale wiedząc, że posłużyła się moim starym imieniem, by mnie zirytować. – Owszem, czuję się, jakbyś miała rację. Może właśnie potrzebne mi były codzienne zajęcia gwardzisty.

Prychnęła sceptycznie i upiła łyk z kubka.

– Zauważyłam, że nie myślisz, by to samo dotyczyło mnie? – stwierdziła kwaśno, podnosząc na mnie wzrok.

– Co, że lepiej by ci było jako gwardziście? – zapytałem niewinnym tonem, a kiedy udała, że chce mnie kopnąć, dodałem: – Wilgo, ty zawsze wyglądasz dla mnie jak Wilga. Ani starsza, ani młodsza, niż się spodziewam, ale zawsze jak Wilga.

Zmarszczyła brwi, a potem wzruszyła ramionami i roześmiała się.

– Nigdy nie wiem, czy to, co mówisz, ma być komplementem, czy nie. – Przechyliła się ku mnie i pociągnęła nosem. – Piżmo? Perfumujesz się ostatnio piżmem, Tomie Borsuczowłosy? Jeśli chcesz przyciągnąć kobiece towarzystwo...

– Nie, nie perfumuję się piżmem, tylko spałem z fretką.

Odpowiedziałem szczerze i jej wybuch śmiechu mnie zaskoczył. W chwilę później uśmiechałem się razem z nią. Pokiwała głową i przesunęła się, przyciskając do mnie swoje nagrzane słońcem udo.

– To takie do ciebie podobne, Bastardzie. Takie do ciebie podobne. – Westchnęła z zadowoleniem i spytała leniwie: – A zatem mogę przyjąć, że zakończyłeś żałobę i znów się związałeś?

Letni ranek zrobił się ciemniejszy od jej słów. Odchrząknąłem i powiedziałem ostrożnie:

– Nie. Wątpię, bym to kiedykolwiek zrobił. Pasujemy do siebie ze Ślepunem jak nóż i futerał. – Spojrzałem na klomb rumianków i ciągnąłem cicho: – Po nim nie może być nikogo innego. Wyrządziłbym krzywdę każdemu zwierzęciu, z którym bym się związał, ponieważ byłoby tylko zastępcą, a nigdy moim prawdziwym partnerem.

Wyczytała z moich słów więcej, niż w nich zawarłem. Położyła rękę na oparciu ławki, oparła na niej głowę i spojrzała na niebo poprzez gałęzie, które dawały nam cień. Skończyłem mleko i odstawiłem kubek. Właśnie miałem się pożegnać i odejść na poranną lekcję z Szybkim, ale Wilga zapytała:

– Myślałeś więc może o odzyskaniu Sikorki?

– Co?

Uniosła głowę.

– Kochałeś tę dziewczynę. Przynajmniej zawsze tak twierdziłeś. Urodziła twoje dziecko, ponosząc wielkie koszta. Wiesz, że gdyby chciała, mogłaby się go pozbyć. To, że tego nie zrobiła, znaczy, że czuła do ciebie coś poważnego. Powinieneś do niej pojechać. Odzyskać ją.

– Sikorka i ja byliśmy razem dawno temu. Teraz jest żoną Brusa. Zbudowali sobie wspólne życie. Mają sześcioro własnych dzieci – zauważyłem sztywno.

– No i co? – Spojrzała mi w oczy. – Widziałam go, kiedy przyjechał do Koziej Twierdzy po Szybkiego. Kiedy go pozdrowiłam, był małomówny i ponury. I stary. Utyka i mętnieje mu wzrok. – Pokręciła głową. – Gdybyś postanowił odebrać mu Sikorkę, nie stanowiłby dla ciebie konkurencji.

– Nigdy bym tego nie zrobił!

Pociągnęła z kubka, patrząc na mnie bacznie znad jego krawędzi.

– Wiem o tym – rzekła, gdy wreszcie odjęła go od warg. – Mimo że ci ją odebrał.

– Oboje myślą, że nie żyję! – zauważyłem głosem bardziej chrapliwym, niż zamierzałem.

– Jesteś pewien, że tak nie jest? – zapytała nonszalancko, ale moja mina sprawiła, że jej spojrzenie złagodniało. – Och, Bastardzie. Nigdy nie robisz nic dla siebie samego, co? Nigdy nie bierzesz tego, co pragniesz. – Pochyliła się bliżej. – Sądzisz, że Sikorka podziękowałaby ci za twoją decyzję? Naprawdę sądzisz, że miałeś prawo zadecydować za nią? – Odchyliła się nieco, nie spuszczając wzroku z mojej twarzy. – Oddałeś ją i dziecko, jakbyś znalazł dobry dom dla jakiegoś szczeniaka. Dlaczego?

Odpowiadałem na to pytanie tyle razy, że nawet nie musiałem się zastanawiać.

– Był dla niej lepszym mężczyzną. To było prawdą wtedy; jest prawdą teraz.

– Tak? Zastanawiam się, czy Sikorka by się z tym zgodziła.

– A jak się dzisiaj miewa twój mąż? – zapytałem.

Wzrok jej zmętniał.

– Kto wie? Pojechał pomiędzy wzgórza łowić pstrągi z panem i panią Czerwonodębymi. Jak wiesz, ja nigdy nie lubiłam takich wypadów. – Odwróciła wzrok i dodała: – Ale najwyraźniej lubi je ich śliczna córka Pelargonia. Słyszałam, że skwapliwie skorzystała z okazji wybrania się na tę wycieczkę.

Nie musiała mi tego wyjaśniać. Wziąłem ją za rękę.

– Wilgo. Przykro mi.

Odetchnęła.

– Naprawdę? Niewiele to dla mnie znaczy. Mogę się cieszyć jego nazwiskiem i posiadłościami. Zostawia mi też moją pieśniarską swobodę; mogę robić, co mi się podoba. – Przekrzywiła głowę. – Zastanawiam się nad dołączeniem do świty księcia i udaniem się na tę wyprawę na Wyspy Zewnętrzne. Co o tym sądzisz?

Serce mi zamarło na tę myśl. O, nie.

– Sądzę, że byłoby to o wiele gorsze niż wyprawa na pstrągi. Spodziewam się, że przez większość czasu będzie mi niewygodnie i zimno. A zawyspiarskie jedzenie jest okropne. Szczytem ich kulinarnych umiejętności jest zaserwowanie smalcu zmieszanego z miodem i szpikiem.

Wstała z wdziękiem.

– Pasta rybna – rzekła. – Zapomniałeś o ich paście rybnej. Pasta rybna do wszystkiego. – Stała, patrząc na mnie z góry. A potem wyciągnęła rękę i odgarnęła mi z twarzy kilka kosmyków. Czubkami palców powiodła po mojej bliźnie. – Pewnego dnia – powiedziała cicho. – Pewnego dnia zdasz sobie sprawę, że idealnie pasowaliśmy do siebie. Że zawsze i wszędzie tylko ja naprawdę cię rozumiałam i zawsze cię kochałam.

Wytrzeszczyłem na nią oczy. W ciągu tych wszystkich spędzonych wspólnie lat ani razu nie wypowiedziała słowa „kocham".

Wsunęła mi palce pod brodę i zamknęła mi usta.

– Powinniśmy częściej jeść razem śniadanie – stwierdziła. A potem odeszła, pijąc po drodze ze swego kubka, wiedząc, że na nią patrzę.

– No tak. Przynajmniej potrafisz sprawić, że na jakiś czas zapominam o wszystkich innych moich problemach – powiedziałem cicho do siebie.

Zaniosłem kubek do kuchni i skierowałem się do Ogrodu Królowej. Może to przez rozmowę z Wilgą byłem tak bezpośredni, kiedy wyszedłem na szczyt wieży i zastałem chłopca karmiącego gołębie.

– Okłamałeś mnie – powiedziałem, zanim zdążył powiedzieć choćby „dzień dobry". – Twój ojciec wcale cię nie odesłał z domu. Uciekłeś. I ukradłeś pieniądze, by tego dokonać.

Zapatrzył się na mnie. Zbladł.

– Kto... skąd...?

– Skąd wiem? Jeśli odpowiem ci na to pytanie, odpowiem na nie także Cierniowi i królowej. Chcesz, by wiedzieli to, co ja?

Modliłem się, bym właściwie go ocenił. Kiedy przełknął ślinę i nagle, w milczeniu pokręcił głową, wiedziałem, że mi się to udało. Gdyby miał możliwość uciec do domu tak, by nikt tu nie wiedział, jakiego sobie narobił wstydu, skorzystałby z niej.

– Twoja rodzina jest chora ze zmartwienia o ciebie. Nie masz prawa trzymać ludzi, którzy cię kochają, w niepewności co do twego losu. Spakuj się i wracaj, chłopcze, tak jak tu przyszedłeś. Proszę. – Pod wpływem impulsu odczepiłem od pasa sakiewkę. – Wystarczy ci, byś dotarł bezpiecznie do domu i oddał to, co wziąłeś. Nie zapomnij tego zrobić.

Nie potrafił spojrzeć mi w oczy.

– Tak, panie.

Kiedy nie sięgnął po sakiewkę, ująłem jego dłoń, odwróciłem wnętrzem do góry i postawiłem na niej woreczek. Puściłem ją, a on wciąż wpatrywał się we mnie. Pokazałem na schody. Odwrócił się, oszołomiony, i ruszył chwiejnie do drzwi. Zatrzymał się z ręką na skoblu.

– Nie rozumiesz, jak ja się tam czuję – szepnął słabo.

– Owszem. Rozumiem. O wiele lepiej, niż mógłbyś sobie wyobrazić. Wracaj do domu, poddaj się ojcowskiej dyscyplinie i służ swojej rodzinie, dopóki nie osiągniesz pełnoletności, jak przystoi uczciwemu chłopcu. Czyż twoi rodzice cię nie wychowali? Nie dali ci życia, nie karmili cię, nie ubierali i nie obuwali? A zatem twoja praca słusznie należy do nich do czasu, kiedy prawnie staniesz się mężczyzną. Wtedy będziesz mógł otwarcie pójść swoją drogą. Będziesz potem miał wiele lat na odkrycie swojej magii, wiele własnych lat, zyskanych zgodnie z prawem, które będziesz mógł przeżyć wedle własnego życzenia. Twoje Rozumienie może zaczekać do tego czasu.

Zatrzymał się przy drzwiach i na chwilę oparł się o nie głową.

– Nie. Moja magia nie może czekać.

– Będzie musiała! – rzekłem ostrym tonem. – A teraz wracaj do domu, Szybki. Wyrusz dzisiaj.

Pochylił głowę, pchnął drzwi, wyszedł i zamknął je za sobą. Słuchałem jego cichnących kroków i czułem, jak jego obecność słabnie dla mego Rozumienia. Odetchnąłem głęboko. Kazałem mu zrobić trudną rzecz. Miałem nadzieję, że syn Brusa ma na to wystarczająco mocny kręgosłup. Miałem nadzieję, lecz tak naprawdę nie wierzyłem, że powrót chłopca uzdrowi rodzinę. Podszedłem do niskiego murku i zapatrzyłem się na skały w dole.

ROZDZIAŁ 5

W DROGĘ

Nie lekceważ tych, u których Moc najsilniej się przejawia w kształtowaniu snów. Jest to talent najczęściej spotykany u samotników. Mimo że ich działania nie są tak skuteczne jak działania kręgu Mocy, potrafią oni służyć monarchom swoimi wyjątkowymi talentami w sposób subtelny i pewny. Złowieszcze sny zesłane na wrogiego władcę mogą sprawić, że zastanowi się on nad swymi posunięciami, podczas gdy sny o zwycięstwie i chwale mogą umocnić odwagę dowódcy wojskowego. Sny mogą być nagrodą, a w niektórych przypadkach potrafią przynieść pociechę zniechęconym lub mającym znużone serca.

Sęka „Pomniejsze zastosowania Mocy"

Tego wieczoru powiedziałem Cierniowi, że Szybki rozpaczliwie zatęsknił za domem i że go tam odesłałem w nadziei, iż pogodzi się z Brusem. Starzec kiwał z roztargnieniem głową – chłopiec stanowił najmniejszy z jego problemów.

Powiedziałem mu też o mojej rozmowie z Sieciarzem.

– On wie, kim jestem – zakończyłem. – Myślę, że wie o tym, od kiedy tu przybył.

Cierń zareagował na to bardziej wymownie.

– A niech to! Dlaczego musisz się ujawniać teraz, kiedy mam tyle innych spraw na głowie?

– Nie sądzę, bym się ujawniał – odparłem sztywno. – Myślę raczej, że ktoś tę wiedzę miał cały czas, a teraz wróciła ona do nas jak zły sen. Co twoim zdaniem powinienem zrobić?

– Zrobić? A co możesz zrobić? – zapytał cierpko. – Sekret się wydał, chłopcze. Możemy jedynie mieć nadzieję, że Sieciarz rzeczywiście życzy nam tak dobrze, jak na to wygląda. I że ta wiedza nie jest rozpowszechniona wśród Rozumiejących. – Stuknął skórzanym futerałem, by tkwiące w nim zwoje lepiej się ułożyły, i zaczął go zawiązywać. – Jeżyna, powiadasz? – spytał po chwili. – Myślisz, że Jeżyna powiedziała Sieciarzowi?

– Wydawało się, że daje mi to do zrozumienia.

– A kiedy widziałeś ją po raz ostatni?

– Przed wielu laty, kiedy mieszkałem wśród Rozumiejących. Była żoną Czarniaka.

– Wiem o tym! Nie straciłem jeszcze rozumu do tego stopnia. – Zastanawiał się chwilę, zwijając następny dokument. – Nie ma czasu – oznajmił w końcu. – Inaczej wysłałbym cię do tej Jeżyny, żebyś się dowiedział, ilu osobom powiedziała. Ale po prostu nie ma czasu. Zastanów się więc ze mną, Bastardzie. Jak mogą to wykorzystać?

– Nie jestem pewien, czy Sieciarz w ogóle zamierza to jakoś wykorzystywać. Mówił o tym tak, jakby chciał mi pomóc; nie wyczułem żadnego zagrożenia z jego strony ani nawet tego, że trzyma tę tajemnicę w zanadrzu, gotową do użycia. Odniosłem raczej wrażenie, że Sieciarz zachęca mnie do szczerości wobec Szybkiego jako najlepszej metody na zdobycie jego zaufania.

– Hm – odparł starzec z namysłem, zawiązując ostatni futerał. – Przysuń mi imbryk. Sieciarz stanowi zagadkę, prawda? – ciągnął, nalewając herbatę. – Wie bardzo dużo, i to nie tylko o sprawach związanych z Rozumieniem, o których opowiada przy kominku. Nie nazwałbym go człowiekiem wykształconym, a jednak, jak sam mówi, znalazł sposób na nauczenie się wszystkiego, co uznał za stosowne poznać. – Cierń zapatrzył się w dal. Wyraźnie spędził nieco czasu, zastanawiając się nad znaczeniem Sieciarza. – Nie podobała mi się propozycja Uprzejmego, by Sumienny powołał „krąg Rozumiejących", skoro nie ma kręgu Mocy. Nie było o tym żadnej publicznej wzmianki, niemniej wydaje się, że taki krąg powstał. Jest Uprzejmy Brzeczka ze swoim kotem, ten minstrel Małż i Sieciarz.

Wszyscy planują towarzyszyć nam w wyprawie. A ja wyczuwam, choć książę mówi o tym niechętnie, że tworzą oni w pewnym sensie „krąg". Kiedy wszyscy są w jednym pomieszczeniu, mam wrażenie, że jestem wykluczony z ich towarzystwa. Ośrodkiem grupy jest wyraźnie Sieciarz. Jest bardziej niczym kapłan niż przywódca; to znaczy nie rozkazuje, lecz doradza i często mówi o służeniu „duchowi świata" albo „boskości". W najmniejszym stopniu nie przejmuje się, że takie słowa mogą brzmieć w jego ustach głupio. Gdyby miał ambicje, byłby niebezpiecznym człowiekiem. Ze swoją wiedzą mógłby wszystkich nas rzucić na kolana. Kilka razy, kiedy ze mną rozmawiał, robił to w bardzo zawoalowany sposób. Czuję, jakby zachęcał nas do działania, ale nie mówi, na jakie posunięcia z naszej strony ma nadzieję. Hm.

– No tak. – Zacząłem liczyć możliwości na palcach. – Może Sieciarz po prostu chciał, żebym był szczery wobec Szybkiego. Skoro chłopiec wraca do domu, to nie ma już znaczenia. Może jednak chce, bym wszystkim wyjawił, kim naprawdę jestem. A może chce, by Przezorni przyznali, że książę ma Rozumienie. Albo chodzi mu o to, że gdyby te dwie rzeczy zostały ujawnione jednocześnie, równałoby się to stwierdzeniu, że Przezorni mają Rozumienie we krwi. – Zamilkłem. Czy Rozumienie naprawdę jest związane z rodem Przezornych? Ostatnim księciem, który zdecydowanie miał tę magię, był książę Srokaty, a on nie zostawił potomstwa. Korona przeszła do innej linii. Może więc ja odziedziczyłem Rozumienie po pochodzącej z Królestwa Górskiego matce. I przekazałem je, kiedy Szczery przejął moje ciało, by spłodzić Sumiennego. To był drobny kawałek układanki, którego nigdy nie dałem Cierniowi i którego nigdy nie zamierzałem mu dać. Byłem przekonany, że Sumienny jest synem ducha Szczerego. Teraz jednak zastanawiałem się z niepokojem, czy posługując się moim ciałem, Szczery nie przekazał swemu synowi nieco mojej skażonej magii.

– Bastardzie – odezwał się Cierń; uniesiony daleko myślami, wzdrygnąłem się na jego głos. – Nie martw się tak. Gdyby Sieciarz chciał nam zaszkodzić, niewiele by zyskał, odkrywając swoje karty. Wybiera się z nami na wyprawę, możemy więc mieć go na oku. I rozmawiać z nim. Szczególnie ty powinieneś go zagadywać. Udawaj, że chcesz się uczyć o Rozumieniu. To go do ciebie przekona.

Westchnąłem cicho. Miałem serdecznie dość oszukiwania. Powiedziałem to Cierniowi. Prychnął bezdusznie.

– Urodziłeś się do oszukiwania, Bastardzie. Urodziłeś się do tego. Podobnie jak ja i wszystkie bękarty. Jesteśmy skomplikowanymi istotami: synami, lecz nie dziedzicami, osobami królewskiej krwi, lecz nie książętami. Można by sądzić, że do tej pory już się z tym pogodziłeś.

– Spróbuję podczas podróży lepiej poznać Sieciarza i dojść, o co mu chodzi – powiedziałem tylko.

Cierń skinął głową.

– Statek to dobre miejsce do tego celu. Oprócz rozmawiania nie ma podczas rejsu wiele do roboty. A jeśli okaże się, że jest dla nas niebezpieczny... cóż.

Nie musiał mówić, że na morzu człowiekowi może się przydarzyć wiele niefortunnych wypadków. Wolałem, żeby już nic nie mówił. Cierń jednak ciągnął:

– Czy to ty podsunąłeś Wildze pomysł wybrania się z nami? Bo poprosiła o miejsce na statku. Wygłosiła przed królową rozwlekłą przemowę, jak to obecność pieśniarki jest nieodzowna, by mogła przywieźć do domu klarowną opowieść o przygodzie księcia.

– Nie ja. Czy królowa dała jej pozwolenie?

– Odmówiłem swojego, mówiąc, że wszystkie miejsca na statku księcia są już przydzielone i że jedno z nich otrzymał minstrel Małż. A ty, sądzisz, że Wilga się nam do czegoś przyda?

– Nie. Obawiam się, że ta wyprawa może być podobna do mojej ostatniej; im mniej prawdy przywieziemy do domu, tym lepiej.

Wiadomość o odmowie Ciernia przyjąłem z ulgą, lecz jakaś drobna, ukryta część mojej osobowości była lekko rozczarowana. Uczucie to za bardzo mnie zawstydzało, by zbadać je bliżej.

Następnego dnia udało mi się spotkać z Trafem. Były to krótkie odwiedziny; rozmawiał ze mną, nie przerywając pracy. Jeden z czeladników robił intarsję i poprosił Trafa o oszlifowanie przygotowanych kawałków drewna. Zajęcie to wydawało mi się śmiertelnie nudne, lecz Traf sprawiał wrażenie pogrążonego w pracy. Uśmiechnął się ze znużeniem na moje powitanie i z powagą przyjął drobne prezenty i pamiątki, które mu przyniosłem. Kiedy zapytałem, jak mu się wiedzie, nie udawał, że źle mnie zrozumiał.

– Wciąż jestem ze Świegotką, jej rodzice wciąż o nas nie wiedzą, i wciąż usiłuję to pogodzić z moimi obowiązkami terminatora. Myślę jednak, że mi się to udaje. Mam nadzieję, że jeśli dobrze się przyłożę, szybko zostanę czeladnikiem. Kiedy już zdobędę tę pozycję, chyba będę mógł się przedstawić ojcu Świegotki jako obiecujący kandydat na męża dla jego córki. – Westchnął. – Jestem taki zmęczony tym ukrywaniem się, Tomie. Świegotce chyba się to bardzo podoba, bo uatrakcyjnia całą sytuację. Ja jednak lubię, żeby wszystko było ułożone i przeprowadzone w odpowiedni sposób. Kiedy zostanę czeladnikiem, będę mógł wszystko doprowadzić do właściwego stanu.

Zanim powiedziałem, że termin trwa kilka lat, a nie miesięcy, ugryzłem się w język. Obaj o tym wiedzieliśmy. Ważne było to, że Traf nie uchyla się od kształcenia, lecz oddaje się mu w nadziei ziszczenia marzeń. O cóż więcej mogłem go prosić? Objąłem więc syna i powiedziałem mu, że będę o nim myślał. Odpowiedział mi mocnym uściskiem.

– Nie przyniosę ci wstydu, Tomie. Przyrzekam, że nie przyniosę ci wstydu.

Wraz z pozostałymi gwardzistami załadowałem mój żeglarski kufer na wóz i poszedłem za nim do portu. Miasto było przystrojone na Święto Radości. Girlandy kwiatów zdobiły nadproża, powiewały proporce. Ze stojących otworem drzwi tawern i zwykłych domów wydobywały się dźwięki piosenek i zapach świątecznego jadła. Niektórzy z moich towarzyszy narzekali, że stracą święto, ale pierwszy dzień wiosny był bardzo pomyślnym dniem na rozpoczęcie podróży.

Następnego dnia rano zamierzaliśmy uroczyście odprowadzić księcia na pokład. Na razie weszliśmy na „Panieńską Szansę" i przepychaliśmy się po przyjacielsku, wybierając sobie miejsca na wyznaczonym dla nas dolnym pokładzie. Było tam ciemno, duszno i śmierdziało stłoczonymi ciałami oraz zęzą. Dwa razy uderzyłem głową w niski sufit i potem chodziłem już zgarbiony. Wyglądało na to, że będziemy ściśnięci głowa przy głowie, bez żadnej prywatności i ciszy. Z pociemniałego od dymu drewna emanowała przytłaczająca atmosfera. Woda głośno uderzała w kadłub, jakby chciała mi przypomnieć, że od zimnego, mokrego morza dzieli mnie tylko drewniana deska.

Ułożyłem swoje rzeczy szybko, już chcąc czym prędzej znaleźć się na zewnątrz. Mało mnie obchodziło, gdzie zostanie zamocowany mój kufer; postanowiłem spędzać jak najwięcej czasu na pokładzie, na świeżym powietrzu. Mniej więcej połowa gwardzistów miała już za sobą takie podróże i bardzo im się podobało, że dostaliśmy osobne pomieszczenie, którego nie musieliśmy dzielić z pracującymi żeglarzami, ponieważ gardzili nimi jako pijakami, złodziejami i awanturnikami. Podejrzewałem, że marynarze postrzegali gwardzistów w bardzo podobny sposób.

Skierowałem się na górny pokład. Nie chciałem dłużej zostawać na dole wśród tłumu marynarzy i pasażerów, z których każdy koniecznie musiał wykonać jakieś zadanie, wymagające przepychania się obok mnie. Z nabrzeża przenoszono nad pokład skrzynie, spuszczano do luków i rozmieszczano w ładowni. Żeglarze, którzy nie krzyczeli na siebie, głośno klęli na szczury lądowe, wchodzące im w drogę.

Znalazłszy się znów na nabrzeżu, odetchnąłem z ulgą. Zdecydowanie zbyt szybko zostanę uwięziony na tym statku bez żadnej możliwości ucieczki. Ledwie jednak zszedłem z trapu, moja ulga ulotniła się. Na nabrzeżu stał Błazen jako gotujący się z wściekłości pan Złocisty. Za nim stał orszak służących z pudłami, skrzynkami, torbami i wszelkiego rodzaju pakunkami. Drogę zastępował mu udręczony skryba ze zwojem w ręce. Kręcił głową, niemal zamknąwszy oczy przed nawałą argumentów Złocistego.

– Ależ najwyraźniej jest tu błąd! Chyba ci umyka, że nie ja go popełniłem. Od wielu miesięcy wiadomo, że mam towarzyszyć księciu w wyprawie! Kto może być mu lepszym doradcą od człowieka, który wiele podróżował i poznał wiele kultur? Zejdź mi z drogi! Skoro twierdzisz, że nie wyznaczono mi żadnej kajuty, sam sobie wybiorę coś odpowiedniego i przeniosę tam wszystkie potrzebne mi rzeczy, a ty pobiegniesz i sprawdzisz, kto jest odpowiedzialny za tę rażącą pomyłkę.

Skryba cały czas kręcił głową i kiedy się odezwał, byłem przekonany, że powtarza już wcześniej wypowiedziane słowa.

– Z całą pokorą żałuję, że powstał jakikolwiek błąd, wielmożny panie Złocisty. Ta lista pochodzi bezpośrednio z rąk pana Ciernia, a polecenia mam niezwykle jasne. Na pokładzie statku księcia mają zostać umieszczone tylko te osoby, które znajdują się na tej liście.

I nie wolno mi opuszczać mego posterunku, by zapytać, czy nie został popełniony jakiś błąd. Otrzymałem bardzo wyraźne rozkazy w tym względzie. – I dodał, jakby w nadziei, że pozbędzie się Złocistego: – Może zostałeś przydzielony na jeden ze statków towarzyszących, panie?

Złocisty westchnął z irytacją. Zwracając się do służącego, musnął mnie wzrokiem i przez ułamek sekundy nasze spojrzenia spotkały się.

– Postaw to! – rozkazał.

Służący z ulgą opuścił pudło na ziemię, a Złocisty natychmiast na nim usiadł. Skrzyżował nogi w wąskich, zielonych spodniach i machnął władczo na pozostałych.

– Słuchajcie mnie wszyscy! Postawcie swoje pakunki tam, gdzie stoicie.

– Ale... zastawiasz... Proszę, panie Złocisty...

Błazen nie zwracał uwagi na katusze skryby.

– Zostanę tu, aż ta sprawa zostanie rozwiązana – oznajmił zranionym tonem i skrzyżował ręce na piersi, po czym uniósł podbródek i zapatrzył się na wodę, jakby nie obchodziło go nic innego.

Skryba zerknął za niego. Służący i bagaż wielmoży skutecznie zablokowali nabrzeże. Za nimi już się zaczynali tłoczyć inni pasażerowie, a także robotnicy portowi z taczkami i cebrami zapasów. Skryba zaczerpnął tchu i spróbował użyć swego autorytetu.

– Panie, do czasu rozwiązania sprawy będziesz musiał usunąć swoją osobę i swoje bagaże.

– Nie zrobię tego. Proponuję więc, byś wysłał gońca do pana Ciernia po upoważnienie do wpuszczenia mnie na pokład. Nie zadowoli mnie nic innego.

Serce mi zamarło. Wiedziałem, że uwaga Złocistego jest skierowana bardziej do mnie niż do skryby. Widział mnie. Spodziewał się, że pośpieszę do Koziej Twierdzy i załatwię u Ciernia szybkie rozstrzygnięcie dylematu. Jeszcze nie podejrzewał, że to ja jestem powodem jego trudności i że nawet gdybym tego pożałował, Cierń się nie ugnie. Kiedy odwracałem się od barwnego widowiska, które tworzył, zauważyłem, że niemal niezauważalnie do mnie mruga. Niewątpliwie sądził, że wielki odjazd pana Złocistego z Koziej Twierdzy stanie się jedną z legend miasta.

Nie chciałem już tego oglądać. Brnąc pod górę stromymi uliczkami prowadzącymi do zamku mówiłem sobie, że nie ma co się zadręczać. Pan Złocisty będzie tam siedział, aż zostanie usunięty. Nie stanie mu się nic gorszego. A kiedy jutro wypłyniemy bez niego, cóż, zostanie bezpieczny w Koziej Twierdzy, podczas gdy resztę z nas będą czekać wszelkie niewygody i nuda podróży. Nie stanie mu się nic gorszego.

Niemniej dzień wlókł mi się niemiłosiernie. Po wielu dniach pośpiechu i ostatnich przygotowań nagle nie miałem nic do roboty. Moje miejsce w koszarach gwardii zostało ogołocone ze wszystkiego prócz ubrania i broni, które zamierzałem wziąć ze sobą nazajutrz. Gwardia księcia wyruszy elegancko odziana. Wąskie spodnie, koszula i tunika były w kolorze błękitu Koziej Twierdzy. Na piersi widniał wyhaftowany kozioł Przezornych. Moje nowe buty zostały zrobione na miarę i nie cisnęły. Już je dobrze natłuściłem dla ochrony przed wilgocią. Chociaż przyszła wiosna, dostaliśmy płaszcze z grubej wełny, które miały zapewnić nam ciepło w zimnym klimacie Wysp Zewnętrznych. Na kupce moich błękitnych ubrań leżał niczym wyrzut sumienia miecz otrzymany w prezencie od Błazna. Zostawiłem go tam, ponieważ w koszarach, gdzie większość dobytku mężczyzny stanowił jego honor, wszystko było bezpieczne.

W mojej pracowni na wieży było bardzo podobnie. Jeśli Cierń zauważył, że nad kominkiem wisi teraz miecz Rycerskiego, postanowił tego nie komentować. Kręciłem się nieudolnie po komnacie, chowając rzeczy porozrzucane przez Ciernia w trakcie pakowania. Mapy Wysp Zewnętrznych i wszystkie inne zwoje, które starzec uznał za potrzebne, zostały już spakowane. Z braku innego zajęcia położyłem się na łóżku i zacząłem się droczyć z fretką. Wkrótce zmęczył się tym jednak nawet Szperacz i wyruszył zapolować na szczury. Poszedłem do łaźni, wyszorowałem się i dwa razy ogoliłem. Potem wróciłem do koszar i położyłem się na moim wąskim łóżku. Reszta długiego pomieszczenia była cicha i niemal opustoszała. Tylko paru starych wyjadaczy położyło się spać tak wcześnie, jak ja. Inni żegnali się w mieście z tawernami i dziwkami. Owinąłem się kocami i zapatrzyłem na pogrążony w cieniach sufit.

Zastanawiałem się, jak uparcie Błazen będzie się starał podążyć za nami. Cierń zapewniał mnie, że nie uda mu się wsiąść na żaden statek wypływający z portu Koziej Twierdzy. Musiałby przejechać do innego portu i zapłacić mnóstwo pieniędzy, by przekonać jakiegoś kapitana do pożeglowania naszym śladem. Pan Złocisty nie ma aż tyle pieniędzy. Wątpiłem, czy po swoich niedawnych wyczynach znajdzie jakichś przyjaciół, którzy zechcą mu cokolwiek pożyczyć. Będzie uziemiony.

Oraz wściekły na mnie, uznałem. Miał bystry umysł. Wkrótce się domyśli, kto stał za porzuceniem go na brzegu. Będzie wiedział, że wybrałem jego życie ponad to, co on postrzegał jako swoje przeznaczenie. Nie odczuje wdzięczności. Jego katalizator miał mu pomagać w zmienieniu biegu historii, a nie przeszkadzać.

Zamknąłem oczy i westchnąłem. Uspokoiłem się dopiero po pewnym czasie. Kiedy w końcu zacząłem się unosić tuż pod powierzchnią snu, sięgnąłem ku Pokrzywie. Tym razem siedziała na dębie, ubrana w suknię z motylich skrzydeł. Patrzyłem na nią z pagórka pod drzewem. Byłem człeko-wilkiem, jak zawsze w jej snach.

– Wszystkie te martwe motyle – odezwałem się ze smutkiem, kręcąc głową.

– Nie bądź niemądry. To tylko sen.

Wstała i zeskoczyła z gałęzi. Wspiąłem się na tyle łapy i otworzyłem ramiona, by ją złapać, lecz motyle jej sukni roztrzepotały się i Pokrzywa popłynęła w powietrzu, lekka jak puch ostu, po czym wylądowała obok mnie. Duży żółty motyl, który służył jej za wstążkę do włosów, powoli wachlował skrzydłami. Kiedy pozostałe motyle leniwie poruszały skrzydłami, przez suknię Pokrzywy przebiegały fale barw.

– Uch. Czy te wszystkie nóżki cię nie łaskoczą?

– Nie. To sen, pamiętasz? Nie trzeba zachowywać nieprzyjemnych elementów.

– Ty nie miewasz koszmarów, prawda? – zapytałem z podziwem.

– Kiedyś chyba miałam, jak byłam bardzo mała. Ale teraz już nie. Dlaczego ktoś miałby pozostawać w nieprzyjemnym śnie?

– Nie wszyscy z nas potrafią kontrolować sny tak jak ty, dziecko. Powinnaś uważać to za błogosławieństwo.

– A ty miewasz koszmary?

– Czasami. Nie pamiętasz, gdzie mnie znalazłaś ostatnim razem, jak trawersowałem tamten stok?

– O tak, pamiętam. Ale myślałam, że lubisz to robić. Niektórzy ludzie lubią robić niebezpieczne rzeczy.

– Możliwe. Ale niektórzy z nas mają już tego dosyć i w miarę możności woleliby unikać koszmarów.

Skinęła powoli głową.

– Mama ma czasami straszne koszmary. Nie może z nich wyjść nawet wtedy, kiedy wchodzę do nich i chcę ją stamtąd wyciągnąć. Albo nie może, albo mnie nie widzi. A mój ojciec... wiem, że ma złe sny, bo czasami coś krzyczy. Ale do jego snów w ogóle nie potrafię znaleźć drogi. – Zamilkła i przez chwilę się zastanawiała. – Myślę, że dlatego znów zaczął pić. Kiedy jest pijany, nie zasypia, tylko traci przytomność. Myślisz, że może się ukrywa przed swoimi koszmarami?

– Nie wiem – odparłem i pożałowałem, że mi o tym powiedziała. – Mam dla ciebie wiadomość, która może przynieść ulgę im obojgu. Szybki wraca do domu.

Złożyła dłonie i wzięła głęboki oddech.

– Och, dziękuję ci, Widmowy Wilku. Wiedziałam, że możesz mi pomóc.

Usiłowałem być surowy.

– Nie musiałbym ci pomagać, gdybyś wykazała się zdrowym rozsądkiem. Szybki jest o wiele za młody, by radzić sobie samemu. Nie powinnaś była mu pomagać w ucieczce.

– Teraz już to wiem, ale wtedy nie. Dlaczego prawdziwe życie nie może być jak sny? Jeśli we śnie coś zaczyna iść nie tak, można to po prostu zmienić. – Uniosła dłonie na wysokość ramion i przygładziła przód sukni. Nagle miała na sobie strój z płatków maków. – Widzisz? Nie ma żadnych łaskoczących nóżek. Wystarczy kazać nieprzyjemnym elementom, by sobie poszły.

– Tak jak odesłałaś tę smoczycę?

– Smoczycę?

– Wiesz, o czym mówię. O Tintaglii. Najpierw pojawia się jako jakieś małe stworzenie, jaszczurka albo pszczoła, a potem staje się coraz większa, aż ją pokonujesz.

– Ach, ona. – Zmarszczyła brwi. – Przychodzi tylko z tobą. Myślałam, że jest częścią twojego snu.

– Nie. Nie jest częścią niczyjego snu. Jest tak samo prawdziwa, jak ty i ja.

Zaniepokoiło mnie nagle, że Pokrzywa tego nie dostrzega. Czy nasze rozmowy we śnie narażały ją na większe niebezpieczeństwo, niż sądziłem?

– Kim więc ona jest, kiedy nie śpi?

– Powiedziałem ci. To smoczyca.

– Nie ma czegoś takiego jak smoki – oznajmiła ze śmiechem, a ja z zaskoczenia na chwilę zamilkłem.

– Nie wierzysz w smoki? To kto ocalił Królestwo Sześciu Księstw przed najeźdźcami ze szkarłatnych okrętów?

– Chyba głównie żołnierze i żeglarze. To przecież nie ma znaczenia, prawda? To było tak dawno temu.

– Dla niektórych z nas ma to wielkie znaczenie – mruknąłem. – Szczególnie dla tych, którzy wtedy tam byli.

– Na pewno. Jednak zauważyłam, że mało kto potrafi jasno opowiedzieć, co dokładnie przyniosło ocalenie Królestwu Sześciu Księstw. Ludzie mówią, że widzieli w oddali smoki i że zaraz potem szkarłatne okręty tonęły albo były rozbite. A smoków prawie nie było już widać.

– Smoki mają czasami dziwny wpływ na ludzkie wspomnienia – wyjaśniłem. – Jakby... jakby wchłaniają je, przelatując nad ludźmi. Jak ścierka chłonąca rozlane piwo.

Uśmiechnęła się do mnie.

– Jeśli to prawda, to dlaczego Tintaglia nie ma takiego wpływu na nas? Jak to jest, że pamiętamy jej obecność w naszych snach?

Uniosłem ostrzegawczo dłoń.

– Nie używajmy już jej imienia. Nie pragnę jej więcej spotkać. A jeśli chodzi o to, że ją pamiętamy, cóż, myślę, że to dlatego, że przychodzi do nas jako istota ze snu, a nie stworzenie z ciała i krwi. A może nie zabiera nam wspomnień, bo jest istotą cielesną, a nie...

Przypomniałem sobie, z kim rozmawiam, i przerwałem. Mówiłem za dużo. Jeśli nie będę pilnował języka, zaraz opowiem Pokrzywie o rzeźbieniu Mocą smoków z kamienia pamięci i o tym, jak te istoty są Najstarszymi z opowieści i pieśni.

– Mów dalej – zachęciła mnie. – Jeśli Tintaglia nie jest z ciała i krwi, to czym innym może być? I dlaczego zawsze pyta nas o czarnego smoka? Chcesz powiedzieć, że on też jest prawdziwy?

– Nie wiem – rzekłem ostrożnie. – Nawet nie wiem, czy on w ogóle istnieje. Nie mówmy teraz o tym.

Byłem zdenerwowany od chwili, kiedy Pokrzywa wspomniała imię Tintaglii. Słowo to wydawało się migotać w powietrzu, równie zdradliwe, jak dym z ogniska.

Jeśli jednak stara wiara w przywoławczą moc imienia miała jakieś uzasadnienie, to tej nocy zostaliśmy oszczędzeni. Pożegnałem się z Pokrzywą. Opuszczając jej sen, jakimś sposobem wróciłem do mojego poprzedniego koszmaru. Luźne kamyki stromego zbocza natychmiast usunęły mi się spod nóg. Spadałem, spadałem ku śmierci. Usłyszałem wołanie Pokrzywy: „Zmień to w lot, Widmowy Wilku! Zmień to w sen o lataniu", ale nie wiedziałem, jak jej usłuchać. Usiadłem gwałtownie w moim wąskim łóżku w koszarach.

Zbliżał się ranek i większość łóżek była teraz zajęta, ale zostało jeszcze trochę czasu na sen. Na próżno starałem się go odnaleźć, wstałem więc wcześniej niż zazwyczaj. Wszyscy moi towarzysze jeszcze spali. Włożyłem nowy mundur i spędziłem nieco czasu na próbach przekonania moich włosów, by nie spadały mi na twarz. Obciąłem je na znak żałoby po śmierci Ślepuna, ale nie odrosły jeszcze na tyle, by dały się związać w kucyk. Zebrałem je w idiotyczny węzeł, wiedząc, że wkrótce rozsypią mi się na twarz i czoło.

Poszedłem do izby żołnierskiej i zjadłem z apetytem solidne śniadanie, przygotowane dla nas przez kuchnię. Wiedziałem, że na jakiś czas żegnam się z lądowym jadłem, więc nie skąpiłem sobie gorącego mięsa, świeżego chleba oraz owsianki z miodem i śmietanką. Posiłki na statku będą zależały od pogody, a większość jedzenia będzie słona, wysuszona i ugotowana w prosty sposób. Jeśli morze będzie wzburzone, a kucharka oceni, że rozpalenie ognia będzie zbyt niebezpieczne, dostaniemy zimne potrawy i twardy chleb. Ta perspektywa wcale mnie nie cieszyła.

Kiedy wróciłem do koszar, większość gwardzistów już się budziła. Patrzyłem, jak wdziewają błękitne tuniki, narzekając na ciężar wełnianych płaszczy w ciepły, wiosenny dzień. Cierń nigdy tego nie przyznał, ale w naszym oddziale służyło jakieś sześć osób, które, jak podejrzewałem, były w równym stopniu gwardzistami, co szpiegami. Zachowywali spokojną czujność, pozwalającą przypuszczać, że zauważają więcej, niż się wydaje.

Rebus, młodzieniec około dwudziestoletni, z całą pewnością do nich nie należał. Był tak podekscytowany, jak ja zblazowany. Kilkanaście razy przeglądał się w lusterku, zwracając szczególną uwagę na sypiący mu się wąs. To on uparł się, by pożyczyć mi pomadę do włosów, dodając, że nie może pozwolić, bym zaczął tak ważny dzień, wyglądając jak zarośnięty chłop. Sam siedział wystrojony na swojej pryczy, niecierpliwie postukiwał stopami w podłogę i trajkotał bez chwili przerwy, poczynając od przyjaźnie kąśliwych uwag na temat zdobnej rękojeści mojego miecza, a kończąc na pytaniu, czy to prawda, że smoka można zabić tylko trafieniem strzały w oko. Jego nadmiar energii był równie denerwujący, jak pies chodzący tam i z powrotem. Odetchnąłem z ulgą, gdy Lotny, nasz nowo mianowany dowódca, wydał nam zwięzły rozkaz ustawienia się na zewnątrz.

Rozkaz ten bynajmniej nie oznaczał natychmiastowego wymarszu. Oznaczał jedynie, że nadszedł czas, byśmy stanęli w szyku i czekali. Gwardia więcej czasu spędza na czekaniu niż na ćwiczeniach czy walce. Ten ranek nie stanowił wyjątku. Zanim otrzymaliśmy rozkaz do wyruszenia, wysłuchałem bardzo dokładnego sprawozdania Herolda ze wszystkich trzech schadzek, jakie odbył zeszłej nocy, rozwijanego szczegółowymi pytaniami Rebusa. Kiedy wreszcie otrzymaliśmy rozkaz wymarszu, naszym celem okazał się dziedziniec przed głównym wejściem. Tam uformowaliśmy szyk wokół książęcego konia i jego stajennego, i znów czekaliśmy. Wkrótce dołączyli do nas służący i pachołkowie, którzy jak my swoim strojem i rozlokowaniem mieli świadczyć o znaczeniu swoich panów. Niektórzy przytrzymywali konie, inni przypinali smycze psom, a inni, podobnie jak my, tylko stali i czekali.

***

W końcu pojawił się książę i jego świta. Młotek jak zwykle niemal deptał mu po piętach, a tuż za nim szła Smutna, kobieta, która opiekowała się nim przy podobnych okazjach. Dziś Sumienny nawet na mnie nie spojrzał; byłem anonimowy jak pozostali gwardziści. Znaleźliśmy się za królową i jej służbą, a zaraz za nami ustawił się doradca Cierń i jego służący. Zauważyłem Uprzejmego, który wraz ze swoim kotem też stawał w orszaku, rozmawiając z Sieciarzem. Mimo zastrzeżeń Ciernia królowa ogłosiła, że wraz z księciem wyruszy na wyprawę kilku jej „przyjaciół pradawnej krwi". Reakcja dworu była mieszana; jedni mówili, że wkrótce się przekonamy, czy magia pradawnej krwi może się do czegokolwiek przydać, a inni mamrotali, że zwierzęcy czarodzieje przynajmniej się wyniosą z Koziej Twierdzy.

Za nimi ustawili się darzeni królewskimi łaskami wielmoże, którzy mieli towarzyszyć księciu i po to, by zabiegać o jego względy, i po to, by zbadać możliwości prowadzenia handlu z Wyspami Zewnętrznymi. Z tyłu zgromadzili się ci, którzy chcieli nas pożegnać, a potem wziąć udział w Święcie Radości. Mimo, że bardzo wyciągałem szyję, nigdzie nie mogłem dostrzec pana Złocistego. Kiedy książę dosiadł konia i wreszcie wymaszerowaliśmy przez bramę, wydawało się, że za nami podąża cała Kozia Twierdza. Cieszyłem się z miejsca na przodzie kolumny, bo gdy wszyscy już przejdą drogą, zamieni się ona w rozdeptane grzęzawisko z błota i zwierzęcych odchodów.

Dotarliśmy do statków, lecz nie mogliśmy tak po prostu wejść na pokład i odpłynąć. Były uroczyste mowy, kwiaty i wręczane w ostatniej chwili podarunki. Niemal się spodziewałem zastać pana Złocistego i jego orszak wciąż koczujący na nabrzeżu, ale nie było po nim śladu. Zadałem sobie z niepokojem pytanie, co się z nim stało. Był pomysłowym człowiekiem. Czy udało mu się wejść na statek?

Przeczekałem nerwowo wszystkie formalności. Następnie wsiedliśmy na statek, biorąc między siebie księcia, który udał się do swojej kajuty, gdzie mógł przyjąć pożegnalne wizyty od wielmożów pozostających na lądzie; pozostali pasażerowie rozlokowali się w swoich kajutach. Niektórzy z nas otrzymali rozkaz pełnienia warty przed kajutą księcia, lecz reszta, łącznie ze mną, została wysłana pod pokład, by nie zawadzać innym.

Większość tego przygnębiającego popołudnia przesiedziałem na moim żeglarskim kufrze. Nade mną deski pokładu dudniły pod stopami zaaferowanych ludzi. Gdzieś bez przerwy wściekle szczekał pies. Miałem wrażenie, jakbym się znajdował w beczce, w którą ktoś uderza od zewnątrz. W ciemnej, śmierdzącej beczce, poprawiłem się w myślach, czując narastający fetor zęzy i siedząc wciśnięty między ludzi, którzy najwyraźniej uznali, że aby ktoś ich usłyszał, muszą krzyczeć. Usiłowałem zająć myśli zastanawianiem się, co też mogło się stać z Błaznem, ale to jedynie zwiększyło poczucie duszności. Opuściłem podbródek na piersi, zamknąłem oczy i spróbowałem się wyłączyć.

Nie udało mi się.

Na mojej skrzyni przysiadł obok mnie Rebus.

– Na cycki Edy, ależ tu na dole śmierdzi! Myślisz, że kiedy wyruszymy i woda w zęzie zacznie się przelewać, będzie gorzej?

– Zapewne.

Nie chciałem o tym myśleć. Pływałem już po morzu, ale podczas tamtych podróży spałem na pokładzie, a przynajmniej mogłem na niego w każdej chwili wyjść. Tutaj, w ciasnocie i ciemnościach, głowa mnie bolała nawet od rytmicznego kołysania się statku na cumach.

– No tak. – Uderzał piętami w kufer, posyłając mi wibracje wzdłuż kręgosłupa aż do głowy. – Nigdy jeszcze nie pływałem po morzu. A ty?

– Kilka razy. Małymi statkami, gdzie miałem światło i powietrze. Nie jak tu.

– O. Byłeś kiedyś na Wyspach Zewnętrznych?

– Nie.

– Dobrze się czujesz, Tomie?

– Nie bardzo. Zeszłej nocy zbyt dużo wypiłem i za mało spałem.

To było kłamstwo, ale skuteczne. Rebus wyszczerzył zęby w uśmiechu, szturchnął mnie po przyjacielsku, co wywołało moje warknięcie, i zostawił mnie w spokoju. Rozgardiasz i hałas atakowały mnie ze wszystkich stron. Byłem nieszczęśliwy, przestraszony i żałowałem, że zjadłem na śniadanie te wszystkie słodkie ciasteczka. Nikt nie zwracał na mnie uwagi. Kołnierz mnie cisnął, a Smutna już zeszła na ląd, więc nie mogła mi go poprawić.

– Młotek – szepnąłem, rozpoznając źródło mojej niedoli. Wyprostowałem się, zaczerpnąłem głęboko paskudnego powietrza i postarałem się nie zwymiotować. Sięgnąłem do niego.

„No i co tam, mały? Dobrze się czujesz?".

„Nie".

„Gdzie jesteś?".

„W małym pokoiku. Jest tu okno i rusza się podłoga".

„Jesteś w lepszej sytuacji niż ja. Ja wcale nie mam okna".

„Podłoga się rusza".

„Wiem. Ale nic nam nie będzie. Niedługo ci wszyscy dodatkowi ludzie zejdą ze statku, żeglarze rzucą cumy i wyruszymy po naszą przygodę. Czyż to nie będzie świetna zabawa?".

„Nie. Chcę do domu".

„Och, kiedy już wyruszymy, będzie znacznie lepiej. Zobaczysz".

„Nie, nie będzie. Podłoga się rusza. A Smutna powiedziała, że dostanę morskiej choroby".

Żałowałem, że nikomu nie przyszło do głowy kazać Smutnej dobrze mówić o tej podróży.

„Czy Smutna wyrusza z nami? Jest na pokładzie?".

„Nie. Tylko ja, sam. Bo Smutna strasznie choruje na statkach. Bardzo było jej żal, że muszę płynąć. Powiedziała, że każdy dzień na statku jest dla niej jak rok. I nie ma nic do roboty oprócz chorowania i wymiotowania, wymiotowania, wymiotowania".

Niestety, Młotek miał rację. Ostatni żegnający zostali odprowadzeni na ląd dopiero późnym popołudniem. Udało mi się wyjść na pokład, ale tylko na krótko, bo kapitan klął na całą gwardię i kazał nam zejść na dół, żeby jego załoga miała miejsce do pracy. Rzuciwszy okiem na tłum stojący w porcie, nie dostrzegłem Błazna. Bałem się napotkać jego oskarżycielski wzrok, ale jeszcze bardziej martwiło mnie to, że w ogóle go nie widzę. A potem zostałem razem z innymi zagoniony pod pokład; zamknięto nad nami luki, odcinając i tak już niewielki dopływ światła i powietrza. Znów przysiadłem na moim kufrze. Żywiczny zapach nasmołowanych belek zgęstniał. Z góry dobiegł głos kapitana, rozkazującego łodziom odholować statek od nabrzeża. Ruszyliśmy po wodzie i dźwięki się zmieniły. Kapitan wykrzykiwał niezrozumiałe rozkazy, którym odpowiadał tupot nagich stóp marynarzy, śpieszących je wykonać.

Usłyszałem, jak łodzie zostały przywołane i wzięte na pokład. Statek jakby zachwiał się i rytm jego ruchów znów się zmienił. Domyśliłem się, że żagle chwyciły wiatr. Nareszcie. W końcu płynęliśmy. Ktoś ulitował się nad nami i otworzył nieco luk, co bardziej mnie drażniło niż przynosiło ulgę. Wpatrywałem się w cieniutkie pasemko światła.

– Już się nudzę – wyznał mi Rebus. Stał obok mnie, wycinając jakiś wzór nożem w grubych deskach kadłuba.

Mruknąłem coś do niego. Nie przerywał wycinania.

„No cóż, Tomie Borsuczowłosy, wyruszyliśmy. Jak ci się wiedzie tam na dole?".

Książę sprawiał wrażenie rozradowanego, ale czegóż można się było spodziewać po piętnastolatku, który wybrał się w morską podróż, by zabić smoka i zdobyć rękę narczeski? Wyczuwałem w tle Ciernia i wyobraziłem go sobie siedzącego przy stole obok księcia, który palcami lekko dotykał grzbietu jego dłoni. Westchnąłem. Czekało nas jeszcze wiele pracy, zanim utworzymy krąg Mocy.

„Już jestem znudzony. A Młotek sprawia wrażenie zdenerwowanego".

„Ach. Miałem nadzieję, że docenisz przydzielenie ci jakiegoś zadania. Wyślę kogoś do twego dowódcy. Młotek jest przy relingu na rufie i przydałoby mu się towarzystwo. Pójdziesz do niego".

To był niewątpliwie Cierń, mówiący za pośrednictwem księcia.

„Czy już wymiotuje?".

„Jeszcze nie. Ale przekonał samego siebie, że do tego dojdzie".

No cóż, przynajmniej wyjdę na powietrze, pomyślałem.

Niedługo później kapitan Lotny wywołał moje imię. Kiedy zameldowałem się u niego, poinformował mnie, że mam się zająć służącym księcia, Młotkiem, który cierpi na pokładzie rufowym. Gwardziści, którzy podsłuchali moje rozkazy, śmiali się ze mnie, że jestem niańką półgłówka. Odparłem z uśmiechem, że znalezienie się na pokładzie i pilnowanie jednego głupka jest o wiele lepsze niż uwięzienie pod pokładem z całym ich oddziałem. Wspiąłem się po drabinie i wychynąłem na świeże morskie powietrze.

Znalazłem Młotka na pokładzie rufowym. Trzymał się relingu i patrzył smętnie na Kozią Twierdzę. Czarny zamek, tkwiący na szczycie skalistego klifu, zmniejszał się. Obok drobnego człowieczka stał Uprzejmy ze swoim kotem przy nodze. Ani on, ani kot nie wyglądali na zadowolonych, a kiedy Młotek przechylił się przez reling i zaczął wydawać dźwięki towarzyszące wymiotom, kot położył uszy po sobie.

– Przyszedł Tom Borsuczowłosy, Młotku. Teraz już sobie poradzisz, prawda?

Uprzejmy skinął mi krótko głową, jak szlachcic gwardziście. Jak zwykle, przyglądał mi się badawczo. Wiedział, że nie jestem tym, kim się wydaję. W mieście ocaliłem go przed śmiercią z rąk Srokatych. Musiał się zastanawiać, w jaki sposób tak nagle przyszedłem mu z pomocą. Będzie musiał to robić nadal, tak samo jak ja musiałem się zastanawiać, ile mu powiedział o Złocistym i o mnie Chwalebny. Nigdy o tym nie rozmawialiśmy i nie zamierzałem robić tego teraz. Przywołałem na twarz wyraz tępoty i skłoniłem się.

– Przyszedłem przejąć moje obowiązki, panie – odezwałem się obojętnie tonem pełnym szacunku.

– Bardzo się cieszę, że cię widzę. No cóż, żegnaj, Młotku. Jesteś teraz w dobrych rękach. Wracam do kajuty. Na pewno niedługo poczujesz się lepiej.

– Umrę – odparł Młotek posępnie. – Wyrzygam wszystkie flaki i umrę.

Uprzejmy obdarzył mnie współczującym spojrzeniem. Udałem, że go nie dostrzegłem, i stanąłem przy relingu obok Młotka. Znów mocno się wychylił, zmuszając się do wydawania zduszonych dźwięków. Trzymałem go za kurtkę na plecach. O, tak. Przygoda na morzu.

ROZDZIAŁ 6

PODRÓŻ SNÓW

...innych zastosowań pogardzanej zwierzęcej magii. Niedouczeni wierzą, iż Rozumienie można wykorzystywać tylko do nadania ludziom zdolności rozmawiania ze zwierzętami [nadpalony zwój] i przemiany w zwierzę w złych celach. Grudowy Lin, ostatni człowiek, który otwarcie przyznawał się na dworze Księstwa Koziego, że ma [spalony duży fragment] także do leczenia umysłu. Twierdził też, że od zwierząt przejmowali instynktowną znajomość ziół leczniczych oraz ostrożność wobec [Ta część kończy się tutaj. Następny nadpalony fragment zwoju zaczyna się:] ...przyłożył jej ręce do głowy, przytrzymał ją mocno i patrzył jej w oczy. I stał tak nad nią, dopóki nie skończyła się ta straszliwa operacja, a ona nie odrywała od niego wzroku ani nie zakrzyknęła z bólu. Sam to widziałem, lecz... [słowa te urywają się na nadpalonej krawędzi zwoju. Następne trzy słowa mogą brzmieć:] nie śmiał powiedzieć.

Spadającej Gwiazdy próba odtworzenia ze spalonych fragmentów odkrytych w murze Koziej Twierdzy zwoju, traktującego o Rozumieniu, autorstwa mistrza Mocy Pozastudzianego

Udało mi się dotrwać aż do następnego ranka, kiedy to sam zwymiotowałem. Straciłem już rachubę, ile razy trzymałem Młotka, wychylającego się daleko nad relingiem i wymiotującego w morze. Szyderstwa żeglarzy nie polepszały sytuacji i gdybym odważył się odejść na chwilę od biedaka, rozprawiłbym się z kilkoma z nich. Nie były to przyjazne żarty ze szczura lądowego, nie gustującego w morskich podróżach. Miały one nieprzyjemny podtekst – marynarze przypominali mi stado wron, zlatujących się, by dręczyć samotnego orła. Młotek był inny, był niezdarnym półgłówkiem i żeglarze czerpali radość z jego choroby jako potwierdzenia tego, że jest od nich gorszy. Nawet kiedy dołączało do nas przy relingu kilku innych nieszczęśników, szyderstwa skrupiały się na Młotku.

Przycichły nieco, gdy na wieczorny spacer po pokładzie wybrali się książę i Cierń. Sumienny wyglądał na orzeźwionego morskim powietrzem i uwolnieniem od Koziej Twierdzy. Kiedy zatrzymał się przy Młotku i coś do niego cicho mówił, Cierń położył dłoń na relingu tak, by dotykała mojej. Stał plecami do mnie i przytakiwał księciu.

„Jak on się czuje?".

„Rzyga jak kot i jest strasznie biedny. A drwiny żeglarzy pogarszają sytuację".

„Tego się bałem. Ale jeśli książę to zauważy i ich skarci, kapitan też ich złaja. Wiesz, co się stanie potem".

„Tak. Wykorzystają każdą okazję, by uczynić z życia Młotka piekło".

„Właśnie. Więc na razie staraj się nie zwracać na to uwagi. Sądzę, że znudzą im się te drwiny, kiedy przyzwyczają się do jego obecności na pokładzie. Potrzebujesz czegoś?".

„Kilka koców. I wiadro słodkiej wody, żeby mógł płukać usta".

Zostałem więc u boku Młotka przez długą, męczącą noc, by go bronić, gdyby dokuczanie przybrało też formę fizyczną, i pilnować, by nie wypadł za burtę. Dwa razy usiłowałem zaprowadzić go do kajuty. Za każdym razem nie uszliśmy jeszcze trzech kroków, a on już wymiotował. Nawet gdy nie miał już w żołądku niczego, co mógłby zwrócić, nie chciał wejść do środka. Morze robiło się coraz bardziej wzburzone, a o świcie moczyły nas nie tylko rozbryzgi fal, niesione wiatrem, ale i padający prawie poziomo deszcz. Mimo że Młotek przemókł i zmarzł, wciąż nie chciał odejść od relingu.

– Możesz wymiotować do wiadra – powiedziałem mu. – W środku, gdzie jest ciepło!

– Nie, nie, jestem zbyt chory, żeby się ruszyć – jęczał raz po raz. Najwyraźniej nastawił się na swoją chorobę morską i postanowił cierpieć. Nie wiedziałem, jak sobie z tym poradzić – chyba że miałbym mu pozwolić na doprowadzenie się do stanu krańcowego wyczerpania i mieć sprawę z głowy. Przecież kiedy będzie miał dosyć, to chyba wejdzie do kajuty.

Tuż po wschodzie słońca Rebus przyniósł mi jedzenie. Zaczynałem podejrzewać, że ten naiwny i życzliwy młodzieniec naprawdę może pracować dla Ciernia i został wyznaczony do pomocy przy Młotku. Jeśli tak było, to nie podobało mi się to, chociaż byłem mu wdzięczny za metalowy kubek z gęstą kaszą. Mimo nudności Młotek zgłodniał, więc podzieliliśmy się jedzeniem. To był błąd, bo widok tego, jak opuszcza ono Młotka niedługo potem, zainspirował mój własny żołądek do rozstania się z dziełem kucharki.

To wydawało się jedyną rzeczą, jaka mogła tego ranka pocieszyć Młotka.

– Widzisz? Wszyscy będą wymiotować. Powinniśmy wrócić do Koziej Twierdzy.

– Nie możemy. Musimy płynąć dalej, na Wyspy Zewnętrzne, żeby książę mógł zabić smoka i zdobyć rękę narczeski.

Młotek westchnął ciężko. Mimo opatulających go koców zaczynał dygotać z zimna.

– Ja jej nawet nie lubię. Książę chyba też nie. Może sobie zachować swoją rękę. Wracajmy do domu.

W tej chwili się z nim zgadzałem, ale nie śmiałem tego wypowiedzieć.

– Nie cierpię tego statku – ciągnął – i żałuję, że się z wami wybrałem.

To dziwne, jak można się tak do czegoś przyzwyczaić, że już się tego nie wyczuwa. Dopiero kiedy Młotek wypowiedział te słowa na głos, uświadomiłem sobie, jak bardzo odpowiadają dzikiej piosence, którą wyśpiewywał Mocą. Przez całą noc odbijała się od moich murów obronnych ta muzyka skomponowana z trzepotu żagli, skrzypienia lin i drzewc oraz plusku fal, uderzających w kadłub. Młotek przekształcił te odgłosy w piosenkę niechęci i strachu, niedoli, zimna i nudy. Wykorzystał wszelkie negatywne uczucia, jakie żeglarz może żywić wobec statku, i grzmiał nimi w hymnie gniewu.

Mogłem wznieść moje bariery i pozostać nieczuły na jego wpływ. Nie wszyscy członkowie załogi „Panieńskiej Szansy" mieli podobne szczęście. Tym nielicznym, którzy byli wrażliwi na Moc, niepokój Młotka dawał się mocno we znaki. A w ciasnocie statku wkrótce przeniesie się na pozostałych.

Poświęciłem parę chwil na obserwację załogi przy pracy. Obecna wachta wykonywała swe zadania skutecznie, lecz z niechęcią. Z ruchów żeglarzy emanował gniew, a nadzorujący ich oficer sokolim okiem wypatrywał najlżejszych oznak lenistwa czy niedbalstwa. Życzliwość, którą dostrzegłem przy załadunku statku, zniknęła, a pojawiła się narastająca atmosfera niezgody.

Jak w gnieździe szerszeni, które zadrżało od uderzenia topora, rozchodzącego się echem po drzewie, potęgował się wśród żeglarzy żywy gniew, który na razie nie miał jeszcze celu. Gdyby jednak ich ogólna wściekłość rosła, to mogliśmy stanąć w obliczu bójek lub, co gorsza, buntu. Obserwowałem, jak woda w garnku zaczyna się gwałtownie gotować, i wiedziałem, że jeśli nic nie zrobię, wszyscy się poparzymy.

„Młotku. W tej chwili twoja muzyka jest bardzo głośna. I bardzo przerażająca. Czy mógłbyś ją trochę zmienić? Żeby była spokojna, miękka jak piosenka twojej mamy?".

„Nie mogę!" – wypowiedział te słowa z jękiem i jednocześnie wysłał Mocą. „Jestem za bardzo chory".

„Młotku, budzisz strach wśród żeglarzy. Oni nie wiedzą, skąd się bierze ta piosenka. Nie słyszą jej, ale niektórzy troszeczkę ją czują. Robią się od niej niespokojni".

„Nic mnie to nie obchodzi. I tak są dla mnie niedobrzy. Powinni zawrócić statek".

„Nie mogą, Młotku. Muszą słuchać kapitana, a kapitan musi wykonywać polecenia księcia. A książę musi popłynąć na Wyspy Zewnętrzne".

„Książę powinien im kazać zawrócić. Wysiądę i zostanę w Koziej Twierdzy".

„Ale my cię potrzebujemy, Młotku".

„Ja chyba umieram. Powinniśmy zawrócić".

I wraz z tą myślą muzyka jego Mocy wspięła się na wyżyny strachu i rozpaczy. Nieopodal kilku żeglarzy ciągnęło za linę, stawiając więcej żagla. Ich luźne spodnie trzepotały na nieustannym wietrze, lecz oni najwyraźniej tego nie zauważali. Miarowo wybierali fał, prężąc mięśnie nagich ramion. Kiedy jednak ogarnęła ich pełna przygnębienia piosenka Młotka, stracili rytm. Pierwszy żeglarz wziął na siebie większy ciężar, niż mógł utrzymać, i potknął się z gniewnym okrzykiem. Pozostali momentalnie odzyskali panowanie nad liną, lecz ja już zobaczyłem dosyć.

Poszukałem myślami księcia. Grał w kamienie z Uprzejmym w swojej kajucie. Szybko przekazałem mu mój problem.

„Mógłbyś powiadomić Ciernia?".

„Z trudem. Jest obok mnie i obserwuje grę, podobnie jak Sieciarz i ten jego chłopiec".

„Sieciarz ma jakiegoś chłopca?".

„Szybkiego".

„Szybki Rozumiejący jest na statku?".

„Znasz go? Wszedł na pokład z Sieciarzem i najwyraźniej usługuje mu tak, jak paź swojemu panu. A co? Czy to jest ważne?".

Tylko dla mnie, pomyślałem. Skrzywiłem się z irytacji.

„Później. Ale powiedz Cierniowi jak najszybciej. Możesz sięgnąć do Młotka i go uspokoić?".

„Spróbuję. A niech to! Rozproszyłeś mnie i Uprzejmy właśnie wygrał!".

„To jest chyba ważniejsze od partii gry w kamienie!" – odparłem cierpko i przerwałem kontakt.

Młotek siedział z zamkniętymi oczyma na pokładzie u moich nóg i kiwał się boleściwie w rytm mdlącego akompaniamentu jego muzyki. Nie tylko od tego robiło mi się niedobrze. Zapewniłem Pokrzywę, że jej brat jest w drodze do domu. Nie był. Co miałem jej powiedzieć? Odsunąłem tę kwestię na bok jako coś, czego w tej chwili nie mogłem rozwiązać. Przykucnąłem obok Młotka.

– Posłuchaj mnie – odezwałem się cicho. – Żeglarze nie rozumieją twojej muzyki i boją się jej. Jeśli nadal będziesz ją wysyłał, mogą... – Przerwałem. Nie chciałem, by zaczął się bać żeglarzy. Strach to pewna podstawa nienawiści. – Proszę cię, Młotku – rzekłem bezradnie, ale on tylko wpatrywał się uparcie w fale.

Poranek minął mi na oczekiwaniu pomocy od Ciernia. Podejrzewałem, że Sumienny wysłał do Młotka uspokajające fale Mocy, ale że mały człowieczek je zignorował. Patrzyłem na kilwater i na płynące za nami pozostałe statki z Koziej Twierdzy. Trzy galeony podążały za nami niczym szereg tłustych kaczątek. Były też dwie mniejsze jednostki, pinki mające ułatwić łączność między większymi statkami i pozwolić naszym wielmożom na wymianę wiadomości oraz wzajemne odwiedziny w trakcie podróży. Te mniejsze jednostki mogły oprócz żagli posługiwać się wiosłami i służyć jako holowniki dla cięższych statków w zatłoczonych portach. Kozia Twierdza wysłała na Wyspy Zewnętrzne sporą jak na swoje możliwości flotyllę.

Deszcz przeszedł w mżawkę, a potem ustał, lecz słońce wciąż kryło się za chmurami. Wiatr wiał bez zmian. Spróbowałem znaleźć w tym coś pozytywnego dla Młotka.

– Zobacz, jak szybko nas pcha po wodzie. Już niedługo dotrzemy do Wysp Zewnętrznych. Pomyśl, jak ciekawie będzie zobaczyć nowe miejsca!

– Odpycha nas coraz dalej od domu – zauważył Młotek. – Zabierz mnie z powrotem.

Rebus przyniósł nam południowy posiłek, składający się z twardego chleba, suszonej ryby i wodnistego piwa. Chyba ucieszył się z wyjścia na pokład. Gwardia miała przebywać pod pokładem, by nie wchodzić żeglarzom w drogę. Nikt nie mówił, że im bardziej będziemy odseparowani, tym mniejsza będzie szansa wszczęcia bójek, ale wszyscy to wiedzieliśmy. Mówiłem mało, lecz Rebus trajkotał za dwóch. Dowiedziałem się, że gwardziści też są nie w sosie. Chorobę morską miało kilku takich, którzy się zaklinali, że nie cierpieli na nią nigdy przedtem. To nie była dobra wiadomość. Ja jadłem i udawało mi się utrzymać jedzenie w żołądku, ale nie potrafiłem namówić Młotka, by choć skubnął morskiego chleba. Rebus zabrał nasze talerze i znów zostaliśmy sami. Zanim w końcu pojawili się Cierń i książę, moja niecierpliwość i gniew osłabły do tępej rezygnacji. Sumienny zaczął rozmawiać z Młotkiem, a Cierń szybko mi przekazał, jak trudno im było wyjść z kajuty tylko we dwóch. Oprócz Sieciarza, Uprzejmego i Szybkiego odwiedziło ich aż trzech gadatliwych szlachciców. Jak Cierń zauważył już wcześniej, niewiele było innych możliwości spędzania czasu, a panowie towarzyszący księciu chcieli mu się przypodobać i wykorzystywali do tego każdą okazję.

– No tak. Kiedy mamy pracować nad nauką korzystania z Mocy? – zapytałem go bardzo cicho.

Zmarszczył brwi.

– Wątpię, byśmy znaleźli na to wiele czasu. Zobaczę jednak, co się da zrobić.

Sumiennemu nie powiodło się z Młotkiem lepiej ode mnie; książę mówił coś do niego poważnie, a Młotek patrzył ponuro na kilwater.

– No cóż. Przynajmniej udało nam się wypłynąć bez pana Złocistego – zauważyłem.

Cierń pokręcił głową.

– A to było o wiele trudniejsze, niż się spodziewałem. Zapewne słyszałeś, jak zablokował port podczas próby dostania się na statek. Zrezygnował dopiero wtedy, gdy przybyła straż miejska i go aresztowała.

– Kazałeś go aresztować? – zapytałem z przerażeniem.

– Spokojnie, chłopcze. Jest szlachcicem i popełnił dość błahe wykroczenie; będzie traktowany o wiele lepiej niż ty. I przetrzymają go tylko dwa albo trzy dni, na tyle długo, by zdążyły wypłynąć wszystkie statki zmierzające na Wyspy Zewnętrzne. Uznałem to za najłatwiejszy sposób załatwienia tej sprawy. Nie chciałem, by przyszedł do mnie z pretensjami albo błagał o przysługę królową.

– Ona wie, dlaczego to zrobiliśmy, prawda?

– Wie, ale jej się to nie podoba. Czuje się wielką dłużniczką Błazna. Nie martw się jednak. Pozostawiłem dość przeszkód, by uzyskanie audiencji przez pana Złocistego okazało się trudne, jeśli nie niemożliwe.

Nie sądziłem, że mogę jeszcze bardziej upaść na duchu, ale teraz tak się stało. Z przykrością myślałem o uwięzieniu Błazna i o lekceważeniu go na dworze. Wiedziałem, jak Cierń to osiągnął: słówko tutaj, aluzja tam, pogłoska, że pan Złocisty nie cieszy się już względami królowej. Kiedy wyjdzie z więzienia, będzie społecznym wyrzutkiem. Co więcej, społecznym wyrzutkiem bez środków do życia i z długami do spłacenia.

Ja tylko chciałem zostawić go w bezpiecznym miejscu, a nie stawiać go w takiej sytuacji. Powiedziałem to Cierniowi.

– Och, nie martw się o niego, Bastardzie. Czasami zachowujesz się tak, jakby wszyscy byli bez ciebie bezradni. On jest bardzo zdolnym, bardzo pomysłowym człowiekiem. Poradzi sobie. Gdybym zrobił mniej, już by nam deptał po piętach.

To też była prawda, lecz niezbyt pocieszająca.

– Choroba morska Młotka nie może już długo trwać – zauważył Cierń optymistycznie. – A kiedy minie, rozgłoszę, że się do ciebie bardzo przywiązał. To da ci pretekst do przebywania w jego towarzystwie, czasem w jego kajucie, przylegającej do kajuty księcia. Może w ten sposób będziemy mieli więcej czasu na narady.

– Może – powtórzyłem bez entuzjazmu. Mimo rozmowy Sumiennego z Młotkiem, nie wyczułem żadnej zmiany w fałszywie brzmiącej muzyce Mocy. Źle wpływała na moje samopoczucie. Wysiłkiem woli potrafiłem przekonać samego siebie, że mdłości Młotka nie są moimi mdłościami, lecz wymagało to nieustannego wysiłku.

– Jesteś pewien, że nie chcesz wrócić do kajuty? – zapytał go Sumienny.

– Nie. Podłoga kołysze się w górę i w dół.

Książę zdziwił się.

– Pokład tutaj też się kołysze w górę i w dół – zauważył.

Teraz zdumiał się Młotek.

– Nie, nie kołysze się. Statek rusza się w górę i w dół na wodzie. Tam jest gorzej.

– Rozumiem. – Zobaczyłem, że książę porzuca wszelką nadzieję na wyjaśnienie tego Młotkowi. – Tak czy owak, wkrótce się do tego przyzwyczaisz i pozbędziesz się choroby morskiej.

– Nie – odparł ponuro Młotek. – Smutna powiedziała, że wszyscy będą tak mówić, ale że to nieprawda. Chorowała za każdym razem, kiedy była na statku, i jej choroba nigdy nie mijała. Więc nie chciała popłynąć ze mną.

Już zaczynałem nie lubić Smutnej, choć nawet jej nie poznałem.

– No tak. Smutna się myli – oznajmił energicznie Cierń.

– Nie, nie myli się – rzekł z uporem Młotek. – Widzisz, wciąż jestem chory.

Z tymi słowy przechylił się przez reling w paroksyzmie mdłości, ale nie miał już czym wymiotować.

– Przejdzie mu – orzekł Cierń, ale w jego głosie nie było już poprzedniej pewności.

– Masz jakieś zioła, które by mu pomogły? – zapytałem. – Może imbir?

Cierń zatrzymał się.

– Doskonały pomysł, Borsuczowłosy. Chyba trochę mam. Każę kucharce zrobić mu mocnej herbaty imbirowej i przysłać tu do was na górę.

Kiedy pojawiła się herbata, pachniała tyleż imbirem, ile melisą i sennoziołem. Spodobał mi się pomysł Ciernia. Najlepszym lekiem na upartą chorobę Młotka mógł się okazać sen. Podając mu kubek, oznajmiłem stanowczo, że jest to dobrze znane żeglarskie antidotum na chorobę i że na pewno mu pomoże. Mimo to przyglądał się kubkowi z powątpiewaniem; przypuszczam, że moje słowa nie miały takiej wagi, jak opinia Smutnej. Upił łyk, uznał, że imbir mu smakuje, i wychylił cały kubek. Niestety, w chwilę później wszystko z równą szybkością zwymiotował. Część herbaty dostała mu się do nosa i imbir podrażnił wrażliwą błonę śluzową, co sprawiło, że Młotek kategorycznie odmówił napicia się choć trochę więcej, nawet małymi łyczkami.

Byłem na statku dwa dni, a już mi się wydawało, że minęło pół roku.

Słońce wreszcie wyjrzało zza chmur, lecz wiatr i bryzgi wody unosiły ze sobą wszelkie zapowiadane ciepło. Skulony pod wilgotnym wełnianym kocem, Młotek zapadł w niespokojny sen. Podrygiwał i jęczał, nękany koszmarami przetykanymi jego piosenką choroby. Siedziałem obok niego na mokrym pokładzie, układając zmartwienia w bezużyteczne sterty. Wtedy pojawił się Sieciarz.

Podniosłem na niego wzrok, a on skinął mi poważnie głową. Potem stanął przy relingu i spojrzał w górę. Zrobiłem to samo i ujrzałem morskiego ptaka, zataczającego leniwe kręgi na niebie nad nami. Nie poznałem jej, ale wiedziałem, że to Ryzykantka. Więź Rozumienia między człowiekiem i ptakiem sprawiała wrażenie utkanej z błękitnego nieba i wzburzonej wody, spokojnej i swobodnej. Pławiłem się na obrzeżach przyjemności, którą wspólnie czerpali z urody dnia, usiłując nie zwracać uwagi, jak zaostrzało to moje poczucie samotności. Oto magia Rozumienia w swej najbardziej naturalnej postaci, więź przyjemności i szacunku między człowiekiem i zwierzęciem. Serce Sieciarza wznosiło się razem z mewą.

Wyczuwałem ich wzajemną bliskość i wyobrażałem sobie, jak Ryzykantka dzieli z nim swój radosny lot.

Dopiero kiedy rozluźniłem mięśnie, zdałem sobie sprawę, jak bardzo byłem spięty. Młotek pogrążył się w głębszym śnie i piosenka jego Mocy przybrała mniej złowieszczy ton. Spokój ducha emanujący z Sieciarza ogarnął nas obu, lecz uświadomiłem to sobie nie od razu. Jego ciepłe zrównoważenie rozlało się wokół mnie, łagodząc mój niepokój i zmęczenie. Jeśli to było Rozumienie, to posługiwał się nim w sposób, jakiego nie doświadczyłem nigdy przedtem. Było to tak proste i naturalne, jak ciepło oddechu. Uśmiechnąłem się do niego, a on odpowiedział mi tym samym, błyskając bielą zębów.

– Piękny dzień na modlitwę. Właściwie taka jest większość dni.

– To właśnie robiłeś? Modliłeś się? – A kiedy skinął głową, dodałem: – O co prosisz bogów?

– Proszę? – zapytał, unosząc brwi.

– Czyż nie tym jest modlitwa? Błaganiem bogów, by dali nam to, czego pragniemy?

Roześmiał się głosem głębokim jak huczenie wiatru, lecz przyjemniejszym.

– Chyba tak się modlą niektórzy ludzie. Ja nie. Już nie.

– Jak to?

– Och, myślę, że tak się modlą dzieci, żeby odnaleźć zgubioną lalkę albo żeby ojciec przyniósł do domu dużo złowionych ryb, albo żeby nikt nie odkrył niewykonanej pracy. Dzieci myślą, że same wiedzą, co jest dla nich najlepsze, i nie boją się prosić o to bogów. Ja jednak od wielu lat jestem mężczyzną i byłoby mi wstyd, gdybym jeszcze nie wiedział lepiej.

Oparłem się wygodniej o reling. Sądzę, że człowiek przyzwyczajony do kołysania statku mógłby w takiej pozycji odpocząć. Moje mięśnie stale z nim walczyły i zaczynało mnie już wszystko boleć.

– Ach, tak. Jak więc modli się mężczyzna?

Spojrzał na mnie z rozbawieniem, po czym usiadł obok.

– Nie wiesz? Jak zatem ty się modlisz?

– Nie modlę się. – Zastanowiłem się jednak i roześmiałem. – Chyba że jestem przerażony. Wtedy chyba modlę się jak dziecko. „Wybaw mnie od tego, a nigdy już nie będę taki głupi. Tylko pozwól mi żyć".

Roześmiał się razem ze mną.

– Cóż, wygląda na to, że jak dotąd twoje modlitwy były wysłuchiwane. A dotrzymałeś swojej obietnicy?

Pokręciłem głową i uśmiechnąłem się smutno.

– Obawiam się, że nie. Jakoś znajduję sobie nową ścieżkę głupoty.

– Właśnie. Wszyscy tak robimy. Dlatego nauczyłem się, że nie jestem dość mądry, by o cokolwiek prosić bogów.

– Jak się zatem modlisz, skoro o nic nie prosisz?

– Modlitwa polega dla mnie bardziej na słuchaniu niż proszeniu. I po tych wszystkich latach okazuje się, że została mi tylko jedna. Odnalezienie jej trwało całe życie i myślę, że jest to ta sama modlitwa, którą odnajdują wszyscy ludzie, jeśli tylko się nad tym zastanowią wystarczająco długo.

– To znaczy?

– Pomyśl – polecił mi z uśmiechem. Wstał powoli i popatrzył na wodę. Żagle płynących za nami statków były wydęte niczym gardła zalecających się gołębi. Na swój sposób stanowiły piękny widok. – Zawsze kochałem morze. Pływałem na statkach, zanim jeszcze nauczyłem się mówić. Smuci mnie, że przeżycia twego przyjaciela są tak nieprzyjemne. Powiedz mu, proszę, że to minie.

– Próbowałem. Chyba mi nie wierzy.

– Szkoda. No cóż, życzę ci zatem powodzenia. Może kiedy się obudzi, poczuje się lepiej.

Zaczął się oddalać, ale nagle sobie przypomniałem, że mam do niego sprawę. Wstałem i zawołałem:

– Sieciarzu?! Czy na pokład wszedł razem z tobą Szybki? Ten chłopiec, o którym rozmawialiśmy?

Zatrzymał się i odwrócił.

– Tak. Dlaczego pytasz?

Przywołałem go ruchem ręki.

– Przypominasz sobie, że to jest ten Rozumiejący chłopiec, o rozmowę z którym cię prosiłem?

– Oczywiście. Dlatego tak się ucieszyłem, kiedy przyszedł do mnie i zaproponował, że zostanie moim „paziem", jeśli go przyjmę i będę uczył. Jakbym chociaż wiedział, co ma robić paź! – Roześmiał się, lecz zaraz spoważniał na widok mojej miny. – Co się stało?

– Odesłałem go do domu. Odkryłem, że w ogóle nie ma zgody rodziców na pobyt w Koziej Twierdzy. Myślą, że uciekł, i bardzo się martwią jego zniknięciem.

Sieciarz stał w milczeniu, zastanawiając się beznamiętnie nad tą informacją. Po chwili pokręcił z żalem głową.

– To musi być straszne, gdy ktoś, kogo się kocha, znika, a człowiek całe życie się zastanawia, co się z tym kimś stało.

Natychmiast przyszła mi na myśl księżna Cierpliwa; zadałem sobie pytanie, czy Sieciarz chciał, by mnie te słowa zakłuły. Niekoniecznie, ale i tak ta ewentualna krytyka mnie rozdrażniła.

– Kazałem Szybkiemu wracać do domu. Jest winien swoim rodzicom pracę do chwili, gdy albo osiągnie pełnoletność, albo go z tego obowiązku zwolnią.

– Niektórzy tak twierdzą – rzekł Sieciarz tonem wskazującym, że może się z tym nie zgadzać. – Zdarza się jednak, że rodzice zdradzają dziecko, a w takim wypadku moim zdaniem nie jest ono im nic winne. Myślę, że źle traktowane dzieci mądrze robią, opuszczając rodziców jak najszybciej.

– Źle traktowane? Znałem ojca Szybkiego przez wiele lat. Owszem, potrafi chłopca szturchnąć lub ofuknąć, jeśli na to zasłużył. Ale jeśli Szybki twierdzi, że był w domu bity albo zaniedbywany, to obawiam się, że kłamie. Brus tak nie postępuje.

Przygnębiła mnie myśl, że chłopiec mógł tak mówić o swoim ojcu.

Sieciarz powoli pokręcił głową. Zerknął na Młotka, a upewniwszy się, że biedak śpi, odezwał się cicho:

– Istnieją inne rodzaje zaniedbania. Zaprzeczanie, że coś się u kogoś rozwija, zakazywanie magii, która pojawia się nieproszona, narzucanie niewiedzy w sposób stwarzający niebezpieczeństwo, mówienie dziecku, że nie wolno mu być tym, kim jest. To jest złe.

Mówił łagodnym głosem, lecz w jego potępieniu nie było współczucia.

– Wychowuje syna tak, jak sam był wychowywany – odparłem sztywno. Dziwnie się czułem, stając w obronie Brusa, bo sam często na niego pomstowałem za to, co mi zrobił.

– I niczego się nie nauczył. Ani z tego, jak musiał sobie radzić z własną niewiedzą, ani z tego, co wyrządziła pierwszemu chłopcu, którego tak traktował. Staram się go żałować, ale kiedy pomyślę o tym wszystkim, co mogłoby być, gdybyś był właściwie kształcony od dzieciństwa...

– Dobrze o mnie dbał! – warknąłem. – Przygarnął mnie do siebie, kiedy nie chciał mnie nikt inny, i nie życzę sobie słyszeć, by źle o nim mówiono.

Sieciarz cofnął się o krok, a po twarzy przemknął mu cień.

– Mord w twoich oczach – mruknął.

Słowa te podziałały na mnie jak kubeł zimnej wody. Zanim jednak zdążyłem zapytać, co mają oznaczać, Sieciarz skinął mi poważnie głową.

– Może jeszcze o tym porozmawiamy. Później – rzekł, odwrócił się i odszedł.

Poznałem ten krok. To nie była ucieczka. Tak Brus odchodził od zwierzęcia, które znarowiło się pod wpływem złego traktowania i wymagało ponownego szkolenia. Zawstydziłem się.

Usiadłem obok Młotka, oparłem się o reling i zamknąłem oczy. Pomyślałem, że może zdrzemnę się chwilę, póki Młotek śpi. Ledwie jednak zamknąłem oczy, zaatakował mnie jego koszmar. Zupełnie jakbym zszedł po schodach do hałaśliwej, zadymionej wspólnej sali w taniej gospodzie. Do umysłu wkręciła mi się mdląca muzyka Młotka, a jego strach zwiększył kołysanie statku do przerażającego ciągu chaotycznych skoków. Otworzyłem oczy. Lepiej było wytrzymać bez spania niż dać się połknąć przez ten zły sen.

Kiedy Młotek wciąż drzemał, Rebus przyniósł mi rondelek ze słoną potrawką i kufel wodnistego piwa. Przyniósł też swoją porcję jedzenia, zapewne woląc zjeść na pokładzie niż w ciasnej ładowni. Zacząłem budzić Młotka, żeby też coś zjadł, ale Rebus mnie powstrzymał.

– Niech biedny półgłówek śpi. Jeśli jest takim szczęściarzem, że może, to zazdroszczą mu wszyscy gwardziści na dole.

– A dlaczegóż to?

Wzruszył jednym ramieniem.

– Nie wiem. Może chodzi o ciasnotę. Ale atmosfera jest napięta i nikt nie śpi dobrze. Połowa gwardzistów unika jedzenia ze strachu, że je zwróci, a niektórzy z nich to wytrawni podróżnicy. Jeśli komuś uda się zdrzemnąć, to zaraz go budzi czyjś krzyk przez sen. Może za kilka dni sytuacja się unormuje. Teraz wolałbym znaleźć się w dole, otoczony przez warczące psy, niż wrócić pod pokład. Przed chwilą wybuchły dwie bójki o to, kto pierwszy ma dostać jedzenie.

Skinąłem głową, usiłując ukryć niepokój.

– Jestem pewien, że za kilka dni wszystko wróci do normy. Pierwsze dni morskiej podróży zawsze są trudne.

Kłamałem w żywe oczy. Zwykle pierwsze dni są najlepsze, póki podróż wciąż stanowi nowość i nie zaczęła jeszcze panować nuda. Sny Młotka zatruwały sen gwardzistom. Udawałem życzliwość, ale tylko czekałem, żeby Rebus sobie poszedł. Kiedy tylko zabrał nasze puste talerze, pochyliłem się i potrząsnąłem Młotkiem. Usiadł z jękiem jak zaskoczone dziecko.

– Cicho. Nic ci nie jest. Młotku, posłuchaj mnie. Nie, bądź cicho i słuchaj. To jest ważne. Musisz przerwać swoją muzykę albo przynajmniej sprawić, by była cichsza.

Twarz zmarszczyła mu się jak suszona śliwka, z gniewu i oburzenia, że go tak gwałtownie obudziłem. W jego okrągłych oczkach pojawiły się łzy.

– Nie mogę! – zawył. – Umrę!

Ludzie pracujący na pokładzie popatrzyli gniewnie w naszą stronę. Jeden mruknął coś ze złością i uczynił w naszym kierunku znak przeciwko nieszczęściu. Na pewnym poziomie znali źródło swego niepokoju. Młotek sapał i chmurzył się, kiedy do niego mówiłem, ale stanowczo się nie zgadzał ani na uciszenie swojej piosenki, ani na pokonanie mdłości i strachu. W pełni zdałem sobie sprawę z siły jego dzikiego przekazu dopiero wtedy, gdy spróbowałem sięgnąć do księcia poprzez kakofonię uczuć Młotka. Cierń i Sumienny zapewne wzmocnili swoje mury obronne, nawet nie zauważając, że to robią. Przekazanie im czegoś Mocą przypominało krzyczenie w burzy śnieżnej.

Kiedy Sumienny zorientował się, jak trudno mu mnie zrozumieć, poczułem, że ogarnia go lekka panika. Właśnie jadł i nie byłoby grzeczne, gdyby wyszedł. Mimo to jakoś udało mu się uświadomić Cierniowi powagę sytuacji. Szybko zakończyli posiłek i wyszli do nas na pokład.

Młotek znów zapadł w drzemkę.

– Mogę przygotować silną miksturę nasenną, którą potem moglibyśmy w niego wmusić – rzekł cicho Cierń.

Książę skrzywił się.

– Wolałbym tego nie robić. Młotek nie zapomina łatwo złego traktowania. Poza tym co byśmy przez to zyskali? Teraz śpi, a mimo to jego piosenką można by torturować zmarłych.

– Może gdybym pogrążył go w bardzo głębokim śnie... – zaczął niepewnie Cierń.

– Ryzykowalibyśmy życie Młotka – wtrąciłem. – Nie mając pewności, że jego piosenka zamilknie.

– Mamy tylko jedno wyjście – rzekł cicho książę. – Zawrócić i zawieźć go do domu. Wysadzić go na ląd.

– Nie możemy tego zrobić! – zawołał Cierń z przerażeniem. – Stracilibyśmy zbyt wiele dni. A kiedy wreszcie staniemy przed smokiem, możemy potrzebować siły Młotka.

– Panie Cierniu, w tej chwili widzimy pełne skutki siły Młotka. I widzimy, że nie jest ani uporządkowana, ani nie mamy na nią wpływu.

W głosie księcia pojawiła się nowa nuta, ton monarchy. Przypomniał mi Szczerego i jego staranie wyważone słowa. Uśmiechnąłem się, co ściągnęło na mnie dziwnie nachmurzony wzrok Sumiennego. Pośpieszyłem z wyjaśnieniem.

– W tej chwili nad siłą Młotka nie panuje nawet on sam. Nie chce nam zrobić krzywdy, ale jego muzyka zagraża wszystkim. Pomyślcie, jakie szkody mógłby wyrządzić, gdyby obudzić w nim prawdziwy gniew. Albo mocno zranić. Nawet, gdybyśmy wyleczyli go z morskiej choroby i uspokoili jego piosenkę, to Młotek pozostanie obosiecznym ostrzem. Jeśli nie znajdziemy pewnego sposobu na kontrolowanie jego siły, to zdenerwowany może być dla nas niebezpieczny. Może mądrzej byłoby zawrócić i wysadzić go na brzeg.

– Nie możemy zawrócić! – rzekł Cierń z mocą. A kiedy wbiliśmy w niego z księciem spojrzenia, powiedział błagalnie: – Dajcie mi jeszcze jedną noc na zastanowienie. Jestem pewien, że wymyślę jakieś rozwiązanie. I dajcie jemu jeszcze jedną noc na przyzwyczajenie się do statku. Może o świcie choroba mu minie.

– Dobrze – zgodził się książę po chwili. Znów w jego głosie zabrzmiała ta nuta. Zadałem sobie pytanie, czy on się jej uczy, czy może po prostu dorasta do swojej roli władcy. Tak czy owak, cieszyłem się, że ją słyszę. Nie wiedziałem, czy decyzja dania Cierniowi jeszcze jednego dnia jest mądra, czy nie. Była to jednak jego decyzja i książę podjął ją pewnie. To należało cenić.

Kiedy Młotek się obudził, znów zebrało mu się na wymioty. Podejrzewałem, że do jego osłabienia przyczyniła się nie tylko choroba morska, ale i długotrwały post. Od odruchów wymiotnych bolały go mięśnie brzucha i miał podrażnione gardło. Nie mogłem go namówić do przełknięcia czegokolwiek prócz wody, a i ją przyjmował niechętnie. Dzień nie był ani zimny, ani ciepły, lecz Młotek trząsł się w swoim wilgotnym ubraniu. Obcierało go, ale moja propozycja, byśmy poszli do jego kajuty, żeby się przebrać albo ogrzać, wywołała gniewny sprzeciw. Marzyłem, by go po prostu podnieść i tam zaciągnąć, ale wiedziałem, że będzie krzyczał i się wyrywał, a jego muzyka stanie się dzika i gwałtowna. Bałem się jednak, że wkrótce może naprawdę się rozchorować.

Pełne niedoli godziny mijały powoli, i to nie tylko nam. Dwa razy słyszałem, jak oficer wybucha gniewem na swoją ponurą załogę. Za drugim razem zagroził żeglarzowi chłostą, jeśli ten nie będzie okazywał mu więcej szacunku. Czułem, jak na pokładzie statku wzrasta napięcie.

Późnym wieczorem wrócił deszcz w postaci wszechobecnej mgły. Czułem się, jakbym od tygodnia nie był suchy. Otuliłem Młotka moim kocem w nadziei, że wełna da biedakowi nieco ciepła. Drzemał niespokojnie na pokładzie, drgając we śnie jak pies nękany koszmarami. Często słyszałem żart „od choroby morskiej człowiek nie umiera, ale tego żałuje". Teraz zastanawiałem się, czy to prawda. Jak długo ciało Młotka wytrzyma coś takiego?

Dzięki Rozumieniu wyczułem zbliżającego się Sieciarza, zanim jeszcze jego postać wynurzyła się z nikłego blasku latarni i stanęła nade mną.

– Jesteś wiernym człowiekiem, Tomie Borsuczowłosy – zauważył, przysiadając obok mnie. – To nie może być przyjemny obowiązek, lecz ty nie opuszczasz Młotka ani na chwilę.

Ta pochwała sprawiła mi przyjemność i zaniepokoiła zarazem.

– Odpowiadam za niego – odrzekłem, zbywając komplement milczeniem.

– I traktujesz to poważnie.

– Brus mnie tego nauczył – stwierdziłem nieco cierpko.

Sieciarz roześmiał się swobodnie.

– I nauczył cię trzymać się kurczowo pretensji jak rozjuszony pies trzyma kurczowo byka za nos. Rozluźnij chwyt, Bastardzie Rycerski Przezorny. Nic już o tym człowieku nie powiem.

– Wolałbym, żebyś nie rzucał tym imieniem tak od niechcenia – odezwałem się po chwili nieprzyjemnej ciszy.

– Należy do ciebie. To kawałek ciebie, którego ci brakuje. Powinieneś je odzyskać.

– Tamten człowiek nie żyje. I lepiej, żeby tak zostało, dla dobra wszystkich, którzy są mi drodzy.

– To naprawdę dla ich dobra czy dla twojego? – rzucił pytanie w noc.

Nie patrzyłem na niego. Obserwowałem pozostałe statki, płynące naszym kilwaterem – czarne kadłuby z żaglami, które przesłaniały niebo za nimi. Niesione przez statki światła wznosiły się i opadały razem z nimi jak odległe, ruchome gwiazdy.

– Czego ty ode mnie chcesz, Sieciarzu? – zapytałem w końcu.

– Tylko zmusić cię do myślenia – odparł uspokajająco. – Nie rozgniewać cię, chociaż najwyraźniej w tym celuję. Albo może twój gniew zawsze w tobie tkwi, nabrzmiewając gdzieś pod powierzchnią, a ja jestem nożem, który przecina wrzód i pozwala gniewowi wybuchnąć.

Pokiwałem nad nim w milczeniu głową, nie zważając, czy mnie widzi. W tej chwili miałem inne sprawy na głowie i wolałem być sam.

– A dzisiaj nawet nie zamierzałem cię pchnąć na tę ścieżkę myślenia – powiedział, jakby czytał w moich myślach. – Właściwie przyszedłem, żeby ci zaproponować chwilę wytchnienia. Jeśli chciałbyś mieć kilka godzin dla siebie, posiedzę przy Młotku. Wątpię, czy od czasu przejęcia tej wachty porządnie spałeś.

Marzyłem, by móc pokręcić się swobodnie po statku i przekonać się, jaka panuje na nim atmosfera. A jeszcze bardziej pragnąłem choć trochę się wyspać. Propozycja była niewiarygodnie kusząca. Dlatego natychmiast nabrałem podejrzeń.

– Dlaczego?

Sieciarz się uśmiechnął.

– Czy aż tak rzadko spotykasz się z życzliwością wobec siebie?

Jego pytanie dziwnie mną wstrząsnęło. Zaczerpnąłem tchu.

– Czasami chyba na to wygląda.

Wstałem powoli, bo zesztywniałem w chłodzie nocy. Młotek mruczał coś przez sen. Uniosłem ręce nad głową i rozruszałem ramiona, kierując jednocześnie szybką myśl do Sumiennego.

„Sieciarz proponuje, że na jakiś czas przejmie pilnowanie Młotka. Mogę mu na to pozwolić?".

„Oczywiście".

Wydawał się niemal zdumiony moim pytaniem.

Co prawda mój książę czasami bywał zbyt łatwowierny.

„Zawiadom, z łaski swojej, Ciernia".

Wyczułem zgodę księcia. Kończąc przeciąganie się, odezwałem się na głos do Sieciarza:

– Dziękuję. Przyjmuję twoją propozycję z wielką wdzięcznością.

Popatrzyłem, jak usadawia się ostrożnie obok Młotka i zza pazuchy wyciąga najmniejszy flecik, jaki widziałem w życiu. Fleciki są prawdopodobnie najpospolitszymi instrumentami muzycznymi w każdej flocie, ponieważ wytrzymują i złą pogodę, i niedbałe obchodzenie się z nimi. Zagranie prostej melodii na fleciku nie wymaga wiele nauki, lecz utalentowany muzyk może dostarczyć dzięki niemu rozrywki niczym minstrel z Koziej Twierdzy. Widok flecika w rękach Sieciarza mnie nie zaskoczył. Był niegdyś rybakiem; zapewne pod wieloma względami pozostał nim nadal.

Machnął ręką, żebym poszedł. Kiedy się oddalałem, usłyszałem westchnienie muzyki. Grał na fleciku bardzo cicho jakąś dziecięcą melodię. Czyżby instynktownie wiedział, że coś takiego może uspokoić Młotka? Zadałem sobie pytanie, dlaczego ja nie pomyślałem, że muzyka mogłaby przynieść mu pociechę. Westchnąłem. Nabierałem zbyt wielkiej rutyny. Powinienem sobie przypomnieć, jak być elastycznym.

Poszedłem do kambuza w nadziei wyżebrania jakiegoś ciepłego posiłku. Zamiast niego dostałem twardy chleb i kawałek sera nie większy od dwóch palców. Kucharka dała mi do zrozumienia, że i tak mogę się uważać za szczęśliwca. Nie miała jedzenia na marnowanie, o, nie, nie na tej przeładowanej, przeludnionej balii. Miałem nadzieję na wodę do mycia, tylko tyle, by spłukać sól z rąk i twarzy, ale kucharka orzekła, że na to nie mam co liczyć. Chyba już dostałem swój przydział na ten dzień, prawda? Ach, ci gwardziści. Nie mają pojęcia, ile samodyscypliny wymaga od człowieka życie na pokładzie statku.

Uciekłem przed jej ostrym językiem. Chciałem zjeść na pokładzie, lecz nie byłem tu na swoim terenie, a żeglarze byli zdecydowani mi to udowodnić. Zszedłem więc na dół, gdzie chrapała, mruczała i grała w karty przy rozkołysanym świetle latarni reszta gwardzistów. Dni pobytu na morzu nie przyczyniły się do poprawy zapachu panującego w naszej ładowni. Przekonałem się, że Rebus nie przesadził, mówiąc o ponurym nastroju ludzi. Uwagi jednego z nich na temat „powracającej niańki" stanowiłyby wystarczający pretekst do bójki, gdybym chciał ją wszcząć. Nie chciałem; udało mi się zignorować obraźliwe słowa, szybko zjeść i wydobyć koc z mojego kufra. Znalezienie miejsca, by się wyciągnąć, było niemożliwe. Podłogę zalegali leżący gwardziści. Zwinąłem się między nimi. Wolałbym spać z plecami przylegającymi do jakiejś ściany, lecz na to nie było szans. Ściągnąłem ostrożnie buty i rozluźniłem pas. Kiedy usiłowałem ułożyć się na pokładzie i przykryć kocem, mężczyzna obok mnie mruknął coś ze złością i przetoczył się na bok. Zamknąłem oczy i odetchnąłem głęboko, rozpaczliwie sięgając ku nieświadomości i ciesząc się z możliwości zamknięcia oczu i zaśnięcia. Przynajmniej we śnie będę mógł uciec od tego koszmaru.

Kiedy jednak przekraczałem ciemny obszar między jawą i snem, pomyślałem, że chyba znalazłem rozwiązanie moich problemów. Zamiast pogrążyć się w pełnym śnie, wśliznąłem się weń bokiem, szukając Pokrzywy.

To było trudniejsze, niż się spodziewałem. Panowała tu muzyka Młotka i znalezienie drogi przez nią przypominało brnięcie przez zarośla jeżyn we mgle. Ledwie o tym pomyślałem, z dźwięków powyrastały wąsy i kolce. Muzyka nie powinna ranić człowieka, lecz ta raniła. Potykałem się, idąc przez mgłę mdłości, głodu i pragnienia, zesztywniały z zimna i z głową huczącą od pełnej fałszów muzyki, która chwytała mnie i spowalniała. Po jakimś czasie stanąłem. „To sen" – powiedziałem do siebie, a jeżyny skręciły się szyderczo na te słowa. Kiedy tak stałem nieruchomo, zastanawiając się nad moim położeniem, zaczęły wpełzać mi na nogi. „To sen" – powtórzyłem. „Nie może zrobić mi krzywdy". Lecz moje słowa zdały się na nic.

Kiedy ruszyłem chwiejnie do przodu, poczułem, jak kolce wbijają mi się poprzez spodnie w ciało. Zacisnęły uchwyt i mocno mnie trzymały.

Znów się zatrzymałem i spróbowałem odzyskać spokój. To, co zaczęło się jako przekazywana Mocą sugestia Młotka, stało się teraz moim własnym koszmarem. Wyprostowałem się mimo kolczastych pnączy, które usiłowały mnie powalić, i dobyłem miecza Szczerego. Pod jego ciosami jeżyny ustąpiły, wijąc się jak pocięte węże. Zachęcony tym widokiem, spowiłem klingę płomieniem, który przypalił wijące się rośliny i oświetlił mi drogę przez mgłę. „Idź do góry" – powiedziałem sobie. „Mgła leży tylko w dolinach. Szczyty wzgórz będą czyste". I tak też było.

Kiedy w końcu wydostałem się z Młotkowej mgły Mocy, znalazłem się na obrzeżach snu Pokrzywy. Stałem wpatrzony w szklaną wieżę na szczycie wzgórza nade mną. Poznałem tę opowieść. Stok wzgórza był pełen chwytliwych nici. Kiedy wszedłem w nie, przylgnęły do mnie jak pajęczyna. Wiedziałem, że Pokrzywa mnie wyczuwa. Niemniej zostawiła mnie samemu sobie, więc brnąłem po kostki w plątaninie obrazującej wszystkie złamane obietnice fałszywych kochanków księżniczki. W tej starej opowieści tylko mężczyzna o szczerym sercu mógł przebyć tę ścieżkę bez upadku.

We śnie stałem się wilkiem. Wszystkie cztery łapy ugrzęzły mi wkrótce w tym lepkim paskudztwie i musiałem stanąć, by się oswobodzić zębami. Z jakiegoś powodu nici smakowały anyżkiem, który w umiarkowanych ilościach ma dość przyjemny smak, lecz kiedy wypełniał mi cały pysk, dławił. Gdy w końcu dotarłem do szklanej wieży i podniosłem wzrok na Pokrzywę, pierś miałem mokrą, a z pyska kapała mi ślina. Otrząsnąłem się, pryskając wokół kropelkami.

– Nie zaprosisz mnie na górę? – zapytałem.

Nie odpowiedziała. Opierała się o balustradę balkonu i spoglądała na okolicę. Spojrzałem za siebie, gdzie nad mgłą spiętrzoną w głębokich dolinach wiły się jeżyny. Czy mgła podpełzała bliżej? Kiedy Pokrzywa wciąż nie zwracała na mnie uwagi, obiegłem podstawę wieży. W dawnej opowieści nie miała ona drzwi, a Pokrzywa wiernie ją odtworzyła. Czy to oznaczało, że ma niewiernego kochanka? Serce mi zamarło i na chwilę zapomniałem o celu moich odwiedzin. Kiedy obszedłem wieżę, usiadłem i spojrzałem na postać stojącą na balkonie.

– Kto cię zdradził? – zapytałem.

Nadal wpatrywała się w dal i pomyślałem, że mi nie odpowie.

– Wszyscy. Odejdź – odpowiedziała w końcu, nie patrząc na mnie.

– Jak będę mógł ci pomóc, jeśli odejdę?

– Nie możesz mi pomóc. Mówiłeś mi to wystarczająco często. Więc równie dobrze możesz sobie iść i zostawić mnie samą. Jak wszyscy.

– Kto odszedł i zostawił cię samą?

To sprowadziło na mnie wściekłe spojrzenie.

– Nie wiem, dlaczego sądziłam, że możesz to pamiętać! – rzekła cicho zranionym głosem. – Na przykład mój brat. Mój brat Szybki, który, jak powiedziałeś, wkrótce do nas wróci. Otóż nie wrócił! A potem mój głupi ojciec postanowił go poszukać. Jakby człowiek z zamglonym wzrokiem mógł czegokolwiek szukać! Powiedzieliśmy, żeby nie jechał, ale nas nie słuchał. I coś się stało, nie wiemy co, ale jego koń wrócił do domu bez niego. Więc wsiadłam na mojego konia, mimo że mama krzyczała, że nie wolno mi wyjeżdżać, i pojechałam śladem jego konia i znalazłam tatę na poboczu, jak posiniaczony i okrwawiony usiłował się czołgać do domu, wlokąc za sobą sztywną nogę. Więc przywiozłam go do domu, a mama znów mnie skrzyczała, że jej nie posłuchałam. A teraz ojciec leży w łóżku, tylko patrzy w ścianę i do nikogo się nie odzywa. Matka zakazała nam przynosić mu okowitę. Więc nie rozmawia z nami ani nie mówi, co się stało. Co doprowadza matkę do wściekłości na nas wszystkich. Jakby to była moja wina.

W połowie tej tyrady po twarzy Pokrzywy zaczęły spływać łzy. Skapywały jej z podbródka na dłonie, a stamtąd spływały po ścianie wieży. Powoli krzepły w opalowe pasma niedoli. Wspiąłem się na tylne łapy i zacząłem szarpać je pazurami, lecz były zbyt gładkie i płytkie, by dać jakiekolwiek oparcie. Znów usiadłem. Czułem się pusty i stary. Usiłowałem wytłumaczyć sobie, że przygnębienie, panujące w domu Sikorki nie ma nic wspólnego ze mną, że nie ja je wywołałem i nie ja mogę mu zaradzić. A mimo to jego korzenie sięgały głęboko, prawda?

Po pewnym czasie spojrzała na mnie z góry i roześmiała się z goryczą.

– No i co, Widmowy Wilku? Nie powiesz mi, że nie możesz mi w tym pomóc? Czyż nie to zawsze mówisz? – A kiedy nie potrafiłem wymyślić żadnej odpowiedzi, dodała oskarżycielskim tonem: – Nie wiem, dlaczego w ogóle się do ciebie odzywam. Okłamałeś mnie. Powiedziałeś, że mój brat wraca do domu.

– Myślałem, że wraca – odparłem, odzyskawszy w końcu mowę. – Poszedłem do niego i kazałem mu wracać do domu. Myślałem, że wrócił.

– Może próbował. Może wyruszył w drogę, ale zabili go zbójcy albo wpadł do rzeki i utonął. Chyba nie przyszło ci do głowy, że dziesięć lat to za mało, by samemu wyruszać w podróż? Pewnie nie przyszło ci do głowy, że uprzejmiej byłoby, gdybyś przywiózł go bezpiecznie do nas, zamiast „wysyłać" go? Ale nie, to mogło być dla ciebie niewygodne.

– Pokrzywo. Przestań. Daj mi coś powiedzieć. Szybki jest w bezpiecznym miejscu. Żyje i nic mu nie jest. Wciąż jest ze mną.

Przerwałem i spróbowałem oddychać. To, co musiało nastąpić po tych słowach, przyprawiało mnie o mdłości. „No i proszę, Brus" – pomyślałem. „Cały ten ból, którego starałem ci się zaoszczędzić. Starannie zapakowany dla ciebie i twojej rodziny".

Bo Pokrzywa zapytała o to, o co musiała zapytać.

– A gdzie jest „bezpieczne miejsce z tobą"? I skąd mam wiedzieć, że jest bezpieczne? Skąd mam wiedzieć, czy ty w ogóle jesteś prawdziwy? Może jesteś jak reszta tego snu, coś, co sama stworzyłam. Spójrz na siebie, człeko-wilku! Nie jesteś prawdziwy i dajesz mi fałszywą nadzieję.

– Nie jestem prawdziwy taki, jakim mnie widzisz – odparłem powoli. – Ale istnieję naprawdę. I dawno temu twój ojciec mnie znał.

– „Dawno temu" – powtórzyła z pogardą. – Jeszcze jedna bajka Widmowego Wilka. Zabierz swoje niemądre opowieści. – Odetchnęła spazmatycznie i po jej twarzy popłynęły nowe łzy. – Nie jestem już dzieckiem. Twoje głupie opowieści nie mogą mi pomóc.

Wiedziałem, że ją straciłem. Straciłem jej zaufanie, jej przyjaźń. Straciłem okazję poznania mojego dziecka jako dziecko. Wezbrał we mnie straszliwy smutek, lecz był zaprawiony muzyką rosnących jeżyn. Zerknąłem za siebie. Kolczaste pnącza i mgła podpełzły wyżej. Czy zagrażał mi tylko własny sen, czy muzyka Młotka stała się jeszcze groźniejsza? Nie wiedziałem.

– A ja tu przyszedłem szukać pomocy u ciebie – przypomniałem sobie z goryczą.

– U mnie? – zapytała Pokrzywa zdławionym głosem.

– Wiem, że nie mam prawa o nic cię prosić – rzekłem bez zastanowienia.

– Nie. Nie masz. – Patrzyła obok mnie. – A o co chodzi?

– O sen. Właściwie o koszmar.

– Myślałam, że twoje koszmary są o spadaniu.

W jej głosie brzmiało zaciekawienie.

– To nie mój koszmar. Należy do kogoś innego. Ten człowiek... To bardzo silny koszmar. Na tyle silny, że rozprzestrzenia się od niego i przejmuje sny innych ludzi. Zagraża ich życiu. A ja uważam, że ten, kto go śni, nie potrafi nad nim zapanować.

– No to go obudź – zaproponowała z pogardą.

– To mogłoby pomóc na jakiś czas. Ale potrzebuję trwalszego rozwiązania.

Przez chwilę zastanawiałem się, czyby jej nie powiedzieć, że sen tego człowieka zagraża też Szybkiemu, ale odrzuciłem tę myśl. Nie ma sensu jej straszyć, zwłaszcza kiedy nie miałem pewności, że może mi pomóc.

– Co według ciebie mogłabym na to poradzić?

– Pomyślałem, że mogłabyś mi pomóc wejść do jego snu i zmienić go. Uczynić go przyjemnym i spokojnym. Przekonać tego człowieka, że to, co się z nim dzieje, nie zabije go, że nic mu nie będzie. Wtedy jego sny mogłyby być spokojniejsze. A my wszyscy moglibyśmy odpocząć.

– Jak mogłabym to zrobić? I dlaczego miałabym to zrobić? – zapytała ostrzejszym tonem. – Co proponujesz mi w zamian, Widmowy Wilku?

Nie podobało mi się, że doszło do targów, ale mogłem winić tylko siebie. Najokrutniejsze ze wszystkiego było to, że jedyne, co mogłem jej zaproponować, przyniesie jej ojcu ból i poczucie winy.

– Jeśli chodzi o to, jak mogłabyś to zrobić – powiedziałem powoli – masz wielki magiczny talent, który pozwala jednej osobie wejść do snów innej osoby i je zmienić. Być może na tyle wielki, by ukształtować sen mojego przyjaciela, chociaż on sam też jest bardzo silny w magii. I bardzo przestraszony.

– Ja nie mam żadnej magii.

Zignorowałem jej słowa.

– Jeśli zaś chodzi o to, dlaczego... Mówiłem ci, że Szybki jest ze mną w bezpiecznym miejscu. Wątpisz w to. Nie mam ci tego za złe, bo wygląda na to, że moje wcześniejsze zapewnienie nie było prawdziwe. Przekażę ci jednak słowa, które powiesz ojcu. Te słowa... trudno mu będzie ich wysłuchać. Lecz kiedy je usłyszy, będzie wiedział, że mówię prawdę. Że twój brat jest cały i zdrowy. I że jest ze mną.

– Przekaż mi zatem te słowa.

Przez króciutką chwilę pomyślałem, czyby jak Cierń nie zażądać od niej, żeby najpierw pomogła mi ze snem Młotka. Potem jednak zdecydowanie odrzuciłem ten pomysł. Moja córka jest mi winna dokładnie to, co jej dałem: nic. Może bałem się też, że jeśli nie przekażę jej tych słów, to stracę całą odwagę. Wypowiedzenie ich było jak dotknięcie językiem rozżarzonego węgla.

– Powiedz mu, że przyśnił ci się wilk z kolcami jeżozwierza wbitymi w wargę. I że wilk ci powiedział tak: „Jak kiedyś robiłeś ty, tak teraz robię ja. Ochraniam i prowadzę twego syna. Położę moje życie między nim i każdym niebezpieczeństwem, a kiedy wykonam swoje zadanie, przyprowadzę ci go bezpiecznie do domu".

Zawoalowałem moją wiadomość najlepiej, jak umiałem w tych warunkach. Mimo to Pokrzywa o wiele za bardzo zbliżyła się do prawdy, pytając z ożywieniem:

– Mój ojciec opiekował się przed laty twoim synem?

Niektóre decyzje jest podjąć łatwiej, kiedy człowiek nie daje sobie czasu na zastanowienie.

– Tak – okłamałem moją córkę. – Właśnie tak.

Patrzyłem, jak przez chwilę to rozważa. Jej szklana wieża powoli zaczęła roztapiać się w wodę. Płynęła, ciepła i nieszkodliwa, obok moich łap, aż balkon osiadł na ziemi. Pokrzywa podała mi rękę, żebym pomógł jej przejść nad barierką. Ująłem jej dłoń dotykając i nie dotykając mojej córki po raz pierwszy w życiu. Jej opalone palce przez chwilę spoczywały na mojej łapie z czarnymi pazurami. A potem odsunęła się ode mnie i spojrzała na mgłę i ciernie, pełznące ku nam po zboczu wzgórza.

– Wiesz, że nigdy jeszcze nie robiłam czegoś takiego?

– Ja też nie – przyznałem.

– Zanim wejdziemy do jego snu, opowiedz mi o tym człowieku – zaproponowała.

Mgła i jeżyny wciąż się zbliżały. Cokolwiek bym jej powiedział o Młotku, byłoby tego za wiele, ale gdyby weszła do jego snu, nic nie wiedząc, mogłoby się to okazać niebezpieczne dla wszystkich. Nie potrafiłem panować nad tym, co Młotek jej ujawni w swoim śnie. Przez jedną ulotną sekundę zastanawiałem się, czy zanim poprosiłem Pokrzywę o pomoc, nie powinienem naradzić się z Cierniem albo Sumiennym. A potem uśmiechnąłem się ponuro do siebie. Przecież jestem mistrzem Mocy, prawda? Jako taki tylko ja mogłem podjąć tę decyzję.

Powiedziałem zatem mojej córce, że Młotek jest ograniczony, że to mężczyzna o umyśle i sercu dziecka oraz, jeśli chodzi o magię Mocy, sile armii. Powiedziałem jej nawet, że służy księciu Przezornemu i że podróżuje z nim na statku. Powiedziałem, że jego potężna muzyka Mocy, a teraz jego sny, podkopują morale załogi i pasażerów. Powiedziałem o jego przekonaniu, że już zawsze będzie miał chorobę morską i że prawdopodobnie na nią umrze. Kiedy jej to wszystko mówiłem, ciernie rosły i zbliżały się ku nam, a ja patrzyłem, jak Pokrzywa szybko wyciąga wnioski z moich słów; że ja też jestem na pokładzie tego statku i że jej brat razem ze mną i księciem Przezornym dokądś płynie. Mimo że mieszkała na wsi, zastanawiałem się, ile słyszała o narczesce i misji księcia. Nie musiałem się zastanawiać długo. Sama sobie wszystko ułożyła.

– A więc to jest ten czarny smok, o którego wciąż cię pyta ta srebrna smoczyca. Ten, którego ma zabić książę.

– Proszę cię, nie wymawiaj jej imienia.

Obdarzyła mnie pogardliwym spojrzeniem, szydząc z moich głupich obaw.

– Zaczyna się – rzekła cicho.

Pochłonęły nas jeżyny.

Wznosiły się z trzaskiem wokół naszych kostek, a potem kolan, jak ogień pędzący w górę po drzewie. Ciernie wbijały się nam w ciała, a wokół wirowała gęsta, dusząca mgła.

– Co to takiego?! – zawołała zdenerwowana Pokrzywa. – Przestań! – krzyknęła, kiedy mgła zakryła mnie przed jej wzrokiem. – Natychmiast przestań, Widmowy Wilku! To wszystko twoje; to ty to stworzyłeś. Odetnij się od tego!

I wyrwała mi mój sen. Poczułem się tak, jakby ktoś zerwał ze mnie koce. Najbardziej irytujące było jednak to, że przywołało to wspomnienie, które było mi bliskie i obce zarazem: inny czas i starsza kobieta, wydłubująca coś fascynującego i lśniącego z mojej pulchnej rączki ze słowami: „Nie, Keppecie. To nie dla małych chłopców".

Nagłe zniknięcie mojego snu pozbawiło mnie tchu, lecz w następnej chwili dosłownie zanurzyliśmy się w sen Młotka. Mgła i jeżyny zniknęły, a nad moją głową zamknęła się zimna słona woda. Topiłem się. Szamotałem się jak szalony, ale nie mogłem wydostać się na powierzchnię. Wtem moją rękę chwyciła czyjaś dłoń; Pokrzywa wyciągnęła mnie do góry, postawiła obok siebie i zawołała z irytacją:

– Jesteś taki łatwowierny! To sen, tylko sen. Teraz to jest mój sen, a w moim śnie potrafimy chodzić po wodzie. Ruszamy.

Tak powiedziała i tak się stało. Mimo to trzymałem się jej ręki i szedłem obok niej. Wokół nas rozciągała się woda, lśniąc od horyzontu po horyzont. Muzyka Młotka była omiatającym nas wiatrem. Zmrużyłem oczy i zacząłem się zastanawiać, jak znajdziemy Młotka wśród chaosu fal, ale Pokrzywa ścisnęła mnie za rękę i oznajmiła wyraźnie mimo rozbrzmiewającej we śnie dzikiej piosenki Młotka:

– Jesteśmy bardzo blisko niego.

I tak było. Jeszcze kilka kroków i Pokrzywa padła na kolana z żałosnym okrzykiem. Oślepiające błyski słońca na wodzie zasłaniały to, na co patrzyła. Ukląkłem obok niej i poczułem, że pęka mi serce.

Zbyt dobrze go znał. Musiał go kiedyś widzieć. Utopiony kotek unosił się tuż pod powierzchnią wody. Zbyt mały, by już mu się otworzyły oczka, zwisał bezwładnie w uścisku morza. Jego futerko unosiło się wokół niego, lecz gdy Pokrzywa wyciągnęła go za kark, mokra sierść nagle przylgnęła do jego ciałka. Woda ściekała z ogonka i łapek, kapała mu z noska i otwartego czerwonego pyszczka. Trzymała małą istotkę bez strachu na dłoni. Pochyliła się nad nią uważnie i delikatnie ucisnęła drobniutką klatkę piersiową kciukiem i palcem wskazującym. Następnie przybliżyła sobie koci pyszczek do twarzy i wdmuchnęła powietrze między jego rozwarte szczęki. W tej chwili była bezsprzecznie córką Brusa. Widziałem, jak w taki sam sposób usuwał śluz z gardła nowo narodzonego szczenięcia.

– Już wszystko w porządku – powiedziała do kotka zdecydowanym tonem. Pogłaskała maleństwo i pod jej dłonią futerko stało się suche i miękkie. Nagle spostrzegłem, że kocię ma sierść w biało-rude prążki. Przed chwilą sądziłem, że jest czarne. – Jesteś żywy i bezpieczny, a ja nie pozwolę, by stało ci się coś złego. Wiesz, że możesz mi zaufać. Bo cię kocham.

Na te słowa poczułem ucisk w gardle i zabrakło mi tchu. Zastanawiałem się, skąd wiedziała, co powiedzieć. Przez całe życie, nie wiedząc o tym, pragnąłem, by ktoś wyrzekł do mnie te słowa i żeby były one prawdziwe. Zupełnie jakbym patrzył, jak ktoś daje komuś innemu prezent, który zawsze chciałem dostać. A mimo to nie odczuwałem goryczy ani zazdrości. Czułem jedynie podziw, że w wieku szesnastu lat moja córka potrafi dać coś takiego drugiej osobie. Nawet gdybym odnalazł Młotka w jego śnie, nawet gdyby ktoś mi powiedział, że to są słowa, które muszę wypowiedzieć, że takie słowa Młotek rozpaczliwie pragnie usłyszeć, to nie potrafiłbym ich wymówić i sprawić, by były prawdziwe, jak uczyniła to Pokrzywa. Była moją córką, krwią z mojej krwi, lecz zdumienie i podziw, w które mnie wprawiła w tej chwili, uczyniły ją istotą całkowicie oderwaną ode mnie.

Kocię poruszyło się na jej dłoni. Rozejrzało się niewidzącymi oczkami. Kiedy czerwony pyszczek otworzył się szeroko, byłem przygotowany na miauknięcie. Zamiast tego usłyszałem zadane chrapliwym głosikiem pytanie:

– Mama?

– Nie – odparła Pokrzywa. Moja córka była odważniejsza, niż sądziłem. Nawet nie brała pod uwagę tego łatwego kłamstwa. – Ale ktoś do niej podobny. – Rozejrzała się po morzu, jakby zobaczyła je dopiero teraz. – To nie jest dobre miejsce dla kogoś takiego jak ty. Zmieńmy je, dobrze? Gdzie chciałbyś być?

Jego odpowiedzi zdumiały mnie. Wydobywała z niego informacje szczegół po szczególe. Kiedy skończyła, siedzieliśmy pośrodku ogromnego łóżka. Byliśmy wielkości lalek. Gdzieś dalej widziałem zamglone ściany wozu z rodzaju tych, w jakich mieszkali zwykle lalkarze i uliczni akrobaci, gdy podróżowali od miasta do miasta. Pachniał suszonym pieprzem i warkoczami cebuli, które wisiały na sznurku, przecinającym pod dachem jeden róg wozu. Teraz rozpoznałem otaczającą nas muzykę; nie była to tylko piosenka matki Młotka, ale i składające się na nią dźwięki: spokojny oddech śpiącej kobiety, skrzypienie kół i powolne uderzenia kopyt zwierząt idących w zaprzęgu, utkane jako tło dla nucenia kobiety i dziecinnej melodii wygrywanej na piszczałce. Była to piosenka bezpieczeństwa, akceptacji i zadowolenia.

– Podoba mi się tu – orzekła Pokrzywa, kiedy skończyli. – Może, jeśli pozwolisz, jeszcze cię kiedyś odwiedzę. Zgodzisz się?

Kocię zamruczało, a potem zwinęło się w kłębek, ale nie zasnęło, tylko po prostu wygodnie się ułożyło pośrodku tego ogromnego łóżka. Pokrzywa wstała. Chyba wtedy uświadomiłem sobie, że obserwuję sen Młotka, ale nie jestem już jego częścią. Zniknąłem z niego, wraz ze wszystkimi innymi fałszywymi i niebezpiecznymi składnikami. W świecie matki Młotka nie było dla mnie miejsca.

– Żegnaj na razie – powiedziała Pokrzywa. – Teraz pamiętaj, jak łatwo jest tu przyjść – dodała. – Kiedy postanowisz zasnąć, wystarczy, że pomyślisz o tej poduszce. – Dotknęła jednej z wielu kolorowo wyhaftowanych poduszek, leżących na łóżku. – Pamiętaj o tym, a kiedy będziesz śnił, przybędziesz prosto do tego miejsca. Potrafisz to zrobić?

Kocię zamruczało w odpowiedzi, a potem sen Młotka zaczął blaknąć. Po chwili znów stałem na zboczu wzgórza obok stopionej szklanej wieży. Jeżyny i mgła zniknęły, odsłaniając panoramę zielonych dolin i płynących nimi lśniących rzek.

– Nie powiedziałaś mu, że nie będzie już miał morskiej choroby – przypomniałem sobie nagle. I zaraz się skrzywiłem na myśl o tym, jak niewdzięczne musiały się jej wydać moje słowa. Pokrzywa zmarszczyła brwi; zobaczyłem w jej oczach zmęczenie.

– Myślisz, że łatwo było znaleźć te wszystkie rzeczy i zebrać je wokół niego? Wciąż usiłował zmienić je na powrót w zimną morską wodę. – Potarła oczy. – Śpię, a jednak obawiam się, że zbudzę się wyczerpana.

– Przepraszam – rzekłem z powagą. – Aż nadto dobrze wiem, że ta magia potrafi się dać we znaki. Odezwałem się bez zastanowienia.

– Magia – prychnęła. – Kształtowanie snów to nie magia. To po prostu coś, co potrafię robić.

I z tą myślą mnie opuściła. Wypchnąłem z umysłu strach przed tym, co może zostać powiedziane, kiedy przekaże Brusowi moje słowa. Nie mogłem nic na to poradzić. Usiadłem pod jej wieżą, ale bez Pokrzywy, która by ją umocowała, sen już blakł. Zanurzyłem się poprzez niego w pozbawiony marzeń własny sen.

ROZDZIAŁ 7

PODRÓŻ

Nie popełnijcie błędu, myśląc o Wyspach Zewnętrznych jako o królestwie rządzonym przez jednego monarchę, takiego, jakiego mamy w Królestwie Sześciu Księstw, ani nawet jako o sojuszu ludów, z jakim mamy do czynienia w Królestwie Górskim. Nawet pojedyncze wyspy, choć mogą wydawać się małe, nie znajdują się pod wyłącznym dowództwem jakiegoś pojedynczego władcy lub wielmoży. W gruncie rzeczy Zawyspiarze nie uznają wśród siebie żadnych „wielmoży czy władców". Mężczyźni mają status odpowiadający ich męstwu jako wojowników oraz bogactwu przywożonych łupów. Niektórych wspierają ich matriarchalne klany, poprawiające reputację zdobytą dzięki sile broni. To prawda, że ziemię na wyspach dzierżą klany, lecz są to matriarchalne ziemie uprawne i plaże, na których prowadzi się zbieractwo; należą one do kobiet i są przekazywane młodszym pokoleniom poprzez córki.

Miasta, a szczególnie porty, nie należą do żadnego pojedynczego klanu i na ogół panują w nich rządy motłochu. Jeśli zostaniecie obrabowani lub zaatakowani w jakimś zawyspiarskim mieście, nie przyjdzie wam na pomoc straż miejska. Każdy ma sam wymuszać na innych należny mu szacunek. Zawołajcie o pomoc, a zostaniecie uznani za słabych i niewartych uwagi. Czasami jednakże klan dominujący na danym terenie może mieć w mieście „kasztel" i rozsądzać w nim spory.

Zawyspiarze nie wznoszą zamków i fortów, jakie mamy w Królestwie Sześciu Księstw. Bardziej prawdopodobne jest oblężenie przeprowadzone przez wrogie statki, które przejęły kontrolę nad zatoką czy ujściem rzeki, niż przez siły lądowe, usiłujące zająć ziemię. Nie jest jednak rzeczą niezwykłą napotkanie kilku klanowych „kaszteli" w każdym większym mieście. Są to ufortyfikowane budowle wzniesione tak, by wytrzymały atak; często mają głębokie piwnice nie tylko ze studnią, ale i z dużą ilością miejsca do przechowywania żywności. „Kasztele" te zwykle należały do klanu dominującego w mieście i miały służyć raczej jako schronienie w razie lokalnych konfliktów niż wytrzymać najeźdźczy atak.

Muszelnego „Zawyspiarskie podróże"

Kiedy się obudziłem, wyczułem, że na statku jest spokojniej. Nie spałem długo, ale czułem się wypoczęty. Na pokładzie wokół mnie wciąż leżeli pogrążeni we śnie ludzie, jakby nie spali dobrze od wielu dni – co było prawdą.

Wstałem ostrożnie, zwinąłem koc i przestępując rozciągnięte ciała, ruszyłem do mojego kufra. Włożyłem do niego koc, przebrałem się w czystszą koszulę i wróciłem na górę. Noc przechodziła w świt. Chmury pozbyły się już deszczu i przez rozdarcia w ich zasłonie przeświecały blednące gwiazdy. Zmieniono żagle, by lepiej wykorzystać łagodniejszy wiatr. Po pokładzie cicho i sprawnie poruszali się bosi żeglarze. Miałem wrażenie, że to ranek po sztormie.

Znalazłem Młotka. Spał zwinięty w kłębek, z rozluźnioną, spokojną twarzą, oddychając chrapliwie i miarowo. Obok niego drzemał Sieciarz z głową opadłą na podciągnięte kolana. Ledwie odróżniałem w mroku ciemny kształt morskiego ptaka, który przysiadł na relingu. Była to jakaś wyjątkowo duża mewa. Dostrzegłem błysk oka Ryzykantki i skinąłem jej przyjaźnie głową; zbliżałem się powoli, dając Sieciarzowi czas na otwarcie oczu i uniesienie głowy. Uśmiechnął się do mnie.

– Chyba odpoczywa lepiej. Może najgorsze już minęło.

– Mam nadzieję – odparłem.

Ostrożnie otworzyłem się na muzykę Młotka. Nie był to już sztorm Mocy, lecz niemilknący szum fal. Znów przeważała w niej piosenka jego matki, lecz słyszałem też mruczenie kocięcia i uspokajające echo głosu Pokrzywy, zapewniającej Młotka, że jest kochany i bezpieczny. To mnie nieco zaniepokoiło; zadałem sobie pytanie, czy usłyszałem ją, ponieważ byłem świadkiem przemiany i czy Cierń i książę także wychwycą jej słowa.

– Ty też wyglądasz na bardziej wypoczętego – zauważył Sieciarz.

Jego głos gwałtownie przywołał mnie do teraźniejszości.

– Tak, odpocząłem. Dziękuję ci.

Wyciągnął do mnie rękę; ująłem ją i pomogłem mu wstać. Kiedy się wyprostował, puścił ją i poruszył ramionami, by pozbyć się sztywności mięśni. Mewa podeszła kilka kroków bliżej. W coraz lepszym świetle zauważyłem głęboki żółty odcień jej dzioba i łap. Przywołałem z zakamarków pamięci nauki Brusa, że żywe kolory świadczą o dobrym odżywieniu ptaka. Ten aż lśnił zdrowiem. Jakby świadoma mojego podziwu, mewa odwróciła łepek i starannie przeciągnęła dziobem po długiej lotce. A potem uniosła się z relingu z lekkością kota wskakującego na krzesło, chwyciła wiatr wygiętymi skrzydłami i wzniosła się w powietrze.

– Pozerka – mruknął Sieciarz.

Uśmiechnął się do mnie. Przyszło mi do głowy, że partnerzy w Rozumieniu są dumni z siebie nawzajem tak samo niedorzecznie, jak rodzice ze swoich dzieci. Uśmiechnąłem się współczująco.

– O, to wygląda prawdziwie. Sądzę, że z czasem, przyjacielu, zaczniesz mi ufać. Powiedz mi, kiedy tak się stanie.

Westchnąłem cicho. Uprzejmie byłoby przyznać, że już mu wierzę, ale chyba nie potrafiłbym kłamać na tyle przekonująco, by go zwieść. Skinąłem więc po prostu głową. Kiedy odwracał się by odejść, przypomniałem sobie o Szybkim.

– Chciałbym cię prosić o jeszcze jedną przysługę – odezwałem się z zakłopotaniem.

Odwrócił się do mnie ze szczerym zadowoleniem malującym się na twarzy.

– Przyjmę to jako oznakę postępu.

– Czy mógłbyś poprosić Szybkiego, by poświęcił mi dziś nieco swojego czasu? Chciałbym z nim porozmawiać.

Sieciarz przekrzywił głowę niczym mewa, przyglądająca się podejrzanemu małżowi.

– Zamierzasz wymusić na nim powrót do ojca?

Zastanowiłem się. Zamierzałem?

– Nie. Chcę mu tylko powiedzieć, że jego bezpieczny powrót do Koziej Twierdzy uważam za sprawę mego honoru. I że spodziewam się, iż nadal będzie przychodził do mnie na lekcje.

O, Cierń by się ucieszył, pomyślałem kwaśno. Mój czas i tak był już dobrze wykorzystany, a ja podejmuję się jeszcze jednego zadania.

Sieciarz uśmiechnął się ciepło.

– Przyślę go do ciebie po te wieści z ogromną przyjemnością – odparł, ukłonił się krótko po żeglarsku, na co odpowiedziałem skinieniem głowy, i odszedł.

Posłałem wcześniej księciu Mocą sugestię, by wstał wcześnie i był na pokładzie, kiedy Młotek w końcu się obudzi. Służący przyniósł koszyczek z ciepłym chlebem i dzbankiem gorącej herbaty i postawił go przy Młotku. Sumienny odprawił służącego, a zapach unoszący się z koszyczka uświadomił mi, że jestem straszliwie głodny. Staliśmy, spoglądając w milczeniu na morze, i czekaliśmy, aż Młotek się obudzi.

„Kiedy jego muzyka się zmieniła? Po przebudzeniu dziś rano trudno mi było uwierzyć, jak bardzo jestem odprężony i wypoczęty. Dopiero po pewnym czasie uświadomiłem sobie, co uległo zmianie".

„To wielka ulga, prawda?".

Chciałem powiedzieć więcej, lecz nie śmiałem. Nie mogłem się przyznać księciu, że ingerowałem w sny Młotka, ponieważ tak naprawdę nie ja to zrobiłem. Wątpiłem, czy Młotek w ogóle zdawał sobie sprawę, że tam byłem.

Uratowało mnie to, że się obudził. Kaszlnął i otworzył oczy. Podniósł na nas wzrok i na jego twarzy powoli rozlał się uśmiech.

– Pokrzywa naprawiła mój sen – oznajmił. Zanim albo Sumienny, albo ja mogliśmy zareagować na jego słowa, rozkaszlał się. – Nie czuję się dobrze. Boli mnie gardło – stwierdził.

Chwyciłem się tej okazji, by skierować rozmowę na inny temat.

– To zapewne przez wymioty. Posłuchaj, Młotku, Sumienny przyniósł ci herbatę i świeży chleb. Herbata złagodzi ból. Mam ci nalać?

Za jedyną jego odpowiedź posłużył kolejny atak kaszlu. Przykucnąłem przy małym człowieczku i dotknąłem jego policzka. Był ciepły, ale Młotek dopiero się obudził i wciąż był opatulony wełnianymi kocami. Nie musiało to oznaczać gorączki. Rozsunął koce z irytacją i siedział przez chwilę, trzęsąc się w pomiętym, wilgotnym ubraniu. Miał nieszczęśliwą minę, a jego muzyka zaczęła wznosić się i opadać fałszywymi nutami.

Działanie podjął książę.

– Borsuczowłosy, podaj ten koszyk. Młotku, wracasz ze mną do kajuty. Natychmiast.

– Nie chcę – jęknął Młotek, ale zaskoczył mnie, powoli wstając. Zrobił chwiejny krok, a potem spojrzał na przewalające się fale i jakby coś sobie przypomniał. – Niedobrze mi.

– Dlatego chcę cię zabrać do kajuty. Tam poczujesz się lepiej – wyjaśnił książę.

– Nie, nie poczuję się – rzekł z uporem Młotek, ale kiedy Sumienny ruszył w stronę kajuty, powoli poszedł za nim. Szedł chwiejnie, tak z osłabienia, jak i z powodu łagodnego kołysania pokładu. Podszedłem do niego i wziąłem go pod rękę, wyładowany koszyk powiesiwszy w zagięciu łokcia drugiej ręki. Młotek człapał niepewnie obok mnie. Dwa razy robiliśmy przerwę na atak kaszlu i kiedy dotarliśmy do drzwi kajuty księcia, moja troska przekształciła się w niepokój.

Kajuta Sumiennego została bardziej przyozdobiona i lepiej wyposażona niż jego komnata w zamku. Najwyraźniej urządził ją ktoś inny, zgodnie z panującym w Koziej Twierdzy poglądem na to, co się należy księciu. Miała rząd okien wychodzących na kilwater statku. Na wypolerowanym pokładzie leżały grube dywany i stały dobrze przymocowane ciężkie meble. Zapewne zrobiłaby na mnie większe wrażenie, gdybym pozostał w niej dłużej, lecz Młotek od razu skierował się do swojej własnej, małej kajuty, przylegającej do tej zajmowanej przez księcia. O wiele skromniejsza, przypominała szafę niewiele większą od jego koi z miejscem pod spodem na rzeczy osobiste. Architekt przeznaczył ją zapewne dla pokojowca, a nie dla ulubionego półgłówka księcia. Młotek natychmiast padł na koję. Kiedy wytrząsałem go z poplamionego, przepoconego ubrania, jęczał i coś mamrotał. Następnie przykryłem go lekkim kocem, który przycisnął do siebie, narzekając na zimno. Szczękał przy tym zębami. Przyniosłem mu pikowaną kapę z łóżka księcia. Teraz już byłem pewien, że ma gorączkę.

Herbata w dzbanku nieco ostygła, ale nalałem Młotkowi filiżankę i usiadłem przy nim, czekając, aż wypije. Otrzymawszy moją wysłaną Mocą sugestię, książę posłał po herbatę z kory wierzbowej na gorączkę i syrop z korzeni malin na kaszel. Kiedy służący w końcu je przyniósł, jakiś czas zajęło mi namówienie Młotka, by przyjął leki. Gorączka chyba jednak osłabiła jego upór i wkrótce dopiąłem swego.

Pomieszczenie było tak małe, że siedząc na krawędzi koi, nie mogłem zamknąć drzwi, zostawiłem je więc otwarte i opiekując się naszym chorym, bezmyślnie obserwowałem ludzi przewijających się przez kajutę księcia. Moje zainteresowanie wzbudziło dopiero przybycie „kręgu Rozumiejących" księcia. Byli to Uprzejmy, Sieciarz, minstrel Małż i Szybki. Kiedy weszli, Sumienny siedział przy stole, cicho ćwicząc sobie mowę do Zawyspiarzy; odprawił służącego, który wpuścił gości, i z wyraźną ulgą odsunął zwój na bok. Za Uprzejmym wszedł jego kot i natychmiast ułożył się wygodnie na łóżku księcia. Nikt nie zwracał na niego uwagi.

Sieciarz zerknął na mnie speszony, a potem przywitał się z księciem.

– Na górze wszystko pięknie, książę Sumienny.

Pomyślałem, że to dziwny zwrot, aż uświadomiłem sobie, że przekazuje wieści od swego ptaka, Ryzykantki.

– W zasięgu wzroku jest tylko nasz statek.

– Doskonale. – Książę uśmiechnął się z zadowoleniem i skierował uwagę na pozostałych. – Jak się dzisiaj miewa twój kot, Uprzejmy?

Zapytany uniósł rękę; opadł rękaw, odsłaniając na całej długości przedramienia nabrzmiałe, czerwone zadrapanie.

– Nudzi się. I denerwuje zamknięciem. Będzie zadowolony, kiedy znów ujrzymy ląd.

Wszyscy Rozumiejący roześmiali się pobłażliwie, jak rodzice z kaprysów dziecka. Zauważyłem, jak swobodnie się czuli w obecności księcia. Jedynie Szybki zdawał się zachować nieco sztywności. Mogło to być jednak spowodowane albo jego świadomością mojej obecności, albo różnicą wieku między nim i resztą towarzystwa. Przypomniałem sobie, że tak samo zachowywali się wobec Szczerego najbliżsi mu szlachcice, i pomyślałem, że niewymuszona wzajemna sympatia tych ludzi jest cenniejsza od tego, jak zwykli się płaszczyć przed Władczym jego pieczeniarze.

Nie wydało mi się więc wcale dziwne, gdy Sieciarz popatrzył na mnie i zapytał księcia:

– Czy Tom przyłączy się dzisiaj do nas, mój książę?

W jego słowach kryły się dwa pytania. Czy jestem tu, by przyznać się do mojego Rozumienia i być może tożsamości, i czy dołączę do ich „kręgu"? Słuchałem odpowiedzi Sumiennego, wstrzymawszy oddech.

– Raczej nie, Sieciarzu. Opiekuje się moim służącym, Młotkiem. Rozumiem, że czuwałeś przy nim w nocy, by Borsuczowłosy mógł nieco odpocząć, i za to ci dziękuję. Teraz jednak po nocy spędzonej na pokładzie Młotek zaczął kaszleć i ma gorączkę. Towarzystwo Borsuczowłosego działa na niego kojąco, stąd zgodził się on przy nim posiedzieć.

– Ach, rozumiem. Cóż, Młotku, przykro mi słyszeć, że jesteś chory. – Z tymi słowy Sieciarz podszedł do drzwi i zajrzał do środka. Za nim, przy stole, reszta kręgu nadal cicho rozmawiała. Szybki obserwował Sieciarza z niepokojem. Młotek, skulony pod kocami i wpatrzony w ścianę, chyba go nie zauważał. Nawet muzyka jego Mocy wydawała się stłumiona i cicha, jakby nie miał energii, by ją tworzyć. Kiedy nie odpowiedział, Sieciarz dotknął lekko mego ramienia i powiedział cicho: – Jeśli zechcesz odpocząć, z przyjemnością będę czuwał przy nim i dzisiejszej nocy. A tymczasem... – Odwrócił się i skinął na Szybkiego, który nagle się zaniepokoił. – Zostawię z tobą mojego „pazia". Niewątpliwie macie wiele do omówienia, a jeśli trzeba będzie coś przynieść dla Młotka, jestem pewien, że Szybki chętnie to zrobi za ciebie. Prawda, chłopcze?

Szybki znajdował się na straconej pozycji i wiedział o tym. Przyszedł do nogi jak zbity pies i ze spuszczonym wzrokiem stanął obok Sieciarza.

– Tak, panie – odpowiedział cicho. Spojrzał na mnie; nie spodobało mi się to, co ujrzałem w jego oczach. Był to strach połączony z niechęcią, a ja nie uważałem, bym zasłużył na którekolwiek z tych uczuć.

– Szybki – rzekł Sieciarz, ściągając na siebie uwagę chłopca. – Będzie dobrze – ciągnął głosem dostosowanym tylko do naszych uszu. – Zaufaj mi. Tom chce mieć pewność, że podczas pobytu na statku będziesz kontynuował naukę. To wszystko.

– Właściwie jest coś jeszcze – odezwałem się niechętnie. Obaj spojrzeli na mnie. Sieciarz uniósł brew. – Dałem słowo – powiedziałem powoli. – Twojej rodzinie, Szybki. Obiecałem, że postawię moje życie między tobą i każdym zagrożeniem. Obiecałem, że kiedy to wszystko się skończy, dołożę wszelkich starań, byś bezpiecznie dotarł do domu.

– A jeśli nie zechcę wrócić do domu, kiedy to wszystko się skończy? – zapytał bezczelnym tonem Szybki. Bardziej wyczułem, niż zobaczyłem, że książę staje się świadom naszej rozmowy. – Chwileczkę! – dodał chłopiec z oburzeniem. – W jaki sposób rozmawiałeś z moim ojcem? Przed wyruszeniem nie miałeś czasu, by wysłać posłańca i otrzymać wiadomość. Kłamiesz.

Powoli wciągnąłem powietrze przez nos.

– Nie. Nie kłamię – odparłem cicho, kiedy już mogłem spokojnie mówić. – Wysłałem obietnicę do twojej rodziny. Nie mówiłem, że otrzymałem odpowiedź. Mimo to uważam obietnicę za równie wiążącą.

– Nie było czasu – zaprotestował, ale już ciszej. Sieciarz spojrzał na niego z dezaprobatą. Zmarszczyłem brwi. Mężczyzna zerknął na mnie z niechęcią, lecz spokojnie wytrzymałem jego spojrzenie. Obiecałem, że zachowam chłopca przy życiu i odeślę go do domu. To nie znaczyło, że muszę znosić jego zniewagi.

– To może być długa podróż dla was obu – zauważył Sieciarz. – Zostawię was samych z nadzieją, że nauczycie się korzystać z wzajemnego towarzystwa. Sądzę, że obaj macie sobie coś do zaoferowania. Będziecie to jednak cenili tylko wtedy, gdy sami to odkryjecie.

– Zimno mi – jęknął Młotek, ratując mnie przed wykładem Sieciarza.

– Oto twoje pierwsze zadanie – odezwałem się szorstko do Szybkiego. – Zapytaj służącego księcia, gdzie możesz znaleźć dwa dodatkowe koce dla Młotka. Wełniane. I przynieś też duży kubek wody.

Bieganie na posyłki dla półgłówka chyba obrażało jego poczucie godności, wolał jednak to niż pozostać w moim towarzystwie. Kiedy wyszedł szybkim krokiem, Sieciarz westchnął.

– Prawda między wami dwoma – poradził mi. – To będzie jedyny most, po którym będziesz mógł dotrzeć do tego chłopca, Tomie.

A tego potrzebuje. Dopiero teraz to widzę. Uciekł z domu i uciekł od ciebie. Musi przestać uciekać, bo inaczej nigdy nie nauczy się radzić sobie ze swoimi problemami.

A więc uważał, że jestem jednym z problemów Szybkiego? Odwróciłem wzrok.

– Dam sobie radę – rzekłem.

– A zatem zostawię go z tobą – odparł Sieciarz i westchnął ze znużeniem.

Wrócił do stołu i rozmowy prowadzonej przez krąg Rozumiejących. Po pewnym czasie wszyscy wyszli. Książę podjął ćwiczenie swojej mowy. Nim Szybki przyniósł koce i kubek wody dla Młotka, przejrzałem zbiór zwojów księcia i wybrałem kilka z nich, które uznałem za przydatne dla Szybkiego. Ku mojemu zaskoczeniu znalazłem parę tekstów, których przedtem nie widziałem; Cierń zapewne je zdobył tuż przed wypłynięciem. Dotyczyły społeczeństwa Wysp Zewnętrznych i panujących tam obyczajów. Wybrałem dla Szybkiego te łatwiejsze.

Zapewniłem Młotkowi tyle wygody, ile się dało. Gorączka mu rosła. Im bardziej stawał się rozpalony, tym bardziej fantastyczną muzykę wysyłał. Wciąż nic nie jadł, ale przynajmniej stracił wolę walki i udało mi się zmusić go do wypicia całego kubka. Znów go ułożyłem i opatuliłem kocami, zastanawiając się, jak to możliwe, by człowiek płonący z gorączki myślał, że jest mu zimno.

Kiedy skończyłem, zerknąłem na Szybkiego, który przyglądał się nam z niesmakiem.

– Śmiesznie pachnie – zauważył chłopiec, widząc mój wzrok pełen dezaprobaty.

– Jest chory. – Pokazałem na podłogę, a sam usiadłem na krawędzi koi Młotka. – Usiądź tu. I poczytaj nam na głos z tego zwoju. Nie, z tego z postrzępionym brzegiem. Tak, z tego.

– Co to jest? – zapytał niepotrzebnie, rozwiązując i rozwijając dokument.

– Opis historii i ludu Wysp Zewnętrznych.

– Dlaczego muszę to czytać?

– Ponieważ musisz ćwiczyć czytanie – zacząłem, odginając pierwszy palec. – Ponieważ tam płyniemy i wypadałoby, żebyś wiedział coś o ludziach tam mieszkających i nie przyniósł wstydu swemu księciu. Ponieważ historia Królestwa Sześciu Księstw splata się z historią Wysp Zewnętrznych. I ponieważ ja ci każę.

Spuścił wzrok, lecz nie wyczułem u niego złagodzenia wrogości wobec mnie. Musiałem jeszcze raz poprosić, by zaczął czytać, ale wtedy chyba treść zwoju go zainteresowała. Wznoszenie i opadanie jego chłopięcego głosu miały kojące działanie. Pozwoliłem, by jego brzmienie uniosło moje myśli i prawie nie zwracałem uwagi na znaczenie słów.

Kiedy do kajuty wszedł Cierń, Szybki wciąż czytał. Pozornie nie zwróciłem uwagi na starca, który zaczął cichą rozmowę z księciem. Po chwili poczułem jednak dotyk Mocy.

„Cierń chciałby, żebyś na jakiś czas zwolnił Szybkiego, żebyśmy mogli swobodnie porozmawiać".

„Chwileczkę".

Skinąłem jakby do siebie głową nad czymś, co właśnie chłopiec przeczytał. Kiedy zaczerpnął tchu, dotknąłem jego ramienia.

– Na dzisiaj dosyć. Możesz iść. Ale będę tu jutro i ty też powinieneś się pojawić. Będę na ciebie czekał.

– Tak, panie.

W jego głosie nie brzmiało ani oczekiwanie, ani rezygnacja, tylko beznamiętne potwierdzenie. Stłumiłem westchnienie. Poszedł do księcia, skłonił się i został odprawiony. Sumienny, szturchnięty lekko przeze mnie Mocą, powiedział mu, że uważa wykształcenie za rzecz pożyteczną dla każdego człowieka i że on też pragnie codziennie widzieć Szybkiego na lekcjach. Otrzymał takie samo pozbawione wyrazu zapewnienie, co ja, po czym Szybki wyszedł.

Ledwie zamknęły się za nim drzwi, Cierń już stał przy mnie.

– Jak on się czuje? – zapytał z powagą, dotykając twarzy Młotka.

– Ma gorączkę i kaszle. Napił się wody, ale nic nie je.

Cierń usiadł ciężko na krawędzi koi. Przyłożył palec do szyi chorego tuż pod jego szczęką, a potem wsunął mu dłoń pod kołnierz.

– Od jak dawna pości? – zapytał.

– Od czasu, kiedy zjadł coś konkretnego i nie zwrócił posiłku, minęły co najmniej trzy dni.

Cierń odetchnął głośno.

– Od tego zatem musimy zacząć. Nakarm go. Słonymi bulionami, gęstymi od miękkiego mięsa i warzyw.

Kiwnąłem głową, lecz Młotek jęknął i odwrócił twarz do ściany. W jego muzyce było coś dziwnie płynnego. Jakby niknęła w oddali, wyciekała do jakiegoś miejsca, do którego nie miałem dostępu.

Dotyk dłoni Ciernia na moim nadgarstku rozproszył mnie.

„Co mu zrobiłeś zeszłej nocy? Jak myślisz, czy to ty wywołałeś tę chorobę?".

Jego pytanie wstrząsnęło mną i odpowiedziałem na głos:

– Nie. Myślę, że to rezultat jego morskiej choroby, nocy spędzonych na pokładzie w deszczu i braku jedzenia.

Być może Młotek był świadomy, że rozmawiamy poprzez Moc. Odwrócił głowę do nas i spojrzał na mnie złowrogo, ale po chwili znów opadły mu powieki.

Cierń wycofał się i gestem nakazał mi pójść za sobą. Opadł na miękko wyściełaną ławę wbudowaną pod jednym z okien i gestem nakazał mi usiąść blisko siebie. Książę rozkładał planszę do gry w kamienie, teraz jednak uniósł głowę i przyglądał się nam ciekawie.

– To dziwne, jak ciche mówienie może okazać się najlepszym sposobem zachowania tajemnicy. – Cierń pokazał na okno, jakby chciał, żebym coś zobaczył. Pochyliłem się i skinąłem głową. Uśmiechnął się i powiedział mi przy uchu: – Zeszłej nocy nie mogłem spać. Robiłem samodzielnie ćwiczenia w posługiwaniu się Mocą. Myślę, że stałem się bardziej na nią wyczulony. Muzyka Młotka była mocna i szaleńcza. Potem wyczułem coś... kogoś. Myślałem, że ciebie. Była tam jednak jeszcze jedna obecność, z którą chyba zetknąłem się już przedtem. Potężniała, nabierała mocy, a potem muzyka Młotka się uspokoiła.

Zdumiałem się, że Cierń miał na tyle silną Moc, by coś zauważyć. Nie myślałem dość szybko i milczałem zbyt długo, zanim zapytałem:

– Jeszcze jedna obecność?

Cierń pokazał zęby w uśmiechu.

– Chyba Pokrzywa. Włączasz ją w ten sposób do kręgu?

– Niezupełnie – odparłem. To wyjawienie mojego sekretu było jak zburzenie muru. Nie podobało mi się to, lecz nie potrafiłem zaprzeczyć, że przyniosło mi ulgę. Nagle uświadomiłem sobie, że jestem zmęczony moimi tajemnicami. Zbyt zmęczony, by je dłużej chronić. Niech się dowie o Pokrzywie i jej sile. Nie znaczy to, że pozwolę ją wykorzystać. – Poprosiłem ją o przysługę. Musiałem dać jej znać, że Szybki jest bezpieczny i że będę nad nim czuwać. Zanim opuściliśmy Kozią Twierdzę, powiedziałem jej, że chłopiec wraca do domu, bo byłem o tym głęboko przekonany. Kiedy odkryłem, że wszedł na pokład z Sieciarzem... nie mogłem zostawić jej w niepewności, by się zastanawiała, czy jej brat nie leży martwy w jakimś rowie.

– Oczywiście, że nie – mruknął Cierń. W oczach płonął mu głód informacji. Zaspokoiłem go.

– W zamian poprosiłem ją, by złagodziła koszmar Młotka. Wydaje się, że potrafi doskonale posługiwać się Mocą do kontrolowania własnych snów. Zeszłej nocy udowodniła, że potrafi kontrolować cudze.

Obserwowałem jego twarz tak pilnie, jak on obserwował moją. Widziałem, że rozważa możliwe wykorzystanie czegoś takiego; widziałem rozpalające się skry, gdy zrozumiał, jak potężna może to być broń. Zawładnąć obrazami w umyśle człowieka, wprowadzić jego błądzące myśli na ścieżki ponure i napawające zniechęceniem albo podnoszące na duchu i pełne uroku... czegóż by nie można zrobić z takim narzędziem? Conocnymi koszmarami można by sprowadzić na człowieka szaleństwo, doprowadzić do małżeńskiego sojuszu opartego na romantycznych snach lub zatruć przymierze podejrzeniami.

– Nie – powiedziałem cicho. – Pokrzywa jest nieświadoma swej potęgi. Nawet nie wie, że posługuje się Mocą. Nie włączę jej do kręgu, Cierniu. – I wtedy wypowiedziałem najsprytniej utkane kłamstwo, jakie potrafiłem szybko wymyślić. Gdyby Cierń był tego świadom, byłby ze mnie dumny. – Najlepiej będzie dla nas pracować jako samotnik, nieświadoma pełnego znaczenia tego, co robi. W ten sposób pozostanie bardziej uległa. Tak jak ja, kiedy pracowałem jako nieświadomy młodzieniec.

Skinął poważnie głową, nie racząc zaprzeczyć tej prawdzie. Wtedy dostrzegłem u mego mentora słaby punkt. Kochał mnie, a mimo to wciąż mnie wykorzystywał i wciąż na to pozwalał. Może dlatego, że sam był wykorzystywany. Nie domyślał się, że będę chronił Pokrzywę przed takim losem.

– Cieszę się, że wreszcie zrozumiałeś, że tak będzie najlepiej – rzekł z zadowoleniem.

– Co tam jest? – zapytał ciekawie książę.

Wstał, by podejść i wyjrzeć przez okno. Cierń powiedział coś idiotycznego o robieniu sztuczek ze wzrokiem: że najpierw widzimy statki poruszające się po wodzie, a potem mrugamy, żeby to woda poruszała się pod statkami.

– A o jakiej tajemnicy chciałeś z nami cicho porozmawiać? – zapytał książę.

Cierń zaczerpnął tchu, a ja niemal widziałem, jak gorączkowo poszukuje odpowiedniego tematu.

– Myślę, że to doskonały układ. Mając tu i Młotka, i Bastarda, zebraliśmy nasz cały krąg Mocy. Sądzę, że dobrze byłoby rozgłosić, że Młotek bardzo się przywiązał do Bastarda i chce go mieć w pobliżu. Przy takim pretekście nie będzie nic tak bardzo dziwnego w tym, że zwykły gwardzista trzyma się blisko księcia, nawet jeśli Młotek wróci do zdrowia.

– Myślałem, że już to omawialiśmy? – zdziwił się książę.

– Tak? No cóż. Chyba tak. Wybacz, mój książę, staremu człowiekowi jego błądzące myśli.

Sumienny mruknął coś sceptycznie, a ja taktownie wycofałem się do wezgłowia Młotka.

Gorączka wcale mu nie spadała. Cierń wezwał służącego i zażądał potraw, które uznał za najlepsze dla Młotka. Pomyślałem o gburowatej kucharce, na którą się natknąłem, i pożałowałem chłopaka wysłanego z zamówieniem. Wrócił o wiele za szybko z kubkiem gorącej wody i kawałkiem solonego mięsa. Cierń rozzłościł się i wysłał drugiego służącego ze zwięzłymi i dokładnymi poleceniami. Udało mi się napoić Młotka czystą wodą, ale z niepokojem słuchałem jego coraz bardziej chrapliwego oddechu.

Przyniesiono jedzenie. Druga próba kucharki była znacznie lepsza od poprzedniej i udało mi się nakarmić Młotka paroma łyżkami bulionu. Gardło miał podrażnione i przełykanie sprawiało mu ból, więc posiłek trwał bardzo długo. Na polecenie Ciernia kucharka przysłała także jedzenie dla mnie, żebym mógł się posilić, nie odchodząc od łóżka pacjenta. Tak zaczęły wyglądać wszystkie moje posiłki. Miło było jeść powoli, nie współzawodnicząc z pozostałymi gwardzistami, ale zarazem izolowało mnie to od wszelkich rozmów poza tymi prowadzonymi z Młotkiem, Cierniem i Sumiennym.

Miałem nadzieję, że pierwszej nocy spędzonej w kajucie księcia porządnie się wyśpię. Młotek ułożył się i później już się nie rzucał ani nie jęczał. Śmiałem żywić nadzieję, że sam znalazł spokój. Moje posłanie leżało na progu jego klitki. Zamknąłem oczy, marząc o odpoczynku, lecz zamiast go szukać, odetchnąłem głęboko, skupiłem się i zanurzyłem w sen Młotka.

Nie był sam. Kocię-Młotek umościło się pośrodku dużego łóżka na swojej poduszce, a po pokoiku cicho krzątała się Pokrzywa. Wyglądało na to, że jest zajęta wieczornymi czynnościami. Nucąc, sprzątnęła rozrzucone ubrania, a potem schowała do szafek jedzenie. Kiedy skończyła, pokoik był zadbany i jasny.

– No i proszę – odezwała się do obserwującego ją kociątka. – Sam widzisz. Wszystko jest w porządku. Wszystko jest na swoim miejscu. A ty jesteś bezpieczny. Słodkich snów, maleńki. – Wspięła się na palce i zdmuchnęła lampę. Nagle uświadomiłem sobie coś dziwnego. Wiedziałem, że to Pokrzywa, ale widziałem ją oczyma Młotka jako niską, krępą kobietę z długimi, siwiejącymi włosami zebranymi w kok oraz głębokimi zmarszczkami na twarzy. Zdałem sobie sprawę, że to jego matka i że urodziła go bardzo późno. Wyglądała bardziej na jego babkę.

Wtedy sen Młotka odpłynął ode mnie, jakbym patrzył z oddali na oświetlone okno. Rozejrzałem się. Byliśmy na zboczu wzgórza; nade mną górowała stopiona wieża, a wokół płożyły się martwe głogi. Obok mnie stała Pokrzywa.

– Robię to dla niego, nie dla ciebie – rzekła bez ogródek. – Żadna dusza nie powinna znosić snów tak przesyconych strachem.

– Jesteś na mnie zła? – zapytałem powoli. Bałem się odpowiedzi.

Nie patrzyła na mnie. Wpadł między nas podmuch zimnego wiatru. Mówiła przez niego.

– Co tak naprawdę znaczyły słowa, które kazałeś mi przekazać ojcu? Czy rzeczywiście jesteś bezdusznym zwierzem, Widmowy Wilku, żeby dać mi słowa, które przeszyły mu serce?

Tak. Nie. Nie miałem dla niej szczerej odpowiedzi. Usiłowałem powiedzieć, że nigdy nie chciałbym go zranić. Ale czy to była prawda? Ożenił się z Sikorką. Uważali mnie za zmarłego; żadne z nich nie chciało mojej krzywdy. Ale i tak mi ją odebrał. Wychował także moją córkę, zapewniając jej bezpieczeństwo i zdrowie. Tak. To była prawda i byłem mu za to wdzięczny. Ale nie za to, że na dźwięk słowa „tata" zawsze będzie widziała jego twarz.

– Poprosiłaś mnie o te słowa – powiedziałem i zdałem sobie sprawę, jak ostro to zabrzmiało.

– I tak jak z życzeniami spełnianymi w starych bajkach, dałeś mi to, czego chciałam, i złamało mi to serce.

– Co się stało? – spytałem niechętnie.

Nie chciała mi powiedzieć, ale to zrobiła.

– Powiedziałam mu, że miałam sen, w którym wilk z kolcami jeżozwierza wbitymi w wargę obiecał czuwać nad Szybkim i sprowadzić go bezpiecznie do domu. Przekazałam mu słowa, które wypowiedziałeś. „Robię teraz to, co niegdyś zrobiłeś ty. Chronię i prowadzę twego syna. Postawię moje życie między nim i każdym zagrożeniem, a kiedy wykonam swoje zadanie, sprowadzę go bezpiecznie do domu".

– I?

– Matka miesiła ciasto na chleb i zakazała mi mówić o Szybkim, jeśli miały to być same bzdury i głupstwa. Była jednak odwrócona plecami do stołu, przy którym siedziałam z ojcem. Nie widziała, jak na moje słowa rozszerzyły mu się oczy. Przez jakiś czas tylko wpatrywał się we mnie, a ja widziałam całe białka dookoła jego tęczówek. A potem spadł z krzesła na podłogę i leżał tam z oczyma wytrzeszczonymi jak u trupa. Myślałam, że raziła go śmierć. Zanieśliśmy go z braćmi do łóżka, bojąc się najgorszego. Matka była przerażona i dopytywała się, czy nic sobie nie zrobił. On jednak nie odpowiadał. Zakrył tylko oczy rękoma, zwinął się jak zbite dziecko i zaczął szlochać.

Płakał cały dzisiejszy dzień i nie odezwał się do nikogo ani słowem. Kiedy zapadła noc, usłyszałam, że wstaje. Podeszłam na brzeg mojego poddasza i spojrzałam w dół. Był ubrany jak do podróży. Matka trzymała go za ramię, błagając, by nie wychodził. On jednak powiedział: „Nie masz pojęcia, kobieto, co zrobiliśmy, a ja nie mam odwagi, by ci to powiedzieć. Jestem tchórzem. Zawsze nim byłem". Potem strząsnął jej rękę i wyszedł.

Przez straszliwy moment wyobraziłem sobie, że Sikorka została odrzucona i opuszczona. Byłem zdruzgotany.

– Dokąd wyruszył? – udało mi się zapytać Pokrzywę.

– Przypuszczam, że jedzie do ciebie. Gdziekolwiek jesteś.

Jej słowa były oschłe, a mimo to usłyszałem w nich nadzieję, nadzieję, że ktoś wie, dokąd zmierza jej ojciec i dlaczego. Musiałem jej tę nadzieję odebrać.

– To nie może być. Myślę jednak, że wiem, dokąd się udał, i myślę, że wkrótce do was wróci.

Kozia Twierdza, pomyślałem. Brus jest bezpośrednim człowiekiem. Pojedzie do Koziej Twierdzy, mając nadzieję, że przyprze Ciernia do muru i go wypyta. Zamiast niego trafi na Ketriken. A ona mu powie. Tak jak powiedziała Sumiennemu, kim naprawdę jestem. Ponieważ jest zwolenniczką mówienia ludziom prawdy, nawet jeśli sprawia im ona ból.

Kiedy wciąż zastanawiałem się nad tą sceną, Pokrzywa znów przemówiła.

– Co ja zrobiłam? – zapytała mnie. To nie było pytanie retoryczne. – Myślałam, że jestem taka sprytna. Myślałam, że mogę się z tobą potargować i sprowadzić mojego brata bezpiecznie do domu. A zamiast tego... co ja zrobiłam? Kim jesteś? Życzysz nam źle? Nienawidzisz mego ojca? – A potem z jeszcze większym strachem zapytała: – Czy mój brat jest jakoś w twojej mocy?

– Nie bój się mnie, proszę. Nie masz powodu, by się mnie bać – powiedziałem pośpiesznie, a potem zastanowiłem się, czy to prawda. – Szybki jest bezpieczny i obiecuję, że zrobię wszystko, co w mojej mocy, by jak najrychlej sprowadzić go do domu. – Przerwałem, zastanawiając się, co mogę jej bezpiecznie powiedzieć. Nie jest głupia, ta moja córka. Zbyt wiele wskazówek i rozwiąże całą tajemnicę. I wtedy na pewno ją stracę. – Bardzo dawno temu znałem twego ojca. Byliśmy sobie bliscy. Ale podjąłem decyzje, które kłóciły się z jego zasadami, więc się rozstaliśmy. Przez długi czas wierzył, że nie żyję. Z twoich słów poznał, że tak nie jest. A ponieważ nigdy do niego nie wróciłem, uważa teraz, że wyrządził mi wielką krzywdę. Myli się. Jeśli jednak choć trochę znasz swego ojca, to wiesz, że będzie się kierował tym, w co sam wierzy.

– Znałeś mojego ojca dawno temu? To moją matkę też znałeś?

– Znałem go na długo przed twoim przyjściem na świat.

Nie było to może kłamstwo, ale i tak ją oszukiwałem. Pozwoliłem, by źle mnie zrozumiała.

– Zatem moje słowa nic dla matki nie znaczyły – wyciągnęła po chwili wniosek Pokrzywa.

– Nic – potwierdziłem. I zapytałem ostrożnie: – Dobrze się czuje?

– Oczywiście, że nie! – Zdenerwowała ją moja głupota. – Kiedy odjechał, wyszła przed dom i krzyczała za nim, a potem skarżyła się nam, że nie powinna była wychodzić za takiego uparciucha. Z dziesięć razy pytała mnie o to, co powiedziałam, a ja z dziesięć razy opowiadałam jej o moim „śnie". Prawie chciałam jej powiedzieć wszystko, co wiem o tobie. Ale to by nic nie pomogło, prawda? Bo ona cię nie znała.

Przez przejmujący chłodem moment widziałem to oczyma Pokrzywy. Sikorka stała na drodze. Miała rozsypane włosy, bo szamotała się z Brusem, chcąc go powstrzymać. Kręciły się jak zawsze; kiedy potrząsała pięścią za mężem, omiatały jej ramiona. Najmłodszy syn, mający niewiele więcej niż sześć lat, czepiał się jej spódnicy, szlochając z przerażenia na szaleńczy widok ojca opuszczającego matkę. Słońce zachodziło, barwiąc krajobraz krwią. „Ty ślepy, stary głupcze!" – wrzeszczała Sikorka za mężem, a ciśnięte słowa trafiały we mnie kamieniami. „Zgubisz się albo cię obrabują! Nigdy do nas nie wrócisz!". Jedyną odpowiedzią był cichnący tętent konia puszczonego galopem.

Wtedy Pokrzywa odwróciła się od tych palących wspomnień; nie siedzieliśmy już na wzgórzu ze stopioną wieżą. Znajdowaliśmy się na poddaszu. Moje wilcze uszy niemal ocierały się o niskie belki. Pokrzywa siedziała na łóżku z kolanami przyciśniętymi do piersi. Zza zasłony oddzielającej nas od dalszej części poddasza dobiegały oddechy braci. Jeden rzucał się we śnie i coś krzyknął. W tym domu nikt tej nocy nie śnił spokojnie.

Rozpaczliwie chciałem prosić Pokrzywę, by nie mówiła o mnie Sikorce. Nie śmiałem tego zrobić, bo wtedy nabrałaby pewności, że skłamałem. Zastanawiałem się, jak bardzo już podejrzewa, że między jej matką i mną istnieje jakiś związek. Nie odpowiedziałem jej bezpośrednio.

– Twój ojciec szybko wróci. Kiedy już będzie w domu, powiesz mi, żebym się nie niepokoił?

– Jeśli wróci – powiedziała cicho i nagle zdałem sobie sprawę, że Sikorka wypowiedziała na głos bardzo rzeczywiste obawy swej rodziny. Teraz Pokrzywa mówiła z niechęcią, jakby wypowiedzenie prawdy czyniło ją bardziej rzeczywistą. – Raz już został obrabowany i pobity, kiedy sam szukał Szybkiego. Nigdy nam tego nie powiedział, ale wszyscy wiemy, że mu się to przytrafiło. Mimo to jeszcze raz wyruszył samotnie.

– Cały Brus – rzekłem. Nie śmiałem głośno powiedzieć tego, na co miałem nadzieję w głębi serca: że pojechał na koniu, którego dobrze zna. Chociaż nigdy nie posłużyłby się Rozumieniem, by przemówić do swego wierzchowca, nie przeszkadzało to zwierzętom, z którymi pracował, porozumiewać się z nim.

– Cały ojciec – zgodziła się, z dumą i smutkiem zarazem. A potem ściany pokoju zaczęły spływać jak napisane inkaustem litery, gdy spadają na nie łzy. Ostatnia z mojego snu zniknęła Pokrzywa. Kiedy się obudziłem, wpatrywałem się w pociemniały kąt książęcej kajuty, nic tam nie widząc.

W ciągu następnych uciążliwych dni i nocy stan Młotka zmieniał się niewiele, tak na lepsze, jak na gorsze. Czasami odzyskiwał siły na dzień i noc, a potem znów miał nawrót gorączki i kaszlu. Prawdziwa choroba przegnała jego strach przed morską chorobą, lecz nie stanowiło to dla mnie żadnej pociechy. Nieraz prosiłem Pokrzywę, by pomogła pozbyć się Młotkowi jakiegoś snu spowodowanego gorączką, zanim wywołał niepokój u załogi. Żeglarze są przesądni. Pod wpływem Młotka wszyscy mieli ten sam koszmar i kiedy potem go porównywali, uznali, że było to ostrzeżenie od bogów. Coś takiego zdarzyło się tylko raz, lecz niemal wystarczyło do wywołania buntu.

Pracowałem z Pokrzywą nad snami wywoływanymi dzięki Mocy bliżej i częściej, niż chciałem. Nie mówiła o Brusie, a ja o niego nie pytałem, chociaż wiedziałem, że oboje liczymy dni, które upłynęły od jego wyjazdu. Wiedziałem, że gdyby miała jakieś wieści o nim, podzieliłaby się nimi ze mną. Jego nieobecność w jej życiu stworzyła miejsce dla mnie. Czułem z niechęcią, jak nasza więź się umacnia, aż zaczęła mi cały czas towarzyszyć świadomość jej obecności. Nie zdając sobie z tego sprawy, nauczyła mnie, jak wślizgiwać się pod sny Młotka i delikatnie naprowadzać je na pocieszające obrazy. Nie potrafiłem robić tego tak dobrze, jak ona. Ja mu raczej coś sugerowałem, podczas gdy ona po prostu naprawiała jego sen.

Dwa razy czułem, że obserwuje nas Cierń. Drażniło mnie to, ale nic nie mogłem zrobić, ponieważ gdybym zwrócił na niego uwagę, zauważyłaby go też Pokrzywa. Ignorowanie go przyniosło mi jednak korzyść, ponieważ Cierń stał się śmielszy i nabrał siły w posługiwaniu się Mocą. Nie zdawał sobie z tego sprawy czy ukrywał to przede mną? Byłem ciekaw, lecz się przed nim z tym nie zdradziłem.

Morskie podróże nigdy mnie nie urzekały. Jeden wodnisty widok jest bardzo podobny do wszystkich innych. Po kilku dniach kajuta księcia wydawała mi się niemal tak samo ciasna, ograniczająca i duszna, jak ładownia, którą dzielili moi towarzysze broni. Monotonne posiłki, niekończące się kołysanie i niepokój o Młotka wyczerpały mnie. Na lekcjach posługiwania się Mocą nasz zmniejszony krąg Mocy robił małe postępy.

Szybki przychodził do mnie codziennie. Czytał na głos, zdobywając wiedzę o Wyspach Zewnętrznych i przy okazji odświeżając moją. Pod koniec każdej lekcji zadawałem mu pytania, by się upewnić, że wiedza zagnieżdża się w jego umyśle, a nie przechodzi przez jego oczy i wychodzi ustami. Potrafił dobrze zapamiętać informacje i zadał mi nawet kilka pytań. Szybki rzadko bywał uprzejmy, ale słuchał swego nauczyciela i na razie to mi wystarczało. Obecność Szybkiego najwyraźniej działała na Młotka uspokajająco, ponieważ chory rozluźniał się, a kiedy słuchał, czoło mu się nieco wygładzało. Mówił niewiele, oddychał chrapliwie i czasami miał ataki kaszlu. Karmienie go rosołem za pomocą łyżki wyczerpywało nas obu. Nabyta niedawno krągłość brzucha zmniejszyła się, a pod jego małymi oczyma pojawiły się sińce. Nigdy nie widziałem bardziej chorego stworzenia, a uległość, z jaką przyjmował swoją niedolę, rozdzierała mi serce. Był przekonany, że umiera, a ja nie potrafiłem całkowicie tego przekonania wyplenić, nawet w jego snach.

Sumienny też nie mógł mi w tym pomóc. Książę robił, co w jego mocy, a szczerze Młotka lubił. Sumienny miał jednak piętnaście lat i pod wieloma względami wciąż jeszcze był chłopcem. Co więcej, był chłopcem, o którego względy zabiegali jego szlachcice, codziennie wymyślający jakieś powody, by ściągnąć go do siebie. Uwolnieni od surowych zasad Ketriken, zasypywali go pochlebstwami i dostarczali rozrywek. Między statkami naszej zaręczynowej floty kursowały łodzie, nie tylko przywożąc wielmożów na spotkania z Sumiennym, ale często zawożąc go razem z Cierniem na wino, poezję i pieśni. Takie wycieczki miały odwrócić jego uwagę od nudy monotonnej podróży i udało im się to aż nadto dobrze, lecz w interesie Sumiennego leżało obdzielanie swoich szlachciców łaskami i uwagą. Sukces jego panowania będzie zależał od sojuszy, jakie teraz wykuje. Nie mógł odmawiać przyjmowania tych zaproszeń. Mimo to niepokoiło mnie, jak łatwo daje się odciągnąć od swego chorego sługi.

Jedynej pociechy dostarczał mi Sieciarz. Przychodził codziennie, proponując cicho, że będzie czuwał przy Młotku, a ja wtedy miałem czas dla siebie. Oczywiście nie mogłem całkowicie osłabić czujności. Podtrzymywałem dzięki Mocy moją świadomość obecności Młotka, by nie ogarnął nas jakimś szaleńczym, pełnym strachu snem. Mogłem jednak przynajmniej wyjść z ciasnej kajuty i przejść się po pokładzie, czując na twarzy wiatr. Taka sytuacja nie pozwalała mi jednakże spotykać się z Sieciarzem sam na sam. A chciałem z nim rozmawiać nie tylko ze względu na Ciernia. Jego umiejętności, spokój i uprzejmość imponowały mi coraz bardziej. Miałem wrażenie, że zabiega o moje względy nie tak, jak wielmoże zabiegają o względy Sumiennego, lecz jak Brus zdobywał zaufanie konia, którego chciał wyszkolić na nowo. I mimo że zdawałem sobie z tego sprawę, działanie Sieciarza przynosiło efekty. Z każdym mijającym dniem żywiłem wobec niego mniej rezerwy i ostrożności. To, że wiedział, kim naprawdę jestem, nie stanowiło już zagrożenia, a niemal pociechę. Miałem mnóstwo pytań, które chciałem mu zadać: ilu ludzi pradawnej krwi wie, że Bastard Rycerski wciąż żyje? Ilu wie, że ja to on? Nie śmiałem jednak pytać go o to w zasięgu słuchu Młotka, nawet kiedy błądził gdzieś w snach sprowadzonych przez gorączkę. Nie było wiadomo, w jaki sposób mógłby powtórzyć takie słowa, czy to na głos, czy w swoich snach.

Bardzo późno pewnego wieczoru, kiedy książę i Cierń wrócili z któregoś ze statków, zaczekałem, aż Sumienny odprawił służących. Razem z Cierniem zasiedli z kielichami wina na wyściełanej ławie pod oknem wychodzącym na nasz kilwater i cicho rozmawiali. Odszedłem od łóżka Młotka, podszedłem do stołu w słabo oświetlonej kajucie i skinąłem na nich ręką. Choć obaj byli zmęczeni po długiej grze w kamienie z panem Doskonałym, zaintrygowałem ich na tyle, że natychmiast dołączyli do mnie.

– Czy Sieciarz kiedykolwiek zwierzył ci się ze swojej wiedzy, że jestem Bastardem Rycerskim? – spytałem Sumiennego bez żadnych wstępów.

Za odpowiedź wystarczył mi wyraz zdumienia na jego twarzy.

– Czy ta wiedza jest mu potrzebna? – spytał zrzędliwie Cierń.

– A czy istnieje jakiś powód, by chować ją przede mną? – odpowiedział za mnie książę tonem ostrzejszym, niż mógłbym się spodziewać.

– Tylko taki, że ten fragment intrygi nie ma nic wspólnego z naszą obecną misją. Wolałbym, żebyś się skupiał na sprawach, które dotyczą nas najbardziej, książę Sumienny – rzekł wyważonym tonem Cierń.

– Może, doradco Cierniu, pozwolisz mi samemu decydować, które sprawy mnie dotyczą?

Oschłość tonu Sumiennego świadczyła, że ten temat już kiedyś omawiali.

– A zatem nie ma żadnych oznak, że ktokolwiek w waszym „kręgu Rozumiejących" wie, kim jestem?

Książę zawahał się i odpowiedział powoli:

– Żadnych. Od czasu do czasu rozmawiamy o Bastardzie obdarzonym Rozumieniem. I kiedy się nad tym zastanowię, to zaczął to Sieciarz. Ale wspomina o tym w taki sam sposób, w jaki uczy nas historii i tradycji pradawnej krwi. Porusza jakiś temat, a potem zadaje nam pytania, które pozwalają nam głębiej rzecz zrozumieć. Nigdy nie mówił o Bastardzie Rycerskim inaczej niż, jako o postaci historycznej.

Stwierdzenie, że jestem „postacią historyczną", wytrąciło mnie nieco z równowagi. Zanim zrobiło mi się bardziej nieswojo, odezwał się Cierń.

– A zatem Sieciarz formalnie uczy twój krąg Rozumiejących? Historii, tradycji... czego jeszcze?

– Uprzejmości. Opowiada nam stare bajki o ludziach pradawnej krwi i zwierzętach. I o tym, jak przygotować się do rozpoczęcia poszukiwania zwierzęcego partnera. Myślę że to, czego nas uczy, inni wiedzą od dzieciństwa, ale robi to dla mnie i Szybkiego. Kiedy jednak opowiada bajki, wszyscy pilnie słuchają, szczególnie minstrel Małż. Moim zdaniem Sieciarz ma ogromną wiedzę, która była na granicy utraty, i opowiada nam to wszystko, byśmy ją przechowali i przekazali dalej.

Skinąłem głową.

– Kiedy prześladowania rozbiły społeczności Rozumiejących, musieli oni ukrywać swe tradycje i wiedzę. W sposób nieunikniony przekazywali dzieciom coraz mniej.

– Jak sądzisz, dlaczego Sieciarz mówi o Bastardzie Rycerskim? – zapytał z namysłem Cierń.

Patrzyłem, jak Sumienny zastanawia się nad odpowiedzią w taki sam sposób, w jaki Cierń nauczył mnie rozważać postępowanie każdego człowieka. Co może przez to zyskać? Komu to zagraża?

– Być może podejrzewa, że ja wiem. Ale chyba nie o to chodzi. Myślę, że przedstawia tę sprawę kręgowi Rozumiejących, by jego członkowie zastanowili się, jaka jest różnica między władcą, który ma Rozumienie, a władcą, który go nie ma? Jakie by to miało znaczenie dla Królestwa Sześciu Księstw, gdyby Bastard doszedł wtedy do władzy, zamiast ponieść śmierć za swoją magię? Co by to oznaczało dla Królestwa Sześciu Księstw, jeśli kiedyś będę mógł bezpiecznie wyjawić, że jestem pradawnej krwi? Oraz jaką korzyść odniesie mój lud, cały mój lud, z posiadania władcy pradawnej krwi? I w jaki sposób mój krąg Rozumiejących może mi pomóc w panowaniu?

– W panowaniu? – Zapytał ostro Cierń. – Czy ich ambicje tak bardzo nas wyprzedzają? Mówili o pomożeniu ci w wyprawie, aby pokazać Królestwu Sześciu Księstw, że Rozumienie można wykorzystać w dobrej sprawie. Chcą dalej pełnić rolę twoich doradców po wykonaniu tego zadania?

Sumienny spojrzał na Ciernia, marszcząc czoło.

– Ależ oczywiście.

Kiedy starzec ściągnął z irytacją brwi, wtrąciłem się.

– Ta chęć wydaje mi się naturalna, szczególnie, jeśli ich wysiłki rzeczywiście wspomogą księcia podczas tej wyprawy. Wykorzystać ich, a następnie odrzucić nie jest przejawem politycznej mądrości, jakiej mnie przez lata uczyłeś.

Cierń wciąż był nachmurzony.

– Cóż... chyba... jeśli rzeczywiście okażą się wartościowi, to będą się spodziewali jakiegoś wynagrodzenia.

Książę odezwał się spokojnie, ale wyczuwałem, że powstrzymuje gniew.

– A o co według ciebie by poprosili, gdyby pomagali mi jako krąg Mocy?

Tak bardzo przypominał Ciernia, stawiającego podchwytliwe pytanie, że niemal się roześmiałem.

Cierń nasrożył się.

– Ależ to byłoby co innego. Moc jest twoją dziedziczną magią, i to o wiele potężniejszą od Rozumienia. Spodziewaliby się, że zwiążesz się ze swoim kręgiem Mocy i przyjmiesz zarówno jego rady, jak i towarzystwo.

Sumienny powoli skinął głową.

– Pradawna krew to także moja dziedziczna magia. I podejrzewam, że kryje w sobie o wiele więcej, niż nam się wydaje. I, tak, Cierniu, z ludźmi dzielącymi tę magię czuję więź towarzyską oraz im ufam. Tak jak powiedziałeś, należy się tego spodziewać.

Cierń otworzył usta, by coś powiedzieć, ale zaraz je zamknął. Po chwili otworzył je ponownie, lecz znów zrezygnował.

– Doskonale – powiedział cicho tonem, w którym irytacja walczyła o lepsze z podziwem. – Rozumiem twój wywód. Niekoniecznie zgadzam się z końcowym wnioskiem, ale go rozumiem.

– Nie proszę o nic więcej – odparł książę i w jego słowach usłyszałem echo monarchy, jakim się stanie.

Cierń zwrócił płonący wzrok na mnie.

– Dlaczego poruszyłeś ten temat? – zapytał z rozdrażnieniem, jakbym chciał rozpętać między nimi kłótnię.

– Bo muszę wiedzieć, czego ode mnie chce Sieciarz. Wyczuwam, że zabiega o moje względy, że próbuje zdobyć moje zaufanie. Dlaczego?

Na pokładzie statku nie istnieje prawdziwa cisza. Zawsze słychać rozmowy między drewnem i wodą, między żaglami i wiatrem. Przez jakiś czas były to jedyne głosy rozlegające się w kajucie, a potem Sumienny lekko prychnął.

– Chociaż uważasz to za nieprawdopodobne, Bastardzie, może on tylko pragnie się z tobą zaprzyjaźnić. Nie widzę w tym dla niego żadnych korzyści.

– Ma tajemnicę – rzekł kwaśno Cierń. – W czymś takim zawsze kryje się władza.

– Oraz niebezpieczeństwo – sparował książę. – Wyjawienie tego sekretu jest równie niebezpieczne dla Sieciarza, jak dla Bastarda. Pomyśl, co by się stało, gdyby rozgłosił tę tajemnicę. Czy nie podkopałoby to mego panowania? Czy niektórzy wielmoże nie zwróciliby się przeciwko mojej matce, rozzłoszczeni, że królowa ukrywała przed nimi ten sekret i zachowała Bastarda przy życiu? – Po chwili dodał ciszej: – Nie zapominaj, że przyznając się Bastardowi, iż zna jego tożsamość, Sieciarz także siebie naraził na ryzyko. Niektórzy posunęliby się do zabójstwa, żeby tylko ten sekret nie wyszedł na jaw.

Patrzyłem, jak Cierń to wszystko przesiewa w myślach.

– Rzeczywiście, twoje panowanie jest zagrożone w takim samym stopniu, co Bastard – zgodził się z niepokojem. – W tej chwili masz rację. Dla Sieciarza najlepsze jest dochowanie tajemnicy. Jak długo twoje rządy będą sprzyjały Rozumiejącym, tak długo nie będą zainteresowani pozbawieniem cię władzy. Ale co by się stało, gdybyś zwrócił się przeciwko nim?

– No właśnie, co wtedy? – zapytał drwiąco książę. – Cierniu, zadaj sobie pytanie, które tak często zadawałeś mnie: „Co stałoby się potem?". Gdyby moja matka i ja zostalibyśmy obaleni, kto przejąłby władzę? Oczywiście ci, którzy nas obalili. A byliby to wrogowie Rozumiejących, przeciwnicy sroższi od tych, z jakimi miała do czynienia pradawna krew za mojego życia. Nie. Uważam, że tajemnica Bastarda jest bezpieczna. Co więcej, uważam, że powinien wyzbyć się ostrożności i zaprzyjaźnić się z Sieciarzem.

Skinąłem głową, zastanawiając się, dlaczego ten pomysł napawał mnie takim niepokojem.

– Nadal nie widzę wielkiego pożytku z tego kręgu Rozumiejących – mruknął Cierń.

– Nie? Dlaczego zatem codziennie mnie pytasz, co widziała mewa Sieciarza? Nie uspokaja cię wiadomość, że wszystkie statki, które mu pokazała, były uczciwymi statkami handlowymi albo rybackimi? I pomyśl o tym, jakie wieści przyniosła nam dzisiaj. Przeleciała nad zatoką i miastem Zylig, a Sieciarz patrzył na nie przez oczy ptaka. Nie zauważył nagromadzenia ludzi jak do walki czy urządzenia zasadzki. To prawda, że miasto jest pełne ludzi, ale wydaje się, że panuje tam świąteczna atmosfera. Nie dodaje ci to otuchy?

– Chyba tak. Niewielka to jednak otucha, bo zasadzkę tak łatwo jest ukryć.

Młotek przewrócił się na drugi bok, coś mamrocząc, więc potraktowałem to jako pretekst do wycofania się. Niedługo później Cierń poszedł do własnej kajuty, książę położył się do łóżka, a ja zrobiłem sobie posłanie obok koi Młotka. Myślałem o Sieciarzu i Ryzykantce i usiłowałem wyobrazić sobie ocean i Wyspy Zewnętrzne oglądane oczyma ptaka. Byłoby to coś cudownego i zadziwiającego. Zanim jednak moja wyobraźnia zawładnęła mną całkowicie, ogarnęła mnie fala tęsknoty za Ślepunem. Tej nocy śniłem własne sny, a były to sny o wilkach polujących wśród spalonych letnim słońcem wzgórz.

ROZDZIAŁ 8

HETGURD

A było tak. Eda i El spółkowali w ciemności, lecz on nie znalazł przychylności w jej oczach. Następnie Eda urodziła ziemię, a gwałtowny wypływ jej wód, towarzyszący owym narodzinom, był morzem. Ziemia była bezkształtna, gliniasta i nieruchoma, aż Eda wzięła ją w dłonie. Po kolei uformowała runy swego tajemnego imienia i ulepiła też runy imienia Ela. Napisała boskie imię Runami Boga, układając je starannie na oceanie. A El to wszystko obserwował.

Kiedy jednak chciał wziąć sobie glinę, by uformować własne runy, Eda nie dała mu ani odrobiny, mówiąc: „Jako nasienie, by to wszystko uczynić, dałeś mi z siebie tylko strumień płynu. Ciało wzięło się ze mnie. Odbierz więc sobie tylko to, co było twoje na początku, i bądź zadowolony".

El wcale nie był z tego zadowolony. Zrobił więc dla siebie mężczyzn i dał im statki i umieścił ich na obliczu oceanu. Śmiejąc się do siebie, rzekł: „Jest ich zbyt wielu, by mogła upilnować wszystkich. Wkrótce będą chodzić po jej ziemi i ukształtują ją zgodnie z moją wolą, by stała się zapisem mojego imienia".

Eda jednak wyprzedziła go już myślą. I kiedy mężczyźni Ela przybyli do ziemi, zastali chodzące po niej kobiety Edy, które porządkowały wzrastanie owoców i zbóż i rozmnażanie się bydła. I kobiety nie chciały pozwolić mężczyznom na kształtowanie ich ziem ani nawet na to, by długo na nich przebywali. Powiedziały do mężczyzn: „Pozwolimy wam dawać nam słoną wodę waszych lędźwi, z której będziemy kształtować ciało na nasz wzór. Nigdy jednak ziemia, którą zrodziła Eda, nie będzie należeć do waszych synów, lecz tylko do naszych cór".

Historia narodzin świata, opowiadana
przez zawyspiarskich bardów

Mimo wątpliwości Ciernia ptak Sieciarza dokładnie pokazał mu to, czego mogliśmy się spodziewać. Następnego ranka marynarz na oku zawołał, że widzi ląd, a po południu z lewej burty przemykały już najbliżej położone wysepki Wysp Zewnętrznych. Widok, na który składała się zbyt długo przeważnie woda, ożywiły wyspy o zielonych brzegach, maleńkie domki i łódki rybackie. Usiłowałem namówić Młotka, by wstał, wyszedł na pokład i zobaczył, jak blisko jesteśmy kresu podróży, ale nie dał się skusić. Kiedy mówił, powoli odmierzał słowa.

– To nie będzie dom – wyjęczał. – Jesteśmy za daleko od domu i nigdy tam nie wrócimy. Nigdy.

Rozkaszlał się i odwrócił ode mnie.

Lecz nawet jego kwaśny nastrój nie potrafił przytłumić mojej ulgi. Przekonałem samego siebie, że gdy tylko Młotek znajdzie się na brzegu, odzyska zdrowie i humor. Świadomość, że niedługo zejdziemy z tego ciasnego statku, rozciągała każdą chwilę w dzień. Dostrzegliśmy zatokę Zylig już następnego popołudnia, ale wydawało się nam, że minął miesiąc. Kiedy na nasze powitanie wypłynęły nieduże łodzie wiosłowe, które następnie miały przeprowadzić nasze statki przez wąski kanał do portu, marzyłem, by znaleźć się na pokładzie z Cierniem i księciem Sumiennym.

Zamiast tego krążyłem po kajucie księcia, wściekle patrząc na irytujący widok, który rozciągał się z okien rufowych. Słyszałem ryki naszego kapitana i grzmot marynarskich stóp, uderzających o pokład. Cierń, książę Sumienny, jego kontyngent szlachty i krąg Rozumiejących znajdowali się na pokładzie, chłonąc widok portu. Czułem się jak pies uwiązany na łańcuchu w psiarni, z której psy myśliwskie wypadają na polowanie. Ruchy statku zmieniły się – opuszczono żagle, a pilotujące nas łodzie naciągnęły liny holownicze. Kiedy ustawiły nas w odpowiednim miejscu, zostaliśmy obróceni w miejscu rufą do brzegu i usłyszałem plusk kotwicy. Nie mogłem oderwać wzroku od czekającego na nas obcego miasta. Inne statki Królestwa Sześciu Księstw ustawiały się na kotwicowisku w pobliżu.

Chyba nie ma nic tak ociężale powolnego, jak statek wchodzący do portu, może z wyjątkiem procedury rozładunku. Nagle woda wokół naszych statków zaroiła się od małych łódek; ich wiosła opadały i unosiły się, jakby to były wielonogie chrząszcze wodne. Jedna z nich, wspanialsza od pozostałych, wkrótce zabrała ze statku księcia Sumiennego, Ciernia, parę wybranych osób towarzyszących i garstkę gwardzistów. Patrzyłem, jak odpływają, pewien, że zupełnie zapomnieli o Młotku i o mnie. Wtedy rozległo się stukanie do drzwi. Przyszedł Rebus, ubrany w nowy mundur gwardii. Oczy lśniły mu podnieceniem.

– Mam pilnować twojego półgłówka, a ty się przygotuj. Łódź już na nas czeka. Zabierze na brzeg ciebie, jego i pozostałych gwardzistów. Ruszaj się. Reszta osób jest już gotowa.

Jednak o mnie nie zapomnieli, ale i nie uprzedzili o swoich planach wobec mnie. Wziąłem Rebusa za słowo i zostawiwszy Młotka pod jego opieką, zszedłem na dół. Miejsce zajmowane przez gwardię opustoszało. Wszyscy włożyli czyste mundury, gdy tylko zbliżyliśmy się do portu. Ci, którzy nie towarzyszyli księciu, obstawili reling na pokładzie, chcąc czym prędzej znaleźć się na stałym lądzie. Przebrałem się szybko i śpiesznie wróciłem do kajuty księcia. Wiedziałem, że namówienie Młotka do włożenia czystych rzeczy nie będzie ani przyjemne, ani łatwe, ale okazało się, że Rebus już się tym zajął.

Młotek chwiał się na krawędzi koi. Błękitna tunika i spodnie wisiały na nim. Dopiero kiedy zobaczyłem go ubranego, uświadomiłem sobie, jak bardzo schudł. Rebus klęczał na podłodze, dobrodusznie usiłując przyśpieszyć wkładanie butów. Młotek jęczał cicho i wykonywał słabe ruchy, mające pomóc gwardziście; twarz zastygła mu w wyrazie cierpienia. Jeśli przedtem w to wątpiłem, teraz miałem już pewność, że Rebus jest jednym z ludzi Ciernia. Żaden zwykły gwardzista nie podjąłby się takiego zadania.

– Dokończę – odezwałem się, nie potrafiąc ukryć opryskliwości. Nie umiałbym powiedzieć, dlaczego żywię opiekuńcze uczucia wobec tego małego człowieczka, patrzącego na mnie zapuchniętymi, okrągłymi oczkami, ale tak było.

– Młotku – rzekłem, kończąc wkładać mu buty. – Schodzimy na brzeg. Kiedy znów staniemy na twardej ziemi, poczujesz się o wiele lepiej. Zobaczysz.

– Nie, nie zobaczę – zapewnił mnie. Znów się rozkaszlał i szarpiący dźwięk, który się pojawił w jego kaszlu, przestraszył mnie. Niemniej znalazłem płaszcz Młotka i postawiłem go na nogi. Wyszedł na pokład chwiejnym krokiem, a kiedy znalazł się po raz pierwszy od wielu dni na silnym wietrze, zadrżał i mocno otulił się płaszczem. Słońce świeciło jasno, lecz nie było tak ciepło, jak w letni dzień w Księstwie Kozim. Na szczytach wyższych wzgórz wciąż leżał śnieg i wiatr przynosił nam jego chłód.

Transport na brzeg zapewnili nam Zawyspiarze. Sprowadzenie Młotka z pokładu do tańczącej poniżej łodzi wymagało połączonych wysiłków moich i Rebusa. W milczeniu przeklinałem tych gwardzistów, którzy śmiali się z naszych kłopotów. Zawyspiarscy wioślarze rozmawiali o nas swobodnie w swoim języku, nie zdając sobie sprawy, że rozumiem, z jaką pogardą wyrażają się o księciu, który na towarzysza wybrał sobie idiotę. Kiedy już usiadłem na ławce obok Młotka, musiałem objąć go ramieniem, by nie bał się tak strasznie małej, otwartej łodzi. Opadała i wznosiła się na każdej fali, a po policzkach Młotka toczyły się łzy okrągłe jak groch. Mrużyłem oczy od słonecznego blasku, odbijającego się od rozkołysanej wody, ale nie odrywałem ich od przybliżających się nabrzeży i domów.

Widok nie był porywający. Pogarda, jaką żywił dla tego miasta Peottre Czarnowody, nie była niestosowna. W Zyligu kwitły wszystkie najgorsze cechy tętniącego życiem portu. Keje wychodziły chaotycznie w zatokę. Tłoczyły się przy nich statki wszelkiego rodzaju. Większość z nich to były powalane tłuszczem statki wielorybnicze o szerokich kadłubach, spowite smrodem oleju i rzeźni. Zauważyłem kilka statków handlowych z Królestwa Sześciu Księstw, jeden, który mógł przypłynąć z Krainy Miedzi, i jeden być może z Jamaillii. Między nimi kręciły się małe łodzie rybackie, dostarczające codziennego pożywienia miastu, i jeszcze mniejsze łódki, których właściciele sprzedawali wypływającym statkom wędzone ryby, suszone wodorosty i inne zapasy. Maszty jeżyły się na linii horyzontu, a stojące w porcie statki rosły z każdym uderzeniem naszych wioseł.

Za nimi dostrzegłem składy, gospody dla żeglarzy i sklepy z zaopatrzeniem. Kamienne budowle przeważały nad drewnianymi. Między ściśniętymi budynkami wiły się wąskie uliczki, czasem niewiele szersze od ścieżki. Przy jednym końcu zatoki, gdzie woda była płytsza, a dno kamieniste, nie nadające się do kotwiczenia, na brzegu tłoczyły się kamienne domki. Ponad linią przypływu leżały wyciągnięte na ląd łodzie, a na sznurach rozpiętych między tyczkami wisiały ryby niczym suszące się pranie. Dym z ognisk rozpalonych w rowach pod rybami konserwował je i nadawał smak. Zauważyłem stadko rozkrzyczanych dzieci, biegających po plaży w jakiejś szaleńczej zabawie.

Część miasta, do której się zbliżaliśmy, sprawiała wrażenie niedawno wybudowanej. W przeciwieństwie do jego reszty, ulice były tu szerokie i proste. Drewno mieszało się z miejscowym kamieniem i większość budynków była wyższa. Niektóre z nich miały na górnych piętrach okienka z grubego, matowego szkła. Przypomniałem sobie, jak mówiono, że smoki Królestwa Sześciu Księstw odwiedziły to portowe miasto, niosąc naszym wrogom śmierć i zniszczenie. Wszystkie budowle w tej okolicy pochodziły z jednego okresu, a ulice były nie tylko proste, lecz wybrukowane. Dziwny widok sprawiała ta uporządkowana część miasta na tle chaotycznej zabudowy portu; zastanawiałem się, jak to wszystko wyglądało przed wizytą smoka Szczerego. A jeszcze dziwniej było pomyśleć, że zniszczenia wojenne mogły spowodować taki porządek.

Nad zatoką teren wznosił się skalistymi wzgórzami. W osłoniętych miejscach kuliły się ciemne drzewa zimozielone. Wśród wzgórz, na których pasły się owce i kozy, wiły się polne drogi. Z ledwie widocznych chat unosił się nad osłonę drzew dym. Dalej majaczyły wyższe wzgórza i góry, wciąż uwieńczone śniegiem.

Przybyliśmy w trakcie odpływu i nabrzeża górowały nad nami, wsparte na grubych palach pokrytych pąklami i czarnymi małżami. Szczeble drabiny prowadzącej na pirs były jeszcze mokre od cofającej się wody i obwieszone wodorostami. Książę i wielmoże z kilku łodzi już wysiedli na brzeg, a kiedy przybiliśmy, pozostali właśnie schodzili na ląd. Niechętnie ustąpili nam miejsca, by książęca gwardia mogła wejść po drabinach na nabrzeże i po ustawieniu się w szyku odprowadzić księcia na uroczystość powitania.

Wysiadłem z naszej chybotliwej łódki ostatni i wszedłem na śliską drabinę, popychając przed sobą jęczącego Młotka. Kiedy znaleźliśmy się na nabrzeżu, odsunąłem się od krawędzi i rozejrzałem. Księcia, otoczonego doradcami, właśnie witał hetgurd. Stałem wraz z Młotkiem z boku, nie bardzo wiedząc, czego się ode mnie oczekuje. Chciałem zaprowadzić go do jakiegoś wygodnego, zacisznego miejsca. Zastanawiałem się nerwowo, czy może mądrzej byłoby, gdybym został z nim na statku. Rzucane Młotkowi spojrzenia pełne nieskrępowanego wstrętu i przestrachu nie obiecywały nam ciepłego przyjęcia. Najwyraźniej Zawyspiarze podzielali zdanie mieszkańców Królestwa Górskiego o dzieciach, które rodziły się niedoskonałe. Gdyby Młotek urodził się w Zyligu, nie pożyłby nawet jednego dnia.

Moja pozycja bękarta i skrytobójcy często wyznaczała mi miejsce na obrzeżu oficjalnych uroczystości, nie czułem się więc urażony. Gdybym był sam, wiedziałbym, że moim zadaniem jest wmieszać się między ludzi i wszystko obserwować, nikomu nie rzucając się w oczy. Lecz tu, w obcym kraju, obarczony chorym i nieszczęśliwym półgłówkiem oraz odziany w mundur gwardzisty, nie mogłem robić ani jednego, ani drugiego. Stałem więc zakłopotany na skraju tłumu, podtrzymując ramieniem Młotka, i przysłuchiwałem się wymianie starannie sformułowanych powitań i podziękowań. Książę chyba dobrze sobie radził, lecz wyraz skupienia na jego twarzy ostrzegł mnie, bym go nie rozpraszał żadnymi pytaniami przekazywanymi Mocą. Sądząc po rozmaitych zwierzęcych symbolach, widocznych wśród tatuaży i biżuterii witających go osób, byli to przedstawiciele wielu klanów. Przeważali wśród nich mężczyźni, bogato odziani w puszyste futra i mający na sobie ciężką biżuterię, która wśród Zawyspiarzy oznaczała zarówno pozycję, jak i bogactwo, były tam też jednak cztery kobiety. Ubrały się w stroje utkane z wełny; pomyślałem, że w ten sposób chyba demonstrują bogactwo swoich posiadłości ziemskich. Wśród witających był ojciec narczeski, Arkon Krwawooki, oraz co najmniej sześciu innych mężczyzn noszących znak jego klanu, dzika. Towarzyszył mu Peottre

Czarnowody, z narwalem wyrzeźbionym z kości, wiszącym mu na szyi na złotym łańcuchu. Wydało mi się dziwne, że nie dostrzegłem żadnych innych znaków narwala. Był to symbol matczynego klanu narczeski, czyli linii rodowej uznawanej wśród Zawyspiarzy za ważniejszą. Przybyliśmy po to, by sfinalizować warunki małżeństwa między Sumiennym i narczeską. To musiało być doniosłe wydarzenie dla jej klanu. Dlaczego reprezentował go tylko Peottre? Czy pozostali jego członkowie sprzeciwiali się temu sojuszowi?

Kiedy w końcu formalnościom powitalnym stało się zadość, książę i jego świta zostali poprowadzeni w głąb miasta. Gwardia uformowała szyk beze mnie i pomaszerowała za nimi. Przez chwilę bałem się, że zostaniemy z Młotkiem w porcie. Właśnie kiedy się zastanawiałem, czy uda mi się przekupić kogoś, by zawiózł nas z powrotem na statek, podszedł do nas jakiś starzec. Miał kołnierz z wilczego futra i symbol dzika, świadczący o przynależności do klanu Krwawookiego, lecz nie wyglądał na tak zamożnego, jak pozostali jego członkowie. Najwyraźniej był przekonany, że zna moją mowę, bo udawało mi się zrozumieć mniej więcej co czwarte z barbarzyńsko kaleczonych słów języka używanego w Królestwie Sześciu Księstw. Bojąc się, że obrażę go prośbą o przejście na zawyspiarski, czekałem i w końcu pojąłem, że klan Dzika wyznaczył mu zadanie zaprowadzenia Młotka i mnie na kwaterę.

Nawet nie próbował mi pomóc przy Młotku. Właściwie starannie unikał zbliżania się do niego bardziej, niż było to absolutnie konieczne, jakby upośledzenie umysłowe małego człowieczka było zaraźliwe i mogło na niego przeskoczyć jak wszy. Odczułem to jako zniewagę, ale nakazałem sobie cierpliwość. Zawyspiarz szedł szybko przed nami i nie zwalniał, mimo że często musiał się zatrzymywać, by na nas zaczekać. Wyraźnie nie chciał, by i jego omiatały przyciągane przez nas spojrzenia gapiów. Stanowiliśmy dziwny widok: ja w mundurze gwardii i potykający się obok mnie, okutany płaszczem biedny, zbolały Młotek.

Nasz przewodnik poprowadził nas przez odbudowaną część miasta, a potem pod górę węższą drogą. Świszczący oddech Młotka przeplatał się z jego jękami.

– Daleko jeszcze?! – krzyknąłem do starca, śpieszącego przed nami.

Odwrócił się gwałtownie z marsem na czole i krótkim gestem ręki nakazał, bym milczał. Pokazał na położony kawałek wyżej stary budynek, zbudowany całkowicie z kamienia i o wiele większy od domów, które mijaliśmy w dolnej części miasta. Był prostokątny, miał spiczasty dach pokryty łupkowymi dachówkami, dwa piętra i regularnie rozmieszczone okna: zwyczajny, funkcjonalny, solidnie zbudowany dom, prawdopodobnie jeden z najstarszych w mieście. Skinąłem w milczeniu głową. W kamieniu nad wejściem został wyryty dzik z hardo uniesionymi kłami i ogonem. Proszę. Mieliśmy zamieszkać w kasztelu klanu Dzika.

Kiedy dotarliśmy do dziedzińca otaczającego budynek, nasz przewodnik niemal gryzł z niecierpliwości swoje wąsy. Przestałem się już nim przejmować. Kiedy otworzył boczne drzwi i gestem nakazał mi pośpiech, powoli wyprostowałem się i spojrzałem na niego z góry.

– Towarzysz księcia nie życzy sobie, byśmy się śpieszyli – odezwałem się w moim najlepszym zawyspiarskim, całkowicie świadom tego, jak fatalny mam akcent. – Słucham jego rozkazów, nie twoich.

Zobaczyłem na twarzy starca wyraz niepewności; zapewne zastanawiał się, czy nie obraził kogoś mającego o wiele wyższy status, niż mu się wydawało, i prowadząc nas do izby na drugim piętrze był już uprzejmiejszy. Miałem go dosyć. Uznałem, że jest sługusem jakiegoś pomniejszego wodza z klanu Dzika. Gdy znaleźliśmy się w pokoju, którego okna z grubego szkła wychodziły na miasto i zatokę, odprawiłem go szorstko i zamknąłem za nim drzwi, mimo że ociągał się z zejściem na dół.

Posadziłem Młotka na łóżku i szybko rozejrzałem się po pokoju. W jednej ze ścian znajdowały się drzwi łączące go z o wiele wspanialszą komnatą. Domyśliłem się, że umieszczono nas w pokoju dla służącego, przylegającym do komnaty księcia. Łóżko było przyzwoite, a wyposażenie proste, ale i tak był to pałac w porównaniu z komórką Młotka na statku.

– Posiedź tu – powiedziałem. – Jeszcze nie zasypiaj.

– Gdzie jesteśmy? Ja chcę do domu – wymamrotał.

Nie odpowiedziałem mu, tylko wśliznąłem się do komnaty księcia. Wziąłem stamtąd dzbanek z wodą do mycia, miednicę i ręczniki. Na stole stał półmisek z jedzeniem. Nie bardzo wiedziałem, co to jest, ale zgarnąłem kilka kawałków ciemnej, lepkiej substancji pokrojonej w kwadraty i wyglądające na tłuste ciasto posypane nasionami. Wziąłem też butelkę, najprawdopodobniej wina, oraz kubek.

Młotek padł na łóżko. Z wielkim wysiłkiem posadziłem go prosto i mimo pełnych protestu jęków zmusiłem biedaka do umycia twarzy i rąk. Żałowałem, że nie mogę wsadzić go do balii, bo wydzielał mocny zapach długo chorującego człowieka. Następnie wmusiłem w niego trochę jedzenia i kubek wina. Narzekał i pochlipywał, aż dostał czkawki. Raz poczułem, jak skupia przeciwko mnie swoją Moc, lecz było to uderzenie słabe i dziecinne, nie stanowiące żadnego wyzwania dla moich murów obronnych. Zdjąłem mu tunikę i buty i położyłem do łóżka.

– Pokój wciąż się rusza – mruknął z rozdrażnieniem Młotek.

A potem zamknął oczy i znieruchomiał. Po kilku chwilach westchnął głęboko, wyciągnął się i zapadł w prawdziwy sen. Ja też zamknąłem oczy i ostrożnie wśliznąłem się do jego snu. Kocię spało zwinięte w ciasny kłębek na haftowanej poduszce. Czuło się bezpieczne. Otworzyłem oczy, nagle tak znużony, że mógłbym paść na podłogę i natychmiast zasnąć.

Zamiast tego wykorzystałem resztkę czystej wody. Spróbowałem jedzenia, stwierdziłem, że jest niesmaczne, ale i tak zjadłem. To tłuste miało zapewne być czymś słodkim; to drugie mocno pachniało pastą rybną. „Wino" było jakimś napojem ze sfermentowanych owoców; poza tym nie miałem pojęcia, co to takiego. Niezupełnie udało mi się nim spłukać smak ryby.

Uzbrojony w miskę brudnej wody wyszedłem z pokoju, by zbadać otoczenie. Gdyby ktoś mnie pytał, odparłbym, że szukam po prostu jakiegoś miejsca, gdzie mógłbym wylać pomyje.

Budynek pełnił zarazem funkcję kasztelu i klanowej rezydencji. Znajdowaliśmy się na ostatnim piętrze i nie słyszałem żadnego hałasu czynionego przez innych mieszkańców. Na wewnętrznych ścianach wyrzeźbiono i wymalowano dziki oraz motywy dziczych kłów. Pozostałe pomieszczenia na piętrze nie były zaryglowane. Małe pokoje, takie jak Młotka, przeplatały się z większymi, lepiej umeblowanymi. Żaden z nich nie dorównywał pokojom gościnnym w Koziej Twierdzy, nawet tym przeznaczonym dla pomniejszej szlachty. Wstrzymałem się z opinią na ten temat. Wątpiłem, by zamierzano nas obrazić; wiedziałem, że w sprawach gościnności Zawyspiarze hołdują obyczajom odmiennym od naszych. Ogólnie mówiąc, oczekiwano, że goście sami zadbają o swoje wiktuały i wygody. Przybyliśmy tu uzbrojeni w tę wiedzę. Wino i jedzenie w komnacie księcia było chyba ukłonem w stronę gościnności, jakiej zaznała świta narczeski w Koziej Twierdzy. Na tym piętrze nie było śladu żadnej służby i wątpiłem, by kogoś nam przydzielono.

Piętro poniżej wyglądało bardzo podobnie. Tutaj pokoje pachniały, jakby niedawno w nich zamieszkiwano – pozostały w nich wonie dymu, jedzenia, a w jednym odkryłem zapach psa. Zadałem sobie pytanie, czy opróżniono je specjalnie dla nas. Pomieszczenia te były nieco mniejsze, a w oknach umieszczone były natłuszczone pęcherze, a nie szkło. Ochronę przed atakiem stanowiły grube drewniane okiennice, niektóre poznaczone starymi bliznami od strzał. Najwyraźniej wyżej położone pokoje przyznawano osobom o najwyższej pozycji; zupełnie inaczej niż w Królestwie Sześciu Księstw, gdzie górne pomieszczenia dawano służbie, by wielmoże nie musieli się wspinać po zbyt wielu stopniach. Właśnie zamknąłem jakieś drzwi, gdy usłyszałem na schodach kroki. Pojawił się nagle sznur sług, dźwigających niczym mrówki rzeczy osobiste, przedmioty zbytku oraz wiktuały dla swoich panów z Królestwa Sześciu Księstw. Zatrzymali się niepewnie w korytarzu, a jeden z nich zapytał mnie, skąd mają wiedzieć, która komnata jest dla kogo.

– Nie mam pojęcia – odparłem miłym głosem. – Nie jestem nawet pewien, gdzie mamy wylewać pomyje.

Wymknąłem się im, żeby sami pozajmowali pokoje; podejrzewałem, że najlepsze dostaną się panom najbardziej przedsiębiorczych służących. Na parterze znalazłem tylne drzwi, które wychodziły na dół na śmieci za wygódkami, i wylałem do niego wodę. Za innymi drzwiami znajdował się korytarz prowadzący do dużej kuchni, gdzie kilku młodych Zawyspiarzy pilnowało dużej pieczeni na rożnie, siekało ziemniaki i cebulę i miesiło ciasto na chleb. Wydawali się pochłonięci pracą i prawie nie zwracali na mnie uwagi. W trakcie szybkiego obchodu budynku od zewnątrz odkryłem drugie, o wiele wspanialsze drzwi, prowadzące do dużej otwartej sali, która zajmowała sporą część parteru. Drzwi te były otwarte i wpuszczały do środka światło i powietrze. Udało mi się dostrzec za nimi grupę witającą księcia. Porzuciłem moją miskę w wysokiej trawie, rosnącej przy jednym końcu budynku, i pośpiesznie obciągnąłem mundur oraz zebrałem gładko włosy w kucyk.

Nie zauważony przez nikogo, wśliznąłem się na tył sali. Pod ścianą stali moi towarzysze z gwardii. Wyglądali tak czujnie, jak ludzie śmiertelnie znudzeni i przez nikogo nie zauważani. Prawdę mówiąc, nie bardzo mieli tu co robić.

Duże pomieszczenie było długie i niskie. Jego główną część wypełniały ławy równej wysokości, zajęte przez siedzących. Nie dostrzegłem żadnego tronu czy jakiegokolwiek podwyższenia. Ławy nie były ustawione tak, by uwaga obecnych skupiała się na jednej osobie, lecz okalały pomieszczenie, zostawiając wolną przestrzeń pośrodku. Właśnie przemawiał przygarbiony stary kaempra, czyli przywódca wojenny, klanu Lisa. Dół krótkiej kurtki mężczyzny zdobiły końce lisich ogonów, białe jak jego niesforne włosy. W dłoni, którą władał mieczem, brakowało mu trzech palców, lecz miał za to naszyjnik z kości palców swoich wrogów. Szarpał je nerwowo, często zerkając na Krwawookiego, jakby nie chciał go urazić, lecz był zbyt rozgniewany, by zamilknąć. Usłyszałem tylko jego końcowe słowa:

– Żaden klan nie może się wypowiadać w imieniu nas wszystkich! Żaden klan nie ma prawa sprowadzać pecha na nas wszystkich.

Następnie kaempra Lisów skinął poważnie głową każdemu z narożników sali i wrócił na swoją ławę. Wtedy na środek wyszedł inny mężczyzna i również zaczął mówić. Zauważyłem, że część ławek zajmują książę i Cierń w otoczeniu naszych wielmożów, a za nimi siedzą członkowie kręgu Rozumiejących. Hetgurd, bo tym musiało być to zgromadzenie, czyli zebranie klanowych przywódców wojennych, nie przyznało mojemu księciu poczesnego miejsca. Siedział tu jako przywódca wśród swoich wojowników, tak jak inni klanowi przywódcy. Było to zgromadzenie równych sobie, którzy przybyli omówić zaręczyny narczeski. Czy tak go widzieli? Postarałem się nie marszczyć brwi na tę myśl.

Wszystko to pojąłem w czasie, jakiego potrzebowały moje oczy, by po letnim blasku słońca przystosować się do półmroku panującego w sali. Znalazłem sobie kawałek ściany, o który się oparłem, przy Rebusie w tylnym rzędzie gwardzistów.

– Zupełnie inaczej niż u nas, przyjacielu – odezwał się półgębkiem mój sąsiad. – Żadnych uczt, podarków ani pieśni na powitanie naszego księcia. Tylko zdawkowe przywitanie w porcie, a potem przyprowadzili go prosto tutaj i zaczęli omawiać zaręczyny. Ci ludzie od razu przystępują do sprawy. Niektórym z nich nie podoba się, że jedna z ich kobiet ma opuścić matczyną ziemię i zamieszkać w Królestwie Sześciu Księstw. Uważają, że to nienaturalne i prawdopodobnie sprowadzi na nich pecha. Większości to jednak nie obchodzi. Chyba uważają, że to będzie pech klanu Narwala, a nie ich. Prawdziwą kwestią sporną jest zabicie smoka.

Skwitowałem to pośpieszne streszczenie kiwnięciem głowy. Cierń dobrze wybrał Rebusa. Ciekawiło mnie, gdzie go zwerbował, ale skupiłem uwagę na przemawiającym. Zauważyłem teraz, że stoi w środku kręgu namalowanego na podłodze. Sam rysunek był skomplikowany i stylizowany, lecz wciąż rozpoznawalny jako wąż chwytający własny ogon. Mężczyzna nie podał swego imienia. Może założył, że wszyscy je znają lub że może jedynym ważnym elementem jego tożsamości jest wydra morska, wytatuowana na jego czole. Mówił spokojnie i powoli, jakby coś wyjaśniał dość głupim dzieciom.

– Lodogień to nie jakaś krowa, która należy do kogokolwiek z nas. Nie jest bydlęciem, by go oferować jako część zapłaty za narzeczoną. W jeszcze mniejszym stopniu należy on do tego obcego księcia. Jak zatem może on oferować domowi matek Czarnowodych z klanu Narwala głowę stworzenia, które do niego nie należy? Możemy widzieć tę obietnicę tylko jako jedną z dwóch możliwości. Albo uczynił tę obietnicę nieświadomie, albo chciał nas znieważyć.

Przerwał i zrobił dziwny gest. Jego znaczenie stało się jasne, kiedy książę Sumienny wstał powoli i dołączył do niego w kręgu mówcy.

– Nie, kaempro Wydr. – Sumienny zwrócił się do niego jako przywódca wojenny swego klanu. – Nie zrobiłem tego nieświadomie. Nie zamierzałem was znieważyć. Czyn ten wymogła na mnie narczeska jako wyzwanie, którego podjęciem miałem udowodnić, że jestem jej wart. – Książę uniósł dłonie i zaraz opuścił je bezradnie. – Czyż mogłem tego nie zrobić? Gdyby kobieta rzuciła ci takie wyzwanie, mówiąc przed twoimi zgromadzonymi wojownikami:

„Przyjmij je lub przyznaj się do tchórzostwa", to co byś zrobił? Co zrobiłby każdy z was?

Wielu przytaknęło. Sumienny skłonił poważnie głowę i dodał:

– Cóż zatem mam zrobić? Dałem słowo przed waszymi i moimi wojownikami, w sali moich rodziców. Powiedziałem, że spróbuję tego dokonać. Nie znam żadnego honorowego sposobu cofnięcia tych słów. Czy wśród ludu narczeski istnieje zwyczaj, wedle którego mężczyzna może odwołać słowa, które wyszły z jego ust?

Książę poruszył rękoma, naśladując gest, którym kaempra Wydr przekazał mu miejsce w kręgu mówcy. Skłonił się czterem kątom sali, po czym wrócił na swoją ławę. Kiedy usiadł, stary wojownik znów przemówił.

– Jeśli w taki sposób przyjąłeś wyzwanie, nie poczytam ci tego za zniewagę. Zachowam dla siebie, co myślę o rzuceniu takiego wyzwania przez córę klanu Czarnowodych. Bez względu na okoliczności.

Już przedtem zauważyłem, że Peottre Czarnowody siedzi niemal sam na jednej z przednich ław. Zmarszczył brwi, słysząc uwagę Wydry, lecz nie pokazał, że chce coś powiedzieć. Ojciec narczeski, Arkon Krwawooki, siedział nieopodal Czarnowodego, otoczony wojownikami klanu Dzika. Czoło Arkona pozostało gładkie, jakby ta uwaga go nie dotyczyła i być może według jego zasad tak było. Wydra zganił Ellianię jako córkę rodziny Czarnowodych z klanu Narwala. Arkon Krwawooki był Dzikiem. Tu, wśród własnego ludu, przyjął rolę, jakiej się po nim spodziewano. Był jedynie ojcem narczeski. Za jej wychowanie odpowiadał brat jej matki, Peottre Czarnowody.

Gdy milczenie przeciągało się na tyle, by stało się oczywiste, że nikt nie stanie w obronie postępowania narczeski, przywódca Wydr odchrząknął.

– To prawda, że jako mężczyzna nie możesz cofnąć swego słowa, książę z klanu Przezornego Kozła. Powiedziałeś, że spróbujesz dokonać tego czynu i zgadzam się, że musisz to zrobić, bo inaczej nie będziesz uważany za mężczyznę. To jednak nie zwalnia nas, mieszkańców Wysp Zewnętrznych, z naszych obowiązków. Lodogień jest nasz. Co mówią nasze matki? Przybył do nas w czasach, gdy lata nie były jeszcze liczone, i poprosił o schronienie przed swym bólem. Nasze mądre kobiety spełniły jego prośbę. W zamian za to smok obiecał, że będzie nas chronił. Znamy moc jego ducha i niezniszczalność jego ciała i nie boimy się, że go zabijesz. Jeśli jednak jakimś dziwnym zrządzeniem losu uda ci się go zranić, na kogo spadnie jego gniew, kiedy cię zabije? Na nas. – Obrócił się powoli, ostrzegając wszystkie klany. – Jeśli Logodień jest nasz, to także my należymy do niego. Dług zaciągnięty między nami powinniśmy widzieć jak rodową przysięgę. Jeśli zostanie przelana jego krew, czy nie powinniśmy przelać krwi w odwecie? Jeśli, jako jego krewniacy, nie przyjdziemy mu z pomocą, to czy nie będzie mógł zażądać od nas zgodnie z naszym prawem dziesięciokrotnej ceny krwi? Ten książę musi podtrzymać swoje słowo jako mężczyzna. Tak się godzi. Lecz potem czyż znów nie musi się rozpętać wojna, bez względu na to, czy on będzie żył, czy umrze?

Zobaczyłem, jak Arkon Krwawooki powoli zaczerpuje tchu. Zauważyłem coś, czego nie dostrzegłem przedtem, a mianowicie, że trzyma dłonie w pewien sposób otwarte, z palcami skierowanymi ku mostkowi. Kilku innych mężczyzn także robiło podobny gest. Prośba o zabranie głosu? Tak, bo kiedy wojownik Wydr uczynił rękoma znany mi już ruch, wstał Krwawooki i zajął jego miejsce w kręgu.

– Nikt z nas nie chce wojny. Ani tu, na Runach Boga, ani na polach księcia za wodą. Słowo mężczyzny musi jednak zostać dotrzymane. Lecz chociaż wszyscy tu jesteśmy mężczyznami, jest w tym wszystkim także wola kobiety. Jaki wojownik może się oprzeć woli kobiety? Jaki miecz może przeciąć jej upór? Kobietom dała wyspy sama Eda i stąpamy po nich tylko za jej pozwoleniem. Nie do mężczyzn należy odrzucenie kobiecego wyzwania, bo nasze własne matki mogą powiedzieć: „Nie szanujecie ciała, z którego wyszliście. Nie będziecie już stąpać po ziemi, którą dała nam Eda. Opuścimy was, zostawiając wam tylko wodę pod kilem, i nigdy już nie poczujecie pod stopami piasku". Czy to łatwiejsze od wojny? Znaleźliśmy się między słowem mężczyzny a wolą kobiety. Żadnej z tych rzeczy nie da się złamać, nie okrywając wszystkich hańbą.

Zrozumiałem słowa Krwawookiego, lecz ich pełne znaczenie umknęło mi. Wyraźnie istniał tu nieznany nam obyczaj i zadałem sobie pytanie, co takiego naruszyliśmy tymi naszymi swatami.

Zastanawiałem się ponuro, czy nie wpadliśmy w pułapkę. Czy rodzina Czarnowodych z klanu Narwala zamierza wzniecić wojnę między Królestwem Sześciu Księstw i Wyspami Zewnętrznymi? Czy ich propozycja ręki narczeski była udawana i miała na celu wciągnięcie nas w sytuację, która bez względu na jej rozwiązanie miała się skończyć ponownym rozlewem krwi u naszych brzegów?

Przyjrzałem się twarzy Peottrego Czarnowodego. Malował się na niej spokój i powściągliwość, a wyraz oczu świadczył o zamyśleniu. Wydawał się obojętny na dylemat przedstawiony nam przez jego siostrzenicę, lecz ja miałem wrażenie, że tak nie jest. Czułem, że raczej balansujemy na ostrzu noża, głęboko wbitego w jego ciało. Pomyślałem nagle, że Peottre wygląda jak człowiek, który nie ma wyboru. Jak człowiek, który nie może mieć już nadziei, ponieważ wie, że żadne jego działanie go nie uratuje. Czekał. Nie planował ani nie spiskował. Już wykonał zadanie, które sobie wyznaczył. Teraz może tylko czekać i patrzeć, jak je wykonają inni. Byłem pewien, że mam rację, a mimo to nie potrafiłem zrozumieć ani nawet sobie wyobrazić, dlaczego tak postąpił. A może, jak powiedział ojciec Ellianii, to było poza kontrolą Peottrego? Może wola kobiety młodszej od niego i od niego zależnej mimo wszystko dyktowała, kto może chodzić po ziemi posiadłości jego matek?

Rozejrzałem się. Uznałem, że między nami jest po prostu zbyt wiele różnic. Jak Królestwo Sześciu Księstw mogłoby kiedykolwiek zawrzeć pokój z Wyspami Zewnętrznymi, skoro nasze obyczaje różnią się tak bardzo? A jednak wedle przekazów ród Przezornych miał swe korzenie na Wyspach Zewnętrznych, a Zdobywca, pierwszy monarcha z tego rodu, rozpoczął życie jako zawyspiarski najeźdźca, który zobaczył drewnianą fortecę, jaką niegdyś była Kozia Twierdza, i postanowił zagarnąć ją dla siebie. Od tamtych czasów nasze rody i obyczaje bardzo się rozeszły. Pokój i dobrobyt zależały od tego, czy znajdziemy jakąś wspólną płaszczyznę.

Prawdopodobieństwo, że tak się stanie, nie wydawało się duże.

Uniosłem wzrok i napotkałem utkwione we mnie spojrzenie księcia. Przedtem nie chciałem go rozpraszać. Teraz wysłałem mu uspokajającą myśl.

„Młotek odpoczywa w pokoju na górze. Przed zaśnięciem zjadł i się napił".

„Szkoda, że nie mogę zrobić tego samego. Nawet nie dali mi możliwości umycia twarzy przed zwołaniem hetgurdu. A teraz nie widać końca zgromadzenia".

„Cierpliwości, mój książę. Kiedyś skończą. Nawet Zawyspiarze muszą jeść, pić i spać".

„A jak myślisz, czy oddają mocz? To zaczyna być dla mnie dość palącym problemem. Myślałem, żeby cicho się wymknąć, ale nie wiem, jak zostałoby to przyjęte, gdybym teraz wstał i wyszedł".

Poczułem niezdarny dotyk Mocą i zjeżyły mi się włoski na karku.

„Młotek?".

To był Cierń. Zobaczyłem, jak Sumienny wyciąga rękę, by dotknąć starca i dodać mu swoją siłę. Powstrzymałem go.

„Nie. Nie rób tego. Niech spróbuje sam. Słyszysz nas, Cierniu?".

„Ledwo".

„Młotek śpi na górze. Zanim zasnął, zjadł i wypił".

„Dobrze".

Poczułem wysiłek, jaki włożył w tę krótką odpowiedź. Niemniej jednak uśmiechnąłem się. Udało mu się.

„Przestań. Głupi uśmiech" – skarcił mnie. Rozejrzał się z powagą po sali. „Zła sytuacja. Potrzebuję czasu do namysłu. Muszę to powstrzymać, nim zajdzie za daleko bez nas".

Przywołałem na twarz wyraz powagi. O wiele bardziej pasował do nastroju otaczających mnie mężczyzn. Arkon Krwawooki właśnie oddawał miejsce mówcy mężczyźnie ze znakiem orła. Zanim wszedł on do kręgu, obaj zatrzymali się i uścisnęli sobie nadgarstki w żołnierskim pozdrowieniu. Kaempra Orłów był starym człowiekiem, być może najstarszym w całym zgromadzeniu. Rzednące szare włosy miał poprzeplatane białymi pasmami, lecz wciąż poruszał się jak wojownik. Spojrzał na nas oskarżycielsko, a potem odezwał się nagle; końcówki słów wymawiał niewyraźnie z powodu braku niektórych zębów.

– Niewątpliwie mężczyzna musi zrobić to, co powiedział, że zrobi. Nawet omawianie tego to strata naszego czasu. Mężczyźni muszą także honorować więzy pokrewieństwa. Gdyby ten obcy książę przybył tu i powiedział: „Obiecałem kobiecie, że zabiję Origa z klanu Orła", to wszyscy byście odpowiedzieli: „Skoro obiecałeś to zrobić, musisz spróbować". Ale powiedzielibyśmy też: „Wiedz jednak, że niektórych nas łączą z Origiem więzy pokrewieństwa. Zanim pozwolimy ci na coś takiego, zabijemy cię". I spodziewalibyśmy się, że książę przyjmie to jako rzecz jak najbardziej oczywistą. – Powoli omiótł zgromadzonych pogardliwym spojrzeniem. – Czuję tu zapach kupców i handlarzy, którzy niegdyś byli wojownikami i ludźmi honoru. Czy mamy węszyć za towarami Królestwa Sześciu Księstw jak pies czołgający się za suką? Chcecie przehandlować własnych krewnych za okowitę, letnie jabłka i czerwoną pszenicę? Ten Orzeł tego nie zrobi.

Prychnął z pogardą dla wszystkich, którzy uważali, że istnieje potrzeba jakiejkolwiek dalszej dyskusji. Wyszedł z kręgu i przecisnął się bokiem na swoje miejsce wśród Orłów. Wszyscy zastanawialiśmy się w milczeniu nad jego słowami. Niektórzy wymieniali spojrzenia; wyczułem, że starzec trafił w sedno. Wielu z obecnych niepokoiła myśl o pozwoleniu księciu na zabicie ich smoka, byli jednak zarazem spragnieni pokoju i handlu. Wojna z Królestwem Sześciu Księstw odcięła ich od całego handlu z obszarami leżącymi na południe od nas. Teraz zatarg Krainy Miedzi z Miastem Wolnego Handlu dławił i ten szlak. Jeśli nie zbudują wolnego handlu z Królestwem Sześciu Księstw, będą musieli zrezygnować z wszelkich towarów i luksusów, jakich mogły im dostarczać cieplejsze kraje. Nie była to przyjemna myśl. Nikt jednak nie mógł sprzeciwić się stanowisku Orła, nie zyskując sobie miana chciwego handlarza.

„Musimy to jakoś zakończyć. Teraz, zanim ktoś głośno poprze jego słowa".

W słabym przekazie Ciernia brzmiała nuta rozpaczy.

Nikt nie wszedł do kręgu mówcy. Nikt nie umiał zaproponować żadnego rozwiązania. Im dłużej ciągnęła się cisza, tym bardziej stawała się napięta atmosfera w sali. Wiedziałem, że Cierń ma rację. Potrzebowaliśmy czasu, by wymyślić jakieś dyplomatyczne rozwiązanie naszej sytuacji. A jeśli nie istniało, to i tak potrzebowaliśmy czasu, by odkryć, ile zawyspiarskich klanów aktywnie by się nam przeciwstawiło, a ile po prostu nie wyraziłoby swojej wobec nas aprobaty. Biorąc pod uwagę niechęć innych klanów, czy narczeska upierałaby się przy swoim wyzwaniu, czyby je wycofała? Czy mogła to zrobić, zachowując honor? Nie spędziliśmy na wyspie jeszcze całego dnia, a już wyglądało na to, że znaleźliśmy się na krawędzi konfrontacji.

Moje zakłopotanie powiększała narastająca świadomość, że Sumienny musi oddać mocz. Zacząłem osłaniać się przed jego Mocą, ale przyszedł mi do głowy pewien pomysł. Przypomniałem sobie, jak niepokój Młotka na pokładzie statku rozszerzył się na żeglarzy. Zadałem sobie pytanie, czy w podobny sposób dałoby się wykorzystać obecną dolegliwość Sumiennego.

Otworzyłem się na jego mimowolny przekaz, wzmocniłem go, a potem wysłałem Mocą w salę. Żaden z dotykanych przeze mnie Zawyspiarzy nie miał szczególnego talentu do posługiwania się tą magią, lecz wielu z nich w różnym stopniu ulegało jej wpływowi. Niegdyś Szczery posługiwał się podobną metodą dla zmylenia nawigatorów ze szkarłatnych okrętów, przekonując ich, że już minęli ważne punkty orientacyjne i w ten sposób wysyłając okręty wprost na skały. Teraz dzięki tej technice zakończyłem zgromadzenie hetgurdu przez przypomnienie wszystkim mężczyznom, których mogłem dosięgnąć Mocą, o naglącej potrzebie opróżnienia pęcherza.

W całej sali zebrani zaczęli się wiercić na swoich miejscach.

„Co robisz?" – zapytał Cierń.

„Kończę to spotkanie" – odparłem ponuro.

„Ach!".

Poczułem nagłe zrozumienie Sumiennego, a potem jego siła perswazji wsparła moją.

„Kto tu rządzi?" – spytałem go.

„Nikt. Oni się tu dzielą władzą. A przynajmniej tak mówią".

Sumienny wyraźnie uważał to za niedobry system.

„Spotkanie otworzył Niedźwiedź" – poinformował mnie zwięźle Cierń. Poczułem, jak kieruje moją uwagę na mężczyznę z naszyjnikiem z niedźwiedzich zębów. Nagle zdałem sobie sprawę, ile sił wysysa z Ciernia to nieudolne posługiwanie się Mocą.

„Nie przemęczaj się" – ostrzegłem go.

„Znam własną siłę!".

W jego odpowiedzi brzmiał gniew, lecz nawet ze swojego miejsca widziałem, że się przygarbił.

Skoncentrowałem się na Niedźwiedziu. Na szczęście dla mnie miał słabe mury obronne przed Mocą i pełny pęcherz. Przekazałem mu poczucie naglącej potrzeby i mężczyzna nagle wstał i wszedł do kręgu mówcy. Pozostali udzielili mu głosu ruchami dłoni.

– Wszyscy musimy się nad tym zastanowić – zaproponował. – Rozejdźmy się na rozmowy z naszymi klanami i posłuchajmy, co nam powiedzą. Zbierzmy się ponownie jutro i porozmawiajmy o tym, czego się dowiedzieliśmy i co przemyśleliśmy. Czy ktoś uważa to za rozsądny pomysł?

W spiralnych ruchach oznaczających zgodę uniósł się las rąk.

– A zatem zakończmy na dzisiaj nasze spotkanie – zaproponował Niedźwiedź.

I zebranie tak po prostu się skończyło. Jego uczestnicy natychmiast wstali i bez najmniejszych ceregieli ruszyli do drzwi. Mający wyższą pozycję wcale nie mieli pierwszeństwa; ludzie podążali do wyjścia, niektórzy ze sporą determinacją.

„Powiedz dowódcy, że musisz zajrzeć do swego podopiecznego. Że rozkazałem ci się nim opiekować, dopóki nie wyzdrowieje. Zaraz przyjdziemy tam do ciebie na górę".

Posłuchałem rozkazu mego księcia. Kiedy Lotny mnie zwolnił, wziąłem miskę, którą pozostawiłem przed drzwiami, i wróciłem do pokoju Młotka. Nie zmienił pozycji. Dotknąłem jego czoła. Wciąż było gorące, ale nie tak rozpalone, jak na statku. Mimo wszystko obudziłem go i namówiłem do napicia się wody. Łapczywie wypił cały kubek, a potem znów się ułożył. Odczułem ulgę. Dopiero tutaj, w tym obcym pokoju i z dala od jego łoża boleści na statku, widziałem, jak bardzo Młotek zmizerniał. Teraz odzyska siły. Miał wszystko, czego potrzebował: spokój, łóżko, jedzenie i picie. Wkrótce mu się polepszy. Usiłowałem przekonać samego siebie, że moja nadzieja się spełni.

Usłyszałem, jak książę Sumienny i Cierń rozmawiają z kimś na korytarzu. Podszedłem do drzwi i przycisnąłem do nich ucho. Sumienny wymówił się zmęczeniem, po czym zamknęły się drzwi sąsiedniej komnaty. Zapewne czekali tam na niego służący. Znów rozległ się szmer rozmów, a potem usłyszałem, jak książę ich odprawia. Wkrótce otworzyły się drzwi łączące nasze pokoje i do środka wszedł Sumienny. W ręce trzymał czarny kwadracik tej dziwnej potrawy. Wyglądał na przygnębionego.

– Wiesz, co to takiego? – zapytał, pokazując mi jedzenie.

– Nie bardzo, ale jest w tym pasta rybna. I może wodorosty. Ciastka z nasionami są słodkie. Tłuste, ale słodkie.

Sumienny popatrzył z niechęcią na zawyspiarski przysmak, a jako że od kilku godzin nie miał nic w ustach, wzruszył ramionami, zjadł go i oblizał palce.

– Niezłe, o ile człowiek się spodziewa smaku ryby.

– Starej ryby – zauważyłem.

Nie odpowiedział. Podszedł do śpiącego Młotka i stał chwilę, obserwując go. Powoli pokręcił głową.

– To takie niesprawiedliwe. Myślisz, że mu się polepsza?

– Mam nadzieję.

– Jego muzyka stała się tak cicha, że mnie to martwi. Czasami, kiedy rośnie mu gorączka, czuję, jakby Młotek od nas odchodził.

Otworzyłem się na jego muzykę. Sumienny miał rację. Rzeczywiście wydawała się mniej intensywna.

– No cóż, on jest chory. Posługiwanie się Mocą wymaga siły i energii. – Akurat w tej chwili nie chciałem się o niego martwić. – Cierń mnie dzisiaj zaskoczył.

– Tak? Chyba wiedziałeś, że będzie próbował, aż uda mu się zrobić przynajmniej tyle. Kiedy raz coś postanowi, nic nie jest w stanie go powstrzymać. – Odwrócił się ode mnie i podszedł do drzwi łączących nasze pokoje. – Chciałeś coś z tego zjeść? – Spytał przez ramię.

– Nie, dziękuję. Śmiało.

Na chwilę zniknął w swoim pokoju, a potem wrócił z jedną dłonią pełną ciasteczek rybnych. Ugryzł jeden z kwadratów, zrobił ponurą minę, a potem zjadł całe ciastko. Rozejrzał się głodnym wzrokiem.

– Nikt nie przyniósł nam nic do jedzenia?

– Myślę, że właśnie to jesz.

– Nie. To tylko gest uprzejmości ze strony Zawyspiarzy, ponieważ my ich karmiliśmy. Wiem, że Cierń kazał służbie kupić świeżą żywność.

– Chcesz powiedzieć, że klan Dzika nie będzie nas żywił?

– Może będzie nas żywił, a może nie. Cierń raczej myśli, że powinniśmy się zachowywać, jakbyśmy się tego nie spodziewali. Jeśli zaproponują nam jedzenie, będziemy mogli je przyjąć jako dar. Jeśli nic nam nie przyniosą, nie wydamy się pazerni albo słabi.

– Poinformowałeś swoich wielmożów o miejscowych zwyczajach?

Skinął głową.

– Wielu z nich przybyło tu nie tylko po to, żeby stworzyć nowe sojusze handlowe i przekonać się, jakie inne możliwości mogą nam zaproponować Wyspy Zewnętrzne, ale i po to, by mnie wspierać w zalotach do narczeski. Cieszą się więc z możliwości rozejrzenia się po Zyligu, sprawdzenia, co tu jest na sprzedaż i co ludzie chcieliby kupować. Będziemy jednak musieli nakarmić moją gwardię, służbę i oczywiście mój krąg Rozumiejących. Myślałem, że Cierń zajął się prowiantem.

– Wydaje się, że hetgurd nie traktuje cię z wielkim szacunkiem – zauważyłem z troską.

– Oni chyba tak naprawdę nie rozumieją, kim jestem. To, że niedoświadczony w walce chłopiec w moim wieku ma zapewnione panowanie na takim dużym terytorium, jest dla nich obcą sytuacją. Tutaj mężczyźni nie zagarniają władzy nad jakimś obszarem ziemi, lecz okazują siłę poprzez wydawanie rozkazów wojownikom. Pod pewnymi względami jestem tu widziany bardziej jako syn rodu mojej matki. Kiedy pokonaliśmy ich pod koniec wojny ze szkarłatnymi okrętami, u władzy była królowa Ketriken. To, że nie tylko zapewniła bezpieczeństwo swojemu krajowi, ale przystąpiła do wojny, zsyłając na nich smoki, sprawiło, że Zawyspiarze czują przed nią respekt. Właśnie tak tu się o niej opowiada.

– Zdaje się, że w bardzo krótkim czasie wiele się nauczyłeś.

Skinął z zadowoleniem głową.

– Pomogło mi trochę połączenie tego, co tu słyszę, z tym, co mówili Zawyspiarze w Koziej Twierdzy. Czytałem też w czasie podróży. – Westchnął. – I wcale nie jest to takie pożyteczne, jak sądziłem. Jeśli będą dla nas gościnni, to znaczy będą nas karmić, to możemy w tym widzieć powitanie, znajomość naszych obyczajów i honorowanie ich. Możemy w tym też widzieć obrazę, założenie, że jesteśmy za słabi, by samemu się wyżywić, i za głupi, by zabrać ze sobą zapasy żywności. Lecz bez względu na to, jak będziemy to widzieć, nie będziemy mogli mieć pewności, jakie były ich intencje.

– Tak jak to zabicie smoka. Przybywasz, by zabić zwierzę i w ten sposób okazać się godnym partnerem dla narczeski? Czy przybywasz, by zabić smoka, który jest strażnikiem ich krainy, i w ten sposób udowodnić, że możesz im zabrać, co chcesz?

Sumienny pobladł lekko.

– Nie myślałem o tym w ten sposób.

– Ani ja. Lecz niektórzy z nich tak uważają. I to znów stawia przed nami to jedno podstawowe pytanie. Dlaczego? Dlaczego narczeska wyznaczyła ci to szczególne zadanie?

– A zatem myślisz, że ma ono dla niej jakieś znaczenie poza tym, że okażę chęć ryzykowania życia tylko po to, by ją poślubić?

Przez chwilę patrzyłem na niego w osłupieniu. Czy ja kiedykolwiek byłem taki młody?

– Oczywiście, że ma. Sądzisz inaczej?

– Uprzejmy powiedział, że ona prawdopodobnie chce „dowodu mojej miłości". Powiedział, że dziewczyny często się tak zachowują. Proszą mężczyzn o zrobienie czegoś niebezpiecznego, nielegalnego albo prawie niemożliwego tylko po to, by udowodnili swoją miłość.

Zapamiętałem to sobie. Ciekawiło mnie, kto i o co prosił Uprzejmego i czy miało to związek z monarchią Przezornych, czy był to tylko akt chłopięcej brawury, którą musiał się popisać na żądanie jakiejś dziewczyny.

– Cóż, wątpię, czy ze strony narczeski byłoby to coś tak romantycznie niepoważnego. Po tym, jak cię potraktowała, jak mogłaby w ogóle myśleć, że ją kochasz? A już z pewnością nie dała żadnego sygnału, że twoje towarzystwo jest jej miłe.

Przez moment patrzył na mnie znękanym wzrokiem, a potem wygładził twarz tak całkowicie, że miałem wątpliwości, czy mi się to nie przywidziało. Przecież książę nie mógł się zadurzyć w tej dziewczynie. Nic ich nie łączyło, a po tym, jak przypadkiem ją obraził, traktowała go gorzej niż skamlącego za nią, zbitego psa. Spojrzałem na niego. Piętnastoletni chłopiec potrafi uwierzyć niemal we wszystko. Sumienny prychnął.

– Nie. Z pewnością nie dała mi żadnego sygnału, że moje towarzystwo choćby toleruje. Zastanów się. Nie przybyła tu ze swoim ojcem i wujem, by nas powitać na wyspach. To ona wymyśliła tę idiotyczną wyprawę, ale kiedy trzeba ją uzasadnić wobec jej rodaków, jakoś nie ma jej nigdzie w pobliżu. Może masz rację. Może nie ma to nic wspólnego z udowadnianiem mojej miłości do niej czy choćby mojej odwagi. Może cały czas miało to stanowić jedynie przeszkodę w zawarciu naszego małżeństwa. – Po chwili dodał ponuro: – Może ma nadzieję, że przyniesie mi to śmierć.

– Jeśli będziemy upierać się przy wykonaniu tego zadania, może to przeszkodzić nie tylko w zawarciu małżeństwa. Może to pchnąć oba nasze kraje z powrotem do wojny.

Gdy wypowiadałem te słowa, do komnaty wszedł Cierń. Wyglądał na zatroskanego i znużonego. Obrzucił pogardliwym spojrzeniem pokój i zauważył:

– O, widzę, że Młotkowi dostała się komnata niemal równie luksusowa, jak ta przydzielona księciu Sumiennemu i mnie. Jest tu coś do jedzenia i picia?

– Nic, co mógłbym polecić – stwierdziłem.

– Ciastka z ryby i tłuszczu – dodał książę.

Cierń się skrzywił.

– Czy to właśnie można dostać na miejscowym targu? Poślę kogoś po zapasy ze statku. Po dzisiejszym dniu obce jedzenie mi nie posłuży. Chodźcie, dajmy Młotkowi odpocząć – powiedział przez ramię, wchodząc przez wewnętrzne drzwi do komnaty księcia. Usiadł na łóżku Sumiennego i dodał: – Nie pochwalam posługiwania się Mocą do tak niskich celów, Bastardzie. Mimo to muszę przyznać, że wybawiłeś nas z trudnej sytuacji. Zanim zrobisz kiedyś coś podobnego, proszę, byś to ze mną omówił.

Była to nagana i komplement zarazem. Kiwnąłem głową, lecz Sumienny prychnął.

– Omawiać to z tobą? Czy w tych sprawach ja nie mam nic do powiedzenia?

Cierń przyjął to doskonale.

– Oczywiście, że masz. Ja tylko daję Bastardowi do zrozumienia, że w sprawach dyplomacji nie powinien zakładać, iż wie najlepiej, jaki powinniśmy obrać kurs.

Książę chciał coś powiedzieć, ale w tej chwili rozległo się stukanie do drzwi prowadzących na korytarz. Na znak Ciernia wycofałem się do pokoju Młotka, przymknąłem drzwi i stanąłem pod takim kątem, że, sam nie rzucając się w oczy, mogłem obserwować wycinek komnaty.

– Kto tam? – zapytał Cierń podniesionym głosem.

Gość uznał to za zaproszenie do wejścia. Drzwi się otworzyły i do środka wszedł Peottre Czarnowody. Rozluźniłem mięśnie. Zawyspiarz zamknął za sobą drzwi i skłonił się na modłę Koziej Twierdzy.

– Przybyłem z wiadomością, że ani wy, ani wasi wielmoże nie musicie wybierać się na poszukiwania jedzenia i picia. Klany Dzika i Narwala z przyjemnością dostarczą wam ich z taką samą hojnością, jakiej doświadczyliśmy od was podczas odwiedzin w Królestwie Sześciu Księstw.

Słowa zostały wypowiedziane bez zarzutu. Była to dobrze przygotowana mowa. Odpowiedź Ciernia była równie wyćwiczona.

– Jest to łaskawa propozycja, lecz nasi towarzysze zapewnili sobie własne zaopatrzenie.

Przez chwilę Peottre sprawiał wrażenie wyraźnie zakłopotanego.

– Już powiadomiliśmy waszych wielmożów o naszym zaproszeniu – rzekł – i jesteśmy zaszczyceni, że wszyscy je przyjęli.

Na zewnątrz Cierń i książę zachowywali sztywne milczenie, lecz w moich myślach rozległ się pełen zmartwienia głos księcia:

„Powinienem wszystkich uprzedzić, by nie przyjmowali niczego, co nie zostało przekazane poprzez mnie. Czy teraz będą nas widzieć jako słabeuszy?".

Peottre przeniósł zmartwione spojrzenie z twarzy Ciernia na księcia. Chyba wyczuwał, że postąpił niewłaściwie.

– Czy mogę chwilę z tobą porozmawiać? – zapytał.

– Zawsze jesteś mile widziany, panie Czarnowody – zapewnił go odruchowo Sumienny.

Po twarzy Peottrego przebiegł drobny uśmiech.

– Doskonale wiesz, że nie jestem żadnym „panem", książę Sumienny, a tylko kaemprą klanu Narwala. I nawet jako taki, na zgromadzeniu hetgurdu stoję sam, nie mając za plecami żadnych wojowników. Tolerują mnie bardziej ze względu na męża mojej siostry, Arkona Krwawookiego, niż z szacunku wobec mnie. Nasz klan przeżywa bardzo trudne czasy i ratuje nas jedynie zamożność matczynych ziem naszego rodu i jego honor.

Prywatnie zastanawiałem się, w jaki inny sposób klan może doświadczać trudności, ale Peottre jeszcze nie skończył mówić.

– Nie byłem nieprzygotowany na to, co usłyszeliśmy od hetgurdu dzisiejszego popołudnia. Prawdę mówiąc, spodziewałem się tego od chwili, gdy narczeska rzuciła swoje wyzwanie. Arkon Krwawooki także przewidział, że znajdą się tacy, którzy będą niezadowoleni z próby, przed jaką postawiła księcia. Chciałem ci powiedzieć, że nie jesteśmy na to nieprzygotowani. Ułożyliśmy plany na taką sytuację. Gościnność, jaką wam proponujemy w tym kasztelu, to tylko jedno z zabezpieczeń. Mieliśmy nadzieję, że sprzeciw nie zostanie wyrażony tak szybko ani że nie zrobi tego tak poważany kaempra, jak kaempra Orłów. To wielkie szczęście, że kaempra Niedźwiedzi, sprzymierzony z klanem Dzika, uznał za stosowne zakończyć zgromadzenie tak gwałtownie. W przeciwnym wypadku dyskusja mogłaby zajść za daleko, by udało nam się naprawić szkody.

– Mogłeś nas ostrzec przed tym sprzeciwem, kaempro Peottre, zanim stanęliśmy przed hetgurdem – zauważył cicho Cierń, ale książę nie dał mu dokończyć.

– A zatem sądzisz, że da się to naprawić? Jak?

Skrzywiłem się na ten jego pośpiech. Cierń miał rację. Zawyspiarz zasłużył na naganę za wprowadzenie nas w pułapkę, a nie na bezwarunkowe przyjęcie jego pomocy w wydostawaniu się z niej.

– To zajmie czas, ale nie za wiele – raczej kilka dni niż miesięcy. Od powrotu z waszego kraju wykorzystujemy zarówno nasze bogactwa, jak i wpływy do kupowania sojuszników. Oczywiście, mówię szczerze o tym, do czego nie możemy się przyznać otwarcie. Ci, co zgodzili się nas wesprzeć, nie mogą przejść na naszą stronę zbyt szybko, lecz muszą się wydać przekonani argumentami, które przedstawi na naszą korzyść klan Dzika. Zatem na czas wahania się hetgurdu pragnę obu wam doradzić cierpliwość i ostrożność.

– Ostrożność? – zapytał ostro Cierń. „Skrytobójcy?". Wyraźnie dotarł do mnie jego niewypowiedziany strach.

– To nie jest właściwe słowo – powiedział przepraszająco Peottre. – Czasami wydaje się, że jeden język ma wiele słów na to, co inny wyraża jednym. Chciałbym was poprosić, byście byli... nie tak widzialni. Nie tak widoczni. Nie tak łatwi do znalezienia lub nawiązania rozmowy.

– Nieosiągalni? – podsunął książę.

Peottre uśmiechnął się lekko i wzruszył ramionami.

– Jeśli tak wolisz to wyrazić. Mamy tu takie powiedzenie: „Trudno jest obrazić człowieka, z którym się nie rozmawia". To właśnie sugeruję. Żeby klan Przezornego Kozła unikał obrażenia kogokolwiek przez bycie... nieosiągalnym.

– I jednoczesne zawierzenie klanowi Dzika, że przemówi w naszym imieniu? – zapytał Cierń. Zabarwił nieco głos nutą sceptycyzmu. – I co mamy tymczasem robić?

Peottre uśmiechnął się. Nie miałem najlepszej pozycji, by go obserwować, ale chyba dostrzegłem na jego twarzy wyraz ulgi, że sprawiamy wrażenie skłonnych do przyjęcia jego rady.

– Proponowałbym wywieźć was z Zyligu. Wszyscy spodziewają się, że odwiedzicie dom matek narczeski. Dla hetgurdu było niemal zaskoczeniem, że najpierw zawitaliście tutaj. Proponuję więc, byście jutro weszli na pokład statku Dzików i popłynęli z nami do Wilżenia, matczynych ziem klanu Narwala. Tam zostaniecie dobrze przyjęci, tak jak przyjmowaliście nas w Koziej Twierdzy. Poinformowałem dom moich matek o waszych obyczajach. Matki uznały je za niezwykłe, ale przyznają, że sprawiedliwie będzie was żywić, tak jak wy żywiliście nas.

Przedstawiając tę propozycję, nie potrafił ukryć nadziei. Jego zapał mnie niepokoił. Oddalał od nas niebezpieczeństwo czy nas w nie wciągał? To samo pytanie wyczułem w myślach Ciernia, który powiedział:

– Ale przybyliśmy tu dopiero dzisiaj i jesteśmy znużeni morską podróżą. Służący księcia, Młotek, niezbyt dobrze znosi fale. Zachorował i potrzebuje odpoczynku. Nie możemy nawet myśleć o jutrzejszej podróży.

Wiedziałem, że moglibyśmy jutro opuścić Zylig i że Cierń zastanawia się nad kosztami takiego posunięcia. Powiedział to Peottremu, by usłyszeć jego odpowiedź. Przez chwilę niemal żałowałem Zawyspiarza. Nie mógł wiedzieć, że Cierń i książę dzielą się myślami, nie mówiąc już o tym, że stoję za drzwiami i nie tylko słyszę każde jego słowo, lecz wspieram obserwacje jego rozmówców moimi własnymi. Zobaczyłem, jak w oczach Peottrego rodzi się przerażenie i przekazałem Sumiennemu oraz Cierniowi, że moim zdaniem jego niepokój jest szczery.

– Ależ musicie wyjechać! Zostawcie tego służącego z jakimś opiekunem. Tu, w kasztelu Dzików, będzie bezpieczny. Popełnienie morderstwa w klanowym kasztelu stanowi straszliwą obrazę domu matek tego klanu, a klan Dzika jest potężny. Nikt nawet o tym nie pomyśli.

– Ale mógłby pomyśleć, gdyby wyszedł poza kasztel? Albo gdybym ja wyszedł dziś wieczorem, może szukając posiłku?

Aksamitna uprzejmość tonu Ciernia nie bardzo maskowała ostrość jego pytania.

Widziałem z mojego ukrycia, że Peottre pożałował pochopnych słów. Pomyślał o kłamstwie, lecz zuchwale je odrzucił na rzecz szczerej prawdy.

– Musieliście wiedzieć, że do tego dojdzie. Żaden z was nie jest głupcem. Widziałem, jak obserwujecie ludzi i proponujecie jednemu okazję, zważając na to, czego pragnie drugi. Widziałem, jak posługujecie się i miodem, i ostrogą, by ludzie postępowali zgodnie z waszą wolą. Na pewno przybyliście tu z wiedzą, co Lodogień oznacza dla niektórych z nas. Na pewno spodziewaliście się sprzeciwu.

Wyczułem, jak Cierń każe Sumiennemu milczeć, po czym sam odezwał się surowo w jego imieniu:

– Sprzeciwu tak. Nawet przebąkiwań o wojnie. Grożenia morderstwem służącego księcia czy samego księcia nie. Sumienny jest jedynym spadkobiercą tronu Przezornych. Ty też nie jesteś głupcem. Wiesz, co to oznacza. Pozwalając mu wyruszyć na tę idiotyczną wyprawę, narażamy go na niebezpieczeństwo, którego granic nie pozwolimy mu przekroczyć. Ty przyznajesz, że może mu grozić morderstwo tylko dlatego, że chce dotrzymać słowa danego twojej siostrzenicy. Stawka tego sojuszu stała się zbyt wysoka, Peottre. Nie postawię życia księcia, by doprowadzić do tych zaręczyn. Żądanie narczeski nigdy nie miało dla mnie sensu. Podaj nam jeden porządny powód, dla którego powinniśmy kontynuować dzieło.

Książę kipiał z wściekłości. Wysłany przez niego Mocą sprzeciw wobec arbitralności Ciernia zagłuszył moje własne myśli. Sądziłem, że wiem, co robi Cierń, ale jedynym uczuciem, jakiego doświadczałem, była uraza księcia wobec sugestii, że może wycofać się z danego słowa. Nawała jego Mocy sprawiła, że Młotek obrócił się z jękiem.

Peottre zerknął na księcia. Nawet bez posługiwania się Mocą umiał odczytać jego uczucia.

– Bo książę Sumienny powiedział, że to zrobi. Gdyby teraz cofnął dane słowo i uciekł do domu, pokazałby, że jest tchórzliwy i słaby.

Mogłoby to powstrzymać wojnę, lecz zachęciłoby do najazdów. Jestem pewien, że znasz nasze powiedzenie: „Tchórz niczego nie ma długo na własność".

W Królestwie Sześciu Księstw mawiamy: „Strach to jedyna rzecz, której nie można odebrać tchórzowi". To chyba znaczyło to samo. Że jeśli nasz książę okaże naturę tchórza, to podobnie zostanie ocenione całe królestwo i Zawyspiarze uznają nas za doskonały cel łupieżczych najazdów.

„Cisza! Wytrzeszczaj oczy, ile chcesz, ale powstrzymaj język!".

Rozkaz dla księcia stanowił najsilniejszy przekaz Mocą, jakiego kiedykolwiek doświadczyłem od Ciernia. Jeszcze bardziej zdumiewające było prywatne polecenie, które skierował wyłącznie do mnie. „Obserwuj twarz Peottrego, Bastardzie". Czułem, ile siły kosztowało to Ciernia, a mimo to odezwał się spokojnym głosem:

– Kaempro Narwali. Źle mnie oceniasz – rzekł chłodno. – Nie powiedziałem, że książę wycofa się z obietnicy złożenia głowy smoka przed waszą narczeską. Dał słowo, a Przezorny słowa nie odwołuje. Kiedy jednak dokona tego czynu, nie widzę potrzeby marnowania rodu mojego księcia na kobietę, która chciała narazić go na takie niebezpieczeństwo, zarówno ze strony jej własnego ludu, jak i ze strony smoka. Książę to zrobi, lecz nie będzie czuł się w obowiązku poślubić potem narczeskę.

Zrobiłem, o co prosił mnie Cierń, lecz nie dało się odczytać uczuć, które przemknęły po twarzy Peottrego. Zdumienie, co oczywiste, a potem zakłopotanie. Wiedziałem, co chciał odkryć Cierń. Czego Peottre i narczeska pragną najbardziej: śmierci smoka czy sojuszu z Przezornymi? Jednak wcale nie byliśmy bliżej uzyskania odpowiedzi, kiedy Peottre wyjąkał:

– Ale czy nie takie jest właśnie największe pragnienie Królestwa Sześciu Księstw? Stworzenie poprzez to małżeństwo atmosfery dobrej woli i wykucie sojuszu?

– Narczeska nie jest na Wyspach Zewnętrznych jedyną kobietą o wysokiej pozycji – odparł lekceważąco Cierń. Sumienny znieruchomiał. Wyczuwałem szaleńczy bieg jego myśli, lecz ich nie słyszałem. – Z pewnością książę Sumienny potrafi sobie znaleźć wśród waszego ludu kobietę, która nie będzie lekkomyślnie ryzykować jego życia. A jeśli nie, istnieją inne sojusze. Sądzisz, że Kraina

Miedzi nie będzie sobie ceniła takiego układu z Królestwem Sześciu Księstw? Zastanów się nad takim naszym starym powiedzeniem: „W morzu pływa niejedna ryba".

Peottre wciąż usiłował pojąć nagłą zmianę sytuacji.

– Ale po cóż ryzykować życie księcia w walce ze smokiem, jeśli nie będzie za to żadnej nagrody? – zapytał z oszołomieniem.

W końcu nadeszła kolej Sumiennego. Cierń podsunął mu słowa, ale myślę, że książę sam by je znalazł, nawet bez podpowiedzi.

– By przypomnieć wyspom Zewnętrznym, że jeśli Przezorny mówi, że coś zrobi, to to robi. Minęło kilka lat od czasu, kiedy mój ojciec obudził Najstarszych i z ich pomocą zniszczył większość tego miasta. Może najlepszym sposobem powstrzymania wojny między Królestwem Sześciu Księstw i Wyspami Zewnętrznymi wcale nie jest ślub. Może najlepszym sposobem jest przypomnienie twoim rodakom, że jeśli mówimy, że coś zrobimy, to to robimy.

Głos księcia był cichy i spokojny. Mówił nie jak mężczyzna do mężczyzny, lecz jak król.

Dostrzegł to nawet wojownik taki jak Peottre. Na słowa mojego księcia obraził się mniej, niż gdyby usłyszał je z ust któregoś z innych kaemprów. Zobaczyłem u niego niepewność, lecz nie potrafiłbym orzec, czy myśl, że jego siostrzenica może nie poślubić księcia, napawa go przerażeniem, czy też przynosi ulgę.

– Rzeczywiście musi się wydawać, że skłaniając cię do złożenia takiej obietnicy, uciekliśmy się do podstępu. A kiedy odkryłeś pełne znaczenie swojej przysięgi, musisz się czuć oszukany podwójnie. Elliania wyznaczyła ci zadanie godne bohatera. Ty przyrzekłeś je wykonać. Gdybym pragnął posunąć się do podstępu, przypomniałbym ci, że dałeś także słowo, że ją poślubisz. Mógłbym zapytać, czy, jako Przezorny, nie jesteś w tym równie mocno zobowiązany zrobić tego, co obiecałeś. Zwalniam cię jednak z tego bez zastrzeżeń. Czujesz się zdradzony przez nas. Nie mogę zaprzeczyć, że tak to wygląda. Jestem pewien, iż masz świadomość, że jeśli wykonasz to zadanie, a następnie odrzucisz rękę narczeski, okryjesz nas wstydem proporcjonalnym do chwały, jaką zdobędziesz dla siebie. Imię narczeski stanie się słowem określającym wiarołomną podstępność kobiety. Nie cieszy mnie ta perspektywa, niemniej jednak uznaję twoje prawo do zajęcia takiego stanowiska. Nie będę też żądał dokonania na tobie zemsty krwi, lecz powstrzymam miecz i przyznam, że miałeś prawo czuć się skrzywdzony.

Pokręciłem głową. To, co mówił Peottre, wyraźnie przyprawiało go o wielkie wzruszenie, a jednak wiedziałem, że umyka mi pełne znaczenie jego słów. Nasze tradycje po prostu zbyt się różniły. Jedno jednak wiedziałem, a w chwilę później książę powtórzył moją myśl, patrząc z namysłem na Peottrego.

„No tak, nie poprawiłem sytuacji. Teraz obaj czujemy się urażeni zachowaniem tego drugiego. Jak mogę temu zaradzić? Dobyć miecza i wyzwać go do walki?".

„Nie bądź głupi!". Nagana Ciernia była tak ostra, jakby Sumienny myślał o walce poważnie. „Przyjmij jego propozycję transportu do Wilżenia. Wiedzieliśmy, że będziemy musieli odbyć tę podróż; równie dobrze można ten pomysł przypisać jemu. Może tam uda nam się dowiedzieć czegoś więcej. Tę zagadkę trzeba rozwiązać, a do czasu, kiedy będę wiedział coś więcej, wolałbym, żebyś trzymał się z dala od hetgurdu i jakichkolwiek prób skrytobójstwa".

Książę lekko opuścił głowę. Wiedziałem, że zasugerował mu to Cierń, ale Peottremu musiało się wydać, że Sumienny być może pożałował tonu swoich poprzednich słów.

– Z przyjemnością przyjmiemy tej nocy twoją gościnność, Peottre Czarnowody. A jutro popłyniemy do Wilżenia na pokładzie statku klanu Dzika.

Ulga, jaką odczuł Zawyspiarz, była wręcz namacalna.

– Sam zaręczę za bezpieczeństwo twoich ludzi podczas naszej nieobecności.

Sumienny pokręcił głową. Jego myśli pędziły. Jeśli Peottre chce rozdzielić go z jego gwardzistami i doradcami, to mu się nie uda.

– Moi wielmoże oczywiście pozostaną tutaj. Jako że nie pochodzą z rodu Przezornych, sądzę, że nie będą postrzegani jako członkowie mojego klanu, mogący stanowić obiekt zemsty. Jednakże niektóre osoby z mojego orszaku muszą mi towarzyszyć. Moja gwardia i moi doradcy. Jestem pewien, że to rozumiesz.

„A co z Młotkiem? On wciąż jest bardzo chory" – zadałem pośpiesznie pytanie.

„Ciebie nie mogę zostawić, a nie powierzę go wątpliwej opiece, z jaką spotkałby się przy kimś innym. Mimo że będzie to dla niego trudne, musi popłynąć z nami. Jest członkiem mojego kręgu Mocy. Poza tym pomyśl o zamęcie, jaki by stworzył pod naszą nieobecność, gdyby wróciły do niego dawne koszmary".

– Książę Przezorny z Królestwa Sześciu Księstw, myślę, że pod tym względem możemy spełnić twoje życzenie.

Peottre tak bardzo chciał uzyskać naszą zgodę, że z pośpiechu słowa te niemal wybełkotał.

Rozmowa zeszła na bezpieczniejsze tematy. Niedługo potem Peottre odprowadził ich na dół, na posiłek. Cierń podzielił się głośno z księciem uwagą, że muszą poprosić o przysłanie na górę dla Młotka solidnej porcji jedzenia, by przyśpieszyć jego rekonwalescencję. Peottre zapewnił ich, że tak się stanie, i usłyszałem, jak wszyscy wychodzą. Kiedy znaleźli się na korytarzu, odetchnąłem głęboko, przeciągnąłem się i podszedłem do Młotka. Spał dalej, nieświadom, że nazajutrz zostanie zaciągnięty na statek i odbędzie jeszcze jedną morską podróż. Popatrzyłem na niego z góry i wysłałem w jego sny uspokajające myśli. A potem usiadłem przy drzwiach i czekałem bez entuzjazmu na zawyspiarskie wiktuały.

ROZDZIAŁ 9

DOM MATEK

W owym czasie kaemprą klanu Borsuka był Łucznik. Miał szybkie statki, silnych wojowników i był dobrym łupieżcą, przywożącym z wypraw okowitę, srebro i narzędzia z żelaza. Zanim przyniósł swemu klanowi wstyd, stał się niemal bohaterem.

Pożądał kobiety z klanu Mewy. Poszedł do domu jej matek z darami, lecz ona ich nie przyjęła. Zrobiła to jej siostra i Łucznik z nią legł, lecz to mu nie wystarczyło. Przez rok dokonywał napadów i wrócił do domu matek klanu Borsuków z wielkim bogactwem, lecz bez dumy w sercu, zżerała go bowiem niegodna żądza.

Jego wojownicy umieli walczyć, lecz nie mieli w sercach mądrości, bo posłuchali jego rozkazu, kiedy wziął ich na wyprawę przeciwko domowi matek klanu Mewy. Kiedy statki Łucznika przybiły do brzegu, wojowników nie było, a kobiety pracowały w polu. Kaempra Łucznik i jego wojownicy zabili starców i niektórych niemal dorosłych chłopców, a kobiety wzięli na gołej ziemi, choć walczyły bardzo dzielnie. Niektóre wolały umrzeć, niż zostać zniewolone. Łucznik został tam siedemnaście dni i każdego z nich zmuszał córkę klanu Mewy, Serferet, by przyjmowała jego ciało. W końcu od tego umarła. Wtedy najeźdźcy wrócili do swego domu matek.

Księżyc się odmienił i dom matek klanu Borsuka otrzymał wieści o tym, co zrobił kaempra. Kobiety klanu zostały okryte wstydem. Wypędziły swoich mężczyzn z ziemi i zakazały im powrotu. Jako zadośćuczynienie za zło wyrządzone przez Łucznika kobiety dały klanowi Mewy siedemnastu synów, by klan zrobił z nimi, co uzna za stosowne.

I domy matek wszystkich klanów zakazały Łucznikowi i jego ludziom wstępu na ląd, a każdy mężczyzna, który proponował im jakąkolwiek pomoc, miał podzielić ich los.

W niecały rok morze pochłonęło Łucznika i jego ludzi. A klan Mewy wykorzystał jego siostrzeńców nie jako niewolników, lecz wojowników broniących jego brzegów oraz mężczyzn przysparzających więcej synów i córek klanowi Mewy. A między kobietami z domów matek znów zapanował pokój.

Zawyspiarska powiastka umoralniająca, od barda Ombira

Nazajutrz wsiedliśmy na statek płynący na wyspę Majową. Książę Sumienny i Cierń spotkali się na krótko z hetgurdem, by oznajmić mu tę decyzję. W krótkiej mowie książę stwierdził, że postanowił uznać konflikt za sprawę hetgurdu. Jako mężczyzna nie może cofnąć raz danego słowa, lecz chce dać wojownikom szansę omówienia postawionego przed nim wyzwania oraz osiągnięcia wspólnego stanowiska co do ich woli w tej sprawie. Jak powiedział mi później Cierń, mówił z godnością i spokojem, a jego chęć przyznania, że tę sprawę może rozwiązać tylko hetgurd, chyba nieco uspokoiła rozhuśtane emocje. Nawet Orzeł wypowiedział się o tym dobrze, mówiąc, że mężczyznę, który chce uczciwie stawić czoło wyzwaniu, każdy morze darzyć szacunkiem, bez względu na to, gdzie ów mężczyzna się urodził.

Wielmoże księcia przyjęli wiadomość o jego odpłynięciu z rozmaitym stopniem zaskoczenia i konsternacji. Została im przekazana jako drobna zmiana naszych planów. Większość wielmożów nie zakładała, że będzie towarzyszyć księciu do domu matek jego narzeczonej; jeszcze w Koziej Twierdzy powiedziano im, że taka duża delegacja nie spotka się z serdecznym przyjęciem. Spodziewali się zostać w Zyligu i nawiązać kontakty do przyszłych negocjacji handlowych. W większości chętnie zostaliby na Wyspie Nieba i zabiegali o względy partnerów handlowych. Arkon Krwawooki, kaempra klanu Dzika i ojciec narczeski, spokojnie zapewnił nas, że zostanie na wyspie ze swoimi wojownikami, by zapewnić gościom przyjemny pobyt, a także reprezentować naszą sprawę przed hetgurdem.

Cierń powiedział mi później, że usilnie zachęcał naszych szlachciców, by nadal korzystali z gościnności kasztelu Dzików, a nie szukali jej w miejscowych gospodach. Zachęcał ich też, by znalazłszy się wśród Zawyspiarzy, obnosili się ze swoimi herbami, tak jak robią to członkowie klanów ze swoimi zwierzęcymi symbolami. Wątpię, by powiedział panom z Królestwa Sześciu Księstw, że będą bezpieczniejsi, jeśli nie zostaną uznani za członków klanu Przezornego Kozła, jak rodzinę księcia nazywali Zawyspiarze.

Przeznaczony dla nas „Dzik" był miejscowym statkiem, o wiele mniej wygodnym od „Panieńskiej Szansy". Obserwując wchodzących na pokład, zauważyłem, że bardziej kołysze się na falach, lecz jego mniejsze zanurzenie bardziej pasowało do kanałów między wyspami, po których mieliśmy żeglować, niż głęboki kadłub „Szansy". Powiedziano mi, że niektóre kanały przy odpływie są ledwie żeglowne, a raz czy dwa razy do roku woda opada tak nisko, że można przejść z wyspy na wyspę pieszo. Zanim jeszcze raz przetniemy otwartą wodę i dopłyniemy do rodzinnej wyspy narczeski i jej wioski Wilżeń, mieliśmy przemierzyć kilka z tych kanałów.

To było okrucieństwo wobec Młotka. Pozwoliłem mu spać jak najdłużej, a potem obudziłem go na gorące śniadanie ze znanych produktów, przyniesionych z „Panieńskiej Szansy". Zachęcałem go, by dobrze podjadł, i mówiłem tylko o przyjemnych rzeczach. Ukrywałem przed nim, że wyruszamy w jeszcze jedną morską podróż. Nie podobało mu się, że musi się umyć i ubrać, bo chciał tylko wrócić do łóżka. Marzyłem, by mu na to pozwolić, przekonany, że byłoby to najlepsze dla jego zdrowia. Nie mogliśmy jednak zostawić go w Zyligu.

Nawet kiedy staliśmy na nabrzeżu z gwardzistami księcia, jego kręgiem Rozumiejących, Cierniem i Sumiennym, obserwując załadunek prezentów ślubnych na „Dzika", Młotek sądził, że wybraliśmy się tylko na poranną przechadzkę. Statek był zacumowany wzdłuż nabrzeża. Pomyślałem ponuro, że przynajmniej z wejściem na pokład nie będzie problemów. Myliłem się. Młotek spokojnie patrzył, jak inni wchodzą po trapie na pokład, ale kiedy nadeszła jego kolej, stanął obok mnie jak wryty.

– Nie.

– Nie chcesz obejrzeć zawyspiarskiego statku, Młotku? Wszyscy inni weszli na pokład, by się rozejrzeć. Słyszałem, że bardzo się różni od naszego statku. Obejrzyjmy go.

Patrzył na mnie przez chwilę w milczeniu.

– Nie – rzekł, a jego oczka zaczęły się podejrzliwie zwężać.

Dalsze oszukiwanie go na nic by się zdało.

– Musimy wejść na pokład, Młotku. Statek wkrótce odpłynie i zawiezie księcia do domu narczeski. Musimy popłynąć z nim.

Wokół nas ustała wszelka działalność portowa. Wszyscy byli gotowi i już znaleźli się na statku, który czekał tylko na Młotka i na mnie. Ludzie z innych statków i przechodnie przyglądali się natarczywie Młotkowi z rozmaitym stopniem obrzydzenia widocznym na twarzach. Żeglarze z „Dzika" czekali, by móc wciągnąć trap, a potem rzucić cumy, i patrzyli na nas z irytacją. Wyczułem ich przekonanie, że poniżamy ich samą naszą obecnością. Dlaczego nie możemy wejść na statek i zniknąć im z oczu pod pokładem? Czas działać. Ująłem Młotka mocno za ramię.

– Młotku, musimy już wejść na pokład.

– Nie!

Wyryczał nagle to słowo i zaczął szaleńczo mnie odpychać, a jego strach i wściekłość uderzyły we mnie dziką falą Mocy. Cofnąłem się chwiejnie, wywołując rechot gapiów. Szczerze mówiąc, musiało im się wydać dziwne, że pełne rozdrażnienia machnięcie ręki półgłówka niemal powaliło mnie na kolana.

Nie lubię wspominać, co było dalej. Nie miałem innego wyboru, jak użyć siły. Ale przerażenie Młotka też go zdeterminowało. Mocowaliśmy się na nabrzeżu; przeciwstawiałem mój wzrost i siłę fizyczną oraz wytrzymałość murów obronnych jego Mocy i mizernym umiejętnościom walki.

Tak Cierń, jak i książę Sumienny oczywiście od razu uświadomili sobie mój dylemat. Wyczułem, że książę stara się dosięgnąć Młotka i uspokoić go, ale czerwona mgła jego gniewu działała skuteczniej od jakiejkolwiek bariery ochronnej. W ogóle nie wyczuwałem obecności Ciernia; wyczerpał go chyba wysiłek z poprzedniego dnia. Kiedy po raz pierwszy chwyciłem Młotka z zamiarem wniesienia go na pokład, zalała mnie jego Moc. Nasz kontakt przez skórę uczynił mnie bezbronnym. Cisnął we mnie swój strach, a ja niemal się zmoczyłem z przerażenia, jakie u mnie wzbudził. Uderzyły we mnie dawne wspomnienia chwil, kiedy zamykała się na mnie paszcza śmierci. Poczułem, jak w moje ramię zatapiają się zęby ofiary kuźnicy, a w plecy trafia mnie strzała. Już przerzuciłem sobie Młotka przez ramię, ale teraz opadłem na kolana, przygnieciony ciężarem bardziej jego przerażenia niż ciała. To wywołało nowy ryk śmiechu przypadkowych widzów. Młotek wyrwał mi się i stał, wykrzykując coś dziko, osaczony, bo teraz otaczał nas już pierścień szydzących z nas ludzi.

Ich szyderstwa narastały i uderzały we mnie skuteczniej niż młócące na oślep pięści Młotka. Nie mogłem go chwycić, nie ryzykując spójności moich murów obronnych, a w obliczu ataku Mocą Młotka nie śmiałem ich opuścić, by w pełni wykorzystać moją własną Moc. Robiłem więc daremne wysiłki zapędzenia go na pokład, odcinając mu drogę ucieczki, ilekroć usiłował przemknąć obok mnie w głąb portu. Kiedy podchodziłem do niego, cofał się coraz bliżej trapu, a krąg gapiów się rozstępował, robiąc mu miejsce. Potem rzucał się na mnie z wyciągniętą ręką, bo wiedział, że jeśli mnie dotknie, moje mury się rozsypią. Ja byłem zmuszony mu ustępować, by uniknąć jego dotyku. Cały czas ludzie śmiali się i wołali do znajomych w swoim szorstkim języku, żeby przyszli i obejrzeli mieszkańca Królestwa Sześciu Księstw, który nie potrafi walczyć z półgłówkiem.

W końcu uratował mnie Sieciarz. Być może do relingu sprowadziły go rozgorączkowane okrzyki żeglarzy „Dzika". Zwalisty żeglarz przepchnął się przez gapiów i zszedł do nas po trapie.

– Młotku, Młotku, Młotku – rzekł uspokajająco. – Daj spokój. Nie trzeba się tak zachowywać. Wcale nie trzeba.

Wiedziałem, że Rozumienia można użyć, by kogoś *odepchnąć*. Kto nigdy nie odskoczył przed błyskającymi zębami psa albo o włos nie uniknął ataku kocich pazurów? Nie tylko poczucie zagrożenia zmusza człowieka do cofnięcia się, ale i siła gniewu zwierzęcia. Myślę, że obdarzony Rozumieniem uczy się *odpychania* równie instynktownie, jak uciekania przed niebezpieczeństwem. Nigdy nie zastanawiałem się nad tym, że istnieje inna, dopełniająca siła, która uspokaja i przyzywa.

Nie miałem słowa na określenie tego, co emanowało z Sieciarza. Nie ja byłem jego celem, ale i tak coś czułem. To sprawiło, że przestały mi się jeżyć włoski na karku i uspokoiło walące serce. Niemal bez udziału mojej woli opadły mi ramiona i rozluźniły się zaciśnięte szczęki. Zobaczyłem wyraz zdumienia na twarzy Młotka. Otworzył usta, język, który zawsze z nich wystawał, wysunął się jeszcze bardziej, a powieki niemal całkiem mu opadły.

– Spokojnie, przyjacielu – odezwał się cicho Sieciarz. – Odpręż się. No, dalej, chodź ze mną.

Kiedy matka podnosi kocię zębami za kark, ma ono wtedy specyficzną minę. Taka właśnie mina malowała się na twarzy Młotka, kiedy Sieciarz położył mu na ramieniu swoją dużą dłoń.

– Nie patrz – polecił Młotkowi. – Oczy na mnie.

Młotek posłuchał go; patrzył w twarz mistrza Rozumienia, który wprowadził go na pokład statku z łatwością chłopca prowadzącego byka za kółko w jego nosie. Ja drżałem, a pot wysychał mi na plecach. Kiedy wchodziłem na statek pośród drwin zgromadzonego tłumku, poczułem, jak czerwienieje mi twarz. Większość gapiów znała podstawy naszego języka. Używali go teraz celowo, bym na pewno zrozumiał ich pogardę. Nie mogłem udawać, że nie zwracam na nich uwagi, ponieważ nie potrafiłem zapanować nad wstydem, który barwił mi twarz na czerwono. Szedłem sztywno za Sieciarzem i nie miałem jak dać upustu gniewowi. Kiedy tylko znalazłem się na pokładzie, usłyszałem, że żeglarze zdejmują trap. Nie oglądając się, zmierzałem za Sieciarzem i Młotkiem do podobnego do namiotu schronienia, wzniesionego na pokładzie statku.

Pomieszczenia były tu o wiele bardziej prymitywne niż na „Panieńskiej Szansie". Na pokładzie dziobowym znajdowała się stała kajuta o drewnianych ścianach, co było dla mnie zwykłym widokiem na statku. Miałem się dowiedzieć, że została podzielona na dwa pomieszczenia. Większe zostało oddane księciu i Cierniowi, w mniejszym tłoczył się krąg Rozumiejących. Tymczasowa kajuta na pokładzie rufowym była przeznaczona dla gwardzistów. Jej ściany zrobiono z grubej skóry, rozciągniętej na tyczkach, a całość została przywiązana do kołków wbitych w pokład. Schronienia te stanowiły ustępstwo wobec naszej wrażliwości; sami Zawyspiarze woleli otwarty pokład jako najlepszy do wciągania towarów albo prowadzenia walki. Jedno spojrzenie na twarze moich towarzyszy broni powiedziało mi, jak niemile będzie przez nich widziany

Młotek. Po moim żenującym przedstawieniu na nabrzeżu ja sam zajmowałem w ich ocenie niewiele wyższą pozycję. Sieciarz usiłował posadzić Młotka na jednym z kufrów przyniesionych z „Panieńskiej Szansy".

– Nie – powiedziałem cicho. – Książę woli, żeby Młotek przebywał blisko niego. Powinniśmy go zaprowadzić do drugiej kajuty.

– Tam jest nawet tłoczniej niż tu – wyjaśnił Sieciarz, ale ja tylko pokręciłem głową.

– Do drugiej kajuty – powtórzyłem z uporem i Sieciarz ustąpił.

Młotek poszedł z nim, wciąż patrząc na niego szklistym, pełnym zaufania wzrokiem. Podążyłem za nimi, tak wyczerpany, jakbym spędził poranek na ćwiczeniach szermierskich. Dopiero później się zorientowałem, że Sieciarz umieścił Młotka na swoim własnym posłaniu. W kącie na mniejszym posłaniu siedział Uprzejmy z powarkującym kotem na kolanach. Minstrel Małż ze smutkiem oglądał trzy pęknięte struny w małej harfie. Szybki patrzył wszędzie, byle nie na mnie. Czułem jego przerażenie, że ten pół-człowiek został wprowadzony do jego przestrzeni życiowej. Cisza w maleńkim pomieszczeniu była gęstsza od masła.

Kiedy Młotek usadowił się na posłaniu, Sieciarz przeciągnął po jego spoconym czole szorstką dłonią. Młotek podniósł na nas wzrok w zdumieniu, a potem zamknął oczy, zmęczony jak dziecko. Po chwili zasnął, oddychając chrapliwie. Po szamotaninie z nim chciałem do niego dołączyć, ale Sieciarz ujął mnie pod rękę.

– Chodź – powiedział. – Musimy porozmawiać.

Oparłbym mu się, gdybym mógł, ale kiedy położył mi rękę na ramieniu, moja wola osłabła. Pozwoliłem mu wyprowadzić się na pokład. Kiedy wyszedłem na powietrze, rozległy się żartobliwe pokrzykiwania żeglarzy, ale Sieciarz je zignorował i poprowadził mnie do relingu.

– Proszę – powiedział, wyjął z kieszeni na biodrze skórzaną manierkę i wyjął korek. Doleciał mnie zapach okowity. – Napij się trochę, a potem weź kilka głębokich oddechów. Wyglądasz jak człowiek, który prawie wykrwawił się na śmierć.

Nie sądziłem, że trzeba mi okowity, dopóki nie łyknąłem jej i nie poczułem, jak rozlewa się ciepłem w moim żołądku.

„Bastardzie?".

Pełne troski pytanie księcia dosięgło mnie jako szept. Gwałtownie zdałem sobie sprawę, jak grube są wciąż moje mury ochronne. Ostrożnie je opuściłem i sięgnąłem do Sumiennego.

„Nic mi nie jest. Sieciarz uspokoił Młotka".

– To prawda, ale raczej nie musisz mi tego mówić.

„Daj mi chwilę, mój książę, żebym mógł się pozbierać". Nawet nie zdałem sobie sprawy, że głośno wypowiedziałem myśl, którą wysłałem Mocą do Sumiennego.

– Wiem. Chyba jestem nieco roztrzęsiony – odpowiedziałem Sieciarzowi.

– Owszem. Nie rozumiem jednak, dlaczego. Mam co prawda swoje podejrzenia. Ten prostak jest bardzo ważny dla księcia, prawda? I wiąże się to z tym, jak potrafił powstrzymać wojownika w kwiecie wieku przed zmuszeniem go do zrobienia czegoś, czego nie chciał zrobić. Dlaczego cofałeś się przed jego dotykiem? Kiedy ja go dotknąłem, nic mi się nie stało.

Oddałem mu manierkę.

– Nie do mnie należy wyjaśnienie tej tajemnicy – rzekłem bez ogródek.

– Rozumiem. – Łyknął okowity i podniósł wzrok w zadumie. Ryzykantka leniwie okrążyła statek, czekając na nas. Nagle na maszcie zakwitł żagiel. W chwilę później wydął się na wietrze, a ja poczułem, jak statek wahnął się do przodu, a potem zaczął nabierać szybkości. – To podobno krótka podróż. Trzy dni, góra cztery. Gdybyśmy popłynęli na „Panieńskiej Szansie", musielibyśmy opłynąć całe skupisko wysp, zacumować w porcie na jednej z innych wysp, a potem i tak przesiąść się na jakiś płaskodenny statek, by dotrzeć do Wilżenia.

Skinąłem głową, nie wiedząc, czy to prawda. Może ptak mu to powiedział. Bardziej prawdopodobne było to, że wyłowił te wieści własnym czujnym uchem z żeglarskich pogwarek.

– Gdybym miał odgadnąć tę tajemnicę, powiedziałbyś mi, czy mam rację? – zapytał, jakby kontynuował rozmowę.

Westchnąłem. Dopiero teraz, po zakończeniu szamotaniny, zdałem sobie sprawę, jak bardzo jestem zmęczony. I jak silny był Młotek, kiedy strach i gniew pchnęły go do użycia całej siły przeciwko mnie. Choroba wysączyła z niego sporo energii. Nie miałem wątpliwości, że w swoim rozumieniu walczył ze mną na śmierć i życie. Nagle zatroskałem się o niego.

– Tomie? – ponaglił mnie Sieciarz; wzdrygnąłem się i przypomniałem sobie jego pytanie.

– Nie do mnie należy wyjaśnienie tej tajemnicy – powtórzyłem uparcie. Wzbierało we mnie poczucie beznadziei, niczym krew, wypływająca z rany kłutej. Poznałem, że to beznadzieja Młotka. To mi nie pomagało. Musiałem jakoś ją stłumić, zanim wpłynie na pozostałych ludzi na statku.

„Możesz się nim zająć?".

Zgoda, jaką wysłałem do księcia, stanowiła raczej potwierdzenie, że przyjąłem jego prośbę, niż zapewnienie, że potrafię ją spełnić.

Sieciarz znów podawał mi manierkę. Wziąłem ją, łyknąłem okowity i powiedziałem:

– Muszę wracać do Młotka. Nie powinien zostawać sam.

– Chyba to rozumiem – zgodził się, biorąc ode mnie manierkę. – Chciałbym mieć pewność, czy się nim opiekujesz, czy więzisz. Cóż, Tomie Borsuczowłosy, kiedy uznasz, że możesz mi bez obaw powierzyć opiekę nad nim, daj znać. Wyglądasz, jakbyś sam potrzebował odpoczynku.

Skinąłem głową i wróciłem do niewielkiego pomieszczenia, przyznanego kręgowi Rozumiejących. Wszyscy inni stamtąd uciekli, zapewne czując się nieswojo w atmosferze silnych emocji wysyłanych przez Młotka wzbierającą falą Mocy. On sam spał, lecz z wyczerpania, a nie ukojenia. Spojrzałem na jego prostą twarz, wcale nie była dziecinna. Policzki miał zarumienione, a na czoło wystąpiły mu kropelki potu. Znów gorączkował i oddychał chrapliwie. Usiadłem na podłodze przy jego posłaniu. Wstydziłem się z powodu tego, co mu robiliśmy. To nie było w porządku i wiedzieliśmy o tym – Cierń, Sumienny i ja. A potem uległem zmęczeniu i położyłem się obok Młotka.

Dałem sobie trzy oddechy na skupienie się i zebranie w Mocy. Zamknąłem oczy i delikatnie położyłem rękę w poprzek Młotka, by pogłębić naszą więź. Spodziewałem się, że będzie ufortyfikowany przeciwko mnie, lecz był bezbronny. Wsunąłem się w sen, w którym zagubione kocię rozpaczliwie przebierało łapkami w morskiej kipieli. Wyciągnąłem je z wody tak, jak niegdyś zrobiła to Pokrzywa, i przeniosłem do wozu, łóżka i poduszki. Zapewniłem je, że jest bezpieczne, i poczułem, że jego niepokój trochę słabnie. Lecz nawet we śnie Młotek mnie rozpoznał.

– Ale ty mnie zmusiłeś! – zawołało nagle kocię. – Zmusiłeś mnie, żebym znów wsiadł na statek!

Spodziewałem się po tych słowach gniewu i sprzeciwu albo nawet ataku. Otrzymałem coś gorszego. Młotek rozpłakał się. Kocię łkało rozpaczliwie cienkim głosem dziecka. Czułem otchłań jego rozczarowania, że mogłem go tak zdradzić. Ufał mi. Podniosłem go i przytuliłem, ale on wciąż szlochał, a ja nie potrafiłem go pocieszyć, bo stanowiłem przyczynę jego smutku.

Nie spodziewałem się Pokrzywy. Był jeszcze dzień i wątpiłem, by spała. Chyba zawsze zakładałem, że Pokrzywa może się posługiwać Mocą tylko podczas snu. Niemądry pomysł, ale tak to sobie wymyśliłem. Kiedy siedziałem, kołysząc stworzonko, którym stał się Młotek, poczułem obok siebie obecność Pokrzywy. „Daj mi go" – powiedziała z kobiecym znużeniem męską nieudolnością. Czując się winny, że odczuwam ulgę, pozwoliłem jej odebrać sobie kocię. Wtopiłem się w tło jego snu i oddalając się od niego, poczułem, że jego napięcie maleje. Bolało mnie, że moja obecność go denerwuje, ale nie mogłem go za to winić.

Po pewnym czasie znalazłem się u podstawy stopionej wieży. Miejsce wydawało się bardzo opuszczone. Otaczające je strome stoki wzgórz pokrywały martwe zarośla jeżyn, a jedynym dźwiękiem był poszum wiatru w ich pędach. Czekałem.

Pojawiła się Pokrzywa.

„Dlaczego to?" – zapytała, ogarniając ruchem ręki otaczające nas pustkowie.

„Wydawało się odpowiednie" – odparłem ze zniechęceniem.

Prychnęła pogardliwie i machnięciem ręki zmieniła martwe jeżyny w wysoką letnią trawę. Wieża stała się kręgiem strzaskanych kamieni na stoku wzgórza, poprzeplatanych kwitnącymi pnączami. Usiadła na nagrzanym od słońca kamieniu, strząsnęła czerwoną spódnicę nad nagimi stopami i zapytała:

„Zawsze tak dramatyzujesz?".

„Chyba tak".

„Przebywanie z tobą musi być wyczerpujące. Znam tylko jednego człowieka, który przewyższa cię pod względem uczuciowości".

„I jest nim?".

„Mój ojciec. Wczoraj wrócił do domu".

Wstrzymałem oddech i postarałem się, by mój głos zabrzmiał obojętnie.

„I?".

„Był w Koziej Twierdzy. Nie powiedział nam nic więcej. Wygląda, jakby się postarzał o dziesięć lat, a jednak czasami widzę, jak patrzy poprzez pokój i się uśmiecha. Mimo zamglonych oczu wpatruje się we mnie, jakby nigdy przedtem mnie nie widział. Matka mówi, że czuje się, jakby wciąż się z nią żegnał. Podchodzi do niej, obejmuje ją i przytula, jakby lada chwila mogła zostać mu odebrana. Trudno opisać jego zachowanie; jakby wreszcie wykonał jakieś trudne zadanie, a zarazem zachowuje się jak człowiek przygotowujący się do podróży".

„Co ci powiedział?".

Starałem się, by nie wyczuła mojego przerażenia.

„Nic. I mojej matce też, a przynajmniej ona tak twierdzi. Kiedy wrócił, przywiózł dla nas wszystkich prezenty. Pajacyki na sznurku dla moich najmłodszych braci, a dla starszych chłopców zręcznie wyrzeźbione pudełka z ukrytymi zamkami. Dla mojej matki i mnie szkatułki z naszyjnikami z drewnianych paciorków, nie niedbale wytoczonymi, lecz wyrzeźbionymi jak oddzielne klejnoty. I konia, najpiękniejszą klaczkę, jaką widziałam w życiu".

Czekałem, wiedząc, co usłyszę, i zarazem modląc się, by te słowa nie padły.

„On sam ma kolczyk, kulkę wyrzeźbioną z drewna. Nigdy nie widziałam, by kiedykolwiek nosił kolczyk. Nawet nie wiedziałam, że ma przekłute ucho".

Zastanawiałem się, czy porozmawiali ze sobą, pan Złocisty i Brus. Może Błazen tylko zostawił te podarki królowej Ketriken, by je przekazała Brusowi. Zastanawiałem się nad tyloma rzeczami, a o żadną nie mogłem spytać.

„Co teraz robisz?" – zapytałem w zamian.

„Zanurzam knoty. Najbardziej nudna i głupia praca na świecie". Przez chwilę milczała. „Mam dla ciebie wiadomość" – dodała.

Na te słowa zamarło mi serce.

„Tak?”.

„Ojciec mówi, że jeśli przyśni mi się jeszcze kiedyś ten wilk, to mam mu powiedzieć: Powinieneś wrócić do domu dawno temu”.

„Powiedz mu...”.

Przez myśl przemknęło mi tysiąc wiadomości. Co mogłem przekazać człowiekowi, którego nie widziałem od szesnastu lat? Powiedz mu, że nie musi się bać, iż mu cokolwiek odbiorę? Powiedz mu, że wciąż kocham tak, jak zawsze kochałem? Nie. Nie to. Powiedz mu, że mu wybaczam. Nie, bo nigdy nie wyrządził mi świadomie krzywdy. Takie słowa mogłyby jedynie zwiększyć ciężar, jakim się obarczył. Były tysiące rzeczy, które chciałem mu powiedzieć, a żadnej z nich nie śmiałem przekazać przez Pokrzywę.

„Powiedz mu?” – ponagliła mnie, ogromnie ciekawa.

„Powiedz mu, że odjęło mi mowę. Że jestem wdzięczny. Jak zawsze od wielu lat”.

Wydawało się to nieodpowiednie, zmusiłem się jednak, by nie powiedzieć nic więcej. Nie chciałem postąpić pochopnie. Zanim dam Pokrzywie jakąkolwiek prawdziwą wiadomość dla Brusa, będę się długo i poważnie zastanawiał. Nie wiedziałem, ile dziewczyna wie albo się domyśla. Nie wiedziałem nawet, ile Brus wie z tego wszystkiego, co mi się przydarzyło od naszego rozstania. Lepiej żałować niewypowiedzianych słów niż pokutować za słowa, których nigdy nie będę mógł cofnąć.

„Kim jesteś?”.

Byłem jej winien przynajmniej tyle. Jakieś imię, którym mogłaby mnie nazywać. Istniało tylko jedno, które mogłem jej podać.

„Odmieńcem. Mam na imię Odmieniec”.

Kiwnęła głową, rozczarowana i zadowolona zarazem. W innym miejscu i czasie mój zmysł Rozumienia ostrzegł mnie, że w pobliżu znajdują się inni. Wycofałem się ze snu, a Pokrzywa niechętnie pozwoliła mi odejść. Wróciłem ostrożnie do mojego ciała. Jeszcze przez jakiś czas miałem zamknięte oczy, lecz otworzyłem wszystkie inne zmysły. Znajdowałem się w kajucie, obok ciężko oddychającego Młotka. Poczułem zapach oleju, którym minstrel nacierał drewno swej harfy, a potem usłyszałem szept Szybkiego:

– Dlaczego on teraz śpi?

– Nie śpię – odparłem cicho. Zdjąłem rękę z Młotka, żeby go nie obudzić, i powoli usiadłem. – Układałem Młotka. Nadal jest bardzo chory. Żałuję, że musieliśmy go zabrać w tę podróż.

Szybki wciąż dziwnie na mnie patrzył. Minstrel Małż poruszał się bardzo cicho, przecierając olejem ramę naprawionej harfy. Wstałem, schylając głowę pod niskim sufitem, i spojrzałem na syna Brusa. Chociaż bardzo chciał mnie unikać, miałem wobec niego obowiązek.

– Jesteś teraz czymś zajęty? – zapytałem chłopca.

Spojrzał na Małża, jakby się spodziewał, że minstrel odpowie za niego. Kiedy ten milczał, Szybki odpowiedział cicho:

– Małż zamierzał zagrać Zawyspiarzom kilka pieśni z Królestwa Sześciu Księstw. Chciałem ich posłuchać.

Zaczerpnąłem tchu. Jeśli zamierzałem dotrzymać słowa danego Pokrzywie, będę musiał bardziej przyciągnąć chłopca do siebie. A prawdopodobnie zraziłem go, próbując odesłać do domu. Jeśli będę go trzymał zbyt krótko, nie zdobędę jego zaufania.

– Z pieśni minstrela można się wiele nauczyć – powiedziałem. – Słuchaj także tego, co mówią i śpiewają Zawyspiarze, i postaraj się zapamiętać kilka słów z ich języka. Później porozmawiamy o tym, czego się nauczyłeś.

– Dziękuję – odparł sztywno.

Równie trudno było mu wyrazić wdzięczność, jak przyznać, że mam nad nim władzę. Nie chciałem jeszcze tego drążyć, skinąłem mu więc głową i pozwoliłem odejść. Małż ukłonił mi się z gracją przy drzwiach i na chwilę nasze oczy się spotkały. Zaskoczyła mnie życzliwość, jaką w nich dostrzegłem, lecz wyjaśniły ją jego słowa:

– Rzadko spotyka się wojownika, który ceni naukę, a jeszcze rzadziej takiego, który przyznaje, że jej źródłem może być minstrel. Dziękuję ci za to, panie.

– To ja dziękuję tobie. Mój książę poprosił mnie, bym kształcił tego chłopca. Może potrafisz mu pokazać, że nabywanie wiedzy nie musi być bolesne. – W mgnieniu oka podjąłem drugą decyzję. – Dołączę do was, jeśli nie będę przeszkadzał.

Złożył mi kolejny ukłon.

– Będę zaszczycony.

Szybki wyszedł przed nami i nie wyglądał na zadowolonego, widząc, że towarzyszę muzykowi.

Zawyspiarscy żeglarze byli podobni do wszystkich żeglarzy, jakich gdziekolwiek poznałem. Woleli każdą rozrywkę od codziennej monotonii statku. Ci, którzy nie mieli żadnych obowiązków, szybko zgromadzili się, by posłuchać Małża. Miejsce było dobre dla minstrela; stał na odkrytym pokładzie z włosami rozwiewanymi przez wiatr i słońcem za plecami. Ludzie, którzy zeszli się, by go posłuchać, przynieśli ze sobą swoje drobne prace, tak jak kobiety przyszłyby z haftowaniem czy robótkami na drutach. Jeden plótł z postrzępionej starej liny wycieraczkę, inny rzeźbił coś leniwie w kawałku twardego drewna. Skupienie, z jakim słuchali, potwierdziło moje podejrzenia. Z wyboru czy z przypadku większość załogi Peottrego posiadała praktyczną znajomość języka królestwa. Nawet ci, którzy obsługiwali najbliższe żagle, jednym uchem słuchali muzyki.

Małż zaprezentował kilka tradycyjnych ballad, upamiętniających monarchów z rodu Przezornych. Był na tyle mądry, że unikał pieśni mających jakikolwiek związek z naszym długim zatargiem z Wyspami Zewnętrznymi. Nie musiałem wysłuchiwać pieśni o wieży na Wyspie Rogowej. Szybki sprawiał wrażenie, że słucha uważnie. Najbardziej oczarowała go odśpiewana przez Małża stara przypowieść pradawnej krwi. Obserwowałem wtedy zawyspiarskich żeglarzy, zastanawiając się, czy dojrzę to samo obrzydzenie i niechęć, jakie okazywało wielu ludzi w Królestwie Sześciu Księstw, gdy śpiewano takie pieśni. Nie dostrzegłem. Wydawało się, że żeglarze przyjmują ją jako dziwną pieśń o obcej magii.

Kiedy skończył, jeden z Zawyspiarzy wstał z szerokim uśmiechem na twarzy, od którego zmarszczył się dzik wytatuowany na jego policzku. Już przedtem odłożył kozik, a teraz strzepnął z piersi i z nóg cienkie strużyny drewna.

– Sądzicie, że ta magia jest silna? – zapytał wyzywająco. – Ja znam silniejszą, a lepiej, byście i wy ją poznali, bo możecie się z nią zetknąć.

Nagą stopą trącił siedzącego obok towarzysza. Ten, wyraźnie zawstydzony kręgiem słuchaczy, wyciągnął jednak zza koszuli wiszącą na sznurku rzeźbioną piszczałkę i zagrał prostą, jękliwą melodię, a jego kompan, mogący się pochwalić bardziej dramatyzmem wykonania niż głosem, odśpiewał chrapliwie opowieść o Czarnym

Człeku z Aslevjalu. Śpiewał po zawyspiarsku, i to w specjalnym stylu używanym przez bardów, co jeszcze bardziej utrudniało mi zrozumienie. Po wyspie chodził Czarny Człek i biada każdemu, kto przybywał na nią w niegodnych zamiarach. Był strażnikiem smoka, a może smokiem w ludzkiej postaci, sam czarny jak smok, był „czymś" jak smok był „czymś", silny jak wiatr i równie niepokonany, i bezwzględny jak lód. Obgryzał kości tchórzliwych, ciął ciało nierozważnych, wyrywał...

– Do pracy! – przerwał nam nagle Peottre, wkraczając do kręgu. Jego rozkaz był dobrodusznie surowy, czym przypomniał nam, że obok bycia naszym gospodarzem jest też kapitanem tego statku. Żeglarz przerwał recytację pieśni i spojrzał na niego z ukosa. Wyczułem napięcie; dzik na policzku mężczyzny świadczył, że jest to wojownik Arkona Krwawookiego. Większość załogi nosiła jego znak plemienny i została wypożyczona Peottremu. Kapitan lekko pokręcił głową, co stanowiło naganę i jednocześnie ostrzeżenie, i wojownik rozluźnił ramiona.

– Do jakiej pracy, kiedy mamy czas odpoczynku? – zapytał mimo wszystko z nutą hardości w głosie.

Peottre odpowiedział łagodnie, lecz jego postawa świadczyła, że nie będzie tolerował żadnego sprzeciwu.

– Twoją pracą, Rutorze, jest w tym czasie odpoczywać, byś wezwany do obowiązków był rześki. Odpocznij zatem, a dostarczanie rozrywki naszym gościom zostaw mnie.

Za jego plecami stali Cierń i książę, którzy wyszli ze swojej kajuty i przypatrywali się zaciekawieni. Za nimi stał Sieciarz. Zadałem sobie pytanie, czy Peottre usłyszał pieśń żeglarza i nagle opuścił ich towarzystwo. Sięgnąłem do obu.

„Czy znamy jakąś opowieść o Czarnym Człeku z Aslevjalu? Może o kimś, kto strzeże smoka? Bo właśnie taką pieśń przerwał Peottre".

„Ja nic nie wiem. Zapytam Ciernia w chwili spokoju".

„Cierniu?" – usiłowałem nawiązać bezpośredni kontakt.

Nie zareagował. Nawet nie popatrzył na mnie.

„Myślę, że wczoraj usiłował zrobić za dużo".

„Pił dzisiaj jakieś herbatki?" – zapytałem podejrzliwie.

Wysiłek, jaki Cierń włożył poprzedniego dnia we władanie Mocą, mógł wyczerpać nowicjusza, a mimo to starzec poruszał się dziarsko jak zawsze. Kozłek? – pomyślałem z zazdrością. Pozbawia go mnie, a sam go stosuje?

„Prawie co rano pije jakiś paskudny napar. Nie mam pojęcia, z czego".

Odegnałem tę myśl, zanim mogłem się z nią zdradzić przed księciem. Postanowiłem wykraść szczyptę ziół Ciernia i zbadać, czego używa. Starzec zbyt lekkomyślnie traktował swoje zdrowie. Potrafiłby się wypalić, działając w naszej sprawie.

Nie nadarzyła się stosowna okazja. Pozostałe dni naszego krótkiego rejsu minęły spokojnie. Byłem zajęty opieką nad Młotkiem i uczeniem Szybkiego. Te dwa zadania właściwie zlały się w jedno, bo kiedy Młotek zbudził się z długiego snu, był słaby i rozdrażniony, ale nie pozwalał mi się sobą zajmować. Chętnie natomiast przyjmował pomoc Szybkiego. Chłopiec, co zrozumiałe, nie okazywał zachwytu. Opieka nad chorym człowiekiem jest uciążliwa i może być nieprzyjemna. Szybki odczuwał także zakorzenioną wśród wielu mieszkańców Królestwa Sześciu Księstw odrazę wobec niedorozwiniętych. Moja dezaprobata nie zmieniła jego podejścia, lecz stopniowo dokonała tego spokojna akceptacja odmienności Młotka, jaką okazywał Sieciarz. Jego umiejętność uczenia Szybkiego przez przykład sprawiała, że czułem się niezręcznym i bezmyślnym opiekunem. Tak bardzo chciałem dobrze traktować Szybkiego, tak dobrze, jak Brus traktował Pokrzywę, a nie udawało mi się nawet zdobyć jego zaufania.

Kiedy człowiek czuje się bezużyteczny, dni potrafią się dłużyć. Mało czasu spędzałem z Cierniem albo księciem. Na zatłoczonym statku nie nadarzały się okazje do przebywania sam na sam z którymś z nich, więc nasze kontakty ograniczały się do tych nawiązywanych przy użyciu Mocy. Starałem się sięgać do Ciernia jak najrzadziej, w nadziei że odpoczynek pozwoli mu odbudować talent. Książę przekazał mi, że Cierń nic nie wie o Czarnym Człeku na wyspie Aslevjal. Żeglarzowi, który o nim śpiewał, Peottre ciągle wynajdywał jakieś prace, więc nie mogłem go wypytać. Odizolowany od Ciernia i księcia oraz odrzucony przez Młotka, czułem się samotny i nigdzie nie mogłem znaleźć ukojenia. Moje serce wyrywało się do dawnych wspomnień, do mojego prostego romansu z Sikorką i przyjaźni, którą niegdyś dzieliłem z Błaznem. Często przychodził mi na myśl Ślepun, bo Sieciarz i jego ptak byli bardzo widoczni, a kot Uprzejmego nie odstępował go na krok. Straciłem utworzone w młodości silne więzi z ludźmi, straciłem też serce do szukania nowych. Jeśli chodzi o Pokrzywę i zaproszenie Brusa, bym „wrócił do domu"... serce aż mi się do tego rwało, lecz wiedziałem, że pragnę wrócić do czasów, nie do miejsca, a nie daję tego człowiekowi ani Eda, ani El. Kiedy wpłynęliśmy do małej zatoki, stanowiącej ledwie kęs wygryziony z wybrzeża wysepki, i Peottre krzyknął z radości na widok swego domu, zalała mnie fala zazdrości.

Sieciarz stanął obok mnie przy relingu, przeszkadzając mi w pogrążaniu się w melancholii.

– Szybki pomaga Młotkowi wkładać buty. On z przyjemnością zejdzie na brzeg, choć się do tego nie przyznaje. Już właściwie nie cierpi na morską chorobę. Teraz osłabia go choroba płuc. I tęsknota za domem.

– Wiem. Na tym statku niewiele mogę poradzić i na jedno, i na drugie. Kiedy zejdziemy na brzeg, mam nadzieję znaleźć mu jakieś wygodne miejsce i zapewnić spokój, odpoczynek oraz dobre jedzenie. To zwykle najlepsze lekarstwo na takie dolegliwości.

Sieciarz kiwnął głową. Zbliżaliśmy się do brzegu. Na cyplu stała samotna postać, dziewczyna w powiewających rdzawych spódnicach, i obserwowała statek. Na stokach falujących wzgórz, wznoszących się za nią i na kamienistym pastwisku wokół niej, pasły się owce i kozy. W głębi lądu unosiły się smugi dymu z chat wtulonych w zarośla kolcoliścia. W zatoczce witała nas samotna keja, wsparta na kamiennych słupach. Nie widziałem żadnego miasta. Na moich oczach dziewczyna stojąca na cyplu uniosła ręce nad głowę i machnęła nimi trzy razy. Pomyślałem, że nas wita, ale może dawała znaki mieszkańcom osady, bo niedługo potem na ścieżce schodzącej na brzeg pojawili się ludzie. Niektórzy stanęli na kei, a inni, znacznie młodsi, biegli wzdłuż plaży, wykrzykując coś do siebie w podnieceniu.

Nasza załoga podprowadziła statek na żaglach do samej kei, popisując się żeglarskim kunsztem. Rzucone liny złapano i obłożono. Wydawało się, że żagle zostały zrzucone i schowane w kilka chwil. Na pokładzie Peottre zaskoczył mnie, dziękując szorstko załodze z klanu Dzików, która przyprowadziła statek. Po raz kolejny uświadomiło mi to, że mamy do czynienia z sojuszem dwóch klanów, a nie tylko jednym rodem. Najwyraźniej i Peottre, i członkowie załogi uważali to za wielką przysługę i ewentualny dług między klanami.

Zdałem sobie z tego sprawę jeszcze dobitniej, widząc porządek schodzenia na ląd. Pierwszy nogę na kei postawił Peottre, po czym złożył z powagą głęboki ukłon zgromadzonym tam kobietom. Byli na kei i mężczyźni, lecz stali z tyłu i dopiero po ciepłym powitaniu przez starsze kobiety swego klanu Peottre podszedł do krewniaków, by się z nimi przywitać. Zauważyłem, że tylko nieliczni to wojownicy w sile wieku, a i ci nosili ślady dawnych walk, uniemożliwiające im powrót pod rozkazy kaempry. Było też kilku starców i kłębiąca się grupka nastolatków. Zmarszczyłem brwi i spróbowałem przekazać Cierniowi myśl:

„Albo ich mężczyźni nie uznali za stosowne nas przywitać, albo zostali gdzieś przed nami ukryci".

„Albo zostali zdziesiątkowani w wojnie ze szkarłatnymi okrętami" – dotarła do mnie jego myśl, słaba niczym smużka dymu. „Niektóre klany poniosły ciężkie straty".

Wyczuwałem, że z trudem do mnie sięga, więc przerwałem kontakt. W tej chwili miał inne problemy. Bardziej dzięki Rozumieniu niż Mocy spostrzegłem niepokój i rozczarowanie księcia. Ich powód był wyraźny. Wśród przybyłych na nasze powitanie zabrakło Ellianii.

„Nie martw się tym" – poradziłem Sumiennemu. „Nie znamy ich zwyczajów na tyle dobrze, by wiedzieć, co oznacza jej nieobecność. Nie zakładaj chęci obrazy".

„Martwić się? Ledwie to zauważyłem. Tu chodzi o sojusz, Bastardzie, a nie o jakąś dziewczynę i jej wybiegi".

Ostrość jego reakcji świadczyła, że książę kłamie. Westchnąłem. Piętnaście lat. Mogłem jedynie podziękować Edzie, że ten wiek mam już za sobą.

Peottre zapewne poinstruował Ciernia co do odpowiedniego zachowania, bo starzec wraz z całą naszą grupą został na pokładzie, dopóki młoda, dwudziestoletnia kobieta nie poprosiła głośno syna klanu Kozła z posiadłości Przezornych, by wraz ze swymi ludźmi zszedł ze statku.

– To sygnał dla nas – rzekł cicho Sieciarz. – Szybki przygotuje Młotka. Idziemy?

Kiwnąłem głową, a potem zapytałem, jakbym miał do tego prawo:

– Co ci pokazuje Ryzykantka? Czy widzi gdzieś w pobliżu uzbrojonych mężczyzn?

Uśmiechnął się lekko.

– Nie sądzisz, że gdyby tak było, powiedziałbym ci? Moja szyja byłaby tak samo zagrożona, jak twoja. Nie, Ryzykantka widzi tylko to, co sami zauważyliśmy. Spokojną osadę w ciszy poranka. A tuż za tymi wzgórzami bardzo żyzną dolinę.

Dołączyliśmy więc do pozostałych i po zejściu na keję zatrzymaliśmy się w pełnej szacunku odległości za naszym księciem, którego witano w domu matek oraz posiadłości Ellianii Czarnowodej. Słowa powitania były proste i w tej prostocie wyczuwałem rytuał. Poprzez akt powitania i dania pozwolenia na zejście na brzeg kobiety manifestowały i swoją własność ziemi, i władzę nad każdym, kto postawił stopę w Wilżeniu. Mimo to zdumiałem się, kiedy w podobny sposób zostali powitani członkowie klanu Dzika, którzy zeszli ze statku za nami. W ich odpowiedzi usłyszałem coś, co umknęło mi przedtem. Przyjmując zaproszenie, przyrzekali zarazem na honor domu ich matek, że każdy mężczyzna będzie odpowiedzialny za dobre zachowanie pozostałych. Kara za naruszenie praw gościnności nie została określona. Sens takiego rytuału dotarł do mnie w chwilę później. W narodzie morskich łupieżców musi istnieć jakaś ochrona ich własnych domostw przed innymi najeźdźcami. Podejrzewałem, że działa tu jakieś dawne przymierze kobiet z różnych klanów, i zadałem sobie pytanie, jaką karę wyznaczyłby własny dom matek mężczyźnie, który nadużyłby gościnności innego klanu.

Powitania dobiegły końca i kobiety domu matek Narwala poprowadziły księcia i jego grupę na ląd. Za nimi szli gwardziści, a potem Sieciarz, Szybki i ja z Młotkiem. Chłopiec kroczył przodem, a my podtrzymywaliśmy chorego. Za nami szła załoga Dzików, rozmawiając o piwie i kobietach i żartując z naszej czwórki. Nad naszymi głowami na czystym, błękitnym niebie krążyła Ryzykantka. Drobne kamyki chrzęściły nam pod nogami na dobrze utrzymanej drodze.

Spodziewałem się, że Wilżeń będzie większy i położony bliżej wody. Kiedy żeglarze zniecierpliwieni naszym powolnym dreptaniem zaczęli nas mijać, Sieciarz zagadnął jednego z nich. Zawyspiarz wyraźnie chciał pośpieszyć za swoimi towarzyszami i równie wyraźnie nie miał ochoty być widziany w towarzystwie półgłówka i jego dozorców. Odpowiadał więc krótko, lecz uprzejmie, jako że Sieciarz zawsze wyzwalał uprzejmość w swoich rozmówcach. Wyjaśnił, że port jest dobry, lecz nie doskonały. O prądy nie trzeba się martwić, ale kiedy wieją przeważające wiatry, są silne i tak zimne, że „zdzierają ciało z kości!". Wilżeń został zbudowany w osłoniętym zagłębieniu terenu, tuż za następnym wzniesieniem, gdzie wiatr wieje nad osadą, a nie przez nią.

I rzeczywiście, ukształtowanie terenu osłaniało miejscowość niczym dłoń. Zeszliśmy do niej drogą, a w miarę, jak znajdowaliśmy się coraz niżej, wiatr słabł i było coraz cieplej. Osada została dobrze rozplanowana. Największą budowlą był dom matek z drewna i kamienia, górujący nad prostszymi domkami i chatami niczym kasztel. Pokryty łupkowymi płytkami dach zdobił ogromny malunek narwala. Za domem matek rozciągał się zielony teren uprawny, który przypominał mi Kobiecy Ogród w Koziej Twierdzy. Ulice osady otaczały go koncentrycznymi pierścieniami, a większość placów targowych i domów rzemieślników mieściła się w części leżącej najbliżej morskiej drogi. Wszystko to ujrzeliśmy, zanim zbliżyliśmy się na tyle, by widok stracił perspektywę.

Grupa księcia już dawno zniknęła nam z oczu, lecz wrócił do nas Rebus, lekko zadyszany po biegu.

– Mam was zaprowadzić do waszej kwatery – wyjaśnił.

– To nie będziemy mieszkać z księciem? – zapytałem, zaniepokojony.

– On zostanie umieszczony jako gość w domu matek, razem z minstrelem i osobami towarzyszącymi. Dla wojowników innych klanów przydzielono specjalny budynek poza kasztelem. Członkowie innych klanów mogą w nim gościć za dnia, ale wojownikom nie wolno nocować w kasztelu. Gwardia księcia zostanie umieszczona gdzie indziej. Nie podoba nam się to, ale pan Cierń kazał dowódcy Lotnemu pogodzić się z sytuacją. A Młotek dostanie osobny domek. Książę każe, byś zamieszkał razem z nim. – Rebus wyglądał na zakłopotanego. – Dopilnuję, by ci tam przyniesiono twój żeglarski kufer – dodał ciszej, jakby mnie przepraszał. – I jego rzeczy też.

– Dziękuję.

Nie musiałem pytać, dlaczego tak postanowiono. Odmienność Młotka nie pozwalała go przyjąć jako gościa w domu matek. Cóż, przynajmniej byli na tyle rozsądni, by nie umieścić nas razem z gwardzistami. Niemniej dzielenie z Młotkiem jego statusu wyrzutka stawało się dla mnie uciążliwe. I chociaż nie lubiłem intryg dworu Przezornych, to kiedy przebywałem zbyt daleko od Sumiennego i Ciernia, stawałem się niespokojny. Wiedziałem, że grozi nam tu niebezpieczeństwo, lecz największe jest zawsze takie, którego nie znamy. Chciałem słyszeć to, co słyszy Cierń, znać szczegółowy przebieg naszych negocjacji. Jednakże Cierń nie mógł zażądać umieszczenia nas bliżej księcia, a ktoś musiał zostać z Młotkiem. Logika wskazywała na mnie. Wszystko to miało sens, co jednak nie zmniejszało mojego rozdrażnienia.

Nie obrazili nas. Jednoizbowa kamienna chata była czysta, choć unosił się w niej lekki zapach stęchlizny. Najwyraźniej stała pusta od kilku miesięcy, ale w pojemniku obok kominka leżało drewno, znalazłem też garnki. Beczka była napełniona zimną, świeżą wodą. W izbie stał stół i krzesła, a w rogu łóżko z dwoma kocami. Na podłodze kładły się promienie słońca, wpadające przez jedyne okno. Mieszkałem już w gorszych miejscach.

Kiedy kładliśmy Młotka do łóżka, mówił niewiele. Był zdyszany po spacerze i miał czerwone policzki, lecz nie były to zdrowe rumieńce, a oznaka zmęczenia. Zdjąłem mu buty, a potem otuliłem go kocami. Podejrzewałem, że nawet latem noce są tu chłodne, i zastanawiałem się, czy te dwa koce wystarczą.

– Potrzebujesz pomocy? – zapytał mnie Sieciarz.

Szybki niecierpliwie przestępywał z nogi na nogę przy drzwiach, patrząc na dom matek, stojący dwie ulice dalej.

– Nie od ciebie, ale przez jakiś czas zatrzymam Szybkiego. – Spodziewałem się niezadowolonego spojrzenia, które posłał mi chłopiec. Nie zmieniło to mego postanowienia. Wyjąłem z sakiewki pieniądze. – Idź na targ. Nie mam pojęcia, co tam znajdziesz. Bądź bardzo uprzejmy, ale zdobądź nam coś do jedzenia. Mięso i warzywa na zupę. Świeży chleb, jeśli go tu mają. Owoce. Ser, ryby. Cokolwiek można za to kupić.

Sądząc po jego minie, był rozdarty między nerwowością i chłopięcą chęcią zbadania nowego miejsca. Położyłem mu pieniądze na dłoni, z nadzieją że Zawyspiarze przyjmą monety z Królestwa Sześciu Księstw.

– A potem – ciągnąłem i spostrzegłem, że się skrzywił – wróć na statek. Rebus zajmie się naszymi kuframi, ale chcę, żebyś przyniósł dodatkową pościel z koi. Tyle, żeby wystarczyło na posłania dla nas obu, i dodatkowe koce dla Młotka.

– Ale ja mam mieszkać w domu matek z księciem, Sieciarzem i wszystkimi...

Umilkł, rozczarowany, kiedy pokręciłem głową.

– Będziesz mi potrzebny tutaj, Szybki.

Zerknął na Sieciarza, jakby szukał u niego wsparcia. Twarz mistrza Rozumienia była spokojna i obojętna.

– Jesteś pewien, że w żaden sposób ci się nie przydam? – zapytał ponownie.

– Właściwie... – I nagle poczułem, że jestem niemal sparaliżowany, tak trudno mi było poprosić. – Gdybyś zechciał przyjść później, miałbym kilka godzin dla siebie. Chyba że książę będzie cię potrzebował gdzie indziej.

– Przyjdę. Dziękuję, że poprosiłeś.

Jego słowa brzmiały szczerze, nie były spowodowane czczą uprzejmością. Zastanawiałem się nad nimi przez chwilę w milczeniu. Pochwalił mnie za to, że w końcu potrafiłem poprosić go o przysługę. Kiedy napotkałem jego wzrok, zdałem sobie sprawę, jak długo trwa to milczenie, lecz na jego twarzy malował się zwykły spokój i cierpliwość. Znów miałem to poczucie, że mnie podchodzi, ale nie tak, jak myśliwy ofiarę, lecz tak, jak treser zaprzyjaźnia się z nieufnym zwierzęciem.

– Dziękuję – udało mi się wykrztusić.

– I może pójdę z Szybkim na targ, bo jestem równie ciekaw tej osady, jak on. Obiecuję, że nie będę mitrężyć. Jak sądzisz, gdybyśmy się natknęli na piekarnię, czy jakieś słodkie ciastko mogłoby skusić Młotka do jedzenia?

– Tak. – Młotek odpowiedział drżącym głosem, ale ten dowód zainteresowania otoczeniem sprawił, że nabrałem otuchy. – I ser – dodał z nadzieją.

– Chyba najpierw powinniście poszukać ciastek i sera – poprawiłem się.

Popatrzyłem na Młotka z uśmiechem, lecz on odwrócił ode mnie wzrok. Wciąż miał do mnie żal. Wiedziałem, że będę musiał go zawieść jeszcze przynajmniej dwa razy – czekał nas powrót do Zyligu, a potem podróż na Aslevjal. Nie potrafiłem nawet myśleć o rejsie do domu. Teraz wydawał się beznadziejnie odległy.

Sieciarz wyszedł z Szybkim; chłopiec trajkotał beztrosko, a mężczyzna chętnie mu odpowiadał. Prawdę mówiąc, byłem zadowolony, że poszli razem. Chłopiec w obcym mieście z łatwością mógł kogoś niechcąco obrazić lub znaleźć się w niebezpieczeństwie. Niemniej, patrząc na ich oddalające się sylwetki, poczułem się opuszczony.

Cofnąłem się od wabiącej mnie otchłani użalania się nad sobą dzięki myślom o drogich mi ludziach. Starałem się nie zastanawiać, co spotkało Trafa albo Błazna po moim wyjeździe z Koziej Twierdzy. Traf był rozsądnym młodzieńcem. Musiałem mu ufać. A Błazen przez wiele lat kierował własnym życiem – albo życiami – bez mojej pomocy. Mimo to wciąż robiło mi się nieswojo na myśl, że gdzieś tam w Królestwie Sześciu Księstw jest prawdopodobnie na mnie wściekły. Złapałem się na tym, że wodzę palcami po srebrzystych śladach Mocy, zostawionych na moim nadgarstku przez jego dotyk. Nie wyczuwałem go, ale i tak schowałem obie dłonie za plecami. Znowu zadałem sobie pytanie, co powiedział Brusowi albo czy w ogóle się z nim widział.

To były bezużyteczne myśli, ale nie miałem innego zajęcia. Krążyłem bezmyślnie po chatce, obserwowany przez Młotka. Zaproponowałem mu chochlę zimnej wody z beczki, ale odwrócił głowę. Sam się napiłem, smakując odmienność tej wyspy w jej wodzie. Była słodka i jakby omszała. Pomyślałem, że prawdopodobnie pochodzi z jakiegoś stawu. Postanowiłem rozpalić ogień na kominku na wypadek, gdyby Sieciarz i Szybki przynieśli surowe mięso.

Czas mijał powoli. Rebus i jeszcze jeden gwardzista przynieśli ze statku nasze kufry. Wyjąłem ze swojego zioła na herbatę. Napełniłem ciężki czajnik i ustawiłem go w palenisku, by zagotować wodę, ale bardziej po to, by coś robić, niż z chęci napicia się czegoś gorącego. Zmieszałem rumianek, koper i korzeń maliny, by napar był słodki i uspokajający. Młotek patrzył podejrzliwie, jak nalewam wodę, ale nie zaproponowałem mu pierwszego kubka. Ustawiłem krzesło przy oknie, skąd mogłem patrzeć na owce, pasące się na trawiastym zboczu nad miasteczkiem. Piłem herbatę i starałem się odnaleźć zadowolenie, jakie niegdyś dawał mi spokój i samotność.

Kiedy wreszcie podałem Młotkowi kubek, przyjął go. Może przez to, że wypiłem pierwszy, nabrał pewności, że nie chcę go uśpić albo otruć. Wrócili Sieciarz i Szybki z naręczami pakunków; policzki chłopca zaróżowiły się od spaceru na świeżym powietrzu. Młotek powoli dźwignął się do pozycji siedzącej, by popatrzeć, co przynieśli.

– Kupiliście ciastko z truskawkami i żółty ser? – zapytał z nadzieją.

– Nie, ale spójrz, co innego udało nam się znaleźć – zaprosił go Sieciarz, wykładając swoją zdobycz na stół. – Paluszki z czerwonej ryby, wędzonej na słono i na słodko. Bułeczki posypane nasionami. A tu jest koszyk z trawy pełen jagód dla ciebie. Nigdy takich nie widziałem. Kobiety nazwały je mysimi jagodami, bo myszy upychają je w swoich norkach, żeby wyschły na zimę. Są trochę kwaśne, ale znaleźliśmy do nich kozi ser. Te śmieszne pomarańczowe korzenie trzeba upiec na węglach, a potem obrać je i zjeść miąższ z solą. I w końcu, proszę, nie są już tak gorące, jak wtedy, kiedy je kupowaliśmy, ale moim zdaniem wciąż ładnie pachną.

Były to paszteciki wielkości męskiej pięści. Sieciarz przyniósł je w torbie utkanej ze skręconej trawy, wyścielonej szerokimi, pierzastymi liśćmi wodorostów. Kiedy wyłożył je na stół, poczułem zapach ryb. Paszteciki były nadziane kawałkami białej ryby w gęstym, tłustym sosie. Widok Młotka, który wstał chwiejnie z łóżka, by wziąć sobie jeden ze stołu, dodał mi otuchy. Jadł pośpiesznie, przerywając żucie tylko zmuszony do tego przez ataki kaszlu; drugi pasztecik zjadł już wolniej, popijając kubkiem herbaty. Potem rozkaszlał się tak, że bałem się, że się zakrztusi, lecz w końcu odetchnął głęboko i spojrzał na nas załzawionymi oczyma.

– Jestem taki zmęczony – oznajmił drżącym głosem i ledwie Szybki pomógł mu się położyć, odpłynął w sen.

Szybki i Sieciarz ożywili nasz posiłek rozmową o miasteczku. Milczałem, przysłuchując się spostrzeżeniom chłopca. Miał bystre oko i dociekliwy umysł. Wyglądało na to, że większość handlarzy na targu stawała się dość życzliwa, gdy tylko widzieli jego pieniądze. Podejrzewałem, że znów pomogła tu łagodność Sieciarza. Jedna kobieta nawet mu powiedziała, że podczas porannego odpływu można zbierać na plażach słodkie małże. Sieciarz wspomniał o tym, a potem przeszedł do opowieści, jak to w dzieciństwie zbierał małże z matką, i do innych historii ze swojej młodości. I Szybki, i ja byliśmy nimi zafascynowani.

Napiliśmy się jeszcze mojej herbaty i właśnie, gdy popołudnie zaczęło się rozwijać w przyjemnej atmosferze, w drzwiach stanął Rebus.

– Przysyła mnie pan Cierń z wiadomością, że macie przyjść do domu matek na uroczystość powitania – oznajmił.

– To lepiej idźcie – poleciłem z niechęcią Sieciarzowi i Szybkiemu.

– Ty też – poinformował mnie Rebus. – Ja mam zostać z półgłówkiem księcia.

Skarciłem go wzrokiem.

– Młotek – rzekłem cicho. – On ma nam imię Młotek.

Po raz pierwszy zganiłem Rebusa. Tylko popatrzył na mnie, a ja nie potrafiłem ocenić, czy czuje się skrzywdzony, czy obrażony.

– Z Młotkiem – poprawił się. – Mam zostać z Młotkiem. Wiesz, że nie chciałem nic przez to powiedzieć, Tomie Borsuczowłosy – dodał niemal z rozdrażnieniem.

– Wiem. Ale to rani uczucia Młotka.

– Ach. – Rebus zerknął nagle na śpiącego, jakby zaskoczony, że on ma uczucia. – Aha.

Zlitowałem się nad nim.

– Na stole jest jedzenie i gorąca woda na herbatę, jeśli masz ochotę.

Skinął głową, a ja wyczułem, że zawarliśmy pokój. Przygładziłem włosy i włożyłem świeżą koszulę. A potem, ku wielkiej niechęci Szybkiego chciałem uczesać i jego, ale miał zbyt dużo kołtunów we włosach.

– Musisz to robić co rano. Ojciec na pewno nauczył cię, że nie należy wyglądać jak górski kuc, który jeszcze nie zrzucił całej zimowej sierści.

Spojrzał na mnie ostro.

– To jego słowa! – zawołał, a ja wyjaśniłem moje potknięcie:

– W Księstwie Kozim to znane powiedzenie, chłopcze. Przyjrzyjmy ci się. No dobrze, ujdzie. Nieco częstsze mycie też by ci nie zaszkodziło, ale teraz nie ma na to czasu. Chodźmy.

Poczułem ukłucie współczucia, zostawiając Rebusa siedzącego samotnie przy stole.

ROZDZIAŁ 10

NARCZESKA

Taki oto mają obyczaj związany z małżeństwem: jest wiążące tylko tak długo, jak kobieta chce być nim związana. Kobieta wybiera mężczyznę, chociaż mężczyzna może zalecać się do pociągającej go kobiety poprzez podarki i czyny wojenne dokonane na jej cześć. Jeśli zawyspiarska kobieta przyjmuje zaloty mężczyzny, nie znaczy to, że się z nim związała, tylko że może go przyjąć w swoim łożu. Ich flirt może trwać tydzień, rok albo całe życie. Zależy to całkowicie od woli kobiety. Wszystko, co znajduje się pod dachem, należy do kobiety, tak jak wszystko, co pochodzi z ziemi przynależnej domowi jej matek. Dzieci należą do klanu kobiety i zwykle karzą je oraz uczą raczej jej bracia i wujowie niż ich ojciec. Dopóki mieszka on na jej ziemi albo w domu jej matek, ona rządzi jego pracą. Właściwie to podróżnik dziwi się, dlaczego mężczyzna miałby dobrowolnie przyjmować taką pomniejszą rolę, lecz Zawyspiarze są podobnie zdziwieni naszymi zwyczajami i pytają mnie czasami: „Dlaczego wasze kobiety dobrowolnie zrzekają się bogactwa własnych rodzin, by zostać służącymi w domu mężczyzny?".

„Opisanie podróży w barbarzyńskim kraju" skryby Strzyżyka

Dom matek klanu Narwala był fortecą i jednocześnie domem, a zarazem najstarszą budowlą w Wilżeniu. Jej pierwszą linię obrony stanowił potężny mur, otaczający przynależne jej ziemie i ogród. Gdyby najeźdźcy odepchnęli obrońców, mogliby się oni wycofać do samego domu matek. Ślady ognia na jego belkowaniu i kamiennych ścianach świadczyły, że przetrwał nawet pożar. Na parterze nie było żadnych otworów, pierwsze piętro szczyciło się strzelnicami, a prawdziwe okna umieszczono dopiero na drugim. Chroniły je grube okiennice, zdolne zatrzymać każdy pocisk. Nie był to jednak zamek w naszym rozumieniu. Nie było tu magazynów żywności ani miejsca na sprowadzenie owiec albo na udzielenie schronienia całej wiosce. Podejrzewałem, że budynek ma się oprzeć łupieżcom, którzy pojawiają się z przypływem, a znikają z odpływem, a nie wytrzymać poważne oblężenie. Był to kolejny przykład na różnice między zwyczajami naszych ludów i w ich sposobie myślenia.

Przez bramę w murze przepuściło nas skinieniem głowy dwóch młodzieńców z symbolami narwala. Dalej do kamyków z plaży, którymi była wysypana droga, dodano pokruszone muszle, co nadawało jej opalizującego blasku. Drzwi domu matek, z wyrzeźbionymi narwalami, stały otworem; mogłoby się w nich zmieścić trzech mężczyzn idących w szeregu. W środku panował półmrok rozświetlony blaskiem pochodni. Zupełnie jakby wchodziło się do jaskini.

Zatrzymaliśmy się w wejściu, by przyzwyczaić oczy do ciemności. Powietrze było gęste od aromatów długich lat ludzkiej obecności. Pachniało jedzeniem, potrawkami, wędzonym mięsiwem i rozlanym winem; wyczułem woń garbowanej skóry i ciał ludzi. Niektórzy mogliby uznać ją za smród, ale dla mnie stanowiła raczej swojski zapach, obiecujący bezpieczeństwo i przypominający rodzinny dom.

Z wejścia wchodziło się od razu do wielkiej sali, podzielonej jedynie słupami wspierającymi sufit. Znajdowały się w niej trzy kominki, wszystkie z paleniskami do przygotowywania posiłków. Na podłodze wyłożonej kamiennymi płytami rozsypano świeże sitowie. Pod ścianami stały ławy, a nad nimi wisiały półki. Niższe ławy były szerokie – zwinięte skóry świadczyły, że nocą pełniły role łóżek, a za dnia zwykłych ław i stołów. Płytkie półki nad ławami służyły do przechowywania żywności i przedmiotów osobistych. Mimo że na wielu słupach umieszczono kinkiety ze świecami, większość światła w sali pochodziła z palenisk. W odległym kącie po lewej stronie pięły się w półmrok szerokie schody. Była to jedyna droga prowadząca na wyższe piętra domu, jaką zauważyłem. Miało to sens. Nawet gdyby atakujący zdobyli kontrolę nad tym poziomem domu matek, obrońcy z góry musieliby strzec tylko jednego wejścia. Najeźdźcy drogo by zapłacili za zdobycie wyższych pięter domu matek.

Wszystko to dostrzegłem poprzez zgromadzony tłum. Wszędzie stały grupki ludzi w różnym wieku, a wokół panowała atmosfera oczekiwania. Najwyraźniej spóźniliśmy się. Przy końcu długiego pomieszczenia, przed największym kominkiem czekał książę Sumienny. Obok niego ustawił się Cierń i krąg Rozumiejących, a za nimi gwardia w trzech rzędach. Członkowie klanu Narwala rozstąpili się, byśmy mogli zająć przeznaczone nam miejsca. Sieciarz i Szybki stanęli obok minstrela Małża, Uprzejmego i jego kota. Ja zająłem miejsce na końcu pierwszego szeregu gwardzistów.

Ellianii nie było. Po drugiej stronie kominka zgromadziły się głównie kobiety. Peottre był jedynym dorosłym mężczyzną w kwiecie wieku. Widziałem kilku staruszków, czterech młodzieńców w wieku narczeski i sześciu czy siedmiu malców, trzymających się spódnic matek. Czy wojna ze szkarłatnymi okrętami tak bardzo zdziesiątkowała klan Narwala?

Wojownicy Dzików ze statku byli obecni, lecz stali w jednej grupie z boku, będąc raczej świadkami niż uczestnikami tego, co miało się zdarzyć. Ludzie wypełniający resztę pomieszczenia prawie w całości należeli do klanu Narwala, o czym świadczyła ich biżuteria, ozdoby stroju i tatuaże. Jedyny wyjątek stanowili mężczyźni, stojący obok kobiet; wżenili się oni zapewne do klanu lub byli partnerami jego kobiet na mniej formalnych zasadach. Zobaczyłem wśród nich Niedźwiedzi, Wydry i jednego Orła.

Wszystkie kobiety były wystrojone jak na wielką uroczystość. Te, które nie miały biżuterii ze złota, srebra czy drogich kamieni, nosiły ozdoby z muszli, piór i nasion. Zadbały o kunsztowne ułożenie włosów, a fryzury niektórych znacznie dodawały im wzrostu. W przeciwieństwie do Koziej Twierdzy, gdzie damy jakby dobierały stroje w tajemniczej kobiecej współpracy, dostrzegłem różnorodność stylów. Jedynym elementem łączącym wyszywane paciorkami, haftowane lub tkane wzory ich sukien wydawała się jaskrawość kolorów oraz motyw narwala.

Domyślałem się, że osoby stojące w pierwszym rzędzie są krewnymi narczeski, a te zajmujące miejsca przy kominku stanowią jej najbliższą rodzinę. Przeważały wśród nich kobiety. Wszystkie członkinie klanu Narwala miały skupione, niemal groźne miny. Napięcie panujące w tej części pomieszczenia było namacalne. Zastanawiałem się, która z nich jest matką Ellianii – a także, na co czekamy.

Zapadła całkowita cisza. Wtedy czterej członkowie klanu znieśli po schodach do sali pomarszczoną, drobną staruszkę. Siedziała na krześle zrobionym z poskręcanych kawałków lśniącego drewna wierzbowego i wyłożonym niedźwiedzimi skórami. Cienkie siwe włosy miała zaplecione w warkocz i upięte w koronę. Jej oczy były czarne i lśniące. Miała na sobie czerwoną szatę z ponaszywanymi guziczkami z kości, ozdobionymi powtarzającym się motywem narwala. Mężczyźni postawili krzesło nie na podłodze, lecz na ciężkim stole, by staruszka bez wstawania mogła patrzeć na wszystkich, którzy zgromadzili się w jej domu. Wyprostowała się z cichym jękiem i obrzuciła wszystkich spojrzeniem. Zwilżyła językiem pomarszczone wargi. Na jej chudych stopach kiwały się kapcie z grubego futra.

– No tak! Jesteśmy wszyscy! – oznajmiła.

Wypowiedziała te słowa głośno, do czego mają skłonność starzy ludzie z osłabionym słuchem. Nie wyglądała na przejętą oficjalnością sytuacji ani tak spiętą, jak pozostałe kobiety.

Wielka Matka klanu Narwala pochyliła się, zaciskając poskręcane dłonie na sękatym drewnie poręczy krzesła.

– Dobrze. Niech wystąpi. Kto pragnie zalecać się do Ellianii, naszej narczeski klanu Narwala? Gdzie jest wojownik na tyle zuchwały, by prosić o zezwolenie matek na zlegnięcie z naszą córką?

Jestem pewien, że nie takich słów spodziewał się Sumienny. Wystąpił do przodu z twarzą czerwoną jak burak. Złożył staruszce głęboki ukłon wojownika i odezwał się wyraźnie po zawyspiarsku:

– Ja staję przed matkami klanu Narwala i proszę o pozwolenie na połączenie mojego rodu z waszym.

Patrzyła na niego przez chwilę, a potem spojrzała gniewnie na jednego z młodzieńców, którzy ją przynieśli.

– Co tu robi niewolnik z Królestwa Sześciu Księstw? Czy to podarek? I dlaczego usiłuje mówić w naszym języku, tak strasznie go kalecząc? Każę wyciąć mu język, jeśli spróbuje to zrobić jeszcze raz!

Zapadła nagła cisza, przerwana dzikim, lecz szybko stłumionym wybuchem śmiechu gdzieś w tyle pomieszczenia. Jakimś sposobem

Sumienny zachował pewność siebie i dość rozsądku, by nie usiłować wytłumaczyć się rozsierdzonej Wielkiej Matce. Jakaś kobieta z rodziny narczeski podeszła do staruszki, wspięła się na palce i zaczęła coś do niej gorączkowo szeptać. Matka odpędziła ją rozdrażnionym gestem.

– Przestań syczeć i pluć, Almato! Wiesz, że kiedy tak mówisz, nie słyszę ani słowa! Gdzie jest Peottre? – Rozejrzała się, jakby zapodział się jej pantofel, a potem podniosła wzrok i spojrzała z gniewem na Peottrego. – Jest! Wiesz, że jego słyszę najlepiej. Co on robi tak daleko? Chodź tutaj, bezczelny nicponiu, i wyjaśnij mi, o co tu chodzi!

Można by z rozczuleniem obserwować, jak staruszka komenderuje zaprawionym w boju wojownikiem, gdyby na jego twarzy nie malowała się taka troska. Podszedł do Wielkiej Matki, przyklęknął na jedno kolano i zaraz wstał. Kobieta położyła mu na ramieniu kościstą dłoń.

– O co tu chodzi? – zapytała surowo.

– O Oerttre – odparł cicho. Jego głęboki głos docierał do starych uszu lepiej niż piskliwy szept kobiety. – Chodzi o Oerttre. Pamiętasz?

– Oerttre – powtórzyła i w jej oczach nagle pojawiły się łzy. Rozejrzała się po sali. – I Kossi? O małą Kossi też? Ona też tu jest? Wreszcie do nas wróciła?

– Nie – rzekł krótko Peottre. – Nie ma tu żadnej z nich. I o to właśnie chodzi. Pamiętasz? Rozmawialiśmy o tym dziś rano w ogrodzie. Pamiętasz?

Kiwał przy tym powoli głową, zachęcając staruszkę do wysiłku.

Patrzyła mu w twarz i kiwała głową razem z nim, lecz w pewnej chwili przestała i pokręciła nią.

– Nie – zawołała cichym głosem. – Nie pamiętam. Smagliczka przestała kwitnąć, a śliwki mogą być w tym roku kwaśne. Pamiętam, że mówiliśmy o tym. Ale... nie. Peottre, czy to było ważne?

– Tak, Wielka Matko. Bardzo ważne.

Na jej twarzy zagościł niepokój, a potem gniew.

– Ważne, ważne! „Ważne", mówi mężczyzna, ale cóż wiedzą mężczyźni? – Jej starczy głos, łamiący się i piskliwy, uniósł się w gniewnej drwinie. Zdegustowana, chudą ręką uderzyła się po udzie. – Łóżko i przelew krwi, tylko tyle wiedzą, tylko to jest według nich ważne. Co oni wiedzą o strzyżeniu owiec i plonach w ogrodzie, co wiedzą o beczkach solonej ryby potrzebnych na zimę i baryłkach słodkiego smalcu? Ważne? Jeśli to jest ważne, to niech się tym zajmie Oerttre. Ona teraz jest Matką, a ja powinnam móc odpocząć. – Uniosła dłoń z ramienia Peottrego i chwyciła się poręczy krzesła. – Potrzebuję odpoczynku! – poskarżyła się żałośnie.

– Tak, Wielka Matko. Potrzebujesz. Powinnaś odpocząć, a ja zadbam, by wszystko potoczyło się tak, jak powinno. Obiecuję.

Przy tych słowach z cieni u szczytu schodów wyłoniła się Elliania i zbiegła na dół. Wydawało się, że jej lekko obute stopy ledwie muskają stopnie. Połowę włosów miała upiętą maleńkimi szpilkami w kształcie gwiazdek; reszta spadała luźno na ramiona. Nie wyglądało to na gotową fryzurę. Na schodach za Ellianią pojawiły się dwie młode kobiety i zaczęły schodzić na dół, lecz zatrzymały się z przerażeniem, szepcząc coś do siebie. Chyba przygotowywały ją do wystąpienia przed zgromadzonymi, ale kiedy narczeska usłyszała podniesione głosy, wyrwała się opiekunkom.

Ludzie rozstępowali się przed nią, a ja rozpoznałem ją głównie po sylwetce. Podobnie jak Sumienny wyrosła w ciągu tych kilku miesięcy, jakie upłynęły od czasu, kiedy ostatnio ją widziałem; zniknął cały jej dziecinny tłuszczyk, zastąpiony kobiecymi kształtami. Kiedy przechodziła obok szeregu swoich krewniaczek, nie tylko mężczyźni z Królestwa Sześciu Księstw wstrzymywali oddech. Suknia okrywała jej ramiona i plecy, lecz odsłaniała dumnie uniesione piersi. Czy uróżowiła sobie sutki, że miały tak wyraźny kolor? Poczułem reakcję własnego ciała. W chwilę później zatrzasnąłem bariery ochronne i zbeształem Sumiennego, że nie strzeże swoich myśli. Musiał mnie usłyszeć, lecz nawet nie drgnął. Wpatrywał się w odsłonięte piersi narczeski, jakby nigdy nie widział damskiego biustu, co zresztą było bardzo prawdopodobne.

Nie raczyła nawet zerknąć na zagapionego księcia, lecz skierowała się prosto do Wielkiej Matki.

– Ja się tym zajmę, Peottre – rzekła swoim nowym kobiecym głosem, a następnie zwróciła się do mężczyzn, którzy wnieśli staruszkę: – Słyszeliście naszą Wielką Matkę. Potrzebuje odpoczynku. Podziękujmy jej wszyscy, że zechciała uświetnić swoją obecnością nasze wieczorne zgromadzenie, i życzmy jej spokojnego snu.

Rozległ się pomruk, gdy wszyscy życzyli Wielkiej Matce dobrej nocy; czterej mężczyźni dźwignęli krzesło i wynieśli staruszkę z sali. Narczeska stała wyprostowana i milcząca, odprowadzając ją wzrokiem, dopóki nie zniknęła w mroku u szczytu schodów, a potem zaczerpnęła tchu. Książę wpatrywał się teraz w jej plecy, w ostatnie zgrubienie na szczycie kręgosłupa, odsłonięte przez uniesione włosy, i we wdzięczną szyję narczeski. Pomyślałem, że krawcowa dobrze skroiła jej suknię. Nie było widać ani skrawka tatuażu. Zobaczyłem, jak Cierń ledwie zauważalnie szturcha Sumiennego pod żebro. Młodzieniec wzdrygnął się jak obudzony ze snu i zainteresował nagle stopami Peottrego. Ten patrzył na księcia beznamiętnie jak na źle wychowanego psa, który, gdyby nikt go nie obserwował, mógłby ściągnąć mięso ze stołu.

Narczeska wyprostowała ramiona, odwróciła się twarzą do zgromadzonych i powiodła po nas wzrokiem. Ozdoba, którą miała we włosach, była zrobiona z rogu narwala. Nie mam pojęcia, w jaki sposób zabarwiono go opalizującym błękitem. Maleńkie gwiazdki na szpilkach lśniły wokół ozdoby, a ja już nie miałem wątpliwości, że figurka, którą książę Sumienny znalazł na plaży skarbów, zapowiadała tę chwilę. Nadal nie wiedziałem, co to znaczy, ale nie miałem czasu, by się nad tym zastanowić.

Jakimś sposobem narczesce udało się przywołać na twarz uśmiech, choć w kącikach ust był on nieco krzywy. Roześmiała się cicho, wzruszyła ramionami i rzekła:

– Zapomniałam, co mam teraz powiedzieć. Czy ktoś wypowie słowa Matki? – Lecz zanim ktokolwiek zdążył zareagować na jej prośbę, spojrzała na Sumiennego. Już przedtem był czerwony na twarzy; teraz, kiedy napotkał jej wzrok, płonął. Elliania nie zwracała uwagi na jego zdenerwowanie i ciągnęła spokojnie: – Rozumiesz, dziś wieczorem łączymy ze sobą nasze dwie tradycje. Przypadkiem nadeszła pora, bym pokazała się mojemu klanowi jako kobieta naznaczona krwią. I tego samego dnia przybywasz ty, proponując siebie jako mojego partnera.

Książę poruszył ustami. Chyba wymruczał słowa „kobieta naznaczona krwią”, lecz spomiędzy jego warg nie wydostał się żaden dźwięk.

Narczeska roześmiała się, lecz bez wesołości. Jej śmiech brzmiał ostro, niczym pękające kawałki lodu.

– Czy wy nie przewidujecie w związku z takim wydarzeniem odpowiedniej uroczystości? Żeby stać się mężczyzną, chłopiec naznacza krwią swój miecz, tak? Posiadłszy umiejętność zabijania, oznajmia, że jest spełnionym mężczyzną. Kobieta jednak nie potrzebuje miecza. Sama Eda naznacza nas krwią i oznajmia, że jesteśmy spełnione. Co mężczyzna może odebrać mieczem, kobieta może dać samym swoim ciałem. Życie. – Położyła dłonie na swoim płaskim brzuchu. – Uroniłam moją pierwszą kobiecą krew. Potrafię dać życie. Stoję przed wami wszystkimi jako kobieta.

– Witaj, Ellianio, kobieto z klanu Narwala – wymruczeli w odpowiedzi zebrani.

Wyczułem, że narczeska wróciła do rytuału i podjęła jego słowa. Peottre wycofał się do szeregu krewnych Ellianii. Otoczyły ją kobiety i każda z nich wymieniła z nią oficjalne powitanie. Obserwowały ją z przejęciem stojące w grupce dziewczynki z włosami puszczonymi luźno na ramiona. Jedna z nich, wyższa od pozostałych i sama niemal będąca kobietą, pokazała na Sumiennego i powiedziała coś pochlebnego o nim do dwóch ze swoich towarzyszek. Zachichotały i przysunęły się bliżej do niej, szepcząc i szturchając się. Domyśliłem się, że były to koleżanki Ellianii, które narczeska właśnie opuściła, wstępując w szeregi kobiet. Łatwość, z jaką zapanowała nad sytuacją, świadczyła o tym, że pod wieloma względami od dawna była już kobietą. Ta uroczystość stanowiła oficjalne uznanie, że ciało Ellianii zaczyna doganiać jej ducha.

Kiedy przywitały ją już wszystkie kobiety, narczeska cofnęła się z kręgu światła, rzucanego przez ogień płonący w kominku. W tłumie zapanowała cisza, zastępując pomruk zadowolenia i powitania. Przez chwilę czułem skrępowanie obecnych. Peottre zaczął przestępować z nogi na nogę, ale zaraz przestał. Sumienny nie ruszał się ze swego miejsca, a wiedziałem, że te minuty mijają mu niczym godziny.

W końcu do przodu wystąpiła ta sama młoda kobieta, która szeptała do ucha Wielkiej Matce. Miała lekko zarumienione policzki. Najwyraźniej uznała, że przekracza swoją pozycję społeczną, lecz nikt inny nie podjął się przewodzenia uroczystości.

– Jestem Almata, córka matek klanu Narwala. – Odchrząknęła, lecz głos wciąż jej drżał. – Jestem kuzynką narczeski Ellianii, starszą od niej o sześć lat. Mimo że jestem tego niegodna, przemówię w imieniu Wielkiej Matki.

Przerwała na chwilę, jakby czekała, czy ktoś zakwestionuje jej wystąpienie w tej roli. Były w sali starsze kobiety, lecz żadna się nie odezwała. Kilka kiwnęło zachęcająco głowami. Większość sprawiała wrażenie zniechęconych. Almata zaczerpnęła głęboko tchu, uspokoiła się i odezwała ponownie:

– Zebraliśmy się w domu naszych matek, ponieważ wszedł między nas ktoś spoza klanu, chcąc połączyć swój ród z naszymi. Prosi nas nie o jakąś zwykłą kobietę, lecz o naszą narczeskę Ellianię, tę, której córki będą po kolei narczeską, Matką i Wielką Matką nas wszystkich. Wystąp, wojowniku. Kto pragnie prosić o rękę Ellianii, naszej narczeski Narwali? Gdzie jest wojownik na tyle zuchwały, by prosić matki o pozwolenie zlegnięcia z naszą córką i dania jej córek, by zostały wychowane na Matki klanu Narwala?

Sumienny zaczerpnął spazmatycznie powietrza. Nie powinien tego robić; powinien być spokojniejszy, nie mogłem go jednak za to winić. Wszyscy czuli, że sytuacja tego wieczoru nie jest taka, jak powinna, i było to coś więcej niż uczestniczenie obcych w zawyspiarskiej uroczystości. Miałem wrażenie, że ludzie usiłują zapełnić jakieś puste miejsce albo odwrócić tragedię przez schronienie się w tradycji. Nie mogliśmy jednak niczego owijać w bawełnę.

– Ja przybywam – oznajmił spokojnie Sumienny. – Ja chciałbym mieć w narczesce Ellianii z klanu Narwala matkę moich dzieci.

– A jak zapewnisz byt jej oraz dzieciom, które jej dasz? Co takiego wniesiesz do klanu Narwala, że powinniśmy ci pozwolić zmieszać twoją krew z naszą?

Nagle znaleźliśmy się na twardym gruncie. Cierń dobrze się do tego przygotował. Mój sąsiad szturchnął mnie i odstąpiłem na bok prawie równo z pozostałymi gwardzistami. Za nimi znajdowała się przykryta płótnem sterta. Lotny je zdjął, a każdy gwardzista brał po kolei jakiś przedmiot i przekazywał go Almacie i narczesce do wtóru wyjaśnień Ciernia. Sumienny stał w pełnym dumy milczeniu. Nie oszczędzano na prezentach.

Niektóre ze skarbów przywieźliśmy ze sobą i pośpiesznie przeładowaliśmy z „Panieńskiej szansy" na „Dzika". Baryłki okowity z Księstwa Dębów, błam futra z gronostajów z Królestwa Górskiego i kolorowe szklane paciorki z Księstwa Rolnego, utkane w tkaninę, którą można było zawiesić na oknie. Srebrne kolczyki, dzieło samej Ketriken. Tkaniny z bawełny, lnu i delikatnej wełny z Księstwa Niedźwiedziego. O innych darach na razie tylko wspomniano i miały one zostać przywiezione z Zyligu przy następnej okazji. Odczytanie tej listy zajęło nieco czasu. Trzyletnia praca trzech utalentowanych kowali. Byk i dwanaście krów z naszych najlepszych hodowli. Sześć par wołów i zaprzęg dobranych koni. Psy myśliwskie i dwa drzemliki, ułożone jako ptaki dla dam. A niektóre dary, ofiarowywane przez Ciernia w imieniu księcia Sumiennego, leżały jeszcze w sferze marzeń: handel i pokój między Królestwem Sześciu Księstw i Wyspami Zewnętrznymi, pszenica w razie małych połowów ryb, dobre żelazo i swoboda handlu we wszystkich portach Królestwa Sześciu Księstw. Lista była długa i podczas jej odczytywania poczułem, że bierze nade mną górę całodniowe zmęczenie.

Opuściło mnie jednak całkowicie, gdy Cierń skończył i ponownie odezwała się Almata.

– Oto propozycja złożona naszemu klanowi. Matki, córki i siostry, co odpowiecie? Czy któraś z was ma coś przeciwko temu wojownikowi?

Zapadła cisza. Wyraźnie oznaczała zadowolenie, ponieważ Almata poważnie skinęła głową, a potem zwróciła się do Ellianii.

– Kuzynko, kobieto z klanu Narwala, narczesko Ellianio, jaka jest twoja wola? Pożądasz tego mężczyzny? Weźmiesz go dla siebie?

Wywołana młoda, smukła kobieta wystąpiła do przodu, a na szyi Peottrego zadrgały mięśnie. Sumienny wyciągnął rękę otwartą dłonią do góry. Narczeska stanęła z nim ramię w ramię i położyła dłoń na jego dłoni. Kiedy się odwróciła, by na niego spojrzeć i ich oczy spotkały się, mój książę znów się zarumienił.

– Wezmę go – rzekła z powagą. Jakaś część mojego umysłu zauważyła, że Elliania nie odpowiedziała, czy go pożąda. Zaczerpnęła tchu i powiedziała nieco głośniej: – Wezmę go, a on ze mną zlegnie i damy domowi matek córki. O ile wykona zadanie, które już mu wyznaczyłam. Będzie mógł nazwać mnie żoną, jeśli położy tu, przed tym paleniskiem, głowę smoka Lodognia.

Peottre zamknął na chwilę oczy. Zmusił się do patrzenia, jak jego siostrzenica się sprzedaje. Drgnęły mu ramiona, jakby tłumił szloch. Almata wyciągnęła dłoń, w którą następnie ktoś włożył długi rzemień. Wystąpiła do przodu i związała w nadgarstkach dłonie Sumiennego i Ellianii, mówiąc:

– To wiąże was tak, jak związały was wasze słowa. Dopóki ona będzie cię przyjmować, nie sypiaj z żadną inną kobietą, Sumienny, bo odbierze jej życie nóż Ellianii. Dopóki on cię będzie zaspokajał, Ellianio, nie sypiaj z żadnym innym mężczyzną, bo będzie on musiał stawić czoło mieczowi Sumiennego. A teraz zmieszajcie swoją krew na kamieniach paleniska domu naszych matek, składając w ten sposób ofiarę Edzie, by zesłała wam dzieci.

Nie chciałem patrzeć, ale patrzyłem. Najpierw podano nóż Sumiennemu. Nacinając sobie przedramię, nie skrzywił się. Złożył dłoń skrępowanej ręki i zaczekał, aż zebrała się w niej krew. Elliania zrobiła to samo, z twarzą poważną i poniekąd obojętną, jakby tak dalece przekroczyła granice wstydu, że nic już nie mogło jej poruszyć. Kiedy w każdej dłoni zebrała się odrobina krwi, Almata połączyła je. Następnie oboje uklękli i zostawili na kamieniu odcisk swoich dłoni w zmieszanej krwi. Kiedy znów odwrócili się do zgromadzonych, Almata rozwiązała rzemień i podała Sumiennemu, który przyjął go z powagą. Wtedy stanęła za młodymi, kładąc im ręce na ramionach.

– Oto stoją przed wami, połączeni i związani słowem – oznajmiła. Usiłowała ożywić swój głos nutą radości, lecz dla mnie brzmiał on beznamiętnie. – Życzcie im dobrze, moi krewniacy.

Pomruk aprobaty, który poniósł się nad zgromadzeniem, sprawiał raczej wrażenie pochwały bardzo odważnego czynu, a nie radości świadków połączenia kochającej się pary. Elliania skłoniła głowę jako Poświęcenie dla swego ludu, istoty którego to poświęcenia jeszcze nie pojmowałem.

„Jestem żonaty?".

W rzuconych siłą Mocy słowach Sumiennego mieszało się zdumienie, przerażenie i oburzenie.

„Pod warunkiem, że dasz jej głowę smoka" – ostrzegłem go.

„Pod warunkiem, że przeprowadzimy prawdziwą uroczystość w Koziej Twierdzy" – pocieszył go Cierń.

Książę wyglądał na oszołomionego.

W całej sali nastąpiło poruszenie. Przygotowywano stoły i ustawiano na nich jedzenie. Zawyspiarscy minstrele zaczęli grać jakąś pieśń na piszczałkach. Zgodnie ze swoim zwyczajem minstrele tak przekręcali słowa, by pasowały do melodii, że ledwie je rozumiałem. Zauważyłem, że dwóch z nich podeszło do Małża i zaprosiło go do swego rogu sali. Ich serdeczność wydawała się szczera i znów uderzyło mnie powszechne zrozumienie, jakie często widuje się wśród muzyków.

Sumienny przesłał mi Mocą ciche słowa Ellianii:

– Teraz musisz trzymać mnie za rękę i podejść ze mną do moich starszych kuzynek, którym cię przedstawię. Pamiętaj, są starsze ode mnie. Chociaż jestem narczeską, wciąż jestem obowiązana okazywać im szacunek należny starszym. Ty też.

Mówiła, jakby pouczała dziecko.

– Postaram się nie upokorzyć cię – odparł dość sztywno. Nie podobały mi się jego słowa, ale nie mogłem go całkowicie za nie winić.

– A zatem uśmiechnij się. I milcz, jak przystoi wojownikowi w domu nie jego matek – odparła.

Ujęła go za rękę, wyraźnie dając do zrozumienia, że go prowadzi. Pomyślałem sobie, że tak prowadzi się na pokaz byka za kółko w nosie. Kobiety nie ruszyły mu na spotkanie. Elliania prowadziła go od grupki do grupki. Sumienny składał każdej z nich ukłon wojownika obowiązujący na Wyspach Zewnętrznych, to jest skłaniał głowę, wyciągając jednocześnie prawą rękę, pustą i teraz zakrwawioną, wewnętrzną stroną nadgarstka do góry. Kobiety uśmiechały się do niego i dzieliły się z narczeską uwagami na temat jej wyboru. Wyczułem, że o innym czasie i w innym miejscu ich słowa byłyby żartobliwe i przekorne. Jednakże podczas tej uroczystości i wobec tego mężczyzny komplementy były skromne i taktowne. Zamiast rozładować napięcie oficjalnego zobowiązania, tylko je przedłużały.

Widząc, że inne grupki wojowników rozpraszają się po sali, Cierń pozwolił nam się rozejść.

„Uszy i oczy otwarte" – nakazał mi, kiedy zacząłem krążyć w tłumie.

„Zawsze" – odparłem.

Nie musiał dodawać, bym miał oko na księcia. Dopóki nie poznam, co się kryje za tą fasadą, nie będę miał pojęcia, kto może życzyć mu źle lub dobrze. Uczestniczyłem więc w uczcie ślubnej, nie oddalając się zbytnio od mojego księcia i utrzymując z nim lekki kontakt poprzez Moc.

Zebranie bardzo się różniło od uroczystości urządzanych w Koziej Twierdzy. Goście nie zajmowali miejsc według swej pozycji czy zasług. Potrawy po prostu ustawiano na stołach, a ludzie je sobie nakładali i jedli, krążąc po sali. Była pieczona baranina, trzymana na rożnach w pobliżu kominka i tace ptactwa ugotowanego w całości. Spróbowałem wędzonej świeco-ryby, przyprawionej, chrupkiej i nadzwyczaj smacznej. Zawyspiarskie chleby były ciemne, przaśne i pieczone w postaci ogromnych placków. Ucztujący odrywali kawałek odpowiedniej wielkości, a potem piętrzyli na nim marynowane warzywa albo maczali go w rybim oleju i soli. Wszystkie smaki wydawały mi się zbyt intensywne, a wiele potraw było marynowanych, wędzonych lub solonych. Tylko baranina i kurczęta były świeże, lecz nawet one zostały przyprawione jakimiś wodorostami.

Jedzenie i picie, rozmowy, muzyka i jakieś żonglerskie zawody związane z obstawianiem ich wyników odbywały się jednocześnie. Gwar podniesionych głosów był niemal ogłuszający. Po jakimś czasie zdałem sobie sprawę z czegoś jeszcze. Młode Zawyspiarki z klanu Narwala zagadywały nie tylko naszych gwardzistów, lecz nawet Uprzejmego i Małża. Zobaczyłem, jak kilku gwardzistów uśmiecha się głupkowato, idąc za swoimi młodymi partnerkami po mrocznych schodach lub wychodząc na dwór.

„Czy one celowo odciągają straż Sumiennego?" – zapytałem Ciernia z niepokojem, posługując się Mocą.

„Tutaj jest to przywilej kobiety" – odparł. „Mają inne obyczaje dotyczące skromności. Gwardziści zostali ostrzeżeni, by zachowali ostrożność, ale też nie byli chłodni. Od wojowników i towarzyszy księcia oczekuje się, że nie będą tego wieczoru nieprzystępni, jednakże tylko wtedy, gdy zostaną zachęceni; zagadnięcie kobiety, która nie wyraziła przedtem swego zainteresowania, byłoby przekroczeniem praw gościnności. Jeśli nie zauważyłeś, brakuje tu mężczyzn i jest o wiele mniej dzieci, niż powinno być przy tak wielu kobietach. Puste łono napełnione w noc poślubną zwiastuje szczęśliwe dziecko".

„Czy istniał jakiś powód, dla którego nie powiedziano mi o tym wcześniej?".

„A czy to ci przeszkadza?".

Po kilku chwilach ukradkowego rozglądania się znalazłem mojego dawnego mentora. Siedział na jednej z ław służących za łóżko, obgryzając ptasią nogę, i rozmawiał z kobietą dwa razy młodszą od niego. Kątem oka zauważyłem, że Uprzejmy i jego kot znikają na piętrze. Kobieta, która go prowadziła, była starsza od niego co najmniej o pięć lat, lecz chłopak nie wyglądał na onieśmielonego. Nie miałem czasu zastanawiać się ani martwić, gdzie zniknął Szybki; z pewnością był za młody, żeby wzbudzić zainteresowanie tych bab. W tej chwili uświadomiłem sobie, że Sumienny wychodzi z domu matek w towarzystwie stadka młodych przyjaciółek narczeski. Ellianіa nie wyglądała na szczególnie zachwyconą, choć nadal trzymała księcia za rękę.

Nie było mi łatwo go obserwować. Drogę zastąpiła mi kobieta z tacą słodyczy. Udało mi się zagrać tępą obojętność na jej propozycję czegoś więcej niż lepkich ciasteczek i okazując prostacką żarłoczność, zgarnąłem całą ich garść, po czym w dwóch porcjach wepchnąłem do ust. Jakimś sposobem to jej pochlebiło; odstawiła tacę i poszła za mną. Kiedy dotarłem do drzwi, wciąż była u mego boku.

– Gdzie jest wygódka? – zapytałem, a kiedy nie zrozumiała tego eufemizmu używanego w Królestwie Sześciu Księstw, pokazałem na migi, czego szukam. Ze zdumioną miną wskazała niski budynek i wróciła do ucztowania. Ruszyłem przed siebie, rozglądając się za Sumiennym. Na dziedzińcu dostrzegłem kilka par na różnych etapach zalotów i dwóch chłopców, niosących wodę ze studni do domu matek. Dokąd on poszedł?

W końcu go zobaczyłem. Siedział obok Ellianii na trawiastym wzniesieniu w pobliżu młodych jabłonek. Pozostałe dziewczęta rozsiadły się kręgiem wokół nich. Nie były to jeszcze kobiety, o czym świadczyły ich rozpuszczone włosy. Domyślałem się, że miały od dziesięciu do piętnastu lat.

„Niewątpliwie przez długi czas były towarzyszkami zabaw Ellianii. Teraz zajęła pozycję kobiety i opuściła ich towarzystwo".

„Niezupełnie" – odpowiedział kwaśno Sumienny. „Oceniały mnie, jakbym był koniem kupionym okazyjnie na targu. »Jeśli jest wojownikiem, to gdzie ma blizny?«, »Czy on nie miał klanu? Dlaczego nie ma na twarzy tatuażu Ellianii?«. Droczą się z nią, a jedna to paskudna jędza. Ma na imię Lestra i jest starszą kuzynką Ellianii. Szydzi z niej, mówiąc, że może jest kobietą, i to nawet formalnie zamężną, ale ona wątpi, czy kiedykolwiek ktoś ją całował. Lestra twierdzi, że ona była całowana kilka razy, i to dość dokładnie, chociaż jeszcze nie krwawiła. Bastardzie, czy dziewczęta w tej krainie nie wiedzą, co to wstyd i powściągliwość?".

Pojąłem to intuicyjnie.

„Sumienny, one już nie chcą mieć z nią nic do czynienia. Elliania nie jest już jedną z nich, więc dzisiejszego wieczoru będą się z nią drażnić. To i tak by nastąpiło; być może jest to nawet widziane jako część uroczystości zostania kobietą". I dodałem chyba niepotrzebnie: „Uważaj na to, co mówi i robi, żeby jej nie zawstydzić".

„Nie mam pojęcia, czego ona ode mnie chce", odparł bezradnie. „Patrzy na mnie gniewnie kątem oka, a mimo to trzyma się mojej ręki, jakby to była lina rzucona tonącemu".

Słowa te dotarły do mnie poprzez naszą więź w Mocy tak wyraźnie, jakbym siedział obok niego. Dziewczyna, która rzuciła wyzwanie narczesce, była od niej wyższa i może starsza. Wiedziałem dość o kobietach, by widzieć, że czas pierwszego krwawienia nie zależy wyłącznie od wieku. W gruncie rzeczy, gdyby nie rozpuszczone włosy dziewczyny, uznałbym, że jest już kobietą.

– Ach tak – odezwała się zaczepnie Lestra. – Chcesz go przywiązać do siebie, żeby nie miała go żadna inna, ale nawet nie śmiesz go pocałować!

– Może jeszcze nie chcę go całować. Może zamierzam zaczekać, aż okaże się mnie godny.

Lestra pokręciła głową. W bujne włosy miała wplecione dzwoneczki, których dźwięk dotarł aż do mnie.

– Nie, Ellianio, dobrze cię znamy – rzekła szyderczo. – Jako dziewczyna zawsze byłaś najbardziej potulna i najmniej odważna z nas wszystkich. Śmiem twierdzić, że jesteś taka sama jako kobieta. Nie śmiesz go pocałować, a on jest zbyt nieśmiałym mężczyzną, by ci skraść całusa. To gładkolicy chłopiec, udający mężczyznę. Czy to nie prawda, „książę"? Jesteś tak samo nieśmiały, jak ona. Może ja mogłabym cię nauczyć nieco zuchwałości. On nawet nie patrzy na jej piersi! A może są tak małe, że ich nie zauważa?

Nie zazdrościłem Sumiennemu. Nie miałem dla niego żadnej rady. Usiadłem na niskim kamiennym murku, stanowiącym ogrodzenie młodego sadu. Uniosłem dłonie do twarzy i potarłem policzki jak człowiek, który za dużo wypił i chce odzyskać jasność myślenia. Miałem nadzieję, że ludzie uznają mnie za pijanego i dadzą mi tu posiedzieć. Perspektywa obserwowania, jak Sumienny rozwiązuje swój dylemat, nie napawała mnie entuzjazmem, lecz nie śmiałem go opuścić. Zgarbiłem się i zapatrzyłem niby w dal, lecz kątem oka zerkałem na księcia.

– Może za bardzo szanuję narczeskę Ellianię, by brać to, czego sama mi nie ofiaruje – odezwał się sztywno.

Czułem jego żelazne postanowienie, by mówiąc to, nie patrzeć na jej piersi. Świadomość, że są tak blisko niego, odsłonięte i ciepłe, dawała mu się we znaki.

Nie mógł widzieć spojrzenia, jakie rzuciła w bok Elliania. Ta odpowiedź jej się nie spodobała.

– Ale mnie nie szanujesz, prawda? – zwróciła się do niego mała kokietka.

– Nie – odparł krótko. – Chyba nie.

– A zatem nie ma problemu. Okaż zuchwałość i pocałuj mnie! – rozkazała mu tryumfalnie Lestra. – A ja jej powiem, czy traci coś, co warto mieć. – Jakby chcąc zmusić go do działania, pochyliła się nagle, przybliżając do niego twarz, a ręką ukradkiem sięgnęła mu do krocza. – Co to? – zawołała z zachwytem, a Sumienny zerwał się na nogi z okrzykiem oburzenia. – Czeka tu na ciebie coś więcej niż pocałunek, Ellianio. Spójrz na niego! Jednoosobowa armia rozbiła tu dla ciebie namiot! Czy oblężenie będzie długie?

– Przestań, Lestro! – warknęła Elliania.

Ona też się zerwała. Policzki płonęły jej czerwienią; nie patrzyła jednak na Sumiennego, lecz wbiła gniewny wzrok w swoją przeciwniczkę. Jej nagie piersi unosiły się i opadały w rytm przyśpieszonego oddechu.

– Dlaczego? Ty najwyraźniej nie zamierzasz robić z nim nic interesującego. Dlaczego nie miałabym go sobie wziąć? Właściwie powinien być mój, tak jak ja powinnam być narczeską. I będę nią, kiedy on cię weźmie na pośledną kobietę w domu jego matek.

Kilka dziewcząt wstrzymało oddech, lecz oczy Ellianii zapłonęły jeszcze bardziej.

– To jedno z twoich najstarszych kłamstw, Lestro! Twoja prababka była młodszą bliźniaczką. Tak powiedziały obie akuszerki.

– Dziecko, które wychodzi z łona jako pierwsze, nie zawsze jest najstarsze, Ellianio. Tak mówi wiele osób. Twoja prababka była płaczliwym, chorowitym niemowlęciem, a moja krzepkim, zdrowym dzieckiem. Twoja prababka nie miała prawa zostać narczeską, podobnie jak jej córka, wnuczka i ty!

– Chorowita? Doprawdy! To jakim sposobem wciąż żyje jako Wielka Matka? Cofnij swoje kłamstwo, Lestro, bo inaczej wepchnę ci je do gardła.

Elliania mówiła beznamiętnym, nieprzyjemnym tonem. Dobrze się niósł i nie ja jeden odwróciłem się, by obserwować tę kłótnię. Kiedy Sumienny wystąpił do przodu i otworzył usta, by coś powiedzieć, Elliania położyła mu dłoń na piersi i odepchnęła go do tyłu. Dziewczęta utworzyły krąg wokół przeciwniczek i Sumienny znalazł się po jego zewnętrznej stronie. Spojrzał na mnie, jakby prosząc o pomoc.

„Raczej się nie wtrącaj. Elliania wyraźnie dała do zrozumienia, że tego nie chce".

Miałem nadzieję, że moja rada jest dobra. W chwili, kiedy usiłowałem przesłać opis sytuacji Cierniowi, zobaczyłem Peottrego. Prawdopodobnie czaił się tuż za moim polem widzenia przy rogu budynku. Podszedł do murku, na którym siedziałem, i oparł się o niego biodrem.

– Nie powinien się do tego wtrącać – zauważył od niechcenia.

Odwróciłem głowę i przyjrzałem mu się niepewnie.

– Kto?

Patrzył na mnie spokojnie.

– Twój książę. Powinien zostawić tę sprawę Ellianii. To problem kobiet i nie spodoba jej się jego ingerencja. Jeśli możesz, powinieneś mu to przekazać.

„Peottre mówi, żebyś się wycofał. Niech załatwi to Elliania".

„Co?" – zapytał ze zdumieniem Sumienny.

„Dlaczego Peottre rozmawia z tobą?" – odezwał się w moich myślach Cierń.

„Nie wiem!".

– Jestem tylko gwardzistą, panie – odpowiedziałem Peottremu. – Nie udzielam rad księciu.

– Jesteś jego osobistym strażnikiem – rzekł przyjemnym tonem Zawyspiarz. – Albo jego... jak to będzie w twoim języku? Przyzwoitką? Tak jak ja dla Ellianii. Jesteś dobry, ale nie jesteś niewidzialny. Wiem, że go obserwujesz.

– Jestem gwardzistą księcia. Mam go chronić – zaprotestowałem, mówiąc trochę niewyraźnie. Żałowałem, że nie wziąłem ze sobą kielicha wina. Zapach alkoholu mógłby być bardzo przekonujący.

Nie patrzył już na mnie. Odwróciłem się, by spojrzeć na szczyt wzgórza. Za mną, od drzwi domu matek, rozległ się krzyk, i usłyszałem, jak na dwór wychodzi więcej osób. Dwie dziewczyny zwarły się w walce. Lestra z wyraźną łatwością rzuciła Ellianię na plecy. Nawet z tej odległości usłyszałem, jak ze świstem wypuściła ustami powietrze. Peottre jęknął, zawiedziony i drgnął nieznacznie, jak robią to doświadczeni wojownicy, którzy obserwują walkę ulubionego ucznia. Lestra rzuciła się na Ellianię, lecz narczeska nagle podciągnęła kolana pod brodę i mocno kopnęła w brzuch przeciwniczkę, która poleciała do tyłu i uderzyła o ziemię. Elliania przetoczyła się na kolana i nie zważając na swoją piękną suknię i fryzurę, rzuciła się na Lestrę. Peottre napiął wszystkie mięśnie szyi i ramion, lecz się nie poruszył. Wstałem, by lepiej widzieć walczące dziewczyny, i zacząłem się na nie gapić jak pozostali gwardziści z Koziej Twierdzy. Zawyspiarze, którzy wyszli na zewnątrz, by popatrzeć na walkę, byli nią zainteresowani, lecz nie pochłonięci. Najwyraźniej takie zapasy dziewcząt albo kobiet nie robiły na nich wielkiego wrażenia.

Siedząc na piersi Lestry i przyciskając kolanami jej ręce do ziemi, Elliania skutecznie unieruchomiła większą przeciwniczkę. Ta kopała i szarpała się, lecz narczeska chwyciła garść jej rozpuszczonych włosów i unieruchomiła głowę. Wolną ręką wtarła garść ziemi w usta Lestry.

– Niech uczciwa ziemia oczyści twoje wargi z kłamstwa! – zawołała tryumfalnie. Sumienny stał z dala od nich z otwartymi ustami. Był świadom dzikiego tańca nagich piersi Ellianii, spowodowanego wysiłkiem. Wyczułem, że jest równie przerażony swoją fizyczną reakcją na ten widok, jak samymi zapasami dziewcząt. Ich koleżanki podskakiwały i wrzeszczały, zachęcając je do walki.

Z dzikim okrzykiem Lestra wyrwała głowę z uścisku Ellianii, zostawiając w jej dłoni sporą kępkę swoich włosów. Elliania uderzyła ją mocno w twarz, a potem chwyciła za gardło.

– Nazwij mnie narczeską albo nie zaczerpniesz następnego tchu! – krzyknęła.

– Narczeska! Narczeska! – zawołała starsza dziewczyna, a potem wybuchnęła szlochem, bardziej ze złości i upokorzenia niż bólu.

Elliania położyła dłoń na twarzy Lestry i wstała, odpychając się od niej.

– Zostawcie ją! – ostrzegła dwie z dziewcząt, które wystąpiły do przodu, by pomóc pokonanej. – Niech tu leży i się cieszy, że nie miałam przy sobie noża. Teraz jestem kobietą. Od tej chwili każdemu, kto śmie podawać w wątpliwość, że jestem narczeską, będzie odpowiadał mój nóż. Od tej chwili mój nóż będzie odpowiadał każdemu, kto śmie tknąć mężczyznę, którego sobie wzięłam.

Zerknąłem na Peottrego. Uśmiechał się szeroko, pokazując wszystkie zęby. Elliania dotarła do Sumiennego w dwóch krokach. Patrzył wytrzeszczonym wzrokiem na swoją potarganą narzeczoną. Gestem równie swobodnym, jakim ja chwyciłbym grzywę konia, by go dosiąść, sięgnęła w górę i chwyciła jego żołnierski kucyk, przyciągnęła twarz księcia do swojej i rozkazała:

– Teraz mnie pocałujesz.

Na moment przed zetknięciem ich ust książę zerwał nasz kontakt. Mimo to ani ja, ani żaden inny patrzący na niego mężczyzna nie potrzebował Mocy, by wyczuć w tym pocałunku żar. Elliania przywarła ustami do warg Sumiennego, a kiedy objął ją niezręcznie, by przyciągnąć bliżej, wtuliła się w niego, z rozmysłem ocierając się piersiami o jego tors. A potem przerwała pocałunek i kiedy Sumienny z trudem zaczerpnął tchu, spojrzała mu w oczy i przypomniała:

– Głowa Lodognia. Na palenisku mojej matki. Zanim będziesz mógł mnie nazwać żoną. – Wciąż pozostając w jego ramionach, spojrzała na dawne towarzyszki zabaw i oznajmiła: – Wy, dziewczynki, jeśli chcecie, możecie tu zostać i się bawić. Ja zabieram mojego męża z powrotem na ucztę.

Wyswobodziła się z objęć Sumiennego i znów ujęła go za rękę. Poszedł za nią posłusznie, uśmiechając się głupkowato. Lestra siedziała osamotniona, patrząc za nimi z wściekłością i wstydem. Rozległo się kilka pochwalnych okrzyków ze strony kobiet i pełnych zazdrości jęków ze strony mężczyzn, kiedy Elliania prowadziła obok nich swoją zdobycz. Zerknąłem na Peottrego. Wyglądał na oszołomionego. Zwrócił na mnie spojrzenie.

– Musiała to zrobić – poinformował mnie surowo. – Żeby dowieść swego przed innymi dziewczętami. Dlatego to zrobiła. Żeby zostać w ich oczach kobietą i potwierdzić swoje prawo do niego.

– To było widać – odpowiedziałem łagodnie. Nie wierzyłem mu jednak. Podejrzewałem, że właśnie wydarzyło się coś, co nie leżało w jego planach wobec Ellianii i Sumiennego. Tym bardziej stało się dla mnie ważne odkrycie, co tak naprawdę zamierza.

Reszta wieczoru była raczej nudna. Jedzenie, picie i słuchanie zawyspiarskich bardów nie dało się porównać z zagarnięciem władzy, którego właśnie byłem świadkiem. Znalazłem sobie pasztet i kufel piwa i usiadłem w zacisznym kącie. Udawałem, że jestem zajęty moimi zdobyczami, a w rzeczywistości przekazywałem Mocą Cierniowi wszystko, co widziałem.

„To się rozwija szybciej, niż śmiałem mieć nadzieję", przysłał w odpowiedzi. „A mimo to nie dowierzam jej. Czy ona naprawdę chce go na męża, czy miało to tylko dać wszystkim do zrozumienia, że nikt nie może jej odebrać tego, co sobie wzięła? Czy ma nadzieję, że pożądanie pchnie go do zabicia dla niej tego smoka?".

Głupio się czułem, odpowiadając:

„Dopiero teraz zdałem sobie sprawę, że jeśli ona zostanie żoną Sumiennego i przeprowadzi się do jego domu, niektórzy będą mówić, że zrzekła się swojej pozycji. Lestra powiedziała, że zostanie »poślednią kobietą w domu jego matek«. Co to oznacza?".

„Tego wyrażenia używa się chyba też na określenie kobiety schwytanej podczas łupieżczej wyprawy, lecz traktowanej jako żona, a nie jako niewolnica. Jej dzieci nie mają klanu. To trochę jak bycie bękartem".

„To dlaczego miałaby się zgodzić na coś takiego? Dlaczego Peottre miałby na to pozwolić? A jeśli nie będzie narczeską po przybyciu do Koziej Twierdzy, to czy zyskamy coś przez to małżeństwo? Cierniu, nic z tego nie rozumiem".

„Wciąż jest tu za wiele niejasnych rzeczy, Bastardzie. Wyczuwam w tym wszystkim jakiś niewidoczny nurt. Zachowaj czujność".

Toteż ją zachowałem – przez cały długi wieczór i jeszcze dłuższą noc. Słońce zwlekało, jak to się zdarza w północnych rejonach, i noc była po prostu długim zmierzchem. Kiedy nadeszła pora, by para narzeczonych udała się na spoczynek, Sumienny oznajmił, że pozostanie na dole, we wspólnej sali, „by nikt nie mówił, że wziąłem sobie coś, na co nie zasłużyłem". Po tych słowach zobaczyłem, jak zapuchnięta Lestra i jej poplecznicziki są z tego ogromnie zadowolone. Narzeczeni rozstali się u podnóża schodów; Elliania poszła na górę, a Sumienny zajął miejsce obok Ciernia. Tej nocy będzie spał w domu matek, jak przystało mężczyźnie ożenionemu z kobietą pochodzącą z danego klanu, tyle że na dole, na ławie służącej za łóżko, a nie na górze z Ellianią. Gwardzistów zwolnił na noc; udali się albo na wyznaczone kwatery, albo do przyjemniejszych miejsc, pod warunkiem, że ich partnerki spały z nimi poza murami domu matek. Bardzo chciałem podejść do Ciernia i Sumiennego, by spokojnie z nimi porozmawiać, ale wiedziałem, że wyglądałoby to dziwnie. Uznałem więc, że czas wracać do mojej kwatery.

Nie zaszedłem daleko, gdy usłyszałem z tyłu zgrzytanie żwiru pod czyimiś stopami. Zerknąłem za siebie i zobaczyłem Sieciarza. Obok niego wlókł się zmęczony Szybki. Górną część policzków miał mocno zaróżowioną, domyśliłem się więc, że chłopiec zbytnio pofolgował sobie z winem. Sieciarz skinął mi głową, a ja zwolniłem, by mogli mnie dogonić.

– Niezłe wydarzenie – zauważyłem, by nawiązać rozmowę, kiedy Sieciarz zrównał się ze mną.

– Tak. Sądzę, że Zawyspiarze uważają teraz naszego księcia za poślubionego ich narczesce. Myślałem, że to ma być tylko potwierdzenie ich zaręczyn przed paleniskiem jej matki.

To stwierdzenie zabrzmiało jak pytanie.

– Chyba nie robią aż tak wielkiej różnicy między pobraniem się a ogłoszeniem, że ktoś się pobierze. Tutaj, gdzie posiadłości i dzieci należą do kobiet, małżeństwo jest postrzegane w innym świetle.

Pokiwał głową.

– Żadna kobieta nie musi się zastanawiać, czy dziecko jest naprawdę jej – zauważył.

– Czy to taka wielka różnica, że dzieci należą bardziej do kobiety niż do jej męża? – zapytał Szybki. Nie bełkotał, ale kiedy mówił, czułem z jego ust zapach wina.

– To chyba zależy od mężczyzny – odparł z powagą Sieciarz.

Potem szliśmy kawałek w milczeniu. Chcąc nie chcąc, zacząłem myśleć o Pokrzywie, Sikorce, Brusie i o mnie. Do kogo należy teraz moja córka?

Zbliżaliśmy się do chaty. W osadzie panowała cisza. Wszyscy, którzy nie brali udziału w uroczystości ślubnej w domu matek, od dawna leżeli w łóżkach. Otworzyłem cicho drzwi. Młotek potrzebował odpoczynku; nie chciałem go budzić. Klin światła, który wpuściliśmy do środka, ukazał mi Rebusa leżącego na podłodze obok łóżka Młotka. Jedno oko miał otwarte, a dłoń trzymał na nagiej klindze ułożonej obok niego. Kiedy zobaczył, kto przyszedł, zamknął oczy i na powrót zapadł w sen.

Stałem nieruchomo przy drzwiach. W chacie był intruz, którego obecności Rebus nie zauważył. Duży i pulchny jak gruby kot, lecz z pyskiem podobnym do fretki, przysiadł na stole, trzymając puszysty, pasiasty ogon sztywno wyprostowany do góry. Patrzył na nas okrągłymi oczyma znad kawałka sera, który trzymał w przednich łapkach. Na serze było wyraźnie widać ślady ostrych zębów.

– Co to jest? – szepnąłem do Sieciarza.

– Oni go chyba nazywają rabuszczurem, choć najwyraźniej szczur to nie jest. Nigdy przedtem nie widziałem czegoś takiego – odparł równie cicho.

Rabuszczur nie patrzył na nas, skupiając całą uwagę na Szybkim. Chłopiec uśmiechał się. Postąpił krok do przodu, przeciskając się między nami. Wyciągnąłem rękę, by go chwycić, ale uprzedził mnie Sieciarz – położył mu rękę na ramieniu i szarpnął Szybkiego do tyłu. Szybkością swego ruchu zaskoczył rabuszczura.

– Bierz ser i znikaj – powiedział głośno do zwierzęcia. – Coś ty chciał zrobić? – zapytał Szybkiego najostrzejszym tonem, jaki u niego słyszałem. – Nie dotarło do ciebie nic z tego, czego usiłowałem cię nauczyć?

Rabuszczur zniknął z naszym serem w mgnieniu oka, wyskakując przez otwarte okno z machnięciem pasiastego ogona.

Szybki wydał okrzyk zawodu i usiłował wyswobodzić się z uścisku Sieciarza. Krzepka dłoń trzymała go mocno. Chłopak był zły, chyba głównie dlatego, że Sieciarz tak wyraźnie się na niego rozgniewał.

– Ja się tylko z nim przywitałem! Spodobał mi się. Czułem, że będziemy do siebie pasować. Chciałem tylko...

– Chciałeś go tak, jak dziecko chce zabawkę z wózka wędrownego sprzedawcy! – rzekł surowo Sieciarz z wyraźnym potępieniem w głosie i puścił ramię Szybkiego. – Bo był kolorowy, szybki i sprytny. A on jest równie młody i głupi, jak ty. I równie ciekawy. Poczułeś, że sięga do ciebie nie dlatego, że szukał partnera, ale dlatego, że go zaciekawiłeś. To nie jest podstawa do więzi w Rozumieniu. A ty nie jesteś na tyle duży ani dojrzały, by szukać partnera. Jeśli spróbujesz to zrobić jeszcze raz, ukarzę cię tak samo, jak ukarałbym każde dziecko, które celowo naraziło na niebezpieczeństwo siebie albo swego towarzysza zabaw.

Rebus usiadł i przysłuchiwał się tej rozmowie z ustami otwartymi ze zdumienia. Dla nikogo nie było tajemnicą, że Sieciarz i Szybki są członkami kręgu Rozumiejących księcia Sumiennego. Z drżeniem pomyślałem, jak niewiele brakowało, bym się zdradził, że sam jestem pradawnej krwi. Nawet Młotek otworzył jedno zaspane oko, by z niezadowoleniem posłuchać sprzeczki.

Szybki rzucił się z rozpaczą na krzesło.

– Niebezpieczeństwo – mruknął. – Jakie niebezpieczeństwo? Czy to, że mógłbym wreszcie mieć kogoś, komu by na mnie zależało, jest niebezpieczne?

– Niebezpieczne jest to, że związałbyś się ze stworzeniem, o którym nic nie wiesz. Czy on ma w domu partnerkę i potomstwo? Zabrałbyś go od nich czy zostałbyś na wyspie, kiedy będziemy odpływać? Co on je i jak często? Zostałbyś tu z nim przez resztę jego życia czy zabrałbyś go od jego pobratymców, skazując na pozostanie bez partnerki? Nie myślałeś o nim, Szybki, ani o niczym, co wykraczało poza ten chwilowy kontakt. Jesteś jak pijak, który wieczorem idzie do łóżka z dziewczyną, nie myśląc o poranku. Nie mogę usprawiedliwić takiego zachowania. Nie zrobiłby tego nikt, kto naprawdę pochodzi z pradawnej krwi.

Szybki wbił w niego gniewny wzrok.

– Nie wiedziałem, że Rozumiejący mają jakiekolwiek zasady wiązania się ze zwierzętami – odezwał się bezmyślnie Rebus w pełnej napięcia ciszy. – Myślałem, że mogą się wiązać z każdym stworzeniem na godzinę czy na rok.

– Fałszywe wyobrażenie – rzekł Sieciarz – które ma na nasz temat wiele osób. Musi tak być, kiedy jakiś lud jest zmuszony ukrywać swój styl życia. Prowadzi to jednak do poglądu, że wykorzystujemy zwierzęta, a potem je porzucamy. Łatwiej wtedy pomyśleć, że moglibyśmy nakazać niedźwiedziowi rozszarpanie czyjejś rodziny albo wysłać wilka do wybicia stada owiec. Więź w Rozumieniu to nie panowanie człowieka nad zwierzęciem. To połączenie oparte na wzajemnym szacunku, trwające całe życie. Rozumiesz to, Szybki?

– Nie chciałem zrobić nic złego – odparł sztywno. W jego głosie nie było słychać żalu ani skruchy.

– Podobnie jak dziecko, które bawi się ogniem i spala dom. Brak chęci robienia czegoś złego nie wystarczy, Szybki. Jeśli chcesz być pradawnej krwi, musisz cały czas szanować nasze zasady, a nie tylko wtedy, gdy ci to odpowiada.

– A jeśli tego nie zrobię? – zapytał chłopiec obrażonym tonem.

– To nazywaj siebie Srokatym, bo nim będziesz. – Sieciarz ciężko westchnął. – Albo wyrzutkiem – dodał cicho. Czułem, że mówiąc te słowa, stara się nie patrzeć na mnie. – Nie mam pojęcia, dlaczego ktokolwiek chciałby żyć z dala od swoich.

ROZDZIAŁ 11

WILŻEŃ

Przywiązanie kobiet do ziemi ich klanu jest niezwykłe. Często powtarzają opowieść o tym, że sama ziemia powstała z ciała i kości Edy, a morze należy do Ela. Cała ziemia jest własnością kobiet klanu; mężczyźni w nim urodzeni mogą ziemię obrabiać i pomagać przy żniwach, lecz kobiety rozdzielają plony, a także określają, jakie zboża zostaną wysiane, gdzie i w jakich proporcjach. Nie jest to jedynie kwestia własności, lecz czci oddawanej Edzie.

Mężczyzn można chować gdziekolwiek i najczęściej ich ciała oddaje się morzu. Natomiast wszystkie kobiety muszą zostać pochowane w obrębie pól ich klanu. Groby są honorowane przez siedem lat, kiedy to pole pogrzebowe leży odłogiem. Potem znów jest zaorywane, a pierwszy plon z takiego pola podaje się na specjalnej uczcie.

Podczas gdy Zawyspiarze są wędrowcami i mogą całymi latami przebywać z dala od rodzinnych portów, kobiety raczej zostają w pobliżu ziemi, na której się urodziły. Małżonki spodziewają się, że ich mężowie zamieszkają razem z nimi. Jeśli Zawyspiarka umiera poza swoimi ziemiami klanowymi, podejmuje się nadzwyczajne wysiłki, by zwrócić jej ciało klanowym polom. Nie dopełnienie tego przynosi klanowi kobiety wielki wstyd i stanowi poważne świętokradztwo. Klany chętnie udają się na wojnę, by przenieść ciało kobiety do jej domu.

„Opisanie podróży w barbarzyńskim kraju" skryby Strzyżyka

Gościliśmy w Wilżeniu w domu matek narczeski przez dwanaście dni. Dziwna to była gościna. Cierniowi i księciu Sumiennemu wyznaczono miejsca do spania na ławach w niższej części domu. Krąg Rozumiejących umieszczono wraz z gwardzistami za murami domu. Młotek i ja zostaliśmy w naszej chacie, często odwiedzani przez Szybkiego i Rebusa. Cierń codziennie wysyłał do wsi dwóch gwardzistów po zakupy żywnościowe. Część przynosili nam do chaty, część towarzyszom, a resztę do domu matek. Chociaż Czarnowody obiecał nas żywić, Cierń mądrze wybrał tę taktykę. Postrzeganie nas jako zależnych od hojności domu matek klanu Narwala oznaczałoby, że jesteśmy słabi i niezdolni do planowania.

Nasza przedłużona wizyta miała i dobre strony. Młotek zaczął odzyskiwać zdrowie. Nadal kaszlał i na spacerze brakło mu tchu, ale spał spokojniej, interesował się otoczeniem, jadł i pił i ogólnie odzyskał nieco humoru. Wciąż miał mi za złe, że zmusiłem go do przybycia tu na statku i że w końcu będzie musiał wrócić tą samą drogą. Każda moja próba nawiązania swobodnej rozmowy zawsze prowadziła nas do tej kości niezgody. Czasami wydawało się, że łatwiej jest w ogóle nic do niego nie mówić, ale wtedy wyczuwałem jego gniew na mnie jako stale tlące się niezadowolenie. Bardzo mi się nie podobało, że nasze stosunki stały się tak napięte, skoro tyle czasu ciężko pracowałem na zyskanie jego zaufania. Kiedy powiedziałem o tym Cierniowi podczas jednego z naszych krótkich spotkań, uznał lekceważąco taki stan rzeczy za konieczność.

– Widzisz, byłoby o wiele gorzej, gdyby winił za to Sumiennego. W tym wypadku będziesz musiał pełnić rolę chłopca do bicia, Bastardzie.

Wiedziałem, że to prawda, lecz jego słowa nie przyniosły mi pociechy.

Rebus spędzał z Młotkiem kilka godzin dziennie, zwykle wtedy, gdy Cierń chciał, bym miał oko na Sumiennego. Do chaty przychodzili też często Sieciarz i Szybki. Chłopiec chyba wziął sobie do serca naganę Sieciarza i najwyraźniej zaczął darzyć nas obu większym szacunkiem. Dostarczałem mu zajęcia codziennymi lekcjami, kazałem też ćwiczyć nie tylko z mieczem, ale i z łukiem. Młotek siadał przed chatą i obserwował nasze pozorowane walki na wybiegu dla owiec. Zawsze kibicował Szybkiemu, rycząc z zachwytu, ilekroć chłopiec trafił mnie owiniętym skórą mieczem, jakich używaliśmy. Wyznaję, że raniło to moje uczucia w takim samym stopniu, jak uderzenia Szybkiego siniaczyły moje ciało. Chciałem utrzymać w formie bardziej moje umiejętności niż jego, a uczenie chłopca nie tylko dawało mi pretekst do ćwiczeń, ale i pozwalało zademonstrować moją sprawność Zawyspiarzom. Nie zbierali się, by patrzeć, ale od czasu do czasu widywałem kilku chłopców, którzy obserwowali nas z pobliskiego murku. Uznałem, że jeśli muszę być szpiegowany, to zadbam o to, by raporty nie przedstawiały mnie jako łatwej ofiary. Nie uważałem, że przyglądają się nam ze zwykłej ciekawości.

Czułem się ciągle obserwowany. Gdziekolwiek szedłem, zawsze w pobliżu znajdował się ktoś, kto nie miał nic do roboty. Nie potrafiłbym wskazać żadnego chłopca czy staruszki, którzy mnie szpiegowali, lecz zawsze czułem na plecach czyjś wzrok. Czułem też zagrożenie wobec Młotka. Czaiło się w rzucanych mu spojrzeniach, ilekroć wychodziliśmy z chaty, i w reakcjach napotykanych ludzi. Odsuwali się od niego, jakby mógł ich czymś zarazić, i patrzyli za nami, jakby był dwugłowym cielęciem. Chyba nawet Młotek to wyczuwał. Zdałem sobie sprawę, że podświadomie posługuje się Mocą, by nie być tak zauważalnym. Nie było to jego uderzenie „Nie widź mnie!", którym niegdyś omal mnie nie powalił, lecz bardziej coś przypominającego stałe ogłaszanie jego nieważności. Zachowałem tę wiedzę na później jako rzecz wartą omówienia z Cierniem.

Niewiele czasu spędzałem z moim dawnym mentorem, a wiadomości, jakie posyłałem mu Mocą, były krótkie. Wszyscy uważaliśmy, że powinien raczej wykorzystywać swoją siłę w Mocy na rzecz Sumiennego. Cierń uznał także, że skoro Peottre Czarnowody rozpoznał we mnie osobistego strażnika księcia, nic złego się nie stanie, jeśli będę odgrywał tę rolę bardziej otwarcie.

– Tylko żeby się nie zorientował, że jesteś kimś więcej – przestrzegł mnie Cierń.

Starałem się być dyskretnym obserwatorem i stróżem księcia. Chociaż Sumienny nigdy się nie skarżył, myślę, że moja stała obecność go krępowała. Reszta osady uznawała teraz Sumiennego i Ellianię za parę małżeńską. Nikt nie usiłował w żaden sposób służyć za ich przyzwoitkę. Jedynie obecność Peottrego, subtelna niczym stojący głaz, przypominała nam, że niektórzy członkowie rodziny narczeski chcieliby dopilnować, by ich związek pozostał niewinny do czasu, gdy Sumienny dopełni swojej części umowy. Myślę, że Peottre i ja obserwowaliśmy się nawzajem w takim samym stopniu, jak Sumiennego i narczeskę. Pod pewnym względem zostaliśmy partnerami.

Odkryłem wówczas jeden z powodów, dla których narczeskę tak bardzo szanowały wszystkie klany, nie tylko klan Narwala. To była kultura, w której ziemia i jej owoce należą do kobiet. Zakładałem, że bogactwem klanu są owce. Jego prawdziwe bogactwo odkryłem dopiero wtedy, gdy śledziłem Sumiennego i Ellianię podczas jednej z ich wędrówek po skalistych wzgórzach wyspy. Wspięli się na jakiś grzbiet; Peottre znajdował się w dyskretnej odległości od nich, a ja jeszcze dalej. Kiedy dotarłem do wzniesienia i spojrzałem w następną dolinę, wstrzymałem oddech.

W dolinie znajdowały się trzy jeziora, a dwa parowały nawet w środku letniego dnia. Wokół nich rosła zieleń równie bujna, jak na starannie obsianych i zadbanych polach, pokrywających szachownicą dolinę. Kiedy zszedłem w dół, stale wiejący chłodny wietrzyk zamarł. Ogarnęło mnie zatrzymane między wzgórzami ciepło i zapach wody bogatej w minerały. Pola zostały oczyszczone z głazów i kamieni, które teraz porządnie dzieliły uprawy jako kamienne murki. Nie tylko wszystko rosło bujniej w tej ciepłej dolinie, ale zobaczyłem tu drzewa i rośliny, które uznałbym za zbyt delikatne, by prosperowały tak daleko na północy. Tutaj, na surowych Wyspach Zewnętrznych, znajdowała się wyspa stanowiąca dzięki gorącym źródłom oazę łagodnego ciepła i obfitości. Nic dziwnego, że związek z narczeską był uważany za taki łakomy kąsek. Sojusz z osobą kontrolującą produkowaną tu żywność był w tej surowej krainie rzeczywiście cenny.

Mojej uwagi nie uszło jednak i to, że nawet w środku lata wiele pól leży odłogiem, a przy tych obsianych nie pracuje tylu ludzi, ilu mógłbym się spodziewać. I znów kobiet i dziewcząt był więcej od mężczyzn i chłopców, niewielu także widziałem mężczyzn w sile wieku. Wietrzyłem w tym jakąś tajemnicę. Są tu bowiem kobiety, bogate w ziemię, a jednocześnie brakuje robotników do jej uprawy.

Dlaczego nie ma tu więcej mężczyzn z innych klanów, zalecających się do tych kobiet i pragnących dać tej wyspie obfitości więcej dzieci?

Pewnego wieczoru, Sumienny i Elliania trenowali skoki na dwóch mizernych kucach, które mieszkańcy wyspy Majowej wykorzystywali do wielu czynności. Tor przeszkód stanowiła kamienista łąka u łagodnie wznoszącej się podstawy zarzuconego głazami wzgórza, a prowizoryczne przeszkody zrobili z młodych drzewek, położonych na parach głazów. Byłem zdumiony, jak wysoko potrafiły skakać te małe kuce, kiedy już się je do tego nakłoniło. Dzięki owcom trawa była krótka; łąkę okalały niskie krzaki. Nad nami kłoniło się coraz bardziej granatowe niebo i wkrótce miały się pokazać pierwsze gwiazdy. Kuce nie miały siodeł i Sumienny już dwa razy spadł z chudego, upartego wierzchowca, usiłując dotrzymać kroku swej nieustraszonej małżonce. Dziewczyna doskonale się bawiła. Siedziała na koniu po męsku, a żółte spódnice wydymały się wokół jej nóg, nagich od kolan w dół. Policzki miała zarumienione, włosy w nieładzie i nie zważała na nic poza udowodnieniem księciu, że jest od niego lepsza. Kiedy spadł pierwszy raz, Elliania pojechała dalej, a do nas wszystkich dotarł jej szyderczy śmiech. Za drugim razem jednak zawróciła, by sprawdzić, czy nic mu się nie stało, a Peottre schwytał złośliwe zwierzę i przyprowadził je do nich. Koncentrowałem się głównie na Sumiennym i byłem dumny, że zupełnie się nie przejął oboma upadkami.

„Te kuce są chude i kościste jak cielęta. Próby utrzymania się na czymś takim przysparzają więcej sińców niż upadek, kiedy kuc odskoczy w bok".

„Wygląda na to, że Ellianii udaje się to dość dobrze", zauważyłem z przekorą. „Ale nie jest to chyba łatwe", dodałem pośpiesznie, zobaczywszy, jak na mnie spojrzał. „Wydaje mi się, że ona podziwia twoją nieustępliwość".

„Ona chyba podziwia moje sińce, kocica jedna". Wychwyciłem w tym epitecie nutę czułości. Jakby chcąc odwrócić moją uwagę, książę dodał: „Spójrz w lewo i powiedz mi, czy widzisz kogoś za głazami na skraju krzaków".

Zerknąłem w tamtą stronę, nie odwracając głowy. Coś tam było. Nie miałem pewności, czy za głazami kulił się człowiek, czy jakieś duże zwierzę. Książę wsiadł na kuca i nie dał się mu zrzucić, gdy ten puścił się przez łąkę w dzikich podskokach. Wierzchowiec najwyraźniej zmęczył się tą zabawą, lecz wysiłki Sumiennego zmierzające do utrzymania się na jego grzbiecie wynagrodził księciu radosny śmiech Ellianii. Chłopak pokonał przeszkodę, z czym poprzednio miał kłopot, a narczeska skłoniła mu się zamaszyście. Wydawało się, że doskonale się bawi, a zerknąwszy na Peottrego, zauważyłem nawet na jego skwaszonej twarzy niechętny uśmiech. Ja również się roześmiałem i podszedłem do nich.

„Podjedź tam i spadnij. I zadbaj, by kuc uciekł w stronę tych głazów".

Posłał mi Mocą pełen niesmaku jęk, ale zrobił, o co prosiłem. Kiedy kuc się spłoszył, rzuciłem się za nim biegiem, celowo bardziej za nim goniąc, niż usiłując go złapać. Razem wypłoszyliśmy z kryjówki kobietę, odzianą w mszystą zieleń i brązy. Uciekła, nawet nie próbując się ukryć, a ja rozpoznałem nie tylko jej sposób poruszania, ale i bardzo delikatny zapach, jaki rozsiewała. Mimo że bardzo chciałem za nią pobiec, nie zrobiłem tego; to, czego się dowiedziałem, przekazałem Cierniowi i Sumiennemu.

„To była Henja! Służąca narczeski z Koziej Twierdzy. Jest tu na wyspie i nas szpieguje".

Odpowiedziała mi tylko przekazana Mocą fala strachu.

Celowo guzdrałem się ze złapaniem kuca. W końcu przyszedł mi z pomocą Peottre.

– Ależ przestraszyliśmy tę staruszkę! – zauważyłem, zaganiając kuca w jego stronę.

Peottre chwycił krnąbrne zwierzę za grzywę na czole i spojrzał w niebo. Unikał mego wzroku.

– Robi się ciemno. Mamy szczęście, że księciu nic się nie stało. Powinniśmy już wracać – powiedział do naszych podopiecznych. – Kuce zmęczyły się skakaniem i zbliża się noc.

Zastanawiałem się, czy ostrzegał mnie przed gorszym niż upadek z końskiego grzbietu niebezpieczeństwem, jakie mogłoby grozić księciu. Wróciłem do początku naszej rozmowy.

– Myślisz, że tej biednej staruszce nic się nie stało? Może powinniśmy jej poszukać? Sprawiała wrażenie mocno przestraszonej. Ciekawe, co robiła za tymi głazami.

– Zapewne zbierała chrust na podpałkę – odpowiedział obojętnie. – Albo zioła czy korzenie. Chyba nie musimy się o nią martwić. – Podniósł głos. – Ellianio! Koniec zabaw. Powinniśmy wracać do domu matek.

„Widziałem minę Ellianii, kiedy zmusiłeś Henję do ucieczki. Narczeska była zaskoczona. A teraz się boi".

Sztywne kiwnięcie głową, którym skwitowała słowa Peottrego, potwierdziło słowa księcia. Natychmiast ześliznęła się z grzbietu kuca i zdjęła mu kantar, po czym wypuściła go na stok wzgórza. Peottre zrobił to samo z wierzchowcem księcia i nagle okazało się, że idę ze wszystkimi w stronę domu matek. Elliania i Sumienny szli przodem, a milczenie panujące między nimi smutno kontrastowało z poprzednią radością. Żal mi było księcia. Uczył się kochać tę zawyspiarską dziewczynę, lecz ilekroć zbliżali się do siebie, wbijała się klinem między nich przeklęta polityka tronu i władzy. Poczułem nagły przypływ gniewu.

– To była Henja, prawda? – odezwałem się pochopnie. – Ta kobieta chowająca się w krzakach. Jeśli dobrze pamiętam, była służącą narczeski u nas w zamku.

Doceniłem opanowanie Peottrego. Chociaż nie mógł na mnie spojrzeć, głos miał spokojny.

– Wątpię. Odeszła od nas zanim opuściliśmy Kozią Twierdzę. Oboje uznaliśmy, że może być jej lepiej w Królestwie Sześciu Księstw, i z przyjemnością zwolniliśmy ją ze służby.

– Może wróciła do Wilżenia na własną rękę. Może stęskniła się za domem.

– To nie jest jej dom, nie pochodzi z domu naszych matek – oznajmił stanowczo Peottre.

– Dziwne. – Postanowiłem nie ustępować. Jako zwykły gwardzista mogłem nie być taktowny, a jedynie ciekawy. – Sądziłem, że w tym kraju rodzina matki jest najważniejsza i że każda osoba opiekująca się narczeską pochodzi z rodu jej matki.

– Zwykle tak jest. – Ton głosu Peottrego stawał się coraz bardziej szorstki. – Kiedy wypływaliśmy, wszystkie kobiety z rodziny były potrzebne tutaj, więc ją wynajęliśmy.

– Rozumiem. – Wzruszyłem ramionami. – Zastanawiam się, dlaczego przy Ellianii nie ma jej matki ani sióstr? Czy one nie żyją?

Drgnął, jakbym wbił w niego strzałę.

– Nie. – Do głosu Peottrego zakradła się gorycz. – Nie żyje jej dwóch starszych braci. Zginęli w wojnie Kebala Żelaznorękiego. Jej matka i młodsza siostra żyją, ale są... zatrzymane gdzie indziej, w ważnej sprawie. Gdyby mogły tu z nią być, toby się pojawiły.

– Och, jestem tego pewien – odparłem beznamiętnie.

Byłem przekonany, że mówi prawdę i równie pewien, że nie usłyszałem jej w całości.

Późną nocą, kiedy Młotek zapadł w głęboki sen, przekazałem to Cierniowi. Starałem się, by moje myśli kierowane do niego nie dotarły do księcia. Czułem, że Sumienny nie śpi spokojnie. Tlące się pod powierzchnią jego snu zniechęcenie i niecierpliwość grały mi na nerwach. Przekazując Cierniowi całą moją rozmowę z Peottrem, odsunąłem emocje księcia na bok. Cierń nie pochwalał mojego obcesowego wypytywania, ale bardzo go interesowały reakcje Peottrego.

„Są tu zamysły wewnątrz zamysłów, przypominające kule w kulach, rzeźbione w drewnie przez Błazna. Jestem przekonany, że Peottre i narczeska mają jakieś własne plany i że nie wszyscy w domu matek o tym wiedzą. Niektórzy tak. Na przykład Almata. Powiedziano też prababce narczeski, ale ona chyba nie może zapamiętać, o co chodzi. Interesuje mnie Lestra i jej matka. Kiedy Elliania odpłynie do Koziej Twierdzy, by poślubić Sumiennego, narczeską może zostać Lestra. Mimo to chyba współzawodniczy z Ellianią o zainteresowanie Sumiennego i podejrzewam, że matka ją do tego zachęca. Czy pojmuje, że zostanie królową Królestwa Sześciu Księstw może się okazać ambitniejszym celem niż ukradzenie Ellianii tytułu narczeski? Nie sądzę, by Lestra i jej matka przywiązywały jakąkolwiek wagę do żądania Ellianii, by Sumienny przyniósł jej głowę smoka. Myślę, że ambicje Lestry powinny zaniepokoić Ellianię i Peottrego, ale oni zdaje się zachowują wobec tych ambicji dystans, jakby ich myśli błądziły gdzie indziej. Elliania przepędza Lestrę dopiero wtedy, gdy wyzwanie staje się zbyt bezczelne, by je zignorować".

„Jak ich bójka w wieczór ślubu?".

„Zaręczyn, Bastardzie, zaręczyn. Nie uznajemy tej uroczystości za prawdziwy ślub. Książę musi go wziąć w domu, w Koziej

Twierdzy, a małżeństwo musi zostać skonsumowane. Ale nie, nie chodzi mi o tę bójkę. Od tamtej pory Lestra usiłowała zwrócić na siebie uwagę Sumiennego kilka razy, zwykle wtedy, gdy narczeski nie było w pobliżu".

„Czy Ellianıa wie o tym?".

„A jak miałaby się dowiedzieć?".

„Mógłby jej powiedzieć. Ciekawe, co by się stało, gdyby się dowiedziała?".

„Nie mam ochoty tego sprawdzać. Sytuacja i tak jest już dość skomplikowana. Może to tylko rywalizacja między kuzynkami. Chciałbym zrozumieć rolę Henji w tym wszystkim. Czy jest tylko zbzikowaną staruszką? A może czymś więcej? Masz całkowitą pewność, że to była ona?".

„Całkowitą".

Potwierdziły to nie tylko moje oczy, ale nie chciałem mówić Cierniowi, że wyczułem jej zapach i że pozostało we mnie dość z wilka, bym był pewien swego powonienia.

Nasza rozmowa zmęczyła Ciernia, więc pozwoliłem mu udać się na spoczynek. Sprawdziłem, czy drzwi chaty są zaryglowane, a potem z żalem zamknąłem okiennice. Nie lubiłem spać w tak szczelnie pozamykanym pomieszczeniu. Zawsze spało mi się najlepiej, kiedy czułem na twarzy ruch powietrza, ale po tym, jak zobaczyłem Henję, nie chciałem stanowić łatwego celu.

W takim stanie umysłu kładłem się spać i następnego ranka starałem się wytłumaczyć nim moje koszmary. Co prawda nie powinienem nazywać tak mych snów. Nie było w nich nic przerażającego, tylko niepokój i sugestywność, która stanowiła coś innego niż posługiwanie się Mocą. Śnił mi się Błazen taki, jaki był kiedyś – nie pan Złocisty, tylko blady, słabowity młodzieniec o bezbarwnych oczach. W tej postaci dosiadł kamiennego smoka za siedzącą na nim już dziewczyną i razem z nią wzbił się w błękitne niebo. Wtedy nagle stał się panem Złocistym i kiedy tak siedział za wyrzeźbioną, pozbawioną duszy dziewczyną, stanowiącą część smoka, którego przywrócił do życia, na wietrze za nim łopotał czarno-biały płaszcz. Włosy zebrał ciasno w żołnierski kucyk. Miał tak kamienny i srogi wyraz twarzy, że wyglądał na równie pozbawionego duszy, jak dziewczyna, której smukłą kibić obejmował. Ręce miał nagie, co mnie zaskoczyło, bo od bardzo dawna wszystko robił w rękawiczkach. Wznosili się coraz wyżej w niebo i nagle Błazen pokazał coś ręką; dziewczyna ścisnęła smoka kolanami, by poleciał w kierunku wskazywanym przez ten szczupły palec. Wtedy zniknęli w chmurach, jakby spowiła ich mgła. Wybiłem się ze snu i stwierdziłem, że palce mam przyłożone do bladych śladów na nadgarstku, pozostawionych mi przez Błazna. Zmieniłem pozycję, ale nie mogłem obudzić się do końca. Mocniej otuliłem się kocem i znów zanurzyłem się w sen.

I wtedy siłą Mocy wszedłem w bardzo niepokojącą scenę. Na trawiastym wzgórzu siedziała Pokrzywa i rozmawiała z Tintaglią. Wiedziałem, że ten sen to dzieło Pokrzywy, bo kwiaty nigdy nie kwitły tak jaskrawymi barwami ani nie bywały tak równo rozmieszczone wśród trawy. Przypominało mi to starannie utkany gobelin. Smoczyca była wielkości konia, lecz nie budziła grozy. Wszedłem w ten sen. Pokrzywa siedziała wyprostowana.

– A co to wszystko ma wspólnego ze mną? – zapytała smoczycę niemal łamiącym się głosem.

A po chwili odezwała się do mnie:

„Dlaczego zwlekałeś? Nie czułeś, że cię wzywam?".

– Ja to słyszę – zauważyła spokojnie Tintaglia. – Nie słyszał twego wezwania, bo nie chciałam, by je usłyszał. A więc, jak widzisz, będziesz całkiem sama, jeśli postanowię, że tak ma być. – Smoczyca nagle zwróciła swój zimny wzrok na mnie. Piękno opuściło jej gadzie oczy, zmieniając je w wirujące klejnoty wściekłości. – Zakładam, że i ty to sobie uświadamiasz.

– Czego chcesz? – zapytałem.

– Wiesz, czego chcę. Chcę wiedzieć, co wiesz o czarnym smoku. Czy jest prawdziwy? Czy na świecie wciąż jeszcze istnieje jakiś inny, dorosły i zdrowy smok?

– Nie wiem – odparłem zgodnie z prawdą.

Czułem, jak jej umysł dźga mój, usiłując przedostać się przez słowa, które jej dałem, by sprawdzić, czy czegoś nie ukrywam. Zupełnie jakby nocą w więziennej celi biegały po mnie zimne szczurze łapki. Chwyciła to wspomnienie i spróbowała zwrócić je przeciwko mnie. Wzmocniłem mury obronne. Niestety, oznaczało to, że po drugiej ich stronie znalazła się także Pokrzywa. Wraz ze smoczycą przypominały teraz cienie, rzucane w nikłym świetle na falującą zasłonę.

– Pogódź się z tym, że twój gatunek będzie służył mojemu – odezwała się Tintaglia, a jej głos dotarł do mnie niczym szept zagłady. – To jest naturalny porządek rzeczy. Bądź mi w tym sługą, a ja zadbam o dobrobyt twój i twoich bliskich. Sprzeciw mi się, a ty i twoi bliscy zostaniecie zapomniani. – Nagle obraz smoczycy powiększył się i zamajaczył nad Pokrzywą. – Albo pożarci – dodała z rozmysłem.

Poczułem ukłucie strachu. Na jakimś podstawowym poziomie smoczyca łączyła mnie z Pokrzywą. Czy po prostu dlatego, że zawsze docierała do mnie poprzez moją córkę, czy wyczuwała nasze pokrewieństwo? Czy miało to znaczenie? Moja córka znalazła się w niebezpieczeństwie i była to moja wina. Znowu. A ja nie miałem pojęcia, jak ją chronić.

To nie było ważne. Przed chwilą usiana kwiatami łąka przypominała mi gobelin. Nagle Pokrzywa wstała, pochyliła się, chwyciła swój sen i potrząsnęła nim, jakby chciała wytrzepać dywan z kurzu. Obecność smoczycy oderwała się od niego i wirując, odleciała w pustkę, zmniejszając się cały czas. Pokrzywa wstała w tej pustce, zgniotła sen i wepchnęła go do kieszeni fartucha. Nie wiedziałem już, gdzie i czym jestem w jej śnie, lecz dotarły do mnie jej słowa:

„Będziesz musiał nauczyć się jej przeciwstawiać i ją odpędzać, a nie zwijać się w kłębek i udawać, że cię nie ma. Pamiętaj, Widmowy Wilku, że jesteś wilkiem. Nie myszą. A przynajmniej tak myślałam".

Zaczęła zanikać.

„Czekaj!" – przekazał Mocą książę z rozpaczliwą determinacją. Jakimś sposobem, którego nie rozumiałem, chwycił ją i zatrzymał. „Kim jesteś?".

Zaskoczenie Pokrzywy przeszyło mnie falą. Przez chwilę wyrywała się, ale kiedy książę jej nie puszczał, zapytała z oburzeniem:

„Kim jestem? Kim jesteś ty, który ośmieliłeś się tak brutalnie tu wtargnąć? Puść mnie".

Sumienny nie przyjął dobrze jej nagany.

„Kim jestem? Jestem księciem Królestwa Sześciu Księstw. Chodzę tam, gdzie mi się podoba".

Na chwilę zaniemówiła ze zdumienia.

„Jesteś księciem?" – zapytała Pokrzywa z niedowierzaniem dorównującym jej pogardzie.

„Owszem, jestem. A teraz przestań marnować mój czas i powiedz mi, kim jesteś!".

Skrzywiłem się na rozkazujący ton jego głosu. Wokół mnie rozpościerała się straszliwa, pogrążona w ciszy nicość. A potem Pokrzywa zareagowała tak, jak wiedziałem, że to zrobi.

„Ach. Oczywiście, że powiem, skoro tak ładnie mnie prosisz. Książę Nietaktowny, jestem królową Bardzowątpię Siedmiu Gnojowisk. I może chodzisz »tam, gdzie ci się podoba«, ale jeśli to »tam« należy do mnie, moją wolą jest, byś nigdy w to miejsce nie chodził. Powinieneś pielęgnować milsze znajomości, Odmieńcze".

Widziałem, co zrobiła. Zobaczyła, w jaki sposób przywarł do niej, a teraz bez wysiłku go strząsnęła. I zniknęła.

Obudziłem się gwałtownie, czując, jak jej pogarda odbija się ode mnie niczym ciskane kamyki. Rozdarty między podziwem dla mojej córki i strachem przed smoczycą, usiłowałem przyjść do siebie. Chciałem się zastanowić nad dalszym postępowaniem, ale do mojego umysłu wtargnął Cierń.

„Musimy porozmawiać. Na osobności".

Jego Moc drgała podnieceniem.

„Na osobności? Jesteś pewien, że wiesz, co znaczy to słowo?".

Dlaczego akurat dzisiejszej nocy musi mnie szpiegować?

„Nie na osobności". Sumienny wtrącił się do naszej rozmowy, wściekły na nas obu. „Kim ona jest? Od jak dawna to trwa? Żądam odpowiedzi. Jak śmiecie szkolić jeszcze jedną osobę obdarzoną Mocą i ukrywać jej istnienie przede mną!".

„Idź spać!". Ociężały przekaz Młotka był ni to jękiem, ni to rozkazem. „Idź spać i przestań krzyczeć. To była tylko Pokrzywa i jej smoczyca. Idź spać".

„Wszyscy o niej wiedzą oprócz mnie? To nie do zniesienia". Sumienny posługiwał się Mocą z wściekłością i rozczarowaniem, i z tym strasznym poczuciem bycia zdradzonym, kiedy człowiek odkryje, że nie został dopuszczony do tajemnicy. „Żądam odpowiedzi na pytanie, kim ona jest. Natychmiast".

Osłoniłem szczelnie moje myśli i modliłem się, choć wiedziałem, że nic mi to nie da.

„Cierniu?" – Książę wyrwał go z milczenia.

„Nie wiem, mój panie".

Starzec kłamał z wdziękiem i bez skruchy. Potępiałem go i podziwiałem zarazem.

„Bastardzie".

Nazwać człowieka jego prawdziwym imieniem to mieć nad nim władzę. Zadrżałem pod tym uderzeniem i szybko poprosiłem:

„Nie nazywaj mnie tym imieniem. Nie tutaj, nie teraz, bo smoczyca może słuchać".

Nie smoczycy się bałem, lecz mojej córki. Poznawała zbyt wiele fragmentów moich tajemnic.

„Powiedz mi, Tomie".

„Nie w ten sposób. Jeśli musimy o tym mówić, porozmawiajmy własnymi głosami".

W ciemności obok mnie Młotek naciągnął sobie z jękiem koce na głowę.

„Spotkajmy się teraz".

Głos księcia brzmiał ponuro.

„To nie jest mądre", poradził nam obu Cierń. „Niech to zaczeka do rana, mój książę. Nie ma po co narażać się na pytania, które na pewno wzbudzi wezwanie do siebie gwardzisty w środku nocy".

„Nie. Natychmiast. Naprawdę niemądre było to, że obaj oszukiwaliście mnie co do tej Pokrzywy. Chcę się dowiedzieć, co i dlaczego toczy się za moimi plecami".

Zupełnie jakbym był obok niego w domu matek. Czułem, jak gniew księcia przegonił chłód z jego obnażonej piersi, gdy odrzucił przykrycie, wyczuwałem, z jaką wściekłością wepchnął stopy do butów.

„Daj mi więc czas na ubranie się" – zgodził się ze znużeniem Cierń.

„Nie. Zostań tam, gdzie jesteś, doradco Cierniu. Mówisz, że nic nie wiesz? Nie ma więc sensu, byś przychodził. Spotkam się tylko z Bas... Tomem".

Jego gniew huczał teraz jak ogień, a mimo to książę powstrzymał się przed wypowiedzeniem mojego imienia. Jakimś fragmentem umysłu podziwiałem jego opanowanie. Większą część moich myśli pochłaniał jednak dylemat. Mój książę był na mnie zły i uważał, że ma do tego powód. Jak mam odpowiedzieć na jego pytania? Kim dla niego byłem tej nocy? Przyjacielem, mentorem, kuzynem czy poddanym? Uświadomiłem sobie, że Młotek siada na swoim posłaniu i patrzy, jak się ubieram.

– Zaraz wracam. Nie stanie ci się nic złego – zapewniłem go, zastanawiając się jednocześnie, czy to prawda.

„Nie chcę tu zostawiać Młotka samego" – wysłałem Mocą myśl do księcia w nadziei, że ta wymówka mnie ocali.

„To go przyprowadź ze sobą" – polecił zwięźle książę.

– Chcesz iść ze mną?

– Słyszałem go – odparł Młotek ze znużeniem i westchnął głęboko. – Zawsze zmuszasz mnie do pójścia tam, dokąd nie chcę iść – poskarżył się, szukając po ciemku ubrania.

Miałem wrażenie, że zanim się ubrał, minął rok. Z urazą w głosie odrzucił wszelkie propozycje pomocy z mojej strony. W końcu razem wyszliśmy z chaty i ruszyliśmy przez wioskę. Dziwny mrok, który w tej części świata uchodzi za noc, powlókł wszystko szarością. Przynosił dziwną ulgę moim oczom i w końcu zidentyfikowałem swoje wrażenia. Te przygaszone kolory przypominały mi, jak Ślepun postrzegał świat wieczorem i o świcie, kiedy razem polowaliśmy. Było to łagodne światło i nie zwodzone kolorem oko swobodnie wykrywało drobne poruszenia zwierzyny. Szedłem lekko jak wiatr, ale towarzyszący mi Młotek powłóczył smutno nogami. Co pewien czas kaszlał. Napominałem się, że jeszcze całkowicie nie wyzdrowiał i starałem się cierpliwie znosić powolne tempo jego marszu.

W powietrzu nad osadą pomykały niewielkie nietoperze. Zauważyłem rabuszczura, przemykającego ukradkiem od beczki na deszczówkę do drzwi domu. Zadałem sobie pytanie, czy to ten sam, z którym usiłował się zaprzyjaźnić Szybki, a potem przestałem zaprzątać sobie nim głowę. Zbliżaliśmy się do domu matek. Dziedziniec był opustoszały. Nie wystawiono tu żadnej straży, chociaż strażnicy pilnowali wybrzeża i portu. Najwyraźniej nie obawiano się ataku ze strony własnej rodziny. Zastanawiałem się, czy Peottre powiedział mi wszystko, co wiedział o Henji. Z całą pewnością on i narczeska mieli się przed nią na baczności, poza tym stwierdził, że pochodzi ona spoza klanu Narwala. Dlaczego więc nie postawił kogoś na straży przed nią?

Odprowadziłem Młotka od głównych drzwi. Podeszliśmy do domu matek od tyłu, mijając kamienne murki i żywopłoty, za którymi umieszczono owce. Za rogiem szopy, obok krzaków przy wygódkach czekał na nas książę. Przestępował niespokojnie z nogi na nogę, patrząc, jak się zbliżamy, a ja wyczułem jego zniecierpliwienie. W milczeniu uniosłem rękę i gestem zaprosiłem go, by razem z nami skorzystał z osłony krzaków.

„Nie podchodźcie do mnie. Nie ruszajcie się. Nie, schowajcie się. Albo odejdźcie".

Zatrzymałem się, zdezorientowany nagłym rozkazem księcia. I wtedy zobaczyłem, co go zdenerwowało. Z drzwi wychyliła się Elliania w płaszczu narzuconym na nocną koszulę i rozejrzała się dookoła. Ledwie zdążyłem położyć dłoń na piersi Młotka i skierować go za żywopłot. Mały człowieczek ze złością strącił moją rękę.

– Słyszałem go – poskarżył mi się.

„Musimy być bardzo cicho, Młotku. Książę nie chce, żeby Elliania wiedziała, że tu jesteśmy".

„Dlaczego?".

„Po prostu nie chce i już. Musimy się tu schować i być bardzo cicho".

Przykucnąłem za żywopłotem i poklepałem zachęcająco ziemię obok siebie. Młotek, zgarbiony, patrzył na mnie z gniewem. Bardzo chciałem po prostu zaprowadzić go do domu, ale byłem pewien, że jeśli spróbujemy odejść, Elliania usłyszy jego człapanie. Lepiej zaczekać. Chyba nie będzie to długo trwało. Zapewne chciała tylko skorzystać z wygódki. Wyjrzałem przez lukę w gałęziach żywopłotu.

„Chodź do nas, zanim cię zobaczy" – zaproponowałem księciu poprzez Moc.

„Nie. Już mnie zobaczyła. Odejdźcie. Porozmawiam z tobą później".

A potem z niedowierzaniem poczułem, jak wznosi przeciwko mnie swoje mury obronne. Stał się silniejszy. Wyczuwałem go teraz dzięki Rozumieniu, znieruchomiałego i lekko drżącego pod spokojnym spojrzeniem Ellianii. Szła ku niemu w przyćmionym świetle słońca, które przesuwało się wzdłuż krawędzi horyzontu, nie chcąc zajść.

Zamarłem z niepokoju, gdy zobaczyłem, jak szybko do niego podeszła i jak blisko niego stanęła w mroku. Nie pierwszy raz tych dwoje potajemnie się spotykało. Chciałem odwrócić wzrok, a jednak patrzyłem na nich zachłannie zza krzaków. Słowa Ellianii ledwie do mnie docierały.

– Usłyszałam dźwięk otwieranych i zamykanych drzwi, a kiedy wyjrzałam przez okno, zobaczyłam, że tu czekasz.

– Nie mogłem spać.

Wyciągnął ręce, jakby chciał ująć dłonie dziewczyny, lecz z powrotem je opuścił. Bardziej wyczułem niż zobaczyłem ostre spojrzenie, które posłał w moim kierunku.

„Odejdźcie. Porozmawiam z tobą jutro".

Strumień Mocy, który przyniósł mi tę wiadomość, był ściśnięty i wąski. Młotek chyba nawet go nie wyczuł. W słowach księcia brzmiał królewski rozkaz. Sumienny oczekiwał, że go posłucham.

„Nie mogę. Wiesz, że to niebezpieczne. Odeślij ją do jej pokoju, Sumienny".

Nie wiedziałem, czy otrzymał moją myśl. Zamknął się na wszystko prócz dziewczyny. Młotek wstał za mną, ziewając szeroko.

– Wracam – oznajmił zaspanym głosem.

– Sza. Nie. Musimy tu zostać i być bardzo cicho. Nie mów głośno.

Spojrzałem z niepokojem na młodą parę, ale jeśli Elliania usłyszała Młotka, to nie dała tego po sobie poznać. Zastanawiałem się z niepokojem, gdzie jest Peottre i co zrobiłby Sumiennemu, gdyby zastał ich tak razem.

Młotek westchnął ciężko. Z powrotem przykucnął, a potem usiadł płasko na ziemi.

„To jest głupie. Chcę wrócić do łóżka".

Elliania zerknęła na opuszczone ręce Sumiennego, a potem przekrzywiła głowę i spojrzała mu w twarz.

– No tak. Na kogo czekasz? – Zwęziła oczy. – Na Lestrę? Czy poprosiła cię o spotkanie?

Na ustach Sumiennego pojawił się bardzo dziwny uśmiech. Czyżby był zadowolony, że sprowokował ją do zazdrości? Odezwał się ciszej od niej, ale obserwowałem jego usta.

– Na Lestrę? Dlaczego miałbym czekać przy świetle księżyca na Lestrę?

– Dzisiaj nie ma księżyca – zauważyła ostrym tonem Elliania. – A jeśli chodzi o to, dlaczego miałbyś czekać na Lestrę, to przecież chętnie oddałaby ci swoje ciało, byś je wykorzystał, jak chcesz. Bardziej po to, by zrobić mi na złość, niż dlatego, że uważa cię za przystojnego.

Skrzyżował ręce na piersi. Ciekawe, czy chciał w ten sposób ukryć zadowolenie, czy powstrzymać się przed wzięciem ją w ramiona. Była smukła jak wierzba, a splecione na noc warkocze sięgały jej bioder. Niemal czułem unoszące się ku niemu jej ciepło.

– Ach tak. Sądzisz, że uważa mnie za przystojnego?

– Kto wie? Ona lubi dziwne rzeczy. Ma kota z krzywym ogonem i zbyt wieloma palcami. Uważa, że jest ładny. – Wzruszyła ramionami. – Ale potrafiłaby ci powiedzieć, że jesteś przystojny, by cię zdobyć.

– Doprawdy? Ale może ja nie chcę, żeby Lestra mnie zdobywała. Jest ładna, ale może ja wcale jej nie chcę.

Elliania podniosła wzrok na Sumiennego i cała noc wstrzymała oddech. Zobaczyłem, jak piersi dziewczyny wznoszą się i opadają, gdy nabierała tchu, zbierając się na odwagę.

– Zatem czego chcesz? – zapytała głosem miękkim jak podmuch wiatru.

Nie usiłował jej objąć. Myślę, że nie pozwoliłaby mu na to. Zamiast tego wyciągnął rękę i czubkiem palca uniósł jej podbródek. Pochylił się i skradł Ellianii pocałunek. Skradł? Ależ ona nie uciekła. Wspięła się na palce; w miękkim mroku zetknęły się tylko ich usta.

Poczułem się jak lubieżny starzec, szpiegujący ich z mroku pod żywopłotem. Wiedziałem, że Sumienny naraził się na niebezpieczeństwo, że oboje głupio ryzykują, lecz serce podskoczyło mi z radości, że oprócz zaaranżowanego małżeństwa mój książę może też pozna miłość. Kiedy odsunęli się od siebie, miałem nadzieję, że odeśle ją do jej sypialni. Chciałem, by przeżył tę chwilę, lecz zarazem wiedziałem, że jeśli będzie się zanosiło na to, że ich eksperyment wyjdzie poza pocałunek, będę musiał interweniować. Wzdrygnąłem się na samą myśl o tym, ale byłem przygotowany na tę konieczność.

Usłyszałem ze strachem zadane bez tchu pytanie:

– Pocałunek. Tylko tego chciałeś?

– Tylko tyle wezmę teraz – odparował. Pierś mu się unosiła i opadała, jakby wziął udział w wyścigu. – Zaczekam, aż zasłużę sobie na więcej.

Po jej twarzy przemknął niepewny uśmiech.

– Jeśli postanowię ci się oddać, nie będziesz musiał na to zasłużyć.

– Ale... powiedziałaś, że zostaniesz moją żoną dopiero wtedy, gdy przyniosę ci głowę smoka.

– W moim kraju kobieta oddaje się tam, gdzie chce. To coś innego od małżeństwa. Albo od bycia żoną, jak to nazywacie. Kiedy dziewczyna staje się kobietą, może pod swoje skóry na łóżku przyjąć każdego mężczyznę, jakiego zechce. – Zerknęła w bok i dodała ostrożnie: – Byłbyś moim pierwszym. Niektórzy uważają, że to coś bardziej szczególnego, niż złożenie przysięgi małżeńskiej. Oczywiście nie uczyniłoby to ze mnie twojej żony. Nie zostanę twoją żoną czy też cię nie poślubię, dopóki nie przyniesiesz tu, do domu moich matek, głowy smoka.

– Ja też bym chciał, żebyś była moją pierwszą – rzekł ostrożnie Sumienny. A potem, jakby wypowiedzenie tych słów było równie trudne, co wyrwanie drzewa z korzeniami, dodał: – Ale nie teraz. Dopiero wtedy, gdy zrobię to, co przyrzekłem.

Była zaskoczona, ale nie tym, że chce dotrzymać przysięgi.

– Twoją pierwszą? Naprawdę? Nie zaznałeś jeszcze kobiety?

Przyznanie się do tego zajęło Sumiennemu długą chwilę.

– Taki jest obyczaj mojej ziemi, choć nie wszyscy się do niego stosują. Czekanie do ślubu.

Mówił sztywno, jakby się obawiał, że jego wstrzemięźliwość spotka się z szyderstwem Ellianii.

– Chciałabym być twoją pierwszą – przyznała.

Przybliżyła się do niego i tym razem objęły ją jego ramiona. Wtuliła się w Sumiennego, a jego usta odnalazły jej wargi.

Dzięki Rozumieniu wyczułem Peottrego wcześniej niż oni, byli bowiem tak pochłonięci sobą, że chyba żadne z nich nie zauważyłoby mijającego ich stada owiec. Kiedy zobaczyłem, jak stary wojownik wychodzi zza rogu domu matek, zerwałem się na nogi. Miał przypasany miecz i groźnie na nich patrzył.

– Ellianio.

Odskoczyła od Sumiennego. Wytarła ręką usta, jakby chciała ukryć pocałunek, który otrzymała. Podziwiałem Sumiennego, że nie dał się zastraszyć. Odwrócił głowę i spokojnie patrzył na Peottrego. W jego postawie nie było skruchy ani wstydu. Wyglądał jak mężczyzna, któremu przeszkodzono w całowaniu należącej do niego kobiety. Wstrzymałem oddech, zastanawiając się, czy gdybym się ujawnił, to poprawiłbym czy pogorszył sytuację.

Cisza była nieruchoma i czujna jak noc. Peottre i Sumienny patrzyli na siebie bez drgnienia powiek. Było to spojrzenie taksujące, ale nie stanowiło jeszcze wyzwania. Kiedy Peottre się odezwał, zwrócił się do Ellianii.

– Powinnaś wrócić do swojej sypialni.

Na te słowa dziewczyna odwróciła się i uciekła. Kiedy biegła przez dziedziniec, jej nagie stopy nie czyniły żadnego hałasu. Nawet kiedy zniknęła, Sumienny i Peottre nie spuszczali z siebie oczu. W końcu przemówił Zawyspiarz.

– Głowa smoka. Obiecałeś. Dałeś słowo jako mężczyzna.

Sumienny skłonił z powagą głowę.

– Dałem. Obiecałem jako mężczyzna.

Kiedy Peottre zaczął się odwracać, Sumienny znów się odezwał.

– To, co zaproponowała mi Elliania, zaproponowała jako kobieta, a nie jako narczeska. Czy wedle waszych zwyczajów wolno jej to zrobić?

Peottre zesztywniał. Odwrócił się powoli i powiedział z niechęcią:

– Któż inny oprócz kobiety może ci to zaproponować? Jej ciało należy do niej. Może się nim z tobą podzielić. Nie będzie jednak prawdziwie twoją żoną, dopóki nie przyniesiesz jej głowy Lodognia.

– Ach.

Peottre znów odwrócił się, by odejść, i znów powstrzymał go głos Sumiennego.

– A zatem jest bardziej wolna niż ja. Moje ciało i moje nasienie należą do Królestwa Sześciu Księstw. Nie wolno mi dzielić się nimi tam, gdzie zechcę, lecz tylko z moją żoną. Taki jest nasz zwyczaj. – Niemal słyszałem, jak przełyka ślinę. – Chciałbym, żeby o tym wiedziała. Że wedle naszego zwyczaju nie mogę przyjąć jej propozycji, chyba że okrywając się hańbą. – Ściszył głos i jego następne słowa okazały się prośbą. – Prosiłbym, żeby nie kusiła mnie ani nie drażniła tym, czego nie mogę wziąć bez utraty honoru. Jestem mężczyzną, ale... jestem mężczyzną.

Jego wyjaśnienia były jednocześnie niezręczne i uczciwe.

Taka też była odpowiedź Peottrego.

– Dopilnuję, by się tego dowiedziała – rzekł z niechętnym szacunkiem w głosie.

– Czy... czy będzie miała o mnie gorsze zdanie? Czy będzie uważała mnie za mniej męskiego?

– Ja tak nie będę uważał. I dopilnuję, by zrozumiała, ile kosztuje mężczyznę nie przyjęcie takiej propozycji. – Patrzył na Sumiennego, jakby zobaczył go pierwszy raz w życiu. W tonie jego głosu brzmiał wielki smutek. – Ty jesteś mężczyzną. Byłbyś dobrym partnerem dla mojej siostrzenicy. Wnuczki twojej matki wzbogaciłyby mój ród.

Ostatnie zdanie wypowiedział tak, jakby było jakimś przysłowiem, a nie czymś, na co mógłby mieć prawdziwą nadzieję. A potem odwrócił się i odszedł.

Zobaczyłem, że Sumienny głęboko wzdycha. Bałem się, że sięgnie do mnie Mocą, ale tego nie zrobił. Po chwili wrócił ze spuszczoną głową do domu matek Ellianii.

Młotek zasnął na siedząco, oparłszy głowę na piersi. Jęczał cicho, kiedy nim potrząsałem i pomagałem wstać.

– Chcę do domu – mruknął, idąc obok mnie chwiejnym krokiem.

– Ja też – odpowiedziałem.

A jednak nie Kozią Twierdzę miałem na myśli, lecz łąkę z widokiem na morze i przyzywającą mnie dziewczynę w jaskrawo-czerwonej spódnicy. Raczej czas niż miejsce. Nie prowadziła tam już żadna droga.

ROZDZIAŁ 12

KUZYNI

Zębate wieżyce smoczej wyspy osłaniają swą paszczą lodowiec,
Jak w otwartych ustach umierającego człowieka zbiera się krew.
Udasz się tam, młodzieńcze?
Wdrapiesz się po lodzie, by zdobyć szacunek towarzyszy broni?
Ośmielisz się przekroczyć widoczne i ukryte lodowe szczeliny?
Ośmielisz się stawić czoło wiatrom,
co śpiewają o Lodogniu, śpiącym w lodzie?
Spali twoje kości zimnem, o, tak.
Lodowaty wiatr to jego ognisty oddech.
Pociemnieje od niego skóra na twojej twarzy,
a potem odejdzie od ukrytego pod nią obolałego różowego ciała.
Zapuścisz się tam, młodzieńcze?
Aby zdobyć przychylność kobiety, czy przejdziesz pod lodem
po wilgotnych, czarnych kamieniach, które nie widzą nieba?
Czy odnajdziesz tajemną jaskinię, która stoi otworem
tylko wtedy, gdy cofa się fala?
Czy będziesz mierzył czas uderzeniami serca,
aż morskie fale wrócą, by
zgnieść cię na krwawy ochłap na grubym,
niebieskim lodzie nad tobą?

„Przywitanie smoka", zawyspiarska pieśń,
tłumaczenie Borsuczowłosego

Od razu następnego dnia powiedziano nam, że wszelkie problemy związane z zabiciem Lodognia przez księcia zostały rozwiązane. Mieliśmy wrócić do Zyligu, by przyjąć warunki hetgurdu, a potem udać się na Aslevjal, by zapolować na smoka. Zastanawiałem się chwilę, czy te nagłe plany wypłynięcia mają coś wspólnego z nocną sceną; której byłem świadkiem, ale potem zobaczyłem, jak zostaje wypuszczony ptak niosący wieści o naszym wypłynięciu i uznałem, że ostatnie wiadomości dotarły do nas na tych samych skrzydłach.

Powstała w wyniku tego krzątanina zaoszczędziła mi krępującej rozmowy z księciem, lecz przysporzyła mi innej udręki. Młotek był całkowicie przeciwny powrotowi na statek. Nie przekonały go zapewnienia, że to jedyna droga prowadząca w końcu do domu. W takich chwilach dostrzegałem ograniczenia jego umysłu i logiki. Młotek rozwinął się od czasu, kiedy do nas przystał, nabierając nie tylko większej swobody w mówieniu, ale i większego wyrafinowania w posługiwaniu się słowem. Ujawniając większą zdolność rozumienia i większe możliwości, niż spodziewałem się ich u powłóczącego nogami półgłówka, usługującego w wieży Ciernia, był jak roślina, której zapewniono wreszcie słoneczne światło. Mimo to zawsze będzie się różnił od innych. Czasem stawał się przestraszonym i krnąbrnym dzieckiem i w takich chwilach przemawianie mu do rozsądku zdawało się na nic. W końcu w wieczór poprzedzający dzień wypłynięcia Cierń uciekł się do zaaplikowania mu silnego środka nasennego, co wymagało ode mnie całonocnego czuwania nad snami Młotka. Były niespokojne, a ja robiłem, co w mojej mocy, by je złagodzić. To, że Pokrzywa nie pojawiła się, by mi pomóc, napełniło mnie złymi przeczuciami, choć jednocześnie byłem z tego zadowolony.

Kiedy następnego dnia ładowaliśmy Młotka na ręczny wózek, by zawieźć go na statek, nasz podopieczny wciąż był pogrążony w mocnym śnie. Głupio się czułem, ciągnąc go po wyboistej drodze do portu, ale obok mnie szedł Sieciarz i prowadził tak swobodną rozmowę, jakby coś takiego zdarzało się codziennie.

Nasze wypłynięcie wyglądało na większe wydarzenie, niż przybycie. Czekały na nas dwa statki. Zauważyłem, że cała delegacja z Królestwa Sześciu Księstw została, jak przedtem, umieszczona na statku

Dzików. Narczeska, Peottre i kilka towarzyszących im osób wsiedli na mniejszy, starszy statek z flagą przedstawiającą narwala. Wielka Matka przybyła do portu, by odprowadzić prawnuczkę i ją pobłogosławić. Były też i inne uroczystości, ale ich nie widziałem, bo Młotek zaczął się niespokojnie wiercić i uznałem, że powinienem przy nim zostać na wypadek, gdyby się obudził i postanowił zejść na brzeg.

Siedziałem przy jego koi w przydzielonej nam maleńkiej kabinie i posługując się Mocą, usiłowałem natchnąć jego sny poczuciem spokoju i bezpieczeństwa. Jednakże mimo tych wysiłków przeniknął do nich ruch fal i odgłosy statku. Młotek obudził się nagle z krzykiem i usiadł, rozglądając się po kabinie dzikim i półprzytomnym wzrokiem.

– To zły sen! – jęknął.

– Nie – musiałem mu powiedzieć. – To prawda. Ale przyrzekam, że ze mną będziesz bezpieczny, Młotku. Przyrzekam.

– Nie możesz mi tego przyrzec! Nikt nie może przyrzec czegoś takiego na statku! – zawołał oskarżycielsko.

Kiedy tylko usiadł, objąłem go uspokajająco ramieniem. Teraz odsunął się gwałtownie ode mnie. Skulił się pod kocami, obrócił twarzą do ściany i zaczął spazmatycznie szlochać.

– Młotku – zacząłem bezradnie.

Żaden mój czyn nie wydał mi się tak okrutny, tak zły.

– Odejdź!

Wsparty Mocą rozkaz odrzucił mi głowę do tyłu mimo moich barier ochronnych. Stwierdziłem, że stoję i po omacku szukam drogi do drzwi maleńkiej kajuty, którą mieliśmy dzielić z kręgiem Rozumiejących. Zmusiłem się do zatrzymania.

– Czy jest ktoś, kogo chciałbyś mieć koło siebie? – zapytałem bez większej nadziei.

– Nie! Wszyscy mnie nienawidzicie! Wszyscy mnie oszukujecie, trujecie i zmuszacie do wypłynięcia na ocean, żeby mnie zabić. Odejdź!

Zrobiłem to chętnie, bo jego Moc napierała na mnie niczym silny, zimny wiatr. Przechodząc przez niskie drzwi kajuty, wyprostowałem się zbyt szybko i uderzyłem głową w ościeże. Wstrząs był na tyle duży, że resztę drogi na pokład pokonałem lekko oszołomiony. Okrutny śmiech Młotka był niczym drugi cios.

Wkrótce przekonałem się, że to nie był przypadek. Może za pierwszym razem, ale w ciągu kilku dni naszego rejsu Młotkowi tyle razy udało się doprowadzić mnie Mocą do potknięcia, że wkrótce przestałem myśleć o jakimkolwiek zbiegu okoliczności. Jeśli miałem świadomość jego obecności, czasem potrafiłem powstrzymać jego atak, ale jeśli zobaczył mnie pierwszy, dowiadywałem się o nim dopiero wtedy, gdy miałem wrażenie, że statek skacze mi pod nogami. Usiłowałem wówczas złapać równowagę i padałem na pokład albo zderzałem się z relingiem.

Wtedy jednak lekceważąco przypisywałem te przypadki własnej niezręczności.

Poszedłem poszukać Ciernia i Sumiennego. Podczas tej podróży mieliśmy więcej prywatności niż w czasie poprzednich rejsów. Peottre, narczeska i jej straż znajdowali się na drugim statku. Członkowie klanu Dzika, którzy prowadzili nasz statek, sprawiali wrażenie niezbyt zainteresowanych naszymi kontaktami towarzyskimi, więc nie musieliśmy już się tak kryć.

Poszedłem prosto do kajuty księcia i zastukałem do drzwi. Wpuścił mnie Cierń. Dobrze zadbano o nich obu, łącznie z posiłkiem na stole. Choć dostali zawyspiarskie jedzenie, to przynajmniej go nie brakowało. Wino było niezłej jakości i zrobiło mi się przyjemnie, gdy książę zaprosił mnie do stołu skinieniem głowy.

– Jak się czuje Młotek? – zapytał bez wstępów.

Złożenie szczegółowego raportu niemal przyniosło mi ulgę, bałem się bowiem, że Sumienny natychmiast zażąda wytłumaczenia, kim jest Pokrzywa. Szczegółowo opisałem dolegliwości i niezadowolenie małego człowieczka, a na zakończenie dodałem:

– Pomijając siłę jego Mocy, nie wiem, w jaki sposób możemy go zmusić do podróżowania z nami. Za każdym razem, gdy wsiadamy na statek, coraz bardziej mnie nie lubi i staje się coraz bardziej krnąbrny. Ryzykujemy wzbudzenie w nim wrogości, której nigdy już nie stłumimy i która sprawi, że Młotek przeciwstawi swoją Moc wszystkim naszym wysiłkom. Jeśli da się to przeprowadzić bezpiecznie, proponuję na czas wyprawy na Aslevjal zostawić go w Zyligu.

Cierń łupnął kielichem o stół.

– Przecież wiesz, że tego się nie da zrobić! Dlaczego o to prosisz? – Poznałem, że złością maskuje własne poczucie winy i żalu. –

Przysięgam, że nigdy nie sądziłem, że to będzie dla niego takie trudne. Czy nie ma sposobu, by mu wyjaśnić, jak ważna jest nasza misja?

– Być może książę mógłby mu to przekazać. Młotek jest teraz tak na mnie zły, że chyba nie słyszy niczego, co do niego mówię.

– Nie on jeden jest zły na ciebie – zauważył chłodno Sumienny. Spokój, z jakim to powiedział, ostrzegł mnie, że jego gniew ma bardzo głębokie korzenie. Panował nad nim teraz tak, jak mężczyzna panuje nad swoją bronią. Czekał na sposobność ataku.

– Mam was zostawić samych, byście to omówili? – zapytał Cierń i zbyt pośpiesznie uniósł się z krzesła.

– O, nie. Skoro nic nie wiesz o Pokrzywie i jej smoku, jestem pewien, że będzie to równie pouczające dla ciebie, jak dla mnie – powstrzymał go Sumienny.

Cierń powoli opadł na krzesło; sarkazm księcia udaremnił mu wycofanie się. Nagle zrozumiałem, że starzec wcale nie zamierza mi pomóc. Że, jeśli już, Cierń cieszy się z przyparcia mnie do muru.

– Kto to jest Pokrzywa? – zapytał Sumienny bez ogródek.

Odpowiedziałem mu tak samo.

– Moja córka. Chociaż o tym nie wie.

Odchylił się do tyłu, jakbym oblał go zimną wodą. Nastąpiła długa chwila milczenia. Cierń – niech go licho – uniósł dłoń, by zakryć usta, ale zdążyłem dostrzec jego uśmiech. Rzuciłem mu spojrzenie przesycone wściekłością. Opuścił rękę i otwarcie pokazał zęby w uśmiechu.

– Rozumiem – odezwał się wreszcie Sumienny. I jakby to było najważniejszy wniosek, jaki mógł wyciągnąć, dodał: – Mam kuzynkę. Kuzynkę! Ile ma lat? Dlaczego jej nie znam? A może znam? Kiedy była ostatnio na dworze? Kim jest jej szlachetna matka?

Nie umiałem zmusić się do mówienia, ale nie podobało mi się, że Cierń przemówił za mnie.

– Nigdy nie była na dworze, mój książę. Jej matka trudni się wyrobem świec. Jej ojciec... człowiek, którego uznaje za ojca, to Brus, były koniuszy na zamku. Dziewczyna ma chyba teraz szesnaście lat.

Przerwał, jakby chciał dać księciu czas na odgadnięcie reszty.

– Ojciec Szybkiego? A więc... Szybki to twój syn? Mówiłeś, że masz przybranego syna, ale...

– Szybki jest synem Brusa. I przyrodnim bratem Pokrzywy. – Wziąłem głęboki oddech i usłyszałem własne słowa: – Masz okowitę? Do tej opowieści wino to za mało.

– Widzę.

Wstał i podał mi, o co prosiłem, zachowując się wobec mnie raczej jak kuzyn niż książę, gotów dać się oczarować dawną rodzinną historią. Trudno mi było rozpocząć tę opowieść, a to, że Cierń współczująco kiwał głową, w jakiś sposób tylko pogarszało sprawę. Kiedy w końcu wyjaśniłem wszystkie zawiłe koneksje, Sumienny zaczął kręcić głową.

– Ależ zrobiłeś z tego galimatias, Bastardzie Rycerski. Dzięki tej informacji opowieść mojej matki o twoim życiu jest o wiele bardziej sensowna. Jakże musisz nienawidzić Sikorki i Brusa, że oboje potrafili cię odtrącić i wiarołomnie zapomnieć o tobie, znajdując pociechę w sobie nawzajem.

Jego słowa wstrząsnęły mną.

– Nie – odparłem stanowczo. – Nie tak było. Uważali mnie za zmarłego. W ich wspólnym dalszym życiu nie było nic wiarołomnego. A jeśli ona miała się z kimś związać, to... to cieszę się, że wybrała mężczyznę jej godnego. I że on w końcu odnalazł nieco szczęścia dla siebie. I że razem chronili moje dziecko.

Coraz trudniej było mi mówić ze ściśniętym gardłem. Rozluźniłem je łykiem okowity, a potem ze świstem zaczerpnąłem tchu.

– On był dla niej lepszym mężczyzną – dodałem.

Tak często to sobie powtarzałem przez te wszystkie lata.

– Ciekawe, czy ona też by tak pomyślała – powiedział książę z namysłem, a potem, spojrzawszy na moją twarz, dodał pośpiesznie: – Przepraszam cię. Nie do mnie należy zastanawiać się nad takimi sprawami. Ale... ale wciąż jestem zaskoczony, że moja matka na to pozwoliła. Często z mocą mi mówiła, jak wiele spoczywa na mnie jako na jedynym dziedzicu tronu.

– Pod tym względem uległa uczuciom Bastarda. Wbrew moim radom – wyjaśnił Cierń.

Słyszałem zadowolenie, z którym w końcu się oczyścił.

– Rozumiem. Właściwie wcale nie rozumiem, ale na razie pytanie brzmi: w jaki sposób uczysz ją władania Mocą? Mieszkałeś przedtem blisko niej czy...?

– Ja jej nie uczę. To, co wie o Mocy, opanowała samodzielnie.

– Ale mnie mówiono, że to jest strasznie niebezpieczne! – Zaskoczenie Sumiennego jeszcze się pogłębiło. – Jak mogłeś pozwolić, by ryzykowała w ten sposób, skoro wiedziałeś, ile znaczy dla tronu Przezornych? – To pytanie było skierowane do mnie, ale Sumienny zaraz zwrócił się oskarżycielsko do Ciernia: – Zabroniłeś jej przybyć na dwór? Czy to twoja robota, jakaś niemądra próba ochrony imienia Przezornych?

– W żadnym razie, mój książę – zaprzeczył gładko starzec. Zwrócił spokojne spojrzenie na mnie i ciągnął: – Wiele razy prosiłem Bastarda, by pozwolił sprowadzić Pokrzywę do Koziej Twierdzy, żeby mogła i dowiedzieć się o własnym znaczeniu dla rodu Przezornych, i kształcić się we władaniu Mocą. Był to jednak obszar, na którym zwyciężyły uczucia Bastarda Rycerskiego. Wbrew radom i królowej, i moim.

Książę odetchnął głęboko kilka razy.

– To nie do wiary – rzekł cicho. – I nie do zniesienia. To zostanie naprawione. Sam to zrobię.

– Co zrobisz? – zapytałem.

– Powiem tej dziewczynie, kim jest! I każę ją sprowadzić na dwór, by była traktowana stosownie do jej urodzenia. Każę dopilnować jej kształcenia we wszystkim, łącznie z Mocą. Moja kuzynka wychowuje się jak wiejska dziewczyna, robi świece i karmi kurczęta! A jeśli tron Przezornych będzie jej potrzebował? Wciąż nie potrafię zrozumieć, że moja matka na to pozwoliła!

Czy jest coś bardziej mrożącego krew w żyłach niż widok prawego piętnastolatka i świadomość, że ma on moc zniweczenia całego naszego życia? Z poczucia bezbronności zrobiło mi się niedobrze.

– Nie masz pojęcia, co wtedy stałoby się z moim życiem – powiedziałem cichym, błagalnym głosem.

– Nie. Nie mam – przyznał swobodnie, lecz z rosnącym oburzeniem. – I ty też nie. Chodzisz sobie, podejmując te monumentalne decyzje, dotyczące tego, co inni ludzie powinni wiedzieć albo nie o własnym życiu. Ale tak naprawdę nie masz większego pojęcia niż ja, co z tego wyniknie! Po prostu robisz to, co według ciebie jest najbezpieczniejsze, a potem czołgasz się w nadziei, że nikt się niczego nie dowie i nie będzie cię później winił, jeśli sprawy potoczą się źle!

Nakręcał się i nagle zacząłem podejrzewać, że wcale nie chodzi tu wyłącznie o Pokrzywę.

– Czemu się tak złościsz? – zapytałem bez ogródek. – To nie ma nic wspólnego z tobą.

– Nic wspólnego ze mną? Ze mną? – Wstał, niemal przewracając krzesło. – Jak Pokrzywa może nie mieć nic wspólnego ze mną? Czyż nie mamy wspólnego dziada? Czyż nie jest Przezorną z urodzenia i czyż nie posiada magii Mocy? Czy wiesz... – Zatchnęło go, ale po chwili wyraźnie się uspokoił. – Czy nie masz pojęcia, co by dla mnie znaczyło wzrastanie z kimś równym mnie? – zapytał łagodniejszym tonem. – Z kimś mojej krwi, z kimś bliższym mi wiekiem, z kim mógłbym rozmawiać? Z kimś, kto musiałby wziąć na siebie część odpowiedzialności za panowanie Przezornych, żeby nie musiała zawsze spoczywać wyłącznie na mnie? – Zerknął w bok, jakby widział coś przez ścianę kajuty, i prychnął. – To ona mogłaby się znaleźć w tej kajucie, przyrzeczona zawyspiarskiemu partnerowi, a nie ja. Gdyby moja matka i Cierń mieli dwoje Przezornych do sprzedania za pokój, to kto wie...

Ta myśl zmroziła mi krew w żyłach. Nie chciałem mu mówić, że usiłowałem chronić Pokrzywę właśnie przed tym. Ale do jednego musiałem się przyznać.

– Nigdy nie przyszło mi do głowy spojrzeć na to z twojego punktu widzenia. Nigdy nie przyszło mi do głowy, że to w ogóle miałoby jakiś wpływ na ciebie.

– No więc miało. I ma. – Nagle przeniósł uwagę na Ciernia. – A ty też zaniedbałeś swoje obowiązki nad wszelkie pojęcie. Ta dziewczyna jest spadkobierczynią tronu Przezornych, tuż po mnie. To powinno być zapisane w dokumentach i poświadczone, powinno zostać zrobione, zanim wypłynąłem z portu! Jeśli coś mi się stanie, jeśli zginę, usiłując porąbać tego zamrożonego smoka, to nastanie chaos, bo wszyscy będą usiłowali mówić, kto powinien...

– To zostało zrobione, mój książę. Przed wielu laty. Dokumenty są bezpieczne. Pod tym względem niczego nie zaniedbałem.

Cierń wydawał się rozsierdzony, że Sumienny mógł choćby coś takiego pomyśleć.

– Miło byłoby o tym wiedzieć. Czy któryś z was może mi wyjaśnić, dlaczego ukrywanie tej informacji przede mną było tak ważne? – Przeniósł gniewny wzrok z Ciernia na mnie i tam go zatrzymał, ciągnąc: – Wydaje mi się, że przez dużą część życia podejmowałeś decyzje za innych, robiąc to, co według ciebie było najlepsze, w ogóle nie pytając, czego oni chcą. A nie zawsze masz rację!

Zapanowałem nad sobą.

– Taki właśnie jest kłopot z podejmowaniem decyzji. Nigdy nie wiadomo, czy jest słuszna, dopóki się jej nie podejmie. Ale to właśnie robią dorośli. Podejmują decyzje. A potem z tym żyją.

Sumienny milczał przez chwilę.

– A gdybym podjął dorosłą decyzję, by powiedzieć Pokrzywie, kim jest? By naprawić przynajmniej tę część zła, które jej wyrządziliśmy? – zapytał.

Nabrałem tchu.

– Proszę cię, byś tego nie robił. Nie jest to coś, co powinno na nią spaść od razu.

Ponownie zamilkł na dłuższą chwilę, a potem zapytał z krzywym uśmiechem:

– Czy mam jeszcze jakichś innych tajnych krewnych, którzy wkroczą w moje życie, kiedy będę się tego najmniej spodziewał?

– Nic mi o tym nie wiadomo – odparłem poważnie. A potem dodałem bardziej oficjalnie: – Proszę cię, mój książę. Pozwól, bym ja to jej powiedział, jeśli tak musi być.

– To z pewnością zadanie, na które zasługujesz – zauważył, a Cierń, który przez jakiś czas zachowywał powagę, znowu się uśmiechnął. Sumienny dodał niemal ze smutkiem: – Sprawia wrażenie bardzo silnej. Moglibyśmy na niej polegać, a Młotek być może mógłby zostać w domu.

– W gruncie rzeczy Pokrzywa dobrze z nim współpracuje. Doskonale potrafi go uspokoić i zyskała jego zaufanie. To ona unieszkodliwiła jego koszmary podczas podróży do Zyligu. Ale odpowiadając na twoje pytanie: nie, mój książę. Młotek jest zbyt silny i zbyt nieprzewidywalny, by teraz zostawiać go gdziekolwiek samego. I musimy z tym w końcu coś zrobić. Im więcej go uczymy, tym bardziej staje się niebezpieczny.

– Sądzę, że najlepszym lekiem na upór Młotka jest przywiezienie go do domu i przywrócenie do znanego mu życia. Spodziewam się, że wtedy odzyska spokojniejsze usposobienie. Niestety, najpierw muszę znaleźć smoka i go zabić.

Z ulgą porzuciłem temat Pokrzywy, ale trzeba było załatać jeszcze jedną szczelinę w murze.

– Mój książę. Szybki nic o tym wszystkim nie wie, o tym, że Pokrzywa jest moją córką i jego tylko przyrodnią siostrą. Chciałbym, żeby tak zostało.

– A, tak. Oczywiście, kiedy postanowiłeś utrzymać to w tajemnicy, nie zastanawiałeś się, jaki to może mieć wpływ na inne dzieci, które mogą się później pojawić.

– Masz rację. Nie zastanawiałem się – przyznałem sztywno.

– Cóż, będę milczał. Na razie. Ale może zechcesz się zastanowić, jak byś się czuł, gdybyś dopiero teraz odkrywał, kim są twoi rodzice. – Przekrzywił głowę. – Pomyśl o tym. Co by było, gdyby ci nagle wyjawiono, że nie jesteś synem Rycerskiego, a Szczerego? Albo Władczego? Albo Ciernia? Jaką wdzięczność odczuwałbyś wobec tych, którzy wiedzieli cały czas i „chronili" cię przed prawdą?

Rozwarła się przede mną na krótko zimna przepaść wątpliwości, mimo że jednocześnie odrzuciłem takie szaleńcze pomysły. Owszem, Cierń był zdolny do takiego oszustwa, lecz logika nie pozwalała mi dopuścić tej możliwości. Sumienny jednak dopiął swego. Rozbudził we mnie gniew, który odczuwałbym, gdyby tak długo mnie oszukiwano.

– Zapewne bym ich znienawidził – przyznałem. Popatrzyłem mu prosto w oczy i dodałem: – I to jest jeszcze jeden powód, dla którego nie chcę, by Pokrzywa się dowiedziała.

Książę zacisnął usta i krótko skinął głową. Nie była to obietnica, że dotrzyma mojego sekretu; raczej uznanie złożoności sytuacji, związanej z wyjawieniem go. Więcej nie chciał mi dać. Miałem nadzieję, że zostawi już ten temat, ale zmarszczył lekko brwi i zapytał mnie nagle:

– A dlaczego królowa Bardzowątpię zadaje się ze smoczycą z Miasta Wolnego Handlu? Ma jakieś konszachty z Tintaglią?

– Nie, mój książę! – Byłem wstrząśnięty, że mógł coś takiego o niej pomyśleć. – Tintaglia znalazła ją dzięki śledzeniu moich myśli, a przynajmniej tak uważam. Smoczyca może nas chyba dostrzec, kiedy wysyłamy Mocą silne sygnały. Albo, jak odkryliście z Młotkiem, kiedy używacie Mocy podczas snu. Tintaglia wie coś niecoś o mnie dzięki odwiedzinom delegacji Miasta Wolnego Handlu w Koziej Twierdzy. Wtedy lekkomyślnie posługiwaliśmy się Mocą i chyba mnie zauważyła. Wie, że odwiedzam Pokrzywę. Myślę, że stara się zagrozić Pokrzywie i w ten sposób wyciągnąć ode mnie informacje. Chce się dowiedzieć, co wiemy o czarnym smoku, Lodogniu. Jako że wszystkie młode smoki, które wykluły się w Deszczowych Ostępach, są słabe, on może stanowić jej jedyną nadzieję na partnera i tym samym jedyną nadzieję na przedłużenie jej gatunku.

– A my nie mamy żadnego sposobu, by ochronić Pokrzywę.

– Udowodniła, że doskonale radzi sobie ze smoczycą – rzekłem z nutą dumy w głosie. – Broniła siebie i mnie lepiej, niż mógłbym zrobić to ja.

Zmierzył mnie wzrokiem.

– I niewątpliwie będzie to robić nadal. Tak długo, jak smoczyca pozostanie zagrożeniem, pojawiającym się tylko w snach Pokrzywy. Ale my bardzo mało wiemy o tej Tintaglii. Jeśli, jak twierdzisz, czarny smok stanowi jej jedyną nadzieję na partnera, to rzeczywiście może ją to doprowadzić do desperackich posunięć. Pokrzywa może obronić się we śnie; jak sobie poradzi ze smoczycą lądującą przed jej drzwiami? Czy dom Brusa wytrzyma atak wściekłości smoka?

To był obraz, nad którym nie chciałem się zastanawiać.

– Wydaje się, że znajduje Pokrzywę tylko nocą w jej snach. Być może nie wie, gdzie naprawdę jest Pokrzywa.

– Albo może tylko woli być w pobliżu młodych smoków. Na razie. A jutro wieczorem albo za godzinę może, gnana rozpaczą, przylecieć do domu Pokrzywy. – Zamknął oczy i potarł dłońmi skronie, a potem pokręcił głową. – Nie mogę uwierzyć, że nigdy się nad tym nie zastanawiałeś. Co mamy robić? – Nie czekając na odpowiedź, zwrócił się do Ciernia. – Czy mamy na pokładzie skrzydlatych posłańców?

– Oczywiście, mój książę.

– Chcę wysłać wiadomość do mojej matki. Pokrzywie trzeba dać bezpieczne schronienie w Koziej Twierdzy... och, to głupie. O wiele szybciej byłoby skontaktować się z nią poprzez Moc, ostrzec ją przed niebezpieczeństwem i wysłać do mojej matki. – Uniósł ręce do oczu, przetarł je i z powrotem opuścił, ciężko wzdychając. – Przykro mi, Bastardzie Rycerski – rzekł cicho, szczerze. – Gdyby nie znalazła się w niebezpieczeństwie, może mógłbym zostawić wszystko tak, jak jest. Nie mogę jednak tego zrobić. Jestem zdumiony, że brałeś pod uwagę coś takiego.

Pochyliłem głowę. Przyjąłem jego słowa z dziwnym poczuciem, nie gniewu czy obawy, lecz tego, że w końcu nadeszło nieuniknione. Przebiegł mnie dreszcz, jeżąc mi włoski na dłoniach i przedramionach. Pojawił mi się w myślach obraz Błazna, uśmiechającego się z zadowoleniem. Zerknąłem w dół i zobaczyłem, że znów wodzę palcami po śladach jego dotyku na moim nadgarstku. Czułem się jak ktoś, kto właśnie został zmuszony do wykonania zgubnego ruchu w grze w kamienie. Albo jak wreszcie osaczony wilk. Była to zbyt wielka zmiana, by wywoływała żal albo strach. Można było tylko stać nieruchomo i czekać na lawinę konsekwencji, które musi spowodować.

– Bastardzie Rycerski – odezwał się Cierń, gdy nie przerywałem milczenia. Słyszałem troskę w jego głosie, a pełne życzliwości spojrzenie, jakim mnie obdarzył, niemal sprawiło mi ból.

– Brus wie – rzekłem niezręcznie – że ja żyję. Posłałem mu wiadomość przez Pokrzywę, wiadomość, którą mógł zrozumieć tylko on. Bo dałem Pokrzywie słowo i chciałem, by Brus wiedział, że jego syn... że Szybki jest z nami i nic mu nie grozi. Brus pojechał do Ketriken. Może rozmawiał też z Błaznem. Więc... wie. – Odetchnąłem głęboko. – Być może nawet spodziewa się czegoś takiego, wezwania na dwór. Musi podejrzewać, że Pokrzywa jest obdarzona Mocą. Bo jak inaczej mogłaby otrzymać ode mnie wiadomość, że Szybki jest bezpieczny? Był dla Rycerskiego człowiekiem króla. Wie, co to jest Moc. Szkoda, że Rycerski go na nią zamknął. Szkoda, że nie mogę teraz do niego sięgnąć. Chociaż nie sądzę, by mi wystarczyło na to odwagi...

– Brus był dla Rycerskiego człowiekiem króla?

Sumienny zakołysał się w tył na krześle i popatrzył na nas skonsternowany.

– Pożyczał księciu Rycerskiemu siłę do władania Mocą – potwierdziłem.

Sumienny powoli pokręcił głową.

– Jeszcze jedna rzecz, o której mi nie powiedziano. – Z trzaskiem ustawił krzesło z powrotem na czterech nogach. – Czego trzeba? – zapytał z gniewem. – Co tu się musi stać, co by wytrzęsło z was wszystkie tajemnice?

– To nie była tajemnica – rzekł z powagą Cierń. – Tylko fragment pradawnych dziejów, od dawna zapomniany, jako że wydawał się mieć niewielkie znaczenie dla teraźniejszości. Bastardzie, jesteś pewien, że Brus został zamknięty na Moc?

– Tak. Wiele razy usiłowałem się do niego przebić. Próbowałem nawet pożyczyć od niego siłę do posługiwania się Mocą, wtedy w górach. Nic. Jest nieprzejrzysty. Nawet Pokrzywa starała się dostać do jego snów, ale jej się nie udało. Cokolwiek Rycerski zrobił Brusowi, zrobił to dokładnie.

– Interesujące. Powinniśmy postarać się na nowo odkryć, jak Rycerski zgasił jego talent. Jeśli kiedykolwiek będziemy musieli wyeliminować Moc Młotka jako zagrożenie, to mógłby być jeden ze sposobów. Zgasić jego talent.

Cierń mówił z namysłem, nie zważając na to, czy ktokolwiek uzna jego słowa za obraźliwe.

– Dosyć! – warknął książę i obaj wzdrygnęliśmy się, zaskoczeni jego stanowczością. Skrzyżował ręce na piersiach i pokręcił głową. – Siedzicie tu obaj jak jacyś lalkarze; z daleka zastanawiacie się nad życiem innych ludzi i nad tym, jak będziecie nimi manipulować. – Powoli przeniósł wzrok z Ciernia na mnie, zmuszając nas, byśmy patrzyli mu w oczy. – Czy wiecie, jak jesteście czasami przerażający? Że mogę tu siedzieć i patrzeć na to, w jaki sposób ukształtowaliście życie Pokrzywy, nie zastanawiając się, jakie kwiatki świadomie posadziliście w moim? Ty, Cierniu, tak spokojnie mówisz o zgaszeniu talentu Młotka. Mogę się nie zastanawiać nad tym, czy połączylibyście swoje siły i zrobilibyście to mnie, gdybym w jakiś sposób stał się zagrożeniem dla waszych planów?

Byłem wstrząśnięty, że tak o nas myśli, lecz chociaż jego słowa mroziły krew w żyłach, nie mogłem im zaprzeczyć. Oto brał udział w wyprawie, której nie chciał przedsięwziąć, by zdobyć narzeczoną, której sobie nie wybrał. Nie śmiałem spojrzeć na Ciernia, bo jak książę zinterpretowałby wymianę spojrzeń między nami w tej chwili? Zamiast tego spojrzałem na mój kielich z okowitą, unosząc go dwoma palcami, zakołysałem nim, a potem zakręciłem, jak często robił to na moich oczach Szczery, kiedy się nad czymś zastanawiał. Bez względu na to, jakie odpowiedzi mógł dostrzegać w tańczącym trunku, mnie one umykały.

Usłyszałem powolny zgrzyt odsuwanego od stołu krzesła Ciernia i zaryzykowałem spojrzenie w jego stronę. Doradca wstał, starszy niż przed dziesięcioma minutami, i powoli obszedł stół. Książę obrócił się na krześle, by podnieść na niego zdumiony wzrok, a wtedy stary skrytobójca przyklęknął przed nim ociężale najpierw na jedno, a potem na oba kolana. Skłonił głowę i przemówił do podłogi:

– Mój książę – zaczął łamiącym się głosem. – Moim będziesz królem – kontynuował po chwili. – To jest mój jedyny plan. Nigdy nie podniósłbym na ciebie ręki ani nie nakłonił do tego innych. Przyjmij teraz ode mnie, jeśli zechcesz, przysięgę na wierność, którą inni złożą ci oficjalnie dopiero wtedy, gdy zostaniesz koronowany. Jestem ci ją bowiem winien od chwili twoich narodzin, a powiem nawet, że od momentu twego poczęcia.

Zapiekły mnie oczy.

Sumienny wsparł się pod boki i pochylił.

– A jednak mnie okłamywałeś – odezwał się do potylicy klęczącego. – „Nie wiem nic o tej Pokrzywie i smoczycy". – Doskonale naśladował niewinną intonację Ciernia. – Czyż nie to powiedziałeś?

Nastąpiła długa cisza. Żal mi się zrobiło starca klęczącego na twardej podłodze. Cierń zaczerpnął tchu i powiedział niechętnie:

– Chyba niesłusznie nazywasz to kłamstwem, skoro obaj wiemy, że kłamię. Człowiek na moim stanowisku musi czasem kłamać swojemu panu. Żeby jego pan mógł odpowiedzieć zgodnie z prawdą na pytanie, co usłyszał na dany temat.

– Och, wstańże. – W głosie księcia brzmiał niesmak i pełne znużenia rozbawienie. – Przekręcasz fakty, aż żaden z nas już nie wie, o czym mówisz. Mógłbyś składać mi przysięgę tysiąc razy, ale jeśli jutro pomyślałbyś, że dobrze by mi zrobiło przeczyszczenie, podałbyś mi potajemnie środek wymiotny.

Wstał i wyciągnął rękę. Cierń ją ujął i Sumienny pomógł mu wstać. Stary skrytobójca wyprostował się ze stęknięciem, a potem wrócił na swoje miejsce. Wyglądał na nie zrażonego ani szczerymi słowami księcia, ani niepowodzeniem własnego przedstawienia.

Zastanawiałem się, co takiego właśnie widziałem. Nie po raz pierwszy uświadomiłem sobie, jak odmienne są stosunki między starcem i tym chłopcem w porównaniu z jego zachowaniem wobec mnie, kiedy dorastałem. I to, pomyślałem, jest odpowiedź w skrócie. Kiedy ja rozmawiałem z Cierniem, rozmawialiśmy jak kupcy, nie wstydząc się brudnych tajemnic związanych z naszymi interesami. Uznałem, że nie powinniśmy rozmawiać w ten sposób w obecności księcia. On nie był skrytobójcą i nie powinno się go włączać do naszych bardziej nikczemnych przedsięwzięć. Nie powinniśmy mu na ich temat kłamać, ale może powinniśmy się powstrzymać przed podtykaniem mu ich pod nos.

Może o tym właśnie nam przypominał? Pokręciłem z podziwem głową. Rozkwitała w nim królewskość, równie naturalnie, jak zdolność tropienia u szczenięcia myśliwskiego puszczonego na trop zwierzyny. Już wiedział, jak nami manipulować i nas wykorzystywać. Nie czułem się tym poniżony, lecz uspokojony.

Prawie natychmiast odebrał mi tę pociechę.

– Bastardzie Rycerski, oczekuję, że kiedy Pokrzywa będzie dziś w nocy śniła, porozmawiasz z nią. Powiedz jej, że z mojego rozkazu ma się udać do Koziej Twierdzy i poprosić moją matkę o opiekę. To powinno ją przekonać, że jestem tym, za kogo się podaję. Zrobisz to?

– Czy muszę to ująć w takie słowa? – zapytałem niechętnie.

– No... może niezupełnie. Och, powiedz jej, co chcesz, byle tylko natychmiast wyruszyła do Koziej Twierdzy i zrozumiała, że grożące jej niebezpieczeństwo jest prawdziwe. Napiszę krótki list do matki i wyślę go za pośrednictwem ptaka, żeby mieć pewność, że wszyscy rozumieją nieodwołalność tej decyzji. – Wstał i ciężko westchnął. – A teraz idę spać, w prawdziwym łóżku za zamkniętymi drzwiami, a nie wystawiony na widok publiczny na desce we wspólnym pomieszczeniu, jak jakieś myśliwskie trofeum. Nie pamiętam, kiedy byłem tak zmęczony.

Z przyjemnością wyszedłem z kajuty. Przeszedłem się po pokładzie. Wiał silny wiatr, ale Ryzykantka krążyła po niebie przed statkiem, a dzień był piękny. Nie potrafiłem powiedzieć, czy boję się czekającego mnie zadania, czy go wyczekuję. Sumienny nie kazał mi powiedzieć Pokrzywie, że jest moją córką. Jednakże wysłanie jej do zamku oznaczało postawienie jej na ścieżce, która wiodła do tej wiedzy. Pokręciłem głową. Już nie wiedziałem, na co mam nadzieję. Wiedziałem jednak, że boję się jednego. Wstrząsnęło mną to, co książę powiedział o Tintaglii. Czyżbym zbyt niedbale traktował zdolność Pokrzywy do pokrzyżowania planów smoczycy? Czy stwór mógł wiedzieć, gdzie mieszka moja córka?

Dzień mijał mi powoli. Dwa razy zaglądałem do Młotka. Nie ruszał się z koi, leżał twarzą do ściany i utrzymywał, że jest mu niedobrze. Szczerze mówiąc, podejrzewałem, że wbrew sobie zaczyna się przyzwyczajać do morskich podróży. Kiedy mu powiedziałem, że nie robi na mnie wrażenia chorego i może sprawiłoby mu przyjemność wyjście na pokład, zaczął udawać torsje i niemal udało mu się zwymiotować mi na stopy. Za to dostał prawdziwego ataku kaszlu, szarpiącego mu płuca, i uznałem, że mądrzej zrobię, zostawiając małego człowieczka w spokoju. Wychodząc z kajuty, „przypadkiem" uderzyłem ramieniem w ościeże. Młotek się roześmiał.

Masując nowy siniec, wyszedłem na pokład. Na dziobie znalazłem Rebusa; posługując się kwadratowym kawałkiem płótna żaglowego i garścią kamyków z plaży, usiłował nauczyć gry w kamienie dwóch żeglarzy. Odszedłem od nich i po chwili znalazłem Szybkiego w towarzystwie Uprzejmego. Jego kot wspiął się na jeden z masztów i chłopcy starali się nakłonić zwierzę do zejścia, ku wielkiej irytacji kapitana i rozbawieniu kilku Zawyspiarzy.

Ryzykantka przysiadła na takielunku tuż poza zasięgiem łap kota i drażniła go, unosząc skrzydła i skrzecząc, aż przyszedł Sieciarz, kazał jej przestać i pomógł w sprowadzeniu kota na dół.

I tak mijał dzień. Nadeszła noc, której bałem się i jednocześnie wyczekiwałem. Wróciłem do kajuty dzielonej z Młotkiem. Szybki przyniósł mu kolację; puste naczynia stojące na podłodze świadczyły o tym, że apetyt chorego nie ucierpiał. Ustawiłem je jedne na drugich i odsunąłem na bok, po to tylko, by w chwilę później się o nie potknąć. Ciche parsknięcie Młotka było jedynym znakiem, że widział moją niezręczność. Kiedy powiedziałem mu „dobranoc", nie zareagował.

Zajmował jedyną koję. Położyłem się na podłodze owinięty kocami i spędziłem sporo czasu, usiłując odnaleźć spokój, by przybliżyć się do tego miejsca zawieszonego między snem i jawą, w którym mógłbym użyć Mocy. Traciłem czas. Bez względu na to, jak bardzo starałem się dosięgnąć Pokrzywy, nie potrafiłem jej znaleźć. Martwiło to mnie tak bardzo, że nie mogłem zasnąć i przez większość nocy robiłem bezowocne wypady w sferę snów. Pokrzywy jednak tam nie było.

Powiedziałem sobie, że jeśli coś jej się stało, na pewno bym o tym wiedział. Łączyła nas więź Mocy. Na pewno by mnie zawołała, gdyby znalazła się w niebezpieczeństwie. Pocieszałem się, że moja córka już przedtem nie dawała mi dostępu do swoich snów; gniewała się na mnie, że „wpuściłem" księcia do naszej wspólnej przestrzeni, kiedy widzieliśmy się ostatnim razem. Być może taką mi wyznaczyła karę. Kiedy jednak leżałem tak w ciemności i wpatrywałem się w czerń, przyszło mi do głowy, że kiedy ostatnio widziałem Tintaglię, smoczyca twierdziła, że jeśli zechce, może mnie zablokować przed Pokrzywą. Co takiego powiedziała Pokrzywie? „Będziesz całkiem sama, jeśli postanowię, że tak ma być". Gdzie jest teraz moja córka? Uwięziona w jakimś koszmarze, dręczona przez smoczycę? Nie, powiedziałem sobie z mocą. Pokrzywa udowodniła, że potrafi się bronić. Przekląłem logikę, której nauczył mnie Cierń, mówiła ona bowiem, że aby dopiąć swego, smoczyca może zmienić pole bitwy na bardziej jej odpowiadające. Na przykład może fizycznie zapolować na moją córkę.

Jak szybko potrafi latać smok? Na tyle szybko, by w jedną noc dotrzeć z Deszczowych Ostępów do Księstwa Koziego? Na pewno nie. Nie mogłem jednak mieć co do tego pewności. Przesunąłem się na twardej podłodze, walcząc z krótkimi kocami.

Kiedy wreszcie nadszedł ranek, wstałem chwiejnie, czując, jakbym miał piasek pod powiekami. Jakimś sposobem zaplątałem się w koce i upadłem, uderzając się w golenie. Młotek najwyraźniej nie słyszał moich przekleństw. Po wyjściu z kajuty poszedłem prosto do księcia. Wysłuchał mnie w ponurym milczeniu. Ani on, ani Cierń nie powiedział mi, jak niemądrze zrobiłem, zostawiając moją córkę w imię jej ochrony bezbronną wobec smoczycy.

– Miejmy nadzieję, że jest tylko na ciebie zła – powiedział Sumienny. – Ptak poleciał wczoraj. Kiedy dotrze do Koziej Twierdzy, moja matka natychmiast pośle po Pokrzywę. Powiedziałem jej, że niebezpieczeństwo jest wielkie i poprosiłem, by nie traciła czasu. Zrobiliśmy wszystko, co w naszej mocy, Bastardzie Rycerski.

Słaba to była pociecha. Kiedy nie wyobrażałem sobie, jak smoczyca pożera delikatne ciało Pokrzywy, myślałem o reakcji Brusa na wysłanie do jego domu oddziału gwardii królowej z poleceniem sprowadzenia Pokrzywy do Koziej Twierdzy. Podróż spędziłem w katuszach napięcia, które przerywały jedynie ponure i subtelne akty zemsty Młotka. Kiedy drugi raz uderzyłem się w kłykcie, sięgając do gałki w drzwiach, stawiłem mu czoło.

– Wiem, że ty to robisz, Młotku. Moim zdaniem postępujesz nieuczciwie. To nie moja wina, że wyruszyłeś w tę podróż.

Usiadł powoli i zwiesił bose stopy z koi.

– No to czyja, co? Kto zmusił mnie do wejścia na ten statek, nie myśląc, że ja od tego umrę?

Dostrzegłem swój błąd. Nie mogłem mu powiedzieć, że tylko wykonuję polecenia księcia. Cierń miał rację. Musiałem wziąć winę na siebie. Westchnąłem.

– To ja wprowadziłem cię na statek, Młotku. Ponieważ, jeśli mamy zabić smoka, będziemy potrzebować twojej pomocy. – Nasyciłem głos całym ciepłem i podnieceniem, na jakie było mnie stać. – Nie chcesz pomóc księciu? Nie chcesz wziąć udziału w tej przygodzie?

Popatrzył na mnie zmrużonymi oczyma, jakbym oszalał.

– Przygodzie? Wymiotowanie i jedzenie z ryby? Kołysanie się w górę i w dół, w górę i w dół cały czas? Stykanie się z ludźmi, którzy się zastanawiają, dlaczego jeszcze żyję? – Skrzyżował krótkie ręce na piersi. – O przygodach słyszałem w różnych opowieściach. W przygodach są złote monety, magia i piękne dziewczyny do całowania. Przygody to nie wymioty!

W tej chwili byłem skłonny przyznać mu rację. Wychodząc z kajuty, potknąłem się na progu.

– Młotku! – zaprotestowałem

– To nie ja! – stwierdził, ale i tak się roześmiał.

Nieduże statki frunęły po białych grzbietach fal, a wiatry nam sprzyjały. Mimo to podróż ciągnęła się bez końca. Za dnia starałem się nadzorować lekcje Szybkiego i nie zaniedbywać Młotka, uważając, by nie łączyło się to ze zbyt wieloma drobnymi urazami mojego ciała. Nocą usiłowałem sięgnąć do mojej córki, lecz jej nie odnajdowałem. Kiedy przybiliśmy do portu w Zyligu, czułem się jak wrak człowieka i zapewne tak wyglądałem. Patrzyłem na zbliżające się miasto; przy relingu dołączył do mnie Sieciarz.

– Nie będę cię pytał o twoje tajemnice – odezwał się cicho. – Zaproponuję ci jednak wszelką pomoc w dźwiganiu tego, co dźwigasz.

– Dziękuję, ale już ująłeś mi wiele brzemienia. Wiem, że przez ostatnie kilka dni brakło mi cierpliwości dla Szybkiego i że pomagałeś mu w lekcjach. Wiem też, że często odwiedzałeś Młotka i nie pozwalałeś mu się nudzić. Więcej pomocy nikt mi nie może w tej chwili udzielić. Dziękuję ci.

– Jak wolisz – odparł z żalem, poklepał mnie po ramieniu i odszedł.

Pobyt w Zyligu bardzo mi się dłużył. Noce spędzaliśmy w tutejszym kasztelu, a ja spędzałem w nim także wiele dni. Młotek wciąż kaszlał, ale nie sądzę, by był tak chory, jak utrzymywał. Chociaż przebywanie w pobliżu jego pokoju było dla mnie uciążliwe, wciąż uważałem to za najlepsze rozwiązanie, za każdym bowiem z dwóch razów, kiedy to udało mi się namówić Młotka na wyjście na dwór, spojrzenia, które przyciągał, nie były życzliwe. Przypominał on kulawe pisklę w stadzie zdrowych ptaków; do zadziobania go na śmierć wystarczyłby najmniejszy pretekst. Nie żywił wobec mnie ciepłych uczuć, ale nie chciałem zostawiać go samego. Chociaż nigdy nie prosił, bym z nim został, to, ilekroć wychodziłem z jego pokoju, zawsze znajdował sobie jakiś pretekst, by iść za mną albo zawołać mnie po kilku minutach.

Kiedy Sieciarz po raz pierwszy przyszedł spędzić nieco czasu z Młotkiem, co zaproponował mu Cierń, pomyślałem, że starzec aranżuje nasze spotkania. Cierń wezwał mnie jednak wieczorem i wysłał do miasta w stroju Zawyspiarza, nie zapominając o pośpiesznym narysowaniu mi na policzku symbolu sowy. Za pomocą farby i smoły umieścił na mej dolnej wardze skręconą bliznę, która miała wyjaśniać moją małomówność i gardłową wymowę. Dał mi dość zawyspiarskich monet, bym mógł przez cały wieczór pić nędzne piwo w ich przegrzanych tawernach. Potem wychodziłem jeszcze kilka razy, zawsze ubrany jak kupiec z innego klanu. Zylig był dużym miastem handlowym; nikt nie zwracał uwagi na nieznajomą twarz w hałaśliwej gospodzie. Moim zadaniem było słuchanie plotek i opowieści. Negocjacje z hetgurdem wywołały ogromne zainteresowanie. Bardowie dostawali sute napiwki za śpiewanie wszystkich znanych im pieśni o Aslevjalu i Lodogoniu, a starców siedzących wokół tawernianych kominków raczono rodzinnymi opowieściami o wyspie. Pilnie słuchałem, sprowadzając plotki i legendy do prawdopodobnego wspólnego mianownika.

Na pewno w lodzie Wyspy Aslevjal było coś zamarzniętego, ale nikt tego nie widział wyraźnie od niemal pokolenia. Mężczyźni opowiadali, jak to ich ojcowie odwiedzali wyspę. Niektórzy rozbijali obóz na plaży i szli na lodowiec, by coś zobaczyć. Inni przypływali podczas największego odpływu w roku, kiedy cofająca się woda odsłaniała przejście pod lodem po południowej stronie wyspy. Wszyscy mówili, że przejście jest zdradliwe, bo kiedy już ktoś się znalazł w tunelach z błękitnego lodu, łatwo mu było się zgubić albo źle wyliczyć czas przypływu i zabawić zbyt długo. Wtedy powracające morze więziło nieostrożnego przybysza i nigdy nie oddawało jego kości. Wystarczająco mądrzy, silni i sprytni docierali lodowym tunelem do ogromnej jaskini, w której można było porozmawiać z uwięzionym smokiem i ubłagać go o jakieś dobrodziejstwo. Niektórzy otrzymywali umiejętności myśliwskie, inni powodzenie u kobiet, jeszcze inni zdobyli płodność dla domów swoich matek. Tak mówiły opowieści.

Mówiły także o zostawianiu ofiary dla Czarnego Człeka z Aslevjalu. Niektóre opisywały go jako pustelnika, inne jako ducha opiekuńczego smoka. Wszystkie zgadzały się, że jest niebezpieczny i że mądrze jest udobruchać go jakimś darem. Byli tacy, co mówili, że najlepszą ofiarą jest surowe czerwone mięso; inni twierdzili, że jego dobrą wolę można zyskać paczuszkami ziół na herbatę, kolorowymi paciorkami albo miodem.

Dwa razy słyszałem, jak wspominano o wyspie w związku z wojną ze szkarłatnymi okrętami. O tym mówiło się mniej; mało kto rozwodzi się nad wojnami, które nie przyniosły wielkiego zwycięstwa. Zrozumiałem, że podczas wojny Kebal Żelaznoręki i blada kobieta chcieli zbudować na Aslevjalu twierdzę. Nikt nie mówił po co, ale przewieziono tam wielu ludzi schwytanych w Królestwie Sześciu Księstw, którzy mieli niewolniczo pracować do końca swoich dni. Wyglądało na to, że Żelaznoręki uczynił także niewolników z krewnych każdego Zawyspiarza sprzeciwiającego się jego wojnie.

Zostali zakażeni przez niego kuźnicą i przewiezieni na Wyspę Aslevjal, po czym zaginął o nich wszelki słuch. W taki sposób wyspa zyskała atmosferę wstydu i nieszczęścia, współzawodniczącą z jej legendarnym smokiem. Mało kto chciał się już wybierać tam na pielgrzymkę, by pokazać, na co go stać.

Wszystko to zachowywałem w pamięci i szczegółowo przekazywałem Cierniowi i Sumiennemu. Podczas nocnych rozmów staraliśmy się dociec z moim dawnym mentorem, w jaki sposób te sprawy mogłyby pomóc lub przeszkodzić w naszej misji. Czasami miałem wrażenie, że omawiamy te mgliste plotki tylko dlatego, że tak mało znamy faktów.

Sumienny odbył dwa długie spotkania z hetgurdem, i każde trwało kilka dni. W ich efekcie ustalono warunki naszego polowania na smoka, jakby to były jakieś zawody łucznicze czy zapaśnicze. Cierń trapił się tym, że klan Dzika zorganizował te negocjacje i zobowiązał nas do respektowania ich wyniku, wcale się z nim nie konsultując. Słyszałem, że Arkon Krwawooki był zaskoczony, kiedy książę z zimną uprzejmością wyraził zaniepokojenie warunkami.

– Nie możemy zmienić tego, na co się zgodził w naszym imieniu – powiedział mi ponuro Cierń. – Warto jednak było widzieć twarz Krwawookiego, kiedy Sumienny powiedział mu: „Moje słowo należy do mnie i mogę je dać tylko ja. Nigdy więcej nie waż się mówić w moim imieniu".

Powiedział mi to przy okowicie, w tym samym pokoju kasztelu, który zajmowaliśmy wcześniej. Młotek i Sumienny przebywali w sąsiednim pokoju. Słyszałem tylko ton ich rozmowy: Sumienny spokojnie wyjaśniał, dlaczego Młotek musi następnego dnia wsiąść na statek, a głos Młotka wahał się między dziecięcym zawodzeniem a męską gniewną odmową. Nie zanosiło się, że książę osiągnie w tej rozmowie sukces. Biorąc jednak pod uwagę to, do czego zobowiązał nas Krwawooki, chyba nie mogło już być gorzej.

Nasi wielmoże dobrze się spisali pod naszą nieobecność, lepiej niż się spodziewałem. Już formalizowano sojusze handlowe między rozmaitymi klanami i rodami Królestwa Sześciu Księstw. Okazywanie własnych znaków było chyba wystarczającym dowodem, że wielmoże ci nie mają nic wspólnego z kozłem Przezornych, i pozwoliło im zwracać się do poszczególnych klanów bez uprzedzeń. Sumienny prawie co wieczór jadł z nimi kolację i każdy taki wieczór obfitował w wieści o kolejnych negocjacjach handlowych. Jeśli książę zdoła przynieść narczesce głowę smoka, dopniemy celu. Królestwo Sześciu Księstw i Wyspy Zewnętrzne będą tak mocno związane poprzez małżeństwo i handel, że przyszłe wojny nikomu nie przyniosą korzyści.

Wyglądało jednak na to, że hetgurd jest zdecydowany niczego nam nie ułatwiać. Książę z rodu Przezornych będzie mógł wyzwać smoka, lecz to hetgurd ustalił zasady starcia. Kiedy wyruszymy na Aslevjal, nie weźmiemy ze sobą gwardii księcia, lecz tylko ustaloną liczbę wojowników. Krąg Rozumiejących wyczerpał większość tego limitu i jak dotąd Sumienny odmawiał wzięcia pod uwagę propozycji Ciernia, by zamiast swoich Rozumiejących sprzymierzeńców zabrał ze sobą doświadczonych wojowników. Jako że Sumienny rzucił wyzwanie narczesce, miała ona nam towarzyszyć. Zakładaliśmy, że oznacza to też obecność Peottrego i może kilku wojowników z klanów Narwala albo Dzika, chociaż nie obiecano nam ich pomocy. Na Aslevjal przewiezie nas statek wybrany przez hetgurd. Przewiezie także sześciu przedstawicieli hetgurdu, którzy dopilnują przestrzegania zasad. Będą to wojownicy wybrani z sześciu klanów innych niż klany Dzika i Narwala. Jeśli smok im zagrozi, mogą się bronić, ale poza tym nie mają prawa zrobić mu krzywdy ani pomagać nam w żaden sposób. Nasze bagaże zostaną ograniczone do tego, co zdołamy zabrać na statek, a kiedy zejdziemy na brzeg, wszystko będziemy nieść na własnych plecach.

– Dziwię się, że nie kazali księciu stoczyć pojedynku ze smokiem.

– Niemal do tego doszło – odarł kwaśno Cierń. – To on ma rzucić wyzwanie smokowi jako pierwszy. I gorąco zalecano, by starał się zadać smokowi śmiertelny cios, jeśli to będzie możliwe. Są na tyle doświadczonymi wojownikami, by wiedzieć, że w ferworze walki nikt nie potrafi określić, który cios dokona dzieła. Będzie nam towarzyszył jako świadek jeden z bardów. Tylko tego nam trzeba. – Podrapał się ze znużeniem w zarośnięty policzek. – Tyle że nie bardzo się tym wszystkim przejmujemy. Jak mówiłem od początku, bardziej tu chyba chodzi o wykopanie czegoś z lodu niż o walkę z jakimiś żywymi stworzeniami. Liczyłem na większą siłę roboczą na tę część zadania. – Odkaszlnął lekko i dodał z zadowoloną miną: – Ale może mam coś, co zastąpi nam dodatkowych ludzi.

– Ilu może wziąć Sumienny?

– Dwunastu. Doliczymy się ich o wiele za szybko. Ty i ja, Sieciarz, Uprzejmy, Małż, Rebus, Młotek, Lotny i czterech gwardzistów. – Pokręcił głową. – Chciałbym, żeby Sumienny rozważył zostawienie tu chociaż Uprzejmego i Małża. Dwóch doświadczonych wojowników więcej może całkowicie zmienić trudną sytuację.

– A co z Szybkim? Zostaje tutaj?

Nie potrafiłem określić, czy ta myśl napawa mnie ulgą, czy niepokojem.

– Nie, zabierzemy go z nami. Ponieważ jest jeszcze chłopcem, nie liczy się jako wojownik.

– I wyruszamy jutro?

Cierń skinął głową.

– Przez cały ostatni tydzień Lotny gromadził zapasy żywności. Zjedliśmy już większość prowiantu przywiezionego z Królestwa Sześciu Księstw; obawiam się, że będziemy się żywić miejscowymi specjałami. Przejrzał to, co mamy i zdobył zaopatrzenie dla dwunastu osób. Już go ostrzegłem, że oprócz nas trzeba będzie także karmić kota. Wszyscy weźmiemy ze sobą broń, bez względu na to, czy potrafimy się nią posługiwać. Topór dla ciebie?

Skinąłem głową.

– I dla Szybkiego. Ma własny łuk i strzały, ale jak mówiłeś, topór może się okazać bardziej przydatny do rąbania lodu.

Cierń westchnął.

– I na tym kończy się moja inwencja. Nie mam pojęcia, co nam grozi, Bastardzie. Będziemy mieli żywność, namioty, broń i trochę narzędzi. Ale poza tym nie wiem, czego będziemy potrzebować. – Nalał sobie solidną porcję okowity. – Nie przeczę, że świadomość, iż Peottre jest tak samo tym wszystkim zaniepokojony, jak ja, sprawia mi przyjemność. Będzie nam towarzyszył wraz z narczeską. Krwawooki również z nami popłynie, ale chyba nie zostanie na zabijaniu smoka. – Uśmiechnął się sarkastycznie na to swoje określenie, wątpiąc, by do tego doszło. – To dla wszystkich jest paskudnie niewygodne, takie obwarowywanie zadania warunkami zawodów.

Pozwolili nam też wziąć tylko dwa ptaki, a i je wolno nam wypuścić tylko po to, by wezwać statek, kiedy będziemy gotowi odpłynąć z wyspy. Przetrzymają je nasi opiekunowie.

Słowa Ciernia skierowały moje myśli na inną ścieżkę.

– Sądzisz, że ptak wysłany z wiadomością dotarł już do Ketriken?

Spojrzał na mnie ze współczuciem.

– Wiesz, że nie mamy jak tego sprawdzić. Wiatr albo burze, jastrząb... tyle rzeczy może opóźnić albo zatrzymać ptaka. Ptak niosący wiadomość leci tylko do swego domu i partnera. Ketriken nie ma żadnego sposobu skontaktowania się z nami. – Po chwili dodał łagodnie: – Myślałeś o sięgnięciu do Brusa?

– Zeszłej nocy – odparłem. Widząc jego uniesioną brew, wyjaśniłem: – Nic nie osiągnąłem. Czułem się jak ćma obijająca się o szkło lampy. Nie potrafię do niego sięgnąć. Wiele lat temu miałem przebłyski z ich życia, Sikorki i Brusa. Nie był to kontakt między umysłami, ale... teraz to na nic. Skończyło się. Podejrzewam, że na tych obrazach pozwalała mi się skupiać Pokrzywa, choć nie widziałem ich jej oczyma.

– Interesujące – stwierdził cicho, a ja wiedziałem, że zachowuje tę informację do ewentualnego wykorzystania w przyszłości. – A nie możesz sięgnąć do Pokrzywy?

– Nie. – Nie pozwoliłem, by to słowo ujawniło jakiekolwiek moje emocje. Sięgnąłem przez stół i wziąłem butelkę z okowitą.

– Nie przesadzaj – ostrzegł mnie Cierń.

– Nie jestem ani trochę pijany – odparłem ze złością.

– Nie powiedziałem nic podobnego – odrzekł łagodnie. – Ale niewiele nam już jej pozostało. A na Aslevjalu możemy potrzebować okowity bardziej niż tu.

Odstawiłem butelkę i w tej chwili do pokoju wszedł Sumienny, a za nim Młotek z ponurą miną.

– Nie płynę – oznajmił.

– Owszem, płyniesz – odparł z uporem Sumienny.

– Nie.

– Tak.

– Dosyć! – wtrącił się Cierń, jakby byli siedmiolatkami.

– Nie! – szepnął Młotek. Siadając przy stole z rumorem odsunął krzesło.

– Owszem, płyniesz – upierał się Sumienny. – Chyba że chcesz tu zostać zupełnie sam. Całkiem sam, bez nikogo, z kim mógłbyś porozmawiać. Zupełnie sam, tu, w tym pokoju, aż do naszego powrotu.

Młotek wysunął podbródek, dolną wargę i język jednocześnie. Skrzyżował ramiona na piersi i zmierzył Sumiennego wzrokiem.

– Nic mnie to nie obchodzi. W każdym razie nie będę sam. Porozmawiam sobie z Pokrzywą. Będzie mi opowiadała bajki.

Wyprostowałem się gwałtownie.

– Możesz rozmawiać z Pokrzywą?

Zgromił mnie wzrokiem, jakby właśnie sobie uświadomił, że dokuczając Sumiennemu, zdradził się z czymś przede mną. Zamachał nogami.

– Być może. Ale ty nie.

Wiedziałem, że nie mogę sobie pozwolić na utratę zimnej krwi ani za bardzo go przyciskać.

– Bo ty mi na to nie pozwalasz?

– Nie. Ona po prostu nie chce z tobą rozmawiać.

Mówiąc to, przyglądał mi się, może chcąc ocenić, czy ta myśl martwi mnie bardziej od tej, że on mógłby mnie odizolować od Pokrzywy. Miał rację. Martwiła mnie bardziej. Wysłałem maleńką, prywatną prośbę do Sumiennego:

„Dowiedz się czegoś dla mnie. Czy jest bezpieczna?".

Młotek zerknął na Sumiennego i z powrotem na mnie. Książę milczał. Wiedział równie dobrze jak ja, że zostaliśmy przyłapani na posługiwaniu się Mocą. Wszystko, co powiedziałby w tej chwili do Młotka, byłoby podejrzane. A mały człowieczek już przedtem nie był zadowolony z Sumiennego. Chwyciłem się tej myśli.

– Ach, tak. Zatem nie płyniesz z nami, Młotku?

– Nie. Żadnych statków.

To było okrutne, ale i tak to zrobiłem.

– No to jak zamierzasz wrócić do domu? Jedynym sposobem dotarcia do domu jest popłynięcie statkiem.

Zawahał się.

– Wy nie płyniecie do domu. Płyniecie na tę smoczą wyspę.

– Najpierw tak. A potem do domu.

– Wrócicie tu najpierw po Młotka.

– Może – zgodził się Sumienny.

– Może, jeśli wciąż będziemy żywi – ubarwił nasze słowa Cierń. – Liczyliśmy na twoją pomoc. Jeśli zostaniesz tutaj, a my popłyniemy bez ciebie... – Starzec wzruszył ramionami. – Smok może nas wszystkich zabić.

– Dobrze wam tak – odparł ponuro Młotek. Wydało mi się jednak, że zrobiliśmy wyłom w jego postanowieniu. Siedział ze zmarszczonymi brwiami, patrząc na swoje pulchne dłonie zaciśnięte na krawędzi stołu, i chyba się zastanawiał.

– Jeśli Pokrzywa opowiada Młotkowi bajki, by dotrzymać mu towarzystwa – odezwał się z namysłem Cierń – to chyba nie grozi jej żadne wielkie niebezpieczeństwo, Bastardzie.

Jeśli miał nadzieję, że sprowokuje Młotka do wygłoszenia jakiejś uwagi, to mu się to nie udało. Mały człowieczek prychnął z niesmakiem i rozparł się wygodnie na krześle, krzyżując zdecydowanym gestem ręce na piersiach.

– Zostawmy to – zaproponowałem wszystkim cicho.

Kiedy usiłowałem pomyśleć, dlaczego Pokrzywa może być na mnie tak zła, by zerwać wszelkie kontakty, przychodziło mi do głowy o wiele za dużo powodów. A jednak, powiedziałem sobie surowo, wolałem wiedzieć, że jest żywa i zła na mnie, niż myśleć, że smoczyca mogła zgładzić ją i jej rodzinę. Bardzo chciałem mieć pewność co do jej sytuacji i wiedziałem, że jej nie zdobędę. W głębi serca życzyłem powodzenia wysłanemu przez nas ptakowi. Jeśli Pokrzywa musi być zła, to niech chociaż będzie zła w bezpiecznym miejscu.

Tego wieczoru już prawie nie rozmawialiśmy. Wszyscy trzej zajęliśmy się pakowaniem, a Cierń przez dłuższy czas mamrotał coś z troską, pochylony nad listą ładunku. Młotek demonstracyjnie się nie pakował. W pewnej chwili Sumienny zaczął zbierać jego ubrania i wpychać je do worka, ale kiedy Młotek wyrzucił wszystkie na podłogę, już tam zostały. Kiedy się kładliśmy, ubrania wciąż tam leżały.

Nie spałem dobrze. Skoro wiedziałem, że Pokrzywa celowo mnie unika, mogłem znaleźć i wyczuć kształt jej bariery. Bardziej denerwujące było to, że Młotek obserwował moje próby i cieszył się, że nie potrafię się przebić. Gdyby tego nie robił, być może bardziej postarałbym się wejść do snów Pokrzywy. A tak zrezygnowałem i spróbowałem zapaść w prawdziwy sen. Spędziłem niespokojną noc pełną krótkich koszmarów o ludziach, których skrzywdziłem lub których zawiodłem, od Brusa po księżnę Cierpliwą, a najbardziej sugestywne były te z oskarżającym spojrzeniem Błazna.

Następnego ranka wstaliśmy przed świtem. Zjedliśmy śniadanie, prawie nie rozmawiając; nadąsany Młotek czekał, aż zaczniemy go prosić albo każemy mu się ruszyć. Przy milczącej zgodzie naszej trójki nikt z nas tego nie zrobił. Jeśli już coś mówiliśmy, nie zwracaliśmy się do niego. Spakowaliśmy nasze worki. Przyszedł Rebus, by pomóc nam nieść bagaże. Cierń pozwolił gwardziście wziąć jego worek, ale książę Sumienny uparł się, by sam nieść swój. Wyszliśmy.

***

Rebus szedł o krok za Cierniem, niosąc jego worek. Za nami szli Lotny i czterej pozostali gwardziści. Nie znałem dobrze żadnego z nich. Młodego Herolda nawet lubiłem. Ostrożny i Wycisk byli bliskimi przyjaciółmi i doświadczonymi wojownikami. O Zręcznym wiedziałem tylko tyle, że kiedy trzymał w ręce kości, okazywał się godny swego imienia. Reszta gwardii miała zostać z naszymi szlachcicami, a my mieliśmy się zebrać w porcie.

– Co będzie, jeśli Młotek nie przyjdzie za nami? – zapytałem po drodze.

– Zostawimy go – odparł ponuro Sumienny.

– Wiesz, że nie możemy tego zrobić – zauważyłem, a książę tylko jęknął w odpowiedzi.

– Mógłbym wrócić i przywlec go siłą – zaproponował z powątpiewaniem w głosie Rebus.

Skrzywiłem się na samą myśl o tym, a Cierń pokręcił głową.

„Może do tego dojść", zauważyłem niemo. „Ja nie mogę tego zrobić, bo jego Moc może powalić mnie na kolana, ale ktoś jej pozbawiony i niewrażliwy na potęgę Młotka mógłby go zmusić, używając samej siły fizycznej. Przypomnijcie sobie, jak inni służący zabierali mu monety. Oczywiście musielibyśmy potem radzić sobie z jego gniewem, ale przynajmniej mielibyśmy go ze sobą".

„Zaczekajmy i przekonajmy się" – odparł ponuro książę.

W miarę, jak zbliżaliśmy się do portu, spotykaliśmy coraz więcej ludzi, aż uświadomiliśmy sobie, że zebrał się tam spory tłum, by obserwować nasze wypłynięcie. Na „Dzika" załadowano wszystko już poprzedniego dnia i teraz czekał tylko na nas oraz na poranny przypływ. Wśród Zawyspiarzy panował dziwny nastrój. Zupełnie jakby przyszli oglądać jakieś mistrzowskie zawody, a my nie byliśmy faworytami. Nikt nie rzucał zgniłych warzyw ani obelg, ale znaczące milczenie okazało się niemal tak trudne do zniesienia, jak grad pocisków. Bliżej statku zgromadzili się nasi wielmoże, by nas pożegnać. Skupili się wokół księcia, życząc mu powodzenia, a mnie uderzyło, jak niewiele wiedzą o naszej misji i co ona może oznaczać. Żartowali dobrodusznie z księciem i serdecznie życzyli mu szczęścia, lecz żaden z wielmożów nie wyglądał na szczególnie zatroskanego jego losem.

Kiedy wchodziliśmy na pokład i wciąż nie było widać śladu Młotka, serce mi zamarło, a żołądek ścisnął się ze strachu. Bez względu na to, jak bardzo Sumienny był na niego rozzłoszczony, nie mogliśmy go tu zostawić samego. Nie powodował mną tylko strach o to, co mógłby zrobić pod naszą nieobecność, ale i troska, co mogliby mu, pozbawionemu ochrony Sumiennego, zrobić miejscowi. Czy wielmożów z Królestwa Sześciu Księstw obchodziłoby, co się stało z upośledzonym służącym księcia pod nieobecność tego ostatniego? Oparłem się o reling i popatrzyłem nad głowami tłumu kłębiącego się w porcie na kasztel. Podszedł do mnie Sieciarz.

– Cieszysz się na tę podróż?

Uśmiechnąłem się gorzko.

– Jedyna podróż, na jaką się cieszę, to podróż do domu.

– Nie widziałem jeszcze Młotka.

– Wiem. Wciąż na niego czekamy. Nie chciał znowu wsiąść na statek, ale mamy nadzieję, że jednak przyjdzie.

Sieciarz pokiwał głową, a potem odszedł. Stałem zdenerwowany i obgryzałem skórkę przy paznokciu kciuka.

„Młotku? Idziesz? Statek niedługo odpłynie".

„Zostaw mnie w spokoju, Śmierdzipsie!".

Rzucił to imię z wielkim gniewem, tak że niemal poczułem zapach obrazu, którym cisnął we mnie. Na krawędzi jego wściekłości wyczuwałem strach i rozżalenie, że mogliśmy tak go porzucić.

Nasze odejście wzburzyło go i zmartwiło, ale i tak podejrzewałem, że wygra jego upór.

„Czas i pływy nie czekają na nikogo, Młotku. Zdecyduj się szybko. Bo kiedy nadejdzie odpowiednia chwila, statek będzie musiał odpłynąć. A potem, nawet jeśli dasz nam znać, że zmieniłeś zdanie i chcesz dołączyć do nas, będzie za późno. Nie wrócimy po ciebie".

„Nie obchodzi mnie to".

I z tymi słowy zatrzasnął swoje bariery tak mocno, że odczułem to jak fizyczne klepnięcie. Miałem poczucie, że tylko pogorszyłem sytuację.

Wkrótce rozpoczęły się ostatnie przygotowania do odpłynięcia. Na pokładzie znalazł się ładunek przyniesiony z opóźnieniem z „Panieńskiej Szansy". Znajdowały się w nim niewielkie baryłki; uśmiechnąłem się, podejrzewając, że Cierń ściągnął z naszego statku zapasy okowity. Załadowano także broń i narzędzia, a my wypełniliśmy wszystkie zakamarki ładowni rzeczami uznanymi przez niego za przydatne. W końcu jednak nadszedł czas wypłynięcia z portu. Osoby żegnające księcia schodziły z pokładu. Pojawili się przedstawiciele hetgurdu ze swoim sprzętem. Wszystkie rzeczy przyniesione na statek w ostatniej chwili zostały usunięte spod nóg. W łódkach, które miały wyholować nas na otwartą wodę, czekali wioślarze. Obok mnie znów pojawił się zaniepokojony Sieciarz.

– Chyba nie przyjdzie – odezwałem się cicho. Było mi niedobrze. – Pójdę porozmawiać z księciem. Musimy kogoś po niego posłać.

– Już to zrobiłem – odparł ponuro Sieciarz.

– Naprawdę? I co powiedział książę Sumienny?

Nie widziałem, żeby któryś z naszych gwardzistów schodził ze statku.

– Ach, nie, nie rozmawiałem z nim – odparł z roztargnieniem Sieciarz. – Posłałem kogoś. Szybkiego. Mam nadzieję, że nie jest to zbyt ciężka próba – mruknął bardziej do siebie. – Chyba potrafi tego dokonać. Ale może powinienem sam pójść?

– Szybkiego? – Wyobraziłem sobie dorastającego chłopca w konfrontacji z Młotkiem i pokręciłem głową. – Nie uda mu się. Młotek jest niezdarny, ale kiedy się rozzłości, staje się zaskakująco silny. Mógłby zrobić chłopcu krzywdę. Lepiej pójdę do nich.

Sieciarz chwycił mnie za ramię.

– Nie! Nie idź! Popatrz. Udało mu się. Idą tu!

W jego głosie brzmiała taka ulga, jakby Szybki dokonał jakiegoś monumentalnego dzieła. I może rzeczywiście tak było. Patrzyłem, jak nadchodzą – niski mężczyzna wlokący się obok drobnego chłopca. Szybki niósł worek Młotka i opiekuńczo trzymał go za rękę. To mnie bardzo zaskoczyło, ale nawet z tej odległości widać było postawę chłopca. Głowę trzymał uniesioną wysoko i czujnie patrzył w oczy każdemu mijanemu mężczyźnie, jakby rzucał mu wyzwanie, by spróbował wyszydzić półgłówka albo ich zatrzymał. Nigdy nie widziałem większego popisu odwagi i moja ocena chłopca poszybowała w górę. Prowadzenie Młotka za rękę przez ten tłum wystawiłoby na próbę moją wolę, a mimo to coraz bardziej zbliżali się do statku. Kiedy mogłem już dostrzec wyraz twarzy Młotka, zrozumiałem, że nie chodzi tu tylko o wysłanie chłopca po niego.

– Co się dzieje? – zapytałem cicho Sieciarza.

– To pradawna krew. Dobrze o tym wiesz. – Mówił półgłosem, nie odwracając się do mnie. – Najlepiej działa to między Rozumiejącymi, jak byś powiedział. Ale przyciągnąć można nawet tych, którzy nie mają tej magii. Szybki to ćwiczył. Dzisiaj przypadła mu w udziale poważniejsza próba, niż chciałem mu wyznaczyć, ale spisał się dobrze.

– Tak. Widzę. – Na twarzy Młotka prowadzonego w stronę trapu malował się wyraz zaufania. Przy samym trapie zawahał się i zatrzymał. Wtedy Szybki coś do niego cicho powiedział i nie puszczając jego ręki, wprowadził na pokład. Zastanawiałem się nad zadaniem następnego pytania, ale ciekawość zwyciężyła. – Wiem, jak kogoś odepchnąć od siebie za pomocą Rozumienia. Chyba zawsze wiedziałem, jak to robić. Ale jak się kogoś przyciąga?

– No tak. Odpychanie może przychodzić instynktownie. Przyciąganie też tak zwykle przychodzi. Sądziłem, że o tym wiesz; teraz rozumiem, dlaczego nigdy nie stosowałeś go wobec Młotka. – Przekrzywił głowę i spojrzał na mnie taksująco. – Czasami zaskakują mnie rzeczy, których nie wiesz. Zupełnie jakbyś zapomniał albo utracił jakąś część siebie. – Chyba dostrzegł niepokój, który wywołały u mnie jego słowa, bo nagle zmienił ton i zaczął mówić ogólnikami. – Sądzę, że do pewnego stopnia wszystkie istoty używają tej siły przyciągania wobec swoich młodych albo kiedy pragną przywabić partnera. Może stosujesz ją mimowolnie. Ale, widzisz, właśnie dlatego człowiek obdarzony tą magią powinien postarać się jej nauczyć. By mieć świadomość, jak jej używa. – Zamilkł, a po chwili dodał: – Jeszcze raz proponuję ci naukę tego, co powinieneś wiedzieć.

– Muszę zająć się Młotkiem.

Odwróciłem się pośpiesznie, chcąc odejść.

– Tak. Wiem o tym. Masz wiele zadań i obowiązków, a nie twierdzę, że wiem o wszystkim, co robisz dla naszego księcia. Z całą pewnością zawsze potrafisz znaleźć jakiś powód, by być zbyt zajętym na poświęcenie czasu nauce. Lecz mężczyzna znajduje czas na rzeczy ważne w jego życiu. No tak. Mam nadzieję, że kiedyś do mnie przyjdziesz. Proponuję ci to ostatni raz. Od ciebie zależy, czy tę propozycję przyjmiesz.

I zanim sam uciekłem, odwrócił się i spokojnie mnie tam zostawił. Siedząca dotąd na naszym maszcie Ryzykantka zerwała się do lotu z samotnym krzykiem, który poniósł wiatr. Rzucono cumy, wciągnięto trap, a wioślarze w łódkach naparli na wiosła, by wyholować nas z portu do miejsca, gdzie moglibyśmy złapać wiatr. Obiecałem sobie, że jeszcze tego samego dnia znajdę czas na rozmowę z Sieciarzem o prywatnych lekcjach mojej magii. Miałem nadzieję, że się nie okłamuję.

Nic jednak nigdy nie jest proste. Na pokładzie znajdowała się narczeska, jej ojciec Arkon Krwawooki oraz jej wuj Peottre, a Sumienny i Cierń większość czasu spędzali z którymś z nich. W związku z tym, tak jak poprzednio, byłem skazany na towarzystwo Młotka. Ponieważ był nieszczęśliwy, nie widział powodu, dla którego ja też nie miałbym taki być. Drobne sińce i otarcia, które mi zaaplikował podczas poprzedniej podróży, odnowiły się, a ja niewiele mogłem na to poradzić. Wzniesienie murów chroniących mnie przed subtelnym działaniem jego Mocy zmniejszyłoby moje wyczulenie na Ciernia i Sumiennego. Tak więc znosiłem jego ataki.

Sprawę pogarszał stan morza. Walczyliśmy z prądami i pływami, które ciągle chciały znieść nas z kursu. Przez dwa dni naszej podróży statek kołysał się gwałtownie i Młotek cierpiał na chorobę morską, podobnie jak Małż, Szybki i Uprzejmy. Reszta z nas mało jadła i poruszała się od uchwytu do uchwytu. Raz dostrzegłem, jak bardzo blada narczeska spaceruje po pokładzie pod rękę z Peottrem. Żadne z nich nie wyglądało na zadowolone. Dni mijały powoli.

Nie znalazłem sposobności, by porozmawiać z Sieciarzem o Rozumieniu. Co pewien czas przypominałem sobie mój zamiar, ale jakoś zawsze miałem wtedy do zrobienia dziesięć innych rzeczy. Usiłowałem udawać, że to wina okoliczności. W rzeczywistości nie potrafiłem powiedzieć, co mnie powstrzymywało przed rozmową z mistrzem Rozumienia.

W końcu na horyzoncie pojawił się cel naszej podróży. Nawet z tej odległości wyspa sprawiała posępne wrażenie. Leży wśród najdalej na północ wysuniętych wysp archipelagu, szczerząc ponuro skaliste zęby. Lato tak naprawdę nigdy tu nie przychodzi. Łagodniejsze dni ciepłej pory roku nie wystarczą, by stopić śniegi poprzedniej zimy, zalegające na górskich szczytach Aslevjalu. Większość wyspy pokrywa lodowiec, który przysiadł między rozwidlonymi szczytami. Niektórzy mówią, że właściwie są to dwie wyspy, połączone lodem, lecz ja nie znam podstawy dla takiego przekonania. Odpływ odsłania plaże z czarnego piasku, otaczające wyspę niczym ponura spódnica. Na jednym jej krańcu jest stale odsłonięta połać jałowej, kamienistej plaży i fragment klifu. W innych miejscach blady płaszcz lodowca przebijają skaliste grzbiety. Nie potrafiłem powiedzieć, czy zmętnienie powietrza wokół wyspy powodowało dymienie lodu na słońcu, czy śnieg unoszony stale wiejącym północnym wiatrem.

Zbliżaliśmy się powoli, bo chyba i wiatr, i woda zdawały nam się przeciwstawiać. Mozolnie halsowaliśmy ku wyspie. Stałem przy relingu, kiedy w towarzystwie Ciernia i Peottrego wyszli popatrzeć na wyspę Sumienny i narczeska. Sumienny zmarszczył brwi.

– Nie wygląda to na miejsce, gdzie chciałoby dobrowolnie przebywać jakiekolwiek stworzenie, a co dopiero istota wielkości smoka. Dlaczego miałby tu się znajdować smok?

Narczeska pokręciła głową i odezwała się cicho:

– Nie mam pojęcia. Wiem tylko, że tak mówią nasze legendy. A zatem musimy się tam udać.

Ciaśniej owinęła się wełnianym płaszczem. Wiatr przynosił nam lodowate ukąszenie wyspy.

Po południu okrążyliśmy cypel i zawróciliśmy ku jedynej zatoce Aslevjalu. Raporty naszych szpiegów mówiły, że jest to opuszczone miejsce z pozostałościami przystani i kilkoma rozpadającymi się kamiennymi konstrukcjami. Mimo to dostrzegłem na odsłoniętym klifie nad plażą jaskrawą plamę. Kiedy wbijałem w nią wzrok, usiłując się domyślić, co to takiego, wyłoniła się z niej jakaś postać. Uznałem, że to jakiś namiot czy coś w rodzaju osłony. Na szczycie urwiska stanął mężczyzna. Wokół niego łopotał szarpany wiatrem czarno-biały płaszcz z kapturem. Nie uniósł na powitanie ręki, lecz tylko tam stał i na nas czekał.

– Kto to? – zapytał Cierń Peottrego, kiedy wołanie marynarza na oku do kapitana sprowadziło ich z powrotem na pokład.

– Nie wiem – odparł Zawyspiarz. W jego głosie brzmiał strach.

– Może to ten legendarny Czarny Człek z wyspy? – wtrącił Krwawooki. Wychylił się mocno do przodu, obserwując samotną postać na urwisku. – Zawsze się zastanawiałem, czy te opowieści są prawdziwe.

– Nie chcę się tego dowiedzieć – rzuciła cicho narczeska. Ze strachu miała ogromne oczy. Kiedy zbliżyliśmy się do zatoki, przy relingu zrobiło się tłoczno, bo wszyscy wpatrywaliśmy się w cel naszej podróży i czekającą tam na nas samotną, złowieszczą postać. Poruszyła się dopiero wtedy, gdy rzuciliśmy kotwicę w zatoce, a nasze łódki przygotowały się do przewiezienia ludzi i bagaży na brzeg. Mężczyzna zszedł na plażę i stanął przy linii przypływu. Jeszcze zanim odrzucił kaptur, targnęło mi się serce w piersi. Poczułem, że jest mi niedobrze z przerażenia.

Na Aslevjalu czekał na mnie Błazen.

ROZDZIAŁ 13

ASLEVJAL

„Zakażanie kuźnicą" było chyba najskuteczniejszą bronią, jaką podczas wojny ze szkarłatnymi okrętami zwrócili przeciwko nam Zawyspiarze. Technika zakażania jest wciąż nam nieznana, lecz z jego straszliwymi skutkami wiele osób zaznajomiło się aż nadto dobrze. Nazwa ta pochodzi od wioski Kuźnia, w której wydobywano rudę żelaza i która pierwsza przeżyła ten potworny atak. Najeźdźcy ze szkarłatnych okrętów zaatakowali nocą, zabijając lub biorąc jako zakładników większość mieszkańców wioski. W przysłanym do Koziej Twierdzy ultimatum żądali złota pod groźbą wypuszczenia zakładników. Ówczesnemu królowi Roztropnemu żądanie wydało się bezsensowne, więc odmówił zapłacenia okupu. Najeźdźcy ze szkarłatnych okrętów dotrzymali swej groźby, wypuszczając pozornie całych i zdrowych zakładników i odpływając w noc.

Wkrótce okazało się, że dzięki jakiejś tajemnej magii wieśniacy nie byli już sobą. Chociaż wiedzieli, kim są i z jakich pochodzą rodzin, sprawiali wrażenie całkowicie na to obojętnych. Okradziono ich z moralności oraz etyki. Myśleli wyłącznie o zaspokajaniu swoich własnych najpilniejszych zachcianek i nie wahali się kraść, mordować i gwałcić, by osiągnąć cel. Niektórzy zostali „schwytani" przez swoje rodziny w próżnych wysiłkach przywrócenia ich do poprzedniego życia. Żaden z nich nigdy nie przyszedł do siebie.

Podczas wojny zakażanie kuźnicą powtarzało się wielokrotnie. W jego efekcie na naszej ziemi powstała wroga armia, złożona z naszych bliskich, co nie pociągało dla Kebala Żelaznorękiego i jego najeźdźców żadnych kosztów emocjonalnych czy finansowych. Zabijanie zakażonych kuźnicą było demoralizującym i dehumanizującym zadaniem, które przypadło naszym rodakom. Ślady po tamtych wydarzeniach są niezatarte po dziś dzień. Miejscowość Kuźnia nie została odbudowana.

Strzyżyka „Historia wojny ze szkarłatnymi okrętami"

Wraz z pozostałymi gwardzistami znalazłem się w pierwszej łódce, która dotknęła brzegu Aslevjalu. Po paru chwilach wysunęła się dziobem na piasek łódka niosąca Ciernia, Sumiennego, narczeskę, Peottrego i Arkona Krwawookiego. Wskoczyliśmy do płytkiej wody, by chwycić za nadburcia, i przy następnej fali wyciągnęliśmy łódź na brzeg, tak żeby jej pasażerowie mogli wyjść na suchy piasek. Przez cały czas odczuwałem obecność Błazna, obserwującego nas z krawędzi urwiska nad plażą. Stał nieruchomo, lecz zimny wiatr jakby przemawiał w jego imieniu. Z furkotem szarpał jego płaszczem i długimi, złocistymi włosami. Błazen zaniechał stosowania pudru, którym rozjaśniał sobie cerę, oraz jamaillańskich kosmetyków, naznaczających go jako cudzoziemca. Głęboki brąz skóry, rzeźbione rysy twarzy i płowa grzywa czyniły z niego istotę z opowieści. Surowa czerń i biel stroju wyparły wszelkie ślady leniwego pana Złocistego. Zastanawiałem się, czy rozpoznał go ktokolwiek poza Cierniem i mną. Starałem się wymienić z nim spojrzenia, ale Błazen patrzył jakby przeze mnie. Odezwał się dopiero, gdy z łodzi na brzeg wyszedł książę. Ukłonił mu się.

– Czeka na was gorąca herbata.

Jego głos przebił się przez nieustanny szum wiatru. Nie powiedział nic więcej, pokazał tylko swój namiot i ruszył w jego stronę.

– Znacie go? Kto to jest? – zapytał ostro Arkon Krwawooki z ręką spoczywającą na rękojeści miecza.

– Znam go od dawna – odparł ponuro Cierń. – Ale w jaki sposób się tu dostał ani po co, nie mam pojęcia.

Książę usiłował nie wytrzeszczać za nim oczu. Zerknął na mnie, lecz ja pośpiesznie wbiłem wzrok w ziemię.

„Czy to był pan Złocisty?”.

Zmiana w wyglądzie Błazna była tak duża, że Sumienny naprawdę nie był pewien, kto to jest.

„Nie. Nie jest to też Błazen. Są to jednak aspekty osoby, którą jest”.

„Przestańcie dramatyzować” – posłał nam obu zrzędliwą myśl Cierń, a głośno powiedział:

– Nie stanowi dla nas zagrożenia. Zajmę się nim. Zostańcie tu i pomóżcie przy rozładunku – zwrócił się do mnie i pozostałych gwardzistów. Wszystko ma się znaleźć nad linią przypływu i zostać dobrze zabezpieczone przed wilgocią.

Jakże zręcznie Cierń się mnie pozbył. Nie dopuści mnie do Błazna, dopóki nie odkryje, o co chodzi. Pomyślałem o zignorowaniu jego rozkazu i pójściu za nim na górę do namiotu Błazna. Wtedy szturchnął mnie Rebus.

– Lepiej bądź gotów do pomocy.

Do brzegu dobijała łódź z Młotkiem i kręgiem Rozumiejących. Mały człowieczek trzymał się zbielałymi dłońmi burty i mocno zacisnął powieki. Sieciarz trzymał mu rękę na ramieniu, lecz Młotek kulił się pod tym dotykiem. Westchnąłem i poszedłem się nim zająć. Od statku odbijała łódka z wojownikami hetgurdu.

Zanim cały ładunek został przeniesiony na ląd i przykryty płótnem, zapadł wieczór. Obejrzałem szybko niewielkie baryłki, które w ostatniej chwili załadował Cierń. To nie była okowita. Z jednej wysypywała się jakaś miałka substancja. Ze strachem i nadzieją rozpoznałem eksperymentalny proszek do wywoływania wybuchów. Czy to dlatego nie protestował bardziej stanowczo, kiedy hetgurd pozbawił nas siły roboczej? Jak zamierzał tego użyć?

Zastanawiałem się nad tym, gdy niedaleko nabierał kształtów nasz tymczasowy dom. Lotny był dobrym dowódcą. Utrzymywał naszą grupkę, tak krąg Rozumiejących, jak i gwardzistów, w ciągłym ruchu. Wybrał najwyżej położone płaskie miejsce na wzgórzu, zapewniające widok na okolicę. Namioty zostały rozbite w porządnych szeregach, wykopaliśmy dół na śmieci i przeczesaliśmy plażę w poszukiwaniu drewna. Z pobliskiego lodowatego strumienia wypływającego spod lodowca przynieśliśmy wodę. Herold, dwudziestolatek, a więc najmłodszy gwardzista, został wyznaczony jako wartownik, a Wycisk, siwowłosy wojownik o mięśniach jak u niedźwiedzia, otrzymał obowiązki kucharza. Zręczny i Ostrożny mieli się wyspać, by później zmienić Herolda. Rebus miał być na każde zawołanie księcia i nie odstępować go na krok. A ja zgodnie z oczekiwaniami dostałem zadanie opieki nad służącym księcia, Młotkiem. Członkowie kręgu Rozumiejących, teraz będący nominalnie pod rozkazami Lotnego, najpierw musieli zająć się różnymi drobiazgami w obozie, a dopiero potem otrzymali zezwolenie na rozejrzenie się po plaży. Jestem pewien, że dla niektórych z nich, a szczególnie dla młodego szlachcica, jakim był Uprzejmy, było to nowe doświadczenie, lecz dobrze o nim świadczyło, że chętnie wykonał przydzieloną mu pracę i oddawał Lotnemu szacunek należny mu z racji zajmowanej pozycji. Widziałem kilka razy, jak rzucał niechętne spojrzenia w stronę barwnego namiotu Błazna, lecz swoje zastrzeżenia zachowywał dla siebie. Zaproszenie Błazna przyjął Cierń i książę, podobnie jak narczeska, Peottre Czarnowody i Arkon Krwawooki.

Młotek postanowił kulić się z nieszczęśliwą miną w namiocie, który miał dzielić z Sieciarzem, Szybkim i ze mną. Niedaleko płonął nasz kuchenny ogień, a Wycisk pilnował garnka z gotującą się na wolnym ogniu owsianką. Z boku ognia postawiłem czajnik z wodą na herbatę. Przewidywałem, że na tej bezdrzewnej wyspie opał stanie się wkrótce problemem. Czekając, aż woda się zagotuje, krążyłem niespokojnie wokół namiotu; wśród swobodnie się poruszających pozostałych osób czułem się jak uwiązany.

Wojownicy hetgurdu rozstawili swoje namioty w oddzielnym rzędzie i wynieśli na brzeg własne zapasy żywności. Każdy z nich rozbił własny mały namiot. Obserwowałem ich ukradkiem. Nie byli to młodzi wojownicy, lecz doświadczeni weterani. Nie znałem ich imion. Powiedziano mi, że przy tym zadaniu nie mają znaczenia ich imiona, tylko ich przynależność klanowa, a o tej świadczyły ich tatuaże. Wyglądało na to, że dowodził nimi Niedźwiedź, ciężki i ciemnowłosy. Puchacz, ich poeta i bard, był szczuplejszy i starszy. Kruk miał włosy równie czarne, jak ptak będący godłem jego klanu, i równie lśniące oczy. Mors był niskim, przysadzistym mężczyzną, któremu brakowało dwóch palców u lewej dłoni. Najmłodszy w grupie okazał się Lis, nadąsany i niezadowolony z pobytu na Aslevjalu. Orzeł był wysokim, smukłym mężczyzną w średnim wieku. Tego wieczoru pełnił wartę, podczas gdy jego towarzysze siedzieli ze skrzyżowanymi nogami wokół swego ogniska, jedząc i cicho rozmawiając. Przyłapał mnie na przyglądaniu się mu i oddał mi spojrzenie z kamiennym wyrazem twarzy.

U żadnego nie wyczuwałem wrogości. Ich obowiązkiem było dopilnowanie, byśmy trzymali się zasad wyznaczonych nam przez hetgurd, lecz nie sprawiali wrażenia przeciwnych naszemu zadaniu. Zachowywali się raczej jak ludzie, którzy czekają na zawody mistrzów. Na statku swobodnie z nami rozmawiali, a ich poeta nawiązał przyjazną, zabawną rywalizację z Małżem. Teraz, kiedy znaleźliśmy się na brzegu, może ustalą sztywniejsze granice, ale wątpiłem, by wytrzymały one więcej niż kilka nocy. Było nas zbyt mało, a krajobraz był zbyt ponury.

Obok barwnego namiotu Błazna zostały rozbite dwa nieco bardziej okazałe. W jednym mieli zamieszkać narczeska z Peottrem, a w drugim Cierń i książę. Od czasu zejścia na ląd prawie się z nimi nie widziałem. Błazen zaprosił ich do swojego namiotu, ale nie wiedziałem, co się tam dzieje. Ani Cierń, ani książę nie wysłali mi Mocą najmniejszego sygnału. Pomagałem rozstawiać te większe namioty obok namiotu Błazna, ale dobiegające zeń ciche głosy były równie zwodnicze i nieuchwytne, jak unoszący się w powietrzu zapach korzennej herbaty.

Teraz, kiedy ziemią powoli zawładnął wieczór, Błazen i krąg Rozumiejących Sumiennego znajdowali się na statku, podejmowani pożegnalnym posiłkiem przez Arkona Krwawookiego. Ani on, ani jego wojownicy z klanu Dzika nie mieli zostać z nami. Żałowałem, że nie pojmuję logiki takiego rozwiązania. Czy odcinał klan Dzika od niemądrego przedsięwzięcia klanu Narwala, czy po prostu oddawał Peottremu dowództwo nad wyprawą? Zmarszczyłem brwi i kopnąłem zimną ziemię. Zbyt wielu rzeczy nie wiedziałem. Chciałem się przynajmniej rozejrzeć po okolicy, ale Młotek stanowczo odmówił ponownego wejścia do łódki, nie dając się skusić nawet wystawnym posiłkiem; wolał zostać na wyspie i dzielić nasze proste racje oraz niepotrzebne obowiązki wartownicze. Odwróciłem głowę na odgłos szurania po niemal zamarzniętej ziemi. Podchodził do nas Rebus, machając ręką i szeroko się uśmiechając.

– Fascynujące miejsce. Jeśli lubi się śnieg, trawę i piach.

Przykucnął przy ogniu i wyciągnął do niego ręce.

– Myślałem, że wróciłeś z księciem na noc na statek.

– Nie. Powiedział, że mu się tam nie przydam i zwolnił mnie. Z radością tu zostałem. Stanie i przyglądanie się, jak inni jedzą, nie jest moim ideałem rozrywki. Co robisz dziś wieczorem?

– To, co zwykle. Dotrzymuję towarzystwa Młotkowi. W tej chwili robię mu herbatę.

– Jeśli chcesz, mogę tu zostać i zaparzyć herbatę, kiedy woda się zagotuje – zaproponował cicho. – Mógłbyś rozprostować nogi i trochę się rozejrzeć.

Przyjąłem propozycję z wdzięcznością, ale odwróciłem się do naszego namiotu i zapytałem:

– Mogę pójść na krótki spacer, Młotku? Herbatę zrobi ci Rebus.

Mały człowieczek szczelniej otulił się kocem.

– Wszystko mi jedno – odparł ponuro. Zachrypł od kaszlu.

– No dobrze. Na pewno nie chcesz się przejść? Gdybyś wstał i trochę się rozruszał, wkrótce zrobiłoby ci się cieplej. Tu naprawdę nie jest aż tak zimno, Młotku.

Prychnął i odwrócił ode mnie twarz. Rebus skinął mi współczująco głową, a potem niemal tym samym ruchem zachęcił do odejścia.

Oddalając się, usłyszałem jego słowa:

– No, Młotku, rozchmurz się. Zagraj nam coś na swojej piszczałce. To nie dopuści do nas ciemności.

Ku mojemu zaskoczeniu Młotek się zgodził. Odchodząc powoli, słyszałem niepewne dźwięki pieśni jego matki. Dosłownie poczułem, jak koncentruje się na niej uwaga Młotka i jak zanika jego wrogość wysyłana ku mnie Mocą. Jakbym odłożył jakiś ciężki pakunek. Mimo że melodia często się rwała, ponieważ Młotek musiał nabrać tchu, miałem nadzieję, że jego zainteresowanie grą oznacza powrót do zdrowia. Żałowałem, że w podobny sposób nie mogę złagodzić skrępowania, jakie unosiło się między Błaznem i mną. Nie zamieniliśmy ani słowa, ani nawet nie znaleźliśmy się ani razu w zasięgu słuchu, a mimo to czułem jego wściekłość jak zimny wiatr na skórze. Żałowałem, że nie było go tej nocy w namiocie; teraz mógłbym spokojnie z nim porozmawiać. Został jednak zaproszony na statek na pożegnalny posiłek. Zastanawiałem się, kto wystosował zaproszenie: książę, bo był zaintrygowany, czy Cierń, bo chciał mieć Złotoskórego na oku.

Idąc plażą, przekonałem się, że szpieg Ciernia miał rację. Zaczął się odpływ i było widać coraz więcej piasku. Z wody wystawał podwójny rząd pokrytych pąklami pali, nachylonych pod różnymi kątami, co świadczyło, że znajdowała się tu kiedyś przystań. Wzdłuż brzegu stały też niegdyś kamienne chaty, lecz zostały zburzone. Pozostały po nich ściany sięgające kolan, a całość przywodziła na myśl miejsca po zębach w gołej czaszce. Wszędzie dookoła walały się resztki kamiennych ścian. Zmarszczyłem brwi. Zniszczenie było zbyt dokładne. Czyżby tę małą osadę najechał ktoś, kto chciał nie tylko zabić jej mieszkańców, lecz i ją samą uczynić nie nadającą się do zamieszkania? Zupełnie jakby chciał ją zrównać z ziemią.

Wspiąłem się na niewysoką skarpę nad pokrytą kamykami plażą. Przywitała mnie kamienista łąka porośnięta kępkami trawy; dzień zaczynał już szarzeć i spod korzeni wypełzały cienie. Nie rosły tam żadne drzewa, lecz tylko porozrzucane gdzieniegdzie wytrzymałe, poskręcane krzaki. Mogło trwać lato, lecz przyczajony nad nami lodowiec cały rok zionął zimą. Szedłem przez niewypasione trawy, ocierające się z szelestem pełnymi kłosami o moje nogi. Wtem znienacka znalazłem się na krawędzi kamieniołomu. Gdyby było ciemniej, zapewne spadłbym i nieźle się potłukł. Zatrzymałem się i spojrzałem w dół. Po kilku stopach darń ustępowała ścianom z czarnego kamienia, cienko żyłkowanego srebrem. Przebiegł mnie dreszcz. Wydobywano tu kamień pamięci, tak jak w tym ogromnym kamieniołomie w górach, gdzie został wyrzeźbiony smok Szczerego. Woda, która zebrała się na dnie kamieniołomu, stanowiła pode mną drugie, bezgwiezdne nocne niebo. Wystawały z niego dwa nagie głazy, których ostre linie świadczyły o obróbce ludzką ręką.

Wycofałem się powoli znad krawędzi i wróciłem do obozu. Chciałem porozmawiać z Cierniem i księciem, lecz odczuwałem większą presję omówienia tego z Błaznem. Stojąc na krawędzi skarpy, spojrzałem na „Dzika" kołyszącego się łagodnie na kotwicy i otoczonego łodziami. Odpłynie nazajutrz do Zyligu, zabierając na swoim pokładzie Arkona Krwawookiego. My tutaj zostaniemy i zaczniemy szukać smoka zamrożonego pod lodowcem. Fale liżące miarowo plażę powinny działać uspokajająco, lecz mnie morze wydawało się bezlitosne, pochłonięte powolnym pożeraniem lądu. Nigdy przedtem nie robiło na mnie takiego wrażenia.

Niedaleko brzegu na chwilę wyłoniło się z wody duże zwierzę. Zamarłem, usiłując dostrzec, co to takiego. Zniknęło pod następną falą, lecz kiedy się cofnęła, znów stało się widoczne. W tych krótkich chwilach było zupełnie nieruchome. Zmrużyłem oczy, by je lepiej widzieć, ale stanowiło czarny kształt na tle czarnej wody, i nie widziałem nic poza tym, że było tak duże, jak mały wieloryb. Stworzenie tych rozmiarów w płytkiej wodzie? Nie powinno znajdować się tak blisko brzegu, chyba że fale przyniosły jego trupa. Zmysł Rozumienia mówił mi, że tli się w nim jeszcze życie, rozmyte i pozbawione ośrodka skupienia. Nie odbierałem jednak uczucia porażki czy rezygnacji umierającej istoty.

Stałem na plaży i patrzyłem, jak opadające fale stopniowo odsłaniają nie tylko ciało dużego zwierzęcia, ale i kilka dużych czarnych bloków kamienia, lśniących od wody w blasku księżyca. W miarę, jak fale powoli traciły władzę nad brzegiem i cofały się, zapominałem o wszystkim innym. Powoli odsłaniane stworzenie było mi w jakiś niesamowity sposób znajome. Kiedy raz się widziało leżącego smoka, nie można tego zapomnieć. Serce zabiło mi szybciej. Czy mogła to być odpowiedź na naszą zagadkę?

„Chyba znalazłem twojego smoka, Sumienny. Znajdź jakiś pretekst, by wyjść na pokład, i spójrz w stronę brzegu. Odsłania go cofająca się woda. W strefie pływów jest tu kamienny smok".

Nie ograniczyłem swojego przekazu do Sumiennego. Do Ciernia też dotarł. Po chwili książę i pozostali biesiadnicy wyszli na pokład. Wpatrywali się w brzeg, ale wątpiłem, by mogli widzieć stwora tak wyraźnie, jak ja, bo teraz jego sylwetkę obrysowywało dla mnie światło latarni statku. I w tym dodatkowym świetle, przy coraz bardziej cofających się falach, dostrzegłem swój błąd. To, co wyglądało na smoka, było w rzeczywistości kilkoma ogromnymi głazami, ustawionymi blisko siebie, ale się nie dotykającymi. Zobaczyłem jego głowę spoczywającą na przednich łapach, szyję i barki, trzy kawałki grzbietu i tylne nogi, a potem kilka coraz mniejszych fragmentów ogona. Połączone, utworzyłyby smoka. Odsłonięte na wilgotnym piasku, przypominały mi dziecięce klocki.

„Czy to nasz smok? Czy narczeska chciała, żeby tę kamienną głowę przynieść do jej paleniska?" – zapytałem.

Połączony Mocą z Sumiennym, zobaczyłem, że pokazuje brzeg ręką i zadaje podobne pytanie Peottremu. Jednak Arkon Krwawooki roześmiał się i pokręcił głową. Dzięki więzi z księciem usłyszałem jego odpowiedź tak wyraźnie, jakbym stał obok nich na deskach pokładu.

– Nie, nie, to, co tam widzisz, to było jedno z szaleństw bladej kobiety. Kazała tu swoim niewolnikom wydobywać kamień. Upierała się, że balastem dla jej białych statków może być tylko czarny kamień z tej wyspy. Wygląda na to, że niektórzy niewolnicy musieli też w nim rzeźbić. Po co, prawdopodobnie nigdy się...

– Już późno. – Przerwał mu raptownie Peottre. – A ty wyruszasz z porannym przypływem, bracie. Wyśpijmy się dobrze raz jeszcze na pokładzie, w łóżkach, zanim jutro stawimy czoło trudom wyspy. Tobie też radzę się wcześnie położyć, książę Sumienny. Jutro musimy wcześnie wyruszyć w drogę do miejsca, gdzie podobno czeka na nas prawdziwy smok. To będzie mozolna wędrówka. Odpoczynek jest dla nas wszystkich najrozsądniejszym wyjściem.

– Mądra propozycja mądrego człowieka. Życzę wam zatem powodzenia i dobrej nocy.

Arkon szybko zgodził się na propozycję Peottrego.

„No tak. Gładko przeprowadzone" – zauważył Cierń, gdy goście opuszczali pokład. „Arkon na pewno wiedział, że opowiada o czymś, czym Peottre nie chciał się dzielić. Sprawdź, co ci się jeszcze uda odkryć, Bastardzie".

„Jak zareagował na tę opowieść Błazen?" – zapytałem.

„Nie zauważyłem" – odparł szorstko Cierń.

„Jak Błazen się tu dostał? Dlaczego tu jest? Dlaczego nie pozwalasz mi z nim porozmawiać?".

Nie mogłem już dłużej tłumić tego pytania ani ukrywać irytacji, że jeszcze nie podzielili się ze mną odpowiedziami.

„Och, nie dąsaj się. Niewiele nam powiedział. Wiesz, jaki on jest. Zostaw sprawy ich własnemu biegowi do jutra, Bastardzie, kiedy wszyscy razem znajdziemy się na brzegu i będziesz mógł mu zadawać tyle pytań, ile zechcesz. Na pewno będzie bardziej otwarty wobec ciebie niż wobec nas. A jeśli chodzi o trzymanie go przy sobie, to robię to bardziej, by izolować go od wojowników hetgurdu, niż od ciebie. Już wyjawił, że zrobi wszystko, co w jego mocy, by wyperswadować nam zabicie tego smoka. Jest wystarczająco zagadkowy, czarujący i tajemniczy, by zaintrygować Peottrego i Krwawookiego, ale narczeska chyba wciąż się go boi. Nie patrzy mu w oczy".

Do myśli Ciernia wtrącił się książę.

„Ci z hetgurdu początkowo myśleli, że jego obecność to jakieś oszustwo z naszej strony, że jest tajnym sprzymierzeńcem, którego tu przemyciliśmy. Kiedy jednak zorientowali się, że nie miał sposobu, by się dowiedzieć, jakie warunki wyznaczy nam hetgurd, przyznali, że to mało prawdopodobne".

„Jak zareagowali narczeska i Peottre na jego stwierdzenie, że pomoże smokowi?" – zapytałem ich obu.

Cierń dobrze rozważył odpowiedź.

„Zareagowali dziwnie. Spodziewałem się, że i Peottre, i narczeska będą mu to mieli za złe, ale Peottre sprawia wrażenie, że obecność Błazna sprawia mu ulgę, niemal cieszy. Co do mnie, to cieszę się, że nie powiedział nic więcej. I proszę, byś wszelkie dyskusje z nim odbywał poza zasięgiem słuchu tych dwojga. Jeśli odkryją, od jak dawna jesteście przyjaciółmi, to mogą pomyśleć, że i ty jesteś przeciwny naszej misji".

W tej myśli Cierń zawarł ostrzeżenie pod moim adresem, delikatną próbę mojej lojalności. Zignorowałem to.

„Zaczekam i porozmawiam z nim na osobności" – obiecałem.

„Tak. Tak zrobisz".

Jego słowa mieściły się między potwierdzeniem i rozkazem.

Osoby przebywające na statku rozchodziły się do swoich łóżek. Zerknąłem na nasz obóz. Wyglądał, jakby prawie wszyscy już poszli spać. Ogień przygasł. Nawet nie zjadłem mojego wieczornego przydziału. Nim zakończy się ta wyprawa, gorąca owsianka zapewne będzie się wydawać smakołykiem, ale na razie mnie nie nęciła.

Morze cofnęło się na tyle, że mogłem obejść całego smoka, nie mocząc nóg powyżej kostek. Wiedziałem, że rano będę żałował przemoczenia butów, ale jeśli było coś do odkrycia w tej kamiennej istocie, to teraz miałem po temu najlepszą okazję. Stwora tego nie wyrzeźbił żaden krąg Mocy, lecz sługusi bladej kobiety. Chyba wiedziałem, po co. Od dawna podejrzewałem, że Władczy i mistrz

Mocy Konsyliarz sprzedawali zasoby biblioteki Mocy. Czy Kebal Żelaznoręki, dowódca Zawyspiarzy podczas wojny ze szkarłatnymi okrętami, wszedł w ich posiadanie? Czy razem ze swoją sojuszniczką, bladą kobietą, usiłowali stworzyć własne smoki do walki z Królestwem Sześciu Księstw? Byłem niemal pewny, że tak.

Podszedłem blisko do lśniącego kamienia i zauważyłem, że nie przywarły do niego ani wodorosty, ani pąkle. Był tak czysty i czarny, jak w dniu, w którym został ukształtowany. Ostrożnie położyłem na nim dłoń. Zimny, mokry i twardy wibrował pod moim dotykiem Rozumieniem. Tak jak drzemiące kamienne smoki. A jednak różnił się od nich. Nie potrafiłem powiedzieć, w jaki sposób, dopóki nie dotknąłem sąsiedniego bloku. W nim też tliło się ukryte życie, a jednak te dwie bryły były inne. Ostrożnie, bojąc się jakiejś tajemnej pułapki, sięgnąłem do nich Mocą. Nic nie wyczułem. Przeciągnąłem dłonią po mokrej powierzchni. I wtedy nagle pojawiło się coś, gwar wzburzonych głosów, a potem wszystko zniknęło.

Powoli odwróciłem głowę i zaraz sobie uświadomiłem, jak niemądrze robię. Poruszenie w Mocy, które wyczułem, nie było rozmową stłumioną przez odległość albo jakąś przeszkodę. Tak ostrożnie, jakbym pieścił rozżarzony węgielek, przesunąłem czubkami palców po mokrym kamieniu. Znów doznałem wrażenia wielu bezładnych głosów mówiących naraz gdzieś bardzo daleko ode mnie. Wytarłem odruchowo dłoń o przód koszuli i cofnąłem się. Z niepokojem przeanalizowałem myśl, która przyszła mi do głowy.

To był kamień pamięci. Chociaż wydobywany na tej wyspie, był to niewątpliwie ten sam rodzaj kamienia, którego użył Szczery do wyrzeźbienia swego smoka. Wszystkie smoki, które napotkałem w kamiennym ogrodzie w Królestwie Górskim, zostały wyrzeźbione z tego materiału, niektóre przez kręgi Mocy, pragnące na zawsze przechować swoje wspomnienia i jestestwo; inne, być może, przez Najstarszych. Smoki, które widziałem, zostały ukształtowane w równym stopniu przez narzędzia dzierżone przez rzeźbiarzy, jak przez wlewane w nie wspomnienia i myśli. Smoki te w końcu całkowicie wchłonęły ludzi, którzy ich stworzyli. Widziałem, jak Szczery wszedł w swego smoka. Zaspokojenie i przesycenie kamienia, co obudziło go do życia, wymagało przekazania mu wszystkich wspomnień i siły życiowej Szczerego oraz Pustułki. Staruszka poświęciła się równie ochoczo, jak on. Była ostatnią członkinią swego kręgu Mocy, samotną kobietą, która przeżyła swój czas i swego monarchę, lecz wróciła, by służyć rodowi Przezornych. Przedłużone lata Pustułki i namiętności Szczerego ledwie wystarczyły, by wskrzesić smoka. Dobrze o tym wiedziałem. Szczery wziął nieco ze mnie dla swego smoka, a później ja sam pod wpływem impulsu przelałem inne wspomnienia do rzeźby dziewczyny na smoku. Czułem przyciąganie zachłanności kamiennego smoka. Łatwo byłoby pozwolić dziewczynie na smoku, by wzięła całego mnie; byłoby to swego rodzaju wyzwolenie.

A może uwięzienie? Co się działo z kamiennym smokiem, który nie miał dość wspomnień, by ożyć i wzlecieć? Widziałem, co się stało z dziewczyną na smoku. Została w kamieniołomie, ugrzęzła w nieukształtowanym kamieniu. W jej przypadku nie był to chyba brak wspomnień, lecz niechęć jej twórczyni do całkowitego oddania swojego jestestwa. Przywódczyni kręgu Mocy, która wyrzeźbiła dziewczynę, usiłowała zatrzymać swoje wspomnienia dla dziewczyny siedzącej na smoku, a nie uwolnić je do rzeźby jako całości. Tak w każdym razie powiedziała mi Pustułka, kiedy zapytałem ją, dlaczego ten posąg nie ożył i nie odleciał. Opowiedziała mi tę historię chyba dlatego, by ostrzec mnie przed smokiem Szczerego; by pomóc mi zrozumieć, że smok zadowoli się tylko całym mną.

Chciałbym teraz mieć przy sobie Pustułkę, by opowiedziała mi historię tego smoka. Podejrzewałem jednak, że sam ją znam. Kamień nie został ukształtowany jako całość, lecz był obrabiany w blokach. I rzeźbiarze nie umieścili w kamieniu swoich własnych wspomnień. Podejrzewałem, że stoję obok mrocznej pamiątki wojny ze szkarłatnymi okrętami. Co się stało ze wspomnieniami i uczuciami ofiar kuźnicy? W tej rozczłonkowanej istocie zeszły się rozczłonkowane domysły. Balastem białych statków były bloki kamienia pamięci. Czy blada kobieta i Kebal Żelaznoręki nauczyli się magii budzenia kamiennego smoka z wykradzionego i sprzedanego im zwoju traktującego o Mocy? Co zatem powstrzymało ich przed stworzeniem zawyspiarskiego smoka, który pustoszyłby wybrzeża Królestwa Sześciu Księstw? Czyżby brakło im chęci poświęcenia własnego życia, by ożywić swoje dzieło? Czyżby myśleli, że potrafią stworzyć smoka ze wspomnień ukradzionych mieszkańcom Królestwa?

Oto przede mną znajdował się dowód ich niezrozumienia podstawowego powodu, dla którego krąg Mocy potrafił przedsięwziąć wyprawę aż poza Strome, by stworzyć kamiennego smoka. Mogli ukraść wspomnienia ludziom z Królestwa Sześciu Księstw i na zawsze uwięzić je w kamieniu. Nie potrafili jednak wykuć z tych wspomnień jednolitości celu, koniecznej do tchnięcia życia w smoka. Nie wszystkim kręgom Mocy, które wyruszyły w góry, udało się to osiągnąć. Niektórzy ich członkowie pojęli za żony tamtejsze kobiety i zamieszkali z nimi, by dożyć swoich dni w miłości. Innym, którzy wyruszyli z zamiarem wyrzeźbienia smoka, nie udało się to. Nie było to łatwe zadanie, nawet dla zdeterminowanego kręgu Mocy. Smok wypełniony wspomnieniami rozmaitych ludzi, wtłoczonymi do jednej bryły kamienia, smok zrodzony z przerażenia, gniewu i beznadziei byłby obłąkanym stworzeniem, gdyby kiedykolwiek udało się go obudzić.

Czy to właśnie zamierzali uczynić Kebal Żelaznoręki i blada kobieta?

Był czas, kiedy rzucenie się w kamiennego smoka było dla mnie ogromnie kuszące. Wciąż pamiętałem poczucie krzywdy, że Szczery wyłączył mnie z tworzenia swej rzeźby. Teraz, z perspektywy dorosłego mężczyzny, potrafiłem to zrozumieć. Czasami, kiedy jeszcze żył Ślepun, zastanawiałem się nad tym pomysłem. Jakiego smoka moglibyśmy stworzyć we dwóch? A teraz, chcąc nie chcąc, znów należałem do kręgu Mocy. Mimo to nigdy nie zastanawiałem się, czy kiedyś z Sumiennym, Młotkiem i Cierniem zechcemy zrobić z siebie smoka. Stanowiliśmy krąg zrodzony bardziej z przypadku niż zamiaru. Nie potrafiłem sobie wyobrazić, że znajdujemy dość poświęcenia i zdecydowania, by wyrzeźbić smoka, nie mówiąc już o woli jednoczesnego zakończenia naszego ludzkiego życia i upamiętnienia naszego połączenia w smoku.

Odwróciłem się i powoli odszedłem od obrobionego kamienia. Starałem się nie zastanawiać nad uwięzionymi w nim wspomnieniami ofiar kuźnicy. Czy w skale została uwięziona świadomość? A jeśli nie, to co takiego?

Znów sięgnąłem ku Sumiennemu i Cierniowi.

„Chyba znalazłem niektóre ze wspomnień i uczuć, odebranych podczas wojny zakażonym kuźnicą mieszkańcom Królestwa Sześciu Księstw".

„Co?" – zapytał z niedowierzaniem Cierń.

Kiedy wyjaśniłem, między nami zapadła długa chwila przerażenia.

„Czy możemy je uwolnić?" – zapytał z wahaniem Sumienny.

„Po co? Większość ludzi, do których należały, od dawna nie żyje. Z tego, co mi wiadomo, niektórzy mogli zginąć z mojej ręki. Poza tym nie mam pojęcia, czy można coś takiego zrobić, a co dopiero, jak tego dokonać".

Im więcej o tym myślałem, tym bardziej stawałem się niespokojny.

Myśl Ciernia była pełna spokojnej rezygnacji.

„Na razie musimy to zostawić, jak jest. Może, gdy już się rozprawimy ze smokiem, Peottre będzie bardziej skłonny do podzielenia się wiedzą. Albo może uda nam się przysłać tu po cichu statek, żeby zabrał do domu to, co nasze". Poczułem, jak wzruszył w myślach ramionami. „Cokolwiek to jest".

***

Ognisko kuchenne w pobliżu naszego namiotu przygasło do zblakłego czerwonego oka w nocy. Pogrzebałem w nim trochę, podsuwając do środka ostatnie niedopalone kawałki drewna i obudziłem kilka bladych płomyków. W moim sfatygowanym czajniku było trochę letniej herbaty, a na dnie garnka resztki owsianki. Rebus albo odszedł na wartę, albo się położył. Wczołgałem się przez niski otwór wejściowy do namiotu i dotykiem znalazłem w ciemności mój żeglarski kufer. Młotek stanowił ciemny kształt skulony pod kocami. Starałem się go nie zbudzić, szukając po omacku kubka, lecz ku mojemu zaskoczeniu odezwał się w ciemności:

– To złe miejsce. Nie chciałem tu być.

W głębi duszy zgadzałem się z nim.

– Wygląda mi na dzikie i jałowe – odezwałem się na głos – ale nie gorsze od wielu innych, w których bywałem. Tak naprawdę nikt z nas nie chciał tu przypływać. Wykorzystamy je jednak jak najlepiej i zrobimy to, co musimy.

Zakaszlał.

– To najgorsze miejsce, w jakim kiedykolwiek byłem – stwierdził. – I to ty mnie tu przywiozłeś.

Znów zakaszlał; czułem, jak bardzo jest tym kaszlem zmęczony.

– Ciepło ci? – zapytałem z poczuciem winy. – Chcesz mój drugi koc?

– Zimno mi. Zimno mi w środku i na zewnątrz, tak jak zimne jest to miejsce. Zimno mnie zjada. Zimno zje nas wszystkich do kości.

– Idę podgrzać herbatę. Chcesz się napić?

– Może. Gdyby był miód?

– Nie. – I wtedy uległem pokusie. – Ale może się znajdzie. Proszę, weź mój koc. Postawię herbatę na ogniu, żeby się zagrzała, i pójdę poszukać, czy ktoś ma miód.

– Chyba ma – rzekł z powątpiewaniem.

Otuliłem go kocem. To był najbliższy kontakt, jaki mieliśmy z sobą od wielu dni.

– Nie lubię, kiedy jesteś na mnie zły, Młotku. Nie chciałem tu przypływać ani zabierać ze sobą ciebie. Po prostu musieliśmy to zrobić. Żeby pomóc naszemu księciu.

Nie odpowiedział i nie wyczułem żadnego ocieplenia jego uczuć wobec mnie, ale przynajmniej nie zamachnął się na mnie. Wiedziałem, kto może mieć miód. Wyszedłem na dwór i ruszyłem pod górę, gdzie zostały rozbite większe namioty dla narczeski i księcia. Między nimi i nieco powyżej wydymała się lekko na wietrze wielobarwna siedziba Błazna. W gęstniejącym mroku wydawało się, że lśni od środka.

Zawahałem się przed nią. Klapa była mocno zawiązana. Kiedyś, kiedy byłem chłopcem, wszedłem nieproszony do prywatnej komnaty Błazna. Przez całe życie żałowałem tego wtargnięcia, nie tylko dlatego że przyniosło więcej zagadek, niż ich rozwiązało, ale także dlatego, że spowodowało drobną rysę w zaufaniu, które powstało między nami. Nie wypowiadając ich, Błazen dobrze mnie nauczył zasad rządzących zachowaniem jego przyjaźni. Odpowiadał tylko na te pytania o siebie, na które chciał odpowiedzieć, a jakiekolwiek wścibstwo z mojej strony uważał za naruszenie swojej prywatności. Zaliczały się do tego moje wysiłki dowiedzenia się o nim czegokolwiek ponad to, co sam uznał za stosowne mi powiedzieć. Tak więc przystanąłem, omiatany wiatrem wiejącym znad lodowca, i zastanawiałem się, czy chcę zaryzykować. Czy w naszej bardzo nadwerężonej przyjaźni nie było już zbyt wielu rys?

Pochyliłem się, rozwiązałem troczki i wśliznąłem się do namiotu. Był uszyty z nieznanego mi materiału, może jakiegoś jedwabiu, lecz tak ciasno tkanego, że nie wpuszczał do środka powietrza. Blask pochodził z maleńkiego naczynia na ogień, ustawionego we wgłębieniu wykopanym w ziemi. Jedwabne ściany dobrze zatrzymywały ciepło, a ich połysk zwielokrotniał światło. Mimo to w namiocie nie było jasno; był raczej oświetlony ciepło i przytulnie. Resztę podłogi pokrywał cienki dywan, a w kącie leżało proste posłanie z wełnianych koców. Mój wilczy nos wyczuwał na nich zapach perfum Błazna. W innym kącie leżało trochę ubrań i kilka znaczących przedmiotów. Jednym z nich była bezpióra kogucia korona. Jakoś mnie to nie zaskoczyło. W moim kufrze znajdowały się pióra z wyspy Innych, te, które według mnie pasowałyby do korony. Pewne rzeczy są zbyt ważne, by zostawiać je bez opieki.

Błazen miał skromny zapas jedzenia i jeden garnek; najwyraźniej był pewien naszego przybycia. Wśród jego rzeczy nie dostrzegłem żadnej broni; jedyne noże nadawały się tylko do krojenia. Zastanawiałem się, jaki statek go tu wysadził i dlaczego mój przyjaciel nie wyposażył się lepiej. W jego prowiancie znalazłem słoiczek miodu. Wziąłem go.

Nie było ani kawałka papieru, na którym mógłbym zostawić wiadomość. Chciałem mu tylko powiedzieć, że nie chciałem, by tu przybył i zginął, i że dlatego zrobiłem, co w mojej mocy, by pokrzyżować mu plany. W końcu położyłem kogucią koronę na środku jego posłania. Obracałem prostą drewnianą przepaskę w dłoniach, a w zrobionym z klejnotu oku jednego z kogutów przez chwilę lśniło nikłe światło. Błazen będzie wiedział, że to ja ją tam położyłem i dlaczego to zrobiłem. Nie chciałem, by choć przez chwilę sądził, że usiłowałem ukryć tę wizytę. Wychodząc, zawiązałem troczki klapy na moje węzły.

Młotek niemal zapadł w drzemkę, ale kiedy nalałem herbatę i posłodziłem ją, usiadł i wziął ode mnie kubek. Nie żałowałem miodu. Wypił połowę i ciężko westchnął.

– Tak lepiej.

– Chcesz jeszcze?

Zostałoby niewiele dla mnie, ale nie chciałem stracić żadnej okazji odzyskania jego względów.

– Trochę. Proszę.

Wyczułem, że nieco opuścił bariery.

– Podaj mi kubek. Wiesz co, Młotku? – powiedziałem, nalewając herbatę i słodząc ją. – Brakuje mi naszej przyjaźni. Naprawdę jestem zmęczony tym, że się na mnie gniewasz.

– Ja też – przyznał i wziął ode mnie kubek. – Jest trudniej, niż sądziłem.

– Tak? To dlaczego jesteś na mnie zły?

– Żeby pomóc Pokrzywie być złą na ciebie.

– Aha. – Nie pozwoliłem sobie zatrzymać się nad tym i tylko skomentowałem: – W jej ustach brzmiało to zapewne jak bardzo dobry pomysł.

– Taa – przyznał ze smutkiem.

Powoli skinąłem głową.

– Ale u niej wszystko dobrze, prawda? Nie stała jej się żadna krzywda ani nic jej nie grozi?

– Jest zła. Bo musiała wyjechać z domu. Z powodu tego smoka. To było dla mnie straszne, więc powiedziałem jej, że może przyjechać tutaj, bo my zamierzamy obciąć głowę jakiemuś smokowi. Ale ona powiedziała, żebym się nie martwił, bo jej tata zabije tego smoka. Więc jest bezpieczna.

Zawirowało mi w głowie. A zatem to pewne. Ptak dotarł do Koziej Twierdzy i królowa Ketriken szybko wzięła Pokrzywę pod swoją opiekę. I ktoś, Ketriken albo Brus, powiedział jej, że jest moją córką. To, dlaczego zrobili to teraz albo jakich słów użyli, nagle przestało być ważne. Pokrzywa wie. I jest na mnie zła, ale mimo to znalazła sposób na przekazanie mi wiadomości przez Młotka, że wie, kim jestem i że byłem przekonany, że zrobiłem to, co zrobiłem, by ją chronić. Wszystko, co czułem, jakby stało w sprzeczności ze sobą. Zastanawiałem się, czy Pokrzywa wie o mnie wszystko, czy tylko tyle, że jej ojcem jest ktoś inny, kto swoim pochodzeniem naraża ją na niebezpieczeństwo. Czy ktoś jej wyjaśnił, czym jest jej Moc? Czy wie, że mam Rozumienie? Chciałem jej sam powiedzieć, że jestem jej ojcem, gdybym kiedyś uznał, że musi się o tym dowiedzieć. Czy byłoby to dla niej łatwiejsze czy trudniejsze? Nie wiedziałem. Tylu rzeczy nie wiedziałem i tylu rzeczy ona nie wiedziała o mnie.

I wtedy niczym fala ogarnął mnie inny aspekt tej sytuacji. Jeśli Pokrzywa jest w Koziej Twierdzy i gdyby zechciała otworzyć swój umysł na naszą Moc, to moglibyśmy się komunikować z królową i powiedzieć jej o wszystkim, co się tu dzieje. Przebiegł mnie dziwny dreszcz. Książe Sumienny ma sprawny krąg Mocy.

Młotek wyrwał mnie z zamyślenia, podając mi kubek. Był pusty.

– Jest ci już trochę cieplej? – zapytałem.

– Trochę – przyznał.

– Mnie też – powiedziałem, ale nie miało to nic wspólnego z zimną nocą. Są chwile, w których serce człowieka bije tak mocno i swobodnie, że nie może go dotknąć żaden chłód. Czułem się żywy i dopełniony, czułem, że wszystko, co zrobiłem, miało sens. Młotek znów się skulił na posłaniu, wciąż owinięty moim kocem. Nie miałem nic przeciwko temu.

– Jeżeli dziś w nocy Pokrzywa przyjdzie do twoich snów – zacząłem ostrożnie – to mógłbyś jej powiedzieć... – Że ją kocham. Nie. O wiele za wcześnie na takie słowa, a kiedy je wypowiem, powinna najpierw usłyszeć je ode mnie. Teraz byłyby pustymi dźwiękami od widmowego ojca, którego nigdy nie widziała. Nie. – Mógłbyś jej powiedzieć, żeby dała znać królowej, że wszyscy czujemy się dobrze i że bezpiecznie przybyliśmy na wyspę?

Celowo sformułowałem wiadomość tak ogólnikowo. Nie miałem pewności, czy smoczyca Tintaglia nie podsłuchuje tego, co przekazują sobie Młotek i Pokrzywa.

– Pokrzywa nie lubi królowej. Jest zbyt miła, ma mnóstwo ładnych spódnic dla Pokrzywy, ładnych zapachów i błyszczących rzeczy. Ona nie jest matką Pokrzywy! Ale zmusza ją, by trzymała się blisko niej, i wypuszcza tylko ze strażnikiem. Pokrzywa tego nie cierpi. I ma już dość lekcji, serdeczne dzięki!

Mimo zmartwień uśmiechnąłem się. Nie podobała mi się myśl, że Pokrzywa ściera się z Ketriken, ale uznałem to za rzecz nieuniknioną. Chodziło o słowa Pokrzywy wypowiadane głosem Młotka. Ulgę też sprawiła mi wiadomość, że w tej chwili największym dla niej zagrożeniem jest zbyt wiele spódnic i lekcji. Mimo wszystkich komplikacji, jakie wniesie to do mojego życia, poczułem się niemal głupkowato szczęśliwy.

Młotek szykował się do snu, ale ja chciałem jeszcze trochę pomyśleć. Wyszedłem do dogasającego ogniska, zamykając za sobą klapę namiotu. Wyskrobałem z garnka resztki owsianki i je zjadłem. Jako ostatniemu korzystającemu z garnka przypadło mi umycie go na następny dzień. Wyczyściłem naczynie piaskiem i morską wodą i ani razu nie poczułem chłodu wody ani drapania piasku. Myślami byłem gdzie indziej. Czy Ketriken umieściła ją w mojej dawnej komnacie? Czy moja córka nosi teraz klejnoty i stroje księżniczki? Wlałem sobie do kubka resztę herbaty i wyrzuciłem fusy z czajnika. Kiedy jednak chciałem posłodzić napój, nie mogłem znaleźć w ciemności słoiczka z miodem. Wypiłem więc herbatę taką, jaka była, mocną, gorzką i przepyszną dzięki zmianie, która tego wieczoru zaszła w moim życiu.

ROZDZIAŁ 14

CZARNY CZŁEK

Tak jak krąg Mocy może użyć swych talentów do wpływania na znajdujące się w stanie czuwania umysły innych ludzi i wmówić im, że pewne rzeczy są prawdziwe, tak śniący Mocą stosuje Moc wobec swego własnego śpiącego umysłu, by stworzyć świat, który dla niego jest tak rzeczywisty, jak nasz świat na jawie. Śniący Mocą zwraca Moc niejako przeciwko swoim własnym myślom. Podczas gdy większość z nas nie ma żadnej kontroli nad tym, o czym śnimy nocą, śniący Mocą bardzo rzadko doświadcza przypadkowych snów i może nawet mieć trudności z dostrzeżeniem, jak taki sen mógłby wyglądać albo że inni ludzie śnią w taki właśnie sposób.

Mistrzyni Mocy Troskliwej „Śnienie Mocą"

Spałem dobrze, bez żadnych snów, i obudziłem się, mając w uszach szum fal rozbijających się na plaży. Świt ledwie nastał, ale i gwardziści, i wojownicy hetgurdu już byli na nogach. Ochlapałem twarz w lodowatym strumieniu. Przypływ zakrył wyrzeźbionego smoka, ale skoro już wiedziałem, że on tam jest, czułem go niczym brzęczenie Rozumienia dobywające się spod fal. Zerknąłem ku zakotwiczonym statkom. Chciałem zapytać Sieciarza, co sądzi o smoku, lecz sama ta myśl napełniała mnie poczuciem winy. Nie dotrzymałem słowa; nie zdobyłem się na to, by mnie uczył. Czy miałem prawo prosić go o wykorzystanie jego wiedzy na moją korzyść, skoro sam nie chciałem jej zdobyć? Wiedziałem, jak bym zareagował na takie zachowanie Szybkiego. Ponuro napomniałem się, że dzień trwa określoną ilość czasu, a ostatnio miałem zajętą każdą chwilę.

Sprawdziłem namiot, w którym nadal spał Młotek. Ponieważ jestem tchórzem, postanowiłem dać mu spokój. Podszedłem do ogniska gwardzistów, gdzie właśnie zaczynała wrzeć owsianka. Lotny nie miał dla mnie na razie żadnego zadania. Zerknąłem na zakotwiczone statki, ale nie zauważyłem żadnych oznak życia. Zapewne rozmawiali do późna w nocy. Poszedłem jeszcze raz do kamieniołomu. W dziennym świetle wydało mi się, że pod nagromadzoną deszczówką dostrzegłem kości i wypukłość ludzkiej czaszki, ściany kamieniołomu jednak były strome, a ja nie miałem chęci przyjrzeć się temu bliżej. Cokolwiek tam się stało, wydarzyło się dawno temu. Ważniejsze były moje własne problemy. Podszedłem do miejsca, gdzie swoje namioty rozbili członkowie hetgurdu. Zebrali się na zewnątrz i w pierwszej chwili pomyślałem, że jedzą śniadanie przy kamiennym stole. Kiedy jednak odważyłem się podejść bliżej, uświadomiłem sobie, że się sprzeczają. Przystanąłem, ostentacyjnie drapiąc się i przeciągając ze wzrokiem wpatrzonym w morze. Następnie przyklęknąłem, jakbym poprawiał but, cały czas pilnie słuchając. Narzekali na coś półgłosem, więc trudno było mi ich zrozumieć. Kiedy usłyszałem dość, by uświadomić sobie, że w tradycyjnym miejscu, na tym kamiennym stole, zostawili ofiarę dla Czarnego Człeka, która nie została przyjęta, wstałem i podszedłem bliżej.

Z głupkowatym uśmiechem i jak najsilniejszym akcentem z Królestwa Sześciu Księstw zapytałem ich łamanym językiem, czy wiedzą, kiedy narczeska może zejść na brzeg. Barczysty mężczyzna ze stylizowanym niedźwiedziem na policzku powiedział mi, że zejdzie, kiedy zejdzie. Skinąłem uprzejmie głową, z lekko oszołomioną miną człowieka, który nie jest pewien, co właśnie zostało do niego powiedziane. Następnie skinąłem głową w stronę kamiennego stołu i zapytałem, co jedzą na kolację. Postąpiłem ku niemu trzy kroki, zanim między stół i mnie wkroczyło dwóch mężczyzn, by mnie zatrzymać.

Niedźwiedź wyjaśnił mi, że to nie posiłek, lecz ofiara, i że zapewne powinienem zejść do moich własnych towarzyszy i zjeść z nimi, jako że tu nie trzeba żebraków. Popatrzyłem na niego, powtarzając ustami ruchy jego warg, jakbym zastanawiał się nad jego słowami, po czym uśmiechnąłem się szeroko, życząc im wszystkim miłego wieczoru, i odszedłem. Udało mi się zerknąć na kamienny stół. Znajdował się na nim gliniany garnek, bochenek ciemnego chleba i talerz solonej ryby zanurzonej w oleju. Nie wyglądało to apetycznie i wcale się nie dziwiłem Czarnemu Człekowi, że nie tknął ofiary. Interesował mnie niepokój Zawyspiarzy, okazywany z powodu tego wyraźnego odrzucenia. Z ich słów wynikało, że oczekiwali jakiegoś mieszkańca wyspy, który miał przyjść i po kryjomu zabrać jedzenie. Martwiło ich to, że tak się nie stało. Byli to zaprawieni w bitwach wojownicy, wybrani przez hetgurd ze względu na ich oddanie sprawie. Większość wojowników, z którymi miałem do czynienia, do spraw religii i przesądów podchodziła pragmatycznie. Mogli rzucać „na szczęście" solą, lecz tylko nieliczni przejmowali się takimi znakami, jak porwanie jej przez wiatr. Według mnie ci mężczyźni spodziewali się, że Czarny Człek przyjmie ich dary i w ten sposób da znak, że pozwala im na pobyt. Nie zrobił tego, co zaniepokoiło Zawyspiarzy. Zastanawiałem się, jaki to wywrze wpływ na ich postawę wobec naszego zadania.

Wracając do namiotu, uznałem, że to ich przekonanie wskazywało, że w przeszłości ktoś lub coś przyjmował takie ofiary. Czy na tej wyspie ktoś mieszka, czy może jedzenie zabierało raczej jakieś stworzenie jak ten rabuszczur, z którym chciał się zaprzyjaźnić Szybki?

Młotek nie spał. Tego dnia wydawał się nastawiony do mnie odrobinkę lepiej i przyjął moją pomoc przy ubieraniu się w ciepłe rzeczy. Miał atak kaszlu, po którym stracił oddech i zaczerwieniły mu się policzki. Martwiło mnie to bardziej, niż dawałem po sobie poznać. Uporczywy kaszel potrafi powalić rosłego wojownika, a Młotek nie był ani duży, ani krzepki. Walczył z tą chorobą płuc zbyt długo, a teraz czekało go mieszkanie w przewiewnym namiocie podczas chłodnej wiosny. Jednakże idąc do ogniska po naszą porcję gorącej owsianki i herbaty, nic mu nie mówiłem o moich zmartwieniach.

Rebus i pozostali gwardziści byli w wisielczym humorze ludzi stojących przed trudnym i może nieprzyjemnym zadaniem. Przerzucali się prostackimi żartami, narzekali na jedzenie i robili lekceważące uwagi o naszych „niańkach" z hetgurdu. Lotny siedział nieco z dala od nas i kiedy skończyliśmy jeść, znalazł każdemu jakieś zajęcie. Przyjął, że moje obowiązki wobec korony to opieka nad Młotkiem, i nie przydzielił mi już innych zadań. Wziąłem więc małego człowieczka na spacer. Nic nie mówił o kamieniołomie czy lodowatym strumieniu, nie miał żadnych uwag o przysiadłym nad nami błękitnym lodowcu. Kiedy jednak celowo powiodłem go wzdłuż plaży, obok zatopionego smoka, pokręcił głową i oznajmił uroczyście:

– To nie jest dobre miejsce. – Rozejrzał się powoli i dodał: – Działy się tu złe rzeczy. I czuję, jakby działo się tak teraz.

Chciałem wybadać, co miał na myśli, wypowiadając tę uwagę, lecz wtedy Młotek pokazał ręką statki.

– Płyną! – zawołał i miał rację.

Do brzegu zmierzały małe łódki, pełne pasażerów. Staliśmy i patrzyliśmy. W jednej znajdowali się Peottre, Krwawooki i narczeska. W drugiej Cierń, książę, Uprzejmy, jego kot i Sieciarz. Ostatnia wiozła Błazna, Szybkiego i Małża. Małż wyglądał na bardzo zadowolonego; wyjaśniał coś, zamaszyście gestykulując, a Szybki uśmiechał się szeroko i wyraźnie świetnie się bawił. Westchnąłem cicho i uśmiechnąłem się do siebie. Jak szybko mój Błazen zdobył ich swoim urokiem. Żałowałem, że się pojawił; bałem się przepowiedni dotyczących jego osoby. Zarazem jednak nie mogłem zaprzeczyć, że cieszę się z jego obecności. Tęskniłem za nim.

Kiedy łodzie dotarły na brzeg, czekaliśmy na nie już nie tylko ja i Młotek. Łódź Peottrego wyciągnęli poza zasięg fal Rebus i jeden z pozostałych gwardzistów. Lotny i ja zrobiliśmy to samo z łodzią księcia, a potem Błazna. Wysiadł bez jednego spojrzenia, którym by okazał, że mnie zna. Kiedy wszyscy stali już na piasku, wojownicy hetgurdu otoczyli Arkona Krwawookiego. Nie usiłowali ściszać głosów, tłumacząc mu, że Czarny Człek nie przyjął ich ofiary. W świetle tego proponowali, byśmy wszyscy uznali, że nasza misja jest dla niego wielce obraźliwa. Narczeska powinna zmienić zdanie i zwolnić księcia z jego zadania.

„Wiedziałem, że są zdenerwowani. Nie zdawałem sobie sprawy, że to dla nich takie ważne" – dodałem po przekazaniu Mocą Cierniowi i księciu wiadomości o tym, co się rano wydarzyło przy kamiennym stole. Żaden z nich nie spojrzał na mnie. Czekali, stojąc z dala od dyskusji toczącej się wokół Krwawookiego i Peottrego. Narczeska odłączyła się od mężczyzn i patrzyła na wodę. Wyglądała jak wyrzeźbiona z kamienia, a jej twarz zastygła w wyrazie determinacji i rezygnacji.

Dyskusja nad Czarnym Człekiem trwała dalej, ale moją uwagę odwrócił od niej Błazen. Podszedł bliżej, rozmawiając przyjaźnie z Małżem i Szybkim. Czarne i białe warstwy jego stroju tak przypominały mi go z czasów, gdy był trefnisiem króla Roztropnego, że ścisnęło mi się gardło. Raz zerknął w moim kierunku, błysnąwszy bursztynowymi oczyma, a potem jego uwagę przyciągnęła rozmowa przedstawicieli hetgurdu z Peottrem i Krwawookim. Zupełnie jakbym widział psa myśliwskiego, który chwycił trop. Skupił się na Zawyspiarzach i podszedł bliżej, nie zważając na to, czy zostanie to uznane za nietakt.

Rozmowa zmieniła się w sprzeczkę i zawyspiarski, którym się posługiwali, stał się tak szybki i gardłowy od gniewu, że ledwie go rozumiałem. Peottre odstąpił do tyłu i skrzyżował ręce na piersi. Odwrócił głowę, by nie patrzeć na pobratymców, ale jednocześnie głośno zamknął dłoń na pochwie miecza. Nie takiego gestu użyto by w Królestwie Sześciu Księstw, ale jego znaczenie i tak było dla mnie jasne. Jeśli ktokolwiek chciałby się dalej z nim spierać, to będzie musiał to zrobić z bronią w ręce. Przedstawiciele hetgurdu odwrócili od niego wzrok, wyraźnie odrzucając wyzwanie, a następnie zamknęli się kręgiem wokół Krwawookiego, który rozłożył ręce w geście bezradności, a potem machnął jedną z nich w stronę córki i wzruszył ramionami, jakby chciał powiedzieć, że żaden mężczyzna nie zrozumie postępowania kobiet. To najwyraźniej zakończyło sprawę.

Przedstawiciel hetgurdu z tatuażem niedźwiedzia odłączył się od pozostałych i podszedł do narczeski. Nie patrzyła na niego, lecz jestem pewien, że wiedziała o jego obecności. Patrzyła w dal, na horyzont. Omiatał ją wiatr, poruszając rąbkiem niebieskiego płaszcza z kapturem i haftowanych spódnic. Unosił je na tyle wysoko, by widać było jej buty z foczej skóry i wpuszczone do nich wełniane nogawki. Narczeska ignorowała poczynania wiatru z taką samą swobodą, z jaką ignorowała czekającego Niedźwiedzia. Odchrząknął, ale musiał przemówić, by narczeska się do niego odwróciła.

– Narczesko Ellianio, chciałbym z tobą porozmawiać.

Nawet kiedy się odwróciła, by na niego spojrzeć, jej wzrok był jedynym dowodem, że zauważyła wojownika. Przyjął to jako zezwolenie na odezwanie się do niej. Przemówił wyraźnie i oficjalnie i myślę, że chciał, by wszyscy usłyszeli i zrozumieli jego słowa.

Przybliżył się do nich dwojga Puchacz, zapewne po to, by ich rozmowę zachować w pamięci. Bardowie nie szanują prywatności.

– Jestem pewien, że słyszałaś, o czym mówiliśmy. Powiem to jednak wyraźnie. Zeszłej nocy zostawiliśmy ofiarę dla Czarnego Człeka, co jest zwyczajem wszystkich odwiedzających to miejsce bez względu na powód odwiedzin. Tego ranka ofiara pozostała na kamiennym stole nietknięta. Od dawna się mówi, że nikt nie może kupić sobie darami aprobaty Czarnego Człeka, ale kiedy on je przyjmuje, to pozwala ofiarodawcy ryzykować tu swoje życie. Tego ranka dowiedzieliśmy się, że nie zgodził się nawet na to. Narczesko, przybyliśmy tu z tobą, wiedząc, że wyzwanie, jakie postawiłaś przed swoim zalotnikiem, jest nieodpowiednie. Nie posłuchałaś nas. Zechcesz teraz zwrócić uwagę na to, co dał nam do zrozumienia sam Czarny Człek? Nie jesteśmy tu mile widziani. Wielu z nas spodziewało się, że będzie na ciebie zły. Nie przypuszczaliśmy, że nie udzieli zezwolenia nawet tym, którzy mają dopilnować, by twoje wyzwanie rzucone smokowi było uczciwe. Narażasz na niebezpieczeństwo nie tylko swego męża i siebie, ale wszystkich, którzy tu przybyli. A gdybyś osiągnęła swój cel, boimy się teraz, że niezadowolenie bogów spadnie nie tylko na ciebie, ale na wszystkich, którzy będą świadkami tego czynu.

Zobaczyłem, że zamrugała i może nieco się zarumieniła. O tym, że wysłuchała Niedźwiedzia, świadczył tylko jej bezruch, kiedy się wpatrywała w dal.

– Wycofaj wyzwanie, narczesko – ciągnął Zawyspiarz ciszej, lecz jego słowa wciąż niosły się wyraźnie. – Zastąp je, jeśli chcesz, czymś odpowiedniejszym. Zażądaj od męża harpuna na wieloryby albo zębów niedźwiedzia, zabitego tylko przez niego. Wystaw go do walki z jakimkolwiek stworzeniem, na które mężczyzna może słusznie polować, lecz pozwól nam opuścić tę wyspę i smoka, którego chroni. Lodognia nie powinien zabijać człowiek, narczesko. Nawet z miłości do ciebie.

Aż do jego ostatnich słów sądziłem, że ją przekona. Zostały jednak wypowiedziane z taką pogardą, że nawet ja poczułem jej ukłucie.

– Moje wyzwanie zachowuje swoją moc – odezwała się narczeska, patrząc przed siebie. Po chwili jednak odwróciła się do Sumiennego i dodała: – Bo tak musi być. Z powodu honoru klanu Narwala.

Ostatnie słowa wypowiedziała tak, jakby to były przeprosiny, jakby ich żałowała, ale i tak musiała je wypowiedzieć. Sumienny powoli skinął głową, przyjmując wyzwanie i stwierdzenie narczeski, że nie może go wycofać. Był to akt wiary między nimi i wtedy dostrzegłem to, co Cierń chyba wiedział już od pewnego czasu – że gdyby tych dwoje nauczyło się chodzić w zaprzęgu, stanowiliby potężną parę.

Niedźwiedź zacisnął opuszczone pięści i wysunął szczękę. Puchacz kiwnął gwałtownie głową, jakby ten gest miał pomóc w zapamiętaniu tej chwili.

Narczeska odwróciła się do Peottrego.

– Czy nie powinniśmy się przygotowywać do wymarszu? – zapytała. – Do miejsca, gdzie smok znajduje się pod lodem, podobno prowadzi długa i uciążliwa droga.

Peottre skinął poważnie głową.

– Kiedy tylko pożegnamy się z twoim ojcem.

Dla mnie zabrzmiało to jak odprawa, lecz Arkon Krwawooki nie wydawał się obrażony. Sprawiał wrażenie, że mu ulżyło.

– Musimy wyruszyć z tym przypływem – zgodził się.

– Zaświadczcie! – krzyknął gniewnie Niedźwiedź. Wszyscy odwrócili się do niego. – Zaświadczcie, że jeśli tu zginiemy, my, którzy przybyliśmy tu na prośbę hetgurdu, zaświadczcie, że jeśli tu zginiemy, to klan Narwala i klan Dzika będzie winien domom naszych matek główczyznę. Nie jesteśmy tu bowiem z własnego wyboru ani nie chcemy tej zwady. Jeśli spadnie na nas niezadowolenie bogów, to niech nasze rodziny nie wołają o sprawiedliwość na próżno.

Po jego słowach zapadła cisza.

– Zaświadczam – zgodził się po chwili szorstko Peottre.

– Zaświadczam – powtórzył po nim Arkon Krwawooki.

Był to nieznany mi zawyspiarski zwyczaj. Cierń wyczuwał moją dezorientację.

„Związał ich obu" – przesłał mi z niepokojem. „Jeśli nasze działania sprowadzą jakąkolwiek hańbę lub nieszczęście, spadną one na klany Dzika i Narwala. Niedźwiedź wezwał wszystkich obecnych, by to poświadczyli".

Wydawało mi się że Niedźwiedź jest niemal skonsternowany łatwością, z jaką Peottre i Krwawooki przyjęli jego warunek. Kilka razy zacisnął pięści, lecz kiedy nikt nie raczył tego zauważyć, odwrócił się i odszedł. Puchacz ruszył za nim. Podejrzewałem, że spodziewali się wyzwania, które mogliby przyjąć mieczami lub pięściami i że zgoda Peottrego i Krwawookiego faktycznie zmusiła go i jego towarzyszy z hetgurdu do kontynuowania ich misji.

Następnie zaczęło się oficjalne żegnanie ojca narczeski. Wzięli w nim udział przedstawiciele hetgurdu, Cierń, książę, Peottre i Elliania. Reszta z nas stała obok jako nieoficjalni świadkowie. Młotek chodził bez celu po plaży, przewracając kamienie i szturchając odkryte w ten sposób maleńkie kraby. Udając, że chcę go mieć na oku, coraz bardziej zbliżałem się do Błazna. Chyba zdawał sobie sprawę z moich wysiłków, bo oddalił się nieco od Szybkiego i Małża. Kiedy znalazłem się w zasięgu jego słuchu, odezwałem się cicho:

– No tak. Wbrew moim wszelkim wysiłkom udało ci się tu dostać. Jak tego dokonałeś?

Jesteśmy równego wzrostu, ale i tak jakoś zdołał spojrzeć na mnie chłodno z góry. Twarz miał spokojną, co świadczyło o jego wielkim gniewie. Myślałem, że się do mnie nie odezwie.

– Przyleciałem – rzekł zimno.

Stał, nie patrząc na mnie, i spokojnie oddychał. Poczułem się nieco ośmielony faktem, że nie odszedł, ale zastanawiałem się, czy może nie zrobił tego tylko dlatego, by nie ściągać na nas uwagi. Zignorowałem jego szyderczą odpowiedź.

– Jak możesz być na mnie zły? Wiesz, dlaczego to zrobiłem. Powiedziałeś, że jeśli przybędziesz na wyspę, to na niej zginiesz. Postarałem się więc, byś tu nie dotarł.

Milczał przez chwilę. Obaj patrzyliśmy, jak Arkon Krwawooki odbija od brzegu. Dwaj z jego wojowników ujęli wiosła i naparli na nie ochoczo. Ich miny świadczyły, że z radością opuszczają wyspę. Błazen zerknął na mnie z ukosa. Oczy pociemniały mu do koloru mocnej herbaty w kielichu. Pozbawiona pudru i makijażu, jego gładka twarz była złocistobrązowa.

– Powinieneś uszanować moją wiedzę na temat tego, co muszę zrobić – skarcił mnie.

– Gdybyś wiedział, że idę na spotkanie ze śmiercią, nie próbowałbyś mnie powstrzymać?

To było niewłaściwe pytanie i uświadomiłem to sobie niemal w chwili, gdy je zadałem. Patrząc na statek w zatoce, na którym żeglarze pracowali przy łańcuchu kotwicznym i żaglach, Błazen odezwał się cicho, ledwie poruszając ustami:

– Przeciwnie. Wiele razy wiedziałem, że wiara lub twój własny upór narażą cię na niebezpieczeństwo utraty życia, ale zawsze szanowałem twoje decyzje.

Odwrócił się i powoli odszedł ode mnie. Szybki posłał mi dziwne spojrzenie, po czym pośpieszył za Błaznem. Zauważyłem, że Uprzejmy patrzy za nimi z niesmakiem. Usłyszałem zgrzyt kroków na kamykach plaży; kiedy się odwróciłem, zobaczyłem Sieciarza. Trudno mi było spojrzeć mu w oczy. Wciąż czułem się dziwnie winny, jakbym go obraził, nie korzystając z jego propozycji nauki. Jeśli odczuwał coś takiego, dobrze to ukrywał. Wskazał na Błazna szybkim ruchem podbródka.

– Znasz go, prawda?

– Oczywiście. – Pytanie zaskoczyło mnie. – To pan Złocisty z Koziej Twierdzy. Nie rozpoznałeś go?

– Nie. Nie od razu. Słabe podobieństwo dostrzegłem dopiero wtedy, gdy pan Cierń nazwał go „panem Złocistym". Ale nawet kiedy powiedziano mi, jak się nazywa, odniosłem wrażenie, że tak naprawdę wcale go nie znam. Mimo to sądzę, że ty go znasz. To dziwna istota. Wyczuwasz go?

Wiedziałem, co ma na myśli. Mój zmysł Rozumienia zawsze pozostawał całkowicie obojętny na Błazna.

– Nie. On nie ma też zapachu.

– Ach.

Nie powiedział nic więcej, lecz podejrzewałem, że dałem mu wiele do myślenia.

Spojrzałem na moje stopy na gruboziarnistym piasku.

– Sieciarzu. Przepraszam. Wciąż zamierzam znaleźć czas dla ciebie, ale jakoś nigdy mi się to nie udaje. Nie chodzi o to, że nie jestem zainteresowany albo że gardzę tym, czego możesz mnie nauczyć. Po prostu wydaje się, że między mnie i to, co chciałbym robić, wchodzi tyle innych rzeczy.

– Jak teraz – odparł z uśmiechem. Uniósł brwi i spojrzał na Młotka. Mały człowieczek przykucnął przy przewróconym przez siebie kawałku drewna, które wyrzuciło morze. Pchły piaskowe i małe kraby tak pochłaniały uwagę Młotka, że nie zważał na fale, które niemal lizały mu stopy. Pomyślałem, że jeśli szybko czegoś nie zrobię, będzie miał wilgotne buty i będzie nieszczęśliwy przez resztę dnia. Wymieniłem pełne zrozumienia spojrzenie z Sieciarzem i pośpieszyłem na plażę do mojego podopiecznego.

Jeszcze zanim statek zniknął nam z oczu, Lotny już wydawał swoim ludziom rozkazy. Ze swobodną precyzją weterana polecił im podzielić nasze zapasy na odpowiednie pakunki. Sądząc po ich liczbie, wyraźnie się spodziewał, że w przenoszeniu tych dóbr do następnego obozowiska będą brać udział wszyscy. Młotek przestał myszkować po plaży i siedział teraz smutny w wejściu do naszego namiotu, z kocem udrapowanym na ramionach. Dzień nie był aż tak zimny. Pomyślałem z niepokojem, że może znów zaczyna płonąć z gorączki. Poszedłem porozmawiać z Lotnym.

– Jak daleko mamy dzisiaj zajść?

Ruchem głowy wskazałem Młotka, wyjaśniając dowódcy moje obawy.

Lotny powędrował wzrokiem za moim gestem i zmarszczył brwi, zatroskany.

– Powiedziano mi, że do smoka uwięzionego w lodzie idzie się trzy dni. Sam jednak przecież na pewno wiesz, że takie miary odległości nic nie znaczą. Jednodniowa wyprawa dla wytrawnego podróżnika z lekkim bagażem może się okazać trzydniową wędrówką dla dworaka z pełnym obciążeniem. – Podniósł uważny wzrok na czyste niebo, a potem na lodowe szczyty wyspy. – To nie będzie przyjemna podróż dla nikogo z nas – zawyrokował. – Kiedy przecina się lodowiec, zawsze jest zima.

Podziękowałem mu i odszedłem. Inni zaczęli składać namioty, ale Młotek nie ruszył się z naszego. Starałem się zrobić przyjemną minę, ale na myśl o czekającym mnie zadaniu ściskało mi się serce. Jeśli znienawidził mnie za wsadzenie go na statek, to co będzie do mnie czuł, kiedy zawlokę go na wyprawę po lodowcu?

– Czas się pakować, Młotku – poinformowałem go radośnie.

– Dlaczego?

– No, jeśli mamy zabić smoka, to musimy do niego pójść.

– Ja nie chcę zabijać smoka.

– Właściwie to nie my go zabijemy. To będzie zadanie księcia. My będziemy mu tylko pomagać.

– Ja nie chcę iiiść.

Przeciągnął to słowo żałośnie, jednak ku mojej uldze wstał i wyszedł przed namiot, jakby się spodziewał, że zaraz go złożę.

– Wiem, Młotku. Ja też nie chcę iść na wyprawę przez ten śnieg i lód. Ale musimy to zrobić. Jesteśmy ludźmi króla i właśnie takie jest nasze zadanie. A teraz, zanim złożymy namiot, obaj musimy się cieplej ubrać. Dobrze?

– Nie mamy króla.

– Królem będzie kiedyś książę Sumienny. A kiedy tak się stanie, wciąż będziemy należeć do niego. Cały czas jesteśmy więc ludźmi króla. Jeśli jednak wolisz, możesz mówić, że jesteś człowiekiem księcia.

– Nie lubię śniegu i lodu.

Wrócił niechętnie do namiotu i rozejrzał się bezradnie.

– Wyjmę twoje rzeczy – obiecałem i wziąłem się do pracy.

Pełniłem wiele funkcji w moim życiu i służenie jako pokojowiec półgłówka nie uderzało mnie już jako coś dziwnego. Wyłożyłem jego ubrania, a potem go w nie wepchnąłem. Było to jak ubieranie dużego dziecka. Narzekał, że rękawy podciągnęły mu się pod drugą koszulę, którą na niego włożyłem, a potem jego buty okazały się za ciasne z powodu dodatkowych skarpet. Kiedy go ubrałem, sam byłem spocony i zadyszany. Wysłałem Młotka na zewnątrz z ostrzeżeniem, by trzymał się z dala od wody, a potem włożyłem na siebie jeszcze jedną warstwę ubrań i przepakowałem nasze rzeczy.

Musiałem się uśmiechnąć, kiedy zdałem sobie sprawę, że boję się tej wyprawy z powodu zimna, od którego zawsze bolały mnie blizny. Przypomniałem sobie, że dzięki niedawnemu uzdrowieniu Mocą nie mam już blizn; a przynajmniej nie tych, które, sięgając kości i mięśni, głęboko wkręcały się we mnie bólem. Zostały one zastąpione udającymi je śladami na skórze. Poruszyłem ramionami, udowadniając sobie, że głęboka blizna na plecach już nie ciągnie. Było to miłe uczucie i kiedy wyciągałem nasze spakowane rzeczy z namiotu, a potem składałem sam namiot, wciąż się uśmiechałem.

Przeniosłem bagaże do miejsca, gdzie Lotny nadzorował rozdzielanie pakunków. Wciąż stał tam niewielki namiot. Dowódca postanowił zostawić na plaży zapas żywności i zastanawiał się z Cierniem, czy do jego pilnowania powinien zostawić jednego czy dwóch ludzi.

Cierń chciał zostawić tylko jednego, by mieć ze sobą większy oddział. Lotny uprzejmie, lecz uparcie domagał się dwóch.

– Bo ta wyspa budzi niepokój, panie. A obaj wiemy, że gwardziści są zabobonni. Wojownicy hetgurdu opowiadają o Czarnym Człeku i teraz moi właśni ludzie zaczynają przebąkiwać, że owszem, zeszłej nocy być może widzieli jakiś tajemniczy cień, czający się na obrzeżu obozu. Samotny człowiek padłby ofiarą takich myśli. Dwóch będzie grało w kości, rozmawiało i lepiej pilnowało naszych zapasów.

W końcu Lotny wygrał i Cierń zgodził się zostawić dwóch ludzi. Zapasów mieli pilnować Ostrożny i Wycisk. Kiedy zostało to już ustalone, Cierń zwrócił się do mnie z pytaniem:

– Czy człowiek księcia Młotek jest gotowy do drogi, Borsuczowłosy?

– Lepiej go przygotować nie potrafię, panie Cierniu. „Ale nie jest z tego zadowolony".

– „Czy jest zadowolony ktokolwiek z nas?". Doskonale. Mam kilka dodatkowych rzeczy, których będziemy potrzebować, gdy dotrzemy do smoka. Lotny podzielił je, by łatwiej było je nieść.

– Wedle twojej woli, panie.

Skłoniłem się mu, a on pośpiesznie się oddalił. Lotny podał mi baryłkę wybuchowego proszku Ciernia, którą miałem dołączyć do mego pakunku. Jęknąłem w duchu, bo okazała się cięższa, niż oczekiwałem. Zabieraliśmy ze sobą tylko dwie. Tę drugą powierzono Rebusowi. Reszta miała zostać z zapasami żywności.

Jeden człowiek byłby gotów do wyruszenia wkrótce po odpłynięciu statku Krwawookiego. Kiedy jednak przygotowuje się do wyruszenia w drogę grupa ludzi, to jest to zupełnie inna historia. Zanim wszyscy się spakowaliśmy i zebraliśmy, nastało południe. Zauważyłem, że Błazen złożył swój wymyślny namiot szybko i bez niczyjej pomocy. Z czegokolwiek był zrobiony, dawał się złożyć w zdumiewająco mały pakunek. Sam go sobie zarzucił na ramiona; powinno to mnie zaskoczyć, ale zawsze wiedziałem, że Błazen jest o wiele silniejszy, niż pozwalała przypuszczać jego drobna postura. Poruszał się wśród nas, lecz nie należał do żadnej z grup. Przedstawiciele hetgurdu traktowali go z rezerwą, jaką wielu wojowników żywi wobec dotkniętych przez boga. Nie gardzili nim, lecz uważali, że mądrzej jest ani go nie zauważać, ani nie być zauważanym przez niego. Pozostali gwardziści najwyraźniej uważali, że to nie ich interes, a już na pewno nie chcieli pomagać mu w niesieniu bagaży czy służyć w jakikolwiek inny sposób. Małż obserwował go ciekawie z dala, wyczuwając jakąś historię, lecz jeszcze nie na tyle silnie, by dać się jej wciągnąć. Tylko Szybki sprawiał wrażenie bez reszty zafascynowanego Błaznem. Upuścił własny pakunek na ziemię i przysiadł na nim, paplając bez przerwy. Błazen zawsze wysławiał się błyskotliwie i wydawało się, że ochoczy śmiech Szybkiego karmi jego dowcip. Sieciarz patrzył na nich obu z wyrazem aprobaty na twarzy. Dopiero wtedy uświadomiłem sobie, że Szybki po raz pierwszy okazuje komukolwiek życzliwość bez przymusu. Zastanawiałem się, w jaki sposób Błazen przełamał jego rezerwę, a zarazem widziałem, że Uprzejmy patrzy na nich z niesmakiem. Kiedy podniósł wzrok i napotkał moje spojrzenie, odwrócił oczy, ale wyczuwałem jego niepokój, wrzący tuż pod powierzchnią spokoju. Chciałem znaleźć jakiś sposób na zamienienie z nim kilku słów i uspokojenie jego obaw. Wyraźnie przypomniał sobie pierwsze wrażenie, jakie zrobił na nim pan Złocisty, kiedy gościliśmy u niego w domu. Łatwo było odczytać jego troskę – myślał, że Błazen przygotowuje się do uwiedzenia chłopca. Chciałem podjąć jakieś działanie, zanim Uprzejmy komuś o tym wspomni, ponieważ podejrzewałem, że Zawyspiarze będą mieli o wiele mniej tolerancyjne podejście do takiego zachowania, nie bacząc na to, że przejawia je ktoś dotknięty przez boga.

Lotny dał każdemu okuty metalem kij; nigdy nie przyszłoby mi do głowy, by spakować coś takiego. Kiedy Cierń wezwał nas wszystkich, byśmy przed opuszczeniem plaży wysłuchali Peottrego, okazało się, że kije zawdzięczamy jemu.

I on, i narczeska byli tak samo obciążeni, jak każdy z nas. Elliania czekała obok trzech par sań, także dostarczonych przez Czarnowodego, na które załadowano sporą częścią naszych zapasów. Długi płaszcz miała uszyty ze śnieżnobiałych lisów. Na głowę włożyła jaskrawą czapeczkę, utkaną z wielobarwnych nici, pod którą schowała swe wspaniałe, czarne włosy. Jej luźne, futrzane buty z jeleniej skóry miały podeszwy z oskrobanej z sierści skóry morsa, a skórzane rzemienie oplatały je aż do kolan narczeski. Gdyby nie poważna mina, można by ją wziąć za zimową pannę młodą. Podszedł do niej ciężkim krokiem Peottre, jeszcze bardziej zwalisty w futrze z czarnego wilka i spodniach z niedźwiedziego futra. Wyglądał jak jakiś zmiennokształtny z bajki o zwierzętach, i to bardziej niż którykolwiek ze znanych mi Rozumiejących. Liczne warstwy ubrań powiększyły go do niemal śmiesznych rozmiarów, ale kiedy przemówił, wszyscy słuchali go z powagą, chcąc uchwycić każde słowo.

– Wiem, gdzie śpi smok – oznajmił. – Byłem tam już dwa razy. Mimo to trudno mi będzie was tam zaprowadzić. To, że wiem, gdzie coś jest na lodowcu, nie oznacza, że znam do tego miejsca drogę. Lodowce to nie kamienie i ziemia, które są takie same rok po roku, a ten, przez który będziemy szli, jest jednym z najbardziej niespokojnych na świecie. Lodowce wędrują we śnie, a czasami budzą się z jękiem, ziewając szerokimi szczelinami. Potem znów zasypiają, a pędzony wiatrem śnieg zakrywa zionące szczeliny i dostrzegają je tylko najostrożniejsi wędrowcy. Wpadnięcie do takiej szczeliny niewiele się różni od połknięcia przez śnieżnego demona. Człowiek spada w ciemność i to jest jego koniec. Będziemy go opłakiwać, lecz pójdziemy dalej.

Przy tych słowach powoli wodził po nas wzrokiem, a ja nie byłem jedyny, którego przeszedł dreszcz.

– Idźcie za mną – ciągnął Peottre. – I to dokładnie po moich śladach. I nawet wtedy nie dowierzajcie lodowi pod wami. Kiedy zapuścimy się na lodowiec, badajcie grunt przed każdym krokiem. Jeden, dwóch, trzech ludzi przejdzie bezpiecznie tuż przed wami, a potem skorupa może was zdradzić. Zanim postawicie krok, badajcie grunt przed sobą kijem. Zmęczycie się tym. Przestańcie jednak to robić tylko wtedy, kiedy także zmęczycie się życiem. – Znów powiódł po nas taksującym spojrzeniem. Kiwnął głową. – Chodźcie za mną.

I już bez dalszych ceregieli odwrócił się i poprowadził nas wzdłuż plaży. Narczeska ustawiła się tuż za nim. Za nią szedł książę, a potem Cierń. Następne miejsce zajął pan Złocisty i nikt mu się nie sprzeciwił. Dalej szli członkowie kręgu Rozumiejących, którym powierzono jedne sanie, świadkowie wysłani przez hetgurd, a na końcu Lotny z Heroldem, ciągnący drugie sanie, i Zręczny oraz Rebus z trzecimi saniami. Ja szedłem przedostatni, poprzedzając Młotka, który stąpał ciężkim krokiem. Przełożyłem część jego bagażu do mojego pakunku, ale zostawiłem mu dość ciężaru, by nie urazić jego dumy.

Wkrótce tego pożałowałem i przysiągłem sobie, że następnego ranka będzie szedł bez obciążenia. Nawet w najlepszych warunkach jego krótkie nogi i duży brzuch utrudniałyby mu tę wędrówkę. Obciążony pakunkiem i nękany dokuczliwym kaszlem, po prostu nie mógł utrzymać tempa narzuconego przez Peottrego. Kiedy dotarliśmy do krawędzi lodowca, między nami i resztą grupy zrobił się odstęp. Rozpoczęło się skrupulatne badanie gruntu przed każdym krokiem i pomyślałem, że to na tyle spowolni pozostałych, że ich dogonimy. Nie wziąłem pod uwagę tego, że Młotek wziął sobie przestrogi Peottrego głęboko do serca. Kłuł lód przed sobą za każdym krokiem, jakby przebijał rybę. Wkrótce zadyszał się z wysiłku, lecz stanowczo odrzucał moje propozycje, że będę badał grunt za nas obu.

– Nie chcę, żeby mnie połknął lodowy demon – stwierdził chmurnie.

„Widzisz naszą ścieżkę?" – przesłał mi pytanie Mocą Sumienny.

„Bardzo wyraźnie. Nie przejmujcie się nami. Jeśli zechcemy, byście na nas poczekali, dam ci znać. Przez to badanie gruntu Młotkowi przynajmniej jest ciepło".

„Za ciepło. Za dużo roboty!" – poskarżył się Młotek.

– Tylko stukaj tym kijem. Nie musisz go wbijać w lód.

– Owszem, muszę – zaprzeczył Młotek.

Uznałem, że słowa nic nie zdziałają, i pozwoliłem mu robić, co chce, chociaż wleczenie się przed nim w tempie dopasowanym do jego możliwości wystawiało moją cierpliwość na próbę. Nudziło mnie to i dawało zbyt dużo czasu na zastanawianie się nad naszą sytuacją. Nie podobał mi się rozwój wypadków, chociaż nie potrafiłem powiedzieć, co właściwie mnie niepokoi. Może chodziło o to, co powiedział Młotek: działy się tu kiedyś złe rzeczy i miało się wrażenie, jakby działo się tak teraz.

Wiatr stale wiał, lecz błękitne niebo było bezchmurne. Co pewien czas widziałem wystające ze śniegu stare tyczki, niektóre z przywiązanymi kawałkami kolorowego materiału. Uznałem, że wyznaczają ścieżkę, po której szedł Peottre. Często się zatrzymywał, by wyprostować przechyloną tyczkę albo przywiązać świeżą szmatkę. Mimo to grupa szła szybciej ode mnie i Młotka. Patrzyłem, jak oddala się od nas i robi się coraz mniejsza, aż w końcu ludzie zmniejszyli się do rozmiarów kukiełek, wykonujących gęsiego na lodowym polu jakiś dziwny, szturchający taniec. Nasze cienie powoli się wydłużyły, kładąc się bladym błękitem na skrystalizowanym śniegu i lodzie. Powierzchnia, po której szliśmy, nie sprawiała na mnie wrażenia ani prawdziwego lodu, ani prawdziwego śniegu. Na wierzchu była cienka warstwa prawdziwego śniegu, lecz pod nią tkwiły zbite igiełki lodu, a my szliśmy po ich czubkach.

W pewnym momencie uświadomiłem sobie, że postanowiłem znaleźć czas tego wieczoru na rozmowę z Błaznem – nieważne, co kto mógłby sobie o tym pomyśleć. I niemal zaraz poczułem cienkie pasmo Mocy, wysłanej przez Ciernia.

„Wciąż jesteś mój, chłopcze?" – zapytał mnie cicho.

Powinien być dumny z odpowiedzi, jakiej mu udzieliłem. Jestem pewien, że w tak krótkim czasie nie potrafiłby wymyślić lepszej.

„Tak samo, jak zawsze" – odparłem.

Poczułem w umyśle jego ponury chichot.

„Ach. Cóż, przynajmniej mnie nie okłamujesz. Co ci powiedział?".

„Błazen?".

„A któżby inny?".

„Rozmawialiśmy tylko o tym, dlaczego starałem się zostawić go w Koziej Twierdzy. Powiedziałem, że chodziło o ocalenie mu życia. Jeśli dobrze zrozumiałem, według niego nie był to wystarczający powód".

„Zapewne myślał, że to ja cię do tego namówiłem, by trzymać go z dala od smoka, dopóki nie zostanie wydobyty na powierzchnię i pozbawiony głowy". Przerwał na chwilę. „Narczeska idzie i płacze. Nie odwraca się do nas, by nie pokazać łez na policzkach, ale ja to słyszę po jej oddechu. Dwa razy wycierała twarz rękawicą, a potem głośno mówiła, jak to oczy jej łzawią od odbijającego się od lodu światła. Przemyśl to razem ze mną, Bastardzie. Dlaczego miałaby płakać?".

„Nie wiem. Wędrówka jest mozolna, ale narczeska nie sprawiła na mnie wrażenia kobiety, która płacze z powodu wysiłku. Może boi się dezaprobaty Czarnego Człeka albo tego, że ściągnęła na swoją rodzinę i rodzinę ojca niezadowolenie hetgurdu, ponieważ...".

„Cicho!". Moje myśli przeciął strumień Mocy rozzłoszczonego Młotka. „Jest smutna, więc płacze. A teraz przestańcie hałasować i słuchajcie! Słuchajcie i przestańcie przeszkadzać muzyce!".

Razem z Cierniem natychmiast stłumiliśmy nasze myśli. Obaj byliśmy przekonani, że nasze przekazy Mocą są ciche i ściśle ukierunkowane. Byłem pewien, że starzec się w tym momencie zastanawia, podobnie jak ja, czy książę był świadom naszej rozmowy. A potem zadałem sobie pytanie, dlaczego Cierń go z niej wyłączył. Brnąłem dalej przed siebie, patrząc na coraz bardziej malejące postacie z grupy Peottrego. Kierowała się ona w stronę uformowanego przez wiatr grzbietu i wkrótce miała nam zniknąć z oczu. Peottre mówił prawdę o poruszaniu się lodu. Niektóre jego połacie były wygładzone wiatrem niczym polane lukrem ciasto; inne wyglądały jak to samo ciasto, kiedy spadło na ziemię. Teraz szlak wyznaczony na śniegu był wyraźny, ale wiedziałem, że kiedy zajdzie słońce, nierówne cienie mogą utrudnić odnajdywanie śladów. Rozdrażniony, zerknąłem do tyłu na Młotka. Szedł wolniej niż dotychczas.

Zirytowany przez jego rozkaz uciszenia się i powolny krok, odwróciłem się do niego plecami i ruszyłem szybko przed siebie. Nie zaniedbywałem jednak badania śniegu przed sobą przy każdym kroku. Sądziłem, że Młotek podniesie wzrok i zda sobie sprawę, że go zostawiam. Kiedy jednak się obejrzałem, wciąż szedł ociężałym krokiem. Patrzyłem na niego z irytacją i wtedy moją uwagę zwróciło coś w jego ruchach. To było jak taniec. Badał śnieg kijem, trzy razy wbijając go przed siebie, a potem robił jeden duży, kołyszący się krok. I znów badał śnieg, łup, łup, łup, i dawał krok do przodu drugą nogą. Opuściłem bariery, by usłyszeć jego wszechobecną muzykę. Zwykle rozpoznawałem elementy, które do niej włączał. Dzisiaj jednak każdy krok robił w rytm szumiących westchnień, przypominających wiatr, a ruchy kija oddawały pulsowanie niskich, miarowych uderzeń. Zamknąłem się na tę muzykę i posłuchałem uszami, lecz nie potrafiłem odnaleźć na tej wyspie żadnych odpowiednich dźwięków.

Kiedy stałem, Młotek niemal mnie dogonił. Podniósł wzrok i napotkał moje spojrzenie. Zmarszczył brwi, a potem zerknął w bok. Zmarszczył brwi jeszcze bardziej.

– Zniknęli! Dlaczego ich nie obserwowałeś? Teraz zniknęli, a my nie wiemy, dokąd poszli!

– Nic nie szkodzi, Młotku – powiedziałem. – Wciąż widzę ich ślady. I popatrz, na szczycie wzniesienia jest tyczka z kawałkiem szmatki. Dogonimy ich. Ale tylko jeśli się pośpieszymy.

Usiłowałem nie okazać niepokoju, że nadchodzi noc i gęstnieją cienie. Nie chciałem zostać sam, zaskoczony na lodowcu.

Nagle Młotek uniósł rękę i pokazał na grzbiet.

– Patrz! Nic się nie stało! Tam jest jeden z nich!

Powędrowałem wzrokiem za jego wyciągniętym palcem, podejrzewając, że książę wysłał kogoś, by stanął na grzbiecie i był nam przewodnikiem. Młotek miał rację. Ktoś tam był. Lecz nawet z tej odległości i przy gasnącym świetle poznałem, że nie jest to nikt z naszej grupy. Poruszał się szybko i dziwnie, a mimo to w jakiś nieuchwytny sposób jego chód był znajomy. Kiedy schodził pośpiesznie za grzbiet, widziałem tylko jego sylwetkę. A potem zniknął. Poczułem, jak z przerażenia ścina mi się krew w żyłach. Wysłałem Mocą moją fantastyczną myśl do Ciernia i Sumiennego.

„Czarny Człek! Chyba za wami idzie Czarny Człek!".

W chwilę później pożałowałem tego napadu paniki. Sumienny nie potrafił ukryć swego rozbawienia.

„Nikogo za nami nie widzę, Bastardzie. Tylko śnieg i cienie. Jesteście już pod szczytem?".

„Nawet nie zaczęliśmy się ku niemu wspinać. Młotek się rozprasza i rusza się powoli".

„Nie rozprasza!". Po raz kolejny wstrząsnęło mną to, z jaką łatwością Młotek pochwycił myśli, których nie kierowałem do niego. „Słucham muzyki, to wszystko. Tylko że wy ją ciągle przerywacie".

Przekaz Ciernia był niczym oliwa wylana na wzburzoną wodę.

„Zapytałem Peottrego, czy będziemy niedługo stawać na noc, a on powiedział, że tak. Kiedy wyjdziecie na grzbiet, powinniście z łatwością nas zobaczyć. Już mi pokazał miejsce, które wybrał na obozowisko. Ponieważ nie ma tu żadnego schronienia, nie będziesz miał trudności z dostrzeżeniem naszych ognisk".

„Ognisk? Niedługo jedzenie?".

„Tak, Młotku, niedługo jedzenie. Prawdopodobnie gdy tylko tu dotrzesz. Wziąłem ze sobą trochę słodyczy ze statku. Podzielę się nimi z tobą, jeśli dotrzesz tu, zanim je wszystkie zjem".

Musiałem pomyśleć o sprycie Sumiennego z podziwem, choć zarazem kręciłem nad nim głową. Odwrócił on uwagę Młotka od jego „muzyki"; mały człowieczek zgodził się iść po moich śladach i zostawić badanie śniegu mnie. I tak uważałem, że przestrogi Peottrego były nieco przesadzone. Przecież jeśli cała grupa przeszła już przez jakiś fragment lodowca, to wytrzyma on jeszcze pod dwójką ludzi. Okazało się to prawdą. Wspięliśmy się na grzbiet po śladach naszych poprzedników, zatrzymując się kilka razy, by Młotek mógł się wykaszleć i złapać oddech.

Kiedy stanęliśmy na szczycie, od razu dostrzegłem obóz poniżej. Wokół niego rozstawiono tyczki śnieżne z przymocowanymi do nich kolorowymi wstążkami. Najwyraźniej Peottre oznaczył teren, który uważał za bezpieczny. Większe namioty dla księcia i narczeski już się pojawiły, niczym grzyby. W gasnącym świetle barwny namiot Błazna przypominał kwiat rzucony na śnieg. Jaskrawe płaty materiału, oświetlone od środka, lśniły niczym witraże. To, co sprawiało wrażenie przypadkowych wzorów, okazało się nagle pląsającymi smokami i wężami. No tak, wyraźnie określił, po czyjej jest stronie.

Przy burych namiotach pozostałych członków grupy płonęły dwa małe ogniska. Członkowie hetgurdu rozbili swoje namioty w pewnej odległości od naszych i rozpalili własne, bardzo małe ognisko, jakby chcieli okazać bogom, że nie należą do naszej grupy i nie zasługują na dzielenie jej losu.

Nie widziałem nawet śladu Czarnego Człeka ani żadnego miejsca, gdzie można by się ukryć. To jednak nie rozproszyło moich obaw, a jedynie je umocniło.

Schodząc do obozu, natknęliśmy się na pierwszą szczelinę lodową. Było to wąskie, wijące się pęknięcie, nic więcej, i ja po prostu je przekroczyłem. Młotek zatrzymał się, wpatrując się w głębię, której kolor przechodził z bladego błękitu w czerń.

– Chodźże – zachęciłem go. – Do obozu już niedaleko. Chyba czuję zapach gotowanego jedzenia.

– Głęboko. – Oderwał wzrok od szczeliny. – Peottre miał rację. Mogłoby mnie chapnąć i połknąć, trzask!

Cofnął się o krok.

– Nie, nie mogłoby. To nic strasznego, Młotku. To nie jest nic żywego; to tylko pęknięcie w lodzie. No, chodź już.

Odetchnął głęboko i się rozkaszlał. Kiedy skończył, oświadczył:

– Nie. Ja wracam.

– Nie możesz, Młotku. Wkrótce będzie ciemno. To tylko pęknięcie. Przejdź nad nim.

– Nie. – Pokręcił głową na krótkiej szyi, szorując podbródkiem o kołnierz. – To niebezpieczne.

W końcu wróciłem do Młotka i ująłem go za rękę, by go namówić do przestąpienia nad szczeliną. Kiedy jego niezręczny, przesadnie długi sus zaskoczył mnie w pół kroku, prawie się pośliznąłem i upadłem. Chwiejąc się, przez jedną napięcia chwilę wyobraziłem sobie, że zaklinowałem się w szczelinie i choć nie osuwałem się niżej, byłem poza zasięgiem pomocnych dłoni. Młotek wyczuł mój strach i rzekł pocieszająco:

– Widzisz, mówiłem ci, że to niebezpieczne. Prawie upadłeś i umarłeś.

– Zejdźmy może do obozu – zaproponowałem.

Tak jak obiecałem, czekało na nas jedzenie. Rebus i Herold już skończyli posiłek. Rozmawiali cicho z Lotnym, który wyznaczał nocne warty. Posadziłem Młotka na moim pakunku opodal ogniska i przyniosłem potrawę, którą nałożył nam obu Zręczny. Kolację stanowiła potrawka z solonego mięsa, co jej zaszkodziło, podobnie jak zbyt krótki czas gotowania. Uśmiechnąłem się do siebie na myśl, jak szybko znów przyzwyczaiłem się do soczystego wiktu Koziej Twierdzy. Czyżbym zapomniał, jak można przeżyć na racjach żywnościowych gwardzisty? W moim życiu były czasy, kiedy pod koniec długiego, zimnego dnia miałem do jedzenia o wiele gorsze rzeczy – albo nic. Ugryzłem kolejny kęs. Ta myśl powinna poprawić smak twardego mięsa, lecz tak się nie stało. Zerknąłem ukradkiem na Młotka, spodziewając, że niedługo zacznie narzekać. On jednak patrzył ze znużeniem na ogień, trzymając miskę w chwiejnej równowadze na kolanie.

– Powinieneś coś zjeść, Młotku – przypomniałem mu, a on drgnął, jakby się obudził z jakiegoś snu. Chwyciłem miskę, zanim jej zawartość się wylała, i podałem ją Młotkowi. Zaczął jeść, lecz ze znużeniem, nie okazując swego zwykłego zapału do jedzenia i często kaszląc. Martwiło mnie to. Pośpiesznie skończyłem swoją porcję i wstałem, zostawiając Młotka wpatrzonego w zanikające płomyki niewielkiego ogniska i metodycznie żującego mięso.

Cierń i Sumienny siedzieli przy drugim ognisku z pozostałymi członkami kręgu Rozumiejących. Dobiegały stamtąd rozmowy, a nawet śmiech i przez chwilę im zazdrościłem. Nie od razu zauważyłem, że nie ma z nimi Błazna. Zapewne poszedł już do swego namiotu. Potem spostrzegłem, że brakuje też innych – wśród zebranych nie było Peottrego i narczeski. Zerknąłem na namiot rozstawiony dla nich. Był ciemny i cichy. Czyżby już poszli spać? Może to był najlepszy pomysł. Niewątpliwie Peottre zbudzi nas wszystkich wcześnie.

Cierń chyba zauważył, że stoję bezczynnie na krawędzi padającego od ogniska blasku. Wyszedł z kręgu światła, jakby zamierzał ulżyć pęcherzowi, a ja bezszelestnie poszedłem za nim. Zatrzymałem się obok niego w ciemności i odezwałem cicho:

– Martwię się o Młotka. Wydaje się dziwnie rozproszony. Jego nastrój potrafi się zmienić z sekundy na sekundę; jest zdenerwowany, a za chwilę przestraszony albo rozradowany.

Cierń skinął powoli głową.

– Jest coś w tej wyspie... nie potrafię tego nazwać, lecz nie daje mi to spokoju. Czuję strach i niepokój znacznie większe, niż powinienem, a potem te uczucia znikają. Ta ziemia jakby mówi do mnie poprzez moją Moc. A jeśli potrafi sięgnąć do kogoś o tak słabym talencie, jak ja, to jak musi przemawiać do Młotka?

W tym pomniejszaniu własnej magii dosłyszałem gorycz.

– Z każdym dniem twoja Moc staje się silniejsza – zapewniłem Ciernia. – Być może jednak masz rację. Cały dzień nęka mnie jakiś bezimienny niepokój. Owszem, miewam do tego skłonności, ale to rzeczywiście wydaje się bardziej niesprecyzowane niż zazwyczaj. Czy to może mieć coś wspólnego ze wspomnieniami uwięzionymi w kamieniu?

Westchnął z rezygnacją.

– A skąd mamy wiedzieć? Możemy jedynie zadbać, by Młotek jadł i dobrze spał w nocy.

– Jego Moc staje się coraz silniejsza.

– Zauważyłem. Przez to mój własny marny talent wydaje się jeszcze bardziej mizerny.

– Czas, Cierniu. Rozwinie się z czasem i dzięki cierpliwości. Dobrze ci idzie jak na kogoś, kto zaczął tak późno i nie szkoli się zbyt długo.

– Czas. W ostatecznym rozrachunku zostaje nam tylko czas, a mimo to nigdy nie mamy go dosyć. Ty możesz być pod tym względem spokojny; przez całe życie miałeś tyle magii, ile można sobie życzyć, a nawet więcej. Ja zaś muszę zdobywać jej strzępy z wielkim trudem pod koniec moich dni. Gdzie jest sprawiedliwość losu, skoro półgłówek ma jej pod dostatkiem i wcale nie ceni tego, czego tak rozpaczliwie brakuje mnie? – Odwrócił się w moją stronę. – Dlaczego zawsze miałeś tyle Mocy, całe jej przypływy, i nigdy całym sercem nie pragnąłeś jej opanować, tak jak ja za tym tęskniłem całe życie?

Zaczynał mnie przerażać.

– Cierniu. Myślę, że to miejsce żeruje na naszych myślach, znajdując i nasze obawy, i naszą rozpacz. Wznieś przeciwko niemu mury obronne i dowierzaj tylko własnej logice.

– Też coś. Nigdy nie ulegałem emocjom. Lepiej obaj wykorzystajmy ten czas na odpoczynek, a nie rozmowę. Dbaj o Młotka najlepiej, jak potrafisz. Ja będę pilnował księcia. On też wygląda na pogrążonego w mroczniejszym nastroju niż zwykle. – Zatarł dłonie w rękawicach. – Jestem stary, Bastardzie. Stary. I zmęczony. Będę się cieszył, jak to wszystko się skończy, a my znajdziemy się bezpieczni w drodze do domu.

– Ja też – zgodziłem się z całego serca. – Mam jednak jeszcze jedną wiadomość, którą chciałem się z tobą podzielić. To dziwne, prawda? Kiedyś sądziłem, że wysyłanie Mocą myśli jest czynnością prywatną i tajną. A mimo to nadal muszę cię szukać, by szeptać ci do ucha. Chyba nie mogę jeszcze poprosić Młotka o tę przysługę. Wciąż żywi do mnie urazę. Mogłoby to zostać przyjęte lepiej, gdyby pochodziło od ciebie albo księcia.

– Co takiego? – zapytał ze zniecierpliwieniem Cierń. Poruszył się niespokojnie; wiedziałem, że jego stare kości liże chłód.

– Pokrzywa przeniosła się do Koziej Twierdzy. Nasz ptak chyba musiał dotrzeć do królowej, a ona wysłała kogoś do Brusa. Pokrzywa znalazła się w zamku ze względów bezpieczeństwa. I wie, że to, co jej grozi, wiąże się z naszą wyprawą po smoczą głowę.

Nie bardzo mogłem się zmusić, by powiedzieć Cierniowi, że Pokrzywa już wie, kto jest jej ojcem. Zanim ten sekret przestanie być sekretem, chciałem dokładnie wiedzieć, ile Brus jej powiedział.

Cierń natychmiast zrozumiał, co to może oznaczać.

– A Młotek rozmawia w swoich snach z Pokrzywą. Możemy komunikować się z Kozią Twierdzą i królową.

– Prawie. Uważam, że powinniśmy do tego podejść ostrożnie. Młotek wciąż się na mnie boczy i mógłby wyrządzić jakąś szkodę, gdyby wiedział, że tym mnie zdenerwuje. Pokrzywa też jest na mnie zła. Nie mogę sięgnąć do niej bezpośrednio, a nie wiem, jak potraktowałby wiadomości ode mnie, które przekazałby jej Młotek.

Cierń mruknął coś pod nosem, zdegustowany, po czym dodał.

– Zbyt późno dostosowujesz się do moich planów wobec niej. Robienie ci wymówek nie sprawia mi przyjemności, Bastardzie. Gdybyś jednak pozwolił nam sprowadzić Pokrzywę, kiedy tylko poznaliśmy jej możliwości, nigdy nie znalazłaby się w niebezpieczeństwie. Podobnie kłótnie między wami tak by nas nie sparaliżowały. Gdyby została prawidłowo przygotowana do używania swojej magii, mógłby do niej sięgać albo książę, albo ja zamiast ciebie. Przez cały czas moglibyśmy mieć łączność z Kozią Twierdzą.

To było dziecinne z mojej strony. Mimo to powiedziałem:

– Prawdopodobnie przywiózłbyś ją tu z nami, by zebrać siły dla księcia.

Westchnął, jakby rozmawiał z upartym uczniem, który nie chce przyznać mu racji. I chyba z nim rozmawiał.

– Jak chcesz, Bastardzie. Ale błagam, nie rzucaj się w tę sytuację jak byk nękany przez pszczoły. Niech Pokrzywa przez kilka dni oswaja się z zamkiem, póki nie naradzimy się z księciem, ile powinna wiedzieć o sobie i jak najlepiej zwrócić się do niej poprzez Młotka. Może to też wymagać niejakiego przygotowania Młotka.

Ogarnęła mnie fala ulgi. Bałem się, że to Cierń postąpi jak rozpędzony byk.

– Zrobię, jak chcesz. Działaj powoli.

– Dobry chłopak – odparł z roztargnieniem Cierń.

Wiedziałem, że w myślach już planował, jak można rozstawić na planszy nowe pionki.

I tak rozstaliśmy się na noc.

ROZDZIAŁ 15

UPRZEJMY

W latach, kiedy Krajami Obrzeżnymi rządził Sardus Tif, białym prorokiem był Chopak, a jego katalizatorem Dzikooka. Głód rządził tą ziemią jeszcze dłużej niż Sardus Tif, a niektórzy mówili, że to kara za to, że Sardus Preks, matka Sardusa Tifa, spaliła wszystkie święte gaje w szaleńczej żałobie i z wściekłości na boga liści, kiedy jej małżonek, Slevm, zmarł na ospę. Od tamtej pory deszcze prawie ustały, a stało się tak dlatego, że nie było już świętych liści do obmywania przez deszcze. Deszcze bowiem padają tylko po to, by wypełnić święty obowiązek, a nie gasić pragnienie ludzi.

Chopak wierzył, że jego powołaniem jako białego proroka jest przywrócić żyzność Krajom Obrzeżnym i aby to się dokonało, musi nadejść woda. Zmusił więc swego katalizatora do badań nad wodą oraz nad tym, jak można ją sprowadzić do Krajów Obrzeżnych – czy to z głębokich studni i wykopanych kanałów, czy poprzez modlitwy i ofiary składane w intencji spadnięcia deszczu. Często pytał Dzikooką, co chciałaby zmienić, żeby sprowadzić wodę na ziemię jej ludzi, lecz nie zadowalała go żadna odpowiedź.

Woda nie obchodziła Dzikookiej. Urodziła się w suchych latach i żyła w suchych latach; znała tylko suche lata i ich bieg. Obchodziły ją natomiast owoce sippi, małe, miękkie jagody o wielu pestkach, rosnące nisko przy ziemi pod osłoną szponiastych jeżyn w rozpadlinach na pogórzu. Zamiast zajmować się swoimi obowiązkami, wymykała się tam i szła w jeżynową gęstwinę; wracała potem z nasionami szponiastych jeżyn powbijanymi w spódnice i włosy, i z ustami fioletowymi od owoców sippi. Gniewało to Chopaka Białego, który często ją bił za zaniedbywanie obowiązków.

A potem wokół ich chaty, gdzie niegdyś była tylko zakurzona ziemia, zaczęły rosnąć szponiaste jeżyny. Ich splątane kolce osłaniały glebę od słońca, a pod nimi pojawiły się pnącza sippi. W porze roku, w której obumierały owoce sippi, rósł szarotraw, a pod jeżynami gnieździły się żywiące się nim króliki. Wtedy Dzikooka chwytała króliki i przyrządzała je białemu prorokowi.

Skryba Kucharzyn, o białym proroku Chopaku

Wbrew sugestiom Ciernia nie udałem się natychmiast do namiotu, pod koce. Wróciłem do ogniska, gdzie siedział Młotek, wpatrzony w żar i trzęsący się z zimna, wpełzającego weń z lodowca. Zabrałem go stamtąd i odprowadziłem do łóżka w namiocie, który mieliśmy dzielić z Rebusem i Heroldem. Dobrze, że było ciasno, bo w ten sposób mogliśmy lepiej wykorzystać ciepło naszych ciał. Młotek ułożył się, westchnął potężnie, co skończyło się atakiem kaszlu, potem znów westchnął i zasnął. Ciekawiło mnie, czy tej nocy będzie rozmawiał z Pokrzywą. Może rano będę miał odwagę go o to zapytać. Na razie byłem zadowolony, że jest bezpieczna w Koziej Twierdzy.

Wyszedłem z namiotu pod gwiazdy. Ogniska prawie całkowicie pogasły. Lotny na pewno zachowa kilka żarzących się węgli w żelaznym naczyniu, ale nie mieliśmy dość paliwa, by stale podtrzymywać ogień. Z namiotu Sumiennego wydobywało się przytłumione światło; zapewne paliła się tam jeszcze jakaś niewielka latarnia. Namiot Błazna był oświetlony podobnie, lśniąc w nocy jak klejnot. Podszedłem do niego cicho po śniegu.

Zatrzymałem się na zewnątrz, kiedy usłyszałem dobiegające ze środka ciche głosy. Nie rozróżniałem słów, ale rozpoznałem rozmówców. Szybki coś powiedział, a Błazen odpowiedział żartobliwie. Chłopiec parsknął śmiechem. Wszystko to brzmiało spokojnie i serdecznie. Poczułem dziwne ukłucie wykluczenia i niemal wycofałem się do swojego namiotu. Po chwili skarciłem się za zazdrość. A zatem Błazen zaprzyjaźnił się z chłopcem. Najprawdopodobniej była to najlepsza rzecz, jaka mogła się przytrafić Szybkiemu. Jako że nie mogłem zastukać, głośno odchrząknąłem i pochyliłem się, by podnieść klapę namiotu. Na śnieg padł promień światła.

– Mogę wejść?

Na mgnienie oka zapadła cisza.

– Jeśli chcesz – usłyszałem. – Postaraj się zostawić śnieg i lód na zewnątrz.

Doskonale mnie znał. Strzepnąłem wilgotny śnieg z nogawek, a potem strząsnąłem go ze stóp. Zgiąłem się, wszedłem do środka i opuściłem za sobą klapę.

Błazen zawsze miał wyjątkowy talent stwarzania sobie małego świata, w którym mógł się schronić. Ten namiot nie stanowił wyjątku. Kiedy wszedłem do niego poprzednio, był czarujący, lecz pusty. Teraz wypełniał go swoją obecnością Błazen. W małym naczyniu stojącym pośrodku palił się ogień niemal bez wydzielania dymu. W powietrzu unosił się zapach jakiejś mocno przyprawionej potrawy. Szybki siedział ze skrzyżowanymi nogami na poduszce z chwastami, a Błazen na wpół leżał na swoim posłaniu. Na kolanach Szybkiego leżały dwie strzały, jedna matowoszara, a druga, wyglądająca na dzieło Błazna, jaskrawo pomalowana.

– Potrzebujesz mnie, panie? – zapytał Szybki. Po tonie jego głosu wyczułem, że niechętnie opuściłby to miejsce.

Pokręciłem głową.

– Nawet nie wiedziałem, że tu jesteś – odparłem.

Błazen usiadł i zobaczyłem, co rozśmieszyło Szybkiego. Z dłoni Błazna zwisała marionetka, przymocowana do jego palców pięcioma delikatnymi czarnymi sznureczkami. Nie mogłem powstrzymać uśmiechu. Wyrzeźbił maleńkiego trefnisia ubranego na czarno-biało. Blada twarzyczka stanowiła jego podobiznę z czasów, kiedy był chłopcem. Wokół niej unosiły się białe włosy lekkie jak puch. Drgnienie jednego długiego palca nakazało marionetce skinąć mi głową.

– Cóż zatem cię tu sprowadza, Tomie Borsuczowłosy? – zapytał mnie Błazen i jego marionetka. Ruchem palca sprawił, że maleńki trefniś przechylił głowę w moją stronę.

– Braterstwo – odparłem po chwili zastanowienia. Usiadłem przy ogniu, naprzeciwko Szybkiego. Chłopiec obdarzył mnie niechętnym spojrzeniem i odwrócił wzrok.

Błazna miał obojętny wyraz twarzy.

– Rozumiem. Witaj.

W jego słowach nie wyczułem ciepła; byłem tu intruzem. Zapadło krępujące milczenie, a ja w pełni dostrzegłem popełniony przeze mnie błąd. Chłopiec nic nie wiedział o więzi łączącej Błazna i mnie. Nie mogłem mówić swobodnie. Właściwie nagle nie wiedziałem, co powiedzieć. Chłopiec siedział ponuro wpatrzony w ogień, wyraźnie czekając, żebym wyszedł. Błazen zaczął odczepiać marionetkę od palców sznureczek po sznureczku.

– Nigdy nie widziałem takiego namiotu. Jest z Jamaillii?

Nawet dla mnie moje pytanie zabrzmiało jak zdawkowa uwaga wypowiedziana do przypadkowego znajomego.

– Właściwie z Deszczowych Ostępów. Podejrzewam, że materiał zrobili Najstarsi, ale naszyte nań wzory wybrałem ja.

– Najstarsi?

Szybki wyprostował się z zapałem chłopca, który wyczuwa opowieść. Wokół ust Błazna pojawił się delikatny uśmieszek. Podejrzewałem, że dostrzegł zainteresowanie i na mojej twarzy.

– Tak mówią mieszkańcy Deszczowych Ostępów. Ci, którzy mieszkają w górnym biegu Rzeki Deszczowej. Powiadają, że kiedyś były tam wielkie miasta i że te miasta były domem Najstarszych. Kim lub czym dokładnie byli Najstarsi, jest powiedzieć trudniej. Lecz w niektórych miejscach są pogrążone głęboko w błocie trzęsawisk Deszczowych Ostępów kamienne miasta. Czasem można znaleźć do nich drogę i w komnatach, które pozostały suche i nietknięte, odkryć skarby innych czasów i ludów. Niektóre z odzyskanych przedmiotów są magiczne; mają takie zastosowania i możliwości, których nie rozumieją całkowicie nawet mieszkańcy Deszczowych Ostępów. Kiedy indziej znajdują oni przedmioty wyglądające, jak te zrobione przez nas, lecz są innej jakości.

– Jak to? – Szybki uniósł szarą strzałę. – Powiedziałeś, że pochodzi z Deszczowych Ostępów. Nigdy nie widziałem takiego drewna.

Błazen zerknął na mnie.

– To czarodrzewo, bardzo rzadkie drewno. Nawet rzadsze od tkaniny, z której jest zrobiony ten namiot, delikatniejszej od jedwabiu i od jedwabiu mocniejszej. Cały ten materiał mogę zgnieść w kulę, którą mógłbym ukryć w dłoni, a mimo to, kiedy rozciągnąć go na słupkach namiotu, jest wytrzymały i tak ciasno utkany, że zatrzymuje ciepło w środku, a wiatr na zewnątrz.

Szybki wyciągnął rękę i powiódł palcem po jednej ze ścian.

– Przyjemnie tu. Cieplej niż myślałem, że to możliwe. I podobają mi się te smoki.

– Mnie też – rzekł Błazen. Znów opadł na swoje posłanie i zapatrzył się w ogień. W jego oczach odbijały się maleńkie płomienie. Odchyliłem się od światła i przyglądałem Błaznowi. Na jego twarzy pojawiły się płaszczyzny i załamania, których tam nie widziałem, kiedy byliśmy dziećmi. Wydawało się, że wraz z kolorem jego włosy nabrały objętości. Nie związane, tak jak teraz, nie unosiły się już szaleńczo wokół jego twarzy. Lśniące jak końska grzywa, lecz o wiele cieńsze, zwisały mu na ramiona. – Jestem tu z powodu smoków.

Zerknął na mnie błyskawicznie. Założyłem ręce na piersi i odchyliłem się głębiej w cień.

– W Deszczowych Ostępach są smoki – ciągnął, mówiąc do Szybkiego. – Lecz tylko jeden wśród nich jest krzepki i silny. Ma na imię Tintaglia.

Chłopiec przysunął się do niego jeszcze bliżej.

– To kupcy z Miasta Wolnego Handlu mówili prawdę? Mają smoka?

Błazen przekrzywił głowę, jakby zastanawiał się nad odpowiedzią. I znów usta wygięły mu się w delikatnym uśmiechu. Pokręcił głową.

– Tego bym nie powiedział. Rzekłbym raczej, że w deszczowych Ostępach jest smoczyca, a Miasto Wolnego Handlu leży na terenie, który ona uważa za swoją własność. To wspaniała istota, błękitna jak dobra stal i srebrna jak lśniący pierścień.

– Widziałeś ją na własne oczy?

– W samej rzeczy. – Błazen uśmiechnął się, widząc zachwyt chłopca. – I rozmawiałem z nią.

Szybki wstrzymał oddech. Wydawało się, że zapomniał o mojej obecności. Ja się jednak zastanawiałem, do którego z nas Błazen skierował swoje następne słowa:

– Ten namiot to jeden z prezentów, które na jej życzenie dali mi mieszkańcy Deszczowych Ostępów.

– Dlaczego prosiła ich, żeby dawali ci prezenty?

– Kazała im to robić, ponieważ wiedziała, że niezachwianie będę służył jej celom. Znaliśmy się bowiem, w innych czasach i w innych postaciach.

– Jak to?

Chłopiec podejrzewał, że Błazen z niego żartuje. Obawiałem się, że mówi poważnie.

– Nie jako pierwszy z mojego ludu nawiązałem kontakty ze smokami. Ta smoczyca ma wszystkie wspomnienia swojej rasy. Przesypują się w jej umyśle niczym lśniące paciorki, przesuwające się na sznurku. Wracają poprzez węża, którym niegdyś była, do jaja, z którego wykluł się wąż, do smoczycy, która złożyła to jajo, i węża, którym była ta smoczyca, do jaja, z którego wyszedł wąż, do smoczycy, która złożyła to jajo, do węża, którym niegdyś była ta...

– Dość!

Chłopiec śmiał się bez tchu. Język Błazna żonglował słowami niczym szpilkami.

– Aż do czasów, kiedy znała kogoś takiego jak ja. I może, gdybym miał pamięć smoka, mógłbym jej powiedzieć: „Ach, tak, rzeczywiście pamiętam, tak było. To wielka przyjemność znów cię spotkać". Nie mam jednak pamięci smoka. Musiałem więc uwierzyć jej na słowo, że osoby bardziej godnej zaufania ode mnie już nie spotka.

Jego słowa nabrały intonacji gawędziarza. Chłopiec był oczarowany.

– A jakie są te jej cele, którym masz służyć? – zapytał z przejęciem.

– Ach! – Błazen odgarnął włosy z twarzy i przeciągnął się, lecz nagle wycelował długi palec prosto we mnie. – On to wie. Bo obiecał mi pomóc. Prawda, Borsuczowłosy?

Gorączkowo przeszukałem wspomnienia. Czy obiecałem mu pomoc? Czy może tylko powiedziałem, że zadecyduję, kiedy nadejdzie na to czas? Uśmiechnąłem się.

– Kiedy nadejdzie czas, spełnię moje zadanie – odparłem dowcipnie, choć wcale dowcipnie się nie czułem.

Wiedziałem, że zauważył moje zdystansowanie się od jego słów, lecz uśmiechnął się, jakbym wyraził zgodę, i rzekł:

– Tak jak my wszyscy. Nawet młody Szybki, syn Brusa i Sikorki.

– Dlaczego tak mnie nazywasz? – Chłopiec momentalnie poczuł się dotknięty. – Mój ojciec nic dla mnie nie znaczy. Nic!

– Cokolwiek dla ciebie znaczy, wciąż jesteś dla niego synem. Może potrafisz się go wyprzeć, lecz nie potrafisz go zmusić do wyparcia się ciebie. Niektórych więzów nie można zerwać słowem. Niektóre więzy po prostu istnieją. Takie więzy łączą świat z czasem.

– Z nim nie łączy mnie nic – rzekł z ponurą miną chłopiec. Minęło trochę czasu. Szybki spostrzegł, że przerwał tok opowieści i że Błazen nie zamierza jej podjąć bez zachęty. W końcu chłopiec uległ i zapytał: – W jaki sposób służysz celom smoczycy, będąc tutaj?

– Och, przecież to wiesz! – Błazen usiadł. – Słyszałeś, co zostało powiedziane na plaży, a wiem, jak szybko rozprzestrzeniają się plotki w tak małej grupie. Przybyliście tu po to, by zabić smoka. Ja tu jestem po to, by was od tego powstrzymać.

– Chyba że będzie to słuszna walka. Chyba że smok zaatakuje nas pierwszy.

Błazen pokręcił głową.

– Nie. Jestem tu po prostu po to, by zapewnić smokowi przeżycie.

Szybki powiódł wzrokiem od Błazna do mnie i z powrotem.

– A więc jesteś tu naszym wrogiem? – zapytał z wahaniem. – Żeby z nami walczyć, jeśli spróbujemy zabić smoka? Ale jesteś tylko jeden! Jak możesz myśleć o rzuceniu nam wyzwania?

– Ja nikomu nie rzucam wyzwania. Nikogo nie uważam za wroga, choć niektórzy mogą myśleć, że jestem ich wrogiem. Jest po prostu tak, jak mówię, Szybki. Znalazłem się tu po to, by dopilnować, żeby nikt nie zabił smoka uwięzionego pod lodem.

Chłopiec poruszył się niespokojnie. Niemal widziałem tę myśl przebiegającą mu przez umysł, a kiedy ją wypowiedział, tak bardzo przypomniał mi Brusa, że niemal pękło mi serce.

– Przyrzekłem służyć memu księciu. – Zaczerpnął tchu, ale kiedy się ponownie odezwał, głos miał wciąż zatroskany. – Jeśli mu się przeciwstawisz, panie, to ja będę musiał przeciwstawić się tobie.

Błazen przez cały czas nie spuszczał oczu z twarzy chłopca.

– Jestem pewien, że tak zrobisz, jeśli uznasz to za słuszne – rzekł cicho. – I jeśli tak się stanie, gdy nadejdzie czas, trudno, wtedy zostaniemy przeciwnikami. Jestem pewien, że uszanujesz obowiązek płynący z głębi mego serca, tak jak ja szanuję twój obowiązek. Na razie jednak wszyscy podróżujemy razem w tym samym kierunku i nie widzę żadnego powodu, dla którego nie mielibyśmy dzielić się tym, w poszukiwaniu czego przyszedł tu Tom. Braterstwem.

Szybki znów zmierzył nas wzrokiem.

– A zatem wy dwaj jesteście przyjaciółmi?

– Od wielu lat – potwierdziłem niemal w tej samej chwili, gdy Błazen rzekł:

– Powiedziałbym, że o wiele więcej niż przyjaciółmi.

W tej właśnie chwili Uprzejmy Brzeczka odrzucił klapę namiotu i wsunął głowę do środka.

– Tego się bałem! – oznajmił gniewnie.

Szybki podniósł na niego wzrok, otwarłszy szeroko usta z zaskoczenia. Błazen westchnął z rozdrażnieniem. Pierwszy mowę odzyskałem ja.

– Twoje obawy są bezpodstawne – stwierdziłem cicho, a Szybki, całkowicie opacznie rozumiejąc oświadczenie Uprzejmego, wypalił:

– Nigdy nie byłbym nielojalny wobec mojego księcia, bez względu na to, kto by mnie kusił!

Ta uwaga chyba wprawiła Uprzejmego w całkowite pomieszanie. Teraz już nie mając żadnej pewności, o co chodzi, rozkazał z pogardą w głosie:

– Szybki, wyjdź stąd i połóż się spać na własnym posłaniu. – Następnie zwrócił się do Błazna: – A ty nie myśl, że to koniec tej sprawy. Podzielę się moimi obawami z księciem.

Zanim któryś z nas zdążył odpowiedzieć, usłyszeliśmy groźny głos Rebusa:

– Nie ruszaj się! Kto tam chodzi?

Odepchnąłem Szybkiego i wyskoczyłem z namiotu. Mijając Uprzejmego, niemal go przewróciłem; wcale bym zbytnio nie żałował, gdyby tak się stało. Wyczułem, że za mną idzie, i wiedziałem, że zrobią to też Błazen i Szybki. Zanim dotarłem do posterunku Rebusa, większość śpiących wygrzebała się już spod koców, by zobaczyć, o co chodzi.

– Kto tam chodzi?! – znów zawołał Rebus. Poczucie niepewności tylko zwiększało jego gniew i agresywność.

– Gdzie? – zapytałem, podchodząc do niego. Pokazał palcem.

– Tam – odparł cicho i wtedy zobaczyłem cień tego człowieka. A może to był on sam? Nierówna powierzchnia śniegu nawianego na lodowiec i nikłe światło ogniska kłóciły się z głęboką szarością nocy, utrudniając odróżnianie rzeczy od ich cieni. Pokryte śniegiem góry, piętrzące się nad nami, rzucały na śnieżną połać drugi, głębszy cień. Zmrużyłem oczy. Na przeciwległej krawędzi blasku padającego od ogniska ktoś stał. Widziałem tylko jego sylwetkę, lecz byłem pewien, że to ten sam człowiek, którego widziałem wcześniej. Usłyszałem za sobą szept Peottrego: „Czarny Człek!". W jego głosie brzmiało przerażenie, a pomruki rozlegające się wśród przedstawicieli hetgurdu, którzy też zerwali się ze snu, były pełne niepokoju. Błazen znalazł się nagle obok mnie i mocno chwycił za rękę długimi palcami.

– Kim on jest? – szepnął; wątpię, by usłyszał go ktokolwiek poza mną.

– Podejdź bliżej i pokaż się! – rozkazał Rebus.

Wystąpił z naszego kręgu w ciemność z mieczem w dłoni. Lotny wetknął w żar ogniska pochodnię, ale kiedy zajęła się ogniem i nasz dowódca ją uniósł, człowieka już tam po prostu nie było. Zniknął tak, jak znika cień, gdy za bardzo zbliży się do niego światło.

Jego pojawienie się obudziło obóz, ale zniknięcie wywołało wśród nas chaos. Wszyscy mówili jednocześnie. Rebus i pozostali gwardziści pobiegli, by przyjrzeć się miejscu, w którym stał intruz, chociaż Cierń krzyczał, żeby nie deptali tam śniegu. Zanim dotarłem z nim na miejsce, już zadepli wszelkie ślady. Lotny uniósł pochodnię wyżej, lecz nie zobaczyliśmy żadnych wyraźnych śladów stóp przybliżających się do tego miejsca ani oddalających się od niego. Znajdowało się w granicach obozu wyznaczonych przez Peottrego i krzyżowały się tam nasze własne tropy.

Jeden z Zawyspiarzy modlił się głośno do Ela. Nigdy nie słyszałem czegoś tak wytrącającego z równowagi, jak modlitwa do boga, znanego z bezlitosnego serca, odmawiana przez zaprawionego w bojach wojownika. Była to szorstka modlitwa, składająca się z obietnic darów i ofiar, jeśli tylko El zwróci swoją uwagę gdzie indziej. Sieciarz sprawiał wrażenie wstrząśniętego, a twarz Peottrego była blada nawet w świetle pochodni. Narczeska wyglądała jak wyrzeźbiona z kości, tak nieruchome i pełne oszołomienia były jej rysy.

– Może to było tylko złudzenie, wywołane grą światła i cieni – podsunął Małż, ale nikt nie wziął jego słów poważnie. Przedstawiciele hetgurdu nie wysuwali żadnych przypuszczeń, rozmawiali tylko cicho i szybko między sobą. W ich głosach brzmiał niepokój. Peottre także milczał.

– Cokolwiek lub ktokolwiek to był, zniknął – oznajmił w końcu Cierń. – Wykorzystajmy resztę nocy na sen. Lotny, trzeba podwoić straże. I dołóżcie do ognisk.

Wojownicy hetgurdu, być może nie dowierzając naszym wartownikom, wystawili własną straż. Rozłożyli także na śniegu na krawędzi naszego obozowiska skórę wydry i jeszcze raz umieścili na niej ofiary. Zobaczyłem, jak Peottre prowadzi narczeskę z powrotem do ich namiotu, ale wątpiłem, by tej nocy zapadł w sen. Zastanawiałem się, dlaczego był tak wstrząśnięty, i żałowałem, że nie wiem więcej o tym „Czarnym Człeku" i o związanych z nim podaniach.

Myślałem, że Cierń będzie chciał ze mną rozmawiać, ale on obdarzył mnie jedynie oskarżycielskim spojrzeniem. Sądziłem początkowo, że chciał, bym zrobił więcej w celu zatrzymania gościa; potem zdałem sobie sprawę, że to dlatego, że obok mnie wciąż stał Błazen. Zacząłem się od niego odsuwać, a potem ze złością zatrzymałem się. To ja będę określał, gdzie chcę być, a nie Cierń. Spokojnie wytrzymałem jego spojrzenie i zachowywałem obojętny wyraz twarzy. Mimo to pokręcił lekko głową, a potem odwrócił się i razem z Sumiennym wrócił do ich namiotu.

Zdałem sobie sprawę z obaw Szybkiego, kiedy tuż obok usłyszałem jego głos.

– Co powinienem teraz zrobić?

Brzmiał w nim skrywany strach i przerażenie, a kiedy spróbowałem sobie przypomnieć, co w tym wieku dodałoby mi pewności siebie, wróciłem do mądrości Brusa. Chłopcu trzeba wyznaczyć jakieś zadanie.

– Idź do księcia i zostań przy nim. Moim zdaniem powinieneś spać dzisiejszej nocy w jego namiocie, bo masz dobre uszy i Rozumienie, które ostrzegą cię, gdyby ktoś zbliżył się do namiotu. Przypomnij im o tym i powiedz, że to ja zaproponowałem, byś dzisiejszej nocy był strażnikiem księcia. A teraz weź swoje koce i idź do księcia, zanim wszyscy się położą. Pośpiesz się.

Patrzył na mnie z otwartymi ustami, a potem posłał mi spojrzenie pełne wdzięczności. Popatrzył mi w oczy, bez niechęci czy powściągliwości, i powiedział:

– Wiesz, że jestem lojalny wobec mojego księcia.

– Wiem.

Zastanawiałem się, czy tak jaśniała twarz Brusa, kiedy Rycerski po raz pierwszy ogłosił, że młody żołnierz należy do niego. Nagle poczułem, że syn Brusa został kupiony zbyt tanio. Jeśli ma w połowie tyle lojalności i odwagi, co jego ojciec, to Sumienny zdobył sobie prawdziwy klejnot. Kiedy Szybki pobiegł do pociemniałego obozu, odwróciłem się na dobiegające mnie z tyłu skrzypienie śniegu. W moją stronę szedł Sieciarz, a ledwie dwa kroki za nim Uprzejmy.

– Chłopak wyrośnie na prawego człowieka – odezwał się mężczyzna, jakby czytał w moich myślach.

– Jeśli pozwoli mu się na takiego wyrosnąć, bez przeszkód czy pobudzania nienaturalnych skłonności – uzupełnił Uprzejmy. Wszedł w krąg światła; nigdy nie widziałem człowieka bardziej gotowego do walki. Kot stanowił śnieżny cień u jego nóg. Nie chciałem tego. Nie chciałem zarzutów i nie chciałem walki. Nie widziałem żadnego sposobu na ich uniknięcie. Zanim zdążyłem otworzyć usta, odezwał się Błazen.

– Z uporem pielęgnujesz to błędne przekonanie – rzekł cicho. – Jeśli jednak trzeba ci to powiedzieć jeszcze raz, zrobię to. Nie stanowię dla tego chłopca żadnego zagrożenia. To, co zaszło między nami w domu twojej matki, było podstępem, mającym wyjaśnić mój nagły wyjazd. Nie jesteś prostakiem. Widziałeś, że i Tom Borsuczowłosy, i ja służymy księciu w sposób, którego nikt ci dokładnie nie wyjaśnił. I nikt tego nie zrobi. Pozbądź się zatem tej nadziei. Więcej ode mnie nie wydobędziesz, a mówię to wyraźnie. Nie czuję żadnego pociągu fizycznego do tego chłopca i nie mam zakusów na jego ciało. To samo dotyczy moich odczuć wobec ciebie.

To powinno go uspokoić, jeśli tym naprawdę się martwił. Lecz oczywiście tak nie było. Widziałem to po tym, jak jego kot położył uszy po sobie.

– A wobec tej, która była moją narzeczoną, Urodnej? Powiesz, że kiedy zniszczyłeś łączące nas zaufanie, nie czułeś do niej żadnego pociągu fizycznego i nie miałeś zakusów na jej ciało?

Milczenie i zimno, które otoczyły nas ciasnym kręgiem, nie pochodziły wyłącznie od lodowca. Rzadko widziałem, by Błazen tak starannie ważył słowa. Uświadomiłem sobie, że tuż obok stoi Małż, będący świadkiem naszej rozmowy, a ci, którzy zaczęli wracać do swoich namiotów, także się zatrzymali, by obejrzeć to przedstawienie. Zastanawiałem się, co minstrel zrozumie z tego, co usłyszał, nie mówiąc już o tym, co może jeszcze powiedzieć Błazen.

– Kiedy ostatnio ją widziałem, Urodna była ślicznym dzieckiem – rzekł cicho. – I podobnie jak dziecko, ulegała szybkim fantazjom i fascynacjom. Wykorzystałem jej zainteresowanie moją osobą. Przyznaję się do tego. I już ci powiedziałem, dlaczego tak postąpiłem. Nie zniszczyłem jednak waszego wzajemnego zaufania. Mogliście to zrobić tylko wy dwoje i to rzeczywiście uczyniliście. Minęło już trochę czasu i może, jeśli cofniesz się myślami, zrozumiesz, że zaufanie, którym cię darzyła, było zaufaniem dziecka, a nie miłością młodej kobiety. Mógłbym się założyć, że znała i innych młodzieńców oprócz ciebie; tak naprawdę ona cię nie wybrała, Uprzejmy. Po prostu byłeś na miejscu, a jej rodzice to pochwalali. A kiedy pojawiłem się ja i Urodna spostrzegła, że może mieć wybór...

– Nie próbuj zrzucić całej winy na mnie! – Głos Uprzejmego przypominał ciche warczenie. Wtórował mu jego kot. – Uwiodłeś ją i ukradłeś. A potem porzuciłeś i zostawiłeś z jej wstydem.

– Wcale... – Zaskoczenie Błazna było dla mnie namacalne. Najwyraźniej zabrakło mu słów. Kiedy jednak się odezwał, głos znów miał mocny i opanowany. – Mylisz się. Widziałeś wszystko, co zaszło między Urodną i mną. Taki oczywiście był mój zamiar! Nie dzieliliśmy żadnych chwil na osobności i z pewnością jej nie uwiodłem. Porzuciłem ją, oczywiście, ale nie okryłem jej wstydem.

Uprzejmy pokręcił głową nieco zbyt gwałtownie. Im spokojniej mówił Błazen, tym bardziej chłopiec był wzburzony.

– Nie! Nie, to ty zniszczyłeś to, co było między nami, przez swoje wstrętne zachcianki! A teraz mówisz, że to była jakaś gra albo podstęp. Zniszczyłeś marzenia mojej matki i upokorzyłeś ojca Urodnej, który teraz nie może znieść jej obecności w tym samym pomieszczeniu. I wszystko to dla żartu? Nie. Ja w to nie uwierzę.

Zrobiło mi się niedobrze. Brałem wtedy udział w tym oszustwie. Gościliśmy w domu Uprzejmego Brzeczki pod pretekstem polowania, podczas gdy w rzeczywistości tropiliśmy księcia Sumiennego i Srokatych, którzy go porwali. Kiedy musieliśmy nagle wyjechać za księciem, pan Złocisty stworzył powód, by pani Brzeczka przyjęła nasz wyjazd z ulgą. Bezczelnie zalecał się do pani Urodnej, narzeczonej Uprzejmego, zawracając jej w głowie swoim bogactwem, urokiem i pochlebstwami. Kiedy Uprzejmy próbował interweniować, Złocisty poinformował młodzieńca po pijanemu, że i on byłby mile widziany w jego łóżku. Zrobiliśmy to dla księcia, byśmy mogli szybciej za nim pojechać i żeby nikt się nie zastanawiał, dlaczego wyjechaliśmy tak nagle. Teraz jednak niedobrze mi się robiło na myśl o śladach zniszczenia, jakie zostawiliśmy za sobą. Nagle przestraszyłem się, do czego to musi doprowadzić.

„Mój książę, obawiam się, że muszę cię błagać o wkroczenie między Uprzejmego i Błazna. Kłócą się i myślę, że Uprzejmy chce doprowadzić do rękoczynów".

– Przykro mi – rzekł Błazen i włożył w te słowa tyle uczucia, że nikt nie mógł wątpić w ich szczerość. Po chwili dodał: – Naprawdę nigdy nie jest za późno, Uprzejmy. Jeśli kochasz tę dziewczynę tak, jak na to wygląda, to po powrocie do Królestwa Sześciu Księstw idź i powiedz jej to. Daj Urodnej czas na stanie się kobietą i zobacz, czy odwzajemnia twoje uczucia. Jeśli tak będzie, to cieszcie się sobą nawzajem. Jeśli nie, to cóż, będziesz wiedział, że wasza miłość by nie przetrwała, bez względu na to, czy pojawiłbym się w waszym życiu, czy nie.

Nie to chciał usłyszeć Uprzejmy. Jego twarz z purpurowej zrobiła się biała, a on sam nagle wrzasnął: „Żądam satysfakcji!" i rzucił się na Błazna.

Sieciarz sięgnął do jego ramienia o ułamek sekundy za późno. O włos za późno spróbowałem stanąć mu na drodze. Uprzejmy rzucił się na Błazna jak kot na mysz i razem runęli na śnieg. Uprzejmy walczył, sycząc jak kot. Sieciarz chyba zrobił coś, co powstrzymało kota przed przystąpieniem do walki. Postąpiłem krok do przodu, żeby ich rozdzielić, ale poczułem w moich myślach księcia, który na wpół ubrany przybył na scenę.

„Niech to załatwią raz na zawsze, Bastardzie. Lepiej, żeby do tego doszło, niż żebyś się w to włączył i nagle wszyscy zaczęli stawać po czyjejś stronie. To długo nabrzmiewało w Uprzejmym i słowa nie wystarczą, by załatwić sprawę".

„Ale Błazen nie walczy. Nigdy nie widziałem, żeby się bił!".

„Mimo wszystko" – te słowa wysłał Cierń, jakby z ponurym zadowoleniem – „teraz będzie się bił".

Chyba spodziewali się, że Uprzejmy szybko wygra. Ja jednak lepiej znałem Błazna. Mógł się wydawać drobny, lecz nawet kiedy byłem w dobrej kondycji, zawsze sprawiał wrażenie, że potrafi dorównać mi siłą. Kiedyś, gdy zostałem ranny, zaniósł mnie, brnąc w śniegu do swego domu. Jego akrobatyczne sztuczki wymagały nie tylko zręczności, ale i siły. Wiedziałem więc, że jeśli zechce, potrafi pokonać Uprzejmego. Bałem się jednak, że nie zechce. I moje obawy miały uzasadnienie. Uprzejmy usiadł okrakiem na Błaźnie. Skrzywiłem się na dźwięki, jakie wydawały pięści Uprzejmego, mocno trafiające go w pierś, ramię i szczękę.

„Przerwij to!" – poprosiłem księcia. „Każ im przestać!".

„Niech to skończą i niech sprawa wreszcie zostanie załatwiona" – wtrącił się Cierń. Posłałem mu gniewne spojrzenie, myśląc, że ma i inne powody, dla których chciałby ujrzeć Błazna pokonanego w obecności ludzi, którzy tak szybko się zgromadzili.

„Zatem ja to przerwę!".

Kiedy jednak postąpiłem krok do przodu, zobaczyłem, że szala zwycięstwa już się przechylała. Błazen wił się pod Uprzejmym, aż wśliznął się pod niego biodrem. Uwięził jedną nogę Uprzejmego w zgięciu kolana, a potem dzięki jakiejś zręcznej sztuczce nagle zrzucił go z siebie i sam na nim usiadł. Byłem wstrząśnięty, czekając na zemstę Błazna.

Nie doczekałem się. Chwycił wymachujące ramiona Uprzejmego i bez widocznego wysiłku je unieruchomił. Z jednego z nozdrzy Błazna kapała na szamoczącego się chłopaka ciemnoczerwona krew. Błazen wzmocnił chwyt i zobaczyłem, z jaką niechęcią naciska na łokieć Uprzejmego, aż ten stęknął z bólu. Opodal jego kot warczał dziko. Z pozoru ręka Sieciarza leżała na grzbiecie zwierzęcia swobodnie, lecz kot sprawiał wrażenie, jakby wyrywał się z żelaznych okowów.

Błazen przytrzymywał szamoczącego się młodzieńca na ziemi. Wyczuwałem jego oburzenie, że Złotoskóry robi to bez widocznego wysiłku. Kiedy człowiek obrazi czyjąś męskość, nie spodziewa się, że obrażony tak łatwo go pokona.

– Koniec – przemówił stanowczo Błazen, nie tylko do Uprzejmego, lecz do nas wszystkich. – Sprawa jest zamknięta. Nie będę już tego z tobą omawiał.

Nagle Uprzejmy zwiotczał. Błazen przytrzymywał go jeszcze chwilę, po czym podniósł się znad rozciągniętego na ziemi młodzieńca, zrobił chwiejny krok i wyprostował się. W chwili, gdy zaczynał odchodzić, Uprzejmy zerwał się na nogi i skoczył na Błazna. Rzuciłem się do przodu w tej samej chwili, kiedy Błazen, nie oglądając się nawet za siebie, odsunął się miękko na bok. Uprzejmy i ja stanęliśmy nagle naprzeciwko siebie; chłopak wytrzeszczał na mnie oczy, patrząc w górę, a ja spokojnie wytrzymywałem jego spojrzenie. Cofnął się chwiejnie o krok, a potem zawirował w miejscu i wysyczał obelgę pod adresem Błazna.

– Mówisz, że on nie jest twoim kochankiem, a mimo to on jest gotów za ciebie walczyć.

Niczym statek pod pełnymi żaglami, Błazen ruszył przez śnieżną noc i zatrzymał się gwałtownie przed chłopakiem.

– Nie jest moim kochankiem – odezwał się beznamiętnie. – Jest dla mnie czymś o wiele ważniejszym, o wiele cenniejszym. Ja jestem białym prorokiem, a on jest moim katalizatorem. Przybyliśmy tu, by zmienić bieg czasu. Moim zadaniem jest dopilnować, by Lodogień przeżył.

Peottre już wcześniej zbliżył się bezszelestnie do krawędzi kręgu. Zadrżał w mroku jak ugodzony strzałą. Przedstawiciele hetgurdu, zebrani dla przyjemności obserwowania walki, zaczęli nagle coś mamrotać między sobą. Nie miałem jednak czasu ich obserwować. Uprzejmy przypominał zaczajonego kota, śmigającego ogonem. Całą uwagę skupił na Błaźnie.

– Nie obchodzi mnie, jak nazywasz siebie albo jego – warknął. – Wiem, kim jesteś!

Niemal wypluł z siebie te słowa i znów skoczył. Tym razem jednak Błazen przyjął jego atak. Uprzejmy wymachiwał zaciśniętymi pięściami, lecz Błazen uchylił się przed nimi i chwycił Uprzejmego wpół. Nie odepchnął go, tylko pociągnął do przodu, zwiększając jego impet tak, że chłopak runął twarzą w skrystalizowany śnieg. Błazen podążył za nim. Znów go przygwoździł, objąwszy jedną ręką szyję chłopaka, a drugą podłożywszy pod jego ramię i wygiąwszy mu prawą rękę do góry. Uprzejmy przeklinał dziko i był bliski łez, a Błazen ostrzegł go chrapliwie:

– Możemy to robić tyle razy, ile tylko zechcesz. Jeśli będziesz się szarpał, to wywichniesz sobie ramię. Bądź tego pewien. Daj mi znać, jak się uspokoisz i będziesz gotów się poddać.

Bałem się, że chłopak będzie na tyle głupi, by zrobić sobie krzywdę. Błazen przytrzymywał go na śniegu całym swoim ciężarem i pozwalał chłopcu się szarpać. Dwa razy Uprzejmy starał się rozerwać chwyt Błazna. Za każdym słyszałem jego stęknięcie z bólu. W końcu, udowodniwszy sobie samemu słowa Błazna, znieruchomiał. Daleko mu jednak było do spokoju. Dyszał, przeklinał, a w końcu krzyknął:

– To wszystko była twoja wina! Nie możesz temu zaprzeczyć. Zniszczyłeś wszystko, wszystko. Teraz moja matka nie żyje, a ja nie mam nic. Nic. Urodna jest zhańbiona, a ja nie mogę zaproponować jej małżeństwa, bo nic nie mam, a jej ojciec wini moją rodzinę za upadek jego córki. Nie pozwala mi się z nią widywać. Gdybyś tam nie przyjechał, nic z tego by się nie wydarzyło. Wciąż miałbym swoje życie.

– A książę byłby martwy. Albo jeszcze gorzej.

Przybliżyłem się ostrożnie do walczących, nawet nie zdając sobie z tego sprawy. Zastanawiałem się, czy ktoś oprócz mnie usłyszał cichą uwagę Błazna.

Pokonany Uprzejmy z jękiem opuścił twarz na śnieg. Leżał nieruchomo. Błazen nie zmusił go, by przyznał się do porażki. Puścił chłopaka i wstał. Skrzywiłem się, wiedząc, jaki musi czuć ból.

– To nie byłem ja – odezwał się, łapiąc oddech. – Nie ja zabiłem twoją matkę. Ani jej nie zhańbiłem. Zrobili to Srokaci. Wiń ich, nie mnie. I nie przypisuj winy młodej dziewczynie, która jedynie flirtowała z obcym mężczyzną. Wybacz jej... i sobie. Zostałeś schwytany w potrzask i wykorzystany. Ona też.

Trafne słowa wrzynały się w duszę Uprzejmego, a jego ból wylał się w noc. Wyczułem go Mocą i Rozumieniem jak jakąś gorącą, obrzydliwą truciznę. Kiedy Błazen odwrócił się, chłopak nie skoczył za nim, tylko zwinął się na boku w śniegu, oniemiały ze smutku. Jego kot mruknął cicho, zaniepokojony, i uwolniony przez Sieciarza pośpieszył do jego boku. Błazen stał z daleka od nich. Dysząc, przeciągnął rękawem po twarzy, a potem pokręcił głową na widok jego śnieżnej bieli powalanej głęboką czerwienią własnej krwi. Odszedł jeszcze kilka kroków dalej, a potem pochylił się z rękoma na kolanach i głęboko oddychał zimnym powietrzem.

– Niech się to tutaj skończy – odezwał się wreszcie książę. – Stanowimy małą grupę i nie możemy sobie pozwolić na jakiekolwiek podziały między nami. Uprzejmy, rzuciłeś wyzwanie i to będzie musiało ci wystarczyć za satysfakcję. Panie Złocisty, będę tolerował twoją obecność. Otwarcie wyznałeś, że sprzeciwiasz się mojej misji. Przyjmuję to, podobnie jak przyjmuję obserwatorów z hetgurdu. Jeśli jednak z tego powodu okażesz Uprzejmemu złą wolę, moja tolerancja się skończy. Wykluczymy cię z naszej grupy i będziesz musiał radzić sobie sam.

Uznałem te ostatnie słowa za groźbę. Podszedłem do Błazna i czekałem, aż złapie oddech. Sieciarz podszedł do Uprzejmego i ukląkł przy nim na śniegu. Chłopak leżał, tuląc do siebie kota, jakby to była dziecięca przytulanka. Sieciarz przemawiał do niego cichym, niskim głosem. Nie słyszałem, co mówił. Szybki stał pośrodku, przenosząc wzrok z jednego przeciwnika na drugiego. Wziąłem Błazna pod rękę i ruszyłem z nim w stronę jego namiotu. Teraz, kiedy było już po bójce, wydawał się na wpół ogłuszony.

– Pójdź za swoim księciem, synu – powiedziałem Szybkiemu, mijając go. – To na razie koniec. Porozmawiamy później.

Kiwnął głową, odprowadzając nas wzrokiem. Błazen lekko się potknął, więc chwyciłem go mocniej. Słyszałem, jak za nami Lotny gromi strażników, że dali się odciągnąć od swoich obowiązków. Wszyscy powoli się rozchodzili.

Zaprowadziłem Błazna do jego namiotu, a potem wyszedłem na zewnątrz z jego chustką w ręce, by zebrać w nią trochę śniegu. Zanim wróciłem, dolał do naczynia odrobinę oliwy, więc podsycone płomyki strzelały wyżej, posyłając fale koloru wzdłuż jedwabnych ścian. Błazen ustawił na kociołku mały imbryk, a potem usiadł na posłaniu, zaciskając nozdrza pokrwawioną dłonią. Nos prawie przestał mu krwawić, lecz twarz Błazna zaczynała ciemnieć w miejscach, gdzie trafiły ją pięści Uprzejmego. Odchylił się ostrożnie do tyłu, jakby bolała go cała lewa strona ciała.

– Spróbuj tego – odezwałem się. Usiadłem obok Błazna i delikatnie przyłożyłem mu zimny kompres do policzka. Odwrócił głowę.

– Nie rób tego, proszę! Kompres jest lodowaty, a mnie już jest za zimno – poskarżył się. – Tutaj jest mi wciąż za zimno – dodał ze znużeniem.

– Nie szkodzi – rzekłem bezlitośnie. – Tylko do czasu, kiedy przestanie ci lecieć krew z nosa. Poza tym twarz nie spuchnie ci tak bardzo. I tak pewnie będziesz miał podbite oko.

– Proszę cię, Bastardzie – zaprotestował słabo i w chwili, gdy musnąłem czubkami palców jego policzek, sięgnął w górę i chwycił gołą ręką mój nadgarstek.

Wstrząs wywołany tym wzajemnym dotykiem na chwilę mnie oślepił, zupełnie jakbym wyszedł z mrocznej stajni na pełne słońce. Szarpnąłem się do tyłu, zawiniątko ze śniegiem upadło na podłogę namiotu, zamrugałem, ale obraz tego, co zobaczyłem, wrył mi się w wewnętrzną stronę powiek. Nie potrafię powiedzieć, skąd wiedziałem, co zobaczyłem. Może pomógł ten zamknięty krąg dotyku. Odetchnąłem spazmatycznie i lekkomyślnie sięgnąłem rozczapierzonymi palcami ku twarzy Błazna.

– Mogę cię uzdrowić – powiedziałem, zdumiony i oszołomiony tym odkryciem. Świadomość mojej nowo odkrytej potęgi rozlewała mi się błyskawicznie po całym ciele, paląca niczym okowita. – Widzę, co jest nie tak, widzę złamane fragmenty i to, jak krew zbiera ci się pod skórą w miejscach, w których nie powinno jej być. Błaźnie, mogę użyć Mocy i cię uzdrowić.

Ponownie chwycił mnie za nadgarstek, lecz tym razem po to, by przytrzymać moją dłoń z dala od jego twarzy. Ponownie wstrząsnęło mną poczucie więzi, kiedy jego przepojone Mocą palce dotknęły mojej skóry. Szybko przeniósł chwyt na mój mankiet.

– Nie – rzekł cicho, lecz na jego spuchniętej twarzy pojawił się uśmiech. – Niczego się nie nauczyłeś z „uzdrawiania", jakiemu cię poddaliśmy? Nie mam żadnych rezerw, które mógłbym wykorzystać do szybkiego wyleczenia. Niech moje ciało samo się naprawi, po swojemu i w swoim czasie. – Puścił mnie. – Ale dziękuję ci za propozycję – dodał cicho.

Przebiegł mnie dreszcz, jak konia, który strząsa z sierści muchy. Zamrugałem, czując się, jakbym właśnie się obudził. Pokusa zanikała wolniej. No proszę, pomyślałem cierpko, ile we mnie jest z Ciernia. Wystarczyła sama świadomość, że mogę coś zrobić, a już mnie do tego korciło. Widok siniejącej twarzy Błazna był jak widok przekrzywionego obrazka na ścianie. Chęć wyprostowania go była instynktowna. Westchnąłem. Zdecydowanym ruchem skrzyżowałem ręce na piersiach i odchyliłem się do tyłu.

– Rozumiesz to, prawda? – zapytał Błazen.

Kiwnąłem głową; w następnej chwili zaskoczył mnie, myślał bowiem o czymś zupełnie innym.

– Trzeba jakoś wysłać wiadomość do królowej. Myślę, że Urodna jest niewinna. Zasługuje na ratunek i mam nadzieję, że go otrzyma po niedoli, jaką pomogłem jej zgotować. Nie śmiem się domyślać, które z jej rodziców jest Srokatym współpracującym z Chwalebnym. Może oboje. Urodna została zhańbiona za to, że przypadkiem pasowała do naszych planów. A Uprzejmy nie jest już uważany za odpowiedniego partnera dla niej, ponieważ stanął po stronie Przezornych.

Oczywiście. Wszystkie związki stały się wyraźnie widoczne, kiedy Błazen je wymienił. Zastanowiłem się jeszcze raz nad reakcją rodziców na zainteresowanie „pana Złocistego" ich córką. Matka sprawiała wrażenie, że bardzo chętnie to zainteresowanie wykorzysta; ojciec był ostrożniejszy. Czy widzieli go jako kogoś, kto mógłby otworzyć Srokatym drogę do dworu w Koziej Twierdzy? Jako dobroczyńcę, którego bogactwo mogłoby się przysłużyć ich sprawie?

– Dlaczego Uprzejmy po prostu nie powiedział o tym Sumiennemu? – Byłem oburzony. Mój książę wybaczył Uprzejmemu, przyjął go z powrotem jako towarzysza i przyjaciela, a on ukrywał przed nami taką ważną informację.

Błazen pokręcił głową.

– Uprzejmy chyba nawet teraz nie zdaje sobie sprawy z pełnych konsekwencji. Może jakaś jego cząstka podejrzewa, lecz on nie śmie sobie pozwolić na dostrzeżenie tego. Jest prawdziwym potomkiem pradawnej krwi, a nie Srokatym. To, co oni zrobili, jest według jego zasad tak potworne, że nie potrafi sobie wyobrazić związku Urodnej z takim spiskiem. – Pochylił się i podniósł z podłogi zawiniątko ze śniegiem, przyjrzał mu się smętnie i przyłożył je ostrożnie do spuchniętej strony twarzy. – Jestem tak zmęczony zimnem – zauważył. Jedną ręką otworzył drewniane pudełko, stojące w nogach posłania, i wyjął z niego dopasowane do siebie filiżankę i miseczkę. Spod nich wydobył woreczek z materiału i wytrząsnął z niego do naczyń jakieś zioła. – Tylko w ten sposób wszystko do siebie pasuje – ciągnął. – Urodna jest skompromitowana w oczach jej ojca; zaręczyny są zerwane. Uprzejmy zakłada, że jej ojciec przyłapał ją w moim łóżku. To jedyne wyjaśnienie, jakie potrafi sobie wyobrazić, więc za zniszczenie tego, co było między nimi, wini mnie. Ale wcale nie chodzi o to. Jedno lub oboje jej rodziców są Srokatymi. Wykorzystali bliskie związki z rodziną Brzeczków do przejmowania wiadomości przeznaczonych dla Uprzejmego i wysyłania mu własnych. Zadbali o to, by książę został niewidzialnym gościem Brzeczków. Kot dla Sumiennego został prawdopodobnie przekazany przez nich. Planowali ślub Uprzejmego z ich córką, dzięki czemu bogactwo i pozycja jego rodziny wspomogłoby sprawę Srokatych. Lecz ona ich zawiodła, flirtując ze mną. To my spowodowaliśmy upadek tego pierwszego planu Srokatych. I w ten sposób została zhańbiona Urodna. – Westchnął, opadł na posłanie i przesunął chustkę w inne miejsce na twarzy. – Rozgryzienie tego teraz jest słabą pociechą.

– Dopilnuję, by Ketriken się o tym dowiedziała – obiecałem, nie mówiąc mu, jak to osiągnę.

– Ale jeśli rozwiązaliśmy dzisiaj jedną zagadkę, to tylko natknęliśmy się na jeszcze większą. Kim on jest? Czym on jest? – rzekł Błazen w zadumie.

– Czarny Człek?

– Właśnie.

Wzruszyłem ramionami.

– Jakiś samotnikiem mieszkającym na wyspie, który przyjmuje ofiary od przesądnych ludzi i robi zasadzki na tych, co nie składają mu darów. To najprostsze wyjaśnienie.

Cierń uczył mnie, że najprostsze wyjaśnienie często może być słuszne.

Błazen powoli pokręcił głową i popatrzył na mnie z niedowierzaniem.

– Nie. Chyba w to nie wierzysz. Nigdy nie wyczuwałem wokół żadnego człowieka tylu znaków... nie czułem takiego dreszczu... dreszczu znaczenia od czasu, kiedy poznałem ciebie. On jest ważny, Bastardzie, ogromnie ważny. Jest może najważniejszą osobą, jaką kiedykolwiek spotkaliśmy. Nie wyczułeś jego znaczenia, unoszącego się w powietrzu jak mgła?

Odjął śnieg od twarzy i pochylił się. Z czubka jego nosa zwisała ostatnia szkarłatna kropla. Pokazałem mu ją i Błazen wytarł niedbale nos zakrwawionym rękawem.

– Nie. Nie wyczułem niczego takiego. Właściwie... och, na Edę i Ela! Dlaczego widzę to dopiero teraz? Nie widziałem go, kiedy krzyknął wartownik, a kiedy pokazano mi go, myślałem, że widzę tylko jego cień. Bo nie wyczuwałem go Rozumieniem. Nic a nic. Był przezroczysty jak ktoś zakażony kuźnicą... On jest zakażony kuźnicą, Błaźnie. A to oznacza, że nie da się przewidzieć jego posunięć.

Choć w namiocie było przytulnie, przebiegł mnie zimny dreszcz. Dawno już nie miałem do czynienia z ofiarami kuźnicy, lecz bezlitosne wspomnienia nie zblakły. Jednym z moich zadań jako ucznia skrytobójcy było jak najsprawniejsze zabijanie jak największej ich liczby. To, że uśmiercałem mieszkańców Królestwa Sześciu Księstw, wciąż mnie dręczyło, chociaż wiedziałem, że nie było alternatywy. Zakażenie kuźnicą odbierało ofiarom wszelkie człowieczeństwo i było nieodwracalne.

– Zakażony kuźnicą? Och, na pewno nie! – Pełna osłupienia reakcja Błazna wyrwała mnie z zamyślenia. Pokręcił głową. – Nie, Bastardzie. On nie jest ofiarą kuźnicy. Wprost przeciwnie, jeśli coś takiego jest możliwe. Wyczułem w nim ciężar setek cykli życiowych, wagę dziesiątek bohaterów. On... zmienia przeznaczenie. Bardzo podobnie do ciebie.

– Nie rozumiem – odparłem nerwowo.

Nie znosiłem, kiedy Błazen tak mówił. On to uwielbiał.

Pochylił się z oczyma roziskrzonymi od entuzjazmu.

– Cały czas, każda jego drobna chwilka, jest bogaty w wybory – zaczął, unosząc jednocześnie imbryk znad ognia i nalewając wrzątek do filiżanki i miseczki. W powietrzu rozeszła się woń imbiru i cynamonu. – Człowiek tak się do tego przyzwyczaja, że czasami nawet ja muszę się zatrzymać i przypomnieć sobie, że dokonuję wyborów, nawet jeśli tak mi się nie wydaje. Każdy zaczerpnięty oddech jest wyborem. Czasami jednak takie przypomnienie jest narzucane siłą, czasami spotykam kogoś niosącego ze sobą tyle możliwości i mającego taki potencjał, że samo istnienie takiej osoby stanowi wstrząs dla rzeczywistości. Kimś takim wciąż jesteś dla mnie ty. Samo nieprawdopodobieństwo twojego istnienia zaparło mi dech w piersiach.

Odkryłem stosunkowo niewiele możliwych przyszłości, w których w ogóle istniejesz. W większości pozostałych umarłeś w dzieciństwie. W innych... chyba nie muszę ci opowiadać o wszystkich rodzajach twojej śmierci w innych czasach. Ile razy byłeś wyrywany z paszczy śmierci? I to w najbardziej nieprawdopodobny sposób? Zapewniam cię, Bastardzie, że w innych czasach, biegnących równolegle do naszego, w tych momentach spotykała cię śmierć. A mimo to wciąż jesteś tu ze mną, stawiając czoło przeciwnościom samym swoim istnieniem. A istniejąc, z każdym oddechem zmieniasz cały czas. Jesteś jak klin wbity w suche drewno. Z każdym uderzeniem serca jesteś wbijany głębiej w „to, co mogłoby być" i posuwając się naprzód, poszerzasz szczelinę w przyszłości i odsłaniasz sto, tysiąc nowych możliwości, z których każda rozgałęzia się w kolejną ich setkę, w kolejny tysiąc. – Przerwał, by zaczerpnąć tchu. Zauważył moją zdegustowaną minę i roześmiał się. – Cóż. Czy ci się to podoba, czy nie, taki wywierasz wpływ, mój katalizatorze. I takie właśnie wrażenie zrobił dziś na mnie ten Czarny Człek! Wokół niego migotało tyle możliwości, że ledwie go widziałem. On jest jeszcze bardziej nieprawdopodobny od ciebie! – Wyjął z rękawa czarną chusteczkę i starł z twarzy, a potem z rąk wszystkie ślady krwi. Następnie opadł na poduszki, wpatrzony w niewyraźne cienie u szczytu namiotu. – A ja nie mam pojęcia, kim lub czym jest. Nigdy przedtem go nie widziałem. Co to oznacza? Czy jego wpływ na przyszłość stał się możliwy dopiero po naszym przybyciu na wyspę?

Wziął do ręki parującą miseczkę i podał mi ją.

– Mam tylko jedną filiżankę – usprawiedliwił się. – Podróżuję z małym bagażem.

Ująłem naczynie, z przyjemnością grzejąc nim dłonie. Z zaskoczeniem przypomniałem sobie, że w Królestwie Sześciu Księstw jest lato. Tu, na Wyspach Zewnętrznych, w obozie na lodowcu lato wydawało się bezsilne. Błazen ujął filiżankę i rozejrzał się ze zmarszczonymi brwiami.

– Wziąłeś mój miód, prawda? Pewnie nie masz go ze sobą? Podkreśla smak imbiru i sprawia, że herbata jest bardziej rozgrzewająca.

– Przepraszam... Zostawiłem go w namiocie... nie, to nieprawda. Zostawiłem go zeszłej nocy przy ognisku, a dziś rano zniknął. – Przerwałem, mając wrażenie, jakbym właśnie usłyszał zgrzyt klucza w zamku. – Albo został zabrany – poprawiłem się. – Błaźnie, Zawyspiarze zostawiają dla Czarnego Człeka ofiary. Nie wziął żadnej z nich, a tego ranka twój miód zniknął.

– Myślisz, że on go wziął? Myślisz, że uznał go za ofiarę zostawioną przez ciebie?

Pomyślałem, że okazywane przez niego podniecenie jest nieproporcjonalne do moich spekulacji. Upiłem łyk herbaty. Imbir był żarem. Czułem, jak rozlewa mi się uspokajająco w żołądku, chociaż słowa Błazna mnie zaniepokoiły.

– Raczej wziął go ktoś z naszego obozu. Jak Czarny Człek mógłby się wśliznąć niepostrzeżenie między nasze namioty?

– Niepostrzeżenie i niewyczuwalnie – poprawił mnie Błazen. – Powiedziałeś, że jest niewidzialny dla twojego Rozumienia. Zapewne to samo dotyczy pozostałych Rozumiejących. Tak. Myślę, że to on wziął miód. I przez to związał swój los z naszym. Widzisz, Bastardzie, jego los nas łączy. – Upił nieco herbaty, niemal zamykając oczy z zachwytu nad ciepłym płynem. Kiedy odstawił filiżankę, była niemal pusta. Sięgnął po jaskrawożółtą narzutę, wyglądającą równie delikatnie, jak materiał, z którego był zrobiony namiot, narzucił ją sobie na ramiona, zrzucił buty i podciągnął pod siebie wąskie stopy. – Łączy go z nami oboma. Sądzę, że może to mieć ogromne znaczenie. Czy rozumiesz, że mogłoby to zmienić wynik naszej misji? Szczególnie, jeśli dam znać, że Czarny Człek przyjął naszą ofiarę?

Przebiegłem w myślach rozmaite możliwości. Czy takie oświadczenie przeciągnęłoby Zawyspiarzy na jego stronę? Zwróciłoby narczeskę i Peottrego przeciwko niemu? W jakim świetle stawiało to mnie, nie tylko w stosunku do nich, ale i w oczach Ciernia? Odpowiedzi nie były pocieszające.

– Mogłoby to pogłębić podział naszej grupy.

Uniósł filiżankę i dopił herbatę.

– Nie. Odsłoniłoby jedynie podział, który już istnieje. – Spojrzał na mnie niemal litościwie. – To jest ukoronowanie dzieła mojego życia, Bastardzie. Nie możesz się spodziewać, że odrzucę jakąkolwiek broń, jakąkolwiek możliwość przewagi oferowaną mi przez los. Jeśli muszę umrzeć na tej zimnej i zapomnianej wyspie, to niech przynajmniej umrę z wiedzą, że osiągnąłem mój cel.

Postawiłem pustą miseczkę obok jego filiżanki.

– Nie zamierzam tu zostać i słuchać tych... bzdur – oznajmiłem stanowczo. – Nie wierzę w ani jedno twoje słowo.

Ale wierzyłem. I ściskało mnie od tego w dołku bardziej niż od jakiegokolwiek zimna czy niebezpieczeństwa, z którym mierzyłem się w przeszłości.

– I sądzisz, że jeśli w to nie uwierzysz, to do tego nie dojdzie? To dopiero są bzdury, Bastardzie. Zaakceptuj to i jak najlepiej wykorzystajmy czas, jaki nam został.

W jego głosie brzmiał tak straszliwy spokój, że nagle zapragnąłem go uderzyć. Jeśli rzeczywiście czaiła się na niego śmierć, to nie powinien się z tym tak spokojnie godzić. Powinien walczyć, powinien zostać zmuszony do walki.

Wziąłem głęboki oddech.

– Nie. Nie uwierzę i nie zaakceptuję. – Przyszła mi do głowy myśl i starałem się ją wypowiedzieć żartobliwie, lecz zabrzmiało to jak groźba. – Pamiętaj, czym dla ciebie jestem, biały proroku. Jestem katalizatorem. Odmieńcem. I potrafię odmieniać nawet to, co ty uważasz za ustalone.

W połowie mojego żartu zobaczyłem, jak pod wpływem wzruszenia zmienia mu się twarz. Chciałem powstrzymać dalsze słowa, lecz raz uwolnione, padały jakby z własnej woli. Uczucie malujące się na twarzy Błazna było tak silne, że równie dobrze mógłbym patrzeć na jego nagą czaszkę.

– Co ty mówisz? – zapytał szeptem pełnym przerażenia.

Odwróciłem od niego wzrok. Musiałem.

– Tylko to, co ty mi mówiłeś przez większość naszego życia. Możesz być prorokiem i przepowiadać różne rzeczy. Ale ja jestem katalizatorem. Ja zmieniam rzeczy. Może nawet to, co ty przepowiedziałeś.

– Bastardzie. Proszę cię.

Znów na niego spojrzałem.

– Co?

Łapał ustami powietrze, jak po biegu.

– Nie rób tego – rzekł błagalnie. – Nie usiłuj powstrzymać mnie przed zrobieniem tego, co muszę zrobić. Sądziłem, że już ci to wytłumaczyłem na plaży. Mógłbym od tego uciec. Mógłbym zostać w Koziej Twierdzy albo wrócić do Miasta Wolnego Handlu, albo nawet do domu. Albo tam, gdzie niegdyś był dom. Nie zrobiłem tego jednak. Jestem tutaj. Stawiam temu wszystkiemu czoło. Boję się i nie przeczę temu. I wiem, że będzie to trudne dla ciebie. Ale do tego właśnie dążyłem przez te wszystkie lata. Rozumiesz, co to jest obowiązek wobec rodziny i króla. Rozumiesz to aż za dobrze. Proszę cię, żebyś zrozumiał, że to, teraz, stanowi mój obowiązek wobec tego, czym jestem. Jeśli postanowisz mnie pokonać, tylko po to, by uchronić mnie przed śmiercią, to pozbawisz znaczenia całe moje życie. Wszystko, przez co przeszliśmy aż do tej chwili, zostanie pozbawione znaczenia. Skażesz mnie na dokonanie żywota ze świadomością, że zawiodłem. Chcesz mi zrobić coś takiego?

Spojrzał na mnie żałosnym wzrokiem. Odczekałem kilka chwil, by się uspokoił, a potem odezwałem się cicho:

– Tak. Mówisz, że jeśli zobaczę, jak coś cię zabija, to mam na to pozwolić? Nawet gdybym mógł do tego nie dopuścić?

Nagle wydał mi się zdezorientowany.

– Chyba tak...

– A jeśli to będzie niesłuszne? Co będzie, jeśli zobaczę, że zabija cię niedźwiedź, choć ty masz zginąć w lawinie? I nic nie robię, więc umierasz w niewłaściwy sposób i wszystko i tak zostaje pozbawione znaczenia.

Przez chwilę patrzył na mnie beznamiętnie.

– Ale... Nie. Chyba będziesz wiedział. Kiedy nadejdzie czas, chyba będziesz wiedział, co...

– A jeśli nie? Jeśli popełnię błąd, to co wtedy?

– Nie... – Nie dokończył.

– Widzisz, jakie to głupie? – Skwapliwie wykorzystałem jego wahanie. – W żadnym razie nie mogę stać bezczynnie i patrzeć, jak umierasz, Błaźnie. Wiem o tym ja i wiesz o tym ty. Prosiłbyś mnie o stanie się kimś całkowicie odmiennym od tego, kim jestem. To ty wprowadzałbyś zmianę, a nie ja. Czy nie powiedziałeś mi kiedyś, że doprowadzanie do zmiany jest moim zadaniem, a nie twoim? Więc nie proś mnie o to. Jeśli twoim przeznaczeniem jest śmierć, cóż, wtedy i ja zapewne zginę. Wątpię, czy wtedy będzie to miało jakieś znaczenie dla któregokolwiek z nas. – Wstałem nagle. – Nie będziemy już do tego wracać. To jest dyskusja, której ja postanawiam nie prowadzić. Idę spać.

Zmiana wyrazu twarzy Błazna wstrząsnęła mną. Zobaczyłem w jego oczach nieskrywaną ulgę. Chyba wtedy zrozumiałem, jak bardzo bał się tego, czemu musi stawić czoło. To, że nie wyjawił tego nikomu, było największym popisem odwagi, jaki kiedykolwiek widziałem. Gdy podnosiłem klapę namiotu, Błazen odezwał się jeszcze raz.

– Bastardzie. Naprawdę za tobą tęskniłem. Nie odchodź. Śpij tutaj. Proszę cię.

Zostałem.

ROZDZIAŁ 16

KOZŁEK

Kozłek, dokładniej zwany koźlim zielem, ma silne działanie pobudzające, którego niefortunnym skutkiem ubocznym jest sprowadzanie na osobę go zażywającą uczuć przygnębienia i strachu. Z tego powodu często stosują go właściciele niewolników w Krainie Miedzi, by wydłużyć godziny ich pracy, gasząc w nich jednocześnie ducha. Zażywany regularnie przez długi czas powoduje uzależnienie, a niektórzy powiadają, że nawet zażywane sporadycznie, ziele to może na stałe zmienić usposobienie człowieka, czyniąc go podejrzliwym i niechętnym nawet wobec najbliższych towarzyszy, niszcząc zarazem jego poczucie własnej wartości. Mimo jednak tych wszystkich niedogodności istnieją sytuacje, kiedy warto podjąć ryzyko dla zyskania wytrzymałości, jakiej w razie konieczności może przydać kozłek. Jest on narkotykiem wywołującym mniej nieprzewidywalne skutki niż nasiona kopytnika albo cindin, jako że te ostatnie czasami powodują nagłe przypływy uczuć oraz fałszywą euforię, co z kolei może sprowokować działania i niemądre, i niebezpieczne.

Kozłek najlepszej jakości uzyskuje się z czubków młodych gałązek bardzo starych drzew. Natnij gałązkę wzdłuż, a potem dookoła końców nacięcia. Wsuń paznokieć, albo czubek noża, pod krawędź kory i ostrożnie ją obluzuj. Zdjęta kora natychmiast się zwija w walec. Przechowuj ją w takim stanie w woreczku w przewiewnym, suchym miejscu, aż wyschnie na tyle, by dało się ją zetrzeć na proszek, który można parzyć jak herbatę.

W razie nagłej potrzeby można przyrządzić herbatę ze świeżo zebranej kory, lecz po kolorze takiej herbaty jest o wiele trudniej ocenić siłę działania ziela.

Rekluza „Spis ziół"

Opuściłem namiot Błazna bardzo wcześnie, zanim jeszcze reszta obozu znalazła się na nogach. Źle spałem, nękany bezkształtnymi koszmarami. Przed świtem leżałem rozbudzony i żałowałem, że nie potrafię panować nad takimi niespokojnymi snami, jak Pokrzywa. To mi przypomniało o niej. Chciałem porozmawiać z Cierniem i Sumiennym na osobności, tak żeby nie słyszał nas nawet Młotek. Poszedłem na skraj obozowiska, by ulżyć pęcherzowi. Na straży stał Zręczny; skinął mi głową. Poszedłem prosto do namiotu księcia, starając się nie hałasować. Zapomniałem, że wyznaczyłem w nim wartę Szybkiemu. Chłopiec był czujny jak lis, bo kiedy się zbliżyłem, klapa namiotu uniosła się lekko, odsłaniając nie tylko bacznie patrzące oczy chłopca, ale i czubek strzały nałożonej na cięciwę łuku.

– To ja – rzekłem pośpiesznie; z ulgą przyjąłem opuszczenie broni. Łamałem sobie głowę nad jakimś zadaniem dla Szybkiego i w końcu uciekłem się do zaproponowania mu, by przyniósł czystego śniegu do stopienia na wodę do mycia dla księcia. Przypomniałem mu też, by nie wychodził poza oznaczoną granicę obozu.

Kiedy tylko się oddalił, brnąc w śniegu z wiadrem w ręce, wślizgnąłem się do mrocznego namiotu.

– Śpicie? – zapytałem cicho.

Sumienny westchnął ciężko.

– Już nie. Czuję się, jakbym nie spał przez większość nocy. Panie Cierniu?

Jedyną odpowiedzią był stłumiony pomruk. Cierń naciągnął sobie koce na głowę.

– To ważne i muszę mówić szybko, zanim wróci Szybki – ostrzegłem ich.

Cierń odrobinę uniósł koce.

– Mów zatem. – Ziewnął rozdzierająco. – Jestem za stary na takie obozowanie na śniegu po całodniowym marszu – mruknął jadowicie, jakby to była moja wina.

– Rozmawiałem zeszłej nocy z Błaznem, po tym jak się pobił z Uprzejmym.

– Ach, tak. A my rozmawialiśmy z Uprzejmym. Albo raczej Uprzejmy mówił do nas. Dość długo. Nie miałem pojęcia, że komedia odegrana przez was w Wietrznym była tak przekonująca. Uprzejmy bardzo się przejmuje tym, że pozwalamy Szybkiemu spędzać czas z panem Złocistym – odparł Cierń gderliwie.

Sumienny zachichotał, kiedy zmarszczyłem brwi.

– Prawda jest taka, że Uprzejmy woli wierzyć w to niż w prawdę. Błazen wszystko mi wyjaśnił. Sądzi, że zdrajcami, którzy sprzedali Sumiennego Srokatym, byli rodzice Urodnej albo przynajmniej jedno z nich. Ja podejrzewam, że ich zaręczyny zerwał jej ojciec i że może zrobił to bardziej dlatego, że Uprzejmy sprzeciwił się Srokatym, niż dlatego że Urodna zachowała się niemądrze.

Zostałem nagrodzony widokiem nosa Ciernia sterczącego spod koców. Patrzyłem, jak się zastanawia, obracając kawałki łamigłówki, by się przekonać, czy pasują do siebie nawzajem.

– Tak. Może mieć rację – powiedział niemal niechętnie. – Rodzice Urodnej mieli dobrą pozycję do przeprowadzenia tego wszystkiego. Gdybym tylko dysponował dodatkowym ptakiem, to wysłałbym te wiadomości królowej! Ale mam tylko jednego do Koziej Twierdzy i jednego dla hetgurdu, żeby sprowadzić po nas Zawyspiarzy. Nie mamy żadnych zapasowych ptaków.

Uniosłem brew.

– Młotek i Pokrzywa? – zapytałem bez ogródek. Zastanawiałem się, czy trzymał księcia w nieświadomości.

Cierń pokręcił głową, plącząc siwe włosy między kocami.

– Nie. To połączenie nie jest jeszcze gotowe do przekazywania tak ważnych wieści. Pomyśl o następstwach, gdyby wiadomość została źle zinterpretowana albo gdyby dziewczyna nie chciała uwierzyć przekazowi Młotka. Nie. Ten układ trzeba wypróbować poprzez proste wiadomości, i wysyłane, i odbierane, a dopiero potem będziemy mogli na nim polegać w poważnych sprawach. – Westchnął ciężko, karcąc mnie w ten sposób bez słów. – Dzisiaj Młotek będzie spał w naszym namiocie. Nim zapadnie w sen, Sumienny poprosi go o przekazanie pozdrowień Pokrzywie oraz o wysłanie jakiejś prostej wiadomości do królowej, takiej która będzie wymagała jej odpowiedzi. Trzeba będzie to starannie wymyślić. Jeśli wszystko pójdzie dobrze, następnej nocy spróbujemy wysłać jakąś ważniejszą wiadomość. Ale nasze podejrzenia co do zdrajcy przekażemy dopiero wtedy, gdy nabierzemy pewności, że wiadomości są przekazywane dokładnie. – Kiwnął głową, po czym popatrzył na księcia. – Zgoda?

– Zgoda. – Sumienny też westchnął. – Miejmy nadzieję, że królowa Bardzowątpię zechce porozumiewać się ze mną poprzez Moc.

I także obdarzył mnie wymownym spojrzeniem, które wyraźnie obwiniało mnie za to, że nie zna swojej kuzynki.

– Zrobiłem to, co uznałem za najlepsze – stwierdziłem sztywno.

A Cierń, zawsze pierwszy do wykorzystania przewagi, zgodził się gładko, mówiąc:

– Oczywiście. Zawsze działasz z wyższych pobudek, Bastardzie. Kiedy jednak następnym razem przyjdzie ci podjąć ważną decyzję na podstawie tego, co „uznasz za najlepsze", może przypomnisz sobie tę sytuację i pomyślisz, że może ja mam nieco więcej doświadczenia od ciebie. Może następnym razem przywiążesz nieco więcej wagi do mojego zdania w danej sprawie.

– Będę pamiętał o twojej radzie – zgodziłem się i tym razem moje słowa były i oficjalnie chłodne, i sztywne.

Nigdy nie sądziłem, że o moją lojalność będą zabiegać Cierń i Błazen, jakby to była szmata upragniona przez dwójkę szczeniąt. Każdy z nich przyznał, że decyzja będzie należała do mnie, lecz najwyraźniej żaden nie ufał mi, że podejmę ją bez podpowiedzi. Wtedy wrócił Szybki ze śniegiem, więc się pożegnałem i wyszedłem. Książę odprowadził mnie zamyślonym wzrokiem, lecz nie poczułem dotyku jego umysłu.

Reszta obozu już była na nogach. Rebus powiedział mi, że Peottre wstał wcześnie i poszedł wyznaczyć pierwszą część naszej podróży. Nie podobał mu się łagodny wiatr przesycony wilgocią, wiejący nad zaśnieżoną ziemią. Wstał nawet Młotek i kręcił się niezdarnie po namiocie, rozrzucając zawartość swego pakunku w poszukiwaniu świeżego ubrania. Kiedy mu powiedziałem, że podróżujemy z małym bagażem i obaj będziemy chodzić w tym, co mieliśmy na sobie wczoraj, wyglądał na bardzo niezadowolonego. Przypomniałem mu, że kiedy przystał na służbę do księcia, miał tylko jedną zmianę ubrania. Zmarszczył wtedy brwi, jakby się głęboko zastanawiał, a potem pokręcił głową i powiedział, że nie przypomina sobie takiego czasu. Uznałem, że nie warto się o to sprzeczać. Opatuliłem go w wierzchnie ubranie i wyprowadziłem z namiotu, by gwardziści mogli go złożyć.

Znalazłem dla nas jedzenie – zwykłą owsiankę i kawałek solonej ryby. Podobnie jak ja, Młotek nie był zadowolony ze śniadania, ale nie mieliśmy nic innego. Potem zająłem się przekładaniem rzeczy z jego pakunku do mojego, cały czas opowiadając mu krzepiąco o czekającym nas marszu. Mówiłem, że skoro już wiemy, jak się chodzi po lodowcu, teraz poradzimy sobie lepiej i będziemy nadążać za innymi. Kiwał głową, ale bez przekonania, co mnie przygnębiło.

– Nie spałem dobrze w nocy – zauważyłem ze swobodą, której nie czułem. – Miałem złe sny. Ty jednak niewątpliwie miałeś do towarzystwa Pokrzywę i uspokajające sny.

– Nie. – Zdjął rękawicę, by podrapać się w nos, a potem spędził trochę czasu, wkładając ją z powrotem. – Zeszłej nocy złe sny były wszędzie – zauważył ponuro. – Pokrzywa nie mogła ich zmienić. Kiedy ją zawołałem, powiedziała mi tylko: „Odejdź stamtąd, nie patrz na to". Ale nie mogłem, bo były wszędzie. Szedłem i szedłem, i szedłem przez śnieg, ale te sny wciąż do mnie podchodziły i na mnie patrzyły. – Znów zdjął rękawicę i zaczął z namysłem dłubać w nosie. – Jeden miał robaki w nosie. Jak gile, tylko się ruszały. Myślałem przez to, że sam mam robaki w nosie.

– Nie, Młotku, z twoim nosem wszystko jest w porządku. Nie myśl o tym. Przejdźmy się i zobaczmy, co robią inni.

Byliśmy gotowi do drogi jako jedni z pierwszych. Bardzo chciałem już iść, bo czyste dotąd niebo przysłoniły niskie chmury. Wiał wilgotny wiatr, a perspektywa śniegu albo deszczu była zniechęcająca. Pozostali szykowali się do wymarszu bardzo długo, chociaż po obozie krążył Peottre, zerkając niespokojnie na niebo i błagając o szybki wymarsz. Młotek zaczął się skarżyć, że jest za bardzo zmęczony i opatulony zbyt wieloma warstwami ubrania, by gdziekolwiek iść. Chcąc odwrócić jego uwagę od tych problemów, poszedłem z nim popatrzeć, jak Błazen składa swój namiot. Pomagał mu przy tym Szybki. Odłożył swój pakunek, kołczan i łuk porządnie na bok i wykonywał polecenia Błazna co do składania drewnianych tyczek, na których był rozciągnięty zwiewny materiał namiotu. Zauważyłem, że ta szczególna strzała, którą widziałem w rękach Szybkiego zeszłego wieczoru, teraz znajduje się w jego kołczanie.

Namiot opadł. Tyczki dawały się rozłożyć na fragmenty nie dłuższe od strzały. Sądziłem, że naczynie z oliwą, dostarczające ognia, jest z ciężkiej gliny, ale kiedy wziąłem je do ręki, okazało się lekkie i niemal porowate. Zwiewne narzuty dały się złożyć w tobołek wielkości małej poduszki. Kiedy wszystko zostało spakowane, bagaż Błazna był dość spory i prawdopodobnie cięższy od mojego, chociaż włożyłem do niego również rzeczy Młotka. Mimo to Błazen wsunął ręce w szelki i zarzucił go sobie na ramiona bez jednego stęknięcia. Nigdy przedtem nie widziałem tak porządnie i szybko zwiniętego obozu; wzrósł mój podziw dla umiejętności Najstarszych w wymyślaniu funkcjonalnych przedmiotów.

– Najstarsi robili takie cudowne rzeczy, a potem zniknęli. Zawsze się zastanawiałem, co przyniosło im zgubę.

Nie tyle próbowałem zacząć rozmowę, co odwrócić uwagę Młotka. Znów pocierał sobie nos.

– Kiedy zginęły smoki, Najstarsi zginęli wraz z nimi. Jedno plemię nie mogło istnieć bez drugiego – odezwał się Błazen takim tonem, jakby mówił, że liście są zielone, a niebo niebieskie; jakby to był ogólnie znany fakt.

Zanim zdążyłem skomentować to zdumiewające stwierdzenie, Młotek zostawił nos w spokoju i zapytał:

– Co to jest Najstarszy?

– Nikt tak naprawdę nie wie – poinformowałem go, ale widok twarzy Błazna zamknął mi usta. Wyglądał, jakby miał wybuchnąć, jeśli nie pozwolę mu powiedzieć. Zastanawiałem się, kiedy zdobył tę wiedzę i dlaczego teraz postanowił się nią podzielić. Szybki wyczuł ekscytującą opowieść i podszedł bliżej.

– Najstarsi byli starym ludem, Młotku. Starym nie tylko dlatego, że rozwijali się dawno temu, ale i dlatego że żyli bardzo długo. Podejrzewam, że niektórzy z nich sięgali pamięcią nawet poza ich własne długie życie, w życie ich przodków.

Młotek zmarszczył czoło, usiłując to zrozumieć. Szybki już był zachwycony opowieścią. Przerwałem ją.

– Wiesz o tym czy się tych rzeczy domyślasz?

Zastanawiał się przez chwilę.

– Jestem ich pewien najbardziej, jak tylko się da bez konsultacji z Najstarszym albo smokiem.

Teraz ja zrobiłem zdumioną minę.

– Smokiem? Dlaczego miałbyś pytać smoka o Najstarszych?

– Te plemiona są... powiązane. – Wydawało się, że Błazen starannie dobrał to słowo. – We wszystkim, co o nich czytałem albo słyszałem, jedno nie pojawia się bez drugiego. Wygląda na to, że tworzą siebie nawzajem albo w jakiś sposób są sobie wzajemnie konieczne do istnienia. Nie potrafię tego wyjaśnić, mogę to tylko zauważyć.

– A zatem jeśli uda ci się przywrócić smoki do istnienia, sprowadzisz tym samym z powrotem Najstarszych? – zapytałem lekkomyślnie.

– Może. – Uśmiechnął się niepewnie. – Nie wiem. Ale nie sądzę, że gdyby do tego doszło, byłoby to coś złego.

Na dłuższą rozmowę nie mieliśmy czasu. Wrócił Peottre i chciał, byśmy jak najszybciej wyruszyli. Książę wezwał Młotka, więc pośpieszyliśmy do Sumiennego. Cierń posłał mi ponure spojrzenie.

„O czym była ta długa rozmowa?".

„O Najstarszych" – odparłem, świadom, że nasze myśli dzieli i Sumienny, i Młotek. „Pan Złocisty jest przekonany, że jeśli przywróci smoki do życia, to wrócą również Najstarsi. Czuje, że między nimi istnieje jakiś związek, chociaż nie umie wyjaśnić, na czym miałby on polegać".

„I to wszystko?".

„Tak".

Lakoniczność mojej odpowiedzi była sygnałem, że nie podoba mi się jego wścibstwo. Ciekawiło mnie, czy milczenie Sumiennego znaczy, że pochwala postawę Ciernia, czy ją gani. A potem powiedziałem sobie, że to nie jest ważne. Zadecyduję wtedy, gdy nadejdzie chwila, w której naprawdę ode mnie będzie zależało, czy smok przeżyje, czy zginie. Na razie nie chciałem się tym dręczyć ani zrywać przyjaźni z którymkolwiek z nich.

Peottre ustawił nas w szyku do podróży. Tego dnia zajęliśmy miejsca tuż za grupą księcia. Zawyspiarz ostrzegł, że łagodny wiatr, omiatający lodowiec przed nami, może sprawić, że jego powierzchnia będzie nieprzewidywalna. Będziemy szli starym szlakiem, szukając wyznaczających go tyczek i flag, ale powinniśmy pamiętać, że warunki się zmieniły i nie należy ufać szlakowi bez zastrzeżeń. Nowo powstałe szczeliny mógł zakryć śnieg, upodabniając je do pewnego gruntu. Ponownie przypomniał nam, byśmy sprawdzali podłoże przez każdym krokiem. A potem ruszyliśmy gęsiego, z kijami w dłoniach. Przez pierwszą część marszu szło nam z Młotkiem dość dobrze. Kaszlał, ale nie tak bardzo jak przedtem, i dzielnie brnął po śniegu. Peottre narzucił wolniejsze tempo, badając śnieg przed każdym krokiem. Miał rację co do zdradliwej pogody. Cieplejszy wiatr pozwolił nam wkrótce rozluźnić kaptury i kołnierze, i rzeźbił śnieg w fantastyczne kształty. Niebieskawe cienie, rzucane przez lodowe bryły, odrealniały przemierzaną przez nas zamarzniętą krainę.

Dwakroć Peottre schodził z wybranej trasy. Za pierwszym razem szturchnął kijem śnieg, a jego zaskorupiała powierzchnia nagle ustąpiła pod naciskiem. Jej górna warstwa zapadła się, a potem runęła do dużego zagłębienia, znajdującego się przed nami. Wiatr wyrzeźbił z zamarzniętych kryształków delikatny most, zbyt jednak kruchy, by utrzymać ciężar jakiejkolwiek istoty. Peottre zawrócił nas i poprowadził dookoła przepaści.

Po raz drugi musieliśmy pójść okrężną drogą po południu. Młotek był już zmęczony i zniechęcony. Spodnie i buty obciążał nam przywierający do nich wilgotny śnieg i wkrótce zostaliśmy za główną grupą, idąc wydeptanym przez nią szlakiem. Ledwie weszliśmy na długi niski grzbiet, spotkaliśmy się z wracającymi towarzyszami. Peottre trafił na bardzo sypki śnieg, w którym jego kij zanurzył się na głębokość odpowiadającą wzrostowi niskiego mężczyzny, więc zawrócił, by znaleźć lepszą trasę. Wspinaczka była męcząca i kiedy okazało się, że musimy z powrotem zejść w dolinę, Młotek zaczął przeklinać pod nosem.

Oślepiało nas światło letniego słońca, odbijające się od błękitnego i białego śniegu. Mrużyliśmy oczy, aż ciekły z nich łzy, a Peottre wciąż nas poganiał.

Tego drugiego dnia zaszliśmy znacznie dalej. Słońce zaczęło powolną drogę wzdłuż horyzontu, a my wciąż parliśmy do przodu. Ja i Młotek szliśmy w znacznej odległości za pozostałymi i wkrótce zacząłem się zastanawiać, czy Peottre w ogóle zarządzi nocleg. Młotek dwa razy zatrzymywał się i nie chciał iść dalej. Był zmęczony, wilgotny śnieg przenikał mu przez buty i nogawki spodni, było mu zimno, był głodny i spragniony. Stanowił litanię moich własnych skarg, i słuchanie, jak wypowiada je jękliwym tonem, czyniło je jeszcze bardziej nieznośnymi. Wystarczająco trudno było mi przekonać samego siebie do dalszego marszu, a tu jeszcze musiałem zachęcać i Młotka. Tego dnia jego muzyka składała się z uderzającego we mnie głuchego dudnienia, monotonnego i nieustającego gradu ciosów, złożonych z chrzęstu naszych kroków na zaskorupiałym śniegu i ostrego dźwięku kijów wbijanych w śnieżne kryształy.

Gdy szedłem przed nim, to Młotek zostawał daleko w tyle, musiałem więc iść za nim, znosząc jego metodyczne, powolne badanie śniegu. W miarę, jak wydłużały się wieczorne cienie, droga stawała się męczącą powtórką poprzedniego dnia. Wlokłem się noga za nogą za Młotkiem, kipiąc ze złości, i sytuacja stawała się coraz bardziej nie do zniesienia. Mój gniew rósł, powoli lecz stale, niczym ogień metodycznie podsycany pojedynczymi kawałkami węgla. Kiedy zostałem wmanewrowany w tę rolę? Dlaczego to wytrzymuję? Dlaczego Cierń wybrał mnie do tego poniżającego zadania? To musiała być jakaś kara, rozmyślne upokorzenie. Kiedyś byłem wojownikiem Przezornych. Teraz, w odwecie za to, że wybrałem wolność, Cierń poniżał mnie rolą niańki grubego, śmierdzącego durnia. Usiłowałem przywołać wszystkie logiczne argumenty, zadawałem sobie pytanie, kto inny powinien pilnować kogoś o tak potężnej Mocy, jak Młotek, a mimo to nie potrafiłem przekonać samego siebie o konieczności wykonywania mego nienawistnego zadania. Moje myśli opadały spiralnie coraz głębiej w bezdenną otchłań rozczarowania, gniewu i niechęci. Opanowałem się z wysiłkiem.

– Proszę cię, idź trochę szybciej, Młotku – zachęciłem go słodkim głosem. – Spójrz. Zaczęli rozbijać obóz. Nie chcesz dojść do obozu, wysuszyć się i ogrzać?

Odwrócił do mnie głowę i rzucił mi gniewne spojrzenie.

– Mówisz miłe słowa. Ale ja wiem, jakie myśli do mnie posyłasz. Jak noże, kamienie i sękate kije. To ty mnie zmusiłeś, żebym tu przypłynął. A jak spróbujesz mi zrobić krzywdę, ja ci zrobię jeszcze większą. Bo jestem silniejszy od ciebie. Jestem silniejszy i nie muszę cię słuchać.

Niemądrze zrobił, że mnie ostrzegł: wzniosłem moje mury obronne i przygotowałem się na atak. Na moment przed tym, jak Młotek uderzył we mnie Mocą, uświadomiłem sobie, że cała moja niechęć wobec niego zniknęła jak ogień nagle zduszony pod wilgotnym kocem. Atak Młotka doszedł celu, niczym żelazny młot uderzający w kowadło z sera. Mój podopieczny nie dotknął mnie, ale czułem się, jakby zgniótł mi ciało w uścisku. Zachwiałem się i upadłem w śnieg; miałem wrażenie, że cała moja krew zaraz wytryśnie mi przez skórę, a Młotek nagle zapytał:

– Dlaczego się złościmy? Co my robimy?

Był to dziecięcy jęk przerażenia. Zapewne także wzniósł swoje mury dla obrony przede mną i podobnie jak mnie, opuścił go cały gniew. Kiedy ruszył kaczym krokiem przez śnieg w moją stronę, lunął od dawna wiszący w powietrzu deszcz. Odtoczyłem się od dotyku Młotka, chociaż wiedziałem, że ma dobre zamiary, ale bałem się, że jeśli mnie dotknie, to moje mury runą.

– Nic mi nie jest, Młotku. Naprawdę. Trochę mnie tylko mdli.

A dodatkowo jestem oszołomiony, wstrząśnięty i obolały, jakby zrzucił mnie koń. Podparłem się na kolanach i wstałem chwiejnie.

– Nie, Młotku, nie dotykaj mnie. Ale posłuchaj uważnie. Ktoś stara się nas oszukać. Ktoś wykorzystuje naszą magię, by umieścić nam w głowach złe myśli. Ktoś, kogo nie znamy.

Wiedziałem to z nagłą pewnością. Ktoś używał przeciwko nam Mocy.

– Ktoś, kogo nie znamy – powtórzył tępo Młotek. Zdawałem sobie niejasno sprawę, że Sumienny usiłuje coś mi przekazać Mocą. Niewątpliwie obaj wyczuli cień siły ataku Młotka na mnie. Ośmieliłem się na chwilę opuścić bariery, by wysłać im ostrzeżenie: „Miejcie się na baczności! Strzeżcie swoich myśli!”.

A potem mocno zatrzasnąłem bariery przed podstępnymi mackami Mocy, które jeszcze raz usiłowały wedrzeć mi się do umysłu. Wiedziałem, że powinienem spróbować rewanżu albo przynajmniej pójść za nicią Mocy do jej źródła. Opuszczenie murów obronnych wymagało całej mojej odwagi. Sięgnąłem szaleńczo Mocą na wszystkie strony, by zobaczyć, kto zatruwał mi umysł przeciwko Młotkowi.

Nie wyczułem niczego ani nikogo. Cierń, Sumienny i Młotek wznieśli bariery w obronie przede mną. Pomyślałem, czyby nie sięgnąć do Pokrzywy, ale porzuciłem ten pomysł. Ci, którzy mnie zaatakowali, mogli nie wiedzieć o jej istnieniu; nie chciałem im jej ujawniać. Odetchnąłem spazmatycznie i raz jeszcze wzniosłem bariery ochronne. Czułem się zaledwie odrobinę bezpieczniej. Mieliśmy nieznanych wrogów. Postanowiłem, że nie spocznę, dopóki nie dowiem się o nich jak najwięcej.

– To ci sami, co robili moje złe sny – oznajmił stanowczo Młotek.

– Nie wiem. Może.

– Ja wiem. Tak. To oni, autorzy złych snów. – Przy tych słowach Młotek zdecydowanie kiwnął głową.

Deszcz padał monotonnie, uderzając o śnieg. Miałem nadzieję, że pozostali rozstawili już namioty i że kiedy dotrzemy na miejsce, będzie na nas czekało jakieś suche schronienie. Przez cały dzień wpełzała na mnie wilgoć z mokrego śniegu. Teraz zalewał mnie deszcz, dopełniając miary mojej niedoli.

– No, Młotku. Chodźmy do obozu – zaproponowałem i ruszyliśmy chwiejnie po nierównym śniegu. – Nie opuszczaj barier ochronnych – przestrzegłem go po drodze. – Ktoś usiłował zmusić nas do myślenia źle o sobie nawzajem. Nie wiedzą, że jesteśmy przyjaciółmi. Starali się zmusić nas do wyrządzenia sobie wzajemnie krzywdy.

Młotek spojrzał na mnie smętnie.

– Czasami jesteśmy przyjaciółmi. Czasami walczymy.

To była prawda. Podobnie jak było prawdą, że nie jestem zadowolony z wiecznej opieki nad nim. Nasi wrogowie wyłuskali moją niechęć i rozdrażnienie Młotkiem i podsycali je, tak jak Szczery szukał niegdyś strachu czy arogancji u naszych wrogów i podsycał je, aż popełnili jakiś zabójczy błąd. Był to subtelny i dobrze zaplanowany atak kogoś, kto na tyle dotknął mego umysłu, by wyczuć emocje, które skrzętnie ukrywałem. To było niepokojące.

– Czasami walczymy – przyznałem rację Młotkowi. – Ale nie tak, by naprawdę zrobić sobie nawzajem krzywdę. Nie zgadzamy się ze sobą. Przyjaciele często się ze sobą nie zgadzają. Ale nie usiłujemy zrobić sobie krzywdy. Nawet kiedy jesteśmy na siebie źli, nie usiłujemy zrobić sobie krzywdy. Bo jesteśmy przyjaciółmi.

Młotek nagle westchnął głęboko.

– Nie usiłowałem ci zrobić krzywdy. Na statku sprawiałem, że często obijałeś sobie głowę. Teraz jest mi przykro.

Były to najszczersze przeprosiny, jakie otrzymałem w życiu. Musiałem odpłacić Młotkowi tym samym.

– A mnie jest przykro, że zmusiłem cię do przypłynięcia tu na statku.

– Chyba ci wybaczam. Ale znów się na ciebie rozzłoszczę, jeśli wsadzisz mnie na statek, żeby wrócić do domu.

– To uczciwe – zgodziłem się po chwili. Usiłowałem, by do mojego głosu nie przesączyły się przerażenie i zniechęcenie.

Młotek zaskoczył mnie, zatrzymując się i nagle biorąc mnie za rękę. Nawet poprzez bariery ochronne wzniesione Mocą poczułem niezachwiane ciepło jego szacunku.

– Zawsze złościłem się na mamę, kiedy myła mi uszy – poinformował mnie. – Ale ona wiedziała, że ją kocham. Ciebie też kocham, Tomie. Dałeś mi piszczałkę. I ciasteczko z różowym lukrem. Postaram się więcej nie być dla ciebie niedobry.

Te proste słowa zaskoczyły mnie. Młotek stał z językiem i wargami wysuniętymi do przodu, przyglądając mi się badawczo okrągłymi oczkami spod włóczkowej czapki. Był podobny do ropuchy i ciekło mu z nosa. Od dawna nikt mi nie proponował miłości na takich prostych i uczciwych zasadach. Co dziwne, obudziło to we mnie wilka. Niemal widziałem powolne, pełne zadowolenia wachlowanie Ślepunowego ogona. Stanowiliśmy stado.

– Ja ciebie też kocham, Młotku. Chodź już. Znajdźmy jakieś schronienie.

Zanim wkroczyliśmy chwiejnie do obozu, deszcz stał się zimniejszy i zmienił w deszcz ze śniegiem. Na spotkanie wyszedł nam Cierń.

– Podnieś bariery ochronne – ostrzegłem go, kiedy tylko znalazł się na tyle blisko, by usłyszeć szept. – Ktoś usiłował otumanić nas poprzez Moc, tak jak Szczery używał jej do mylenia wroga i mieszania mu szyków w czasach wojny ze szkarłatnymi okrętami. To coś...

oni usiłowali zwrócić mnie i Młotka przeciwko sobie. I prawie im się to udało.

– Kto za tym stoi? – zażądał odpowiedzi Cierń, jakby sądził, że naprawdę ją znam.

– Ludzie od złych snów – odparł z powagą Młotek. Na widok ściągniętych brwi Ciernia wzruszyłem ramionami. Była to odpowiedź równie dobra jak każda, której mogłem udzielić ja.

Tej nocy obóz sprawiał przygnębiające wrażenie. Wszystko było albo mokre, albo wilgotne. Małe ogniska, na jakie moglibyśmy sobie pozwolić dzięki naszym cennym zapasom opału, nie chciały się palić. Peottre znów ustalił granice obozu, a potem podjął ryzyko zwiadu, by wybrać dla nas trasę na następny dzień. Z namiotu narczeski dochodził nikły blask, jakby paliła się tam pojedyncza świeca. Namiot Błazna również tej nocy wyglądał jak wspaniały, kuszący kwiat i miałem wielką chęć po prostu do niego wejść, ale Cierń zażądał mojej obecności u siebie, a ja uznałem, że należy mu się ode mnie pełne sprawozdanie.

Namiot księcia wydał mi się mniejszy niż zazwyczaj, ponieważ wszędzie były rozłożone wilgotne ubrania. Nikt nawet nie zakładał, że wyschną do rana. Cierń i książę już się przebrali w świeże stroje. Gruba świeca w metalowym kubku usiłowała smętnie podgrzać niewielki imbryk z wodą ze śniegu. Kiedy Młotek wkładał długą wełnianą koszulę i suche skarpety, wyniosłem na zewnątrz jego płaszcz i buty, by wytrząsnąć z nich bryłki śniegu. Ponowne wyjście na dwór sprawiło w dziwny sposób, że wilgotny wiatr kąsał dotkliwiej. Wniosłem ubranie Młotka do namiotu i rozłożyłem je na podłodze do wyschnięcia. Paskudnie będzie się szło następnego dnia, kiedy będziemy musieli włożyć wilgotne rzeczy. Cóż, nie ma na to rady, pomyślałem z goryczą.

– To wcale nie przypomina żadnej z wypraw, opiewanych przez minstreli, gdzie celem jest zabicie potwornego zwierza dla pięknej damy – zauważyłem cierpko, wchodząc do namiotu.

– Nie – zgodził się ze smutkiem Młotek. – Powinny być miecze i krew. A nie głupi mokry śnieg.

– Nie sądzę, by miecze i krew podobałyby ci się bardziej od tego mokrego śniegu, Młotku – zauważył ponuro książę, lecz w tej chwili byłbym skłonny zgodzić się z Młotkiem. Nawet brutalna bitwa wydawała mi się lepsza od tego nie kończącego się, uciążliwego marszu. Z moim szczęściem zapewne spotka mnie przed zakończeniem wyprawy i jedno, i drugie.

– Mamy wroga – oznajmiłem. – Wroga, który wie, jak używać przeciwko nam Mocy.

– Już mówiłeś – zauważył Cierń. – Ale rozmawiałem z Sumiennym i żaden z nas nie wyczuł nic takiego.

Zalał zioła na herbatę letnią wodą, robiąc powątpiewającą minę. To mnie na chwilę skonfudowało. Sądziłem, że jeśli ktoś postanowi nas zaatakować, to za cel obierze sobie cały krąg Mocy. Powiedziałem to, po czym dodałem:

– Dlaczego mieliby obrać sobie za cel tylko Młotka i mnie? Sprawiamy wrażenie waszych najpośledniejszych służących.

– Każdy świadom istnienia Mocy musi być też świadom, że ani Młotek, ani ty nie jesteście tym, na kogo wyglądacie. Może uświadomili sobie siłę Młotka i chcieli się jej pozbyć, zmuszając was do zabicia się nawzajem.

– A dlaczego nie uderzyli bezpośrednio w księcia i jego zaufanego doradcę? Dlaczego nie zwrócili was przeciwko sobie i nie zasiali niezgody w najwyższych szeregach, zamiast zaczynać od najniższych?

– Miło byłoby to wiedzieć – zgodził się Cierń po krótkim namyśle. – Ale nie mamy tej wiedzy. Właściwie wiemy tylko tyle, że ty i Młotek czuliście, że zostaliście zaatakowani. Książę i ja nie odczuliśmy niczego, dopóki nie zwróciliście się przeciwko sobie.

– To robiło spore wrażenie – dodał Sumienny, ze znużeniem rozcierając sobie skronie. Ziewnął szeroko. – Chciałbym, żeby już było po wszystkim – rzekł cicho. – Jestem zmęczony, jest mi zimno i nie mam serca do tego, co muszę zrobić.

– To może być efekt subtelnego przekazu Mocą – ostrzegłem go. – Twój ojciec posługiwał się nią w ten sposób, by zmylić sterników szkarłatnych okrętów i skierować ich na skały.

Książę pokręcił głową.

– Wzniosłem mocne bariery. Nie, to ma źródło we mnie samym.

Patrzył, jak Cierń nalewa z imbryka jakąś żółtawą herbatę, marszczy brwi i wlewa ją z powrotem, by jeszcze trochę naciągnęła.

– To nie jest wpływ wywierany poprzez Moc – zgodził się z goryczą Cierń. – To wpływ tego przeklętego Błazna, który rozmawia z kręgiem Rozumiejących i ludźmi hetgurdu, wzbudzając współczucie dla smoka i wykorzystując przesądy Zawyspiarzy. Trzymaj się swojego postanowienia, mój książę. Pamiętaj, obiecałeś narczesce, że położysz dla niej głowę smoka na palenisku jej matki.

– Obiecałeś – zauważył ponuro Peottre, unosząc klapę namiotu. – Mogę wejść?

– Owszem, możesz – odparł książę. – I owszem, przypominam sobie, co obiecałem. Nigdy jednak nie obiecywałem, że zrobię to z radością.

Mój zmysł Rozumienia ostrzegł mnie, że ktoś zbliżył się do namiotu, ale spodziewałem się, że to Szybki albo Rebus. Zastanawiałem się, dlaczego Zawyspiarz przyszedł do nas, i miałem nadzieję, że z wyjawieniem celu wizyty nie będzie czekał do mego wyjścia. Skinął mi jednak głową, chyba tym samym przyznając mi prawo do pobytu w namiocie. Nie mówił o żadnych czyhających na nas niebezpieczeństwach, tylko uśmiechnął się z wysiłkiem i powiedział:

– Dzisiejszy dzień dla nikogo nie był radosny. A jutrzejszy będzie równie męczący. Pomyślałem, że po takim zimnym i wilgotnym dniu podzielę się z wami naszym lekiem na taką przygnębiającą podróż. – Westchnął ciężko. – Ta pogoda nie ułatwi nam zadania. Deszcz wnika w śnieg, osłabiając pewne niegdyś miejsca. Jutro przekroczymy przełęcz i oprócz szczelin będziemy musieli się wystrzegać lawin.

Mówiąc to, rozwijał z poplamionego kawałka materiału ciemne ciasto. Byłem głodny, a węch miałem dobry. Cokolwiek to było, zostało zakonserwowane w okowicie. Peottre odłamał kawałek, odsłaniając rodzynki, kawałki łoju i chyba suszone jabłko. Zapach okowity się wzmógł. Młotek wyprostował się ostrożnie. Wciąż byłem osłonięty przed jego Mocą, lecz odczułem cień jego niepokoju. Olej rybny. Czy będzie smakowało olejem rybnym?

Peottre chyba zauważył moje pożądliwe spojrzenie, bo z uśmiechem podał mi pierwszy kawałek.

– Wyglądasz na najbardziej zmarzniętego i mokrego – zauważył. Miał rację, bo inni już się przebrali w suchsze rzeczy. Wziąłem ciasto z wdzięcznością. Kiedy zagłębiłem w nim zęby, powiedział: – Nasi wojownicy nazywają je „ciastkami odwagi". Robimy je z ciemnego, gęstego miodu, suszonych owoców i wzmacniających ziół, a potem moczymy w okowicie, by dobrze się zakonserwowały. Po zjedzeniu garści czegoś takiego można walczyć cały dzień albo iść dwa dni.

Usta wypełniły mi słodycz ciasta i aromat okowity. Kiedy przełknąłem pierwszy kęs, poczułem znajomy posmak. Gorycz kozłka została zamaskowana słodyczą miodu, łoju i owoców. Wiedziałem, że powinienem ostrzec Ciernia; moje znużone ciało krzyczało w oczekiwaniu spodziewanego przypływu energii.

Wtedy świat wokół mnie zgasł.

Nie wiem, jak mogę to opisać inaczej. Kiedy po raz pierwszy spotkałem ludzi zakażonych kuźnicą, zdałem sobie sprawę, że mam magię Rozumienia. Nie uświadamiałem sobie, że mam dodatkowy zmysł więzi ze wszystkimi stworzeniami, dopóki nie zobaczyłem żywych istot, na które ten zmysł nie był wrażliwy. Zakażenie kuźnicą usuwało człowieka z sieci życia, zmieniało ludzi w pojedyncze jednostki bez żadnych powiązań, które jadły, gwałciły i istniały bez jakiegokolwiek współodczuwania z innymi żyjącymi istotami. Dopiero po zetknięciu z nimi odkryłem, w jaki sposób Rozumienie wiąże mnie ze wszystkim, co żyje.

To było podobne doświadczenie, tyle że odwrócone. Do tej pory uważałem Moc za magię, która łączy mnie tylko z tymi, którzy też ją mają. Teraz zostałem nagle odcięty od niezliczonych drobnych powiązań ze wszystkimi ludźmi. Wielki głos świata ludzi, stały pomruk otaczających mnie myśli i umysłów ucichł. Zamrugałem i pośpiesznie wetknąłem palec do ucha, zastanawiając się przez ułamek sekundy, co mi się stało. Widziałem, słyszałem, czułem zapachy, dotykałem, w ustach wciąż miałem smak jedzenia, lecz ten jeden kęs całkowicie zgasił jakiś inny zmysł, nienazwany i nieznany aż do tej chwili. Zrobiłem nagle ogromny wysiłek, by sięgnąć Mocą do Ciernia i Sumiennego, ale przypominało to próbę zaciśnięcia sparaliżowanej dłoni. Pamiętałem, jak niegdyś ten zmysł się uaktywniał, lecz teraz stanowił zdrętwiały obszar mojego jestestwa.

Peottre podał z uśmiechem kawałek ciasta Młotkowi. Mały człowieczek szeroko otworzył usta, do których zbliżała się jego dłoń, niosąca smakołyk. Rzuciłem się, by chwycić Młotka za nadgarstek, i odciągnąłem ciasto od jego ust, lecz on podążył za nim ruchem głowy i chciał je schwytać zębami. Byłoby to komiczne, gdyby nie stanowiło takiego zagrożenia dla naszego kręgu.

– Kozłek!

Pozbawienie mnie Mocy sprawiło, że wykrzyczałem to słowo, jakby sam głos nie mógł przekazać takiego ostrzeżenia.

Natychmiast złagodziłem ton, zachowując się, jakby moja uwaga była przeznaczona wyłącznie dla Młotka.

– Nie, Młotku! Wiesz, że od tego ziela robi ci się niedobrze. Oddaj mi ten kawałek, a obiecuję, że znajdę ci jakiś inny przysmak. Nie, Młotku, proszę cię.

– Jakie ziele? Nie jest mi niedobrze! To moje, moje! Powiedziałeś, że jesteśmy przyjaciółmi i nie będziemy sobie robić krzywdy. Puść! Nieładnie, niegrzecznie wyrywać coś człowiekowi z ręki!

Powodowany miłością do słodyczy, szamotał się ze mną o to ciasto. Nie mogłem mu pozwolić nawet na spróbowanie go. Nigdy nie reagowałem na kozłek tak silnie. Poczułem przypływ energii i zadałem sobie pytanie, jak głęboko wpadnę w nieuniknioną przepaść rozpaczy, która pojawia się po zażyciu kozłka. Wyrwałem Młotkowi ciasto, które trzymał w ręce. Mały człowieczek klapnął na podłogę, zaszlochał gniewnie i się rozkaszlał. Pośpiesznie podałem ciasto Cierniowi, z zaimprowizowanym ostrzeżeniem:

– Nie jadłbym tego przy nim, panie. Wiem, jak bardzo lubi słodycze. Jeśli zobaczy, że jesz coś słodkiego i nie dzielisz się z nim, to obawiam się awantury, która ogłuszyłaby nas wszystkich.

Zastanawiałem się, czy Cierń i Sumienny sięgali ku mnie Mocą. Zastanawiałem się, czy powodowany chęcią zemsty Młotek sprawił, że zatoczyłem się do ognia. Nie czułem jednak zupełnie nic. Żaden ich dotyk nie musnął moich myśli. Dzięki Rozumieniu wiedziałem, że wciąż są obok mnie, i była to pociecha. Lecz łączące nas nici Mocy zostały zerwane. Peottre zmarszczył brwi i wyglądał, jakby zaraz miał się obrazić. Cierń zareagował szybciej, niż mogłem się spodziewać.

– Ach, tak, przypominam sobie, jaki efekt wywarło na tobie to ziele ostatnim razem, Młotku. Nie posłużyłoby ci to, no już, uspokój się, nie rób zamieszania. Jestem pewien, że znajdziemy dla ciebie coś równie smacznego. – Zwrócił się do Peottrego i mrugnął do niego konspiracyjnie: – Towarzysz księcia nie spał wtedy cały dzień i całą noc, a potem wpadł w tak posępny nastrój, że przez kilka dni nic nie mogło go pocieszyć. Nie chcielibyśmy przeżywać czegoś takiego podczas naszej wyprawy. No, Młotku, nie marszcz się tak.

Książę Sumienny ma chyba jeszcze trochę tych długich cukierków, które zachował dla ciebie.

Książę już grzebał w swoim pakunku, a Cierń pośpiesznie odebrał ode mnie zgnieciony kawałek ciasta, zręcznie dołożył go do reszty, zawinął i natychmiast wepchnął do swego tobołka.

– Jestem pewien, że razem z księciem z przyjemnością zjemy je później, może jak Młotek pójdzie spać – poinformował Peottrego przyciszonym głosem. – Ja na przykład bardzo sobie cenię to, co kozłek może zrobić dla starego człowieka. Nie wiedziałem, że stosuje się go na Wyspach Zewnętrznych.

– Kozłek? – Czy Peottre udawał niewiedzę? – Nie mamy żadnej rośliny o tak dziwnej nazwie. W cieście są zioła, ale każdy dom matek ma własny przepis, a składniki są zazdrośnie strzeżone. Mogę ci jednak powiedzieć, że to ciasto pochodzi z mojego domu, z domu matek, który dzielę z narczeską. To „ciastko odwagi" pokrzepia klan Narwala od pokoleń.

– Nie wątpię! – zawołał z zachwytem Cierń. – I z przyjemnością spróbuję go później. A może jutro rano, by korzystać z jego ożywczego działania przez cały dzień po dobrze przespanej nocy. Biedny Tom, wiem, jak wpływa na ciebie kozłek! Może będzie ci z tym przyjemnie, ale wątpię, czy zmrużysz tej nocy oko. Mówiłem ci kiedyś, żebyś nie pozwalał sobie na zażywanie go przed nocą. No, ale na temat kozłka nie ma co z tobą rozmawiać, prawda?

Spróbowałem się uśmiechnąć.

– To prawda, panie Cierniu. Nieważne, jak długo mógłbyś mnie pouczać, ja niewątpliwie nie usłyszałbym z tego ani słowa.

Maleńka zmiana w jego oczach powiedziała mi, że zrozumiał mnie aż nadto dobrze.

Nalał sobie słabej herbaty, upił łyk i głośno się rozkaszlał, prawie się krztusząc i bijąc się przy tym energicznie w piersi.

– Możesz odejść, Tomie Borsuczowłosy – dodał chrapliwie. – Zjedz coś, ale zamelduj się tu jeszcze przed snem. Myślę, że Młotek będzie chciał zostać tu na noc.

– Tak, panie.

Jego przedstawienie nie uszło mojej uwagi.

Wyszedłem z namiotu i okrężną drogą udałem się na przeciwległy kraniec obozu. Deszcz przestał padać, ale wiatr nie ustał. Na granicy obozu wetknąłem sobie do gardła dwa palce i rozpaczliwie usiłowałem zwymiotować połknięty kawałek ciasta. Nie udało mi się. Zbyt długo nie jadłem i mój żołądek pochłonął go zbyt szybko. Odrobina, którą udało mi się zwymiotować, była tak gorzka, że jeszcze jakiś czas przebiegały mnie od tego dreszcze. Zjadłem garść wilgotnego śniegu, by choć trochę pozbyć się z ust smaku żółci, narzuciłem nogą trochę śniegu na wymiociny i ruszyłem roztrzęsiony w stronę namiotów. Przenikał mnie chłód nie tylko lodowca. Myślę, że jeśli raz się zaznało podstępnej zdradliwości trucizny, nigdy nie można się całkowicie z niej otrząsnąć. Świadomość, że przyjęło się coś do wnętrza swego ciała, że z każdym uderzeniem serca to coś powoduje zmiany, niszczycielskie zmiany, jest trudną do opisania wyprawą w grozę. Poznałem smak kozłka i odczułem jego działanie. A co, jeśli w cieście były inne narkotyki, takie których nie wyczułem, a powodujące uszkodzenia, jakich jeszcze nie podejrzewałem? Usiłowałem odciągnąć myśli od tej przepaści. Mówiłem sobie, że to nie ma sensu. Ciastko było szczerym darem Peottrego, a my braliśmy udział w jego wyprawie, przedsięwziętej dla zabicia smoka; dlaczego miałby usiłować otruć jednego z nas? Nie mogłem jednak uznać za przewrotne zrządzenie losu tego, że zaaplikował mi dawkę ziela na tyle silną, by unicestwić moją magię.

Byłem zmarznięty, mokry i roztrzęsiony. Nie chciałem pokazywać się gwardzistom w naszym namiocie, dopóki się nie uspokoję. W instynktownym odruchu schronienia się w bezpiecznym miejscu podszedłem do namiotu Błazna. Usiłowałem zmarzniętymi rękami odwiązać klapę.

– Panie Złocisty – zawołałem cicho, poniewczasie uświadamiając sobie, że może mieć innych gości.

W moim głosie musiała zabrzmieć jakaś rozpaczliwa nuta, ponieważ Błazen odrzucił klapę i pośpiesznym gestem zaprosił mnie do środka.

– Stój spokojnie. Nie zalej wszystkiego wodą.

Zdążył się już przebrać. W długim, czarnym szlafroku wyglądał na rozgrzanego i suchego. Zazdrościłem mu.

– Peottre dał mi do zjedzenia kawałek ciasta. Był w nim kozłek i straciłem moją magię Mocy.

Słowa wylewały się ze mnie, potykając się o szczękające zęby.

– Zdejmij to mokre ubranie. – Kiedy tylko wszedłem, Błazen zaczął przeszukiwać swój bagaż. Teraz wyciągnął z niego długą szatę miedzianej barwy. – To zapewne będzie na ciebie pasować. Jest cieplejsze, niż wygląda. Jak kozłek mógł odebrać ci całą magię po jednym kęsie? Nigdy przedtem nie miał na ciebie takiego wpływu.

Pokręciłem głową.

– Właśnie tego dokonał. A ktoś atakuje Mocą Młotka i mnie, usiłując skłócić nas ze sobą. Prawie mu się udało, ale pomyślałem, że Młotek zaatakuje mnie Mocą, więc wzniosłem mury obronne i wtedy odzyskałem władzę nad myślami i uświadomiłem sobie, że tak naprawdę wcale nie mam nic przeciwko opiekowaniu się nim cały czas. To przecież nie jego wina i nawet jeśli mi się to nie podoba, to nie powinienem odgrywać się na nim, prawda? Jeśli już, to powinienem się złościć na Ciernia, nie na Młotka. To on postawił mnie w tej sytuacji i sądzę, że w połowie chodzi o to, że stara się dawać mi tyle pracy, żeby nas rozdzielić i żebyś nie miał na mnie wpływu. Bo po prostu chce, bym wypełniał jego polecenia i nie myślał...

– Przestań! – zawołał Błazen z niepokojem. Przerwałem w pół słowa. Otworzyłem usta, by zapytać, co się stało, lecz Błazen uniósł obie ręce. – Bastardzie. Posłuchaj sam siebie. Nigdy nie słyszałem, żebyś tak trajkotał. To... niepokojące.

– To przez kozłek. – Drżałem od niespokojnej energii krążącej mi w żyłach. Na stercie wilgotnych rzeczy wylądowała ostania część mojego ubrania, a ja z wdzięcznością wziąłem szatę, którą podał mi Błazen, po czym wzdrygnąłem się, czując w rękach jej chłodny ciężar.

– Jest zimna. Zimna jak żelazo! Z czego to jest zrobione, z rybich łusek?

– Zaufaj mi i włóż to. Szybko się ogrzewa.

Nie miałem wyboru. Przełożyłem ją przez głowę; szata ześliznęła się w dół po moim ciele, sięgając niemal stóp. Poruszyłem ramionami i szata nagle się rozluźniła.

– To dziwne. Czułem, że jest ciasna w ramionach i na piersi, ale kiedy poruszyłem ramionami, po prostu na mnie osiadła. Popatrz. Sięga mi nawet do nadgarstków. Jest jak niewyobrażalnie delikatna kolczuga. Czy to kolejny wytwór magii Najstarszych? Pochodzi z Deszczowych Ostępów? Ciekawe, jak ją zrobili i z czego. Popatrz, jak zmienia się kolor, kiedy się poruszam.

– Bastardzie. Przestań tak trajkotać. To mi działa na nerwy. – Błazen zawładnął moim wilgotnym ubraniem. Kiedy je podniósł, wyciekł z niego cieniutki strumyczek wody. – Wyniosę je na zewnątrz, żeby odciekło. Do rana na pewno nie wyschnie. Masz coś innego?

– Tak, w moim pakunku, ale zostawiłem go w namiocie księcia. Zostawiłem tam też baryłkę z wybuchowym proszkiem Ciernia. Rzeczy Młotka niosłem w większości ja, ale to nic, bo on jest w tamtym namiocie i będzie ich potrzebował. To dobrze, że już tam są.

Zorientowałem się, że plotę bzdury, i udało mi się zamilknąć, zanim kazał mi to zrobić Błazen.

Jeszcze przez kilka chwil drżałem, a potem poczułem, jak szata zwraca mojemu ciału ciepło. Osunąłem się z westchnieniem na koce Błazna i podciągnąłem pod siebie zlodowaciałe stopy. W chwilę później rozprostowałem się i niespokojnie wypróbowałem nową pozycję. Błazen wrócił do namiotu i przyglądał się ciekawie, jak wstaję i okrążam jego świeczkę.

– O co chodzi?

– Zupełnie jakby pod skórą biegały mi mrówki. – Odgarnąłem z twarzy włosy i związałem je w żołnierski kucyk. – Nie mogę usiedzieć w miejscu. Nie mogę przestać mówić i myśleć, i właściwie nie mogę uporządkować myśli, jeśli to ma jakikolwiek sens. – Nagle poczułem, że moje dłonie są za duże. Metodycznie naciągnąłem wszystkie kłykcie, a potem potrząsnąłem dłońmi. Podniosłem wzrok na Błazna, który wpatrywał się we mnie z zaciśniętymi zębami. – Przepraszam – rzekłem pośpiesznie. – Nic na to nie mogę poradzić.

– To oczywiste – mruknął. – Chciałbym ci jakoś pomóc – powiedział już wyraźniej – ale podanie ci ziół na uspokojenie mogłoby się okazać nie najlepszym wyjściem. Boję się też gwałtownej zmiany twojego nastroju na gorsze, co musi nastąpić po tym dzikim uniesieniu. Nigdy jeszcze nie widziałem cię tak niespokojnym. Jeśli otchłań czarnej rozpaczy, którą wywołuje kozłek, jest tak głęboka, jak wielkie jest to szaleństwo, to boję się o nas wszystkich.

Po jego minie poznałem, że mówi poważnie.

– Ja też się tego boję. To znaczy wiem, że powinienem się tego bać, ale w tej chwili po prostu nie mogę się na tym skupić. Przytłacza mnie zbyt wiele innych myśli. Jak wysuszę do jutra ubranie, a później miałem się stawić przed Cierniem, ale chyba nie powinienem chodzić po obozie w tej szacie, choć jest bardzo ciepła. Cierpnę jednak na myśl o włożeniu wilgotnego ubrania, nawet na czas krótkiego spaceru do namiotu Sumiennego. Zostawiłem tam mój pakunek ze wszystkimi suchymi rzeczami. Są w nim też rzeczy Młotka, ale to dobrze, bo Młotek tam jest i będzie ich potrzebował.

– Ucisz się – powiedział błagalnym tonem, przerywając potok moich słów. – Ucisz się, proszę cię, Bastardzie, i daj mi pomyśleć. Jak dotąd kozłek zawsze tylko tłumił twój talent, ale to mijało. Czy możemy mieć nadzieję, że teraz też przestanie działać i twoja magia wróci?

Wzruszyłem gwałtownie ramionami.

– Nie wiem. Chyba nie możemy wyciągać żadnych wniosków na podstawie tego, jak przedtem wpływał na mnie kozłek. Czy mówiłem ci, jak Młotek też o mały włos go nie zjadł?

– Nie. Nie mówiłeś. – Błazen mówił ostrożnie, jakbym był lekko szalony, i może rzeczywiście wtedy szalony byłem. – Spróbujesz coś dla mnie zrobić? Zostaw w spokoju włosy i usta. Złóż ręce na kolanach i opowiedz mi, co ci się dzisiaj przytrafiło. Opisz, proszę, cały dzień.

Dopóki o tym nie wspomniał, nie zdawałem sobie sprawy, że skubię dolną wargę. Złożyłem ręce na kolanach i postarałem się złożyć mu raport, jakby był Cierniem. Patrzyłem, jak jego mina robi się coraz poważniejsza; wiedziałem, że moje słowa padają chaotycznie jak grad i że ta opowieść jest niespójna i fragmentaryczna, co odpowiadało przewijaniu się wydarzeń w przód i w tył w moim umyśle. Kończyłem ją, krążąc po ciasnym namiocie. Nie mogłem opanować zdenerwowania. Nagle przyszedł mi do głowy pomysł.

– Proszę! – zawołałem, podchodząc do Błazna i wyciągając ku niemu obnażony nadgarstek. – Sprawdźmy, czy moja Moc rzeczywiście zniknęła. Dotknij mnie. Spróbuj sięgnąć we mnie Mocą tak, jak zrobiłeś to kiedyś.

Podniósł na mnie pełen zaskoczenia wzrok; ze zdumienia niemal otworzył usta. A potem po jego twarzy rozlał się blady uśmiech niedowierzania.

– Prosisz mnie, żebym to zrobił?

– Oczywiście. Przekonajmy się, jak zła jest sytuacja. Jeśli wciąż potrafisz do mnie sięgnąć, to może moja Moc wróci, kiedy ziele przestanie działać. Spróbujmy.

Usiadłem obok niego i położyłem mu rękę na kolanie, wewnętrzną stroną nadgarstka do góry. Popatrzył na zblakłe odciski swoich palców, a potem spojrzał na mnie z ukosa.

– Nie. – Odsunął się. – Nie jesteś dzisiaj sobą, Bastardzie. To nie jest coś, na co byś w zwykłej sytuacji pozwolił, a co dopiero o to prosił. Nie.

– Co, boisz się? – spytałem zadziornie. – No dalej. Co możemy stracić?

– Wzajemny szacunek. Że mogłem zrobić coś takiego, kiedy byłeś jak pijany. Nie, Bastardzie. Nie kuś mnie.

– Nie martw się. Jutro będę pamiętał, że ja to zaproponowałem. Muszę wiedzieć. Czy moja magia umarła?

W jakimś odosobnionym zakątku duszy odczułem niepokój. Chciałem się zatrzymać i pomyśleć, lecz nie pozwalał mi na to ten niepokój. *Zrób to teraz, zrób coś, zrób.* Przymus działania, robienia czegokolwiek stanowił palącą potrzebę, której nie dało się zlekceważyć.

Sięgnąłem ręką i ująłem szczupły nadgarstek Błazna. Nie nosił rękawiczki; nie opierał się. Przyłożyłem jego dłoń do mojego nadgarstka, jakbym dopasowywał fragmenty drewnianej układanki. Jego chłodne palce przykryły blizny, które kiedyś zostawiły. Czekałem. Nic nie czułem. Spojrzałem na niego ze zdziwieniem.

Błazen miał zamknięte oczy. W chwilę później je otworzył. Miały kolor starego złota i wyrażały bezgraniczną rozpacz.

– Nic – odezwał się z niedowierzaniem. – Czuję palcami ciepło twego nadgarstka. Sięgam ku tobie, ale ciebie nie ma. I to wszystko.

Serce zamarło mi w piersi. Natychmiast spróbowałem zaprzeczyć temu, co właśnie ustaliliśmy.

– No tak. To chyba niczego nie dowodzi. Nigdy przedtem tego nie próbowaliśmy, to skąd mamy wiedzieć, czego się spodziewać? Nic nie wiemy. Nic. Mogę się jutro zbudzić i poczuć w sobie Moc tak silną jak zawsze.

– Albo nie – powiedział cicho Błazen, obserwując moją twarz. Jego palce wciąż spoczywały na moim nadgarstku. – Może już nigdy nie będziemy mogli się połączyć w ten sposób.

– Albo nie – zgodziłem się. – Może obudzę się równie odizolowany i głuchy, jak jestem w tej chwili. Może. – Wstałem, wysuwając nadgarstek z jego luźnego uścisku. – No tak. Nie ma co o tym myśleć i się martwić, prawda? Ani przejmować się tym, czy jutro będzie padać, czy nie. Będzie co będzie. – Przerwałem, myśląc, że powinienem siedzieć cicho, ale to pytanie i tak mi się wyrwało. – Myślisz, że Peottre zrobił to celowo? Myślisz, że wiedział, że kozłek może zniszczyć Moc? I skąd on wie, że w ogóle mam tę magię? I jeśli chce, bym pomógł księciu zabić smoka, to dlaczego miałby mnie osłabiać? Chyba że wcale nie chce, żebyśmy zabili Lodognia. Może zwabił nas tutaj, żeby księciu się nie udało. Ale to nie ma sensu. Prawda?

Sprawiał wrażenie przytłoczonego lawiną moich pytań.

– Możesz zamilknąć, Bastardzie? – zapytał z powagą, a ja po krótkim namyśle pokręciłem głową.

– Chyba nie. – Mówiąc to, wierciłem się niespokojnie. Nagle poczułem się bardzo nieszczęśliwy. Nie mogłem znaleźć sobie wygodnej pozycji, w której mógłbym znieruchomieć. Miałem świadomość, że jestem śpiący, ale nie potrafiłem sobie przypomnieć, jak wyjść ze stanu czuwania. Nagle zapragnąłem, żeby wszystko zniknęło i dało mi spokój. Ukryłem twarz w dłoniach, zasłaniając oczy. – Przez całe życie wszystko robiłem źle.

– To będzie długa noc – zauważył żałośnie Błazen.

ROZDZIAŁ 17

LODOGIEŃ

Oto opowieść o Ysal Foczostopej i smoku Lodogniu i o tym, co się jej przytrafiło w latach, kiedy Wielką Matką domu jej matek była Wisal.

Wisal znielubiła młodzieńca, którego Ysal sprowadziła sobie do łóżka, a trzy na to podała powody: miał krzywe nogi i zapadniętą pierś, a wszyscy wiedzą, że takie cechy mogą przejść na dzieci, a Wisal nie chciała, żeby dom jej matek był pełen jego krzywonogich słabeuszy. Był rudy, czego Wisal także nie chciała widzieć u swoich potomków; i za każdym razem, kiedy na wyspy przychodziła wiosna i z wierzb zwisały maleńkie futrzane ogonki, młodzieniec ten kichał, szlochał i kaszlał, i w ogóle nie nadawał się do żadnych wiosennych prac. Kiedy więc pewnego letniego dnia Ysal poszła zbierać wronie jagody na najwyższe stoki ich góry, Wisal kazała innym kobietom zebrać bryłki ziemi i kamienie na tyle małe, by ich uderzenia bolały, lecz nie wyrządziły poważnej krzywdy, i przepędzić partnera Ysal. Jej siostry, matka i ciotki zrobiły to z chęcią, żadnej z nich bowiem nie podobało się to, jak się do nich mizdrzył, kiedy Ysal nie było w domu.

Kiedy Ysal wróciła i odkryła, że jej partner uciekł, płakała, awanturowała się i w końcu przysięgła, że pójdzie do smoka i poprosi go o pomoc w zemście na własnej rodzinie. Wszyscy wiedzą, że to wielki grzech przeciwko domowi matek, lecz ona była tak rozgniewana, że nie słuchała głosu rozsądku ani nie przyjęła krzepkiego, czarnowłosego młodzieńca, którego zaproponowały jej krewniaczki w miejsce jej bladego, mizernego młokosa. I tak popłynęła na Aslevjal i zaczekała na największy odpływ w roku, a potem wśliznęła się pod lodowy szelf, by dotrzeć do serca lodowca i ubłagać smoka o spełnienie jej złego życzenia.

Głęboko pod lodową czapą przykrywającą wyspę wyciągnęła na mulisty brzeg swoją małą łódkę. Uniosła pochodnię, lecz nie zatrzymała się, by podziwiać piękno błękitnego lodowego grobowca Lodognia. Natychmiast podążyła w górę krętymi błękitnymi tunelami do miejsca, skąd mogła dojrzeć nad sobą smoka zamkniętego w lodzie. Wytopiła w lodzie zagłębienie krwią jagnięcia, które przywiodła ze sobą, i poprosiła smoka, by uczynił bezpłodnymi wszystkie kobiety, które odpędziły od niej jej partnera.

Przekład Borsuczowłosego pieśni zawyspiarskiego barda

Resztę tamtej nocy oraz następny dzień i noc pamiętam tak, jak pamięta się sny sprowadzone przez gorączkę. Mój umysł cofa się przed wspominaniem niedoli, którą przeszedłem. Jakiś czas później Cierń powiedział, że to wszystko było w moim umyśle; zabolało mnie, że tak zlekceważył wszystko, co wycierpiałem. „Całe życie jest w naszych umysłach" – chciałem mu powiedzieć. „Gdzież indziej się ono toczy, gdzież indziej sumujemy to, co ma dla nas znaczenie, i odejmujemy to, co utraciliśmy? Wydarzenie jest tylko wydarzeniem, dopóki ktoś nie przywiąże do niego znaczenia".

Przeżyłem. Nikt, kto znajduje różnicę między takim zielem i trucizną, nigdy nie został wrzucony w otchłań, jakiej doświadczyłem ja. Tamtej nocy w pewnym momencie Cierń wysłał Rebusa, by mnie znalazł. Owinął mnie kocem i pośpiesznie poprowadził, bosego i odzianego w tę idiotyczną szatę Najstarszych, do namiotu księcia. Tam, o ile dobrze pamiętam, spędziłem kilka godzin na opowiadaniu Cierniowi, jak bardzo sobą gardzę. Sumienny powiedział mi później, że nigdy nie był świadkiem tak nużącej wyliczanki wyimaginowanych grzechów. Pamiętam, że kilka razy usiłował przemówić mi do rozsądku. Otwarcie mówiłem o odebraniu sobie życia – często się nad tym zastanawiałem, lecz nigdy przedtem nie rozpatrywałem takiej możliwości. Sumienny był zdegustowany tak rzewnym kaprysem, a Cierń zauważył, że byłby to samolubny postępek, który nie naprawiłby żadnego z moich głupich posunięć. Myślę, że wtedy był już bardziej niż trochę mną zmęczony.

Nie była to jednak moja wina. To przygnębienie wywołane przez narkotyk, a nie żadne racjonalne postanowienie kazało mi mówić całą noc do świtu. Rankiem Sumienny wiedział o wiele więcej o moich młodzieńczych wybrykach, niż kiedykolwiek zamierzałem mu wyjawić. Jeśli kiedykolwiek czuł pokusę eksperymentowania z koźlkiem albo nasionami kopytnika, to jestem pewien, że ten długi wieczór wyleczył go z ciekawości.

Kiedy Młotek nie mógł już znieść mojego nazbyt emocjonalnego opowiadania, został wezwany Rebus, by odprowadzić go do namiotu kręgu Rozumiejących. Tam zajął się nim Sieciarz, który ułożył go do snu. Cierń i Sumienny planowali skontaktować się tej nocy z Pokrzywą, ale moja niedyspozycja uniemożliwiła im odpowiednie zogniskowanie sił. Przed ucieczką Młotka spróbowali sięgnąć do mnie Mocą jako krąg. Nie powiodło im się lepiej niż Błaznowi. Kiedy opowiedziałem o tym Cierniowi, twarz mu pociemniała, a ja wyczułem, że nie pochwalał podjęcia nawet próby takiego eksperymentu ze Złotoskórym.

Następnego dnia Rebus i Sieciarz rozmawiali z Młotkiem i ze mną. Jestem pewien, że Rebus otrzymał to zadanie od Ciernia, ale Sieciarz przyszedł chyba ze względu na mnie. Do dziś się zastanawiam, co takiego powiedział mu Młotek, że Rozumiejący uznał za konieczne mi towarzyszyć. Szedłem w milczeniu, pogrążony w czarnej rozpaczy, przez niekończącą się torturę lśniącego lodu i śniegu pędzonego łagodnym wiatrem. Rebus i Młotek szli przed nami, nie rozmawiając wiele. Sieciarz był tuż za mną i przez cały dzień nie powiedział ani słowa. Lato odzyskało władzę nad wyspą i wiatr, który rzeźbił zaspy w fantastyczne kształty, był łagodny i niemal ciepły. Pamiętam, że ptak Sieciarza dwa razy zatoczył nad nami krąg, krzycząc ze smutkiem, a potem zawrócił nad morze. Obecność jego zwierzęcego partnera bezlitośnie przypominała mi o nieobecności mojego i spowodowała osunięcie się w kolejną otchłań żalu. Nie szlochałem, lecz łzy spływały mi po twarzy równym strumieniem.

Przeżywanie emocji może wyczerpać bardziej niż wysiłek fizyczny. Kiedy Peottre oznajmił, że czas rozstawić namioty, nic mnie już nie obchodziło. Stałem bezwolnie i patrzyłem, jak inni rozbijają obóz. Jak przez mgłę pamiętam, że Peottre przeprosił Ciernia za to, że jego „racje odwagi" tak mnie obezwładniły. Cierń zbył te przeprosiny odpowiedzią, że zawsze miałem nieprzewidywalne usposobienie i skłonność do nadużywania ziół. Wiedziałem, dlaczego to powiedział, lecz jego słowa wbiły mi się w serce niczym sztylety. Nie mogłem zmusić się do zjedzenia miski owsianki, którą w końcu przyniósł mi Sieciarz. Położyłem się, kiedy wszyscy jeszcze siedzieli przy ogniu. Nie zasnąłem, lecz wpatrywałem się w cienie, czające się w zakamarkach namiotu, i usiłowałem sobie wyobrazić, dlaczego mój ojciec w ogóle legł z moją matką. Wydawało mi się, że zrobili coś złego. Słyszałem, jak Sieciarz gra przed namiotem na swoim instrumencie dla Młotka i nagle zatęskniłem za muzyką Mocy tego zabawnego człowieczka. W końcu chyba zasnąłem, i to mocno.

Obudziłem się późno w dzień. Wszędzie wokół mnie leżały zmięte posłania gwardzistów. Zastanawiałem się, dlaczego mnie nie obudzili, dlaczego nie zwinęliśmy obozu i dlaczego nie wyruszyliśmy w drogę. Wypełzłem, drżąc, spomiędzy koców, skrzywiłem się na widok szaty, którą wciąż miałem na sobie, i pośpiesznie naciągnąłem kurtę i spodnie. Wepchnąłem szatę do mojego pakunku, wciąż dziwiąc się ciszy panującej w obozie. Bałem się, że jakiś kaprys pogody zmusił nas do opóźnienia wymarszu.

Wyszedłem z namiotu na równo wiejący, łagodny wiatr, niosący ze sobą kryształki śniegu, porwane ze wznoszącego się nad nami potężnego lodowca. Obóz wokół mnie wyglądał jak opuszczony. Sieciarz pilnował kociołka z jedzeniem, zawieszonego na trójnogu nad niewielkim ogienkiem w glinianym garnku. Garnek osiadał w śniegu, bo wydobywające się z niego ciepło roztapiało otaczający go lód.

– Ach, obudziłeś się – odezwał się Sieciarz z serdecznym uśmiechem. – Mam nadzieję, że czujesz się lepiej.

– Chyba... tak, rzeczywiście – odparłem, nieco zaskoczony, że to prawda. Bezrozumny pesymizm poprzedniego dnia zniknął. Nie było mi wesoło; utrata Mocy nadal ogromnie mi ciążyła, a czekające nas zadanie zniechęcało, lecz głęboka rozpacz, która doprowadziła mnie do samobójczych myśli, ustąpiła. Powoli zaczął mnie ogarniać tępy gniew. Nienawidziłem Peottrego za to, na co mnie naraził. Wiedziałem, że strategia Ciernia nie pozwala mi na żadną zemstę, ale nie wierzyłem, że te „racje" zawierały zwykłą ilość kozłka, którą jego towarzysze mogli zjeść bez żadnych niszczycielskich skutków. Zostałem rozmyślnie otruty. Po raz kolejny. Miałem nadzieję, że zanim wrócę do Królestwa Sześciu Księstw, los da mi szansę na wyrównanie porachunków z Peottrem. Całe moje wyszkolenie jako skrytobójcy odmawiało mi luksusu zemsty. Od chwili, kiedy król Roztropny uczynił mnie swoim człowiekiem, uczono mnie, że moich talentów używa się z woli tronu, a nie w wyniku mojej osobistej oceny albo dla prywatnej zemsty. Kilka razy przekroczyłem te granice – ze zgubnymi skutkami. Rozglądając się dookoła, przypomniałem sobie te wydarzenia.

Nasz obóz został rozbity na łagodnym stoku. Nieopodal przebijał się przez skorupę śniegu poszarpany grzbiet czarnej skały. Nade mną piętrzyła się stroma góra. Wyglądało to jak filiżanka z utrąconym fragmentem ścianki przy krawędzi. Gdzieniegdzie ze śnieżnej skorupy wystawały czarne głazy. W zagłębieniu zgromadził się lód i śnieg, które spadały ku nam zamarzniętym wodospadem. Nasz obóz stał na ostatnim, wypłaszczonym fragmencie rozlewiska.

– Jesteś bardzo milczący – zauważył łagodnie Sieciarz. – Coś cię boli?

– Nie. Dziękuję ci za troskę. Mam do przemyślenia bardzo wiele spraw.

– I ukradziono ci twoją magię Mocy.

Zobaczywszy mój wzrok, uniósł dłoń w obronnym geście.

– Nikt inny nie odkrył tej tajemnicy. To Młotek mi ją przypadkiem wyjaśnił. Jest bardzo przygnębiony z twojego powodu. Jest także zirytowany, ale i martwi się o ciebie. Zeszłej nocy próbował mi wyjaśnić, że niepokoi go nie tylko twój ponury nastrój, nieustanne mówienie i chodzenie, ale to, że zniknąłeś z jego umysłu. Opowiedział mi historyjkę ze swego dzieciństwa. Pewnego wieczoru na zatłoczonej ulicy podczas jarmarku matka Młotka puściła jego rękę. Zgubił się na wiele godzin; nie mógł jej znaleźć, ani za pomocą wzroku, ani umysłu. Z tego, jak to opowiadał, zorientowałem się, że chyba go porzuciła, ale potem zmieniła zdanie i wróciła po niego późną nocą. Długo mi wyjaśniał, że wiedział, że jego matka gdzieś tam jest, ale nie pozwalała mu dotknąć swoich myśli. Mówi, że ty po prostu zniknąłeś. Jakbyś umarł, tak jak umarła jego matka. A mimo to ty sobie chodzisz i on cię widzi. Teraz go przerażasz.

– Muszę sprawiać na nim takie wrażenie, jakbym był zakażony kuźnicą.

Sieciarz skrzywił się ze współczuciem. Zorientowałem się, że doświadczył mrożącej krew w żyłach obecności ofiar kuźnicy, powiedział bowiem:

– Nie, przyjacielu. Ja cię wciąż wyczuwam Rozumieniem. Tej magii nie straciłeś.

– A na co mi ona, skoro nie mam partnera? – zapytałem z goryczą.

Przez chwilę milczał.

– I to jest kolejna rzecz, której mógłbym cię nauczyć – odezwał się w końcu głosem pełnym rezygnacji – gdybyś kiedykolwiek znalazł dla mnie czas.

Nie wiedziałem co mu na to odpowiedzieć, zadałem więc pytanie:

– Dlaczego jeszcze nie wyruszyliśmy?

Spojrzał na mnie z lekkim zdziwieniem, a potem się uśmiechnął.

– Jesteśmy na miejscu, przyjacielu. Obóz już tu zostanie. Peottre mówi, że niedaleko stąd było kiedyś widać niewyraźne zarysy smoka w lodzie. Książę Sumienny, Cierń i pozostali wspinają się do niego za Peottrem i narczeską. Świadkowie hetgurdu poszli z nimi. Tam, na górę.

Pokazał ręką.

Wypolerowana, wyrzeźbiona powierzchnia lodowca była zwodnicza. Tam, gdzie wyglądała na gładką i jednolitą, przecinały ją liczne uskoki i garby. Teraz, kiedy przyjrzałem się lepiej, zobaczyłem wysoko na lodowym stoku długą linię moich towarzyszy, wyglądających jak mrówki. Dostrzegłem prowadzącego ich Peottrego okutanego w liczne futra i idącą tuż za nim narczeskę. Byli tam wszyscy. W obozie zostałem tylko ja i Sieciarz. Zrobiłem na ten temat uwagę.

– Nie chciałem, żebyś się zbudził sam. Rebus mówił, że wspominałeś o odebraniu sobie życia. – Pokręcił poważnie głową. – Miałem o tobie lepsze zdanie, ale widząc, w jakim ponurym byłeś wczoraj nastroju, nie chciałem ryzykować.

– Nie zabiłbym się. To było chwilowe szaleństwo, efekt działania toksyny tego ziela, a nie moja prawdziwa myśl – wyjaśniłem.

Szczerze mówiąc, kiedy przypominałem sobie moje szalone monologi z poprzedniego wieczoru, było mi wstyd, że wypowiedziałem taką myśl na głos. W królestwie Sześciu Księstw samobójstwo zawsze było uznawane za czyn tchórzliwy.

– A dlaczego zażyłeś to ziele, wiedząc, że będzie miało na ciebie taki wpływ? – zapytał surowo.

Ugryzłem się w język, żałując, że nie wiem, co Cierń powiedział o moim osłabieniu.

– Stosowałem je w przeszłości, by zwalczyć wielki ból albo zmęczenie – odparłem cicho. – Tym razem dawka była o wiele silniejsza, niż sądziłem.

Sieciarz westchnął głęboko.

– Rozumiem – rzekł i nie dodał nic więcej, lecz jego dezaprobata była bardzo wyraźna.

Zjadłem masę tężejącą w kociołku. Było to zawyspiarskie jedzenie, śmierdzące oleistą rybą. Robiło się je z lepkich suszonych kostek z gotowanej ryby, rozgniecionych z olejem, który ją wiązał. Podgrzane z wodą ze śniegu dawało tłustą zupę. Mimo paskudnego smaku potrawy, po zjedzeniu jej poczułem się lepiej. Wciąż jednak otaczała mnie dziwna pustka. To było coś więcej niż wyciszenie muzyki Młotka. Przyzwyczaiłem się do nici świadomości łączących mnie z Sumiennym, Cierniem, Błaznem i Pokrzywą. Zostałem wyrwany z tej sieci.

Mistrz Rozumienia patrzył, jak jem, a potem czyszczę kociołek. Przysypałem płomyki w glinianym garnku węgielkami, nie mając jednak wielkiej nadziei, że ogień nie zagaśnie.

– Pójdziemy do nich? – zapytał mnie Sieciarz, a ja ponuro skinąłem głową.

Peottre oznaczył szlak jaskrawymi skrawkami materiału na tyczkach wbitych w śnieg po lewej i prawej stronie. Ruszyliśmy z Sieciarzem tą ścieżką wijącą się po powierzchni lodowca. Początkowo rozmawialiśmy niewiele. Potem Sieciarz zaczął do mnie mówić, a ja w końcu zacząłem go słuchać.

– Zapytałeś, po co ci Rozumienie, skoro nie masz towarzysza. Nie dziwię się, że wciąż opłakujesz swojego wilka, i jest to bardzo stosowne. Miałbym o tobie gorsze zdanie, gdybyś pośpieszył się z następnym związkiem tylko po to, by ukoić własną samotność.

Nie tak postępują ludzie pradawnej krwi, podobnie jak wdowiec nie powinien poślubiać jakiejś kobiety tylko po to, by dać matkę swoim osieroconym dzieciom i by ktoś ogrzewał mu łóżko. Słusznie więc robisz, że czekasz. Nie powinieneś jednak w tym czasie odwracać się do swojej magii plecami. Mało rozmawiasz z nami, Rozumiejącymi. Ci, którzy nie wiedzą, że dzielisz z nami tę magię, sądzą, że unikasz nas, bo nią gardzisz, także Szybkim. Nawet jeśli nie chcesz wyjawić, że jesteś pradawnej krwi, to moim zdaniem powinieneś naprawić to wrażenie. Nie całkiem rozumiem, dlaczego trzymasz obie swoje magie w tajemnicy. Królowa oznajmiła, że nie będzie już pozwalać na prześladowania Rozumiejących, a widziałem, że ciebie i tak będzie chronić. A jeśli masz magię Przezornych, Moc, o czym jestem przekonany, to przecież zawsze uważano ją w Królestwie Sześciu Księstw za magię zaszczytną. Dlaczego ukrywasz, że używasz jej w służbie królowej i księcia?

Udawałem, że jestem zbyt zadyszany, by odpowiedzieć od razu. Ścieżka była stroma, ale nie byłem zmęczony. W końcu poddałem się milczeniu Sieciarza.

– Ujawniłbym zbyt wiele szczegółów mojej tożsamości. Ktoś złoży je wszystkie razem, spojrzy na mnie i powie: „Bastard skażony Rozumieniem żyje. Zabójca króla Roztropnego, niewdzięczny bękart, co zwrócił się przeciwko starcowi, który go przygarnął". Nie sądzę, by polityka królowej tolerancji wobec Rozumiejących była już gotowa na coś takiego.

– A zatem przeżyjesz resztę swoich dni jako Tom Borsuczowłosy.

– Wydaje mi się to prawdopodobne.

Starałem się, by mojego głosu nie zabarwiła gorycz, lecz mi się to nie udało.

– Czujesz to? – zapytał mnie nagle Sieciarz.

– Czuję, że to najmądrzejsze wyjście, jeśli nie najłatwiejsze – odparłem niechętnie.

– Nie, nie. Otwórz się na Rozumienie, człowieku. Czujesz coś, coś tak potężnego, jak nigdy przedtem?

Zatrzymałem się i stałem w milczeniu. Rozumienie jest jak każdy inny zmysł. Człowiek tak się przyzwyczaja do odgłosów dnia albo zapachów strawy gotowanej na ognisku, że przestaje zwracać na nie uwagę. Teraz stałem nieruchomo, jakbym nasłuchiwał, lecz w rzeczywistości rozpościerałem wokół siebie świadomość otaczającej mnie sieci życia. Oto Sieciarz, ciepły, serdeczny i bliski. Wyżej, na szlaku, wyczuwałem pozostałych, pomieszany szereg istot, emanujący zmęczeniem w rozmaitym stopniu natężenia. Osoby obdarzone Rozumieniem odbierałem nieco ostrzej i wyraźniej niż zwykłych członków naszej grupy. Nie wyczuwałem ptaka Sieciarza; zapewne mewa żerowała na morzu.

– Tylko zwykłe... – zacząłem, lecz przerwałem. Czy coś poczułem? Ogromne, subtelne wezbranie Rozumienia? Jakby na krótko otworzyły się jakieś drzwi i zaraz zamknęły. Znieruchomiałem i zamknąłem oczy. – Nic – stwierdziłem, na powrót je otwierając.

Sieciarz obserwował moją twarz.

– Poczułeś to – oznajmił. – A ja to czuję nadal. Następnym razem przywrzyj do tego.

– Przywrzeć do tego?

Pokręcił głową z żalem.

– Nieważne. To jedna z tych rzeczy, których „pewnego dnia" będziesz miał czas się ode mnie nauczyć.

To był niemal wyrzut; zaskoczyło mnie, jak bardzo mnie zabolał. Wiedziałem, że na to zasłużyłem. Znalazłem siłę do okazania pokory i zapytałem:

– Jak myślisz, może mógłbyś mi to wyjaśnić teraz po drodze?

Odwrócił głowę i uniósł brwi z łagodnym, udawanym zaskoczeniem.

– Ależ tak, Bastardzie. Mógłbym to zrobić, skoro o to prosisz. Wybierz kogoś w grupie przed nami, kogoś nie mającego Rozumienia, a ja spróbuję ci wyjaśnić, jak to się robi. Niektórzy ludzie pradawnej krwi głoszą teorię, że w ten sposób zwierzęta polujące w grupie wybierają jednego osobnika ze stada na swoją ofiarę. Może widziałeś młode wilki albo inne drapieżniki, którym nie udaje się zrobić tego pierwszego kroku w łowach. Zamiast wybrać jedno zwierzę, atakują całe stado i wszystkie ofiary im uciekają. Stanowi to, oczywiście, jedną z mocnych stron stada. Zwierzyna łowna chroni się w nim przed myśliwymi.

I tak, poniewczasie, rozpoczęły się moje lekcje z Sieciarzem. Kiedy dogoniliśmy pozostałych, umiałem już wyodrębnić Ciernia i mieć świadomość jego obecności, nawet wtedy, gdy go nie widziałem. Odczułem także dwukrotnie moim zmysłem Rozumienia to ogromne zafalowanie jakiejś obecności. Jednakże w przeciwieństwie do Sieciarza, doznałem już tego wrażenia przedtem. Zachowałem tę informację dla siebie, chociaż ściskało mi się od tego serce. Umiałem poznać, że wyczuwam smoka. Spodziewałem się ogarnięcia szerokim cieniem skrzydeł, nie umiałem bowiem inaczej wytłumaczyć, jakim sposobem potrafię wyczuć tak wielkie stworzenie, a potem stracić z nim wszelki kontakt. Niebo nade mną pozostawało jednak błękitne, czyste i puste.

Kiedy dogoniliśmy pozostałych, znajdowali się pod nędzną osłoną wystającej skały. Na jej powierzchni zostały wycięte zawyspiarskie runy, które krętą linią schodziły pod poziom lodu. Obok skały stali przedstawiciele hetgurdu; na ich twarzach wyraźnie rysowało się niezadowolenie, że muszą tu być. Jednocześnie większość z nich sprawiała wrażenie rozbawionych. Ciekawe, dlaczego. Jeden z nich klęczał i uparcie kuł lód, który napierał na skałę. Jego narzędziem był nóż noszony u pasa. Mężczyzna wbijał żelazną klingę w uparty lód, jakby zadawał ciosy wrogowi. Po kilkunastu uderzeniach odgarnął warstewkę odłupanego lodu. Praca ta wydawała się daremna, lecz jej nie przerywał.

Ludzie Lotnego wzięli ze sobą swoje narzędzia. Mieli łopaty, kilofy i łomy, lecz jak dotąd nie robili z nich użytku. Stali w pogotowiu, beznamiętni jak wszyscy dobrzy żołnierze, i czekali na przydzielenie zadania. Nie zastanawiałem się długo, dlaczego jeszcze nie zaczęli. Kiedy podchodziliśmy, Cierń i Sumienny stali twarzą w twarz z narczeską i Peottrem. Pozostali członkowie kręgu Rozumiejących stali bezczynnie nieopodal. Młotek usiadł w śniegu za nimi i nucił coś do siebie, rytmicznie kiwając głową.

– Tak, ale gdzie? – zapytał Cierń, a z jego tonu wywnioskowałem, że nie pierwszy raz zadaje to pytanie.

– Tutaj – odparł cierpliwie Peottre. – Zakreślił ręką łuk, pokazując niewielki płaskowyż, na którym staliśmy. – Jak mówią runy na kamieniu, „Tu śpi smok Lodogień". Przyprowadziłem was do niego, tak się umówiliśmy, a towarzyszyła nam narczeska, by być świadkiem waszych działań. Teraz wszystko zależy od was. To wy musicie go wydobyć i odciąć mu głowę. Czyż nie jest to zadanie, które zgodził się wykonać książę, stojąc w domu własnych matek?

– Tak, ale nie sądziłem, że aby tego dokonać, będzie musiał połupać na kawałki cały lodowiec! Sądziłem, że znajdziemy jakąś wskazówkę, gdzie jest smok. Tu nic nie ma, tylko lód, śnieg i skały. W którym miejscu mamy zacząć?

Peottre wzruszył ramionami.

– Chyba gdziekolwiek zechcecie.

Na te słowa jeden z przedstawicieli hetgurdu parsknął gorzkim śmiechem. Cierń rozejrzał się niemal dzikim wzrokiem. Zatrzymał na chwilę spojrzenie na mnie, przyjmując do wiadomości, że wreszcie się pojawiłem, ale chyba uznał, że nie na wiele się przydam. Znów spróbował wydobyć informacje od Peottrego.

– Kiedy byłeś tu ostatnio i widziałeś smoka, to gdzie był?

Peottre pokręcił głową.

– Byłem tu przedtem tylko dwa razy, z ciotką, w dzieciństwie. Przyprowadziła mnie tutaj, bym poznał drogę. Nie widzieliśmy jednak smoka, tylko napis na tej skale. Od czasu, gdy można było dostrzec smoka pod lodem, upłynęło przynajmniej jedno pokolenie.

To chyba obudziło jakieś wspomnienia w Puchaczu, bo nagle wystąpił z grupki wojowników hetgurdu.

– Moja babka go widziała, kiedy była dziewczynką – odezwał się z lekkim uśmiechem, kiwając przy tym głową. – Powiem wam, co mi powiedziała, a może zyskacie na mądrości. Przyszła tu z matką swojej matki, by zostawić Lodogniowi dar i poprosić o większą płodność naszych owiec. Kiedy tu dotarły, matka matki mojej babki pokazała jej ciemny cień, ledwie widoczny poprzez lód, kiedy słońce świeciło najmocniej. „Jest tam" – powiedziała mojej babce. „Kiedyś było go widać znacznie lepiej, ale co roku przybywa lodu i smok zapada się głębiej. Teraz jest tylko cieniem, a nadejdzie czas, gdy ludzie zaczną wątpić, że kiedykolwiek istniał. Przyjrzyj się więc dobrze i dopilnuj, by żaden nasz potomek nie okrył nas wstydem, wątpiąc w mądrość własnego rodu".

Bard przerwał opowieść tak gwałtownie, jak ją zaczął. Stał z policzkami zaczerwienionymi od wiatru, szarpiącego jego długimi włosami i kiwał do siebie z zadowoleniem głową.

– Czy zatem może wiesz, gdzie powinniśmy zacząć szukać smoka?

Puchacz roześmiał się.

– Nie. A gdybym wiedział, nie powiedziałbym ci.

– Ciekaw jestem – odezwał się łagodnie książę – co stanowiło ofiarę dla smoka i jak ją przyjął?

– Krew – odparł bez wahania Puchacz. – Podcięły gardło owcy, która wykrwawiła się na śniegu. Matki przyglądały się kształtowi kałuży, patrzyły, w którym miejscu wsiąkła, a w którym zbierała się na powierzchni śniegu. Uznały, że sprawiły Lodogniowi swoim darem przyjemność. Następnie martwą owcę zostawiły Czarnemu Człekowi i wróciły do domu. Następnej wiosny wiele naszych owiec urodziło po dwa jagnięta zamiast jednego, i żadne z nich nie chorowało. Mieliśmy wtedy dobry rok. – Puchacz popatrzył na nas. – Takie szczęście przypadało nam w udziale za oddawanie czci Lodogniowi. Okryjcie go hańbą albo zwątpcie w niego, a boję się myśleć, jakie nieszczęście spadnie na wasze domy.

– I na nasze domy też, za to, że jesteśmy tu obecni – zauważył nagle Mors.

– Dom naszych matek przyjął na siebie wszystko, co może z tego wyniknąć – przypomniał Peottre, nie patrząc na nich. – Nic nie spadnie na was.

– Ty tak mówisz! – prychnął pogardliwie Puchacz. – Wątpię jednak, czy mówisz w imieniu Lodognia, którego chcesz zniszczyć dla kaprysu kobiety!

– Gdzie jest smok? – wtrącił się Cierń, ogromnie poirytowany. Odpowiedź otrzymał z nieoczekiwanego źródła.

– Jest tutaj – rzekł cicho Szybki. – O tak, jest. Jego obecność zanika i pojawia się jak nieokiełznana fala, lecz nie da się zaprzeczyć, że on tu jest.

Chłopiec mówił to, kołysząc się, a jego głos brzmiał bardzo odlegle. Małż położył chłopcu rękę na ramieniu, a Sieciarz szybko do niego podszedł.

– Spójrz na mnie! – rozkazał mu, a kiedy Szybki nie posłuchał go od razu, potrząsnął nim. – Spójrz na mnie! – znów rozkazał mu z naciskiem w głosie. – Szybki! Jesteś młody i jeszcze nie związany. Może nie zrozumiesz, o czym ci mówię, ale zachowaj siebie dla siebie. Nie idź do niego i nie pozwól, by on wszedł w ciebie. Czujemy potężną obecność, wspaniałą i budzącą podziw. Nie zatapiaj się jednak w niej. Wyczuwam w tym stworzeniu urok wielkiego kota, kuszące sztuczki, którymi może związać młodzieńca nawet wbrew jego woli.

– Wyczuwasz smoka? On tu jest? Żywy? – zapytał Cierń z niedowierzaniem w głosie.

– O, tak – odparł Sumienny niechętnie. Dopiero teraz zdałem sobie sprawę, jak jest blady. Reszta z nas miała policzki zaczerwienione z zimna. Sumienny stał nieruchomo, nieco z boku. Patrzył na narczeskę. – Zaiste smok Lodogień tu jest. I żyje, chociaż nie rozumiem, jak to możliwe. – Przerwał, jakby się głęboko zastanawiał, wpatrzony w dal. – Udaje mi się muskać jego umysł moim. Sięgam ku niemu, lecz on nie zwraca na mnie uwagi. Nie pojmuję też, jak w jednej chwili mogę być go świadom, a w następnej czuć, że zanika w moich myślach.

Usiłowałem nie gapić się z otwartymi ustami na księcia, który właśnie beztrosko się przyznał, że ma Rozumienie. Byłem także zaskoczony, że najwyraźniej wyczuwa smoka dzięki tej magii, podczas gdy ja ledwie go zauważałem. Jakiś czas temu uświadomiłem sobie, że książęca magia Rozumienia nie jest tak silna, jak moja. Czyżby wzmocniły ją lekcje z Sieciarzem? I wtedy wstrząsnęła mną alternatywa. Czy on mówił o Rozumieniu, czy Mocy? W moich snach smoczyca Tintaglia dotykała mnie poprzez Moc. Podejrzewałem też, że posłużyła się tą magią, by znaleźć Pokrzywę. Przeniosłem wzrok na Ciernia. Starzec wyglądał na głęboko zamyślonego i rozczarowanego. Decyzję podjąłem dzięki Młotkowi. Wydawał się całkowicie pochłonięty swoim nuceniem. Żałowałem, że nie słyszę muzyki jego Mocy i żałowałem jeszcze bardziej, że nie mogę go sprowokować do wzniesienia barier ochronnych. Nigdy nie widziałem go tak zachwyconego.

– Nie szukaj go! – Sieciarz wydał rozkaz, nie zważając na pozycję księcia. – Istnieją legendy, bardzo stare opowieści pradawnej krwi o fascynacji smokami. Powiada się, że potrafią one zauroczyć niestrzeżony umysł, wzbudzając niemal niewolnicze oddanie. Najstarsze pieśni ostrzegają przed wciągnięciem do płuc powietrza wydychanego przez smoka. – Odwrócił się nagle i przypominając mi dowódcę wydającego rozkazy swoim oddziałom, rzekł do Małża: – Znasz pieśń, o której mówię, prawda? Dziś wieczorem byłoby dobrze, gdyby wszyscy ją usłyszeli. W młodości mało się zastanawiałem nad takimi starymi pieśniami, ale z wiekiem nauczyłem się, że w dawnej poezji może się ukrywać wiele prawdy. Chętnie usłyszałbym ją jeszcze raz.

– Ja też – zgodził się nieoczekiwanie Cierń. – I wszystkie inne pieśni, jakie znasz o smokach. A teraz, jeśli krąg Rozumiejących naszego księcia potrafi wyczuć tego smoka, to może zechce nam pokazać, gdzie powinniśmy zacząć kopanie.

– Powiedzieć wam, gdzie on jest, żebyście mogli się do niego dokopać i go zabić? Nie! Ja w każdym razie tego nie zrobię.

Szybki wypowiedział te słowa z nagłą, dziką żarliwością. Wyglądał na bardziej zrozpaczonego, niż kiedykolwiek go widziałem. Cierń natychmiast na niego natarł.

– Tak szybko zapominasz o przysiędze złożonej księciu?

– Nie...

Chłopcu zabrakło słów. Poczerwieniał, a potem zbladł. Patrzyłem, jak walczy o odnalezienie lojalności, i żałowałem, że nie mogę mu pomóc. Wiedziałem jednak, być może lepiej niż ktokolwiek z obecnych, jak bardzo może się czuć rozdarty.

– Przestań – rzekł cicho Sieciarz do starego skrytobójcy, który przygwoździł Szybkiego surowym spojrzeniem.

– To nie ma nic wspólnego z tobą – odparł cicho Cierń, a ja po raz pierwszy ujrzałem, jak Sieciarz się rozgniewał. Naprężył mięśnie i wypiął pierś. Opanował się, lecz widziałem, jakie to dla niego trudne. Widział to też mój książę.

– Przestań – powtórzył słowa Sieciarza, lecz nadał im brzmienie królewskiego rozkazu. – Zachowaj spokój, Szybki. Nie wątpię w twoją lojalność wobec mnie. Nie chcę jej wystawiać na próbę w ten sposób, każąc jednemu z moich ludzi wybierać między tym, co serce mu podpowiada jako słuszne i tym, co przysiągł uczynić. Nie sądzę, bym mógł z honorem obarczyć go takim ciężarem. Ja sam nie jestem pewien mojej decyzji w tej kwestii. – Nagle przeniósł wzrok na narczeskę. Nie spojrzała mu w oczy, tylko patrzyła na rozciągającą się poniżej nas śnieżną równinę. Książę zaskoczył mnie, podchodząc do dziewczyny i stając przed nią. Peottre postąpił krok do przodu, jakby chciał się wtrącić, lecz Sumienny nie zamierzał jej dotknąć. – Zechcesz na mnie spojrzeć? – zapytał cicho.

Odwróciła głowę i popatrzyła mu w oczy, unosząc podbródek. Twarz miała nieruchomą, lecz w jej oczach błysnęła iskra nieposłuszeństwa. Przez chwilę Sumienny nic nie mówił, jakby w nadziei, że ona przemówi do niego. Panowała cisza, zakłócana jedynie poszumem wiatru, który przegarniał kryształki starego lodu na powierzchni lodowca, i skrzypieniem śniegu pod nogami mężczyzn, napinających mięśnie przed ewentualną konfrontacją. Nawet Młotek przestał nucić. Rzuciłem na niego okiem. Wyglądał na skonsternowanego, jakby usiłował sobie coś przypomnieć. Kiedy narczeska nadal milczała, Sumienny westchnął.

– Wiesz o tym smoku więcej, niż kiedykolwiek mi wyjawiłaś. A ja nigdy nie traktowałem zadania, które mi wyznaczyłaś, jak wyzwanie rzucone przez pannę jej zalotnikowi. W tym, o co mnie prosisz, nie ma żadnego kobiecego kaprysu, prawda? Nie zechcesz powiedzieć mi, jakie większe ma znaczenie ten czyn, którym mnie obarczyłaś, bym mógł ocenić, co mi przystoi robić?

Sądziłem, że ją przekonał, dopóki nie dodał tych ostatnich słów. Niemal czułem jej rozpacz, że mógłby cofnąć się przed zrobieniem tego, co obiecał zrobić. Ujrzałem, że rezygnuje z kuszącej ją uczciwości na rzecz irytacji godnej wychowanej na dworze młodej damy:

– Czy tak wypełniasz swoje przyrzeczenia, książę? Powiedziałeś, że dokonasz tego czynu. Jeśli teraz cię on zniechęca, powiedz to wyraźnie, by wszyscy wiedzieli, w którym momencie nie stało ci odwagi.

Nie włożyła w te słowa serca. Widziałem to ja i widział to Sumienny. Myślę, że chłostanie jego dumy tak bezlitosnym wyzwaniem bolało go tym bardziej, że nie brało się ono nawet z jej serca. Zaczerpnął głęboko tchu i wyprostował ramiona.

– Dotrzymuję danego słowa. Nie. To nie jest cała prawda. Dałem ci słowo, a ty postanowiłaś je zatrzymać. Mogłabyś mi je oddać i zwolnić mnie z wykonania tego zadania. Nie robisz tego jednak. Zatem, kierując się honorem rodów mojej matki i ojca, zrobię to, co przysiągłem zrobić.

– To nie jest jeleń, na którego polujesz dla mięsa, mój książę – odezwał się Sieciarz. – To nie jest nawet wilk, którego zabijasz dla ochrony swoich stad. To istota, równie inteligentna, jak ty, jeśli legendy mówią prawdę, która nie dała ci najmniejszego powodu do jej zabicia. Musisz wiedzieć... – tu Sieciarz przerwał. Nawet tak rozdrażniony, nie chciał zdradzić, że książę ma Rozumienie. – Musisz wiedzieć o tym, o czym ci teraz powiem. Lodogień żyje. W jaki sposób, nie wiem, ani nie potrafię powiedzieć, jak mocno tli się w nim ta iskra. Pojawia się i znika w mojej świadomości niczym płomyk pełgający na ostatnim węgielku. Być może odbyliśmy całą tę podróż, by stać się tylko świadkami jego odejścia ze świata. Nie byłoby w tym żadnej hańby. A zaszedłem u twego boku na tyle daleko, że wiem, że nie potrafisz zabić żadnego stworzenia, które leży bezbronne u twych stóp. Może okaże się, że nie mam racji. Mam nadzieję, że do tego nie dojdzie. Ale – tu zwrócił się do swych Rozumiejących towarzyszy – jeśli nie spełnimy prośby księcia o pomoc w zlokalizowaniu smoka, jeśli nie wydobędziemy Lodognia z okowów lodu, myślę, że zginie on tak samo, jakby książę odciął mu głowę. Pozostali mogą postąpić wedle własnej woli. Ja jednak nie zawaham się przed użyciem magii, którą obdarzyła mnie Eda, do odsłonięcia więzienia smoka i uwolnienia go. – Ściszył głos. – Oczywiście byłoby to o wiele łatwiejsze, gdybyście wszyscy mi pomogli.

Przez cały czas wojownicy hetgurdu trzymali się na uboczu. Zerknąłem na nich i tylko lekko się zdziwiłem, że Błazen stoi nie z nimi, lecz obok nich, jakby chciał wyraźnie pokazać, gdzie ulokował swoją lojalność. Puchacz, ich bard, miał tę czujną minę, tak mi znaną z czasów znajomości z Wilgą. Każde wypowiedziane tu słowo zostanie zapisane w jego pamięci, a później ułożone w rozkołysane, chwiejne rymy zawyspiarskiego języka. Na twarzach pozostałych malował się namysł i strach. Wtem Niedźwiedź, ich przywódca, huknął się pięścią w pierś, by zwrócić na siebie uwagę wszystkich.

– Nie zapominajcie o nas ani o tym, po co tu się znaleźliśmy. Jeśli jest tak, jak mówicie wy, czarodzieje, jeśli smok żyje i wy go wydobędziecie na powierzchnię, będziemy tego świadkami. I jeśli ten rolniczy książę z Królestwa Sześciu Księstw zabije naszego smoka, który jest osłabiony i nastawiony pokojowo, to cały gniew wszystkich klanów spadnie nie tylko na klany Narwala i Dzika za zgodę na taki tchórzliwy czyn, ale i na Królestwo Sześciu Księstw. Jeśli młody książę zrobi to, by zadzierzgnąć sojusz i powstrzymać dalsze wojny z ludźmi Run Boga, to musi to uczynić w uzgodniony sposób. Miał stawić czoło naszemu smokowi w uczciwej walce, a nie podle ściąć mu głowę, kiedy ten leży niedomagający. Nie przynosi zaszczytu zabranie trofeum wojownikowi, który już umiera, i to nie z twojej ręki.

Błazen wysłuchał mowy Niedźwiedzia w milczeniu, lecz mimo to można było odnieść wrażenie, że Zawyspiarz mówi w jego imieniu. Nie skrzyżował rąk na piersiach ani nie marszczył groźnie brwi. Zamiast tego wpatrywał się w Sumiennego – biały prorok zastanawiał się nad człowiekiem, który może być jego przeciwnikiem w misji skierowania świata na lepszą ścieżkę. Widok ten przyprawił mnie o dreszcz.

Jakby świadom mojego spojrzenia, zwrócił nagle wzrok na mnie. Pytanie w jego oczach było wyraźne. Co ja zrobię? Co wybrałem? Odwróciłem spojrzenie. Nie mogłem wybrać, jeszcze nie teraz. Pomyślałem, że będę wiedział, kiedy zobaczę smoka. „Jeśli umrze, zanim odkujemy go z lodu, to wszystko się rozwiąże samo, a ja nie będę musiał przeciwstawiać się Cierniowi albo Błaznowi" – mruknęła tchórzliwa część mnie. Nie stanowiło pocieszenia to, że podejrzewałem, iż obaj wiedzą o tej sekretnej nadziei.

Niedźwiedziowi odpowiedział Peottre.

– Dom matek klanu Narwala przyjmuje wszelkie konsekwencje tego czynu – rzekł znużonym głosem człowieka, który setny raz tłumaczy coś upartemu dziecku. – Jeśli smok powstanie przeciwko nam i przeklnie naszych potomków, niech tak będzie. Jeśli nasi krewniacy i towarzysze zwrócą się przeciwko nam, niech tak będzie. Przyjmujemy, że sami to na siebie sprowadzamy.

– Możesz wiązać siebie! – oznajmił z gniewem Niedźwiedź. – Ale twoje słowa i gesty nie mogą wiązać Lodognia! Kto może powiedzieć, że nie powstanie, by zemścić się na wszystkich, którzy tu przyszli i widzieli, jak został zdradzony?

Peottre spojrzał na śnieg u swoich stóp. Wyglądał, jakby się zbierał w sobie, przygotowywał się do wzięcia na barki ciężaru jeszcze większego od tego, który już dźwigał. A potem odezwał się powoli, wyraźnie, jakby wypowiadał kwestię należącą do jakiegoś rytuału, lecz jego słowa były czymś tak zwyczajnym jak chleb.

– Kiedy nadejdzie pora opowiedzenia się po którejś ze stron, unieście przeciwko mnie swoją broń. Przysięgam, że stawię czoło wam wszystkim. Jeśli zostanę pokonany, niech każdy z was skrwawi we mnie swoją broń, zanim umrę.

W połowie jego przemowy Elliania nabrała tchu i ruszyła do przodu, jakby chciała stanąć przed nim. Peottre odsunął ją szorstko – nigdy nie widziałem, by ją tak traktował – i przytrzymał w odległości wyciągniętej ręki, mocno ściskając za ramię, jakby chciał ją odseparować od tego, co właśnie na siebie przyjął. Pierś Ellianii unosiła się i opadała spazmatycznie, jakby narczeska tłumiła szloch lub krzyk, chowając twarz w dłoniach. Peottre mówił dalej.

– Jeśli Lodogień jest taki, jak mówi legenda, to dostrzeże, że staliście po jego stronie i zwolni was oraz domy waszych matek z odpowiedzialności za to, co tu zrobiliśmy. Czy to wam wystarczy?

Kiedy skończył mówić, Peottre gwałtownie przyciągnął Ellianię do siebie i objął ją, mrucząc coś pochylony do jej włosów. Po tym, co powiedział Peottre Czarnowody, wszystkie zawyspiarskie twarze pokryły się straszliwą powagą. I znów musiałem szukać pełnego znaczenia obcego gestu. Czułem, że w jakiś sposób jeszcze raz związał i swoich pobratymców, i siebie. Czy z tym, co im zaproponował, wiąże się coś wstydliwego? Nie wiedziałem, a mogłem się jedynie domyślać.

Sumienny był bladym świadkiem tego wszystkiego. Cierń stał nieruchomy i milczący, a ja pragnąłem znów poczuć w sobie Moc. Wydało mi się, że kostka nagle może upaść na wiele sposobów. Jeśli smok będzie martwy, kiedy go odsłonimy, jeśli będzie żywy, jeśli będzie walczył, jeśli nie będzie walczył, jeśli zabijemy smoka i odetniemy mu głowę, ale Peottre zginie, wierny swemu słowu... nagle stwierdziłem, że oceniam przedstawicieli hetgurdu jako wojowników i patrzę, którego mógłbym zabić w uczciwej walce, a który musiałby ulec nieczystemu zagraniu. Zerknąłem na Lotnego, który wydawał swoim ludziom ciche rozkazy, i przyszło mi do głowy, że od tej chwili o każdej porze dnia i nocy za księciem będzie postępował cień.

Lecz być może najdziwniejsze było to, co robili Sieciarz, Małż, Szybki i Uprzejmy. Nie zwracając na nic uwagi, przeczesywali chaotycznie teren pokryty śniegiem i lodem, wpatrując się intensywnie w podłoże, jakby każdy z nich zgubił brylant i musiał go znaleźć wśród iskrzących się kryształków śniegu. Pierwszy zatrzymał się

Sieciarz. Czekał w milczeniu, w bezruchu. Szybki stanął kilkanaście kroków od niego. W odległości długości statku Uprzejmy ześliznął się po bardziej stromym fragmencie lodowca i stanął nieruchomo. Ostatni swoje miejsce znalazł Małż. Miał niepewną minę. Poruszał się powoli, z wyciągniętymi rękoma, jakby chciał wyczuć unoszące się ciepło w miejscu, gdzie ciepła być nie mogło. Powoli odszedł od pozostałych, aż wreszcie zatrzymał się o piętnaście kroków od Sieciarza. Spojrzał na niego, oczekując z niepewnym wyrazem twarzy jego aprobaty. Sieciarz powoli skinął głową.

– Tak. Chyba masz rację. Jest olbrzymi, większy od wszystkich stworzeń, jakie widziałem w życiu. Tu, pod moimi nogami, wyczuwam go najsilniej. Nie potrafię jednak powiedzieć, czy tu bije jego powolne serce, czy spoczywa jego głowa. Może to tylko miejsce, w którym czubek jego ogona znajduje się najbliżej powierzchni. Zaznaczcie miejsce, w którym stoicie, a potem podejdźcie do mnie i powiedzcie, czy czujecie to samo, co ja.

Małż zdjął rękawicę i upuścił ją na śnieg, Uprzejmy wbił w lodowiec swój kij. Następnie każdy z nich ostrożnie podszedł do Sieciarza. Sumienny wymienił spojrzenia ze mną, a potem, jakby z czystej ciekawości, podszedł do mistrza Rozumienia. Obserwowałem twarz księcia, ale on chyba nie zdawał sobie sprawy z tego, co ja czułem. Wrażenie pojawiało się i znikało, migocąc jak gasnąca świeca. Nawet kiedy stanąłem u boku księcia w pobliżu Sieciarza, obecność smoka, którą wyczuwałem moim zmysłem Rozumienia, nie była stała. Zgadzałem się jednak z Sieciarzem. Kiedy wyczuwałem smoka, najsilniej odbierałem go w tym miejscu.

Sieciarz i pozostali członkowie kręgu Rozumiejących cały czas patrzyli w śnieg, jakby potrafili go przebić spojrzeniem. Teraz po kolei podnieśli wzrok. Sumienny zaczekał, aż Sieciarz spojrzy na niego. Nie wiem, co wtedy między nimi zaszło; może oceniali się nawzajem. Kiedy jednak Sieciarz powoli skinął głową, książę pochylił swoją w geście zgody. Odwrócił się do Ciernia.

– Tu zaczniemy kopać – orzekł.

ROZDZIAŁ 18

LÓD

Moja królowo!

Wiesz, że pozostaję twoim najbardziej oddanym sługą. Nie kwestionuję mądrości twojej oceny, lecz proszę, byś tę mądrość złagodziła myślą, że poza granice sprawiedliwości pchnęło nas do wymierzenia kary być może to, co musieliśmy znosić. Zapewniam Cię, że raport z „masakry Srokatych" rażąco wyolbrzymia fakty. Jeśli my, potomkowie pradawnej krwi, zbłądziliśmy, to w tym, że tak długo powstrzymywaliśmy się od podjęcia działań, które przekonałyby znajdujących się wśród nas renegatów, że nie będziemy już dłużej tolerować ich wykroczeń przeciwko pobratymcom. Jest to, w pewnym sensie, sprzątanie naszego domu, a brud, którego musimy się pozbyć z naszej krwi, przynosi nam wstyd. Błagamy, byś odwróciła wzrok, póki nie pozbędziemy się z naszych rodów tych, co przynoszą nam ujmę.

Nie podpisany list, skreślony po masakrze w Ponurcu

Tak więc zaczęliśmy kopać w lodzie.

Lotny wysłał Rebusa i Herolda na dół do obozu po łopaty, kilofy i łomy. Czekając na nich, Lotny zapytał uroczyście księcia:

– Jak duża ma być dziura, mój panie?

Sumienny i Cierń narysowali jej zarys na śniegu; był to teren na tyle rozległy, by mogło na nim pracować czterech mężczyzn bez przeszkadzania sobie nawzajem. Do kopania został wyznaczony Rebus, Herold i ja. Ku mojemu zaskoczeniu razem z nami pracował Lotny. Zapewne uważał, że zmniejszona liczebność jego oddziału wymaga, by i on włączył się do pracy. Gwardziści kopali z zapałem, lecz niezdarnie. Byli wojownikami, nie rolnikami, i chociaż znali zasady wznoszenia wałów obronnych, nigdy przedtem nie musieli pracować na lodowcu. Ja też nie. To było pouczające doświadczenie.

Kopanie w lodzie nie jest podobne do kopania w ziemi. Ziemia składa się z cząstek, a cząstki ustępują pod krawędzią łopaty. Lód tworzy sojusze i trzyma się mocno. Najbardziej denerwująca był górna warstwa luźnego śniegu, bo zagarniało się go łopatą jak drobno mieloną mąkę. Mało ważył, ale trudno było panować nad tym, gdzie trafiała każda szufla. Następna warstwa była już lepsza. Kiedy przebiliśmy się przez lodową skorupę, kopaliśmy jakby w starym, ubitym śniegu. Im bardziej się jednak zagłębialiśmy, tym kopanie stawało się trudniejsze. Nie mogliśmy wbić łopaty, a potem wyrzucić do góry porcji śniegu. Musieliśmy rozbijać kilofami lód na bryły, przy czym obsypywaliśmy się nawzajem jego mniejszymi bądź większymi kawałkami. Kiedy już obluzowaliśmy taką bryłę, mogliśmy ją unieść i wyrzucić z dziury, gdzie inni ładowali ją na sanie i odciągali dalej. Nie zdejmowałem kurty i plecy spływały mi potem. Zdjęcie jej oznaczało zebranie się na mojej koszuli szronu.

Nie pracowaliśmy sami. Został osiągnięty kompromis, w wyniku którego lód od krawędzi dziury odciągali członkowie kręgu Rozumiejących. Po pewnym czasie obie grupy zmieniały się przy kilofach, łopatach i saniach. Kiedy nadeszła pierwsza noc, wykopaliśmy dziurę głęboką do ramion bez śladu smoka na dnie.

Gdy zapadł wieczór, wzmógł się wiatr, zdmuchując z powierzchni lodowca tumany lodowych kryształków. Zebraliśmy się w obozie, by skupić się wokół garnków z ogniem i zjeść letni posiłek; zastanawiałem się nerwowo, ile śniegu nawieje wiatr do naszego wykopu.

Chociaż podczas pracy zapomnieliśmy o wszelkich podziałach, tego wieczoru obóz nam je przypomniał. Wszyscy kuliliśmy się pod wątpliwą osłoną ustawionych w kręgu namiotów, które stanowiły niejaką przeszkodę dla wiatru i stwarzały iluzję schronienia na nagim, smaganym przez wiatr lodzie. Nie była to duża przestrzeń, lecz jakoś się w niej rozmieściliśmy. Wojownicy hetgurdu odnosili się do Rozumiejących i Błazna nieco przyjaźniej niż przedtem; wymieniali się z nimi racjami żywnościowymi i rozmawiali. Ich chudy bard, Puchacz, śpiewał dla nas, siedząc obok Małża. Ten odśpiewał dwie pieśni bez akompaniamentu, nie chciał bowiem wystawiać ani dłoni, ani instrumentów na zimny wiatr. Jedna z pieśni mówiła o smoku, który tak oczarował pewnego człowieka, że opuścił on rodzinę i dom i nie widziano go już nigdy więcej. Jeśli była w tym ukryta jakaś wielka prawda, ja jej nie odnalazłem. Jak wspomniał Sieciarz, pieśń opowiadała o tym, że człowiek ów odetchnął oddechem smoka i w tej chwili oddał mu swoje serce. Druga pieśń wiązała się ze smokami jeszcze bardziej niejasno, lecz wszyscy milczeli i słuchali w zamyśleniu, jak głos Małża walczy z rozhulanym wiatrem. Współzawodniczył z nim jedynie głos Młotka. Siedział on obok Sumiennego, nucąc i huśtając się. Chociaż Cierń usiłował kilka razy go uciszyć, po kilku chwilach mały człowieczek podejmował swoją melodię. Martwiło mnie to, lecz nic nie mogłem zrobić.

Wcześniej, w ciągu dnia zauważyłem, że Peottre i narczeska przyglądają się naszej pracy. Ich twarze były nieruchome, wyglądały jak zawieszone między nadzieją i strachem. Sumienny poszedł porozmawiać z tą dwójką, ale nie słyszałem, o czym mówili. Narczeska patrzyła na niego, jakby był nagabującym ją obcym, a ona była czymś bardzo zajęta. Tego wieczoru nie przysiedli się do nas na posiłek, lecz od razu poszli do swego namiotu. O ich obecności przypominał jedynie przytłumiony blask palącej się w nim świecy.

Kiedy Małż skończył śpiewać, a my mu podziękowaliśmy, byłem gotów do snu. Chociaż marzyłem o rozmowie na osobności z Cierniem, Sumiennym i Błaznem, o śnie marzyłem bardziej. Nie odzyskałem jeszcze w pełni sił po nadużyciu kozłka, a popołudnie spędzone na ciężkiej pracy na zimnie wyczerpało mnie.

Wstałem i przeciągnąłem się i wtedy Cierń przyzwał mnie gestem do siebie. Kiedy się zbliżyłem, poprosił, bym przyprowadził Młotka do namiotu księcia i pomógł mu przygotować się do snu. Sądziłem początkowo, że to pretekst, by mógł spokojnie ze mną porozmawiać, lecz gdy stanąłem nad Młotkiem, mój niepokój wzrósł. Młotek kiwał się z boku na bok, nucąc nieprzerwanie. Oczy miał zamknięte. Zawahałem się przed dotknięciem go, jak oparzone dziecko waha się przed ponownym wyciągnięciem ręki do ognia. A potem martwota mojej Mocy przekonała mnie, że jakiekolwiek zetknięcie jego umysłu z moim właściwie przyniosłoby mi ulgę, a nie spowodowało wstrząs. Położyłem mu więc rękę na ramieniu i delikatnie nim potrząsnąłem. Mną nie wstrząsnęła Moc, a Młotek nawet nie drgnął. Potrząsnąłem nim ponownie, nieco gwałtowniej, i dopiero kiedy siłą postawiłem go na nogi, ujrzałem na jego twarzy cień przytomności. Zaczął mazać się jak wyrwane ze snu dziecko, a ja czułem się jak potwór, prowadząc go do namiotu księcia. Kiedy ściągałem z niego oblepione śniegiem buty i wierzchnie ubranie, mamrotał tylko na wpół zrozumiale, że mu zimno. Sam wślizgnął się między swoje koce, którymi go zaraz opatuliłem.

Właśnie skończyłem, kiedy do namiotu wszedł Cierń i książę.

– Martwię się o niego – powiedziałem cicho, pokazując głową na Młotka.

Spod sterty koców już zaczęło dochodzić ciche nucenie.

– To przez smoka – orzekł ponuro Cierń.

– Tak sądzimy – dodał ze znużeniem Sumienny. Usiadł na brzegu swego posłania i pochylił się, by zdjąć buty. – Nie możemy mieć pewności. Próbujemy dotrzeć do Młotka poprzez Moc i wydaje się nam, że on tam jest, tylko całkowicie nas ignoruje.

Przekazałem informację, która ciążyła mi cały dzień jak kamień.

– Nie ma żadnych oznak, że wracam do siebie. Moja Moc zniknęła.

Książę skinął ponuro głową. Nie wyglądał na zaskoczonego.

– Sięgam ku tobie, a ciebie jakby wcale nie było. To dziwne uczucie. – Podniósł na mnie wzrok. – Uświadamiam sobie przez to, że byłeś tam większość mojego życia. Maleńka obecność w zakamarku umysłu. Wiedziałeś o tym?

– Obawiałem się tego – przyznałem. – Rozmawialiśmy o tym z Cierniem. Powiedział, że kiedy byłeś mały, miałeś dziwne sny o wilku i mężczyźnie.

Przez chwilę Sumienny wyglądał na zaskoczonego, a potem na jego twarzy rozlał się powoli uśmiech.

– To byłeś ty? I Ślepun? – Nagle odetchnął głęboko i odwrócił wzrok. – To jedne z najlepszych snów, jakie w ogóle miałem. Czasem w nocy, kiedy byłem mały, próbowałem śnić o tym samym, zasypiając. Nigdy nie śniło mi się dwa razy to samo, ale czasami przychodził jakiś nowy sen. Hmm. Już wtedy uczyłeś mnie, jak posługiwać się Mocą, jak sięgać do ciebie i cię znajdować. I Ślepuna. Na Edę, Bastardzie, jakże musisz za nim tęsknić! W tamtych snach byliście jedną istotą. Wiedziałeś o tym?

Zakręciły mi się łzy oczach. Odwróciłem się i otarłem je, zanim zdążyły spaść.

– Podejrzewałem to. Pokrzywa wciąż mnie tak widzi, jako człeko-wilka.

– A zatem do jej snów też wchodziłeś?

Czyżby w głosie księcia pojawiła się nuta zazdrości?

– Nie celowo. Mam na myśli was oboje. Nigdy nie sądziłem, że uczę was posługiwania się Mocą. Do Pokrzywy czasami zaglądałem celowo, usiłując zobaczyć Brusa i Sikorkę. Bo ich kochałem i tęskniłem za nimi. I ponieważ Pokrzywa była moją córką.

– A ja?

Przez tę jedną odosobnioną chwilę cieszyłem się, że moja Moc zniknęła. Nigdy nie chciałem, by książę poznał rolę, jaką odegrałem w jego poczęciu. Choć Szczery posłużył się do tego moim ciałem, to Sumienny i tak był synem mojego króla. Nie moim. W żaden sposób nie moim, oprócz tego, jak jego umysł wołał do mojego.

– Byłeś synem Szczerego – odparłem głośno. – Nie szukałem cię świadomie i nie wiedziałem, że dzielisz moje sny. Dowiedziałem się o tym znacznie później.

Zerknąłem na Ciernia i z zaskoczeniem stwierdziłem, że ledwie nadąża za naszą rozmową. Wpatrywał się w dal, jakby nie widząc tego, co ma przed oczyma.

– Cierniu? – zagadnąłem go z niepokojem. – Dobrze się czujesz?

Zaczerpnął nagle tchu, jakbym go obudził.

– Myślę, że to smok tak fascynuje Młotka. Starałem się ściągnąć jego uwagę, ale ta muzyka jest mocna i całkowicie go pochłania. Ani książę, ani ja nie wyczuwamy smoka Mocą. Kiedy jednak sięgam ku Młotkowi, coś tam wyczuwam. Ale to dziwne... jakbym widział cień człowieka, lecz samego człowieka nie. I nie potrafię o nim powiedzieć nic poza tym, że tam jest. Sumienny mówi, że od czasu do czasu wychwytuje Rozumieniem obecność Lodognia, która zaraz znika, jak zapach rozwiany wiatrem.

Przez chwilę stałem nieruchomo i zagłębiłem się w Rozumienie. Po pewnym czasie wróciłem.

– On tam jest. A potem go nie ma. Nie umiem powiedzieć, czy robi to celowo, czy jest to coś w rodzaju kamuflażu, czy też, jak podsunął Sieciarz, jest bardzo bliski śmierci.

Zerknąłem na Sumiennego, lecz jego myśli pobiegły innym szlakiem. Zastanawiałem się, czy w ogóle słyszał, o czym rozmawiamy z Cierniem.

– Zamierzam tej nocy sięgnąć Mocą do Pokrzywy – oznajmił nagle. – Potrzebujemy prawdziwej łączności z Kozią Twierdzą, a ona stanowi naszą jedyną na to nadzieję. Myślę też, że jeśli ktokolwiek z nas potrafi odciągnąć uwagę Młotka od smoka, o ile to on go fascynuje, to jest to Pokrzywa. Nawet jeśli to nie smok, ona może stanowić dla nas najlepszą szansę na dotarcie do Młotka.

Byłem oszołomiony. Nie chciałem, by tego próbował. Ja chciałem to zrobić.

– Sądzisz, że uda ci się do niej sięgnąć?

– Być może. Byłoby to o wiele łatwiejsze, gdybym ją znał. – Nacisk, z jakim wypowiedział te ostatnie słowa, wyraźnie dawał do zrozumienia, że to z mojej winy Sumienny nie zna Pokrzywy. Chyba usłyszał niechęć w moim pytaniu, co go zabolało. Przełknąłem to i pozwoliłem mu mówić dalej. – Za tamtym jednym razem tylko otarłem się o nią umysłem, a i tak stało się to za twoim pośrednictwem. Sięgnięcie do niej na własną rękę będzie trudne.

Poczułem ukłucie niepewności. Wiedziałem, że nie powinienem go o to pytać, ale jednak zapytałem.

– Jeśli ci się uda, to co jej powiesz?

Patrzył na mnie przez chwilę posępnie.

– Prawdę. Wiem, że to nowatorski pomysł, ale pomyślałem sobie, że powinien go wypróbować przynajmniej jeden Przezorny.

Wiedziałem, że usiłuje mnie sprowokować. Wydarzenia tego dnia były dla niego trudne i mój książę zaczął się nagle zachowywać jak nadąsany piętnastolatek, usiłujący zrzucić na kogoś winę. Znów spróbowałem to zignorować.

– Prawda to wielka rzecz. Jaką jej część zamierzasz powiedzieć Pokrzywie? – zapytałem i usiłowałem się uśmiechnąć, czekając na odpowiedź.

– Na razie tylko te części, które należą do mnie. Że jestem księciem Sumiennym i rozpaczliwie pragnę, by przekazała ode mnie wiadomość mojej matce, a potem przesłała mi jej radę. Chcę, żeby matka dowiedziała się o Urodnej i jej rodzicach. Przyznam, że po to, by się ich wystrzegała, ale też by uratować Urodną. A jeśli wysłucha tej wiadomości i ją przyjmie, wtedy podzielę się z nią moimi obawami o Młotka: że smok kradnie mu tę odrobinę rozumu, jaką nasz mały człowieczek posiada. Potem poproszę, by odwróciła jego uwagę od smoka, jeśli potrafi do niego sięgnąć. – Westchnął. – Pewnie będę miał szczęście, jeśli dotrę aż tak daleko w rozmowie z nią.

Znów spojrzał na mnie smętnie.

Chyba właśnie w tej chwili odczułem utratę Mocy najdotkliwiej. Nie chciałem, by Sumienny rozmawiał z moją córką poza zasięgiem mego słuchu i świadomości. Bałem się, co mógłby przypadkiem ujawnić. Mógł wpłynąć na to, co o mnie będzie myślała, zanim sama mnie pozna. Sumienny odpowiedział na moją myśl, jakby ją słyszał.

– Będziesz musiał mi zaufać, prawda?

Zaczerpnąłem tchu.

– Ufam ci – rzekłem i postarałem się, by to stwierdzenie nie było kłamstwem.

– Ja będę z chłopcem – powiedział Cierń, po czym roześmiał się głośno na widok mojej przerażonej miny. – Nie, nie mów, że mi ufasz. Chyba bym tego nie zniósł.

– Ale ja muszę ci zaufać – zauważyłem i Cierń skinął głową. – Co myślisz o dzisiejszych wydarzeniach? – zapytałem go. – Sądzisz, że ludzie hetgurdu zaatakują nas, jeśli smok zostanie wykopany żywy, a my spróbujemy odciąć mu głowę?

– Tak – odparł Sumienny. – Bez wątpienia. Myślę, że brak zgody Czarnego Człeka obudził w nich wszystkie zabobonne strachy.

– Chyba masz rację – zgodził się Cierń. – Zauważyłem, że dzisiejszego wieczoru, kiedy się rozchodziliśmy, wyłożyli dla niego kolejną ofiarę na obrzeżach obozu.

Pokręciłem głową.

– Wiem, o czym myślisz. Nawet gdybym potrafił to zrobić, nie byłoby to mądre posunięcie. Jeśli ofiara zostanie zabrana teraz, czy nie uznają tego za ostateczną aprobatę Czarnego Człeka dla nich, ponieważ wypowiedzieli się przeciwko misji księcia? Za późno na matactwa w tej kwestii, Cierniu.

– Pewnie masz rację – rzekł bez skruchy. – A gdyby cię złapali na kradzieży ofiary, mogliby podjąć jakieś natychmiastowe działanie. Nie. Najlepiej zaczekać. – Westchnął i energicznie roztarł sobie ręce. – Okropnie mnie męczy to zimno. Jestem za stary, żeby cały czas znosić taki chłód.

Książę w milczeniu wywrócił oczyma.

Zmieniłem temat.

– Proszę was, byście obaj uważali, gdy już sięgniecie do Młotka. I, Sumienny, kontaktuj się z Pokrzywą ostrożnie. Jestem pewien, że nie wyobraziłem sobie tego, co się wtedy przydarzyło Młotkowi i mnie. Ktoś używał Mocy, by zwrócić nas przeciwko sobie. Ktokolwiek to jest, wciąż tam tkwi. Już raz odnalazł umysł Młotka. Kiedy będziesz do niego sięgał, być może zdradzisz się przed tym kimś. A jeśli podąży za tobą, Sumienny, to może odnaleźć Pokrzywę, gdy będziesz się z nią dziś kontaktował. Albo możesz też przyciągnąć Tintaglię. – Nagle poczułem się tchórzem, ponieważ nie miałem już nadziei na chronienie żadnego z nich. – Bądź ostrożny.

– Dobrze – odparł ze złością Sumienny, a ja nabrałem pewności, że nie przywiązuje do mojego ostrzeżenia wagi, na jaką zasługiwało. Spojrzałem na Ciernia.

– Czy kiedykolwiek byłem nieostrożny? – zapytał mój dawny mentor.

„Owszem" – niemal powiedziałem. „Kiedy rzuciłeś się do studiowania Mocy, uczyniłeś to z pełnym oddaniem. Obawiam się, że znów tak zrobisz, ryzykując przy tym wszystko, co jest mi drogie". Utrzymałem jednak język za zębami i zadowoliłem się skwitowaniem jego pytania przeczącym ruchem głowy.

– To dziwne uczucie, wiedzieć, że czeka was dziś w nocy tyle pracy, a ja nie potrafię wam pomóc. Czuję się bezużyteczny. Jeśli nie macie dla mnie żadnych zajęć, to pójdę spać. Jestem wyczerpany. – Poruszyłem ramionami. – Przez te ostatnie miesiące w Koziej Twierdzy powinienem ćwiczyć z łopatą, a nie mieczem.

Książę zaśmiał się wymuszenie.

– Będziesz się jeszcze dzisiaj widział z Błaznem? – zapytał Cierń poważnie.

– Tak.

Czekałem, czujny.

– Będziesz tam znowu spał?

Nie zapytałem, skąd wie, że już raz spałem w namiocie Błazna.

– Być może – odparłem obojętnym tonem. – Nie wiem. Jeśli będziemy rozmawiać do późna albo jeśli nie będzie chciał być sam, to zostanę.

– Wiesz, że w oczach innych to dziwnie wygląda. Nie, nie patrz tak na mnie, to nie moje zmartwienie. Znam cię zbyt długo, by żywić jakieś złudzenia co do twoich łóżkowych preferencji. Chcę tylko powiedzieć, że innym może się wydać, że podzielasz jego zdanie o Lodogniu; że musimy dokopać się do smoka i raczej go uwolnić niż wypełnić zadanie, które narczeska postawiła przed naszym księciem.

Stałem przez chwilęw milczeniu, zastanawiając się nad jego słowami.

– Nie mam wpływu na to, co myślą ludzie, Cierniu – rzekłem cicho.

– Nie będziesz go unikał?

Popatrzyłem mu w oczy.

– Nie. To mój przyjaciel.

Cierń na chwilę zacisnął usta, a potem bardzo ostrożnie zapytał:

– Czy istnieje jakaś szansa, że mógłbyś go przekonać do naszego sposobu myślenia?

– Do twojego sposobu myślenia? – poprawiłem go. – Wątpię. To nie jest jakiś kaprys, który nagle sobie wymyślił, Cierniu. Przez całe życie wierzył, że jest białym prorokiem. Część jego życiowej misji stanowi przywrócenie smoków światu. Nie sądzę, bym go mógł przekonać, że to nie jest dobry pomysł.

– Jesteście przyjaciółmi od bardzo dawna. Jemu bardzo na tobie zależy – zauważył łagodnie Cierń.

– I dlatego nie usiłowałbym na niego wpływać w ten sposób. – Odgarnąłem włosy z twarzy. Zaczęło mi się robić chłodno od wysychającego potu. Czułem ból, i to nie tylko fizyczny. – Cierniu. Będziesz mi musiał zaufać. Nie mogę być twoim narzędziem i nie mogę obiecać, że postąpię w określony sposób bez względu na to, co wykopiemy. Ten jeden raz w życiu muszę być wierny sobie.

Przez twarz przebiegł mu grymas gniewu, a potem, tak błyskawicznie, że niemal tego nie zauważyłem, bólu. Odwrócił się ode mnie, kryjąc twarz w cieniu.

– Rozumiem – rzekł. – Myślałem, że twoja przysięga Przezornym znaczy dla ciebie coś więcej. I myślałem niemądrze, że może od dawna jesteśmy przyjaciółmi, chyba nawet dłużej niż ty z Błaznem.

– Och, Cierniu. – Nagle poczułem się tak zmęczony, że ledwo mówiłem. – Jesteś dla mnie czymś o wiele więcej niż przyjacielem. Byłeś moim mentorem, rodzicem i obrońcą, kiedy przeciwko mnie podnosiło się wiele rąk. Nigdy nie wątp, że oddałbym za ciebie życie.

– I on jest Przezornym – wtrącił się nagle Sumienny, zaskakując nas obu. – Człowiekiem, którego przysięga rodzinie kosztowała już ogromnie wiele. A zatem tym razem jako twój książę rozkazuję ci co następuje, Bastardzie Rycerski Przezorny. Dotrzymaj przysięgi danej sobie. Bądź tak wierny swemu sercu, jak byłeś wierny sercu Szczerego, a przedtem króla Roztropnego. Taki jest rozkaz twego króla.

Spojrzałem na niego, zdumiony nie tylko wielkodusznością jego rozkazu, wolnością, o daniu mi jakiej nie pomyślał żaden inny król Przezorny, ale także jego nagłą metamorfozą z nachmurzonego piętnastolatka w dziedzica tronu. Zmarszczył lekko czoło pod moim zdumionym spojrzeniem, całkowicie nieświadom tego, co zrobił. Odzyskałem mowę.

– Dziękuję, mój książę. To największe dobrodziejstwo, jakie kiedykolwiek otrzymałem od króla z rodu Przezornych.

– Proszę bardzo. Mam tylko nadzieję, że nie zrobiłem czegoś naprawdę niemądrego. Obaj bowiem musimy pamiętać, że bez względu na to, jaką podejmiesz decyzję wobec siebie, ja muszę ściśle przestrzegać obietnicy danej narczesce. Jestem tu po to, by ściąć smokowi głowę. Niech ta zamrożona czaszka przyniesie jej wiele radości. – Nagle znów stał się posępnym chłopcem. Spojrzałem na niego i na nowo uświadomiłem sobie, jakie to wszystko musi być dla niego trudne. Na wyspie Majowej zostawił skradzione pocałunki. Wątpiłem, czy od czasu opuszczenia domu matek Ellianii rozmawiał z nią na osobności. Zobaczył moje współczujące spojrzenie i pokręcił głową. – Mogę tylko starać się postępować słusznie i mieć nadzieję, że tym razem naprawdę się domyśliłem, co oznacza „słusznie".

– To jest nas dwóch – mruknął Cierń.

– Nie. Trzech – sprostowałem.

Pochylał się nad garnkiem z ogniem i udało mu się obudzić w żarze pojedynczy płomyk. Wyjął kawałek węgla i dorzucił go do maleńkiego ogniska.

– Jestem już na to za stary – powtórzył swoją ulubioną skargę.

– Nie. Nie jesteś. Staniesz się stary dopiero wtedy, gdy spróbujesz przestać to robić. Myślę, że ta wyprawa dobrze ci zrobiła. – Przykucnąłem obok niego. – Cierniu. Proszę, byś uwierzył, że nie chodzi tu o to, kto pociąga za moje sznurki, ty czy Błazen. To nie jest tocząca się między wami gra o moje serce.

– A zatem co to jest? – zapytał niechętnie.

Spróbowałem mu odpowiedzieć.

– Zanim zdecyduję, które stanowisko poprę, muszę się przekonać, co jest prawdą. Wszyscy wiedzieliśmy, jeszcze zanim wyruszyliśmy z Koziej Twierdzy, że pod żądaniem narczeski coś się kryje. Może jeszcze nadejdzie czas, kiedy będziesz zadowolony, że się zawahałem i nie spełniłem ślepo jej woli. Jej pokojówka, Henja, miała jakieś powiązania ze Srokatymi. Postawię na to wszystko, co zechcesz. Razem z Peottrem i domem ich matek przeciwstawiają się większości hetgurdu, by nałożyć na księcia to zobowiązanie. Dlaczego? Co przez to zyskają? Jaką ma dla nich wartość gnijąca głowa smoka?

– Ona nie sprawia wrażenia zachwyconej, że musi mnie o to prosić – zauważył cicho Sumienny. – Jest twarda jak kamień w swym postanowieniu, że muszę to dla niej zrobić, a mimo to wydaje się, że nie czeka na to z niecierpliwością, lecz ze strachem i niechęcią. Jakby prosiła o to nie z własnej woli.

– To z czyjej? Peottrego?

Cierń z wolna pokręcił głową.

– Nie. Jego interesy są zbieżne z jej interesami, a ona jest lojalna wobec niego. Myślę, że gdyby poprosiła cię o to, żeby zrobić mu przyjemność, toby ją to bardziej cieszyło. Nie. No tak. Bastard zadaje podstawowe pytanie. Z czyjej woli?

Podsunąłem to, czego się domyślałem.

– Henji. Ona ma nad nimi jakąś władzę. Widzieliśmy to. I jest związana ze Srokatymi, którzy nie darzą nas miłością.

– Srokaci. – Cierń się zamyślił. – Nie bierzesz zatem pod uwagę bladej kobiety Błazna? – zapytał z ożywieniem.

– Nie wiem. Czy ją kiedykolwiek widzieliśmy? Co o niej słyszeliśmy? Tylko to, co powiedział nam Błazen. Zawyspiarze mówią o niej jako o czymś bardzo starym i złym, o wcieleniu wrogości z przeszłości, którego należy unikać, lecz nie mówią tego ze strachem przed czymś, co czai się gdzieś teraz. Nasze smoki zabiły ją i Kebala Żelaznorękiego, a przynajmniej tak często słyszałem. Mimo to Zawyspiarze nadal ją łączą z tą wyspą. Mówią, że tu się wydobywało czarny kamień na balast do białych statków. I nie da się zaprzeczyć, że ten kamienny smok porzucony w miejscu, gdzie przybiliśmy do brzegu, śmierdzi zakażaniem kuźnicą z czasów wojny ze szkarłatnymi okrętami.

Musiałem nagle ziewnąć.

– Och, idź już spać – zganił mnie Cierń. – Przynajmniej ty możesz odpocząć. My z księciem dzisiaj w nocy sięgniemy daleko i zobaczymy, czy przekonamy Pokrzywę, żeby nam pomogła. Przyznam, że bardzo chciałbym wiedzieć, co się ostatnio dzieje w Królestwie Sześciu Księstw. Gdyby Srokaci wszczęli jakieś działania, wiedzielibyśmy, że grają na dwa fronty.

– Być może – zgodził się Sumienny i ziewnął, a mnie się nagle zrobiło go żal. Kładłem się spać. On miał przed sobą pracowitą noc. Kiedy jednak życzyłem im dobrej nocy i wychodziłem z ich namiotu, wyczułem, że uważa kontakt z Pokrzywą za wyzwanie, którego i boi się, i oczekuje. Przestałem się o to martwić. Nie miało to sensu. Na razie wypadłem z tej gry. Może na zawsze? Poczułem, że kiedy zaświtała mi ta myśl, ziemia się pode mną zachwiała, ale szedłem dalej. Czy przejście przez resztę życia bez Mocy byłoby takie straszne? Czy nie mogłem o tym pomyśleć jako o uwolnieniu się od niej?

Zatrzymałem się na chwilę przy namiocie gwardzistów. Przy wejściu czuwał znużony Lotny. Wśliznąłem się na chwilę do środka między pogrążonych w głębokim śnie wojowników, co skwitował milczącym kiwnięciem głowy. Nie pytał, co robię. Człowiek Ciernia. Ludzie Ciernia, poprawiłem się, patrząc na śpiących. Każdy gwardzista, towarzyszący nam na tej wyspie, został wybrany osobiście przez niego ze względu na dyskrecję i lojalność. Jak bezwzględnie będą wykonywać jego rozkazy?

Wciąż zastanawiałem się nad tym pytaniem, kiedy przystanąłem przed namiotem Błazna. Przez chwilę słuchałem świstu wiatru, który na wysokości kostek pędził tumany lodowych kryształków. Co pewien czas jakiś podmuch rzucał mi w twarz kłującą chmurę. Słyszałem jednak tylko wiatr i szelest lodowego pyłu. W namiocie Błazna panowała cisza, lecz jaskrawe sylwetki na cienkim, mocnym materiale jaśniały życiem palącego się w środku ogienka.

– Mogę wejść? – zapytałem cicho.

– Chwileczkę – odpowiedział równie cicho. Usłyszałem szelest materiału, niemal nie do odróżnienia od szumu wiatru; po chwili oczekiwania Błazen rozwiązał troczki klapy i wpuścił mnie do środka. Wniosłem na sobie śnieg. Nic nie można było na to poradzić, ale Błazen i tak się skrzywił, kiedy strzepnąłem go z ubrania. Zza pazuchy wyjąłem zwiniętą szatę Najstarszych.

– Proszę. Zwracam ci ją.

Spoczywał na posłaniu, już otulony narzutami. Nad płomieniem świecy przysiadł z nadzieją imbryczek. Błazen uniósł brwi i się uśmiechnął.

– Ale wyglądałeś w niej tak zachwycająco. Jesteś pewien, że nie chcesz jej zatrzymać?

Westchnąłem. Jego beztroski brak powagi zbytnio się kłócił ze wszystkim, co czułem tego wieczoru.

– Cierń i Sumienny chcą dziś spróbować sięgnąć Mocą do Pokrzywy. Boją się, że smok kradnie Młotkowi umysł, i mają nadzieję, że Pokrzywa potrafi go odciągnąć od Lodognia.

– A ty postanowiłeś im nie pomagać?

– Nie mogę. Nie mogę w sobie znaleźć choćby jednego pasemka Mocy. To, że Młotek jest niespokojny, poznaję tylko po tym, jak nuci. Przedtem zawsze wysyłał swoją muzykę poprzez Moc. Dlaczego teraz nuci i mamrocze? To jest zmiana, a ja nie lubię zmian, szczególnie tych, których nie rozumiem.

– Życie to zmiana – zauważył łagodnie Błazen. – A śmierć to zmiana jeszcze większa. Chyba musimy się pogodzić ze zmianą, Bastardzie.

– Jestem zmęczony godzeniem się z różnymi rzeczami. Moje całe życie to jedno długie godzenie się.

Upuściłem szatę na posłanie i usiadłem ciężko na jego brzegu, zmuszając Błazna do podciągnięcia nóg. Zdjąłem rękawice i wyciągnąłem dłonie do wątłego ogienka, usiłując się ogrzać.

– Ach, katalizatorze, czy to możliwe, że nie dostrzegasz wszystkich zmian, których dokonałeś? Niektórych dzięki pogodzeniu się z warunkami, innych przez swoje zaciekłe zmagania. Możesz mówić, że nienawidzisz zmian, ale sam jesteś zmianą.

– Och, proszę cię. – Złożyłem ręce na podciągniętych kolanach i opuściłem na nie głowę. – Nie mów dzisiaj o tym. Mów o wszystkim, byle nie o tym. Proszę. Dzisiaj nie mogę myśleć o wyborach i zmianach.

– Doskonale. – Głos miał bardzo łagodny. – O czym chcesz porozmawiać?

– O czymkolwiek. O tobie. Jak się tu dostałeś, po tym, jak cię zostawiliśmy w Koziej Twierdzy?

– Powiedziałem ci. Przyleciałem.

Uniosłem głowę, by przypatrzeć mu się. Uśmiechał się nieco wyzywająco. To był dawny uśmiech Błazna, ten, który obiecywał prawdę, mimo że pozornie słyszało się kłamstwa.

– Nie. Nie przyleciałeś – stwierdziłem stanowczo.

– Dobrze, skoro tak mówisz.

– Musiała ci jakoś pomóc Ketriken, wbrew radom Ciernia. Przypłynąłeś tu na statku noszącym nazwę jakiegoś ptaka.

Zgadywałem, wiedząc, że w jego niestworzonej historii kryje się na dnie ziarno prawdy.

– W gruncie rzeczy podczas naszego bardzo krótkiego spotkania Ketriken radziła mi zostać w Koziej Twierdzy. Myślę, że wiele ją kosztowało przemilczenie reszty. Miałem niezwykłe szczęście, że opuszczając zamek, spotkałem wjeżdżającego do niego Brusa. Ale, skoro zgodziłem się ci to opowiedzieć, zacznę od początku. Wróćmy do chwili, kiedy widziałem cię po raz ostatni. Kiedy myślałem, że śpieszysz mi na pomoc.

Skrzywiłem się, lecz Błazen spokojnie kontynuował opowieść.

– Kapitan portu wezwał straż miejską, która bardzo sprawnie usunęła pana Złocistego i jego bagaże. Jak zapewne podejrzewałeś, zatrzymali mnie do czasu, gdy statki wypłynęły z portu. Wtedy mnie wypuszczono z licznymi przeprosinami i zapewnieniami, że to wszystko było straszliwą pomyłką. Lecz wieści o tym wydarzeniu się rozeszły. Kiedy pan Złocisty wrócił z bagażami do swej kwatery, opadli go wierzyciele, przekonani, że chciał uciec z miasta, nie spłacając długów. Co w istocie zamierzał. Zadowolili się konfiskatą większości jego bagaży i wyposażenia, z wyjątkiem jednego pakunku, zawierającego podstawowe rzeczy konieczne do przeżycia, który roztropnie zostawił w swoich komnatach w twierdzy.

Z miedzianego imbryczka unosiła się para. Błazen zdjął go z niewielkiego ognia i nalał wodę do wesoło pomalowanego dzbanka na herbatę.

Musiałem się uśmiechnąć. Ogarnąłem ruchem ręki namiot.

– Podstawowe rzeczy.

Uniósł złocistą brew.

– Dla cywilizowanego poszukiwania przygód, tak. – Przykrył dzbanek pokrywką. Miała kształt róży. – A dlaczego miałbym nie korzystać z wygód? No dobrze. Na czym stanąłem? Ach, tak. Pan Złocisty, odarty ze swego dobytku i chwały, nie był już panem Złocistym, lecz tylko uciekającym dłużnikiem. Ci, którzy myśleli, że go znają najlepiej, byli zdumieni tym, jak sprawnie zszedł po ścianie swej kwatery, by lekko zeskoczyć na ziemię i uciec w zaułki. Zniknąłem.

Kazał mi czekać. Potarł oko i uśmiechnął się do mnie z namysłem. Przygryzłem wewnętrzną stronę policzka, aż wreszcie się poddał i zaczął mówić dalej.

– Poszedłem do Ketriken, używając sposobów i środków, które pozostawię twojej wyobraźni. Myślę, że była dość zdumiona, zobaczywszy, że czekam na nią w jej sypialni. Jak ci powiedziałem, zaleciła mi pozostanie w Koziej Twierdzy, w zamku, pod jej skrzydłami, aż wypełnisz jej misję. Oczywiście musiałem odmówić. I... – Przerwał na chwilę. – Rozmawiałem z Brusem. Chyba już o tym wiesz albo to podejrzewasz. Wstrząsnęło mną, że rozpoznał mnie natychmiast, tak jak ty. Zadawał mi pytania, nie dlatego, że chciał usłyszeć odpowiedzi, ale by potwierdzić, czego już się sam domyślił po wcześniejszej rozmowie z Ketriken.

Przerwał na tak długo, że zacząłem się bać, iż nie podejmie opowieści.

– W pewnym momencie był tak wściekły na to, co mu powiedziałem – rzekł cicho – że myślałem, że mnie zabije. A potem nagle zaczął szlochać. – Znów przerwał. Siedziałem, ze zdrewniałym językiem w ustach. Prawie miałem nadzieję, że nie będzie mówił dalej. Kiedy się odezwał, wiedziałem, że wielu rzeczy nie powiedział.

– Pozbawiony jakiegokolwiek wsparcia z zamku, niemądrze wróciłem do mojej gospody, żeby zobaczyć, czy moi wierzyciele zostawili jakieś resztki mej fortuny, które mogłyby mi pomóc w ucieczce. Moje ogołocone pokoje wyglądały tak, jakby splądrowała je chmara szarańczy. Czekało mnie jednak coś jeszcze gorszego. Właściciel widział, jak wchodzę, a wziął od moich wierzycieli łapówki obiecując, że natychmiast ich powiadomi, jeśli mnie usłyszy lub zobaczy. Dobrze zarobił na swoje parszywe pieniądze. Zjawiła się bowiem druga fala wściekłych byłych przyjaciół. Byli tak oburzeni, że można by pomyśleć, iż uczciwie zarobili pieniądze, które wygrali ode mnie w zakładach. Tak więc uciekłem po raz wtóry. Tym razem z miasta, i to nie tyle ze strachu przed moimi wierzycielami, ile z wściekłości na moich „przyjaciół". Zdradziłeś mnie, Bastardzie. A może przyszła na ciebie kolej zdradzić mnie, skoro tak bardzo cię zawiodłem.

– Co?

Byłem zdumiony, że mógł powiedzieć coś takiego. Kiedy jednak zetknęły się nasze spojrzenia, ujrzałem w jego ciemniejących oczach zadawniony wstyd i przypomniałem sobie czas spędzony w Królestwie Górskim, kiedy moi wrogowie posłużyli się nim przeciwko mnie.

– Wiesz, że nigdy nie miałem ci tego za złe. To nie byłeś ty, Błaźnie. Nie ty.

– I może kiedy mnie zdradziłeś, było w tym więcej Ciernia niż ciebie, niemniej jednak szkoda została wyrządzona. Z wściekłością, przestrachem i rozpaczą myślałem, że może dotarłem tak daleko tylko po to, by pokonał mnie ktoś, komu ufałem najbardziej. Uciekłem z Koziej Twierdzy pieszo, unikając mych prześladowców, wiedziałem jednak, że nie będzie mi się to udawało długo i przemyśliwałem, co mogę zrobić. Jak to możliwe, zastanawiałem się, że katalizator mógł tak zmienić wydarzenia, że biały prorok został tak całkowicie pokonany? I powoli uświadomiłem sobie, że tak być nie może; że działają tu głębsze mechanizmy, niż początkowo dostrzegłem. Postanowiłem się im oddać, chociaż nawet się nie domyślałem, co to za mechanizmy.

Odwróciłem głowę opartą na rękach tak, że mogłem na niego patrzeć. Teraz westchnąłem i zgarbiłem się. Błazen wyciągnął rękę spod narzut, by nalać trochę herbaty do filiżanki i miseczki, po czym pokazał gestem, że mogę wziąć którąkolwiek z nich. Dzbanek był wyraźnie przewidziany na jedną osobę, podróżującą samotnie, i wzruszyło mnie, że mimo wszystko Błazen chce się ze mną podzielić jego zawartością. Uniosłem miseczkę i napiłem się z niej. Herbata smakowała kwiatami, była łykiem lata w krainie, gdzie zawsze królowała zima. Gorąco szybko z niej uciekało, na krótko ogrzewając mi dłonie przez porcelanę. Błazen wypił swoją porcję, obejmując filiżankę długimi, wypielęgnowanymi palcami.

– Mów dalej – zachęciłem go, kiedy cisza się przedłużała. Wiedziałem, że to gawędziarska sztuczka, ale nie chciałem mu jej psuć.

– No tak. Druga chmara moich wierzycieli posłuchała opowieści pierwszej. Wkrótce zaczęli mnie gonić. Uciekałem, i to szybko, ale ubranie pana Złocistego trochę za bardzo rzucało się w oczy, bym mógł się wtopić w tłum, a mój pakunek krępował mi ruchy. Pamiętasz to wzgórze za Kozią Twierdzą, gdzie stoją Kamienie Świadków?

– Oczywiście. – Byłem zaintrygowany. To było ostatnie miejsce, do którego bym uciekł. Nagie czarne kamienie stoją na jałowym wzgórzu, zwietrzałe i nieczułe na wszystko. Mieszkańcy Królestwa Sześciu Księstw od dawna składali w tym miejscu przysięgi. Kochankowie ślubują tam sobie miłość. Powiada się, że jeśli dwaj mężczyźni toczą tam pojedynek, to bogowie zadbają o sprawiedliwy wynik. Człowiek prawy tam zwycięży, nawet jeśli gdzie indziej zostałby pokonany. To dziwnie uroczyste miejsce, pozbawione krzaków czy pnączy. Nie było tam żadnego schronienia dla ściganego. – Ale dlaczego udałeś się tam?

Wzruszył wymownie swym wąskim ramieniem.

– Wiedziałem, że daleko nie ucieknę. Gdybym został schwytany i zaprowadzony z powrotem do Koziej Twierdzy, moi wierzyciele niewątpliwie nie tylko zabraliby mi moje wyposażenie, ale i zmusili do odpracowania długu. Byłbym zgubiony ja i moja misja w świecie. Postanowiłem więc poddać się przeznaczeniu i wypróbować pomysł, który wykluł się już dawno temu. Kamienie Świadków są bramami, Bastardzie, tak jak filary Mocy, których używałeś dawno temu, gdy musiałeś skądś uciec. Tylko że oczywiście runy na Kamieniach Świadków zostały dawno temu zatarte. Może są tak stare, że same zniknęły w naturalny sposób; a może jakiś dawny adept Mocy postanowił położyć kres użyteczności kamieni. W każdym razie runy, które mówią, dokąd prowadzi brama, zniknęły, pozostawiając po sobie tylko słabo widoczne ślady. Biegnąc ku nim z ciężkim pakunkiem na plecach, wróciłem pamięcią do twojej opowieści o przygodach na Plaży Skarbów z księciem Sumiennym. Wiedziałem, że mogę wybrać niewłaściwą stronę kamienia i znaleźć się w głębokiej, zimnej wodzie.

Wyprostowałem się, czując narastające powoli przerażenie, od którego krew ścinała mi się w żyłach.

– Błaźnie, może być o wiele gorzej! A gdyby kamień upadł tak, że zostałbyś z niego wyrzucony w zbitą ziemię? Albo gdybyś wybrał takie miejsce docelowe, w którym kamień został strzaskany i...

– Wszystkie te myśli przebiegały mi przez umysł, kiedy pędziłem w stronę kamienia. Na szczęście nie miałem czasu na wybieranie ani nawet na zastanawianie się, czy na moich palcach zostało dość Mocy, bym mógł wejść w kamień. Uderzyłem weń ich czubkami, wiedząc tylko tyle, że muszę – muszę! – muszę przejść przez bramę.

Przerwał. Pochylałem się ku niemu z sercem w gardle. Przechodzenie przez bramę Mocy zawsze było dla mnie trudne. Wiedzieliśmy o tym tak mało, tylko tyle że niektóre stojące głazy wyrzeźbione z kamienia pamięci mogą służyć jako korytarze do odległych miejsc. Posłużyłem się nimi mniej niż dziesięć razy w życiu, zawsze ze strachem i niepokojem. Niektórzy niedoświadczeni adepci Mocy Władczego stracili rozum, kiedy zostali zmuszeni do przejścia przez bramę Mocy. Wykorzystanie jednej z nich wyczerpało nas obu i sprawiło, że Sumiennemu poplątały się wspomnienia z Plaży Skarbów.

Błazen uśmiechnął się do mnie słodko.

– Nie patrz tak. Wiesz, że przeżyłem.

– Jakim kosztem? – zapytałem, wiedząc, że nie odbyło się to za darmo.

– Wyczerpania. Wychynąłem gdzieś, nie mam pojęcia gdzie. Nigdy tam nie byłem. W jakimś zrujnowanym mieście, nieruchomym jak kamień. Obok niego płynęła rzeka. Tylko tyle mogę ci powiedzieć. Spałem, nie wiem jak długo. Kiedy się obudziłem, był świt. A nade mną górował filar Mocy. Lśnił, wolny od porostów i mchu, a każda runa była tak wyraźna, jakby ją wyryto poprzedniego dnia. Długo im się przyglądałem, z obawą i przerażeniem, a mimo to wiedząc, że są moją jedyną nadzieją. Zawęziłem możliwości do dwóch, które mogły mi odpowiadać. A potem znów wszedłem do filaru.

– Nie – jęknąłem.

– Właśnie tak się czułem. Jakbym został porządnie obity. Ale przybyłem do właściwego miejsca.

Z radością zmusił mnie do zadania pytania.

– Dokąd?

– Pamiętasz ten zrujnowany plac, jakby dawny targ? Ten, którym usiłował zawładnąć las? Stałem tam na szczycie kamiennego słupa i przez chwilę, we śnie, miałem na głowie kogucią koronę. Widziałeś mnie. Pamiętasz to.

Powoli skinąłem głową.

– To było po drodze do kamiennego ogrodu. Tam gdzie spały kamienne smoki, zanim je obudziliśmy i wysłaliśmy do walki ze szkarłatnymi okrętami. Tam gdzie znów teraz śpią, a wśród nich smok Szczerego.

– Właśnie. Znów poszedłem tą leśną ścieżką i zobaczyłem go tam. Ale nie jego szukałem. Znalazłem śpiącą dziewczynę na smoku, obejmującą ramionami szyję swego smoka, tak jak mi opowiedziałeś. Obudziłem ją, przekonałem, że muszę tu przybyć, i jeszcze raz usiadłem za nią,a ona tu ze mną przyleciała. I zostawiła mnie. A zatem, jak widzisz, stary przyjacielu, nie okłamałem cię. Przyleciałem tu.

Siedziałem wyprostowany, nagle rozbudzony. Narastały we mnie setki pytań, lecz zadałem to najważniejsze.

– Jak ją obudziłeś? Do obudzenia kamiennego smoka trzeba Rozumienia, Mocy i krwi. Dobrze o tym wiem!

– To prawda, trzeba. Moc miałem na czubkach palców, a krwi było pod dostatkiem. – Potarł nadgarstek, być może wspominając dawne nacięcie. – Nie miałem i nie mam Rozumienia. Może jednak pamiętasz, że kiedy usiłowałem dokończyć rzeźbę dziewczyny na smoku i obudzić ją, niemądrze przelałem w nią część siebie.

– Podobnie jak ja – przypomniałem sobie ze wstydem.

– Tak. Wiem – rzekł cicho. – Wciąż w niej jest. Przelałeś wspomnienia, których nie chciałeś przywoływać i emocje, na których odczuwanie nie chciałeś sobie pozwolić. Oddałeś jej porzucenie cię przez matkę i nieznajomość ojca, dałeś tortury, jakim cię poddał Władczy w swoich lochach. Dałeś jej przede wszystkim ból utraty Sikorki i swego dziecka na rzecz ni mniej, ni więcej tylko Brusa. Dałeś jej swoją wściekłość, poczucie krzywdy i bycia zdradzonym. – Westchnął cicho. – To wciąż w niej tkwi. Rzeczy, na odczuwanie których nie mogłeś sobie pozwolić.

– Zostawiłem to wszystko za sobą dawno temu – rzekłem z wolna.

– Wyciąłeś fragment siebie i żyłeś dalej, pomniejszony.

– Nie widzę tego w taki sposób – odparłem sztywno.

– Nie możesz tego widzieć w taki sposób – poinformował mnie spokojnie. – Bo nie możesz naprawdę pamiętać, jak straszne to było. Bo umieściłeś wszystko w dziewczynie na smoku.

– Możemy o tym nie mówić? – zapytałem, niemal przestraszony, niemal zły, lecz nie bardzo wiedząc, co miałoby mnie przestraszyć albo rozzłościć.

– Musimy. Bo dawno już się tego pozbyłeś, przed bardzo wielu laty. I tylko ja będę znał pełną głębię tego, co kiedyś czułeś w związku z tymi wspomnieniami. Tylko ja w pełni pamiętam, kim i czym byłeś, zanim to uczyniłeś. Jesteśmy bowiem związani, nie tylko Mocą i przeznaczeniem, ale także dlatego że obaj żyjemy wewnątrz dziewczyny na smoku. Ponieważ wiedziałem, co zostało w niej umieszczone, mogłem do niej sięgnąć i ją obudzić. Mogłem przekazać jej mój rozpaczliwy zamiar. Przyleciała więc ze mną na Aslevjal. Dziwna to była podróż, szaleńcza i cudowna. Wiesz, że już kiedyś z nią leciałem. Byłem z nią, kiedy razem z innymi smokami atakowała nie tylko szkarłatne okręty, które nękały Królestwo Sześciu Księstw, ale i białe statki, będące okrutnymi narzędziami bladej kobiety. Dziwne to było uczucie znaleźć się w wirze prawdziwej bitwy. Nie podobało mi się to.

– Nikomu się to nie podoba – zapewniłem go. Z powrotem oparłem czoło na kolanach i zamknąłem oczy.

– Też tak sądzę. Tym razem wszystko przebiegło inaczej. Nie było żadnego zabijania, nie leciały obok nas żadne inne smoki. Była tylko ona i ja. Siedziałem za nią i obejmowałem jej szczupłą kibić. Wiesz, że jest częścią smoka, a nie oddzielną istotą. Najbardziej przypomina kończynę w kształcie dziewczyny. Nie odzywała się więc do mnie, ale co dziwne, uśmiechała się i od czasu do czasu odwracała, by spojrzeć w twarz albo pokazać mi coś w leżącym pod nami świecie. Leciała niestrudzenie. Nie odpoczywała od czasu, gdy wspiąłem się za nią na smoka, a potężne uderzenia jego skrzydeł uniosły nas przez baldachim konarów drzew do chwili, gdy wylądowaliśmy na czarnych plażach Aslevjalu. Ja też nie. Najpierw lecieliśmy po błękitnym letnim niebie krajów leżących za Królestwem Górskim. Potem wznieśliśmy się wyżej, nad ośnieżone szczyty i górskie przełęcze, aż zaczęło mi walić serce i zakręciło się w głowie, a potem wróciliśmy do lata. Lecieliśmy nad wioskami Królestwa Górskiego. Wtulają się w zakamarki na zboczach gór, a ich stada są rozsiane na stromych pastwiskach jak białe kwiaty jabłoni, zaścielające trawę w sadzie po wiosennej wichurze.

Ujrzałem to oczyma wyobraźni i uśmiechnąłem się lekko, gdy Błazen opowiadał, jak pewnego ranka lecieli nad jakąś osadą w Królestwie Sześciu Księstw, a jedyny chłopiec, który spojrzał w górę i ich zobaczył, pobiegł z okrzykami zachwytu do swojej chaty. I dalej opowiadał o widzianych z góry rzekach jak srebrne szwy w ziemi i obsianych polach jak mozaika, i o oceanie, marszczącym się jak papier przetykany srebrem. W mojej wyobraźni leciałem razem z nim.

Chyba zasnąłem, ukołysany tą dziwną opowieścią. Kiedy się zbudziłem, była już głęboka noc. W obozie panowała cisza, a w naczyniu Błazna po knocie zanurzonym w oliwie pełgał tylko jeden płomyk. Kuliłem się pod kocem, padłszy bokiem na jego posłanie. Błazen spał zwinięty jak kocię w drugim końcu posłania, niemal dotykając mojej skroni swoją. Oddychał głęboko i równo; jego szczupła otwarta dłoń spoczywała na kocach między nami, jakby coś ofiarowywał albo o coś mnie błagał. Sennym ruchem włożyłem do niej swoją dłoń. Chyba się nie obudził. Co dziwne, czułem wielki spokój. Zamknąłem oczy i zapadłem w głęboki, pozbawiony marzeń sen.

ROZDZIAŁ 19

POD LODEM

Zawyspiarze zawsze byli najeźdźcami. W latach poprzedzających wojnę ze szkarłatnymi okrętami następowały pojedyncze ataki, tak jak działo się to od wieków. Pojedyncze statki dowodzone przez kaemprę klanu dokonywały szybkiego uderzenia, zdobywając bydło, zebrane plony, a czasami jeńców. Najbardziej starcia te dawały się we znaki Księstwu Niedźwiedziemu, które najwyraźniej przystępowało do nich z radością, tak jak Księstwo Dębów z upodobaniem prowadziło spory graniczne z Krainą Miedzi. Władca Księstwa Niedźwiedziego traktował te ataki jako własny problem i nie skarżył się, że musi im stawiać czoło.

Lecz wraz z pojawieniem się szkarłatnych okrętów Kebala Żelaznorękiego zasady walki się zmieniły. Okręty zaczęły się nagle zjawiać w grupach i wydawało się, że ich załogom bardziej zależy na gwałtach i niszczeniu niż szybkim zdobywaniu łupów. Palili lub niszczyli to, czego nie mogli zabrać, wyrzynali stada bydła i drobiu, podpalali zboże na polach i w spichlerzach. Zabijali nawet tych, którzy im się nie przeciwstawiali. Podczas tych ataków pojawiła się nowa tendencja; najeźdźców nie cieszyła już sama kradzież, ale także niszczenie i pustoszenie.

W owym czasie nawet nie wiedzieliśmy o bladej kobiecie i wpływie, jaki miała na Żelaznorękiego.

Skryba Strzyżyk, „Historia wojny ze szkarłatnymi okrętami"

Rano, kiedy dotarliśmy nad krawędź naszego wykopu, i Rebus, i ja zgodnie jęknęliśmy, po czym wzięliśmy się do pracy, wyrzucając śnieg, który do połowy zasypał nasze dzieło z poprzedniego dnia. Ten śnieg był lżejszy i nie ubity, ale i tak była to irytująca praca. Zupełnie jakbyśmy przerzucali pióra, a połowa tego, co nabieraliśmy na łopaty, unosiła się z nich i spływała z powrotem na dno wykopu. Zanim oczyściliśmy go do stanu, w jakim zostawiliśmy zeszłego wieczoru, nastało prawie południe. Wtedy w ruch poszły kilofy i znów zaczęliśmy rozbijać lód, zgarniać go i wyrzucać na powierzchnię lodowca.

Najpierw mnie bolało, potem przestało, a potem zaczęło boleć w nowych miejscach. Tej nocy zapadłem w kamienny sen. Znów zerwał się wiatr. Wiał co noc. Co rano zaczynaliśmy pracę od usunięcia śniegu nawianego przez noc. Mimo to powoli, nieubłaganie dół się pogłębiał. Kiedy nie mogliśmy już z niego wyrzucać lodu, na jednym jego końcu uformowaliśmy rampę. Potem wrzucaliśmy lód łopatami na sanie, które dwóch mężczyzn wyciągało z wykopu i opróżniało gdzieś dalej. Praca była nad wyraz nużąca. A na dnie nie znaleźliśmy ani śladu smoka. Co gorsza, wyczuwałem go zmysłem Rozumienia słabiej, a nie mocniej.

Po pierwszym dniu wzrosła liczba pracujących. Jako pierwszy podwinął rękawy i wziął kilof książę Sumienny. Cierń ograniczył swój udział do nadzorowania. Przypominał mi kota Uprzejmego, który przysiadł na krawędzi wykopu i obserwował nas z najwyższą obojętnością.

Kiedy do dołu zeszła narczeska, Sumienny przerwał pracę, by ostrzec dziewczynę, że kawałki lodu pryskające spod jego kilofa mogą ją skaleczyć. Obdarzyła go dziwnym uśmieszkiem, ni to smutnym, ni to zalotnym, i powiedziała, żeby uważał na kawałki lodu, które mogą wyrwać się spod jej kilofa. Następnie przystąpiła do pracy u boku księcia, wymachując kilofem z wprawą wieśniaczki.

– Kiedy przygotowywaliśmy nowe pola na wiosnę, pomagała wykopywać kamienie – zauważył Peottre. Odwróciłem się i zobaczyłem, że przypatruje się jej z mieszaniną dumy i rozczarowania. – Daj mi na chwilę łopatę, a sam odpocznij.

Zrozumiałem, o co mu chodzi, i oddałem łopatę. Potem narczeska i Peottre pracowali obok nas; Zawyspiarz zawsze trzymał się blisko swojej podopiecznej. Narczeska zawsze starała się trzymać blisko księcia. Była to pierwsza od wielu dni oznaka serdeczności, jaką Elliania okazała Sumiennemu i książę zdawał się czerpać z tego otuchę. Rozmawiali cicho, pozbawionymi tchu zrywami, między uderzeniami kilofów, i razem odpoczywali. Peottre ich pilnował, czasami z dezaprobatą, czasami ze smutkiem. Myślę że wbrew sobie polubił naszego księcia.

Krąg Rozumiejących uznał, że wspiera pomysł uwolnienia smoka, stąd jego członkowie nie mieli żadnych wątpliwości, czy pomóc nam w kopaniu. Kiedy Błazen dołączył swą siłę i do kopania, i do wywożenia lodu, przedstawiciele hetgurdu przyszli popatrzeć. Trzeciego dnia pomagali odciągać sanie z lodem od wykopu i je rozładowywać. Podejrzewam, że ich motywację w dużej mierze stanowiła chęć ujrzenia smoka uwięzionego w lodzie.

Piątego dnia Cierń wysłał Rebusa i młodego Herolda po zapasy zgromadzone na plaży. Peottre nie był przekonany, czy należy ich wysyłać, i wiele razy przestrzegał ich, by trzymali się tyczek, które wbijaliśmy po drodze, i nie oddalali się od nich. Kiedy wyruszali, miny mieli poważne i niespokojne. Wzięli ze sobą sanie, ponieważ mieli przywieźć jedzenie oraz zapasowe łopaty i kilofy, jako że powiększyła się liczba robotników. Cierń polecił im także przywieźć całe płótno, w nadziei że ustawienie wiatrochronu czy jakiejś zasłony nie pozwoli wiatrowi co noc zasypywać śniegiem efektów naszej pracy. Spodziewałem się też, że przywiozą pozostałe baryłki wybuchowego proszku. Kiedy myślałem o nim wieczorem, nie chciałem mieć z nim nic wspólnego, ale za dnia, gdy walczyłem ze starym, twardym lodem, czasami pragnąłem się przekonać, co potrafi zdziałać wynalazek Ciernia.

Kopaliśmy dalej. Jeśli robiłem sobie przerwę dla odpoczynku i patrzyłem na ściany naszego wykopu, widziałem warstwy lodu, oznaczające kolejne zimy. Z każdym rokiem osadzało się tu więcej śniegu, a w następnym roku pokrywała go kolejna warstwa. Przyszło mi do głowy, że przekopujemy się przez czas i patrząc czasem na te warstwy zastanawiałem się, kiedy lód, na którym stoję, spadł jako śnieg. Jak długo tkwi tu Lodogień i skąd się tu wziął?

Kopaliśmy coraz głębiej i głębiej i wciąż nie ujrzeliśmy ani jednej smoczej łuski. Co pewien czas Cierń i Sumienny rozmawiali z kręgiem Rozumiejących. Za każdym razem jego członkowie zapewniali księcia i jego doradcę, że wciąż od czasu do czasu czują poruszenia smoczego jestestwa. Zgadzałem się z nimi. Zarazem konsultacje te uświadamiały mi, że moje Rozumienie jest znacznie mocniejsze od zmysłu Sumiennego. Nie było tak wyczulone, jak u Sieciarza, ale uważałem, że przynajmniej dorównuje magii Szybkiego. Małż był zapewne nieco silniejszy od Sumiennego, a Uprzejmy od minstrela, lecz nie tak bystry w Rozumieniu, jak ja. Dziwnie było widzieć, że Rozumienie może stanowić u człowieka talent silny albo słaby. Zawsze myślałem o nim jako o zmyśle, który ludzie mają albo nie. Teraz zrozumiałem, że jest ono podobne zdolnościom do muzyki czy ogrodnictwa. Jego siła znacznie się różniła u różnych ludzi, podobnie jak łatwość posługiwania się Mocą.

Może to kolosalna siła Mocy Młotka pozwoliła mu tak mocno przywrzeć do smoka. Mały człowieczek sprawiał wrażenie kompletnego idioty, który patrzy przed siebie niewidzącym wzrokiem i nuci coś do siebie. Czasami milkł i wykonywał drobne ruchy dłońmi. Ani melodia, którą nucił, ani ruchy jego rąk niczego mi nie przekazywały. Raz, kiedy odpoczywałem po mojej zmianie kopania, usiadłem obok niego. Z wahaniem położyłem mu rękę na ramieniu i spróbowałem odnaleźć umiejętność korzystania z Mocy. Miałem nadzieję, że płomień Mocy, który płonie w nim tak wysoko, rozpali na nowo mój własny talent. Nie wydarzyło się jednak nic poza tym, że po krótkiej chwili Młotek strząsnął moją ręką wzruszeniem ramion, tak jak koń strząsa muchę z sierści. Przestał się nawet interesować jedzeniem, co martwiło mnie najbardziej. Nie tylko Konsyliarz, mój pierwszy instruktor posługiwania się Mocą, ale i Szczery ostrzegali mnie przed niebezpieczeństwem zbytniego oddania się Mocy. Była to zawsze pierwsza przeszkoda, którą musieli pokonać nowicjusze, i dla wielu okazywała się ona zabójcza. Zwoje traktujące o nauczaniu posługiwania się Mocą przytaczały liczne smutne opowieści o obiecujących uczniach, którzy, porwani nurtem Mocy, stracili wszelki kontakt z naszym światem, bez reszty pochłonięci wyjątkowym kontaktem z tą magią. W końcu tacy ludzie dawali się tak oczarować Mocy, że tracili chęć do jedzenia i picia, do rozmowy z towarzyszami i w końcu przestawali dbać o swoje potrzeby. Jeden ze zwojów ostrzegał, że taki adept Mocy może zmienić się w „duże, śliniące się niemowlę" i Młotek sprawiał wrażenie, że znajduje się na krawędzi popadnięcia w taki stan. Zawsze przypuszczałem, że niebezpieczeństwo tkwi w fascynacji samą Mocą, ja bowiem często czułem ten zew. Jeśli jednak Cierń i Sumienny mieli rację, to Młotka uwodziła nie Moc, lecz inny, potężniejszy umysł. Uczyniłem kilka bezowocnych prób nawiązania z nim rozmowy, które skutkowały szczątkowymi odpowiedziami Młotka, aż w końcu odezwał się ze złością:

– Idź sobie! Niegrzecznie jest zawracać głowę zajętej osobie!

Po czym wrócił do wpatrywania się w przestrzeń i kiwania się.

Moja Moc nadal była martwa.

Było to tym bardziej frustrujące, że Sumienny nawiązał kontakt z Pokrzywą. Dwukrotnie dotknął myślami jej umysłu, starając się wytłumaczyć, kim jest i czego od niej potrzebuje. Za pierwszym razem zatrzasnęła przed nim swoje bariery, mówiąc, że nie ma nastroju do głupich opowieści i dlaczego jakiś książę miałby usiłować nawiązać z nią kontakt we śnie? Za drugim razem była bardziej otwarta, bo chyba wzbudził jej ciekawość. Spróbowała nawet, bezskutecznie, oderwać Młotka od obiektu jego zainteresowania, chociaż sądzę, że zrobiła to bardziej z troski o niego niż po to, żeby sprawić przyjemność księciu. Sumienny towarzyszył jej w tym przedsięwzięciu, ale senne wyobrażenia, jakimi się posłużyła Pokrzywa, powiedziały mu niewiele. Potrafił tylko wyjaśnić, że Młotek chyba udał się do miejsca, gdzie jego piosenka stanowi zasadniczą część o wiele większego utworu, i że nie dało się go stamtąd odciągnąć. Było to frustrujące porównanie. Jeśli zaś chodzi o przekazanie królowej wiadomości od księcia, Pokrzywa powiedziała, że wspomni Ketriken o swoich „dziwnych snach", jeśli przypadkiem znajdzie się sam na sam z Jej Wysokością, ale że nie będzie ryzykowała zbłaźnienia się przed damami dworu. Zrobiła to już parokrotnie z powodu braku dworskiego obycia i nie zamierzała dostarczać im więcej rozrywki.

To mnie zabolało. Gdybym od początku się zgodził, by poznała swoją historię i odwiedzała dwór, wychowałaby się w towarzystwie dam i wielmożów i wiejskie obyczaje nie przynosiłyby jej wstydu. Zastanawiałem się, czy Ketriken teraz ją szkoli, zarówno jeśli chodzi o naukę, jak i maniery, by moja córka mogła podjąć rolę dodatkowej następczyni tronu. Marzyłem o rozmowie z Pokrzywą, by się dowiedzieć, ile jej powiedziano o jej pochodzeniu, i wyjaśnić, dlaczego została wychowana w taki sposób. Hamował mnie jednak brak Mocy i mogłem jedynie błagać księcia, by uważał na to, co jej mówi.

Kopaliśmy codziennie. Praca była wyczerpująca, a jedzenie skąpo wydzielane i monotonne. Noce były zimne i wietrzne i bardzo wyglądaliśmy powrotu gwardzistów z płótnem. Ale ciągle na próżno. Cierń dał im dodatkowy dzień, potem drugi. Wojownicy hetgurdu twierdzili, że w nocy mignął im Czarny Człek krążący wokół obozu, lecz ich ofiary pozostawały nietknięte, a pędzony wiatrem śnieg zatarł wszelkie ślady, jakie mógł pozostawić intruz. Podczas jednej z naszych cowieczornych rozmów Błazen powiedział, że kilka razy wydało mu się, iż czuje obecność Czarnego Człeka; podejrzewał, że jesteśmy obserwowani. Ja też doznałem nieprzyjemnego uczucia bycia śledzonym, lecz nigdy nie widziałem, by ktoś nas szpiegował. Myślę, że Sieciarz doświadczył tego samego, ponieważ dwa razy wezwał Ryzykantkę znad wybrzeża i poprosił ją, by przeleciała nad obozem. Powiedział mi, że nie widziała nic niezwykłego, tylko śnieg, lód i kilka wystających głazów.

Podczas krótkich chwil, kiedy nie kopaliśmy, nie jedliśmy ani nie spaliśmy, Sieciarz znajdywał czas, by pracować ze mną nad moim Rozumieniem. Powiedział bez krzty okrucieństwa, że to właściwie dobrze, że nie mam partnera, ponieważ mogę bardziej skupić się na samej magii, nie odnosząc jej do jednego zwierzęcia. Dodał, że Szybkiemu chyba też dobrze robi nauka bez obciążeń partnerem, z czego wywnioskowałem, że chłopiec nadal ma lekcje. Kiedy Sieciarz poświęcał czas mnie, pokazywał mi głównie, jak Rozumienie łączy wszystkie żywe istoty, nie tylko ludzi pradawnej krwi, ale wszystkich. Pokazał mi, jak może rozciągnąć swoje Rozumienie i ogarnąć nim Młotka, lepiej dostrzegając jego potrzeby i uczucia, chociaż Młotek pozostawał nieświadom jego obecności. Nie była to umiejętność łatwa do opanowania, wymagała bowiem podporządkowania moich własnych potrzeb i zainteresowań jego potrzebom i zainteresowaniom.

– Przyjrzyj się matce z noworodkiem, jakiejkolwiek matce, ludzkiej czy zwierzęcej. Wtedy zobaczysz to w działaniu na najprostszym, najbardziej instynktownym poziomie. Jeśli człowiek chce nad tym pracować, to może rozciągnąć ten sam rodzaj postrzegania na innych. Warto to robić, niesie bowiem ze sobą poziom wzajemnego zrozumienia, który niemal uniemożliwia nienawiść. Rzadko można kogoś nienawidzić, jeśli się go rozumie.

Wątpiłem, bym kiedykolwiek osiągnął taki poziom zrozumienia, ale się starałem. Pewnego wieczoru, kiedy jadłem z Sumiennym i Cierniem w ich namiocie, spróbowałem rozciągnąć moje Rozumienie na Ciernia. Odrzuciłem własny głód, ból pleców i niepokój spowodowany utratą Mocy i skupiłem się na starcu. Zobaczyłem go bardzo wyraźnie. Patrzyłem, jak siedzi sztywno z wyprostowanymi plecami i jak łyżką trzymaną w dłoni, z której nie zdjął rękawicy, je nijaką papkę stanowiącą nasz wieczorny posiłek. Jego twarz stanowiła studium kontrastów: miał czerwony nos i policzki, a czoło pobladło mu z zimna. A potem, jakbym po raz pierwszy ujrzał jego cień, dostrzegłem samotność, która ciągnęła się za nim od najmłodszych lat. Poczułem nagle jego wiek i osobliwość przeznaczenia, które wysłało go na starość do obozu na lodowcu w towarzystwie chłopca, z którego miał zrobić króla.

– Co? – zapytał mnie nagle, a ja się wzdrygnąłem, uświadomiwszy sobie, że się w niego wpatruję.

Gorączkowo poszukałem jakiejś odpowiedzi.

– Myślałem o tych wszystkich latach i okazjach, kiedy siedziałem naprzeciwko ciebie, i zastanawiałem się, czy kiedykolwiek naprawdę cię widziałem.

Otworzył szerzej oczy, jakby się bał takiej myśli, a potem zmarszczył brwi.

– A ja miałem nadzieję, że masz jakąś użyteczną myśl – rzekł. – Ja zastanawiałem się nad czymś takim: Rebus i Herold nie wrócili z zapasami. Powinni już być z powrotem. Zapytałem dzisiaj Sieciarza, czy jego ptak mógłby ich poszukać. Powiedział, że trudno przekazać mewie, że zależy nam na informacjach o dwóch określonych osobach, bo to tak, jakbym zapytał ciebie, czy widziałeś dwie określone mewy. Poprosił ją, by poszukała dwóch ludzi z saniami, Okazało się, że ich nie widziała. – Cierń pokręcił głową. – Boję się najgorszego. Musimy wysłać kogoś na plażę, nie tylko po to, by poszukał Rebusa i Herolda, ale by przyniósł potrzebne nam zapasy.

Lotny powiedział mi dziś wieczorem, że mamy żywność jeszcze na cztery lub pięć dni, jeśli znów zmniejszy racje. – Potarł zmęczonym ruchem dłonie w rękawicach. – Nigdy nie sądziłem, że wykopanie smoka będzie tyle trwało. Wszystkie raporty, jakie mieliśmy, zdawały się twierdzić, że jest on blisko powierzchni, a przed laty był nawet widoczny. A my kopiemy i kopiemy i nic nie znajdujemy.

– On tam jest – zapewnił go książę. – I z każdym dniem zbliżamy się do niego coraz bardziej.

Cierń prychnął.

– A gdybym ja codziennie robił jeden krok ku południu, to zbliżałbym się do Koziej Twierdzy, ale nikt nie mógłby mi powiedzieć, ile czasu zajęłaby mi cała droga. – Wstał z jękiem. Siedzenie na zimnej ziemi, nawet na kilku warstwach pościeli, było najwyraźniej niewygodne. Krążył powoli po ciasnym namiocie, ostrożnie rozprostowując nogi i plecy. – Jutro wysyłam Bastarda, żeby sprawdził, co się stało z Rebusem i Heroldem. I chcę, by wziął ze sobą Młotka i Błazna.

– Młotka i Błazna? Po co?

Dla niego to było oczywiste.

– Kogo innego mogę wyłączyć z kopania? A usunięcie Młotka z sąsiedztwa smoka może przywrócić go do normalnego stanu. Jeśli tak będzie, zostaw go z Ostrożnym i Wyciskiem na plaży z naszymi zapasami. Każ mu przekazywać nam Mocą wszelkie wiadomości.

– Ale po co Błazen?

– Bo załadowane sanie musi ciągnąć dwóch ludzi, a nie sądzę, by Młotek się do tego nadawał. Podejrzewam, że aby go stąd ruszyć, będziesz musiał wsadzić go na sanie. A ty jesteś jednym z nielicznych ludzi, którzy jakoś dają sobie z nim radę, więc ty też musisz iść. Bastardzie, ja wiem, że nie wybrałbyś sobie tego zadania, ale kogo innego mogę wysłać?

Przekrzywiłem głowę.

– A więc nie próbujesz po prostu odesłać Błazna i mnie poza rejon kopania, zanim smok zostanie odsłonięty?

Westchnął.

– Gdybym wysłał ciebie, a Błazna nie, zapytałbyś, czy staram się was rozdzielić. Gdybym wysłał Błazna, a nie ciebie, na pewno powiedziałbyś to samo. Zapewne mógłbym poprosić Sieciarza, by wykonał to zadanie z Młotkiem i kimś jeszcze, ale Sieciarz nie rozumie talentu Młotka do używania Mocy. A jeśli Rebusowi i Heroldowi coś się stało, to myślę, że ty lepiej dasz sobie radę z zagrożeniem niż... – Wyrzucił nagle w górę ręce i dodał z rezygnacją: – Rób, co chcesz, Bastardzie. I tak do tego dojdzie, a Błazen pójdzie tylko wtedy, kiedy go o to poprosisz. Ja nie mam żadnej władzy, by go dokądkolwiek wysłać. Decyduj więc ty.

Czułem się trochę zażenowany. Może szukałem motywów, które w rzeczywistości nie istniały.

– Pójdę. I poproszę Błazna, by mi towarzyszył. Szczerze mówiąc, z przyjemnością przestanę kopać. Zrób listę rzeczy, które mamy przywieźć.

W duchu postanowiłem, że zbiorę całe drewno, jakie znajdę na plaży, i przywiozę je ze sobą bez względu na to, o ile więcej będzie ważył ładunek. Uznałem, że Cierniowi przyda się huczący ogień, nawet jeśli będzie się palił tylko przez jeden wieczór.

– Bądźcie zatem gotowi o pierwszym brzasku – poradził mi.

Możliwość opuszczenia wykopu nie ucieszyła Błazna tak, jak mnie.

– A jeśli dotrą do smoka pod naszą nieobecność? A jeśli nie będzie mnie tu, by go bronić?

– Wojownicy hetgurdu i krąg Rozumiejących są przeciwni jego zabiciu tak samo, jak ty. Nie sądzisz, że jest ich wystarczająco wielu?

Leżeliśmy na jednym posłaniu, śpiąc dla zachowania ciepła plecami do siebie, tak jak przed wielu laty w Królestwie Górskim. Szczerze mówiąc, nie miałem z tego wiele, bo ciało Błazna zawsze wydawało się chłodne w dotyku. Pomyślałem, że przypomina to raczej spanie obok jaszczurki. Jeśli jednak nie dawał zbyt wiele ciepła, to dotyk jego pleców na moich dawał mi poczucie przyjaźni, jakiego nie miałem od śmierci Ślepuna. Świadomość, że ma się za plecami przyjaciela, daje poczucie bezpieczeństwa, nawet jeśli ten przyjaciel mocno śpi.

– Nie wiem. Jestem zbyt blisko miejsca, gdzie ustały wszystkie moje wizje. – Przerwał, jakby się spodziewał, że go o coś zapytam, ale nie był to temat, który pragnąłem zgłębiać. – Myślisz, że powinniśmy iść? – zapytał po chwili.

Przesunąłem się nieco, odpowiadając jękiem na protest obolałych mięśni.

– Chyba nie bardzo się nad tym zastanawiałem. Cierń od tak dawna mówi mi, co mam robić, że po prostu się zgodziłem. Chciałbym jednak wiedzieć, co się stało z Rebusem i Heroldem. I chciałbym się przekonać, czy Młotek przyjdzie do siebie, jeśli go usuniemy spod wpływu smoka. I... – Przesunąłem się i znów jęknąłem. – Nie miałbym nic przeciwko kilku dniom wytchnienia od machania łopatą.

Nic nie powiedział. Ja też, zastanawiając się nad jego milczeniem. Ciekawiło mnie, dlaczego tak długo podejmował decyzję. I wtedy głośno się roześmiałem.

– Ach, tak. Prawie zapomniałem. Jestem katalizatorem, to ja sprowadzam zmiany. A to byłaby zmiana tego, co według ciebie powinieneś zrobić. Nie możesz więc zdecydować, czy masz się temu przeciwstawić, czy nie.

Milczenie przeciągało się tak bardzo, że myślałem, że Błazen zasnął. Dzień był najcieplejszy ze wszystkich, jakie dotąd mieliśmy, i pracowaliśmy mokrzy. Nasłuchiwałem wiatru z nadzieją, że nocne zimno zeskorupi powierzchnię lodowca, co nie pozwoli nawiać śniegu do wykopu. Niemal zasypiałem, kiedy usłyszałem głos Błazna:

– Czasem mnie przerażasz, kiedy wypowiadasz moje myśli. Jutro wyruszymy. Weźmiemy ze sobą ten namiot, dobrze?

– Brzmi doskonale – odparłem, odpływając w sen.

I tak następnego ranka wyruszyliśmy. Lotny wydał nam zapasy na trzy dni, w ciągu których, jak powiedział, powinniśmy spokojnie dotrzeć do plaży. Złożyliśmy elegancki namiot Błazna i ułożyliśmy go na saniach, wysłuchując ostatnich wskazówek Lotnego. Gdybyśmy doszli do plaży, nie napotkawszy naszych towarzyszy, mieliśmy ostrzec strażników, że widzieliśmy Czarnego Człeka. Gdybyśmy znaleźli dowody, że nasi towarzysze zostali napadnięci, powinniśmy natychmiast wrócić z raportem do obozu. Gdybyśmy spotkali ich wracających, powinniśmy po prostu wrócić razem z nimi. Od czasu do czasu będzie miał na nas oko ptak Sieciarza. Kiwałem głową, układając na saniach namiot Błazna i posłania dla trzech osób. Co było do przewidzenia, Młotka musieliśmy posadzić na saniach. Nie było mowy, żeby szedł. Nie chodziło o to, że się opierał; po prostu nie współpracował. Stawiał kilka kroków, po czym znów zatapiał się w swoich rozmyślaniach. Przyszli nas pożegnać Sumienny i Cierń. Książę naciągnął Młotkowi czapkę głębiej na uszy. Wiem, że rozpaczliwie usiłował pobudzić go poprzez Moc. Nie czułem tego, lecz widziałem skupienie na twarzy Sumiennego. Młotek powoli odwrócił głowę, by spojrzeć na niego.

– Nic mi nie jest – rzekł ospale.

I znów zapatrzył się w dal.

– Opiekuj się nim, Tomie – zlecił mi szorstko książę.

– Dobrze, panie. Postaramy się szybko wrócić.

Z tymi słowy ująłem linki i zacząłem ciągnąć sanie z siedzącym na nich Młotkiem, wyglądającym jakby był w kokonie.

Mocno posmarowane woskiem płozy gładko ślizgały się po śniegu. Niemal zbyt gładko, bo teraz schodziliśmy w dół. Żeby nie dać się przejechać saniom, musiałem je zatrzymać i wyłożyć hamulec. Błazen szedł przed nami, z pakunkiem umieszczonym wysoko na plecach, i badał śnieg, żeby zapewnić nam bezpieczną drogę, mimo że trzymaliśmy się tyczek, którymi Peottre wyznaczył nam ścieżkę.

Dzień był ciepły i na moich butach zebrała się gruba warstwa śniegu. Kiedy droga prowadziła po płaskim terenie, śnieg też zaczynał się lepić do płóz. Sanie pogłębiały naszą poprzednią ścieżkę, a ponieważ płozy wrzynały się w śnieg, zaczęły się na nich gromadzić jego ciężkie, wilgotne warstwy. Dzień był jednak przyjemny i ciągnięcie Młotka na saniach wciąż wymagało mniej wysiłku niż wyrzucanie łopatami lodu z wykopu. Ozdobny miecz, który dostałem od Błazna, obijał mi się w rytm moich kroków o nogę, bo Lotny uparł się, żebym przynajmniej ja był uzbrojony. Pokonywaliśmy szlak o wiele szybciej niż poprzednio, bo Peottre wyraźnie wytyczył drogę, a głównie prowadziła lekko w dół. Nucenie Młotka, skrzypienie płóz i chrzęst naszych kroków na zmiękczonej powierzchni lodowca nie były jedynymi dźwiękami. Ciepło obudziło lodowiec. Usłyszeliśmy jeden odległy odgłos upadku bryły lodu; przypominał grzmot. Po nim rozległy się cichsze skrzypnięcia i uderzenia, lecz zawsze z daleka.

Błazen zaczął gwizdać, a mnie znacznie polepszył się humor, kiedy zobaczyłem, że Młotek wyprostowuje się i zauważa tę muzykę. Wciąż coś nucił pod nosem, ale ja zacząłem robić uwagi na temat krajobrazu, choć był jednostajnie biały, i czasami udawało mi się wydobyć z Młotka jakąś odpowiedź. To ogromnie mnie ucieszyło, lecz także dało do myślenia. Moc nie była magią ograniczoną przez odległość, ale im bardziej oddalaliśmy się od smoka, tym szybciej Młotek odzyskiwał świadomość otaczającego go świata. Nie miałem pojęcia, dlaczego tak się dzieje, i żałowałem, że nie mogę tego omówić z Sumiennym i Cierniem.

Kilka razy na próżno usiłowałem posłużyć się Mocą. Próbujący podskoczyć beznogi odniósłby większy sukces. Magia po prostu zniknęła. Gdy się nad tym zastanawiałem, żołądek ściskał mi się w zimną bryłę. Odepchnąłem tę myśl. W tej chwili nic nie mogłem na to poradzić.

Codzienny cykl ciepła i chłodu połączony z conocnym wiatrem wygładził wszystkie ostre krawędzie na przemierzonym poprzednio szlaku. Kilka razy usiłowałem na próżno odczytać ślady, chcąc rozpoznać, czy przechodzili tędy Rebus i Herold z saniami. Mieliśmy rozległy widok na rozpościerającą się pod nami śnieżną krainę. Nic się w niej nie poruszało, a z pewnością nic tak dużego jak sanie i dwóch mężczyzn. Mówiłem sobie, że być może zabawili dłużej na plaży albo że ich powrót opóźnił jakiś niefortunny wypadek. Starałem się nie łączyć ich zniknięcia z kradzieżą mojej Mocy i pojawianiem się Czarnego Człeka. Dysponowałem zbyt małą liczbą faktów, by złożyły się w jakąś sensowną całość. Zamiast tego usiłowałem cieszyć się rześkością dnia. W pewnej chwili usłyszałem wysoki krzyk morskiego ptaka i kiedy uniosłem głowę, zobaczyłem mewę, zataczającą nad nami szerokie kręgi. Uniosłem rękę i pomachałem Ryzykantce, zastanawiając się, czy Sieciarz się o tym dowie.

Minęliśmy nasze poprzednie obozowisko, kiedy było jeszcze jasno. Mieliśmy dość energii, by iść dalej, więc tak zrobiliśmy. Tej nocy rozstawiliśmy namiot na szlaku za saniami. Młotek wciąż od czasu do czasu nucił, ale wykazał też najpierw zainteresowanie, a potem niezadowolenie z powodu prostej kolacji, którą przyrządziłem. Niewielki namiot zrobił się trochę za ciasny dla nas trzech, ale za to szybciej się ogrzewał. Tego wieczoru Błazen opowiadał proste bajki dla dzieci, aż wszyscy zrobiliśmy się bardzo senni. Z każdą następną bajką Młotek mniej nucił i zadawał więcej pytań. Kiedyś takie stałe przerywanie opowieści by mnie zirytowało. Teraz napełniało mnie ulgą.

– Powiesz ode mnie dobranoc Cierniowi i Sumiennemu? – zapytałem okrywającego się kocami Młotka.

– Sam to zrób – zaproponował gburowato.

– Nie mogę. Zjadłem coś niedobrego i teraz nie potrafię odnaleźć ich w moim umyśle.

Podparł się na łokciu i przyjrzał mi się.

– Ach. Tak. Teraz pamiętam. Zniknąłeś. Niedobrze. – Przez jakiś czas milczał. – Mówią „dobranoc" i dziękują za wiadomość. I może powinienem zostać na plaży, ale zadecydują później.

Odetchnął, zadowolony, i z powrotem opadł na koce.

Teraz ja usiadłem.

– Młotku. Przestałeś kaszleć. I nie oddychasz chrapliwie.

– Nie. – Odwrócił się na drugą stronę, kopiąc mnie przy okazji. Już chciałem zaprotestować, kiedy Młotek dodał: – Powiedział mi: „Napraw się. Nie bądź głupi, napraw się, nie denerwuj innych". No to się naprawiłem.

– Kto ci to powiedział? – zapytałem, czując jednocześnie ogromne wyrzuty sumienia. Dlaczego Cierń, Sumienny i ja nie spróbowaliśmy uzdrowić Młotka? Teraz wydawało się to oczywiste. Wstydziłem się, że tego nie zrobiliśmy.

– Ha. – Młotek westchnął, zastanawiając się. – Jego imię to osobna historia, za długa, by ją opowiadać. Jestem śpiący. Przestań do mnie mówić.

I na tym stanęło. Zapadł w głęboki sen. Zastanawiałem się, czy Lodogień ma jakieś inne, smocze imię.

Obudziłem się w nocy, bo wydawało mi się, że słyszę kroki na zewnątrz namiotu. Podpełzłem do klapy i niechętnie wyszedłem na zimno. Nie zobaczyłem niczego i nikogo, nawet kiedy obszedłem cały namiot.

Rano, kiedy Błazen usiłował zagotować wodę na herbatę, obszedłem obóz. Wróciłem z wieściami.

– Ktoś nas w nocy odwiedził – stwierdziłem, usiłując mówić lekkim tonem. – Obszedł obóz po szerokim okręgu. Potem na chwilę położył się tam w śniegu. A potem odszedł w tamtą stronę, bo stamtąd też przyszedł. Myślicie, że powinienem sprawdzić, dokąd się udał?

– Po co? – zapytał Młotek.

– Pan Cierń i książę Sumienny mogliby chcieć to wiedzieć – odezwał się jednocześnie z nim Błazen.

– Ja też tak myślę.

Spojrzałem na Młotka. Westchnął ze znużeniem i spojrzał na mnie nieobecnym wzrokiem.

– Powiedzieli: „Idźcie na plażę" – odezwał się po kilku chwilach. – Sumienny mówi, że chyba zostawił tam torebkę cukierków klonowych. Mówią, że powinniśmy tam szybko iść i wracać z rzeczami, i powiedzieć strażnikom, żeby wracali z nami. „Nie szukajcie teraz miejsca, do którego prowadzą tropy".

– A zatem tak zrobimy.

Jakże chciałem samodzielnie móc usłyszeć myśli Ciernia.

Spakowaliśmy namiot i załadowaliśmy go na sanie, po czym Młotek spokojnie się na nich usadowił. Przemyślałem to i uznałem za najprostsze rozwiązanie podróżowania z Młotkiem. Łatwiej było go ciągnąć niż dopasowywać się do jego wolnego kroku. Tak jak poprzednio, Błazen szedł przodem, badając szlak, a ja ciągnąłem sanie. Dzień był ładny, a zaśnieżoną powierzchnię świata omiatał ciepły wiatr. Spodziewałem się, że jeśli utrzymamy obecne tempo marszu, do plaży dotrzemy może nazajutrz po południu.

– Pokrzywa powiedziała, że tęskni za tobą – odezwał się nagle Młotek. – Zapytała, czy jej nienawidzisz.

– Nienawidzę... kiedy? Kiedy to powiedziała?

– W nocy. – Młotek machnął ręką. – Powiedziała, że po prostu odszedłeś i już nie wróciłeś.

– Ale to dlatego że zjadłem to niedobre jedzenie. I nie mogłem do niej sięgnąć.

– Taa. – Młotek zbył moje słowa. – Powiedziałem jej, że już nie możesz z nią rozmawiać. Ucieszyła się.

– Ucieszyła się?

– Myślała, że umarłeś. Albo coś takiego. Ma teraz przyjaciółkę, jakąś nową dziewczynę. Czy niedługo staniemy na jedzenie?

– Dopiero wieczorem. Nie mamy wiele żywności, więc musimy ją oszczędzać. Młotku, czy ona...

Przerwał mi okrzyk przestrachu Błazna. Jego kij zapadł się nagle głęboko w śnieg. Wyciągnął go, zrobił dwa kroki w lewo i znów wbił. Kij znów się zapadł.

– Nie ruszaj się – przykazałem Młotkowi. Zdjąłem z sań jedną z dodatkowych tyczek i podszedłem do zdumionego Błazna. – Miękki śnieg? – zapytałem.

Pokręcił głową.

– Wygląda, że to tylko skorupa, a pod nią nic nie ma. Gdybym nie trzymał mocno tyczki, wyleciałaby mi z ręki.

– Musimy bardzo uważać. – Chwyciłem go za rękaw. – Młotku, zostań na saniach! – przypomniałem mu.

– Jestem głodny!

– Jedzenie jest w worku za tobą. Siedź spokojnie i zjedz coś.

Wydawało się to najprostszym sposobem zapewnienia mu zajęcia. Pociągnąłem Błazna za sobą trzy kroki w prawo. Tym razem ja wbiłem tyczkę. Poczułem to, co opisał Błazen. Skorupa śniegu opierała się przez chwilę tyczce, która następnie przebiła się w nicość.

– Tyczki Peottrego prowadzą prosto przez to – zauważył Błazen.

– Nie byłoby tak trudno je przesunąć – stwierdziłem.

– Ktokolwiek je przesunął, musiał przecież tędy przejść.

– Skorupa nocą byłaby mocniejsza. Chyba. – Nie potrafiłem określić, czy napotkaliśmy naturalne niebezpieczeństwo związane z lodowcem, czy weszliśmy za tyczkami w pułapkę. – Wróćmy do sań – zaproponowałem.

– To chyba bardzo dobry pomysł – zgodził się Błazen.

I kiedy odprowadzałem go od ukrytej przepaści, runęliśmy w dół przez skorupę. Zapadliśmy się, krzycząc ze strachu, ja po kolana, a Błazen do bioder. Gdy znieruchomieliśmy, roześmiałem się z naszego przerażenia. To był tylko miękki śnieg.

– Podaj mi rękę – rzekłem do niego, widząc, jak się miota, usiłując się wydostać na powierzchnię skorupy.

Ujął moją wyciągniętą dłoń i kiedy szarpnął się ku mnie, obaj przebiliśmy się przez drugą skorupę i runęliśmy w dół.

Dostrzegłem tylko twarz Młotka, wykrzywioną grymasem przerażenia. A potem jego wycie utonęło w lawinie śniegu i lodu, która spadała z nami i po nas. Przywarłem do ręki Błazna, szukając po omacku jakiegokolwiek innego oparcia. Nie było żadnego. Wszystko było bielą, wilgocią i zimnem, a my spadaliśmy w strasznej niekończącej się kaskadzie luźnego śniegu i kawałków lodu.

Kiedy śnieg pada w słoneczny dzień, wydaje się lekki i puszysty. Kiedy jednak zagęszcza powietrze do konsystencji owsianki, nie można oddychać. Wniknął mi pod ubranie jak żywa istota, łaknąca mego ciepła. Stał się ciężki i nieustępliwy. Z trudem przesunąłem wolną rękę do twarzy i niepotrzebnie osłoniłem ją zagięciem łokcia. Wciąż spadaliśmy, a ja jakąś częścią umysłu wiedziałem, że za nami zsuwa się jeszcze więcej śniegu. Mimo to cały czas mocno trzymałem się ręki Błazna i czułem, że drugą ręką nie osłania twarzy, lecz zaciska kurczowo na ramieniu mojego płaszcza. Nie było czym oddychać.

A potem, jakbyśmy wypadli z szyjki lejka, nagle zaczęliśmy spadać i zsuwać się szybciej i swobodniej. Wymachiwałem nogami, usiłując wykonywać pływackie ruchy, i czułem, że Błazen podobnie szamocze się obok mnie. Poczułem, jak powoli zatrzymujemy się w zimnej, wilgotnej ciemności. Przeraziło mnie to i zrobiłem ostateczny wysiłek, jakiego wymaga od nas ciało, kiedy chwytają nas szpony śmierci. I wtedy jakimś cudem, wbrew wszelkim oczekiwaniom, wydobyłem się ze śniegu. Wciągałem do płuc spazmatycznie niemal czyste powietrze i rzuciłem się do przodu, ciągnąc za sobą Błazna. Zwiotczał i bałem się, że się udusił.

Wszystko było ciemnością, zimnem i osypującym się śniegiem i lodem. Byłem w nim zanurzony po biodra, lecz nagle śnieg ustąpił. Wyszedłem chwiejnym krokiem z zaspy sięgającej mi do kolan, wlokąc za sobą Błazna. Usłyszałem, jak chrapliwie zaczerpuje tchu. Sam złapałem oddech. Maleńkie kryształki lodu wciąż jeszcze unosiły się w powietrzu, którym oddychaliśmy, ale i tak była to znaczna poprawa sytuacji. Otaczały nas ciemności.

Wytrząsnąłem śnieg z włosów i wygarnąłem go garściami zza kołnierza. Zgubiłem czapkę i jeden but. Wokół nas panowała czerń, a jedynymi dźwiękami było trudne do opisania trzeszczenie osiadającego śniegu i nasze chrapliwe oddechy.

– Gdzie jesteśmy? – wysapałem, a mój cieniutki ludzki głos był jak stłumiony pisk myszy w beczce pełnej ziarna.

Błazen zakaszlał.

– Na dole. – Puściłem jego dłoń, ale wciąż staliśmy tak blisko, że nasze ciała stykały się ze sobą. Skulił się pod moimi nogami; poczułem, że coś robi, a potem z jego ręki rozlało się blade, zielonkawe światło. Zamrugałem, początkowo widząc tylko blask, a potem zorientowałem się, że pochodzi on z niewielkiego pudełka, które Błazen trzyma w dłoniach. – To nie będzie świeciło długo – ostrzegł mnie. W trupim świetle jego twarz wyglądała upiornie. – Najwyżej jeden dzień. To magia Najstarszych, najdroższego i najrzadszego rodzaju. Nie cały mój majątek wydałem na hazard i brzoskwiniówkę. Spora jego część spoczywa tu, na mojej dłoni.

– Dzięki za to bogom – rzekłem z przekonaniem.

Przez drobną chwilę zastanawiałem się, czy to jest ta jedyna prawdziwa modlitwa, o której kiedyś mówił Sieciarz. Chociaż światełko było nikłe, dodawało mi niezmiernej otuchy. Wystarczyło, by oświetlić nasze twarze. Błazen zachował swoją czapkę. Jego pakunek wisiał na jednym pasku, bo drugi się oderwał. Byłem zdumiony, że w ogóle ocalał. Mój pas i miecz zniknęły. Błazen zapiął pakunek. Przez kilka chwil nic nie mówiliśmy, strzepując śnieg z ubrań, a potem rozejrzeliśmy się wokół.

Nic nie widzieliśmy. Nasze światełko było za słabe, by ukazać nam coś więcej niż śnieżne osuwisko, z którego wyszliśmy, i nas samych. Znajdowaliśmy się pod lodem, w jakimś zagłębieniu lub jaskini, lecz latarenka Najstarszych nie sięgała do jej ścian. Z góry nie przenikało żadne światło. Uznałem, że lawina śniegu, która runęła za nami, zamknęła z powrotem szczelinę, do której wpadliśmy.

– Młotek! – przypomniałem sobie nagle. – Och, Edo, spraw, by przekazał Mocą do Sumiennego i Ciernia, co się stało. Mam nadzieję, że zostanie na saniach. Ale co się z nim stanie, gdy nadejdzie noc i zimno? Młotku! – Ryknąłem nagle, myśląc o małym człowieczku, zostawionym samemu sobie na saniach w lodowym świecie.

– Ciii! – skarcił mnie Błazen. – Jeśli usłyszy twój krzyk, to może zejść z sań i podejść do szczeliny. Bądź cicho. Jemu grozi niebezpieczeństwo mniejsze niż nam i obawiam się, że musisz go zostawić z nim sam na sam. On sięgnie Mocą, Bastardzie. Jego umysł może nie jest lotny, ale pracuje dość dobrze, a Młotek będzie miał mnóstwo czasu, by wymyślić, co ma robić.

– Może – zgodziłem się.

Miałem ściśnięte serce. To była najgorsza pora na zostanie pozbawionym Mocy. A w następnej chwili znów przeszył mnie ból utraty Ślepuna. Brakowało mi jego instynktu i optymizmu. Serce stanęło mi w piersi. Byłem sam.

„Oraz z lubością użalasz się nad sobą". Myśl ta była tak cierpka, jakby naprawdę pochodziła od Ślepuna. „Wstań i zrób coś. Od ciebie zależy przeżycie Błazna, a możliwe, że i Młotka".

Zaczerpnąłem głęboko tchu i otworzyłem oczy. Niepewne zielone światełko z pudełka nic mi nie ukazało, ale to nie znaczyło, że nie ma nic do zobaczenia. Jeśli nie było innej drogi wyjścia, to będziemy musieli zaryzykować wywołanie kolejnej kaskady śniegu, usiłując się przezeń przekopać w górę. Jeśli istniała jakaś droga wyjścia, to powinniśmy ją znaleźć. Proste. Stanie tu i skamlenie jak zagubione szczenię zda się na nic. Sięgnąłem w dół i postawiłem Błazna na nogi.

– Chodź. Nie da się iść w górę. Zobaczmy, gdzie jesteśmy. Kiedy będziemy się poruszać, to będzie nam cieplej.

– Doskonale.

Wypowiedział to słowo tak ufnym tonem, że niemal pękło mi serce.

Chętnie posłużyłbym się którąś z naszych tyczek, ale nie miałem pojęcia, gdzie teraz są. Błazen wyciągnął przed siebie pudełko ze światłem i ruszyliśmy ostrożnie naprzód.

Nie natknęliśmy się na nic. Gdy stawaliśmy i wstrzymywaliśmy oddech, to słyszeliśmy kapanie wody i odzywający się w szpiku kości powolny oddech wszechobecnego lodu. Pod naszymi stopami lód był zapiaszczony. Nie widzieliśmy sklepienia pieczary. Znajdowaliśmy się w bezgwiezdnej nocy, a nasz jedyny kontakt ze światem stanowiło oparcie pod stopami i my nawzajem. Czerń ściany przed nami dostrzegliśmy dopiero wtedy, gdy na nią wpadliśmy.

Przez jakiś czas obaj staliśmy i dotykaliśmy ją bez słowa. W tej ciszy zdałem sobie sprawę, że Błazen drży i że oddech też ma drżący.

– Dlaczego nie powiedziałeś mi, że jest ci tak zimno? – zapytałem surowo.

Pociągnął nosem i roześmiał się słabo.

– A tobie nie? Mówienie o tym wydało mi się bezsensowne. – Nabrał tchu, dzwoniąc zębami, i zapytał: – To lód czy skała?

– Unieś światło. – Zrobił to. Przyjrzałem się ścianie. – I tak nic nie widzę. Ale to coś, przez co nie możemy przejść. Pójdźmy wzdłuż tej ściany.

– Może nas zaprowadzić z powrotem do miejsca, z którego ruszyliśmy.

– Możliwe i nic na to nie poradzimy. Jeśli zatoczymy koło i znów tu wrócimy, to przynajmniej będziemy wiedzieli, że nie ma stąd wyjścia. Chwileczkę.

Położyłem dłoń na ścianie na wysokości ramienia, a następnie sięgnąłem do pasa. Nóż zniknął. Oczywiście. Błazen wciąż miał swój, więc pożyczyłem go, by wyryć prowizoryczny znak na ścianie. Wydało mi się to daremnym gestem.

– W lewo czy w prawo? – zapytałem. Nie miałem pojęcia, gdzie jest północ i południe.

– W lewo – odrzekł Błazen, machnąwszy ręką w tamtym kierunku.

– Chwileczkę – powiedziałem chrapliwie i rozpiąłem płaszcz. Kiedy okrywałem nim ramiona Błazna, próbował mnie odepchnąć.

– Zmarzniesz! – zaprotestował.

– Już jestem zmarznięty. Ale moje ciało zawsze było cieplejsze od twojego. A jeśli padniesz z zimna, nie przyniesie to pożytku żadnemu z nas. Nie martw się. Jeśli będę go potrzebował, dam ci znać. Włóż go na razie.

Zdałem sobie sprawę, jak mu jest zimno, dopiero wtedy, gdy natychmiast się poddał. Żeby zapiąć płaszcz, upuścił pakunek na ziemię i podał mi światełko Najstarszych. Drżał, otulając się materiałem. Uniosłem pudełko i uznałem, że nie tylko od tego zielonkawego blasku jego twarz ma taki dziwny kolor. Uśmiechnął się słabo.

– Jest ogrzany od twego ciała. Dziękuję, Bastardzie.

– Podziękuj sobie. To płaszcz, który mi dałeś, kiedy grałem rolę twojego sługi. No, chodźmy już. – Podniosłem jego pakunek, zanim sam zdążył to zrobić. – Co tu jeszcze masz?

– Obawiam się, że nic szczególnie przydatnego. Tylko kilka osobistych drobiazgów, których nie chciałbym stracić. Na dnie jest flaszeczka z brzoskwiniówką. I chyba kilka miodowych ciastek. Wziąłem je na wszelki wypadek albo może jako smakołyk dla Młotka. – Zaśmiał się słabo. – Na wszelki wypadek. Ale nie na taki. Mimo to uważam, że powinniśmy je zachować tak długo, jak się da.

– Pewnie masz rację. Chodźmy.

Nie poruszył się, by wziąć ode mnie światło, cały czas obejmował się rękoma. Uniosłem więc pudełko i poprowadziłem nas wzdłuż czarnej ściany. Po tym, jak stawiał kroki, domyśliłem się, że drętwieją mu stopy. Zagroziła mi fala rozpaczy. Tkwiący we mnie wilk ją zlekceważył. Wciąż żyliśmy i poruszaliśmy się. Istniała nadzieja.

Wlekliśmy się dalej. Bez końca. Czas stał się ruchem, krokami stawianymi w ciemności. Nieraz zamykałem oczy, by odpocząć od nienaturalnego światła, ale nawet wtedy wydawało mi się, że je widzę. W takiej chwili Błazen zapytał drżącym głosem:

– Co to?

Otworzyłem oczy.

– Co? – spytałem. Pod powiekami tańczyły mi błękitne ogniki. Zamrugałem. Nie zniknęły.

– To. Czy to nie światło? Zamknij pudełko. Zobacz, czy je nadal widać, czy to może jakieś odbicie.

Trudno mi było zamknąć pudełko. Palce rąk miałem zimne i nie mogłem przestać myśleć o mojej nieobutej stopie, stanowiącej zimną, bolącą bryłę na końcu nogi. Kiedy jednak pudełko zostało zamknięte, wciąż nas wabiła błękitna drzazga światła. Miała nieregularny kształt i była dziwnie pozbawiona krawędzi. Zmrużyłem oczy, chcąc ją zmusić, by przybrała jakiś znajomy kształt.

– To bardzo dziwne, prawda? Podejdźmy tam.

– I mamy odejść od ściany? – zapytałem niechętnym tonem. – Nie da się określić, jak do tego jest daleko.

– Światło musi skądś się wydobywać – zauważył Błazen.

Zaczerpnąłem tchu.

– Doskonale.

Ruszyliśmy w stronę światła. Nie powiększało się. Podłoże stało się nierówne, a my zaczęliśmy bardziej powłóczyć zdrętwiałymi stopami. Wtem, na przestrzeni kilku kroków perspektywa się zmieniła. Ściana po naszej lewej ręce zasłaniała nam widok, pozwalając oglądać tylko odbicie na lodowej ścianie. Kiedy je minęliśmy, błękitny blask otworzył się i zmienił w kuszący korytarz z błękitnego i białego lodu. Rozbudziła się w nas nadzieja; przyśpieszyliśmy kroku. Skręciliśmy za załom w naszej czarnej komnacie i nagle rozpostarł się przed nami świetlisty widok. Im bardziej się do niego zbliżaliśmy, tym lepiej moje oczy rozróżniały, co widzą. W miarę, jak skręcaliśmy ku źródłu światła, robiło się coraz jaśniej i po minięciu przewężenia korytarza wychynęliśmy na świat z przesyconego światłem lodu.

Promień światła wydawał się nie mieć źródła, jakby, zanim nas znalazł, wędrował przez okna, lustra i pryzmaty. Weszliśmy do przedziwnego labiryntu szczelin i przepaści w świecie blado świecących ścian. Nasza droga raz stawała się wąska, a raz szeroka. Podłoże nigdy nie było równe. Czasami wydawało się, że idziemy w ostrej szczelinie w lodzie, która rozwarła się wczoraj, a nieraz tak, jakby tę krętą ścieżkę powoli wyrzeźbiła woda z topniejącego lodu. Kiedy napotykaliśmy rozgałęzienia korytarza, zawsze staraliśmy się wybrać szerszą drogę. Często zwężała się wkrótce po dokonaniu wyboru. Nie podzieliłem się z Błaznem moją obawą, że podążamy za przypadkowymi pęknięciami w lodowcu. Nie było powodu spodziewać się, że którekolwiek z nich dokądkolwiek prowadzi.

Pierwsze oznaki, że przechodzili tędy inni ludzie, były subtelne. Myślałem, że dałem się oszukać nadziei; wydawało mi się, że w miejscach, gdzie podłoże tunelu było śliskie, rozsypano piasek. Potem, że może ściany zostały wyrównane. Mój nos wyczuł zapach: świeże ludzkie odchody. W chwili, kiedy pozbyłem się wątpliwości, usłyszałem głos Błazna:

– Wygląda na to, że w podłodze przed nami są wycięte schody.

Kiwnąłem głową. Z całą pewnością wchodziliśmy po szerokich, płytkich stopniach wyciętych w lodowym podłożu. Po kilkunastu krokach minęliśmy komorę wyciętą w lodzie po prawej stronie. Naturalna rozpadlina została poszerzona, służąc za dół na odpadki, miejsce do wyrzucania śmieci i opróżniania nocników. Oraz grób dla umarłych sromotną śmiercią. Zobaczyłem wystającą ze sterty odpadków nagą stopę, nieprzyzwoicie bladą i kościstą. Na wierzchu leżało twarzą w dół jeszcze jedno ciało z żebrami wyzierającymi z podartych łachmanów. Jedynie zimno pozwoliło wytrzymać smród. Zatrzymałem się i zapytałem Błazna szeptem:

– Uważasz, że powinniśmy iść dalej?

– To jedyna droga – odparł drżącym głosem. – Musimy nią iść.

Nie mógł oderwać wzroku od porzuconego ciała. Znów dygotał.

– Nadal ci zimno? – spytałem.

Te korytarze wydawały mi się nieco cieplejsze od tych, które przemierzaliśmy po ciemku. Wydawało się, że światło pochodzi z nich samych.

Uśmiechnął się upiornie.

– Jestem przerażony. – Zamknął na chwilę oczy, wyciskając nie przelane łzy na złociste rzęsy. – Idziemy dalej – dodał mocniejszym głosem.

Minął mnie i ruszył pierwszy; poszedłem za nim, pełen strachu.

Ktokolwiek odpowiadał za wylewanie pomyj i nocników, był niechlujnym człowiekiem. Lodowe ściany były poznaczone plamami, które także pokrywały podłogę. Im dalej szliśmy, tym bardziej korytarze wyglądały na wykonane, a przynajmniej na poprawione ludzką ręką. Źródło błękitnego światła poznaliśmy, kiedy minęliśmy odsłoniętą bladą kulę, przymocowaną wysoko na ścianie. Była większa od dyni i dawała światło, ale nie ciepło. Zatrzymałem się i wpatrzyłem w nią. Kiedy jednak wyciągnąłem ku niej ciekawe palce, Błazen schwycił mnie za mankiet i pociągnął moją rękę w dół. Pokręcił głową w niemym ostrzeżeniu.

– Co to jest? – zapytałem szeptem.

Wzruszył jednym ramieniem.

– Nie wiem. Ale wiem, że należy do niej. Nie dotykaj tego, Bastardzie. Chodźmy. Musimy się śpieszyć.

I przez jakiś czas szliśmy szybko. Dopóki nie natrafiliśmy na pierwszy loch.

ROZDZIAŁ 20

KORYTARZE

Powiada się, że niegdyś na Wyspie Aslevjal mieszkała wróżka albo wyrocznia. Ten przekaz wydaje się bardzo stary. Niektórzy mówią, że kobieta była tylko jedna i żyła przez wiele pokoleń, lecz zachowała młodość, kruczoczarne włosy i czarne oczy. Inni twierdzą, że istniał dom matek wyroczni z Wielką Matką, która przekazywała swoje wróżbiarskie obowiązki najstarszej córce, tak że została zachowana ciągłość wyroczni. Wszyscy są zdania, że przeżyły one ich Wielką Matkę. Nie ma nikogo, kto mógłby zaświadczyć o prawdziwości tej opowieści. Mówiono, że wyrocznia mieszkała w lodowcu i pojawiała się tylko po to, by przyjąć ofiary przynoszone dla Lodognia. Jeśli jakiś poszukiwacz prawdy przyprowadzał zwierzęta na ofiarę, wyrocznia wykrwawiała je, a potem rzucała wnętrzności w powietrze, by, dymiąc, spadły na lód. Przyszłość ofiarodawcy była przedstawiona w ich splotach. Po odczytaniu wróżby wyrocznia przejmowała zwierzę ofiarne w imieniu smoka.

Małża zebrane zawyspiarskie opowieści

Drzwi były niemal niewidoczne. Błazen je minął, zanim spostrzegłem, co to takiego, i zatrzymałem go dotykiem ręki na ramieniu. Drzwi albo były zrobione z lodu, albo były nim tak grubo pokryte, że nie dało się dojrzeć, z czego je wykonano. Zawiasy wyglądały jak niejasne wybrzuszenia ściany i nie zauważyłem żadnej klamki czy zamka. Zaskoczyło mnie to. Mniej więcej na wysokości pasa w drzwiach znajdowała się wąska szpara. Pochyliłem się, by przez nią zajrzeć i doznałem wstrząsu na widok obszarpanego, poturbowanego mężczyzny, skulonego w przeciwległym kącie celi. Patrzył w moją stronę, niemy i obojętny. Cofnąłem się chwiejnie, wydając nieartykułowany krzyk.

– Co? – szepnął Błazen i pochylił się, by samemu zajrzeć. Pozostał skulony przy drzwiach z twarzą zmienioną w maskę grozy.

– Musimy ich wypuścić. Obojętnie jak.

Pokręciłem gwałtownie głową i wreszcie udało mi się przemówić.

– Nie, Błaźnie. Zaufaj mi, proszę cię. Oni są zakażeni kuźnicą. Chociaż zostawienie ich tutaj wydaje się okrucieństwem, niebezpieczne i okrutne byłoby wypuszczenie ich. Zaatakowaliby nas dla płaszcza albo dla zabawy. Nie możemy ich wypuścić.

Podniósł na mnie pełen niedowierzania wzrok.

– Nie widziałeś ich wszystkich, prawda? – rzekł cicho. – Jest tu Rebus. I Herold.

Nie chciałem patrzeć. Ale musiałem. Z walącym sercem i krótkim oddechem podpełzłem do drzwi i zajrzałem do środka.

Wnętrze celi oświetlało skąpo to samo błękitne światło, co korytarze. Kiedy przyzwyczaiłem do niego oczy, mogłem zobaczyć całe pomieszczenie. Była to komora wyciosana w lodzie. Podłogę pokrywała skorupa odchodów. W środku było pięciu zakażonych kuźnicą i nic więcej. Czterech z nich zajęło nadające się do obrony kąty, przywarłszy plecami do ścian. Herold, osłabiony ranami, leżał rozciągnięty na środku celi. Najwyraźniej żaden z pozostałych zakażonych nie śmiał go zaatakować, bo odsłoniłby tym samym plecy. Trzej nieznani mi mężczyźni byli Zawyspiarzami, wygłodzonymi, pokrytymi bliznami i ubranymi w łachmany. Heroldowi i Rebusowi zabrano grube futrzane płaszcze, ale i tak byli w lepszej sytuacji niż pozostali. Nadal mieli buty. Sięgnąłem rozpaczliwie Rozumieniem, całą siłą woli pragnąc coś wyczuć od uwięzionych. Nie wyczułem niczego. Przysiedli, patrząc na siebie nawzajem z prymitywną wrogością; byli mniej niż zwierzętami. Odarto ich ze związków ze światem i społeczeństwem.

Odsunąłem się od drzwi i usiadłem bezwładnie na lodowej podłodze. Przepełniały mnie przygnębienie i mdłości. Złe wspomnienia, które uznałem za dawno zapomniane, szarpały mnie obrzydliwymi palcami. Nie sądzę, by Błazen potrafił zrozumieć głębię mojej grozy. Nie czuł tak jak ja ich nieobecności.

– Nic nie możemy dla nich zrobić? – zapytał cicho.

Na mojej twarzy pojawił się szpetny uśmiech. Zacisnąłem zęby, nie chcąc dopuścić do głosu emocji, które chciały mną owładnąć. Nie chciałem się nad tym zbyt głęboko zastanawiać. Już to sobie przemyślałem, dawno temu, i znałem wszystkie końcowe odpowiedzi. Nie ma sensu jeszcze raz przeżywać tego, czego już się nauczyłem.

– Mógłbym ich zabić – odezwałem się bezbarwnym tonem. – Może. Czterech z nich stoi, a chociaż trzech wygląda na wygłodzonych i słabych, widziałem, jak ofiary kuźnicy tworzą grupy i walczą wspólnie. Przez jakiś czas, póki są jakieś łupy do zdobycia. Nie wiem, czy udałoby mi się zabić ich wszystkich, zanim by mnie powalili. Rebus to dobry wojownik. I jest jeszcze zdrowy.

– Ale... Rebus i Herold? – rzekł błagalnie Błazen.

Powinien być mądrzejszy.

– Błaźnie. To nie jest ani Rebus, ani Herold. Są tu ich ciała i cała ich wiedza. I nic więcej. Teraz już nic i nikt ich nie obchodzi. Będą teraz brać pod uwagę wyłącznie własne potrzeby fizyczne. Czy Rebus pozwoliłby rannemu Heroldowi tak leżeć na podłodze? Nie. To nie Rebus. Już nie.

– Ale... musimy coś zrobić! – wyszeptał udręczonym głosem.

Westchnąłem.

– Jeśli otworzymy te drzwi, będę musiał ich zabić. Zmuszą mnie do tego, chyba że sam pozwolę im się zabić.

– A zatem nie mamy wyboru?

Uśmiechnąłem się z goryczą.

– Wybór jest zawsze. Czasami tylko nie ma dobrego wyboru. Mogę ich zabić albo oni mogą zabić nas. Albo stąd odejdziemy.

Przez długi czas Błazen stał w milczeniu. Potem odwrócił się od drzwi celi i powoli odszedł. Ruszyłem za nim.

Lodowe korytarze zaczęły wyglądać na coraz bardziej używane. Podłoga była zdeptana i brudna, lodowe ściany porysowane. Minęliśmy kolejne lochy, identyczne z pierwszym. Zaglądałem do każdego z nich, zemdlony ze zgrozy, ale nie rozmawialiśmy o siedzących tam ludziach. Najbardziej rozdzierający był dla mnie widok cel z kobietą i dziewczynką w środku. Podłogę tych pomieszczeń pokrywała warstwa słomy, a w każdym z kątów znajdowały się posłania. Najwyraźniej życie tych więźniów miało zostać przedłużone. Wydawało się to okrutniejsze od losu Rebusa, Herolda i ich towarzyszy. Śmierć nie zabierze tych mężczyzn szybko, ale zimno potrafi pokonać człowieka tak samo, jak głód. Nie będą cierpieć długo. Sądząc po długości skołtunionych włosów kobiety i jej brudnych paznokci, była tu już od dawna. Wpatrywała się w ścianę, skulona w kącie pod brudną narzutą z niedźwiedziego futra. W następnej celi dziewczynka, mogąca mieć jakieś siedem lat, skubała sobie strupy na kostkach nóg. Kiedy zaglądałem przez szparę w drzwiach, zerknęła mi w oczy. W jej spojrzeniu była tylko czujność.

Wreszcie lochy się skończyły. Korytarz rozszerzył się, a kule białego światła rozmieszczono gęściej. Tunel został raczej wyrzeźbiony niż wycięty w lodzie, a w jego łukowatych ścianach było widać ślady unieruchomionego piękna. Podłoga była czysta i wysypana piaskiem. Wydał mi się starszy, jakby wybudowany dla potrzeb większej liczby ludzi, lecz my nadal nie napotkaliśmy żywego ducha.

Dotarliśmy do potrójnego rozgałęzienia. Główny korytarz ciągnął się przed nami. Po lewej stronie szeroki tunel schodził płytkimi schodami w dół i niknął za zakrętem. Z prawej strony zostały wykute w lodzie schody, prowadzące stromo w górę. Oba te korytarze wyglądały na starsze i o wiele bardziej zużyte niż ten, którym przyszliśmy. Zatrzymaliśmy się i wymieniliśmy spojrzenia.

Z otworu po lewej stronie dobiegł moich uszu słaby poszum, który nasilał się i zanikał w regularnych odstępach. Osłoniłem ręką ucho, by lepiej go słyszeć. Po krótkiej chwili Błazen szepnął:

– Zupełnie jakby tam w dole oddychało coś ogromnego.

Rozdąłem nozdrza i zaczerpnąłem głęboko tchu. To, co wyczułem, napełniło mnie nadzieją i sprawiło, że natychmiast rozpoznałem ten dźwięk.

– Nie. To fale, to jest morze. Ta droga prowadzi na plażę. Chodź.

Twarz mu się rozjaśniła, jakby został nagle ułaskawiony.

– Tak! – zawołał i pośpieszył w dół po szerokich stopniach. Ruszyłem za nim i, chwyciwszy go za ramię, pociągnąłem ku wewnętrznej krzywiźnie schodów.

– Trzymaj się ściany – poleciłem mu cicho. – Jeśli usłyszymy, że ktoś idzie do góry, będziemy mieli chwilę przewagi.

Naszą jedyną broń, podręczny nóż Błazna, trzymałem w dłoni.

Byliśmy już zmęczeni i nie mieliśmy pojęcia, jak długo krążymy w lodowym labiryncie. Stopnie były płytkie i nieznośnie nieregularne. Dostrzegłem na nich wyżłobienia, jakby często wciągano po nich lub spuszczano jakieś ciężkie przedmioty. W miarę, jak schodziliśmy niżej, zapach morza stawał się silniejszy, a powietrze bardziej wilgotne. Schody zrobiły się śliskie i wkrótce schodziliśmy ostrożnie po lodzie lśniącym od wody. Ktoś wysypał na nie piasek, ale zatopił się on nierówno w powierzchnię stopni, zostawiając w najmniej spodziewanych miejscach guzy lśniącego, śliskiego lodu. Musieliśmy zwolnić. Wkrótce ściany zaczęły lśnić od wolno spływającej wody, a z góry spadały jej krople. Zapach morza był silniejszy, ale światło nie różniło się od otaczającego nas wszechobecnego błękitnego blasku.

Wreszcie stanęliśmy na nierównym ostatnim stopniu i zrozumieliśmy daremność naszej nadziei. Za lodem ciągnęło się zbocze z wytartego czarnego kamienia, kończące się plażą z czarnym piaskiem. W skałę było wbitych kilka metalowych kołków, jakby czasami cumowały tu łódki. Fale omywały ją z szumem, bezlitośnie się wznosząc. Wysokie sklepienie jaskini, ledwie widoczne w błękitnym blasku ostatnich świecących kul, tworzył lśniący lód.

– Gdybyśmy mieli łódkę i był odpływ, zaryzykowałbym – odezwałem się.

– Gdyby – rzekł Błazen i zachichotał. Spojrzałem na niego, wstrząśnięty. Wyglądał strasznie, i nie był to tylko efekt błękitnego światła. Wziął ode mnie swój pakunek i osunął się na wilgotne stopnie. Przez chwilę trzymał go w ramionach, jakby był dzieckiem tulącym ukochaną lalkę. A potem go otworzył i wydobył z samego dna buteleczkę alkoholu. Otworzył ją i podał mnie pierwszemu.

Zważyłem buteleczkę w dłoni i wypiłem nie więcej niż czwartą część jej zawartości. Była to ta sama brzoskwiniówka, jaką przywiózł kiedyś do chaty, którą dzieliłem z Trafem. Przełknąłem ciepło letniego dnia, a potem wytchnąłem je ustami, czując smak brzoskwiń i przyjaźni. Oddałem mu flaszeczkę i otrzymałem w zamian kwadratowy kawałek czarnego chleba. Miał wielkość połowy mojej dłoni. Usiadłem obok Błazna i powoli zjadłem dar. Okazało się, że są w nim rodzynki i orzechy. Był zbity, słodki i mały, co tym bardziej uświadomiło mi głód, który dotąd ignorowałem. Jedliśmy powoli, w milczeniu. Zlizałem ostatni okruszek z dłoni i podniosłem wzrok na Błazna.

– W górę? – zapytałem.

– Tędy nie wyjdziemy na zewnątrz – stwierdził cicho. – Pomyśl o tym, gdzie jesteśmy, i o legendach, które słyszeliśmy od Zawyspiarzy. To tutaj wchodzili pod lód, by zobaczyć smoka. Te wąskie, kręte schody muszą prowadzić w górę, do Lodognia. Po cóż innego miałyby się tu znajdować?

– Może prowadzą w górę i na zewnątrz – rzekłem z uporem. – Nie dowiemy się tego, dopóki z nich nie skorzystamy. Może do smoka prowadzi ta druga, szersza droga. To miałoby większy sens.

Pokręcił głową.

– Nie. Jeśli smoka czasami było widać z powierzchni, to musi być nad nami. Te schody prowadzą do smoka, nie na zewnątrz. – Był nieugięty. Oparł głowę o lodowatą ścianę. – Dla mnie nie ma stąd wyjścia. Zawsze o tym wiedziałem.

Dźwignąłem się na nogi. Siedzenie spodni miałem wilgotne. Świetnie.

– Wstawaj.

– Nie ma po co.

– Wstawaj! – powtórzyłem, a kiedy się nie ruszył, chwyciłem go za kołnierz i postawiłem na nogi. Nie opierał się, obdarzył mnie tylko smętnym spojrzeniem. – Zaszliśmy przez te wszystkie lata razem tak daleko, po tylu ścieżkach i bocznych drogach. I jeśli mamy skończyć tu, pod lodem Aslevjalu, to zamierzam zobaczyć tego wstrętnego smoka, który zmusił nas do tej podróży. I ty też.

Czy jest coś bardziej męczącego niż płytkie stopnie? Może śliskie płytkie stopnie. Niemniej wchodziliśmy po nich i tak jak poprzednio trzymaliśmy się wewnętrznej ściany. Nasłuchiwaliśmy też, czy nikt się do nas nie zbliża. Towarzyszył nam coraz bardziej cichnący szum fal i nieregularny odgłos kapania. W końcu dotarliśmy do skrzyżowania z rzeźbionym korytarzem. Zatrzymaliśmy się tam, wytężając słuch, ale niczego nie usłyszeliśmy.

Byłem zmęczony. Ponadto byłem pewien, że już dawno temu należało nam się kilka godzin snu. Moja głowa sprawiała wrażenie wypchanej filcem i brzęczącymi muchami. Błazen wyglądał gorzej. Przecięliśmy korytarz i weszliśmy na schody. Szedł za mną powoli po wąskich stopniach, które wznosiły się spiralnie. Kiedy tylko główny korytarz zniknął nam z oczu, zatrzymałem Błazna.

– Wypij resztę brzoskwiniówki. Rozgrzeje cię i może doda trochę otuchy. W każdym razie lepiej ci zrobi w żołądku niż w butelce.

– Mogę usiąść? – zapytał.

– Nie. Mógłbym nie dać rady cię podnieść i zmusić do marszu – odparłem bezdusznie, ale Błazen już osunął się na stopień. Wyjął flaszkę, otworzył ją i wyciągnął do mnie. Nie warto było się sprzeczać. Umoczyłem usta, a potem kazałem mu wypić brzoskwiniówkę do końca.

Posłuchał mnie, wziąwszy jeden głęboki łyk. Zamknięcie pustej butelki i schowanie jej zajęło mu dziwnie dużo czasu.

– To bardzo trudne – odezwał się, ale najwyraźniej nie mówił do mnie. – Jestem zbyt blisko końca. Miałem jego przebłyski, ale nigdy nie widziałem go wyraźnie. A teraz wiem tylko to, że muszę iść dalej i że każdy krok przybliża mnie do śmierci. – Spojrzał mi w oczy i powiedział bez wstydu: – Jestem przerażony.

Uśmiechnąłem się.

– Witam wśród ludzi. Chodź. Obejrzyjmy tego smoka, którego przybyłeś uratować.

– Po co? Żebym mógł mu powiedzieć, że go zawiodłem?

– Czemu nie? Ktoś powinien mu powiedzieć, że próbowaliśmy.

Teraz uśmiechnął się Błazen.

– Nie obejdzie go to. Smoków nic nie obchodzą dobre zamiary albo nieudane próby. On by tylko nami gardził. Jeśli w ogóle nas zauważy.

– Ach! To będzie takie nowe doświadczenie dla nas obu.

Wtedy się roześmiał; zawtórowałem mu, niegłośno, ale tak, jak śmieją się mężczyźni, kiedy wiedzą, że to może być ostatnia okazja do pożartowania z przyjacielem. Nie byliśmy pijani, a przynajmniej nie brzoskwiniówką. Jeśli Błazen miał rację, dopijaliśmy resztki naszego życia. Myślę, że kiedy człowiek zdaje sobie z tego sprawę, stara się w tym znaleźć jak najwięcej przyjemności.

Ruszyliśmy do góry. Schody wiły się ciasną spiralą; zastanawiałem się, jaki szaleniec je wyrzeźbił. Czy było to naturalne ukształtowanie lodowca, które ktoś wykorzystał w ten sposób, czy wszystko to wymyślił jakiś rzeźbiarz? Niegdyś ściany zdobiły płaskorzeźby, lecz zostały zniszczone, zapewne celowo. Miejscami zostały tylko fragmenty nóg albo zaciśnięta pięść, a raz kobiece wargi i podbródek. Zaczęło mnie irytować moje utykanie – na jednej stopie miałem but, a na drugiej tylko pokrytą lodem skarpetę. Kiedy zatrzymaliśmy się na odpoczynek, pozwoliłem Błaznowi usiąść. Oparł się o ścianę; pomyślałem, że zapadł w drzemkę. Kiedy zobaczyłem łzy spływające mu po policzkach, obudziłem go.

– Nic ci nie pomogą. Wstawaj. Idziemy dalej.

Mój głos był łagodniejszy od słów. Błazen kiwnął głową i z trudem wstał. Wspinaliśmy się dalej. Kręte schody ciągnęły się jak niekończący się koszmar. Blade kule nie mogły oświetlić każdego ich zakamarka. Pojawiały się kolejno wszystkie odcienie błękitu i bieli. Wędrowaliśmy przez zimne i nużące piękno. Wchodziliśmy wolniej, potem razem odpoczywaliśmy i szliśmy dalej. Wydawało się, że w końcu musimy się wyrwać z lodu, że nie może się on już długo ciągnąć. Wtedy doszliśmy do wyrzeźbionej w nim poziomej galerii. I do smoka.

Dzieliła nas od niego gruba warstwa lodu; był zamglony, zniekształcony, a mimo to jego widok zapierał dech w piersiach. Przeszliśmy powoli wzdłuż całej galerii, która ciągnęła się równolegle do Lodognia. Był większy od dwóch statków. Złożone skrzydła miał przyciśnięte do boków, ogon owinięty wokół ciała, a głowę na długiej szyi odwróconą od nas zarzucił na grzbiet. Patrzyliśmy na niego z pełnym grozy podziwem. W oczach Błazna było widać ból jego serca. Mój zmysł Rozumienia niemal zalała wszechogarniająca świadomość smoczego życia. Nigdy nie znajdowałem się tak blisko żywej istoty takich rozmiarów. A potem doszliśmy do pośpiesznie wydrążonego tunelu, wycelowanego przez lód w serce zwierza. Pochyliłem się i zajrzałem do środka. Tunel kończył się czernią smoka. Zaczerpnąłem tchu.

– Pożycz mi tę latarenkę Najstarszych – poprosiłem Błazna.

– Wchodzisz tam?

Powoli skinąłem głową, nie będąc w stanie powiedzieć, dlaczego muszę to zrobić.

– A zatem pójdę z tobą.

– Nie ma tyle miejsca. Zostań tu i odpocznij. Powiem ci, co znalazłem.

Wyglądał na rozdartego między zmęczeniem i ciekawością. A potem położył pakunek na podłodze i otworzył go. Dał mi świecące pudełko, mówiąc:

– Mam jeszcze dwa kawałki chleba. Zjemy je teraz?

– Ty jedz. Ja zjem swój, jak wrócę.

Już na samą wzmiankę o jedzeniu napłynęła mi do ust ślina. Nagle przypomniał mi się Młotek. Sięgnął Mocą do Ciernia i Sumiennego czy też smętnie czeka na nasz powrót? Siedzi bezpiecznie na saniach czy one też runęły za nami w śnieg? Odsunąłem te bezużyteczne pytania. Błazen podał mi pudełko; otworzyłem je, uwalniając szczególne zielone światło.

– Wracaj szybko – poprosił, kiedy wchodziłem do tunelu. – Chcę wiedzieć, co tam znalazłeś.

Tunel nie był dość wysoki, by w nim stanąć. Czołgałem się, popychając pudełko przed sobą. Błękitne światło galerii wkrótce zanikło i przemieszczałem się tylko w bladozielonym blasku, które dziwnie się odbijało w lodzie. Smród smoka powoli narastał, aż poczułem jego smak, nie tylko zapach. Bardzo mi przypominał fetor węży pończoszników, które chwytałem z ciekawości w dzieciństwie. Przejście stawało się coraz węższe, jakby ten, kto je wydrążył, tak bardzo chciał dotrzeć do smoka, że nie zawracał sobie głowy zachowaniem równych wymiarów tunelu.

Kończył się on ścianą ze smoka, pokrytą czarnymi łuskami, z których najmniejsza miała wielkość mojej rozczapierzonej dłoni. Na płacie skóry leżącym na lodowej podłodze pod ową ścianą spoczywał równy rząd narzędzi. Były wśród nich rozmaite ostrza, drewniane młotki, wiertła i metalowe dziobaki. Dwa z nich leżały odrzucone, ponieważ miały pęknięte albo stępione ostrza. Przybliżyłem światło Najstarszych do smoka. Potwierdziły się moje podejrzenia – ktoś przyczołgał się tym tunelem do smoczego boku, a potem usiłował dostać się do jego serca. Ogarnęły mnie mdłości.

Wyglądało na to, że jego łuski oparły się atakom. Niektóre były porysowane, ale żadnemu z metalowych narzędzi nie udało się przeniknąć do ciała. Między nakładającymi się na siebie płytkami wciąż tkwił metalowy klin, wbity po to, by je unieść i osłabić pancerz. Przybliżyłem światło. Pod uniesionymi łuskami ukazała się druga warstwa płytek kremowej barwy, nakładających się na siebie w układzie prostopadłym do pierwszej warstwy. Pod jedną z nich został wepchnięty czekan. Przebił znajdującą się tam grubą skórę, ale nie wypłynęła spod niego krew ani żaden płyn. Uznałem, że można to porównać z wbijaniem ostrza w końskie kopyto, ale i tak podłe okrucieństwo takiego ataku napełniło mnie obrzydzeniem.

Smok żył. Ktoś przekopał się tu niczym robak i usiłował przebić serce unieruchomionego stwora.

Doceniłem zwartość jego naturalnego pancerza, kiedy do wyrwania czekana musiałem użyć całej swej siły. Musiałem uderzać w niego młotkiem, by go obluzować. Kiedy tylko upadł na ziemię, najbliższe łuski zafalowały i się zamknęły. Przez chwilę czułem zmysłem Rozumienia gwałtowny przypływ sił życiowych smoka, lecz zniknęły tak gwałtownie, jak się pojawiły. Pokryta łuskami ściana przede mną równie dobrze mogła być zrobiona z metalu. Zawahałem się, a potem zuchwale przeciągnąłem po niej dłonią. Łuski tak ciasno przylegały do siebie, że nie udało mi się nawet wsunąć paznokcia pod pofałdowaną krawędź jednej z nich. I były zimne, zimne jak lód więżący Lodognia.

Zawinąłem ohydne narzędzia w skórę i zabrałem je ze sobą. Musiałem czołgać się do tyłu; w tunelu nie było miejsca, by się odwrócić. Dotarłem do galerii spocony, a gadzi odór przyprawiał mnie o mdłości.

Błazen spał głębokim snem w końcu galerii najbliższym ukrytej głowy smoka. Siedział z kolanami podciągniętymi do piersi i zwieszoną nad nimi złocistą głową. Rozpuszczone włosy zasłaniały mu twarz. Wyczerpanie zwyciężyło ciekawość. Usiadłem na podłodze obok niego i oparłem się o lodowatą ścianę. Błazen wymamrotał coś przez sen i oparł się o mnie. Westchnąłem i pozwoliłem mu na to. Ciekawiło mnie, dlaczego napastnik nie wydrążył tunelu tutaj, bliżej smoczej głowy. Czyżby się bał, że nawet schwytany w okowy lodu smok znalazłby jakiś sposób obrony?

Spojrzałem na lodowy sufit. Zupełnie jakbym patrzył w bardzo głęboką ciemnoniebieską wodę. Gdzieś tam w górze kopie książę Sumienny i jego krąg Rozumiejących. Zastanawiałem się, jak gruba warstwa lodu dzieli go od nas. Jak długo będziemy tu musieli siedzieć, zanim usłyszymy, a potem zobaczymy łopaty? Chyba cały wiek. Nie słyszałem żadnych odgłosów kopania, żadnych rozmów, nie widziałem, by lód ustępował pod naciskiem łopat. Równie dobrze mogliby się znajdować po przeciwnej stronie świata.

Przysunąłem się do Błazna. Jego ciało uwięziło z tej strony ciepło mojego ciała. Byłem straszliwie zmęczony i głodny. Jednym z moich zdobycznych narzędzi odłupałem od ściany kawałek lodu i zacząłem go ssać. Schowałem świecące pudełko Najstarszych do pakunku Błazna. Znalazłem kawałek chleba, który mi zostawił, i zjadłem go. Był bardzo smaczny i bardzo mały. A potem oparłem głowę o wierzch głowy Błazna i na chwilę zamknąłem oczy. Chyba też zasnąłem.

Obudził mnie własny dygot. Czułem się, jakby moje kości usiłowały wytrząsnąć się ze stawów. Bolało, kiedy się wyprostowywałem. Błazen powoli osunął się na lód, a ja uderzałem w ręce i tupałem, usiłując odnaleźć w nich czucie. Ukląkłem i spróbowałem nim potrząsnąć rękoma, które zbyt zesztywniały, by dobrze funkcjonować. Twarz Błazna przybrała straszny kolor. Kiedy jęknął, odetchnąłem z ulgą.

– Wstań – powiedziałem cicho. Skląłem nas obu za spanie w tak odsłoniętym miejscu. Gdyby ktoś wszedł po tych schodach, znalazłby nas nieprzytomnych i przypartych do muru. – Chodź, musimy iść. Wciąż musimy znaleźć jakąś drogę wyjścia.

Jęknął i skulił się jeszcze bardziej. Szturchnąłem go, czując gniew i rozpacz zarazem.

– Nie możemy się teraz poddać. Wstawaj, Błaźnie. Musimy iść dalej.

– Proszę cię – wyszeptał ledwie słyszalnie. – Spokojna śmierć.Ześliznąć się w nią.

– Nie. Wstawaj.

Otworzył oczy. Coś w mojej twarzy musiało mu uświadomić, że nie dam mu spokoju. Rozprostował się, odrętwiały i sztywny jak marionetki, które niegdyś rzeźbił. Uniósł dłonie do twarzy i przyjrzał się im z niemądrą miną.

– Nie czuję ich.

– Wstań i zacznij się ruszać. Wrócą do życia.

Westchnął.

– To był taki piękny sen. Śniło mi się że obaj tu umarliśmy i wszystko się skończyło. Nie mogliśmy zrobić już nic więcej i wszyscy się zgodzili, że się staraliśmy i że tak naprawdę to nie nasza wina. Miło nas wspominali. – Otworzył szerzej oczy. – Jak wstałeś?

– Nie wiem. Po prostu to zrób – rzekłem niecierpliwie.

– Staram się.

Opowiedziałem mu, co odkryłem na końcu tunelu. Pokazałem zabrane stamtąd narzędzia; zadrżał. Z każdym wypowiedzianym przeze mnie słowem przychodził bardziej do siebie. W końcu wstał i zrobił kilka kroków, powłócząc nogami. Obaj trzęśliśmy się z zimna, ale ja odzyskałem nieco czucia w dłoniach. Roztarłem mu szorstko ręce, nie zważając na jego syknięcia bólu. Kiedy znów mógł otwierać i zamykać dłonie, podałem mu nóż. Chwycił go niezdarnie, ale kiedy nakazałem mu trzymać go w pogotowiu, skinął głową.

– Kiedy zejdziemy z tych schodów – powiedziałem, niefrasobliwie nie zważając na to, jak trudne może się to okazać – będziemy musieli iść głównym korytarzem. Teraz to nasza jedyna nadzieja.

– Bastardzie – zaczął żarliwie, ale przerwał, gdy na niego spojrzałem. Wiedziałem, że chciał mi powiedzieć, jak beznadziejna jest sytuacja. Długim spojrzeniem pożegnałem się ze smokiem. Był uśpiony, niewyczuwalny dla mego Rozumienia. „Dlaczego?" – zapytałem go w myślach. „Dlaczego tu jesteś i dlaczego Ellianìa musi mieć twoją głowę?". A potem odwróciłem się do niego plecami i zaczęliśmy długą drogę powrotną w dół po schodach.

Jeśli to możliwe, była jeszcze bardziej uciążliwa niż wchodzenie. Wciąż byliśmy zmęczeni, głodni i zmarznięci. Straciłem już rachubę, ile razy pośliznąłem się i upadłem. Błazen, pozbawiony swego zwykłego wdzięku, szedł chwiejnie obok mnie. Wciąż się spodziewałem, że napotkamy kogoś idącego na górę, by dręczyć smoka, lecz klatka schodowa była niezmiennie błękitna, zimna i cicha – oraz całkowicie obojętna na nasze cierpienie. Kiedy chciało nam się pić, ssaliśmy odłupane ze ściany kawałki lodu. Było to jedyne dostępne nam pożywienie.

W końcu dotarliśmy na dół. Kiedy pokonaliśmy ostatni zwój spirali i naszym oczom ukazał się korytarz, wydało się nam, że nastąpiło to niemal znienacka. Wstrzymując oddech, zeszliśmy z ostatniego stopnia i wyjrzeliśmy zza załomu ściany. Nikogo nie wyczuwałem, lecz wspomnienie ofiar kuźnicy odkrytych w lochach świadczyło, że istnieją zagrożenia, przed którymi moje Rozumienie nie może mnie ostrzec. Korytarz był jednak szeroki, pusty i milczący.

– Chodźmy – szepnąłem.

– Tędy nie wyjdziemy na zewnątrz – odezwał się Błazen swoim normalnym tonem. Jego złocista skóra miała niezdrowy śniady odcień, jakby już uchodziło z niego życie, a głos mu zmatowiał. – Ten korytarz prowadzi do niej. Musi. Jeśli nim pójdziemy, spotka nas śmierć. Nie mamy co prawda alternatywy. Jak zauważyłeś wcześniej, czasami wszystkie wybory są złe.

Westchnąłem.

– Co zatem proponujesz? Mamy wrócić nad wodę i mieć nadzieję, że ktoś tam przypłynie łódką i że zdążymy go zabić, zanim on zabije nas? Czy wrócić do zakażonych kuźnicą i oddać się w ich ręce? A może wrócić aż do szczelin w lodzie i ciemności?

– Myślę... – zaczął, a potem zesztywniał. Obróciłem się błyskawicznie, żeby zobaczyć, na co patrzy. – Czarny Człek! – sapnął.

To był on, ten sam człowiek, którego widzieliśmy z Młotkiem. Stał na zakręcie szerokiego korytarza z rękoma skrzyżowanymi na piersi, jakby czekał, aż go zauważymy. Całe ubranie miał czarne: tunikę, spodnie i buty. Jego długie włosy były równie czarne, jak oczy i skóra, jakby były zrobione z jednej substancji. I tak jak przedtem, nie wyczuwałem go Rozumieniem. Przez chwilę stał i patrzył na nas. A potem odwrócił się i szybko odszedł.

– Czekaj! – zawołał za nim Błazen i rzucił się w pościg.

Nie wiem, skąd czerpał energię do biegu. Wiem tylko, że biegłem z łomotem za nim, wstrząsany uderzeniami zdrętwiałych stóp w lodowe podłoże. Czarny Człek obejrzał się i rzucił do ucieczki. Wydawało się, że biegnie bez wysiłku, a mimo to nie oddalał się od nas. Nie było słychać jego kroków.

Błazen przez jakiś czas biegł szybko, a ja pędziłem z tupotem za nim. A potem ten jego ostatni wybuch energii się wypalił i Błazen nagle zwolnił. Mimo to Czarny Człek wciąż się od nas nie oddalał. Był przed nami, w zasięgu wzroku, lecz nieosiągalny, jak drażniące widmo. Zataczając się obok Błazna, oddychałem głęboko, ale nie wyczuwałem zapachu Czarnego Człeka.

– On nie jest rzeczywisty! To magia, jakaś sztuczka – wydyszałem do Błazna, chcąc wierzyć we własne słowa.

– Nie. On jest ważny. – Błazen oddychał chrapliwie i bardziej się potykał, niż biegł. Chwycił mój rękaw i na chwilę się na mnie oparł, lecz zaraz zmusił się do dalszego marszu. – Nigdy nie wyczuwałem w nikim takiego znaczenia. Proszę cię. Pomóż mi, Bastardzie. Musimy iść za nim. On chce, żebyśmy to zrobili. Nie widzisz tego?

Nie widziałem nic prócz tego, że nie możemy go dogonić. Szliśmy za nim, dysząc i zataczając się, i choć go nie doganialiśmy, nie traciliśmy go z oczu. Korytarze, którymi nas prowadził, stały się szersze i lepiej wykończone. Zmrożone nadproża mijanych przez nas sklepionych przejść zdobiły pnącza i kwiaty. Czarny Człek nie rozglądał się i nie dawał czasu na to nam. Minęliśmy obwieszoną girlandami lodową misę, z której tryskał rzeźbiony łuk wody, uwięziony w bezruchu. Przemierzaliśmy rozległe i eleganckie korytarze wspaniałego lodowego pałacu, w którym nie widzieliśmy żywego ducha i nie czuliśmy choćby powiewu ciepła.

Zwolniliśmy do chwiejnego marszu, przeplatanego kilkoma krokami biegu, by nie stracić z oczu Czarnego Człeka, kiedy skręcał za jakiś róg. Żaden z nas nie miał sił na zadawanie pytań. Błazen nie myślał chyba o niczym innym niż dogonienie zjawy. Nie było sensu pytać go, dlaczego. Nawet gdybym sformułował to pytanie, Błazen nie odpowiedziałby na nie. Miałem sucho w ustach, serce waliło mi jak młotem, a mimo to nadal ścigaliśmy Czarnego Człeka. Wydawało się, że przemierza labirynt korytarzy z wielką pewnością siebie. Ciekawiło mnie, dokąd idziemy i dlaczego to robimy.

I wtedy wprowadził nas w zasadzkę.

Tak mi się wydawało. Znów zniknął za zakrętem i kiedy przyśpieszyliśmy, by nie stracić Czarnego Człeka z oczu, tuż za tym samym zakrętem wpadliśmy na sześciu wojowników. Daleko przed nami po raz ostatni zobaczyłem naszego przewodnika. Zatrzymał się, a kiedy wojownicy wrzasnęli z zaskoczenia i rzucili się na nas, zniknął.

Nie było mowy o żadnej obronie. Zbyt długo funkcjonowaliśmy bez jedzenia, picia i snu. Nie potrafiłbym odeprzeć ataku rozzłoszczonego królika. Kiedy schwycili Błazna, wydawało się, że uszło z niego całe życie. Nóż wypadł mu z bezwładnej dłoni; otworzył usta, lecz nie wydał nawet krzyku. Wbiłem trzymane w ręku ostrze w futrzaną tunikę pierwszego mężczyzny, który rzucił się na mnie. Utkwiło w niej, a my obaj runęliśmy na ziemię.

Tył mojej głowy odbił się od lodowego podłoża w rozbłysku białego światła.

UCZEŃ SKRYTOBÓJCY

Robin Hobb

Pierwsza część jednej z najsłynniejszych serii fantasy. Jest w niej magia i zły urok, jest bohaterstwo i podłość, pasja i przygoda.

Młody Bastard to nieprawy syn Księcia Rycerskiego. Dorasta na dworze w Królestwie Sześciu Księstw, wychowywany przez szorstkiego koniuszego swego ojca. Ignoruje go cała rodzina królewska oprócz chwiejnego w swoich sądach Króla Roztropnego, który każe uczyć chłopca sekretnej sztuki skrytobójstwa. W żyłach Bastarda płynie błękitna krew, ma więc zdolność do korzystania z Mocy.

KRÓLEWSKI SKRYTOBÓJCA

Robin Hobb

Kontynuacja powieści „Uczeń skrytobójcy", opowiadająca o honorze i namiętności, rozterkach serca i zemście, bitewnym szale i niebezpiecznej magii.

Młody Bastrad zakończył swą pierwszą misję dyplomatyczną. Zapłacił jednak wysoką cenę za wypełnienie zadania, ledwie ocalając życie i unikając kalectwa. Poturbowany i zgorzkniały, wbrew przysiędze złożonej królowi, zdecydował się na razie pozostać w Królestwie Górskim.

WYPRAWA SKRYTOBÓJCY

Robin Hobb

Trzecia część cyklu „Skrytobójca" to lektura z gatunku fantasy, w której Czytelnik znajdzie magię, honor i zdradę, chwałę i ból, miłość oraz mroczne żądze.

Królestwo Sześciu Księstw upada pod rządami samozwańczego władcy, wciąż atakowane przez najeźdźców z Wysp Zewnętrznych. Młody skrytobójca Bastard wyrusza na poszukiwanie króla Szczerego, który powinien objąć tron. Posłuszny nieubłaganemu przeznaczeniu, podąża trudnymi ścieżkami do krainy Najstarszych, gdzie od pokoleń nie postała ludzka stopa. Poznaje, co znaczy poświecenie, lojalność i odwaga - za tę naukę przyjdzie mu zapłacić wysoką cenę.

MISJA BŁAZNA

Robin Hobb

Tworząc wspaniałe trylogie „Kupców i ich żywostatków" oraz „Skrytobójcy", Robin Hobb dołączyła do grona najwybitniejszych autorów fantasy naszych czasów. Niniejsza książka, zaplanowana jako pierwszy tom trylogii i przedstawiająca dalsze losy Bastarda Rycerskiego, jest najlepszym dziełem w jej dotychczasowym dorobku.

Przez piętnaście lat, jakie upłynęły od wydarzeń, które położyły kres jego poprzedniemu życiu, Bastard Rycerski z rodu Przezornych żył na dobrowolnym wygnaniu, uważany za zmarłego przez niemal wszystkich, którzy byli mu bliscy. Nieprawy potomek królewskiego rodu, zamieszkał w chacie na pustkowiu, z daleka od intryg i niebezpieczeństw stolicy. Jest zadowolony z takiej egzystencji, wychowuje przybranego syna i dzieli swą samotność z wiernym towarzyszem – wilkiem zwanym Ślepunem.

W środku lata jednak do jego chaty przybywają goście, a wraz z nimi przeszłość. Wróżka Dziewanna przepowiada mu, że odzyska dawno utraconą miłość. Cierń – starzejący się królewski skrytobójca i dawny nauczyciel Bastarda – ma własne powody, aby pragnąć jego powrotu do Koziej Twierdzy. Błazen – przed laty Biały Prorok, a teraz bogaty i czarujący lord Złocisty – namawia Bastarda do powrotu i podjęcia tajemniczej misji, która na zawsze odmieni bieg wydarzeń.

ZŁOCISTY BŁAZEN

Robin Hobb

Książę Sumienny został uratowany z rąk Srokatych i życie na dworze wróciło do normy. Lecz Bastard Rycerski Przezorny, zdruzgotany utratą swego wilczego partnera, Ślepuna, musi zamieszkać w Koziej Twierdzy jako czeladnik skrytobójcy. Udając osobistego strażnika, Bastard staje się oczyma i uszami skrytymi w ścianach. Wkrótce będzie musiał pokierować królestwem, które z każdym dniem coraz bardziej zmierza ku wojnie domowej. Jednym z licznych problemów Bastarda jest utrzymanie w sekrecie tajemnicy księcia – tajemnicy, której ujawnienie mogłoby doprowadzić do obalenia tronu: Sumienny, podobnie jak Bastard, ma budzącą strach „zwierzęcą magię". Jedynym pocieszeniem dla Bastarda jest przyjaźń z Błaznem, lecz nawet ona zostaje zniszczona, gdy wychodzą na jaw tajemnice z przeszłości trefnisia. Dla pozbawionego wsparcia i rzuconego na głęboką wodę intryg Bastarda największym wyzwaniem może się okazać zwyczajne przetrwanie.

STRZAŁA KUSZIELA

Jacqueline Carey

Terre d'Ange to kraj niedościgłego piękna i wdzięku. Legenda mówi, że odkryli go aniołowie i, ujęci jego urodą, dali początek ludowi, który żyje według prostej zasady: Kochaj tak, jak wola twoja.

Fedra nó Delaunay urodziła się ze szkarłatną plamką w lewym oku. Jako dziecko została sprzedana do jednego z Trzynastu Domów, skąd wykupił ją Anafiel Delaunay, szlachcic wypełniający wyjątkową misję i pierwszy człowiek, który poznał się na jej naturze: osoba trafiona Strzałą Kushiela jest wybrańcem skazanym na jednoczesne doświadczanie bólu i rozkoszy.

Fedra odbiera wszechstronne wykształcenie i opanowuje sztuki alkowy, ale przede wszystkim uczy się obserwowania, zapamiętywania i analizowania. Będąc niezrównaną kurtyzaną, jest również utalentowanym szpiegiem. Odkrywa spisek, który może wstrząsnąć posadami jej ojczyzny. Zdrada wytycza jej drogę, a miłość i honor każą jej na nią wstąpić. Kolejne wypadki doprowadzają ją na skraj rozpaczy... a nawet dalej. Pełen nienawiści przyjaciel, kochający wróg, umiłowany zabójca – w tym świecie wszyscy mogą nosić tę samą olśniewającą maskę, w tym świecie Fedra będzie mieć wyłącznie jedną szansę, żeby ocalić to wszystko, co jest jej drogie.

Osadzona w świecie przebiegłych poetów, śmiertelnie groźnych dworzan, bohaterskich zdrajców i iście makiawelicznych łotrostw, to powieść o szlachetności, przepychu, poświęceniu, zdradzie i głębokiej konspiracji. Od czasu „Diuny" nie było epopei na miarę „Strzały Kusziela" – epickiej opowieści o gwałtownej śmierci starej epoki i narodzinach nowej.

Wspieraj polską fantastykę!

Nagroda im. Janusza A. Zajdla jest coroczną nagrodą w dziedzinie fantastyki, przyznawaną przez miłośników fantastyki autorom najlepszych polskich utworów literackich. Nagroda przyznawana jest w dwóch kategoriach: powieści i opowiadania.

Każdy czytelnik fantastyki może wybrać od jednego do pięciu utworów w każdej kategorii, wydanych **w poprzednim roku kalendarzowym**. Po pięć utworów, które zbiorą najwięcej głosów, znajdzie się na liście nominacji do Nagrody. Spośród nich uczestnicy POLCON-u, czyli Ogólnopolskiego Konwentu Miłośników Fantastyki, dokonają wyboru Laureatów.

Więcej informacji o Nagrodzie Zajdla i POLCON-ach znajdziecie na stronach internetowych

http://zajdel.fandom.art.pl i http://polcon.fandom.art.pl

Listę wybranych utworów należy nadesłać do 15 czerwca pocztą elektroniczną na adres:

zajdel@fandom.art.pl

lub pocztą tradycyjną na adres korespondencyjny:

Związek Stowarzyszeń Fandom Polski
ul. Zamieniecka 46/25
04-158 Warszawa

korzystając z poniższego kuponu, bądź podając wszystkie informacje na kartce pocztowej.

Pamiętaj, w danym roku jedna osoba może zgłosić maksymalnie 5 powieści i 5 opowiadań!

Nominacje zgłasza:

Imię i nazwisko: ....

Adres zamieszkania: ....

....

Adres korespondencyjny: ....

(jeśli inny niż zamieszkania) ....

e-mail: ....

Zgłaszane powieści:

1. ....
2. ....
3. ....
4. ....
5. ....

Zgłaszane opowiadania:

1. ....
2. ....
3. ....
4. ....
5. ....